D0293042

ROBERT MERLE

Fortune de France IX

Les Roses de la vie

ROMAN

ÉDITIONS DE FALLOIS

CHAPITRE PREMIER

Des cinq balles de pistolet que les conjurés tirèrent sur l'infâme Concini le vingt-quatre avril 1617, alors qu'il pénétrait dans le Louvre par le pont dormant, les deux premières se perdirent, la troisième le frappa entre les deux yeux, la quatrième sous l'œil droit, la cinquième lui ouvrit la gorge. Tant est qu'on put dire — sans trop de raison — qu'il fut tué trois fois, alors qu'une seule eût suffi pour le repos et le soulagement de la France.

« A'steure, je suis roi », dit Louis sobrement. Dix jours plus tard, le trois mai, veille de l'Ascension, à deux heures et demie de l'après-dînée, Marie de Médicis, sanglotante, partait en exil pour le château de Blois, tandis que d'une fenêtre du Louvre, Louis regardait, la face imperscrutable, s'éloigner le carrosse de la moins aimante des mères.

Ma bonne marraine, la duchesse de Guise, qui avec sa fille, la princesse de Conti, avait été fort des amies intimes de l'ex-régente et n'avait eu, quant aux pécunes, qu'à s'en féliciter, eut du mal à se remettre de ce coup-là, et d'autant qu'elle n'ignorait pas que Louis n'était pas grand ami des femmes, ayant été si morgué et si rabaissé par sa mère pendant les sept funestes années qu'avait duré son gouvernement. Mais rien n'échoue si totalement que l'échec, une fois qu'il est acquis, en particulier à la Cour, où ceux qui choient des hauteurs du pouvoir ne peuvent espérer conserver beaucoup d'amis en leurs grisâtres lendemains.

Et Madame de Guise qui, à la grande ire de mon père, du chevalier de La Surie et de moi-même, avait du temps de la régence regardé d'assez haut mon pauvre enfant-roi — « tout juste bon, avait-elle osé dire, à fouetter ses petits mulets aux Tuileries » commença, quasiment du jour au lendemain, à lui découvrir des vertus : la résolution, l'audace, la prudence, et une dissimulation véritablement royale de ses desseins. Bref, elle admirait qu'un garcelet de quinze ans et demi ait pu concevoir, mûrir et à la parfin parfaire cet étonnant coup d'Etat.

C'est à notre table que Madame de Guise prononça l'éloge de Louis, ayant le matin dépêché un petit vas-y-dire à notre hôtel de la rue du Champ Fleuri pour s'inviter sans façon à dîner, ayant à me dire, assura-t-elle, des choses de la plus grande conséquence.

Je doutai qu'elles fussent si importantes, bien que j'aimasse ma marraine d'une amour filiale, portant son sang Bourbon dans mes veines [1] Je le dis humblement, puisqu'un adultère féminin, fût-il le fait d'une haute princesse, ne donne aucun droit à une bâtardise royale. Peu me challait du reste ; je me sentais Siorac jusqu'au fond des os, et bien décidé, comme mon père, à ne devoir mon avancement dans le monde qu'au service du roi.

De son corps de cotte à son vertugadin, de son vertugadin à ses mignonnes mules, Madame de Guise était tout en satin bleu pâle pour flatter son œil azuréen. Je ne compte pour rien les perles de sa vêture, ni les diamants qui brillaient sur ses cheveux poudrés, n'ayant d'œil, quand elle apparaissait, que pour son regard tantôt tendre et tantôt irrité, son rire gai comme une musique, sa lèvre gourmande, ses saillies et ses emportements, émerveillé que j'étais toujours

---

1. La liaison de la duchesse de Guise avec le marquis de Siorac était à la Cour un secret de polichinelle, et Henri IV, quand on lui présenta Pierre-Emmanuel de Siorac, y avait fait allusion en l'appelant « mon petit cousin ».

par cette étonnante santé qui lui avait permis de survivre à cinq accouchements, lui épargnait les infirmités de l'âge et lui gardait intact son immense amour de la vie.

Dès qu'elle s'assit à la droite de mon père, elle se mit à assécher ses coupes et à gloutir ses viandes sans désemparer, et ce fut seulement quand elle fut rassasiée qu'elle parla. Chose étrange et bien dans sa façon, en fait d'affaires « de la plus grande conséquence », elle commença par me chanter pouilles.

— Eh quoi ! dit-elle, l'œil hautain, Monsieur mon filleul, que suis-je pour vous ? La cinquième roue du carrosse ! Vous me faites des cachottes ! Vous conspirez derrière mon dos ! Et contre qui ? Contre la reine de France !

— Je vous demande pardon, Madame, dit mon père avec un sourire mi-tendre, mi-railleur, Marie de Médicis est la reine-mère. Elle n'est pas la reine de France. Seule Anne d'Autriche a droit à ce titre.

— Il n'importe !

— Mais si, Madame, dis-je vivement, il importe ! Il importe même beaucoup ! J'ai conspiré, il est vrai, mais aux côtés de mon roi, contre la tyrannie d'un vil aventurier et l'usurpation du trône par une mère qui, alors même que son fils avait été déclaré majeur, se cramponnait au sceptre.

— De grâce, dit Madame de Guise en levant en l'air ses petits bras potelés, laissons de côté toutes ces arguties... Le vin est tiré, il faut le boire.

A ces mots, mon père et La Surie échangèrent un regard, car ma marraine était accoutumée à appeler *arguties* tous les faits, quels qu'ils fussent, qui contredisaient son opinion.

— Vais-je, de reste, engager le fer sur le passé, alors qu'il y a tant à dire sur le présent ? reprit Madame de Guise, oubliant que c'était justement ce qu'elle venait de faire. Je consens, mon filleul, à ne point vous garder trop mauvaise dent de vos indignes cachottes, mais...

— Mais Madame, dit mon père en posant sa large dextre sur la petite main de ma bonne marraine — contact qui, après tant d'années, la fit frémir et rosir —, ne pouvez-vous entendre qu'il n'est complot que secret ? A moi-même Pierre-Emmanuel ne s'est ouvert de rien. Et il a eu raison.

— Eh quoi, Marquis ! dit-elle d'un ton vif, mais sans retirer sa main de dessous la sienne, cela vous eût-il laissé de glace si notre Pierre-Emmanuel avait épousé la Bastille jusqu'à la fin de ses terrestres jours ? Ou pis même, pour de plus brèves noces, le billot et l'épée du bourreau ?

— Madame, vais-je pleurer l'éventuel, quand le réel nous sourit aux anges ? dit le marquis de Siorac. Pour ma part, je me réjouis grandement que Pierre-Emmanuel ait fait partie de cette poignée d'hommes qui, au péril de leur vie, ont exécuté le dessein du roi.

— Mais c'est là justement le point ! s'écria Madame de Guise, et pourquoi je suis céans ! Car je trouve Pierre-Emmanuel bien trop modeste, tardif, retiré dans sa coquille, quand la meute de ceux qui se trouvaient au coude à coude avec lui dans le complot, aboie haut et fort après places, honneurs, titres et pécunes...

— Et les obtiennent-ils ? dis-je, béant.

— Mais cela va sans dire ! reprit-elle avec un soupçon de hauteur. Louis est juste et n'oublie pas de récompenser ceux qui l'ont si bien servi !

Encore deux autres vertus, m'apensai-je, qu'elle reconnaît à Louis d'un seul coup : l'équité et la gratitude. Que les temps ont changé !

— Jugez-en ! reprit-elle avec passion. Vitry, de simple capitaine aux gardes qu'il était, est promu maréchal de France. Son frère du Hallier prend sa place à la tête du régiment des gardes. Et son beau-frère, Persan, est nommé gouverneur de la Bastille. Ceci, pour les auteurs de la pistolétade. Mais Monsieur de Luynes, lui, reçoit la charge de premier gentilhomme de la Chambre en attendant qu'on lui donne un duché-pairie et qu'il reçoive l'immense fortune de Concini.

— Celle-là, on eût mieux fait de la rendre au trésor de la Bastille, puisque c'est de là qu'on l'avait tirée, dit mon père roidement.

— Eh quoi ! Critiquez-vous Louis ? dit Madame de Guise qui, de minute en minute, devenait plus royaliste. Ce n'est pas tout, reprit-elle, les deux frères de Luynes seront, eux aussi, fort bien lotis : on parle pour l'un d'un duché et pour l'autre, d'un maréchalat.

— Dieu du ciel ! s'écria mon père. Un maréchalat à qui n'a jamais tiré l'épée !

— Je vous le concède, dit Madame de Guise. C'est un peu fort. Mais notez-le : il n'est pas jusqu'aux deux roturiers du complot qui ne soient hautement promus. Tronçon sera secrétaire particulier du roi et Déagéant est fait intendant des Finances, et il entre, en outre, au Conseil des affaires.

— J'en suis heureux pour lui, dis-je. C'est un homme d'un grand savoir et d'une infinie sagacité.

— Vous êtes heureux ! Vous êtes heureux ! Mais vous, mon filleul, dit Madame de Guise avec une brusque colère, croyez-vous que c'est en restant caché comme l'humble violette sous ses propres feuilles que vous recevrez le salaire de vos peines ? Que diable, Monsieur, montrez-vous ! N'attendez pas que le temps passe et qu'on vous oublie ! Demandez ! Demandez ! Vous contenterez-vous d'être votre vie durant un petit chevalier ?

— Je me contente bien, moi, d'être chevalier de La Surie, dit La Surie, dont l'œil marron brilla soudain, tandis que l'œil bleu restait froid.

— Paix là, Miroul ! dit mon père *sotto voce*, tout en dissimulant de sa main un sourire.

— Monsieur, dit la duchesse avec le dernier sérieux en se tournant vers La Surie, je vous demande mille pardons, si je vous ai offensé. Un gentilhomme, quel que soit son degré, est un gentilhomme, et il n'y a pas de mal à être chevalier. Mon plus jeune fils l'était.

— Madame, dit La Surie, cette comparaison m'honore. Et vous m'avez consolé avec tant de bonne grâce que j'aimerais que vous me teniez désormais pour le plus humble et le plus dévoué de vos serviteurs.

— Mais il est charmant, votre Miroul, Monsieur, dit Madame de Guise en se tournant vers mon père, et en le regardant en même temps d'un air interrogatif, car elle commençait à se demander si La Surie ne s'était pas un peu gaussé d'elle.

Toutefois, quoi qu'elle en eût, la leçon porta. Car elle, qui avait tant de mal à s'apercevoir de l'existence des gens qu'elle jugeait trop au-dessous d'elle pour mériter ses attentions, ne faillit pas dans la suite à remarquer la présence de La Surie, ou tout au moins à la remarquer davantage qu'avec un simple signe de tête. Ce qu'elle fit avec esprit et non sans grâce : « Et comment en va-t-il, disait-elle après avoir reçu les hommages paternels, de mon petit chevalier ? » Et avec un sourire, elle lui donnait sa main à baiser, ce qu'elle n'avait jamais fait jusque-là. Je vous laisse à penser si La Surie en fut heureux.

Quant à moi, quand elle revint à ses moutons, elle me pressa derechef de réclamer, comme elle avait dit, le salaire de mes peines, et je ne laissai pas de lui promettre de suivre ses bons conseils, sans du tout avoir l'intention de le faire. Je craignais, en effet, qu'elle ne prit sur son bonnet de faire en ce sens auprès de Louis une démarche que, venant d'une amie intime de la reine-mère, il eût jugée disconvenable.

Ma bonne marraine partie, mon père me prit par l'épaule et me serra à lui.

— Irez-vous ? dit-il.

— Non point, Monsieur mon père.

— Et vous faites bien. Il y a fort à gager que Louis n'aura pas davantage oublié vos services en ce moment capital de son règne qu'il n'a oublié la petite arbalète que vous lui aviez donnée à Saint-Germain-en-Laye quand vous aviez dix ans. Tenace en ses ressentiments, Louis l'est aussi en ses gratitudes.

★
★ ★

Pourtant, au fur et à mesure que le temps passait, il m'apparut que mon père tardait à gagner sa gageure, et je commençais à me demander si je n'avais pas eu tort de mépriser les avis de Madame de Guise. Non que j'eusse à me plaindre de Sa Majesté. Elle avait pensé à moi, mais point tout à fait comme je l'eusse voulu.

Ayant exilé, le jour même du coup d'Etat, les secrétaires d'Etat (Richelieu compris) dont Concini avait fait ses créatures, le roi rappela les ministres barbons de son père et me commanda d'assister au Conseil des affaires, mais sans voix délibérative, et seulement à titre de consultant sur les pays étrangers dont je connaissais la langue.

Cette nouvelle, quand elle l'apprit, désola, puis enragea Madame de Guise. Et d'autant qu'elle n'avait pas entendu que « sans voix délibérative » voulait dire seulement sans droit de vote.

— Est-ce là, me dit-elle en me parlant avec les grosses dents, l'avancement dans l'ordre de la noblesse que vous étiez en droit d'attendre ? Est-ce là un accroissement de votre fortune ? Vous voilà comme devant chevalier, sans rien de plus que le revenu de votre charge de premier gentilhomme de la Chambre ! Trois mille cinq cents livres par an ! Le beau pactole ! Peut-on tenir son rang avec une pension aussi maigre ?

— Mais Madame, est-ce rien que d'être membre, à mon âge, du Conseil des affaires ?

— La belle affaire ! A ce Conseil, vous assistez debout, alors que ce bas roturier de Déagéant est assis !

— Madame, excusez-moi, il ne l'est pas. Seuls sont

assis au Conseil les quatre secrétaires d'Etat et Sa Majesté. Tous autres, dont je suis, sont debout.

— Mais Déagéant, lui, peut parler, et à ce qu'on m'a dit, il ne s'en prive pas, et avec quelle arrogance ! Alors que vous, tout savant que vous soyez, vous jouez à ses côtés les muets du sérail !

— Madame, derechef, excusez-moi, je peux parler, dès lors que Sa Majesté ou Monsieur de Villeroy le requièrent de moi.

— Et le font-ils ?

— Quelquefois.

— Vous m'en direz tant ! Et si ces quelques mots...

— Madame, je n'ai pas dit « quelques mots », j'ai dit « quelquefois ».

— Et si ces quelques mots, deux ou trois par mois, je suppose, vous contentent, tant mieux, Chevalier, tant mieux !

Ce « Chevalier », substitué à « mon filleul », fut la flèche du Parthe, et sur cette flèche, Madame de Guise me tourna un dos irrité et quasiment s'envola dans un grand tournoiement de son vertugadin.

Le secrétaire d'Etat aux Affaires étrangères auquel j'étais rattaché par ma charge était alors Monsieur de Villeroy. Autant que le permettaient mon âge et le sien, j'avais sous la régence de la reine-mère cultivé son amitié. Fils d'un prévôt des marchands de Paris, bourgeois instruit, industrieux, sagace, plein de vertus et de pécunes, représentant exemplaire de cette noblesse de robe dont la nôtre prenait tant d'ombrages, Villeroy avait été mêlé pendant quarante ans aux affaires de l'Etat. Henri IV, tout en se méfiant quelque peu de lui, parce que son catholicisme à gros grain lui donnait des sympathies pour les Espagnols, l'avait néanmoins gardé auprès de sa personne en raison de son expérience, et aussi parce qu'il avait — dès lors qu'il ne s'agissait pas de l'Espagne — un sens aigu des intérêts du royaume.

Au moment où Louis le rappela aux affaires, Monsieur de Villeroy avait soixante-treize ans, le poil blanc, la joue creuse, le nez long, et une barbiche effilée qui allongeait son visage jauni d'homme de cabinet. Il portait autour d'un cou maigre où tous les tendons saillaient une petite fraise démodée dont nos poupelets de cour se fussent gaussés, si Monsieur de Villeroy n'avait pas eu une apparence si vénérable et un savoir que respectaient nos princes.

Il m'aimait pour la raison que j'aimais l'écouter, et aussi parce que je m'étais donné la peine d'apprendre plusieurs langues, en un mot parce que j'aimais m'instruire, tout noble que je fusse. Et dans la mesure où sa santé le permettait, après les séances du Conseil ou les audiences des ambassadeurs, Monsieur de Villeroy avait la bonté de m'entretenir au bec à bec, et de me révéler, non sans y mettre la prudence et la suavité d'un vieux diplomate, le dessous des choses dont seul le dessus, en séance, avait été évoqué.

Par malheur, il était déjà fort mal allant, et bien que son esprit demeurât clair, son pas devenait chaque jour plus chancelant, ses gestes plus maladroits, il soufflait beaucoup, les longues séances du Conseil l'épuisaient. Et sept mois après avoir été rappelé au pouvoir, il suivit le chemin de toute chair et rejoignit dans la tombe les princes qu'il avait servis.

Il fut remplacé aux Affaires étrangères par Monsieur de Puisieux, fils du chancelier Brûlart de Sillery. Et pour ces deux Brûlart-là, comme on les appelait, tout en me donnant peine pour conserver avec eux les bons rapports que mes fonctions auprès d'eux commandaient, je n'éprouvai jamais le moindre atome d'amitié et de respect, car il m'apparut assez vite qu'ils faisaient plus volontiers leurs propres affaires que celles de l'Etat.

Quand Monsieur de Villeroy était encore en vie, je me ramentois d'une audience d'ambassadeur qui fit sur moi la plus profonde impression. Mais peut-être dois-je d'abord préciser la manière dont les choses avaient coutume de se passer. Quand un des ambassadeurs étrangers désirait parler au roi, il s'adressait à Monsieur de Bonneuil, lequel en informait le roi, lequel le renvoyait à Monsieur de Villeroy, lequel s'en entretenait avec Sa Majesté, et quand la décision était prise, Monsieur de Bonneuil mandait au demandeur que sa requête était acceptée ou, le cas échéant, rejetée. Mais le roi pouvait aussi, toujours par le canal de Monsieur de Villeroy et de Monsieur de Bonneuil, convoquer un ambassadeur, s'il le jugeait utile.

Le cas se présenta dans les premiers jours de juin 1617, quand l'Espagne, maîtresse déjà du Milanais, chercha noise à la maison de Savoie, dont les liens avec la France, de longue date très amicaux, allaient deux ans plus tard encore se resserrer avec le mariage de Chrétienne, deuxième sœur de Louis, avec le prince de Piémont.

Quand il recevait un ambassadeur, Louis l'accueillait avec la plus scrupuleuse politesse. Il se levait, il allait à sa rencontre, le saluait à plusieurs reprises en levant son chapeau comme pour faire honneur au pays qu'il représentait. Et pour peu que le dignitaire appartînt à un royaume ami, comme la Savoie, et qu'il ne l'eût vu de longtemps, il allait jusqu'à l'embrassade. Dans la suite de l'entretien, chaque fois que l'ambassadeur en lui donnant de « Votre Majesté » lui baillait en même temps une bonnetade, Louis ne laissait pas aussitôt de lui rendre ce salut. Ce qui ne l'empêchait pas d'écouter le discours de son vis-à-vis avec une extrême attention, son jeune visage — ma belle lectrice se ramentoit qu'il n'avait pas encore seize ans — étant pénétré tout à la fois de gravité, de dignité et de bienveillance.

Telle ne fut pas la réception qu'il fit au représentant du royaume que j'ai dit, lequel tâchait, on s'en souvient, d'empiéter sur une principauté qui était chère à nos cœurs. Quand le duc de Monteleone apparut et s'avança vers lui, Louis, pour répondre à son salut, se leva à moitié de sa chaire et souleva à demi son chapeau. Puis d'entrée de jeu, il dit sans phrase, sans rhétorique et sans le moindre détour, que si les troupes de son bien-aimé cousin continuaient à attaquer la Savoie, il prendrait les armes pour se porter au secours de ses amis.

Le duc de Monteleone, chez qui tout — le corps et le visage — était long, maigre et roide, et à qui on avait eu quelque mal à faire entendre à son arrivée en France que, s'il pouvait, étant Grand d'Espagne, rester couvert devant son propre souverain, il devait se découvrir devant le roi de France, fut étonné d'un discours aussi ferme que laconique, et l'interprétant comme une preuve d'inexpérience, il pensa gagner à la main sur un roi si béjaune.

— Sire, dit-il, ceci est pour moi tellement inattendu que je m'abstiendrai d'écrire à mon roi que le roi de France a l'intention de prendre les armes en faveur de la Savoie.

Etant placé derrière Monsieur de Villeroy, lequel était debout derrière la chaire de Sa Majesté, je ne pus voir le visage de Louis quand il répliqua, mais je sentis à l'intonation de sa voix qu'il jugeait fort offensant le dédain que laissaient apparaître les paroles de l'ambassadeur.

— Monsieur, dit-il avec froideur, écrivez seulement que pour avoir la paix générale, il faut commencer par accorder une suspension d'armes, sinon, la Savoie étant unie à ma couronne, je ne laisserai pas de l'assister.

Un silence suivit cette déclaration.

— Puisque Votre Majesté, dit le duc de Monteleone en s'inclinant, mais sans rien perdre de sa superbe, le désire ainsi, j'écrirai ce qu'elle m'a dit d'écrire au roi, mais je regrette que cette décision-là ait été conseillée à Votre Majesté.

A cette insolence à peine voilée, Louis redressa le torse et la tête et dit sans hausser la voix :

— Rien d'autre, Monsieur, ne me conseille, que l'intérêt de mon service.

Et il ajouta d'une voix glaciale :

— Je vous ai dit ma volonté. Faites-la entendre à

votre maître, et vous en allez trouver Monsieur de Villeroy, qui vous dira le surplus de mes intentions.

Ce fut la première et la dernière fois que Monsieur de Monteleone tenta de le prendre de haut avec le roi. Non qu'il fût sot, mais ayant peu approché Louis du temps de la régence, il en tenait encore pour la version de l'« enfant enfantissime » répandue par sa mère. Tant est que le vingt-quatre avril 1617 le prit sans vert et le laissa béant. Mais convaincu, comme souvent les diplomates, de sa propre infaillibilité, il finit par se persuader que la paternité du coup d'Etat revenait non pas au roi, mais à Monsieur de Luynes et à son entourage. Or, il n'en était rien, je peux l'affirmer, puisque j'appartenais à la poignée des conjurés qui entouraient Louis. Dans nos réunions secrètes, le pauvre Luynes, si charmant et si couard, ne proposa jamais que la fuite. S'il n'avait tenu qu'à lui, Concini serait encore vivant, et la régente, assise sur son trône usurpé.

A l'égard de l'Espagne, Louis ne se contenta pas d'une menace d'intervention. Il expédia sans tant languir des troupes commandées par Lesdiguières, lequel contraignit les Espagnols à lever le siège de Verceil. Il est bien vrai que le Conseil des affaires, à une large majorité, avait conseillé cette intervention, mais une fois la majorité acquise, le roi avait fait sienne une décision qui entrait si bien dans ses vues et l'appliqua avec la dernière vigueur. La maxime que se prescrivit Louis dès le premier jour où il fut le maître était, après discussion, de faire voter les membres du Conseil et de suivre l'avis de la majorité, mais point quand cet avis contredisait son intime conviction. Il tranchait alors de son propre chef, comme bien on verra dans l'affaire des Jésuites.

Les séances du Conseil se tenaient au Louvre, au second étage, dans le cabinet aux livres. C'était une belle salle, décorée de bibliothèques vitrées, entre lesquelles on avait tendu des tapisseries. Louis s'asseyait au haut bout de la table, le chapeau sur la tête. A sa gauche et à sa dextre, assis deux par deux, les quatre secrétaires d'Etat, couverts eux aussi, avaient pris place. Le reste de l'assistance, y compris les princes et les ducs, se tenait debout et nu-tête.

Etant lui-même si laconique, Louis exigeait de ses ministres la plus grande brièveté. Dès que l'un d'eux parlait, il enfonçait son chapeau sur la tête, croisait les bras, et l'écoutait, la face imperscrutable, avec la plus grande attention. Il n'interrompait jamais. Le prince de Condé s'étant risqué un jour à couper la parole à un secrétaire d'Etat pour faire une objection, Louis leva la main et lui dit d'un ton sans réplique :

— Mon cousin, je laisse librement tout un chacun opiner. Vous aurez donc tout loisir de parler à votre tour.

Pour moi, dans les débuts du moins, j'étais frappé du contraste que présentait la juvénile face de mon roi, ronde et lisse, avec celles, fripées et vieilles, des ministres. Il y avait là Brûlart de Sillery, chancelier, chef du Conseil ; Du Vair, garde des Sceaux ; Jeannin, surintendant des Finances ; et Villeroy. Tous les quatre avaient passé la soixante-dixième année, et Louis pouvait se ramentevoir les avoir vus plus d'une fois en ses enfances quand, à huit ans, debout entre les jambes de son père, il assistait d'un bout à l'autre, sans piper ni broncher, à une séance du Conseil des affaires.

La neige de l'âge, depuis ce temps, avait recouvert les cheveux clairsemés des Barbons, mais ils n'avaient rien perdu de leur savoir-faire. Chacune de leurs rides épelait une longue expérience. Ils connaissaient les rouages, les procédures, les dossiers, les précédents. Et pour Louis, si jeune et si anxieux de bien gouverner, ces anciennes colonnes qui, depuis tant d'années, soutenaient l'Etat, avaient quelque chose d'émerveillablement rassurant.

Depuis la mort de son père, loin de le préparer à son métier de roi, tous les soins, bien au rebours, avaient été pris pour le rendre inapte à l'exercer. Une instruction sommaire, intermittente et prématurément close, qui se termine quand il a treize ans ; une instruction en elle-même très incomplète : beaucoup de déclinaisons latines, un brin de cartologie, peu d'histoire, aucune langue étrangère, et pas tout à fait autant de mathématique qu'il l'eût voulu, la trouvant « très utile à l'artillerie et aux fortifications » ; et une assistance, sous la reine-mère, fort peu encouragée, c'est le moins qu'on puisse dire, au Conseil des affaires.

Je n'entends point céans noircir plus qu'il ne faut cette princesse que son opiniâtre orgueil poussa de sottise en sottise à une fin si malheureuse qu'elle force la pitié. Mais il est constant, et par tous avéré, que la régente aimait le pouvoir et ses fastes au point de voir en son fils le rival qui les lui arracherait, et que pour cette raison il lui fallait rabaisser, isoler, réduire. Ce qu'elle fit, étant étrangère à tout sentiment tendre, avec une morgue et une férocité qui étonnent chez une femme, à plus forte raison chez une mère.

Louis avait l'esprit trop fin et la volonté trop forte pour que la reine-mère pût complètement réussir, mais à mon sentiment elle n'échoua pas non plus tout à plein. Il fallut à Louis bien des années encore pour se défaire du sentiment d'humiliante infériorité qu'elle lui avait inculqué.

Deux circonstances me paraissent avoir accru ce peu de fiance que Louis avait en lui-même en l'aurore de son règne. Il n'avait jamais réussi tout à fait à corriger son bégaiement, et dans une grande mesure, pour le dissimuler il prit en public le parti soit de se taire, soit d'être fort épargnant de ses paroles. Après coup, il aimait présenter cette façon d'être comme un trait de caractère inné. Il disait à son gouverneur en ses enfances : « Savez-vous pas, Monsieur de Souvré, que je ne suis pas grand parleur. » Et dans les années qui nous occupent il confiait au nonce Corsini : « Je ne suis pas faiseur de phrases. »

Une fois le maître en son royaume, il découvrit

néanmoins que ce « trait de caractère » comportait des avantages. La discrétion et le secret sont faciles à qui parle peu. Et cette réserve lui donnait par surcroît un air grave et imposant. En outre, dès qu'il ouvrait la bouche, la brièveté de ses propos donnait du poids à chacun de ses mots. Toutefois, sa taciturnité ou à l'occasion la concision de son verbe entraînaient aussi un grand inconvénient politique, le peuple français étant si raffolé de ces bons mots, de ces saillies, de cette éloquence, toute de jet et de primesaut où son père excellait et à qui il devait en grande partie son ascendant, son pouvoir de persuasion, et une popularité à laquelle Louis, malgré ses mérites, n'atteignit jamais.

Il ne me paraît pas hasardeux de suggérer que le pitoyable échec de sa nuit de noces, à quatorze ans, avec Anne d'Autriche, contribua quelque peu à lui donner l'impression d'une immaturité enfantine, dans un pays où les verts galants sont plus prisés que les chastes. A tout le moins ce fut un fort pesant échec qu'il traîna encore plusieurs années derrière soi, pour ne rien dire ici des angoisses et des humiliations de la petite reine.

Son père, le vert galant, était son héros, son exemple et son modèle en tout, sauf justement dans le domaine de la galanterie. Bon chien ne chassait pas de race. On avait pris soin de lui casser sa fougue, en lui apprenant dès ses maillots et enfances que la chair, c'était le diable. Le père Cotton le tenait une grosse heure à confesse et lui façonnait une âme lisse, où les désirs, comme autant de mauvaises herbes, étaient éradiqués. Le père, Jésuite fougueux emporté par sa foi, ne savait pas qu'il arrachait le bon grain avec l'ivraie. Bonhomme mais aveugle, il n'eut pas conscience d'émasculer le roi en même temps que la mère de Louis le réduisait à l'impuissance politique. Il n'y eut pas complot. Le bon père fut le premier navré du fiasco de la nuit de noces, et point le dernier non plus à presser son pénitent d'assurer sa succession. Mais l'affaire paraissait bien compromise. Louis était devenu aussi chaste qu'un moine. Foin donc de ces maîtresses succulentes grâce auxquelles son père retrempait jadis sa vigueur. Et quoi qu'en pussent conter nos bons caquets de cour, fi pareillement des mignons d'Henri III ! Monsieur de Luynes était très aimé, mais point de cette façon-là.

Louis faisait à sa gracieuse petite reine deux visites protocolaires par jour, et je l'ai vu souvent blême et mal à l'aise au moment de pénétrer dans ses appartements, non qu'il détestât la pauvre Anne, si jolie et si vive et qui avait tant le désir d'être vraiment sa femme, mais il avait en grande horreur la bonne centaine de dames de cour, dévergognées et caquetantes, qui s'agitaient là, toutes si femmes, et qui pis est, si espagnoles : le pire des vices à ses yeux. J'ai souvent pensé combien son père se serait, au rebours, senti à son affaire au milieu de ce gynécée, entouré de regards veloutés, de hanches onduleuses et de sourires étincelants. Mon pauvre Louis, lui, était au supplice.

Le divertissement majeur de sa vie, qui était en même temps la revanche et la consolation de son orgueil viril, malmené par une abstinence si disconvenable au premier gentilhomme du royaume, c'était la chasse. A cheval, cavalier intrépide, à pied, marcheur infatigable, ou le faucon au poing, il poursuit tout, poil ou plume, hormis la plus belle moitié de l'humanité. Il a de la chasse une conception austère, héroïque. De prime, la perfection. C'est un tireur inégalable. A l'arquebuse, il abat un aigle en plein vol. Mais cela ne suffit pas. Il lui faut tout savoir du gibier, des moyens de la poursuite, et des règles qu'on y doit observer. Il faut ensuite qu'il y ait de l'exploit dans la capture et la mise à mort. Chassant dans la garenne du Peq [1], au-dessous du château de Saint-Germain-en-Laye, il décide de courre le cerf. « Sire, protestent

1. Aujourd'hui « Le Pecq ».

ses veneurs, cela ne se peut. Il pleut. Et la pluie va brouiller le nez des chiens. » Louis passe outre, et tenant son limier, il quête lui-même l'animal, il s'attelle à cette tâche trois heures d'affilée sous pluie et grêle. Il trouve enfin la proie, et comme il n'y a plus alors qu'à garder le contact, il laisse ce soin à ses veneurs, remonte au château, va à messe et voit la reine. Bref, il remplit ses devoirs coutumiers. Il mange aussi, et rebotté il descend derechef à la garenne et poursuit le cerf qu'il a détourné le matin. La course dure cinq heures, de une heure de l'après-dînée à six heures du soir. La nuit tombe, l'animal est enfin aux abois et Louis remonte au château. On le dévêt, on l'essuie, on le change. Il va voir la reine. Au cours de cette mémorable journée, il lui a consacré deux fois dix minutes, et au cerf, huit heures.

Parce qu'il était grand chasseur et aussi parce qu'en son règne il châtia exemplairement les rebelles et les traîtres, on a dit qu'il y avait en lui un grain de cruauté. Loin de souscrire à ce jugement, j'en disconviens tout à plein. Je dirais quant à moi que rien ne passait chez lui avant le souci de la justice.

Ma belle lectrice, se peut, se ramentoit qu'à l'âge de dix ans, préparant de ses mains une œufmeslette pour sa petite sœur Elisabeth, il lui avait dit que d'aucuns méchants l'appelaient Louis le Bègue, mais qu'il voulait, lui, qu'on l'appelât Louis le Juste. C'était le temps où les iniquités de sa mère à son endroit le blessaient d'autant plus cruellement qu'il ne pouvait protester contre elles à la franche marguerite : on l'eût fouetté.

D'où une tenace rancœur qui fermenta en lui tout le temps de la régence et fit beaucoup, à mon sentiment, pour mettre en lui cette roideur de justicier qui explique les sévérités de son règne. Je n'en citerai à cette date qu'un exemple. On lui avait donné une compagnie de soldats suisses qui avaient son âge, et qu'il menait, comme lui-même, à la dure. Et je me ramentois qu'un an après le coup d'Etat, ayant à l'improviste visité ces béjaunes en leurs quartiers à sept heures du matin, il trouva l'un d'eux paressant encore au lit. Irrité de cette indiscipline, Louis le fit porter dans la cour sur le fumier des chevaux et ordonna qu'on lui barbouillât le visage avec cette fiente.

Certes, c'était là peu de chose eu égard aux punitions autrement féroces — comme le *morion*, le *piquet*, le *chevalet* ou l'*estrapade* [1] — que nos capitaines, en ce pays, infligent à leurs soldats. Et peut-être celle-ci ne me frappa tant que parce que j'en fus le témoin.

Cette roideur à punir, c'était là le point où, à mon sentiment, il différait le plus de son père. Louis ne pardonnait pas volontiers, et jamais deux fois. Mais cette inflexibilité ne voulait pas dire qu'il faillît le moindrement en sentiments humains. Quand il apprit qu'une femme, à laquelle il avait quelque raison de garder une fort mauvaise dent : pour la nommer, l'épouse de Concini, Leonora Galigaï, avait été condamnée à être décapitée et brûlée [2], le récit qu'on lui fit de cette exécution tant le bouleversa qu'il ne put dormir de la nuit. Je m'apense quant à moi qu'il eût préféré qu'on la renvoyât en Italie, après qu'on eut trouvé un autre moyen qu'un sordide procès en sorcellerie pour lui faire dégorger l'immense picorée que son emprise sur la régente lui avait permis d'amasser.

*
* *

La date du treize septembre 1617 est demeurée gravée en ma remembrance, comme en celle de Mon-

1. Pour le *morion*, on dénudait les fesses du puni et on les frappait avec un casque (le *morion*), puis avec la crosse d'un fusil. Pour le *piquet*, on le déchaussait et on maintenait son pied au-dessus d'un pieu pointu. Pour le *chevalet*, on faisait asseoir sur son arête aiguë le puni et on suspendait deux poids à ses pieds. Pour l'*estrapade*, on le hissait par une corde en haut d'un mât, attaché par un pied, et on le laissait tomber tête en avant dans le vide en raidissant la corde avant que sa tête touchât le sol.
2. Le 8 juillet 1617.

sieur de Luynes, mais pour une raison sans aucun doute tout à plein étrangère à la sienne.

Il se mariait ce jour-là. Il y avait belle heurette qu'il en avait exprimé le désir à Louis, en fait dès le lendemain du coup d'Etat, alors que Louis le comblait de dons et d'honneurs. Devenu un des seigneurs les plus riches, et à coup sûr le plus influent du royaume, il désirait fonder une lignée qui perpétuât cette grande faveur où il se trouvait.

L'amour de Louis pour lui paraissant sans limites et les caquets de cour à ce sujet étant ce que j'ai dit, il se peut aussi que Luynes ait désiré une fois pour toutes clore ces bons becs en prouvant qu'il n'était pas, quant à lui, insensible aux charmes du *gentil sesso* [1] ni incapable de faire souche.

Louis, qui à ce moment de son règne ne lui refusait rien, conçut l'idée de le marier d'abord à sa demi-sœur bâtarde, Mademoiselle de Vendôme. Mais la demoiselle était haute. Elle se paonnait prou de ce que coulât dans ses veines le sang d'Henri IV, et bien que Luynes fût un de ces beaux cavaliers dont filles sont accoutumées de se coiffer, elle n'en voulut pas : la petite noblesse du provençal lui soulevait le cœur.

Luynes eut davantage de succès avec Marie de Rohan-Montbazon, soit que son père, le duc de Montbazon, la poussât à cette union, parce que son ambition l'inclinait à devenir le beau-père du favori, soit qu'elle-même, impatiente de demeurer fille, brûlât de s'émanciper, aimant fort les hommes, et voyant déjà bien au-delà de son futur mari.

Parce que Louis n'aimait ni les cérémonies ni les solennités, le mariage se fit dans la chapelle de la tour, l'exiguïté du lieu excluant une grande assistance, comme l'excluait aussi l'heure très inhabituelle qui avait été choisie pour la célébration : cinq heures du matin... A ma connaissance, jamais dame ne s'était

1. Le gentil sexe (ital.).

levée si tôt, et quasiment à la nuit, pour épouser son fiancé.

L'office fut célébré par l'archevêque de Tours. Gros matou qu'on avait eu peine à tirer de sa couche à des heures aussi indues, il lutta pendant l'office pour garder les yeux ouverts et se trompa deux fois dans les prénoms des épousés.

Le duc de Montbazon n'avait invité qu'une poignée de ses amis, mais en revanche tous les conjurés du vingt-quatre avril étaient là sur l'ordre du roi, y compris ceux que la duchesse de Guise appelait les « bas roturiers », Déagéant et Tronçon. Déagéant reluisait de sa neuve gloire d'intendant des Finances, et de membre du Conseil des affaires. Et je songeais peu, quand mon regard effleura en passant la bonne tête de Tronçon, que j'aurais les deux jours suivants à courir désespérément après lui pour qu'il éclairât ma lanterne.

Tronçon n'avait pas les rares capacités de Déagéant, mais ayant été choisi par Louis pour être son secrétaire particulier, il avait reçu de lui une tâche qui lui agréait fort et dont il s'acquittait avec tant de majesté que vous eussiez cru, à le voir et à l'ouïr, que c'était lui qui avait pris la décision : il portait aux intéressés les grâces et les disgrâces du roi.

Mais comme la malignité de la Cour prend plus de plaisir à la défaveur qu'à la faveur, quand un grand officier de Sa Majesté encourait la première, la Cour prit l'habitude d'appeler *tronçonnade* la démarche que faisait auprès du malheureux, avec les mines que je viens de dire, le secrétaire du roi.

Il n'y eut en ce mariage ni musique ni chants, et l'archevêque avait reçu de Louis l'ordre d'écourter son homélie, laquelle toutefois fut plus longue que prévu, tant il eut du mal à lire le texte écrit pour lui par son grand vicaire. Mais l'affaire fut malgré tout si rondement menée qu'à six heures tout fut fini. Mademoiselle de Montbazon, superbement parée, était devenue à jamais Madame de Luynes, et bientôt —

mais à mon sentiment cette élévation était déjà prévue et convenue — Madame la duchesse de Luynes.

L'assistance se pressa pour présenter ses hommages aux époux et je pus voir l'épousée tout à mon aise. C'était une grande fille fort bien en chair, frisquette et pétulante, et son décolleté, plus généreux que je n'eusse attendu d'une épousée dans une chapelle, annonçait de si belles promesses qu'elles eussent pu troubler les saints des vitraux.

Ce n'était pas, pour parler à la franche marguerite, une beauté classique, son nez était un peu long, mais pas au point de déparer son visage. J'observai qu'elle regardait hardiment les cavaliers de l'assistance, et malgré cette observation, qui eût dû me mettre en défiance, quand ce fut mon tour de la saluer, son sourire éclatant et ses grands yeux bleus, pleins d'esprit et de feu, me ravirent le cœur en un battement de cil. Ce fut là un premier mouvement irrésistible et fol, où ni ma volonté ni ma raison n'eurent la moindre part. Ce ne fut que le lendemain que je conçus quelque vergogne de ce subit et incongru émeuvement, qui me rendait infidèle, fût-ce en pensée et pour un court instant, à ma comtesse palatine [1].

Après qu'il eut pris congé des épousés, Louis partit sans dire où il allait, et d'un pas si rapide que nous eûmes peine à le suivre : ce « nous » comprenait le maréchal de Vitry, son frère du Hallier, capitaine aux gardes, Monsieur de La Curée, capitaine aux chevau-légers, le baron de Paluau, son maître d'hôtel, le jeune Montpouillan (fils du duc de La Force) et moi-même, tous fort étonnés de voir Louis galoper à cette allure dans les galeries et les escaliers du Louvre et ne sachant où diantre il courait si vite à six heures et demie du matin, et comme nous tous le ventre creux, faute d'avoir au lever glouti le moindre morcel.

Le garde de faction fut si étonné de voir le roi se présenter au guichet que, faillant de prime à le recon-

1. Madame de Lichtenberg. (Cf. *L'Enfant-Roi*.)

naître, il l'eût se peut arrêté, s'il n'avait aperçu derrière lui la grosse trogne de Vitry. Il courut alors devant Sa Majesté pour refouler les entrants et faire place au roi sur l'étroite passerelle qui menait au pont dormant. Après quoi il ouvrit grand (mais point à lui seul, certes) la porte de Bourbon qui n'était qu'entrebâillée.

Dès qu'on fut hors, on comprit ce que Louis avait dans l'esprit dès le début de cette course, quand on le vit frapper à coups redoublés à la porte du Jeu de paume, lequel, si j'en crois mon père, on appelait sous Charles IX *le Jeu des cinq pucelles,* pour la raison que le maître paumier, qui en était propriétaire, avait cinq garcelettes qui attendaient maris. Ce nom était resté au Jeu de paume parce qu'il était plaisant, alors même qu'il y avait belle heurette que les pucelles n'étaient plus pucelantes, mais mariées et mères, et le maître paumier, ensépulturé.

Vitry ayant joint ses gros poings à ceux du roi pour toquer à la porte du Jeu de Paume, il fit un tel tapage qu'à la fin elle s'ouvrit, laissant apparaître un gardien maigrelet et chenu qui à la vue du roi faillit pâmer. A cette heure matinale, la grande salle était un désert et l'huis reclos sur nous avec défense de laisser entrer personne, on ne trouva là ni naquet pour marquer les points, ni ramasseur de balles. Et on n'eût pas trouvé non plus balles et raquettes, si Vitry, soudard qu'il était, n'avait eu une façon bien à lui d'ouvrir une armoire cadenassée.

— Voilà Vitry qui rompt encore une porte, dit Louis, mi-figue mi-raisin, faisant allusion au fait que Vitry, quelques années plus tôt, n'avait pas craint de pétarder le portail d'une prison pour délivrer deux de ses soldats que le lieutenant civil retenait prisonniers.

— Çà ! dit Louis, la raquette en main, qui me va renvoyer la balle ? Vous, Vitry ?

— Sire, dit Vitry, je vous serais piètre adversaire. Choisissez plutôt La Curée. Il est fort bon.

— Volontiers, Sire, dit La Curée, lequel, toutefois,

ne parut pas enchanté de se déporter violemment sur un ventre vide, d'autant qu'il était gros mangeur.

On se souvient que lors du festin champêtre des « goinfres de la Cour », auquel Louis s'était gaillardement invité, Monsieur de La Curée, une serviette autour du col, allait à cheval chercher les plats à la cuisine, et toujours à cheval les amenait aux « goinfres » assis sous les tonnelles, non sans, à chaque voyage, prélever pour lui-même une large part.

Louis chargea Vitry d'arbitrer, mais comme il n'y avait pas de naquet, le maréchal en assura aussi les fonctions, qui consistaient à marquer sur un tableau noir les points que remportait à tour de rôle chacun des adversaires.

Le roi me choisit comme juge au filet, lequel céans n'était point un filet, mais une corde tendue entre les deux joueurs qu'on avait pris soin de garnir sur toute sa longueur de franges tombant jusqu'à terre pour empêcher la balle de passer sous la corde. Mais les franges n'étant point si serrées qu'une balle frappée avec force n'arrivât à passer au travers d'elles, et cela donnait lieu, entre joueurs, à des contestations à l'infini, que le juge au filet avait pour tâche de trancher.

Louis désigna Paluau et Montpouillan pour ramasser les balles, lesquelles aux *Cinq Pucelles* étaient faites de poils de chien recouvertes de cuir (mais point n'importe quel chien, ni n'importe quel cuir), et réputées les meilleures d'Europe, je le dis en passant, aimant à me paonner de ce qui se fait de bien en ce royaume. Les ramasseurs se donnant quasiment autant de mouvement que les joueurs, mais sans en avoir la gloire, c'était là une tâche humble et fort essoufflante, non point tant pour Montpouillan qui, à seize ans, était mince et svelte comme un lévrier, mais pour Paluau dont une bedondaine, avant l'âge, alourdissait les pas. Qui pis est, on s'en gaussait, quoique sans méchantise, sa gentillesse ne lui ayant fait que des amis.

— Messieurs, gagerez-vous ? dit Louis avec quelque impatience, car ayant ôté son pourpoint il commençait à sentir le froid.

— Oui-da, dit le maréchal, et sachant que la meilleure façon de faire la cour au roi était de ne le point flatter, il gagea pour La Curée.

Mais comme il était aussi chiche-face qu'il était riche, il ne déposa que deux écus dans la bourse qui attendait les pécunes à l'aplomb d'un des poteaux qui supportaient le filet : cette gageure, de toute façon, ne lui plaisait guère, étant à fond perdu, le vainqueur de la partie ramassant tous les gages.

Monsieur du Hallier, son frère, lequel était comme une réplique affadie de son aîné et en tout l'imitait, gagea lui aussi deux écus pour La Curée. Ce du Hallier avait, sur un signal de Vitry, tiré l'un des trois coups de pistolet qui abattirent Concini sur le pont dormant du Louvre. Mais bien que ces trois coups fussent tous trois mortels, comme il fut avéré dans la suite, du Hallier, portant haut la crête, clamait que seul le sien l'avait été, ce qui lui aurait valu d'être appelé sur le pré par les deux autres tireurs, si Vitry n'avait mis le holà à ses vantardises.

Le maître d'hôtel, Monsieur de Paluau, probablement parce qu'il avait fait le même calcul que Vitry, gagea aussi pour La Curée, et ne voulant pas offenser le maréchal en se montrant plus donnant que lui, il déposa à son tour deux écus dans la bourse. Tant est que Montpouillan et moi-même, afin de rendre les enchères plus égales, n'eûmes plus qu'à gager trois écus chacun pour Louis. En tout, le pécule pour le vainqueur s'élevait à douze écus, ce qui était bien peu pour un capitaine aux chevau-légers, et plus que maigre pour un roi.

— Plaise à vous, Sire, que je tire au sort le service ? dit Vitry en se baissant pour prendre un écu dans la bourse du filet. Que dit Votre Majesté ?

— Face, dit Louis avec un sourire, car il aimait se rappeler que cette face-là était justement la sienne.

L'écu tourna sur lui-même dans les airs et eut la bonne grâce en touchant le sol de donner l'avantage à Sa Majesté, laquelle, affermissant dans sa main le manche de sa raquette, se campa pour le service. Vitry ramassa l'écu à terre, et comme naturellement, l'empocha.

— Tenez [1] ! cria le roi, la raquette haute.

— Je reçois ! cria La Curée de l'autre côté du filet.

La Curée gagna le service du roi, puis le sien, et derechef le service du roi, mais après cela, tout soudain, son beau jeu se dérégla et il ne fit plus rien qui valût.

— Vous faiblissez, La Curée ! cria Louis.

— C'est que j'ai faim, Sire ! dit La Curée.

— Si je dois vous vaincre, je ne veux pas que ce soit par la faim, dit Louis. Çà, Paluau ! reprit-il, laissez là ces balles, courez aux cuisines et faites-nous apporter des viandes !

— Céans, Sire ? dit Paluau en ouvrant de grands yeux.

— Céans !

— Pour vous, Sire ?

— Pour tous !

Et comme Paluau s'en allait à petits pas, poussant devant lui sa petite bedondaine, Louis cria :

— Çà, Paluau, courez ! De grâce, courez !

Ce qui fit rire, et Louis lui-même sourit, étant ce matin de la meilleure humeur du monde, ayant trouvé le moyen de marier en moins d'un mois son favori à une vieille et illustre maison.

Avant que les vivres arrivassent, Louis eut le temps de gagner encore deux jeux d'affilée à La Curée, lequel, depuis qu'on avait parlé de gloutir, ne pensait à rien d'autre. Parurent enfin, poussant deux grands plateaux sur un petit chariot, deux robustes ribauds

---

1. C'est de ce « tenez », répété sans cesse au cours d'une partie, quand l'un des deux joueurs sert, que les Anglais ont fait « tennis ». *(Note de l'auteur.)*

de cuisine, escortés par les deux premiers valets de Chambre de Sa Majesté, Henri de Berlinghen et Soupite, le premier portant une grosse motte de beurre comme un sacrement, et le second, assez de pain pour nourrir une patrouille.

Je ne connaissais point le père de Soupite, mais fort bien celui de Berlinghen, qui avait tant d'années servi Henri IV comme premier valet de Chambre : gentilhomme fidèle, dévoué, discret, incorruptible. A sa mort prématurée, il y avait eu quelque difficulté à ce que son fils lui succédât dans sa charge : il était si jeune. Mais Louis, par fidélité à son père, ne voulait personne d'autre qu'un Berlinghen à son service, et il avait fallu qu'il se contentât du béjaune, qui avait à peine treize ans. Soupite n'était guère plus vieux ni mieux formé, tant est que Louis avait souvent maille à partir avec eux, les gourmandant et les punissant pour leurs innumérables fautes, mais toutefois les aimant. Et à l'occasion, oubliant sa majesté et se ramentevant son âge, il jouait avec eux.

Les garçons de cuisine et les deux premiers valets de Chambre disposèrent les plateaux sur les bancs des tribunes, qui servirent à la fois de tables et de chaises. On s'attaqua aux viandes, à dents aiguës et avec les doigts, car la cuisine avait oublié couteaux et fourchettes. De toutes les viandes qui étaient là, on fit surtout honneur à des poulets de Bresse rôtis de la veille, mais dont la chair était succulente. J'observai que Louis, contrairement à son habitude, mangeait fort peu, pensant sans doute à la partie inachevée, tandis que La Curée, qui n'avait pas volé son nom, gloutissait comme quatre.

— Que voilà une belle cuisse ! dit-il, la salive lui coulant quasiment de la lèvre, en arrachant son morceau favori à un poulet doré.

— Peuh ! dit Vitry. A'steure, Luynes en a une bien plus belle à se mettre sous la dent !

— Vitry, dit Louis dit d'un ton roide, mais sans

30

hausser la voix, je ne veux pas qu'on dise devant moi des saletés et des vilenies.

Vitry baissa aussitôt le nez et ce fut merveille de voir ce grand casse-trogne rougir comme pucelle. Je l'avais déjà vu rougir ainsi un jour où, se trouvant dans le carrosse de Louis, il avait, ayant faim, tâché de grignoter un biscuit en tapinois. « Vitry, avait dit Louis, voulez-vous faire une auberge de mon carrosse ? »

Il va sans dire que même avant que la matinée prît fin, la réprimande infligée à Louis au sujet de Madame de Luynes fut connue de toute la Cour, les uns blâmant à mi-mot et à voix petite la pudibonderie du roi, les autres (surtout les dames) déplorant la grossièreté du maréchal. Je fus plutôt de ceux-là, partie peut-être parce que Madame de Luynes s'étant déjà implantée dans mon cœur, je ne voulais pas qu'on parlât d'elle ainsi, mais partie aussi parce que Louis à mon sentiment avait raison de ne pas tolérer qu'on prononçât en sa présence des propos aussi bas. Simplicité chez lui n'était pas complaisance. Il est arrivé à Louis, après une longue chasse, à pied par vent et pluie, d'entrer, épuisé et affamé, dans une auberge de campagne, d'y trouver des Suisses d'un de ses régiments, de s'asseoir à la même table et de partager avec eux le pain de seigle, le beurre salé et la piquette. Mais ce faisant, il n'y avait pas à s'y tromper : il était toujours le roi.

Quant à la partie de paume avec Monsieur de La Curée, Louis la gagna, son adversaire étant très alourdi par ses viandes et ses vins.

Dès que Vitry eut annoncé à voix stentorienne la victoire du roi, j'apportai à Sa Majesté la bourse des gages. Comme on sait, elle ne contenait plus douze écus, mais onze. Mais soit que le roi n'eût pas remarqué l'effronterie de Vitry, soit que l'ayant observé, il ne voulût pas tabuster une deuxième fois le maréchal dans la même matinée, il ne dit rien. Bien différent en cela de son père, qui était raffolé de tous les jeux d'argent et trichait sans vergogne aucune, Louis n'aimait pas mêler la pécune au divertissement, et quand l'usage voulait qu'elle le fût, comme à la paume, il respectait rigoureusement les règles, ne contestait jamais aucun coup et se montrait bon perdant.

En cette journée du treize septembre, si mémorable, comme j'ai dit, pour Luynes et pour moi, je revis Louis deux fois : au Conseil des affaires, qui dura de midi à deux heures et demie. Et le soir, chez Monsieur de Luynes, qui donnait à souper sur le coup de huit heures, au roi et à ceux qui avaient assisté à l'office du matin. La chère fut fort raffinée, mais c'est à peine si j'y pris garde. Madame de Luynes avait changé de vêture, mais celle-ci ne le cédait en rien en splendeur à celle de son mariage ; son visage, aux chandelles, me parut plus beau et plus doux, avec un charme d'intimité qui me poigna le cœur, mais sauf deux ou trois fois, et très contre mon gré, je ne la regardai pas, craignant que son bel œil bleu, en croisant le mien, ne me jetât plus avant dans l'esclavage où, le matin, en une seule fois, il m'avait plongé.

Le souper se termina à onze heures, et Louis, désirant laisser les deux époux ensemble, ne voulut pas que son hôte le raccompagnât à son appartement comme le protocole l'exigeait, puisque Luynes était, comme moi-même, premier gentilhomme de la Chambre. Louis n'y perdit guère en nombre, car tous ceux qui étaient au souper le suivirent jusqu'à sa porte. Là, toutefois, Louis renvoya toute la compagnie, mais comme je l'allai quitter, me jugeant inclus dans ce congé, il me dit :

— Demeurez, *Sioac*.

Quand Louis avait six ans et ne prononçait les « r » qu'avec difficulté, il m'appelait ainsi. Et il revenait à cette appellation enfantine chaque fois qu'il désirait me témoigner son affection.

Berlinghen, assis de guingois sur une chaise, et les jambes étalées devant lui, n'avait pu résister à une heure aussi tardive : il dormait comme un enfant, et Louis lui bailla un petit soufflet sur la joue pour le réveiller. Le garcelet se leva en bégayant des excuses et, d'on ne sait où, Soupite apparut, le cheveu hirsute et le pourpoint déboutonné. A eux deux ils commencèrent à dévêtir Louis, mais comme ils dormaient encore à demi, ils s'y prirent si mal qu'ils n'y seraient jamais parvenus si le roi ne les avait pas aidés. Après quoi, il passa lui-même sa robe de nuit, de soi se mit au lit, et les mains jointes comme un gisant, pria. Debout à une toise, et la tête penchée, j'attendis qu'il se fût signé et je dis :

— Sire, je vous souhaite la bonne nuit.

A quoi, sans que bougeât le moindre muscle dans sa face impassible, Louis répondit du ton le plus uni :

— Bonsoir, comte d'Orbieu.

Je n'en crus pas mes oreilles.

— Sire ! dis-je, béant.

— Voyez Tronçon, dit Louis. Il vous dira le surplus de mes intentions.

Et pour couper court, il me tendit la main. Je la baisai, mais sans même me génuflexer, tant j'étais hors de mes sens. Après quoi, il ne me resta plus qu'à marcher à reculons jusqu'à la porte, les jambes tremblant sous moi, et ne sachant plus où j'étais, ni même, à vrai dire, qui j'étais.

CHAPITRE II

Je fus trois jours à chercher Tronçon et à clamer dans la ville entière son nom à tous échos. Le roi étant parti pour la Cour à Saint-Germain, je demeurai en Paris tout exprès pour trouver ce diantre de secrétaire et l'étrange fut que je faillis à le découvrir en aucun des lieux qu'il était censé hanter.

Toutefois, dans l'après-dînée du troisième jour — le chiffre trois étant, comme on sait, un chiffre faste —

j'encontrai dans le grand escalier Monsieur de Bassompierre qui m'étouffa de ses embrassades et m'étourdit de ses compliments, les uns et les autres plus sincères qu'il n'est de règle à la Cour, car à sa manière gaussante et tabustante, il n'était pas sans m'aimer, m'ayant connu enfant, ni moi sans l'aimer de retour, l'admirant prou pour toutes les bonnes qualités qu'il cachait sous sa paonnerie d'homme de cour et de miroir aux alouettes.

— Ah ! Chevalier ! s'écria-t-il (faisant une bonne imitation de nos poupelets de cour, au rang desquels il eût été bien injuste de le compter). Que vous voilà galamment attifuré ! Et que j'aime, entre autres choses plaisantes, votre grand col de dentelle en point de Venise qui dégage gaillardement votre robuste cou ! Vous voilà décrassé enfin de l'huguenote austérité familiale et paré comme il convient à votre rang — à votre rang présent et plus encore à votre rang futur... — Vramy ! Vous voilà embellifié à la mode qui trotte ! Sans même parler de cet air bravet et triomphant qui éclate ces jours-ci en votre tant belle face et qui proclame à l'envi que votre belle vous comble de bontés et que le roi vous aime ! Mais j'y pense ! J'ai ouï dire, n'ayant pas eu l'heur d'être invité au mariage de Monsieur de Luynes, qu'au cours de la cérémonie vous regardâtes excessivement l'épousée. Fi donc ! La femme de votre prochain ! Que dira votre confesseur ? Et qu'en eût pensé Madame de Lichtenberg, si le ciel eût voulu qu'elle fût là ? Mais je vous vois comme piaffant et impatient. Où voulez-vous courre si vite ? Ne dirait-on pas que, tel Diogène avec sa lanterne, vous cherchez partout un homme. Cet homme a-t-il un nom ?

— Tronçon, dis-je, sachant qu'il le savait fort bien.

— Qu'est cela ? dit-il en levant haut le sourcil. Tronçon ? L'illustre Tronçon ? Mon ami, allez-vous être tronçonné ?

— Je ne sais. Louis m'a dit de l'aller trouver et je le cherche.

— Mais comme vous savez, Chevalier, la tronçonnade a deux tranchants, l'un heureux et l'autre malheureux. Qu'en est-il en ce qui vous attend ?

— Je ne saurais dire.

— Bien le rebours, vous le savez fort bien. Et c'est pitié, car je me préparais à vous dire où se trouve Tronçon, mais vous voyant si boutonné en votre secret et montrant si peu de fiance en un vieil ami, je ne vous veux point bailler cette information, mais vous la vendre.

— Me la vendre ! Comte, auriez-vous appétit à mes monnaies ?

— Fi donc ! Je suis plus riche que vous. Un baiser de votre belle me suffira.

— Comte, je ne vends pas les baisers de ma belle !

— Alors donnant, donnant. Votre secret de prime !

— Je ne sais s'il m'appartient ! J'étais quasiment seul avec le roi quand il m'a ordonné de voir Tronçon.

— Quasiment ?

— Soupite et Berlinghen étaient là mais, bien que fols comme chevreuils au bois, vous n'ignorez pas qu'ils sont muets sur ce qu'ils oient dans la chambre du roi.

— Aussi n'est-ce pas d'eux que je tiens, Chevalier, le secret de votre tronçonnade. Et ce secret, le voici. Louis vous veut marier.

— Me marier, m'écriai-je, moi !

— Louis, poursuivit Bassompierre en baissant la voix, est à'steure raffolé des mariages, sauf évidemment du sien...

— Me marier ? Et avec qui ?

— Avec une veuve fort bien titrée dont, à cette occasion, il relèverait le titre pour vous, la dame n'ayant pas de descendance mâle.

— Eh quoi ! dis-je, tremblant d'ouïr le pire. Est-ce là l'affaire ? Qu'en est-il de la dame ? La connaissez-vous ? L'avez-vous vue ?

— Hélas !

— Comte !

— Hélas !

— Comte, de grâce ! Cessez de vous gausser !

— Je ne me gausse pas ! La dame est fort peu accorte et d'humeur escalabreuse ! Et oyez le pire ! A peu qu'elle ait passé l'âge canonique !

— Juste ciel ! Comte, vous moquez-vous ? Cela est-il constant ?

Là-dessus, Bassompierre, sans répondre, rit à gueule bec et, me donnant derechef une forte brassée, me dit à l'oreille : « Vous trouverez Tronçon à *L'Auberge des Deux Pigeons*, rue du Chantre. » Après quoi, il monta vivement l'escalier que je descendais, laissant son rire gaussant tintinnabuler dans mon oreille longtemps après qu'il eut disparu.

Toute joie incontinent disparut de mon cœur. Mon beau ciel n'était plus que cendres, mon breuvage, boue, et mon avenir béait comme un trou noir sous mes pas. Car si Bassompierre avait dit vrai, comment pourrais-je accepter de m'élever dans l'ordre de la noblesse au prix qu'il avait dit ? Et comment, d'un autre côté, pourrais-je refuser la funeste veuve sans offenser furieusement Louis ?

Je remâchais et ruminais ces pointilles et ombrages pendant tout le chemin heureusement fort bref qui sépare le Louvre de la rue du Champ Fleuri et à peine eussé-je atteint mon nid familial que je me jetai dans les bras de mon père et lui dis à voix haletante ce qu'il en était. Il rit de prime, La Surie lui faisant écho. Puis me voyant tout déconfit de cette gaîté, il me passa la main sur l'épaule, me serra à lui et me dit :

— Vous devriez mieux connaître Bassompierre ! Cet homme-là n'a jamais montré un grand souci pour la vérité. Tout le rebours ! En outre, encore qu'il vous aime, il aime vous dauber, étant quelque peu jaloux de vous.

— Jaloux de moi ? Le beau Bassompierre !

— Ah ! Il a quelque raison à cela ! Il y avait belle heurette qu'il faisait, sans aucun succès, le siège de Madame de Lichtenberg, et c'est vous qui avez emporté la palme ! Au surplus, croyez-vous qu'il voie à'steure de si bon œil votre soudaine élévation ? Qui n'aurait l'impression de demeurer sur place, quand on voit un plus jeune que soi avancer si vite ? Je gage qu'il ne sera pas le seul à la Cour. Attendez-vous à être daubé plus d'une fois et par plus d'un ! Mais quoi ? Comme on dit dans mon Périgord : « Nul miel sans fiel » !

— Mais qu'en est-il de la comtesse d'Orbieu, mon père, la connaissez-vous ?

— De nom : elle vit très retirée, mais, Monsieur mon fils, y a-t-il apparence que Louis ait fait le projet de vous marier comme pucelle au couvent sans consulter votre goût ? Et qui pis est, avec une femme qui aurait passé l'âge canonique et ne pourrait, par conséquent, vous bailler une progéniture ? Cela n'a pas de sens ! Venez ! Passons à table ! Votre assiette s'ennuie.

— La mienne aussi, dit La Surie en prenant place dès que mon père et moi-même fûmes assis. Cependant, poursuivit-il, m'est avis, Chevalier, que auriez grand tort de ne pas épouser une femme d'humeur escalabreuse.

— Comment cela ?

— Savez-vous ce que répondit Socrate à un quidam qui lui demandait pourquoi, ayant une épouse acariâtre, il ne la répudiait pas ? « Oh que non ! dit Socrate. Je ne puis m'en séparer. Elle est précieuse : elle exerce ma patience. »

A quoi, malgré la noire humeur dans laquelle m'avait plongé Bassompierre, je me mis à rire, mais sans que ce rire levât tout à plein les appréhensions qui m'agitaient en mon for à l'idée de ce funeste mariage.

De la rue du Champ Fleuri à la rue du Chantre, il n'y a que quelques pas à faire, vu que si la cour de notre hôtel s'ouvre sur la première, notre jardin donne sur la seconde. *L'Auberge des Deux Pigeons*, en la rue du Chantre, jouxte quasiment notre hôtel et n'est point auberge mesquine, malpropre et mal famée. Les personnes de qualité qui sont de passage en Paris, peuvent y prendre repue sans dévoiement de ventre et y dormir sans être dévorées des punaises. Il m'arrive d'y dîner, quand je suis las des potages que me fait mon Robin dans mon appartement du Louvre et quand, comble de malheur, mon père est parti pour sa seigneurie du Chêne Rogneux à Montfort l'Amaury en emmenant avec lui le cuisinier Caboche.

Mais plus même que l'auberge, l'alberguière me plaît. On l'appelle la Doucette, et jadis vivandière, elle conquit de vive lutte (car elle n'était point la seule vivandière en ce régiment) un beau capitaine qui la combla de dons avant d'être occis en l'une de nos guerres. Après quoi, elle se retira des armées, épousa un quidam qui avait du bien et s'appelait Serrurier et, avec lui, ouvrit cette auberge.

La Doucette était une petite brune, mince, rondie, vive, frisquette, bon bec à la repartie et bon cœur aussi. Chose étrange, elle n'avait point été fidèle en la guerre à son beau capitaine et l'était en la paix revenue à son vilain époux. Mais se peut que ce Serrurier-là avait su mieux que le capitaine lui ouvrir le cœur.

A l'entrant, je la baisai sur les deux joues, façon qu'elle tolérait parce que, disait-elle, elle m'avait connu « enfant », ce qui n'était point tout à fait vrai, car j'avais déjà treize ans quand elle ouvrit son auberge, et l'œil déjà effronté, sinon les mains.

— Dame de céans, dis-je en la tirant à part, je veux voir Monsieur Tronçon.

— Il n'est point céans, dit la Doucette en rougissant.

— M'amie, dis-je, on ne saurait mentir avec une peau aussi fine que la vôtre. Tronçon est céans bel et bien.

— Il n'est point là, dit-elle, très rebéquée.

— Il se cache dans l'une de vos chambres.

— Nenni.

— Oui-da !

— Je dis nenni, dit la Doucette qui à cet instant n'avait pas l'air si doux.

— Et moi, je dis que si ! M'amie, vous contrevenez à l'avis du roi qui défend de recevoir ès auberge parisienne des personnes domiciliées en Paris. Ceci pour éviter les adultères, les bougreries, les débauches et autres vilainetés.

— Ces saletés-là ne se font point chez moi ! dit la Doucette avec les grosses dents.

— Je le crois. Mais Tronçon est chez vous. Je le sais. Il y est. Et sans que vous ayez enregistré son nom, ni envoyé copie, et pour cause, au lieutenant civil, comme l'édit vous en fait un devoir.

Ce coup-là était un peu hasardeux, mais par bonheur, il toucha cible.

— Le devais-je laisser périr sur le pavé ? dit la Doucette en baissant la voix. Je l'ai recueilli. Si c'est là péché, je le confesse.

— Et pour ma part, je le remets. Mais sur un point je serai adamant : je le veux voir.

— Cela ne se peut.

— Cela se fera.

— Monsieur Tronçon est couché et mal allant. Il ne veut voir personne.

— Il me verra.

— Alberguière est maîtresse chez elle ! dit-elle en haussant sa petite taille.

— Et le roi est maître en son royaume. Et c'est le roi qui m'ordonne de voir Tronçon.

— Cela est-il constant ?

— Dame de céans, vous qui m'avez connu en mes enfances : suis-je menteur ?

— Non, dit-elle à contrecœur.

— Donc, je verrai Tronçon, dis-je, avec quelque montre d'autorité en posant en même temps la main sur le haut de son épaule, lequel était nu et merveilleusement suave.

L'alberguière envisagea tour à tour ma mine sourcillante et ma main sur son épaule, et la douceur de l'une compensant la dureté de l'autre, elle dit avec un petit soupir :

— Je vois bien que moi aussi, il faut que j'obéisse au roi.

Et s'engageant dans l'escalier, elle me fit signe de la suivre, mais toutefois sans capituler tout à plein, et faisant la sourde oreille à mes questions, elle ne voulut me dire ni de quelle intempérie Tronçon pâtissait et pourquoi il se soignait ès auberge et non comme tout un chacun dans sa chacunière. Je devrais dire ses chacunières car l'heureux Tronçon avait en Paris deux logis, l'un au Louvre pour lui seul et l'autre, non loin de là en la rue d'Orléans, face au couvent des Filles Repenties, vaste maison ayant pignon sur rue et dans laquelle sa femme et ses sept enfants demeuraient.

L'alberguière ouvrant la porte devant moi et la chambre étant sombre, je ne pus voir d'abord Tronçon, mais en revanche, je l'ouïs fort bien, quand il cria à l'alberguière d'une voix tranchante et irritée :

— Qu'est cela, sotte caillette ? Vous m'amenez du monde ! Ne vous ai-je pas dit et répété cent fois que je ne voulais voir personne ? Savez-vous bien qui je suis et ce qu'il en coûte de m'affronter ?

— De grâce, Monsieur Tronçon ! dis-je en m'avançant, ne gourmandez point l'alberguière. Il n'y va pas de sa faute. Je suis céans sur l'ordre du roi et à Sa Majesté nous devons tous obéir, vous, elle et moi.

Cela gela le bec de notre Tronçon et l'alberguière, refermant l'huis derrière elle, disparut.

— Monsieur le Chevalier, dit-il, de loup devenu agneau et sa voix trahissant quelque effroi, le roi me fait-il rechercher ?

— Pas exactement. Il m'a seulement commandé de vous aller voir pour que vous m'expliquiez ses intentions à mon endroit.

— Ah ! ce n'est que cela ! dit-il, infiniment soulagé

et peux-je quérir de vous, Monsieur le Chevalier, qui vous a appris que je me trouvais céans ?

— Excusez-moi, dis-je, trouvant bon de faire à mon tour des mystères, mais je ne saurais vous le dire.

Et sans attendre qu'il m'y invitât, je m'avançai et m'assis sans façon sur une escabelle au chevet de son lit. A cet instant, mes yeux s'étant faits à la pénombre, je vis avec quelque clarté la tête de Tronçon, et elle m'apparut enveloppée de pansements.

— Mais qu'est cela, Monsieur Tronçon ! m'écriai-je, êtes-vous blessé ?

— Ah ! Monsieur le Chevalier ! Blessé ! Je suis moulu et celle de la tête n'est pas de mes blessures la pire, combien qu'elle ait saigné beaucoup ! Ah ! Monsieur le Chevalier ! Pour me punir de mes péchés, on m'a abandonné aux mains des méchants ! Il y a trois jours, comme je suivais innocemment la rue du Chantre, je fus assailli à l'avantage par trois mauvais garçons qui me rouèrent de coups, me robèrent ma bourse et me laissèrent pour mort sur le pavé. Je n'eus que la force de me traîner jusqu'à l'auberge où la bonne hôtesse m'accueillit, me recueillit, me coucha et appela un médecin.

— Mais n'eussiez-vous pu alors vous faire transporter jusque chez vous ?

— Nenni. J'eusse trop inquiété Madame mon épouse, laquelle a le cœur si fragile qu'elle pâme au moindre émeuvement. J'ai pris donc soin de la rassurer de mon absence en lui mandant par un petit vas-y-dire que j'étais parti avec le roi pour Saint-Germain. Monsieur le Chevalier, reprit-il avec un air de componction qui me parut quelque peu outré, peux-je vous demander de ne souffler mot à personne de ma présence céans ?

— Je vous le promets.

Comme j'achevai ces mots, mes yeux, se fichant à terre, y rencontrèrent, à demi poussée sous le lit, une bourse entrouverte où brillaient des écus. Tronçon avait-il donc sur lui une seconde bourse, et sur les deux je trouvai la truanderie bien bonne de lui en avoir laissé une, mais qui croira qu'elle ait eu le cœur si tendre, après l'avoir si impiteusement bâtonné ? J'en conclus, comme vous l'eussiez fait vous-même, lecteur, que le bonhomme m'en avait donné à garder avec son conte bleu.

— Me le promettez-vous ? répéta Tronçon avec insistance.

— Monsieur, repris-je roidement, qu'on vous ait ou non robé votre bourse et que vous préfériez vous remettre de votre bastonnade ici plutôt que chez vous, peu me chaut. Je vous ai donné ma parole et vous ne pouvez douter que je ne la tienne.

— Monsieur le Chevalier, dit-il, après avoir pris le temps d'avaler ma petite rebuffade, je vous remercie humblement.

A bien le considérer dans la pénombre de la chambre, je n'aimais pas beaucoup ce Tronçon-là. Il avait cette sorte de visage à la fois mou et dur qui peut porter indifféremment l'arrogance ou la servilité, et je doutais fort qu'il pût être longtemps pour Louis le bon serviteur qu'il prétendait être.

— J'en viens à vos moutons, me dit Tronçon qui, tout soudain se redressant dans son lit, se mit à porter le pansement qui entourait sa tête comme une couronne royale. Désirant, poursuivit-il, récompenser les services que vous aviez rendus à Notre personne au cours de Notre entreprise contre le traître Concini, Nous avons décidé de vous bailler une somme de deux cent mille livres dont la moitié vous permettra d'acheter la seigneurie de la comtesse d'Orbieu et l'autre moitié de restaurer le château et d'assainir le domaine dont le revenu à's'teure est tombé quasiment à rien. La comtesse demeurant à Paris depuis la mort du comte et n'ayant pas intérêt à la châtellenie n'a par ailleurs pour vivre qu'un très maigre douaire et elle désire vendre afin de placer les pécunes qu'elle tirera de la seigneurie au mont-de-piété de Florence au denier vingt. Excellent rapport, poursuivit Tronçon qui perdit là quelque peu de son ton royal. Du moins, ajouta-t-il avec un air gourmand, pour un quidam qui possède cent mille livres. Or, reprit-il, un acquéreur s'était le premier jour présenté, mais comme c'était l'intendant du château, Nous avons présumé qu'il ne pouvait avoir amassé une telle somme qu'en volant à l'excès ses maîtres et Nous avons incontinent préempté le domaine à votre bénéfice. Toutefois, cette préemption ne vous engage pas. Si après avoir examiné le château et les terres, vous décidez de ne pas acheter, Nous trouverons un autre moyen de vous doter. Mais d'un autre côté, si vous achetez, Nous avons l'intention de relever pour vous le titre de comte d'Orbieu, la comtesse n'ayant pas d'enfant mâle.

— Mais, dis-je, assez trémulant en mon for, mais tâchant de ne rien montrer, faudra-t-il pour cela que j'épouse la comtesse ?

Oyant quoi, Tronçon, oubliant tout à plein que le roi et lui-même, dans ces tronçonnades, ne faisaient qu'un, quitta son ton majestueux et se mit à rire.

— Que nenni ! dit-il. Nous n'avons jamais songé à exiger de vous un tel sacrifice ! Outre que la dame, sa vie durant, n'a pas conçu un seul enfant, elle n'est pas des plus aimables. Nous considérons que, par défaut d'enfant mâle, la lignée de son défunt mari s'est éteinte et nous comptons relever le titre pour vous, dès lors que vous serez entré en possession de la seigneurie. Voilà l'affaire !

Quel soupir poussai-je alors ! Ce fut comme si on eût enlevé d'un seul coup les épines d'un buisson de roses où d'aventure je m'étais fourré. Je pouvais enfin m'approcher d'elles, m'entourer de leur fragrance et me griser de leurs splendides couleurs.

Tronçon, parlant en son nom personnel et par habitude royale disant encore Nous, m'accabla de ses compliments. Je lui présentai les miens avec des remerciements et avec des vœux, que je n'abrégeais pas, de prompte guérison. Bref, j'en fis toute une bottelée que je jetai au plus vite dans cette charrette-là et je le quittai le plus vite et le plus civilement que je pus.

Mon mouvement pour ouvrir la porte de la chambre de Tronçon fut si prompt qu'à peu que je tombasse sur l'alberguière dont l'oreille, à ce que je vis, était collée à l'huis. Je l'en décollai et l'entraînant dans l'escalier à vis, je m'y arrêtai avec elle et, poussé par le grand élan de vie qui me soulevait alors et aussi, je suppose, par quelque petit diable en moi qui ne sommeillait qu'à demi, je la baisai au cou en promenant mes mains, quoique légèrement, sur sa personne. Ce faisant, comme elle protestait un petit, je jouai les chattemites et je lui voulus faire honte de l'indiscrétion qu'elle venait de commettre et dont, arguai-je, je la punissais.

Mais, je l'ai dit, elle était bon bec et, en un tourne-main, je reçus d'elle mon paquet.

— Dame de céans est maîtresse en son logis. Si je n'avais pas écouté à la porte, je ne serais pas la première femme au monde à vous appeler « Monsieur le Comte », ce dont je me paonne fort. Mais vous, Monsieur le Comte, qui êtes maintenant si haut dans l'ordre de la noblesse, n'avez-vous pas quelque vergogne à me faire la morale tout en me pastissant ? A votre sentiment, quel est le plus vilain ? Mettre l'oreille à une serrure qui, après tout, étant en ma maison, m'appartient, ou mettre la main sur un tétin que le mariage ne vous a pas donné ?

C'était bien tourné, mais il me sembla, à lire ses yeux rieurs, qu'elle me disait cela sans sévérité excessive, et davantage pour m'empêcher de pousser plus loin mon audace que pour me reprocher de m'être avancé jusque-là.

*
* *

Le lendemain, j'allai trouver Bassompierre et après lui avoir fait quelques plaintes de ce qu'il m'eût plongé dans les affres par sa damnable gausserie, je lui demandai l'adresse de la comtesse d'Orbieu, laquelle il me bailla incontinent avec tant d'excuses pour le méchant tour qu'il m'avait joué que je cessai à l'instant de lui en garder mauvaise dent. « Pour se racheter », dit-il, il voulut me bailler à force forcée une superbe bague et y mit tant d'insistance qu'à la fin, j'acceptai. Et « pour me dérider », il me dit ce qu'il en était de Tronçon.

— Vous n'ignorez pas, me dit-il, que ce Tronçon qui est plus grossier et paonnant que pas un fils de bonne mère en France, se gonfle comme grenouille et se prend pour le roi lui-même depuis qu'il est son secrétaire et qu'il porte ses grâces et ses disgrâces. Mais ce que vous ne savez pas, c'est qu'il osa, dans sa neuve et damnable arrogance, donner le bel œil à la maréchale de Vitry, laquelle, de son côté, se prend quasiment pour une princesse royale depuis qu'Henri IV, jadis, lui bailla trente mille livres pour acheter ses faveurs. La dame, en bref, se trouva fort offensée en son rang par ces œillades roturières et s'en alla déverser un torrent de plaintes dans l'oreille de Vitry, lequel, pour avoir la paix, dépêcha trois de ses soldats bastonner l'impudent. Mais ces soudards, ayant toqué le malheureux un peu plus qu'il n'eût fallu, le portèrent, pris de vergogne, à *L'Auberge des Deux Pigeons*, où depuis, il se cache et se soigne, craignant le ridicule de la Cour et les questions de son épouse.

La comtesse d'Orbieu, à qui je dépêchai le jour même mon petit vas-y-dire, m'invita à la venir visiter le lendemain sur le coup de midi, mais quand je me présentai, elle se fit excuser de ne me point recevoir, étant au lit, et me recommanda de traiter toutes affaires la concernant avec son *maggiordomo*, lequel, de toutes manières, les connaissait beaucoup mieux qu'elle.

Le message était verbal et ce fut le *maggiordomo* qui le délivra, beau cavalier portant l'épée au côté, ce qui me donna à penser qu'il était un cadet de bonne maison, réduit, par défaut de pécunes, à cet emploi. Et en effet, il me dit s'appeler Henri de Saint-Clair, et clair, il l'était dans son apparence, dans sa parole, dans son sentiment, et dans ses opinions, parlant de toutes choses à la franche marguerite.

Ayant pris place, je crus bon de m'inquiéter de la santé de la comtesse, puisqu'elle était au lit. A quoi Saint-Clair ne fit que rire.

— Souffrante, Madame la Comtesse ? Elle se porte comme un charme et ne souffre pas d'autre intempérie que d'une incurable indolence qui la mène de son lit à sa table et de sa table à son lit... Monsieur le Chevalier, poursuivit-il, dès lors que j'appris vos intentions et votre visite, j'ai préparé deux lettres missives, l'une à l'intendant Rapinaud pour qu'il vous permette de visiter le château et l'autre au curé d'Orbieu, car Orbieu est aussi un village, lequel est inclus dans la châtellenie.

— Mais, Monsieur, dis-je, pourquoi tant de hâte ? Il n'y a pas péril en la demeure.

— Que si ! Nous sommes ruinés ! Et pour ainsi parler, nous n'avons plus que nos dettes pour vivre.

— Ruinés ? dis-je béant, mais comment cela est-il possible ? La comtesse vit sans faste et très retirée.

— Nous avons la moitié plus de laquais, de chambrières et de cuisiniers qu'il n'en faut. Ces gens-là nous dévorent.

— Pourquoi dès lors ne pas congédier le surplus ?

Là-dessus, Saint-Clair s'échauffa quelque peu.

— Mais c'est ce que je conseille à la comtesse depuis que je suis en son emploi ! s'écria-t-il avec véhémence, mais elle ne veut point m'ouïr. Ce serait, dit-elle, « perdre son rang » ! J'enrage ! Monsieur le Chevalier, avez-vous ouï cette sottise ? Le rang ? Quel rang ? Elle ne voit personne ! Elle passe dans sa couche ses journées à dormir ou à jouer avec son petit chien. J'abhorre cette incurie et je quitterais demain la comtesse, si je savais où aller.

46

— Mais enfin, dis-je, il n'est pas concevable que le domaine d'Orbieu ne rapporte pas encore quelques pécunes !

— Pas un seul sol vaillant ! Croyez-moi, Monsieur ! Du vivant du comte on en tirait encore quelque chose. Car le comte se rendait à Orbieu, ne fût-ce que pour chasser le gibier et surtout pour chasser le braconnier. Le comte, assurément, n'était pas grand clerc, surtout quand il s'agissait de mettre le nez dans les comptes et de refaire une addition. Mais, enfin, il apparaissait encore de temps à autre. Il était, malgré tout, le maître : on n'osait pas aller trop loin dans la fraude et la tromperie. Mais tout changea quand il mourut. D'autant que la comtesse ne mit plus jamais le pied à Orbieu qu'elle abhorrait. Dès lors, on ne se gêna pas. Grande fut la picorée, et de tous côtés. Et le revenu tomba à rien.

— Monsieur, dis-je avec un sourire, voulez-vous me décourager tout à plein ?

— Ce n'est pas là mon but. Orbieu, reprit Saint-Clair avec feu, est en fait un très beau domaine de cinq cents arpents à une journée de cheval de Paris, avec des bois, des pâtures, des labours, un étang et un ruisseau qui alimente un moulin, des sources et un fort joli château avec appareillage de briques et de pierres mais qui, toutefois, demande réparations. Je serais ravi que le tout fût à moi et que j'eusse les monnaies pour le remettre en état. J'y vivrais à demeure.

— Aimez-vous tant le plat pays ?

— J'en suis raffolé et me déplais fort en cette puante Paris. Comme vous l'avez deviné, Monsieur le Chevalier, je suis de bonne maison, quoique fort pauvre.

— Je m'en étais avisé, dis-je en le saluant. Une de ces lettres, repris-je, est destinée au curé d'Orbieu. J'en conclus que je dois l'aller voir.

— Lui le premier, Monsieur le Chevalier. Et de tous, il vous sera le plus utile. Il a un nom prédestiné.

Il se nomme Séraphin et il est bon prêtre, sans penchant excessif pour la bouteille, ni faiblesse évidente pour le cotillon. En outre, il connaît à fond ses ouailles.

— Et l'intendant Rapinaud ?

— Il le faudra voir aussi. Car de tous les rats qui, en l'absence du maître, ont rongé le domaine, c'est le plus gras, le plus gros et le plus rusé.

— Monsieur de Saint-Clair, dis-je, je vous fais mille mercis de la franche façon dont vous en avez usé avec moi et mille mercis aussi pour l'aide que vous m'avez apportée. Je serais fort heureux, le cas échéant, si vous vouliez bien me la continuer sous une autre forme.

Il me sembla que par cette façon de dire, je rendais justice à l'idée qui venait de germer dans mon esprit, mais sans en dire trop ni trop peu. Saint-Clair l'entendit bien ainsi et sans trop s'avancer lui-même, il laissa paraître dans ses yeux une vive lueur de contentement. Tant est que nous nous quittâmes sans formuler autrement que par une tacite entente l'espoir de nous rencontrer à nouveau.

Comme le domaine d'Orbieu se trouvait peu éloigné de la seigneurie du Chêne Rogneux, et moins encore de celle de La Surie, mon père et le chevalier m'offrirent de m'accompagner en mon voyage de reconnaissance, ayant certes plus de talent et d'expérience que moi, pour juger de la valeur des terres, des pâtures et des bois.

— Un titre, certes, est un titre, dit mon père, mais m'est avis que ce n'est que parure et vanité, quand rien ne vient après lui. Et pour l'appréciation de votre futur domaine, et des monnaies que vous coûtera sa restauration, il vous faudra y aller très à la prudence, une patte en avant et l'autre déjà sur le recul.

— Monsieur le Marquis, dit La Surie, il me semble que Monsieur votre père, le baron de Mespech, n'exprimait pas un sentiment très différent quand il aimait à répéter qu'il ne fallait pas *acheter chat en poche.*

— Mon père, dit le marquis de Siorac, connaissait grand nombre d'expressions périgordines où Maître chat apparaissait. Je l'ai ouï dire à l'une de nos chambrières qui s'était laissé engrosser (mais pas par lui) : « M'amie, déchiffrez-moi par le menu par qui, quand et comment vous avez laissé le chat aller au fromage ! »

Bien que la plaisanterie ne fût pas de celles que la marquise de Rambouillet eût aimées, on en rit, mais non sans quelque mélancolique arrière-goût, car nous venions d'apprendre que le baron de Mespech était quelque peu mal allant, et surtout se retirait en soi, sans gaieté ni gausserie, ni projet, ce qui nous parut mauvais signe, sans que nous osâmes le dire pour ne point tenter le destin.

*
* *

La fortune voulut qu'à la date que nous avions fixée pour ce voyage, mon père et La Surie partirent seuls pour Orbieu, munis des deux lettres que j'ai dites, l'une pour le « rat », l'autre pour le Séraphin, car je ne pus ce même jour que je ne partisse avec Louis pour la Normandie avec tout son Conseil : Sa Majesté devait présider à Rouen une assemblée de notables que les ministres barbons lui avaient suggéré de convoquer pour tâcher de rhabiller les abus de l'Etat.

Pourquoi cette assemblée devait-elle se tenir à Rouen plutôt qu'à Paris, je ne saurais dire et pourquoi l'ouverture des débats ayant été fixée le quatre décembre, Louis partit de Saint-Germain-en-Laye le quatorze novembre et séjourna huit jours à Dieppe, je ne saurais l'expliquer, si ce n'est par le fait que Louis aimait passionnément voir et visiter les villes et les peuples dont il était le roi, en cela bien différent de son fils que sa grandeur enchaînera à Versailles.

Plaise au lecteur de me permettre, en inversant la chronologie de quelques jours — péché véniel chez un mémorialiste —, de toucher quelques mots de cette assemblée de notables à Rouen avant de lui dire ce que fut le séjour d'une semaine que Louis fit à Dieppe.

Cette idée de convoquer une assemblée de notables avait germé dans l'esprit subtil des ministres barbons, probablement parce qu'ils désiraient marquer leur retour aux affaires par une occasion solennelle et qui témoignerait, par la même occasion, de leur zèle pour le bien public.

Mais ils s'y étaient engagés très à la prudence, désignant eux-mêmes les membres qui en feraient partie. Elle comprenait, en effet, outre eux-mêmes et le Conseil, onze évêques, treize nobles et vingt-sept membres du Tiers Etat, ceux-là étant choisis dans le dessus de tous les paniers : présidents de parlements de province, présidents de la Cour des comptes, présidents des cours des aides, tous bien garnis en pré-bendes, charges et offices, ainsi que leurs fils, gendres et neveux. Le lecteur ne faillira pas d'observer que les Barbons n'avaient rien à redouter de ces dignitaires si bien assis et rassis dans leurs fauteuils dorés. Ces bonnes gens, en outre, détenaient la majorité des voix, même dans le cas où la noblesse et le clergé auraient uni les leurs.

Les Barbons firent mieux : pour éviter les mauvai-ses surprises et les questions gênantes, ils se réservè-rent l'initiative des propositions. Ils arrêtèrent eux-mêmes, et eux seuls, les articles qui devaient être proposés aux notables qu'ils avaient choisis. Bref, cette assemblée était, je ne dirais pas tout à plein une caricature, mais une miniature quelque peu anodine des Etats Généraux de 1614. Elle rassurait l'opinion sans entraîner autant de frais que les Etats ni consu-mer autant de temps, ni risquer d'affrontements majeurs entre les trois ordres.

Restait aux Barbons à mener à bien une délicate opération : proposer d'abolir les abus à des personnes qui en profitaient, mais qui n'étaient pas les mêmes dans les trois ordres. Voici comment il en alla :

On fit plaisir à la noblesse en demandant la suppression des lettres d'anoblissement que l'on vendait depuis trente ans aux plus offrants, mais sans inquiéter en aucune façon le Tiers Etat qui savait bien que le trésor ne renoncerait jamais à cette recette.

On flatta le Tiers Etat en réclamant une forte diminution des pensions versées aux Grands — sans que sourcillassent le moindre les treize Grands présents à l'assemblée. Ils savaient bien qu'aucun gouvernement ne pouvait se permettre d'appliquer une mesure aussi blessante à leur endroit sans provoquer des rébellions.

On caressa les évêques en recommandant au roi de ne plus accorder d'abbayes à des personnes — hommes ou femmes — dont la conduite laissait à désirer. Mais on se garda bien de prier le roi de ne plus nommer à la tête des évêchés des cadets de grande maison que leurs mœurs et leur peu de foi rendaient impropres à ces fonctions. Si on l'avait fait, on aurait contraint d'aucuns des prélats présents à faire *in petto* un acte de contrition et, en particulier, mon demi-frère l'archevêque de Reims qui passait plus de temps dans le giron de Charlotte des Essarts qu'au pied des autels.

Vint enfin le moment suprême : on demanda la suppression de la *paulette*. On se ramentoit sans doute que cette mesure avait fait l'objet d'interminables débats aux Etats Généraux de 1614 et que Madame de Lichtenberg, à qui j'avais dit que la noblesse voulait « la mort de la *paulette* », me demanda d'un air effaré :

— Qui est cette personne et pourquoi la veut-on occire ?

La Dieu merci, ce n'était pas une personne, mais

51

une taxe ainsi appelée du nom de son inventeur [1]. Tous ceux qui comme moi avaient acheté une charge ou un office devaient verser chaque année au Trésor cette *paulette*-là, qui était fixée au soixantième de la valeur d'achat de la charge. Je la payais donc moi aussi, et pour mon futur fils aîné (encore dans les limbes) j'en étais fort aise, car elle me permettrait, le jour venu, d'échapper à la terrible règle des quarante jours.

Supposez, belle lectrice, que je sois, au fil des temps, devenu si vieil qu'il n'y ait plus assez d'huile dans la lampe pour qu'elle brille beaucoup plus longtemps. Je pourrais certes résigner mon office de premier gentilhomme de la Chambre en faveur de mon fils aîné, mais selon cette macabre règle que j'ai dite, il me faudrait survivre à cette résignation *quarante jours au moins*. Sans cela, ladite résignation ne serait plus valable et ma charge reviendrait à la couronne, au grand dol et dommage de mon fils aîné.

Belle lectrice, j'ose le demander : quel homme au monde pourra jamais calculer avec une telle précision la longueur de sa propre agonie ? Or, la *paulette* remédiait à cette terrible angoisse. Elle supprimait la règle des *Quarante jours*. Ayant payé la *paulette,* vous pouviez résigner votre charge la veille même de votre mort sans que votre fils perdît pour autant le bénéfice de votre charge.

Or, la noblesse, unanime, haïssait la *paulette* : pour la raison que, comparée au Tiers Etat, la noblesse disposait de peu d'offices, n'ayant ni les pécunes pour les acheter ni les capacités pour les remplir ; et surtout, parce que la *paulette,* en rendant quasi automatique la transmission héréditaire des charges, tendait à créer une aristocratie bourgeoise héréditaire, plus riche et à la longue plus influente dans le royaume que l'aristocratie d'épée.

Avec quelles délices les nobles de l'assemblée de

1. Paulet.

notables acclamèrent la résolution des notables — tous chargés d'offices — de se suicider sur l'autel du bien public. Toutefois, ils eussent dû se méfier davantage de ces rusés matois peu aptes à manier l'épée, mais si agiles de la cervelle. Car en même temps qu'ils réclamaient la mort de la *paulette*, ils faisaient remarquer que sa suppression entraînerait pour le Trésor une perte annuelle de 1 500 000 livres, perte qu'on ne devrait en aucun cas, dirent-ils, compenser par une surcharge des impôts. En clair, cela voulait dire que ne pouvant trouver d'autres ressources pour compenser la perte de la *paulette*, celle-ci, bien que condamnée à mort, était appelée à survivre. On ne pouvait se montrer plus chattemite.

Sur leur départir, le 29 janvier 1618, Louis reçut en grande pompe les notables en son château de Madrid, lequel se dressait au Bois de Boulogne non loin du village de Nully [1]. Brièvement, comme à l'accoutumée, Louis les remercia de leurs peines et de leurs travaux et les renvoya dans leurs foyers. Après quoi, les Barbons dressèrent un édit en deux cent quarante-trois articles qui avaient été approuvés, mais ils omirent de le publier et ne firent jamais aucune des réformes qu'ils avaient eux-mêmes proposées. Etant réputés si vieux, les Barbons avaient voulu paraître faire du neuf et rénover l'Etat. Mais une fois leur vertu proclamée et leurs bonnes intentions reconnues, ils se retirèrent dans leur coquille et les privilèges de leur ordre, s'accommodant du monde tel qu'il était et se contentant d'expédier les affaires.

Parvenu à ce point avec moi, plaise à toi, lecteur, de me laisser revenir en arrière et de te parler du séjour à Dieppe de Louis, non qu'il s'y passât rien qui tirât à conséquence dans le domaine politique (mais ni plus ni moins, on vient de le voir, qu'à l'assemblée des notables), mais parce que cette semaine, dans ma remembrance, garde pour moi un charme que je ne

1. Aujourd'hui Neuilly.

saurais définir, mais que je parviendrai peut-être à faire sentir en le contant.

★
★ ★

Ce n'était pas la première fois que Louis se rendait dans nos provinces de l'Ouest, mais ce fut la première fois qu'il alla jusqu'à Dieppe. Il y arriva à deux heures de l'après-dînée et faute d'y trouver un évêché, il fut logé à l'auberge de *L'Ecu de Bretagne*, laquelle tournait le dos au port de pêche, se peut pour se protéger du vent et des embruns. Mais Louis, ayant aperçu la mer par une fenêtre d'un cabinet qui s'ouvrait sur l'arrière du logis, descendit en courant l'escalier de l'auberge et, contournant la maison, ses officiers le suivant avec peine, courut voir le port de plus près. Il fut ravi et faisant lentement le tour du bassin, il s'arrêta devant chaque bateau et posa des questions à l'infini sur les voiles et les gréements auxquels seuls eussent pu répondre les pêcheurs eux-mêmes, s'ils avaient parlé autre chose qu'un patois normand. Louis remarqua tout haut que la plupart des coques étaient renforcées et rafistolées d'une façon assez laide par des planches, mais qu'en revanche, l'ensemble était peint de neuf et de couleurs vives. Au bout d'un moment, les pêcheurs qui travaillaient sur les embarcations pour préparer la campagne de pêche de la nuit, s'aperçurent de sa présence et de son intérêt et comme ils savaient qu'il était descendu à *L'Auberge de l'Ecu de Bretagne*, ils le reconnurent pour ce qu'il était et l'acclamèrent. Louis leur tira gravement son chapeau, mais sans prononcer un traître mot, ce qui frappa de regrets tous ceux qui se trouvaient là, car son père à sa place aurait à coup sûr mandé un interprète, ne fût-ce que l'alberguière qui parlait bien le français et, par ce truchement, aurait engagé, avec les pêcheurs, un de ces dialogues gaussant et chaleureux dont il avait le secret.

Le lendemain qui était un vingt-neuf novembre, je

ne trouvai en entrant dans sa chambre de *L'Ecu* que Soupite et Berlinghen, lesquels me dirent que Sa Majesté se tenait depuis une grande heure devant la vitre du petit cabinet qui donnait sur la mer, au risque d'attraper la mort, vu l'aigre bise qui soufflait par les interstices de la fenêtre. Héroard avait dû avoir les mêmes craintes, car il lui avait jeté un manteau sur les épaules sans même que Louis s'en aperçût.

Je le trouvai comme collé à la vitre de la fenêtre, regardant les bateaux de pêche, rentrant un par un au port, après une nuit passée à la pêche, les voilures réduites, car la houle était forte et ils peinaient prou à l'entrée de l'Arque pour gagner le havre. A côté de Louis se tenait un officier du corps de ville qu'il avait fait quérir pour répondre à ses questions, lesquelles étaient innumérables. De temps en temps, avec sa manche, Louis effaçait sur la vitre la buée produite par sa respiration et revenait à sa contemplation qu'il ne quitta que lorsque l'officier de ville lui eut assuré que tous les bateaux étaient bien rentrés, malgré une mer qui grossissait de minute en minute.

Après la messe, il visita le château et la citadelle, et ne prit qu'à une heure et demie sa repue de midi. Mais sitôt qu'il l'eut mangée, il monta à cheval et galopa jusqu'au Pollet sur la rive droite de la rivière de l'Arque. Nous crûmes, en le suivant aussi vite que nous pûmes, qu'étant raffolé de tout ce qui était ouvrage militaire (le lecteur se souvient sans doute qu'étant enfant, il avait travaillé seul, pendant des jours, à construire un fort en terre à Plessis-lès-Tours), il allait monter jusqu'au fort des Lunes qui domine le Pollet. Mais il y avait là un bien autre aimant : la mer ! Et d'autant qu'elle était tempétueuse et déferlait en flots énormes qui portaient leurs embruns et écumes loin au-dedans des terres. Louis démonta de cheval dans le vallon et s'approcha aussi près qu'il put des rochers sur lesquels le flot se brisait. Il s'amusa à esquiver les vagues qui, heurtant l'obsta-cle, montaient en gerbes folles vers le ciel et retombaient de notre côté. Mais il arriva ce qu'il avait sans doute prévu. Surpris par l'une d'elles, il fut mouillé de la tête aux pieds, en rit aux éclats et en fit aussitôt un jeu, poussant sous les déferlements ceux de sa suite qu'il put atteindre. Il était près de cinq heures quand, à nos instantes prières, il cessa de s'ébaudir ainsi, et consentit à rentrer au logis où, devant un grand feu, il fut débotté et séché et gloutit son souper à dents aiguës. Il se coucha à neuf heures et tant il se sentait heureux que son sommeil, chose rarissime, le dormit dix heures file à file.

Le trente novembre, veille de notre départir, la bonne hôtesse, en me venant porter elle-même mon déjeuner, alors que j'étais au lit, m'aborda, les joues gonflées d'une demande qu'elle n'osait formuler. Elle était bien différente de l'alberguière des *Deux Pigeons*, mais non moins accorte, quoique dans de plus grandioses proportions. Bien que l'enseigne de son auberge fût *A l'Ecu de Bretagne,* la dame se paonnait haut et dru d'être normande, et à la voir, on ne pouvait douter de ses ancêtres vikings, tant grande, blonde et forte elle était, bâtie à chaux et sable, et les tétins comme ces boucliers dont les drakkars étaient garnis.

L'ayant encouragée à me parler à la franche marguerite, elle me confia qu'en ses jeunes années son père l'avait présentée à Henri IV, qui leur avait fait l'honneur de séjourner en son auberge, et que le bon roi Henri, au départir, l'avait baisée sur les deux joues. Depuis, elle avait interdit à quiconque, même à son mari, de la baiser là.

Là-dessus, elle s'arrêta, et il me fallut l'encourager prou pour qu'elle me dise enfin qu'elle voulait que je la présentasse à Louis, puisqu'il était sur son partement.

— Mais ce n'est pas à moi, M'amie, de vous présenter à Sa Majesté. C'est à Monsieur de Bonneuil.

— Et où se trouve à'steure Monsieur de Bonneuil ?

— A Rouen.

— A Rouen ! dit-elle avec désespoir. Mais, reprit-elle, vous-même, Monsieur le Chevalier...

— Cela ne se peut : je sortirais de mon rollet.

— Et Sa Majesté vous parlerait avec les grosses dents ?

— M'amie, il ne dirait mot. Un simple regard suffirait.

— Jésus ! A-t-il le regard si intimidant ?

— Il l'est, dans les occasions.

— Bonne Vierge ! N'y a-t-il personne parmi ces beaux seigneurs qui ose me présenter à lui ?

— Si fait, dis-je après un moment de silence, il y en a un. Ou plutôt il y en a une.

— Qui donc ?

— Mathurine.

— Mathurine ! s'écria l'hôtesse, l'œil révulsé, la lèvre tremblante et portant la main à son cœur.

La main était vaste, mais le cœur aussi, et elle fut un moment avant de reprendre son souffle.

— Mathurine ! reprit-elle, comme indignée. Mathurine ! Une naine ! Une créature du diable !

— Et d'où prenez-vous cela, ma commère ? dis-je en sourcillant. Les nains sont bien au rebours les créatures de Dieu et fort aimés de lui ! S'il les a faits si petits, c'est pour qu'ils passent plus facilement par la porte étroite qui mène en son paradis.

— Cela est-il constant ?

— Je vous l'assure, dis-je, doutant quelque peu en mon for de ma théologie, car Mathurine était fort espiègle et jouait des tours à tout un chacun.

Cependant, son cœur était sans malice et elle le prouva une fois encore en acceptant de prendre l'hôtesse par la main et de la mener au roi tandis qu'il était à son dîner, botté déjà, et prêt à se mettre en selle.

— Louis, dit Mathurine, je veux te présenter cette grande bagoulière d'hôtesse, laquelle a autrefois connu le roi ton père, lequel l'a baisée sur les deux joues.

Louis leva la tête de son assiette, considéra

l'hôtesse qui se génuflexait devant lui et lui souleva gravement son chapeau, mais sans dire mot ni miette.

L'hôtesse en fut toute déconfite, mais se reprenant, elle s'écria avec une naïveté qui amena des sourires à la ronde :

— Sire, autrefois, j'ai baisé votre père, mais je vois bien que je ne vous baiserai pas.

Elle reprit :

— N'empêche, Sire, je souhaite que Dieu vous bénisse et vous donne bonne et longue vie.

Puis faisant une profonde génuflexion, elle s'en alla. Après le dîner, elle revint dans ma chambre et comme je voyais qu'elle en avait gros sur le cœur, je lui dis :

— M'amie, mes baisers ne sont pas royaux, mais si tu les veux, les voici.

Elle en pleura et après un moment occupé à sécher ses pleurs, elle me dit sur le ton de la confidence :

— Ma fé ! Il est si jeune et si sérieux ! Je me pense bien qu'avec son grand royaume, il a des pointilles à ses ongles ronger. Mais vramy ! Il n'est point comme son père était : si vif à la gausserie et si prompt aux poutounes.

CHAPITRE III

Mon père et le chevalier de La Surie revinrent du domaine les joues gonflées de ses mérites. Ils y étaient demeurés trois jours, ayant reçu gîte et couvert au presbytère du curé Séraphin, nos gens étant logés à nos dépens au cabaret du village, lequel, quoique fruste, n'était ni sale, ni puceux.

— A cent mille livres, la seigneurie est un excellent bargouin, dit mon père, quand il m'accueillit à mon retour de Rouen. Elle a souffert, assurément, de l'absence du maître. On a fait dans les bois des coupes excessives, mais ce boisillage ne menace pas les futaies, qui sont superbes. Quelques bas prés ont été gâtés, faute de les avoir rigolés à temps pour écouler les eaux. On a laissé la ronce et le chiendent envahir de bonnes pâtures. Des labours depuis quatre ans sont laissés en jachère. On n'a curé ni les rus, ni les fossés. Les voies qui parcourent le domaine ne sont qu'ornières et fondrières. Par bonheur, le four, le moulin, le pressoir — qui sont banaux, mon fils ! — sont intacts. On voit bien que l'intendant les a bien ménagés afin d'en tirer, au nom du feu comte d'Orbieu, des pécunes qui par une irrésistible pente roulaient dans sa propre escarcelle. '

— Et le château, Monsieur mon père ?

— Il est quasiment neuf, ayant été construit sous Henri IV en bel appareillage de pierres et de briques. Et contrairement à ce qui a été dit, il ne requiert pas réparations. Le bâtiment est flanqué de droite et de gauche par des communs et fermé sur le quatrième côté par des murs hors échelle percés en leur centre d'une porte à forts battants aspée de fer, et armée en son faîte de pointes. La cour est assez vaste pour que s'y réfugie tout le village au cas où des soldats marau-deurs voudraient se livrer à leurs coutumiers exploits : meurtres, picorées et forcements de filles. Deux petites tours flanquent la porte cochère, tant est qu'en y mettant quelques mousquets, leur feu empê-cherait les assaillants de pétarder la porte ou de l'enfoncer.

— Diantre ! dis-je. A une journée de cheval de Paris faut-il encore tant de défenses ?

— Il faut croire qu'en nos guerres elles se sont imposées, dit mon père. Ne savez-vous pas, de reste, que dans le plat pays les soldats pillent les nôtres tout autant que les ennemis.

— Et l'eau, Monsieur mon père ?

— Des sources en abondance !... Et sur le côté ouest du château et quasiment longeant les murs, s'étend un vaste étang alimenté par un ruisseau vif. On m'a conté que le lendemain de la mort du feu comte d'Orbieu, l'étang a été, en une seule nuit, vidé de tous poissons par ses manants [1].

— Et l'intendant ?

— Il s'est bien gardé de montrer sa vilaine face. Un an plus tôt, d'une fenêtre du château, à l'aube, il a arquebusé à mort un malheureux braconnier coupable de prendre au filet une des grosses carpes de l'étang. Le sieur a dû faire enterrer le corps à la sauvette, car on ne l'a pas retrouvé. Depuis ce bel exploit, Rapinaud — c'est le nom de l'intendant — est honni de tout le village.

— Et la justice du roi ?

— Elle n'eût pu être saisie que par le comte, c'est-à-dire, en son absence, par l'intendant lui-même. En outre, la justice du roi est composée de juges qui possèdent tous des petites seigneuries, où ils aiment chasser et, en conséquence, ils abhorrent les braconniers.

— Pouvez-vous m'en dire davantage sur le château, Monsieur mon père ?

— Nous l'avons trouvé en bien meilleur état qu'on ne l'avait dit : les toitures, intactes, les murs, sains, les poutres, solides. Le couteau de La Surie ne s'est pas enfoncé dans les poutres, ce qui est bon signe. Les fenêtres et les contrevents sont veufs de peinture, mais, Dieu merci, ils ferment. L'inquiétant c'est que nous y avons trouvé si peu de meubles que nous avons soupçonné Rapinaud d'en avoir vendu quelques-uns. Nous avons alors commis un huissier pour mettre le château sous scellés.

— Monsieur mon père, dis-je avec un sourire, c'était là un acte illégal, puisque votre fils n'a pas encore acheté.

— Détrompez-vous. Sur le bruit que Rapinaud s'agitait contre la préemption du roi en votre faveur, j'ai signé en votre nom une promesse d'achat et versé

1. *Manant*, à l'époque, n'a pas nécessairement un sens péjoratif. Dérivé du latin *manere* (demeurer), il a le sens de « résidant ».

en acompte dix mille livres à Madame d'Orbieu. Me suis-je trop avancé ?

— Nullement, puisque je m'étais remis en toute fiance à votre examen.

— Et au mien, dit La Surie qui n'aimait pas qu'on l'oubliât.

— Je n'en doute pas, Monsieur le Chevalier, dis-je avec un salut.

— Et vous avez raison, poursuivit La Surie avec un petit brillement de son œil marron, tandis que son œil bleu restait froid. Avec votre permission, je vous dirai le train dont sont allées les choses entre Monsieur le marquis et moi-même dans cette visite du domaine.

— Je vous ois.

— Monsieur le marquis examina et moi, j'ai fureté.

— Fureté ?

— Par exemple au moulin d'Orbieu.

— Oyez bien ceci, mon fils, dit mon père. Le conte en est fort plaisant.

— Au moulin d'Orbieu, dit La Surie (qu'il ne fallait pas beaucoup prier pour qu'il vantât ses exploits), tandis que le curé Séraphin en expliquait le mécanisme à votre père, moi, je promenai mon nez un peu partout. Et c'est ainsi que je découvris dans un coin un petit placard fermé à clé. Je l'ouvris.

— Sans clé ? dis-je.

— Où serait le mérite ? Et je découvris deux boisseaux apparemment d'égale capacité, l'un contenant encore un peu de blé et l'autre un peu de farine.

— Je ne vois là rien d'étonnant, dis-je. L'un mesure le blé que le laboureur apporte au seigneur et l'autre, la farine que le meunier rend, après moulure, au manant, en retenant, pour prix de son service, si je ne m'abuse, de cinq à dix boisseaux sur cent.

— En effet, dit La Surie et il n'y a pas là merveille. Elle apparut cependant, quand j'eus examiné l'un et l'autre boisseau. Ils étaient, comme j'ai dit, extérieurement de même capacité, mais en en mesurant, avec une paille, la profondeur de l'intérieur, je découvris

61

que le boisseau de farine était d'un cinquième moins profond que le boisseau de blé : le fond avait été fort astucieusement surélevé.

— Et pourquoi cela ? dis-je, béant.

— A chaque boisseau de farine qu'il rendait au manant, le meunier, en l'occurrence l'intendant, prélevait, à l'insu du pauvret, un cinquième de plus que sa part.

— Sauf que l'intendant se volait lui-même, quand il prélevait les cinq ou dix boisseaux qui constituaient la part légitime du seigneur.

— Avez-vous fait ce rêve ? Cette part-là — la part du maître — était prélevée au moyen d'un troisième boisseau, lequel portait majestueusement les armes du comte d'Orbieu. Il n'était, lui, aucunement truqué.

— Que fîtes-vous alors ?

— Nous confiâmes les trois boisseaux à l'huissier, qui les mit sous séquestre au cas où nous serions contraints de faire un procès au Rapinaud, lequel étant fort procédurier pourrait à l'avenir nous chercher noise.

Nous étions assis tous trois à notre repue de midi, et encore que le rôt de Caboche fût fort bon, à peu que le cœur me soulevât à la pensée de cette infâme tricherie qui grignotait impiteusement la part du plus pauvre manouvrier, lequel était heureux s'il avait autour de sa petite chaumière un ou deux arpents où il pouvait récolter assez de blé pour lui durer la moitié de l'année (à condition de le mélanger avec du seigle et même de l'avoine), les châtaignes crues ou cuites prenant alors le relais de ce mauvais pain et lui permettant d'atteindre le bout de l'an sans trop crier famine.

— Mon père, dis-je en reposant sur mon assiette en vermeil le succulent morceau de rôt que je me préparais à porter à ma bouche, ne pensez-vous pas qu'en prenant possession de ma seigneurie, je pourrais renoncer à ces redevances archaïques du moulin, du four et du pressoir ?

— Eh quoi ! vous renonceriez à vos droits seigneuriaux ! s'écria La Surie, d'autant plus indigné qu'il n'avait accédé qu'en son âge mûr à la noblesse et à la terre, ayant été jusqu'à sa quinzième année un petit galapian orphelin du plat pays, sans feu ni logis, et vivant de rapines, de larcins et de braconnage, jusqu'à ce que mon père, qui avait son âge, le prît sous sa protection. Si vous faisiez cela, poursuivit-il avec passion, les nobles voisins vous haïraient et vos manants vous tiendraient pour fol !

Le marquis de Siorac, quant à lui, sourit et après avoir laissé libre cours à l'indignation de La Surie qui se continua encore quelque peu, il dit :

— Pierre-Emmanuel, si vous abandonnez votre redevance sur le moulin banal, comment allez-vous l'entretenir, le réparer et payer les manouvriers qui le font marcher ? Le moulin est un service dont use le domaine tout entier et il doit être rémunéré par tous, mais, cela va sans dire, à son juste prix.

Je pensai alors et je pensai depuis qu'il y avait une réponse à cet argument, mais je ne sus lui donner corps et je me tus.

— Monsieur mon fils, reprit le marquis de Siorac, après un instant de silence, si l'on excepte quelques petits séjours que vous fîtes à Mespech, vous n'avez vécu jusqu'ici qu'à la Cour, au Louvre et dans les beaux châteaux du roi : Saint-Germain, Vincennes, Fontainebleau, Madrid — loin, fort loin du plat pays et de ceux qui y vivent. Il se peut, par conséquent, que vous ayez oublié que c'est la terre, et la possession de la terre, qui fonde la noblesse. Cela est si vrai qu'il n'est pas commerçant bien garni, ou bourgeois enrichi par sa charge, qui ne s'évertue à acquérir un grand lopin dont il prendra le nom.

— Témoin, dit La Surie qui aimait rappeler que mon arrière-grand-père paternel tirait son origine, comme lui-même, de la roture, votre aïeul, Charles Siorac, apothicaire à Rouen, qui acheta, dès qu'il eut assez de pécunes pour le faire, un moulin appelé La

Volpie et, glissant un « de » entre son prénom et Siorac, se nomma d'ores en avant Charles de Siorac, Seigneur de La Volpie.

— Mais il ne prétendait pas pour autant être noble, dit mon père vivement. Dans les actes notariés où nous avons sa signature, il ne faisait pas précéder son nom de la mention « noble homme », usuelle en ce cas.

— Comme vous savez, Monsieur mon père, dis-je gravement, ma lignée Siorac, arrière-grand-père compris, m'est plus chère et plus proche que ma lignée Guise, car il me semble que c'est de ce côté-là que je tire les quelques qualités que vous voulez bien me reconnaître.

— Et je crois bien que vous avez raison, dit le marquis de Siorac, mais avec un petit sourire, comme pour se moquer un petit de notre orgueil familial dont pourtant il donnait lui-même tant de quotidiennes preuves.

Le dîner étant fini, mon père se leva, se campa devant la cheminée pour se chauffer le dos, puis il dit avec un certain air de pompe et de cérémonie :

— Pour en revenir à Orbieu, je dirais que pour vous, Monsieur mon fils, l'acquisition de ce domaine est, comme eussent dit les Latins, *lucem candidiore nota* [1]. Car jusqu'ici, vous ne portiez qu'un de ces titres de courtoisie que l'on donne aux cadets. Notre Henri vous avait fait chevalier, tant pour reconnaître les services que ma famille avait rendus au trône que par affection pour sa cousine de Guise. Mais ce jour, vous accédez à un titre véritable, fondé sur un domaine, ce qui vous donne à la fois l'honorabilité d'un terroir, l'autorité d'un rang et la sécurité d'un petit royaume dont vous serez le prince. Au surplus, si vous gérez bien votre seigneurie, elle vous donnera aussi des revenus qui passeront en importance ce que

1. Jour à marquer d'une croix blanche (lat.).

la paresseuse comtesse d'Orbieu pourra jamais espérer de ses placements au denier vingt en Italie.

— Mais pour cela, dit La Surie avec fougue, croyez-moi, il ne faut pas commencer par aliéner vos droits seigneuriaux ! J'ai été fort pauvre moi-même et, de grâce, ne me croyez pas impiteux ! Vous aurez mille moyens d'adoucir la vie des plus misérables de vos manants mais, par tous les saints ! ne touchez pas d'entrée de jeu aux droits coutumiers ! Le droit coutumier, dans le plat pays, est sacré ! Même ceux qu'il désavantage y tiennent ! Vous ne tarderez pas à le constater.

*
* *

Dans le ministère des Barbons, le président Jeannin était surintendant des Finances. Et par l'entremise de Déagéant qui se plaçait immédiatement en dessous de lui et aspirait à le remplacer quand le Seigneur, vu son grand âge, le rappellerait à lui, j'obtins, avec une célérité qui tenait du miracle, les pécunes qui me permirent d'acheter sans tant languir le domaine d'Orbieu, les lettres patentes relevant en ma faveur le titre de comte d'Orbieu m'étant remises par le chancelier Sillery quasiment le lendemain de cet achat.

Ma belle lectrice voudra bien excuser le petit plaisir de vanité que je me donnai alors en faisant graver les armes des comtes d'Orbieu sur mon papier à lettres, sur mon sceau et sur les portes du carrosse que mon père et La Surie, chacun donnant son écot, eurent l'immense bonté de me faire don. Mais quoi ! Si on se refusait ces petits plaisirs qui nous font si glorieux et si paonnants (et qu'un sage ascète en sa cellule trouverait à juste titre infimes et ridicules), n'irait-on pas s'arracher de soi quelques soyeuses et brillantes plumes qui concourent à notre quotidien contentement, alors que nous avons tant de bonnes raisons, par ailleurs, de gémir en cette vie, y compris sur sa brièveté ?

J'avais décidé d'aller prendre possession de mon bien le onze février, lequel jour, étant un dimanche, me permettrait de rencontrer à la messe dans l'église d'Orbieu les manants de mon domaine afin de les voir et afin qu'ils me vissent. Mais, ayant demandé la veille mon congé au roi, il me le refusa tout de gob, arguant qu'il y aurait ce dimanche-là un grand débat en son Conseil des affaires sur le rétablissement des Jésuites à Paris et qu'il voulait que j'y assistasse. A la réflexion, je n'en fus pas trop marri, car il faisait un froid à geler les pierres et la pensée ne me souriait guère de faire trotter tout le jour les beaux chevaux de mon carrosse sur les chemins glacés du plat pays.

Cette question des Jésuites remuait excessivement le Conseil, la Cour, les parlements, les ruelles de nos dames et il n'était en France fils ou fille de bonne mère qui n'en voulût dire sa râtelée. Le lecteur se ramentoit peut-être que le jeune Châtel, élève des Jésuites, attentât de tuer Henri IV le vingt-sept décembre 1594, et ne réussit qu'à le blesser à la lèvre. Ce qui permit au roi de faire sur l'heure, et la lèvre encore saignante, une de ces gausseries qui faisaient tant pour sa popularité :

— Ce n'était donc pas assez que par la bouche de tant de gens de bien, les Jésuites fussent réputés ne m'aimer pas. Fallait-il encore qu'ils en fussent convaincus par *ma* bouche ?

L'enquête fit apparaître que le jeune Châtel, élève du collège de Clermont à Paris, avait été de prime convaincu par son confesseur d'avoir pratiqué la bougrerie et, au surplus, rêvé de commettre l'inceste sur la personne de sa sœur. Les Bons Pères l'enfermèrent alors dans ce qu'ils appelaient « la chambre des méditations », lieu sinistre, traversé de lueurs verdâtres où retentissaient soudain des voix menaçantes et où surgissaient d'épouvantables diables qui menaçaient de se saisir du malheureux pour l'emporter dans les flammes. Par ces moyens surnaturels, on convainquit Châtel que ses péchés l'amèneraient à coup sûr en enfer, s'il ne se rachetait en accomplissant un exploit qui serait grandement utile à l'Eglise catholique : par exemple tuer le roi, ce qui était loisible puisque, lui enseignait-on, il était hors Eglise, ayant été excommunié comme hérétique par le pape.

Après ces révélations, le Parlement traita l'affaire en un tournemain, les Jésuites furent arrêtés, jugés et condamnés à l'exil douze jours à peine après l'attentement de Jean Châtel. Mais Henri IV sentait bien qu'il n'en avait pas fini avec eux. Et en effet, huit ans plus tard, le pape exigea, pour l'absoudre de son excommunication, qu'il admît de nouveau les Jésuites en son royaume. De force forcée, Henri les autorisa à rentrer et les établit à La Flèche, où ils fondèrent un collège qui forma désormais les officiers de son armée. Mais le trop fameux collège de Clermont à Paris, où le jeune Châtel avait été si astucieusement formé à son dessein, devait, d'ordre du roi, demeurer fermé.

Que ce fût du haut du ciel où du fond des Enfers, selon le jugement que l'on portait sur son acte, le jeune Châtel dut bien s'étonner que seize ans après sa mort, le pape et Henri IV en vinssent, par personne interposée, quasiment aux prises à son sujet. La scène se passa en janvier 1610, cinq mois avant que notre Henri tombât sous les coups de Ravaillac. Le roi préparait alors de puissantes armées contre les Habsbourg d'Espagne, d'Autriche et des Pays-Bas, toutes nations catholiques, contre lesquelles le roi de France recherchait l'alliance des pays protestants. Cette politique alarmait fort le pape qui adressa à Henri une mise en garde beaucoup plus redoutable par ses implications que par sa signification littérale.

Sa Sainteté publia, en effet, un édit aux termes duquel une condamnation sans appel était prononcée contre l'*Histoire Universelle* du président de Thou. Ce qui n'avait rien d'étonnant, étant donné les sympathies protestantes de l'auteur. Mais ce qui, en revanche, étonna davantage, c'est qu'à la suite venaient deux autres condamnations. L'une d'elles visait le réquisitoire d'Antoine Arnauld contre les Jésuites. La troisième et dernière — *in cauda venenum* [1] ! — condamnait la condamnation à mort de Jean Châtel.

L'émoi en France fut grand et le tollé, général. Le Parlement surtout jeta feu et flammes. Gallican en majorité et souffrant mal les empiétements du pouvoir pontifical en France, il se trouva excessivement indigné que le Vatican ait pu supprimer le jugement que le Parlement français, siégeant souverainement, avait prononcé contre un régicide. Que voulait le Saint-Siège ? Ressusciter Jean Châtel et lui redonner son couteau ? Rassemblé en urgence, le Parlement de Paris, en son ire, déclara l'édit du Saint-Père entaché d'abus et ordonna qu'il fût brûlé.

Henri interdit le bûcher, mais convoqua le nonce Ubaldini et lui parla avec les grosses dents : l'absolution de Châtel n'était rien d'autre qu'un appel à de nouveaux meurtres contre sa personne ! Il exigea que le pape révoquât son édit. Mais comment le pouvait-il ? s'exclama le nonce en levant en l'air ses petites mains potelées, alors que parlant au nom du Seigneur, le Saint-Père ne saurait se tromper ?

Le Saint-Siège fit preuve en l'occurrence de sa légendaire subtilité. Il rédigea un second édit où se trouva maintenue la condamnation de l'*Histoire Universelle* du président de Thou, mais sans que fussent mentionnés le réquisitoire d'Arnauld contre les Jésuites et la condamnation à mort de Jean Châtel... Ce silence n'était qu'une demi-concession, puisque l'édit précédent n'était pas révoqué, et mon père, lorsque je lui en parlai, refusa tout à plein d'être dupe : « Seul, dit-il, le premier mouvement du Saint-Siège sera réputé le bon. Son "repentir" sera mis sur le compte

1. Dans la queue, le venin (lat.).

de la diplomatie. La menace sur la vie du roi demeure donc entière. »

Hélas, il ne se trompait pas ! Encore que la participation des Jésuites dans l'attentement de Ravaillac ne fût pas prouvée, les Jésuites n'étant pas les seuls à tâcher dans l'ombre de transformer des esprits détraqués en instruments dociles et sanguinaires.

Assurément, ce onze février 1618, l'enjeu était infiniment » moins dramatique, puisqu'il s'agissait de décider si les Jésuites, de longue date réinstallés dans les provinces françaises, et y ayant ouvert des écoles très prospères, allaient pouvoir rouvrir le Collège de Clermont à Paris. Mais le seul nom des Jésuites, chez presque tous les Français, faisait naître des passions tumultueuses soit en faveur de l'illustre compagnie, soit en sa défaveur.

La Sorbonne la détestait, parce qu'elle violait le privilège de l'Université, et ouvrait partout des écoles, qui étaient d'ailleurs bien meilleures que les siennes, pour la raison qu'elles pratiquaient des méthodes plus neuves. Les curés leur gardaient une fort mauvaise dent de ce qu'ils captaient les plus riches pénitents par des confessions complaisantes qui leur valaient dons et legs. Les évêques s'indignaient que ces croque-testaments dont eux-mêmes pâtissaient ne fussent, en fait, ni bonne chair, ni honnête poisson : ils se disaient réguliers, mais où étaient leurs bures et leur clôture ? Ils portaient la soutane, confessaient, donnaient la communion, disaient des messes, vivaient dans le siècle, à l'occasion même revêtaient des habits civils, se ceinturaient d'une épée, chevauchaient de grands chevaux et non, comme les prêtres, de modestes mules. Mais par-dessus tout, ils refusaient de reconnaître l'autorité des évêques.

Les Gallicans, nombreux au Parlement, trouvaient les Jésuites éminemment suspects, parce que leur vœu d'obéissance inconditionnelle —*perinde ac cada-*

ver [1] — ne s'adressait qu'à un général, qui était espagnol, nommé au surplus par le pape, qui était italien, ce qui amenait à se demander si la politique que la Compagnie défendait par des moyens occultes et parfois sanguinaires, était bien compatible avec les intérêts de la France. En outre, le Vatican soutenant la thèse que les papes, faisant les rois, pouvaient aussi les défaire (thèse que le Tiers Etat, dans son ensemble, abhorrait), on pouvait se demander si cette Compagnie, devenue en notre pays si puissante et si riche, ne soutiendrait pas, le cas échéant, les prétentions insufférables de la papauté à dominer le temporel.

Mais d'un autre côté, un grand nombre de Français s'étaient attachés passionnément aux Jésuites, les uns pour de bonnes, les autres pour de mauvaises raisons et parfois pour les deux ensemble. Ceux qui haïssaient l'hérésie protestante et auraient voulu voir éradiquer les huguenots en France et en Europe par le fer et le feu les admiraient d'être partout les ardents champions de la Contre-Réforme. D'autres, qui avaient été leurs élèves, ne rêvaient que de placer chez eux à leur tour leurs enfants et portaient aux nues leurs vertus éducatives. De grands seigneurs et de très hautes dames — comme, par exemple, ma bonne marraine, la duchesse de Guise — étaient raffolés de leurs suaves confessions qui rassuraient ces âmes bien nées sur leur au-delà, en faisant de leurs pires péchés — l'adultère, la bougrerie et la fornication hors mariage — des faiblesses de chair sur lesquelles il convenait de cligner doucement les yeux, alors que de si hauts intérêts étaient en question. Des Grands, comme le duc d'Epernon. qui pourtant avait appuyé sous Henri III la politique de rapprochement avec les huguenots, avaient fait volte-face à sa mort, craignant d'encourir la mortelle inimitié des Jésuites. Il s'abritait depuis avec une docilité exemplaire sous l'ombrelle de leur toute-puissance.

1. Comme un cadavre (lat.).

Il y avait enfin ceux, et ils furent nombreux le onze février 1618, qui, ne voulant pas prendre position ni pour les Jésuites, ni contre eux, sur une affaire pourtant aussi mineure que l'installation de l'une de leurs écoles à Paris, s'excusèrent auprès de Sa Majesté de ne pouvoir participer aux travaux du Conseil. Je le vis du premier coup d'œil en pénétrant dans le cabinet des livres : un bon tiers des conseillers n'étaient pas, ce jour-là, présents.

L'affaire fut rondement menée. Le garde des Sceaux, Monsieur Du Vair, exposa l'affaire équitablement avec arguments et raisons contraires, ou comme il disait *pro et contra*, mais conclut néanmoins sans ambiguïté, contre, disant qu'en son opinion, l'école où avait étudié Jean Châtel sous les maîtres que l'on sait ne devrait pas être réouverte. Monsieur de Puisieux fit remarquer que vingt-quatre ans s'étaient écoulés depuis l'attentement de Jean Châtel, que les circonstances avaient changé, que les maîtres n'étaient pas les mêmes et que c'était leur faire injure que de supposer qu'ils pussent tomber dans les mêmes errements. Monsieur de Sillery opina mêmement. Le président Jeannin, sans tout à fait se prononcer contre, remarqua qu'il aurait, quant à lui, préféré que le collège fût confié à un ordre religieux qui, de par sa constitution, serait soumis aux évêques français.

Louis, le chapeau enfoncé sur les yeux, et les bras croisés, écouta avec la plus grande attention les *pro et contra*, mais quand les quatre ministres s'étant exprimés, il donna la parole à ceux des membres du Conseil qui demeuraient debout, il n'eut guère de succès, sauf en ce qui concerne le duc d'Epernon qui, d'une voix haute et ferme, prit position en faveur de la Compagnie dont on murmurait qu'à titre laïque, il faisait lui-même partie.

Louis fit alors voter, non à main levée, mais par bulletin écrit, et le dépouillement des bulletins que l'on fit séance tenante donna une assez forte majorité en faveur des Jésuites. Louis allait donc proclamer la motion votée quand le président Du Vair, lui demandant la parole, fit valoir que le quorum n'était pas atteint, plus du tiers des membres du Conseil étant absent, et qu'il convenait, par conséquent, de renvoyer la décision à une autre séance.

Un grand silence suivit cette déclaration et tous les yeux se tournèrent vers Louis dans l'attente de ce qu'il allait dire, certains redoutant, d'autres espérant qu'il donnerait raison à son ministre comme il avait toujours fait jusque-là.

Louis se taisait, les yeux baissés, la face imperscrutable, et il m'était assurément difficile de savoir comment il allait décider. Car il déférait si souvent à l'expérience de ses ministres et il était si respectueux de la procédure qu'on pouvait s'attendre à ce que l'objection présentée par le président Du Vair lui en imposât. D'un autre côté, à observer la façon également attentive et courtoise avec laquelle il avait écouté les uns et les autres, il était impossible de présumer de sa position personnelle. Raison pour laquelle ce qu'il allait dire prit pour le Conseil beaucoup d'importance car, ayant à trancher pour ou contre la procédure (et trancher contre était assurément une audace), on saurait par là même ce qu'il pensait du problème.

— Messieurs les conseillers, dit-il d'une voix assurée, le Conseil a voté. Il n'y a pas à revenir sur ce vote. La Compagnie de Jésus est autorisée à rouvrir son école de Paris.

*
* *

Dans l'après-dînée de ce même jour, j'allai voir Madame de Lichtenberg en son hôtel de la rue des Bourbons. J'y fus accueilli par de sombres regards et des propos amers. Elle ne me voyait plus ! J'étais toujours sur les chemins avec le roi ou prisonnier de son Conseil pendant des heures ! De reste, l'aimais-je encore ? Et s'il en allait autrement, comment s'en étonner ? Elle vivait retirée, quasi recluse, et moi je muguetais à la Cour, au milieu d'un essaim de filles, lesquelles ne pensaient qu'à leur cas !

— Leur cas, Madame ! Parle-t-on si crûment dans votre Palatinat ? C'est pour le coup que Madame de Rambouillet pousserait des cris d'orfraie !

— De grâce ! Ne nommez pas devant moi cette funeste bégueule ! Je parle moi à l'allemande, droit et clair ! Et quant à ces filles que je dis, à défaut de charmes durables, leur jeunesse leur donne peut-être cet éclat passager qui peut bien piper un homme de votre complexion !

— Un homme de ma complexion ! Mais je vous aime, Madame !

— J'en doute ! J'ai ouï dire que Madame de Luynes avait eu l'excessive impudence, le jour de son mariage, de vous donner le bel œil ! Vous me l'aviez caché ! Et comme si toutes ces pointilles ne suffisaient pas encore, le roi a fait de vous un seigneur de conséquence ! Vous voilà comte, maître d'un grand domaine, lequel va vous prendre encore beaucoup du temps que votre service auprès du roi vous eût sans cela laissé libre ! Et c'est pour le coup que je ne vous verrai plus ! Où donc s'en est allé le petit chevalier de Siorac, si empressé à prendre avec moi des leçons d'allemand et à me jurer à mes pieds d'un air timide un éternel amour ?

L'évocation de ce passé l'émut, une larme apparut en son bel œil et roula lentement sur sa joue où de mes lèvres je la voulus cueillir. Mais elle me repoussa avec vigueur et j'entendis bien qu'il me faudrait plaider. Je répondis alors à tous les points qu'elle avait soulevés en prenant soin de faire durer ma plaidoirie le plus longtemps que je pus, ayant observé à maintes reprises que la longueur d'une explication, même si elle est répétitive, possède, par sa longueur même, une force persuasive.

A la parfin, voyant qu'elle se radoucissait, je me

plaignis du froid glacial qu'il faisait en son petit salon et je lui suggérai de poursuivre notre bec à bec dans sa chambre : suggestion qu'elle accepta, mais d'un air hautain comme pour décourager les arrière-pensées que j'eusse pu par avance caresser. Dans la chambre, après avoir fermé l'huis sur nous et poussé le verrou, je jetai un fagot sur le feu, y ajoutai des bûches et devant ce feu d'enfer, bien propre à susciter en effet, du moins en moi, de damnables pensées, je m'assis à une bonne toise d'elle sur celle des deux chaires à bras qu'elle avait laissée vacante et poursuivis mon apologie. Je lui assurai que les seules filles jeunes qui se trouvaient à la Cour étaient les filles d'honneur de la reine, lesquelles, comme leur maîtresse, étaient espagnoles, nation que j'abhorrais. En outre, elles étaient habillées pour la plupart de noir funèbre, comme des nonnes, et ne faisaient en leur parladure que se gausser entre elles des Français. Pour Madame de Luynes, il était constant, en effet, qu'elle m'avait donné le bel œil, mais en cette solennelle cérémonie où son regard n'eût dû demeurer fixé que sur son seul époux, elle l'avait donné à tous, même au roi.

Je fis alors une petite pause, m'avisant tout soudain que j'avais à lui conter un conte vrai, quoiqu'à vue de nez invraisemblable, dont tout le Louvre parlait et qui aurait peut-être le talent de la distraire des angoisses de sa jalousie.

— Eh quoi ! dit Madame de Lichtenberg qui, par l'effet de sa stupéfaction, parut bel et bien oublier ses imaginaires griefs contre moi, la friponne aurait eu le front, le jour de son mariage, de donner le bel œil au roi !

— Oui, Madame, et qui pis est, Sa Majesté n'y est pas restée insensible.

— Que me chantez-vous là ? Le roi sensible aux grimaces de cette archi-coquette !

— Oui, Madame, il l'est, à n'en pas douter. Toute la Cour en bée d'étonnement. Le roi, devant aller chez la reine, s'attarde chez sa surintendante, saisit toutes les occasions de la voir, et quand il la voit, n'étant pas grand parleur, il la contemple longuement sans dire un mot. Vous croiriez un béjaune à son premier amour.

— Et la petite reine s'en est-elle aperçue ?

— Madame, qui ne s'en apercevrait ? Tout le Louvre le sait ! Du grand chambellan au plus petit vas-y-dire ! Il n'est soubrette qui n'en jase en faisant les lits, ni officier des gardes qui ne s'en gausse en prenant la relève, frétillant d'aise à l'idée que Luynes pourrait être cocu.

— Luynes est-il si mal aimé ? Je le croyais aimable.

— Mais il l'est ! Cependant, lui, ses frères, ses cousins, ses petits-cousins et toute sa parentèle, accourue du Midi par batelées entières, raflent tout : les places, les titres et les pécunes. Cela aigrit beaucoup de gens.

— Revenons à la reine ! Que fait la pauvrette en ce prédicament ?

— Madame, elle pleure, elle gémit, elle est dans les alarmes. En désespoir de cause, elle a prévenu l'ambassadeur d'Espagne, lequel a alerté le nonce, lequel a approché, très à la prudence, le confesseur du roi, le père Arnoux. Celui-ci, Jésuite subtil, les a d'un mot rassurés : « Qui dit tentation ne veut pas dire chute. »

— Fi donc ! dit Madame de Lichtenberg avec le dédain d'une huguenote pour nos pratiques papistes : à quoi sert la confession sinon, en cas de besoin, à en trahir les secrets ?

— Mais, Madame, le père Arnoux s'est borné à énoncer une maxime générale. C'est nous qui l'interprétons.

— C'est là tout justement des façons de Jésuite ! Et vous, Monsieur, pour la jésuiterie, vous ne craignez personne ! Vous avez le front de me venir voir après une longue absence et c'est pour m'annoncer que vous partez demain pour votre domaine d'Orbieu !

— Mais je vous l'ai déjà dit, Madame, je n'y resterai que le temps qu'il faudra pour remettre de l'ordre !

— Mais ce temps-là sera bien plus long que vous ne pensez et là-bas, loin de moi, vous ennuyant fort dans votre plat pays, vous ne faillirez pas d'encontrer une fraîchelette paysanne qui sera bien aise de s'occuper de son seigneur pour la gloire qu'elle en recevra en son village et les avantages que cela vaudra à son père.

— Une fraîchelette paysanne ! dis-je en riant. Le marquis de Siorac, qui y fut avant moi, n'a vu à Orbieu que de crasseuses malitornes.

— Il n'était pas le seigneur ! Et on ne lui a pas tout montré ! Mais un jour, un de vos manouvriers qui sera en lourde dette avec vous, et ne saura comment vous payer, vous enverra porter une douzaine d'œufs par la plus jeune de ses filles. Qui sait même s'il ne l'aura pas lui-même décrassée au préalable dans son puits !

— M'amie ! dis-je en riant, vous avez beaucoup d'imagination. Mais elle vous égare en folles suppositions ! Pouvez-vous douter de moi ?

— Oui-da ! En ces temps de tristesse, je doute de tout. De vous, de moi, de mon Palatinat et même de ma fortune. Savez-vous qu'en mes Allemagnes, huguenots et catholiques aiguisent à'steure leurs couteaux pour se couper la gorge et que mon fol et malheureux cousin, l'Electeur palatin, s'est laissé nommer chef de la Ligue évangélique ? Mais savez-vous seulement ce que c'est que cette ligue, Monsieur le Français ?

— Assurément, Madame, je le sais. Il s'agit de la ligue des principautés allemandes protestantes, lesquelles veulent résister aux empiétements des principautés allemandes catholiques, et de l'empereur. Madame, oubliez-vous que je suis membre du Conseil des affaires en ce royaume ?

— Grand bien vous fasse ! Et grand mal me fera à moi, si mon fol de cousin, le chef de cette stupide ligue, se rebelle un jour contre l'empereur. Qui peut douter que comme le pot de terre toquant le pot de fer, il ne soit à la fin brisé. Et en quelles mains tombera alors le Palatinat ? Et dans le Palatinat, mes biens ?

— Madame, vous avez à Paris votre hôtel, et à ce que vous m'avez dit, des rentes.

— En effet, je ne suis pas à la rue, et sans mes biens du Palatinat, à condition de me rogner, je peux vivre. Mais que deviendra mon pauvre Eric, le septième comte de Lichtenberg, si nos biens du Palatinat font naufrage dans le remuement des factions ? Etant officier de l'Electeur palatin, il ne pourra choisir que son camp. Et si l'Electeur est dépossédé de sa principauté, Eric ne sera-t-il pas aussi dépossédé de ses terres ?

Pour parler à la franche marguerite, tant j'étais à cet instant plein de désir pour elle et si impatient que nous quittions ces discours et ces raides chaires à bras pour gagner la douceur de son baldaquin que je prêtais assez peu d'attention à ses appréhensions sur la perte de ses biens et sur l'avenir du Palatinat, étant alors bien incapable d'imaginer que les craintes de ma belle dessinaient en fait les premiers linéaments de ce terrible fléau qui allait, pendant des décennies, s'abattre sur l'Europe et tuer tant de gens : la guerre de Trente Ans...

— M'amie, dis-je, n'allons pas de grâce gémir sur les maux futurs, quand les maux présents nous suffisent !

— En effet, dit-elle avec quelque douleur dans la voix. Mais il demeure que vous partez demain pour Orbieu.

— Mais, Madame, je ne vais pas m'y enterrer ! Savez-vous que j'ai déjà fait choix d'un intendant, et qu'il assurera en mon absence le plus gros de mes obligations.

— Il vous volera.

— Je ne le crois pas. Monsieur de Saint-Clair est gentilhomme et ce n'est pas à l'argent qu'il appête, mais à la vie champêtre. Il était jusqu'à ce jour *maggiordomo* chez la comtesse d'Orbieu, mais elle va vendre son hôtel parisien et s'établir à Florence dont elle est originaire. Il s'est donc séparé d'elle sans larmes.

— Etaient-ils du dernier bien ?

— Pas du tout. La comtesse n'a que deux passions dans la vie : le sommeil et la gourmandise.

Je me tus. Madame de Lichtenberg se tut aussi, puis elle me jeta un œil et baissa la tête, regardant le feu. Un long moment se passa ainsi, pendant lequel nos yeux tantôt se croisaient et tantôt se séparaient pour considérer les flammes.

A la parfin, Madame de Lichtenberg se leva, s'éloigna de la cheminée et dit :

— Vous avez fait un feu d'enfer !

— N'aurais-je pas dû ?

— Si, mais maintenant j'ai trop chaud. J'ai beaucoup trop chaud. Ma basquine m'étouffe ! De grâce, Monsieur, dégrafez-moi.

*
* *

Mon père me conseilla, avec la plus vive insistance, de mettre de la pompe et du faste dans ma première apparition à Orbieu. Et la veille de notre départ, voyant en passant devant ma chambre que j'avais prévu, en raison de l'excessive froidure de la saison, d'endosser ce jour-là un épais pourpoint de buffle et chausser de fortes bottes, il me dit : « Monsieur mon fils, que pensez-vous faire ? Allez-vous paraître devant vos manants vêtu comme un petit capitaine ? Croyez-moi, vous ne sauriez aller plus avant dans l'égarade ! Qui parmi eux ira penser que vous êtes le comte d'Orbieu, si vous n'en avez pas la vêture ? Soyez magnifique ! Mettez votre plus beau pourpoint ! Et de grâce ! Faites tout le voyage ococoulé dans le douillet de votre carrosse ! Il sera toujours temps de faire comme le roi : monter à cheval seulement aux abords de votre capitale pour y faire votre entrée et vous montrer à vos sujets dans toute votre gloire !

Ce discours, en d'autres temps, m'eût donné à sourire, mais je voyais bien que mon père était comme enivré de l'avancement de ce fils qu'il préférait en secret à ses autres enfants, peut-être parce que, ne chevauchant plus par monts et vaux au moment de ma naissance mais demeurant au logis, il m'avait, moi, véritablement élevé. Je fus si touché d'une affection si profonde que je décidai de m'en remettre entièrement à lui pour la circonstance, me réservant de reprendre peu à peu la capitainerie de mon domaine, quand j'y serai installé.

En plus de Monsieur de Saint-Clair, du chevalier de La Surie et de moi-même, mon père voulut que nos soldats, Pissebœuf et Poussevent, fussent de la partie, ainsi que mon page La Barge et mon cuisinier Robin, pour une fois montés et armés en guerre. Mais comme à y réfléchir plus outre, il trouva que « cette suite pour un comte était un peu maigrelette » (pour le coup, vous eussiez cru entendre Madame de Guise !), il loua à ses frais pour la durée de l'expédition quatre Suisses, robustes ribauds des montagnes, dont la taille et la trogne faisaient, en effet, merveille, tandis qu'ils trottaient devant nos carrosses sur leurs lourds chevaux.

Comme j'objectais qu'on ne pouvait imposer tant de monde à l'hospitalité du curé Séraphin et non plus infliger à notre suite la fruste pitance du cabaret d'Orbieu, il fut convenu qu'on s'installerait tout de gob au château. Ce qui voulait dire qu'on emmènerait notre cuisinier Caboche et sa femme Mariette et, pour les aider, au moins deux chambrières : Margot (dont mon père, pour parler franc, ne pouvait plus se passer, tant elle embellissait ses vieux jours) et Louison dont le lecteur, se peut, se souvient qu'elle « faisait et défaisait mon lit » avant que régnât sur ma vie la comtesse palatine.

Il va sans dire que, ne sachant comment les cuisines du château étaient faites, Caboche ne voulut pas partir sans les instruments de son art. En conséquence, une charrette fut prévue, tirée par de forts mulets qui emporta marmites, chaudrons, pots, tournebroches, paelles à frire et que sais-je encore ? A voir la queue de notre suite, vous eussiez cru une petite armée partant en campagne.

On départit de Paris, le samedi vingt-quatre février 1618, bien avant la pique du jour et on fit étape à Montfort l'Amaury, partie chez mon oncle Samson de Siorac à Montfort même, partie en la seigneurie de mon père au Chêne Rogneux où, on se ramentoit peut-être, je ne pouvais paraître, l'épouse de mon père n'ayant consenti à me reconnaître pour son fils qu'à la condition de ne me voir jamais. Je ne voudrais pas que le lecteur la jugeât là-dessus. Mon père entendait, par cet artifice, protéger la réputation de Madame de Guise tout en me donnant le bénéfice d'une naissance légitime. Mais c'était peut-être de sa part beaucoup demander à une épouse qui demeurait fort éprise de lui, bien qu'elle eût tant de raisons, au cours des ans, de ne l'être plus. J'ai dit déjà que lorsque je rencontrai plus tard Angelina de Montcalm après la mort de mon père pour en régler la succession, je me pris d'affection pour elle quasi dans l'instant où je jetai l'œil sur sa personne, et elle, pour moi. Elle touchait au grand âge déjà, mais sa profonde bénévolence, jointe à sa noble nature, donnait à son sourire et à l'expression de ses yeux une beauté que les meurtrissures de l'âge n'avaient pas entamée.

Ne pouvant, pour la raison que je viens de dire, me voir au Chêne Rogneux puisque j'en étais banni, mes demi-frères, Pierre et Olivier, me vinrent visiter chez mon oncle Samson de Siorac à Montfort l'Amaury. Tous deux pratiquaient en association un des rares métiers — avec celui de verrier — qui fût permis à des gentilshommes : le négoce maritime. Mais leurs navires étant alors carénés en cale sèche à Nantes, ils se trouvaient pour une fois désoccupés et dans le chaud du moment, se peut très pressés aussi par leurs épouses, ils me demandèrent de m'assister de leur présence en mon installation à la tête du domaine d'Orbieu. Ce que voyant l'épouse de Samson, Dame Gertrude du Luc, sa fidèle Zara et Madame de La

Surie, elles se joignirent à cette demande, et avec tant de poutounes et de caresses à mon père et à moi que la requête ne pouvait qu'être acceptée.

Il était alors quatre heures de l'après-dînée et Monsieur de Saint-Clair fit observer qu'il ferait bien, pour préparer le gîte et le couvert de tant de gens, gagner incontinent Orbieu avec Caboche et le reste de nos gens, et trouver bois, viandes et luminaires pour notre arrivée le lendemain.

On se ramentoit sans doute que le frère bâtard, mais reconnu de mon père, Samson de Siorac, était renommé en ses vertes années pour sa beauté, ayant le cheveu bouclé tirant sur le roux, des traits d'une perfection antique et des yeux d'un bleu azuréen. Mais la nature, se peut par un excès de largesse, avait doté Samson, au surplus, d'un caractère si évangélique qu'il ne voyait jamais de mal à rien ni personne, tant il aimait l'humanité et avait fiance en elle. Cette humeur si exceptionnelle, surtout à l'âge qui était maintenant le sien, lui avait gardé un je ne sais quoi d'émerveillablement enfantin qui le rendait charmant. Mais il faut bien avouer qu'étant fait d'une étoffe qui le rendait si aveugle aux vilenies des hommes, il serait tombé dans mille précipices, si son épouse Dame Gertrude du Luc ne l'avait, d'une main ferme, guidé au milieu des embûches de la vie, étant devenue avec le temps à la fois son épouse et sa mère.

La tête bien vissée sur ses normandes épaules et portant haut encore (peut-être avec quelque léger artifice) ses tétins pommelants, Gertrude devait à son premier mari d'être bien garnie en pécunes. Elles lui avaient permis d'acheter pour Samson l'apothicairerie de Montfort que, d'ailleurs, elle était censée ménager : sans cela Samson eût été déchu de sa noblesse. Pour Gertrude, on n'y regardait pas de si près : par sa naissance elle n'était noble que de robe.

Je fus dans le ravissement que les dames voulussent bien se joindre à nous le jour de mon installation, ou comme disait La Surie avec un petit sourire qui sentait encore « la caque », mon « intronisation ». Il me semblait que le bruissement de leurs vertugadins de soie, leurs affiquets, leurs perles, leurs parfums et jusqu'aux savantes bouclettes de leurs coiffures ajouteraient un charme chaleureux à l'église du village, où sur le coup de dix heures, le dimanche vingt-cinq février, je serais, pour ainsi dire, « sacré » comte d'Orbieu devant les manants de mon domaine. Quant à elles, j'entends mes deux belles-sœurs, Madame de La Surie, Gertrude du Luc et Zara, elles n'étaient point fâchées d'être toutes ensemble rassemblées, ayant sans doute beaucoup à se dire entre elles et réunies en même temps avec mon père et moi-même qu'elles voyaient si peu souvent. Il faut bien dire aussi que l'occasion pour elles était belle de rompre la monotonie d'un hiver glacé dans le plat pays, en participant à un événement mémorable dont la gloire allait rejaillir sur elles et leurs époux, puisque ni Samson ni mes demi-frères, étant puînés, n'avaient de titre, tant est que le mien et la proximité de mon grand domaine allaient ajouter au lustre de leur lignage.

L'église, à ce que nous annonça Monsieur de Saint-Clair, qui vint à notre rencontre sur le chemin de Montfort à Orbieu, était déjà pleine de monde, et Monsieur le curé Séraphin désirait, avant que nous y pénétrions, nous recevoir tous les onze à la sacristie. Ce qui fit fort notre affaire, car une belle flambée y brûlait et fort peu celle de nos gens qui, en pénétrant tout de gob dans l'église, trouvèrent tous les bancs occupés et durent rester debout pendant l'office, serrés par manque de place à ne pouvoir glisser une épingle entre eux.

Quand j'entrai dans la sacristie, Monsieur le curé Séraphin m'accueillit avec tout le respect du monde, mais un peu comme un lieutenant accueille dans ses quartiers un capitaine, avec cette nuance qu'en l'espèce, le lieutenant détiendrait sur le capitaine l'avantage de parler parfois au nom de Dieu. Je dis « parfois » car le spirituel dans la vie de mon curé, comme je ne manquai pas de m'en apercevoir dans la suite, me parut loin d'épuiser toutes les fonctions qu'il remplissait à Orbieu.

Après moi, Séraphin salua les personnes de ma famille, chacun selon son sexe, son âge et sa dignité, avec des nuances que n'eût pas désavouées le Grand Chambellan. Il nous expliqua ensuite que seul je serais assis dans le chœur et sur la chaire à baldaquin en principe réservée à Monseigneur l'évêque, mais je ne devrais pas m'en faire scrupule, car de mémoire d'homme, jamais soutane violette ne s'était hasardée dans les boues du plat pays.

Mon père, mon oncle, mes frères, La Surie, Saint-Clair et les dames prendraient place sur des escabelles qui leur étaient réservées au premier rang de la nef. Après la messe, Monsieur le curé me présenterait à ses paroissiens, de prime en français, ensuite en patois, et serait heureux si, à mon tour, je consentais à adresser à mes manants quelques paroles qu'il se permettrait après moi de traduire.

C'est à cet instant précis, lecteur, que je pris envers moi-même l'engagement d'apprendre au plus vite la parladure de mes sujets. Que diantre ! Il ne serait pas dit que moi, truchement ès langues étrangères d'Henri IV en sa diplomatie secrète et reçu en cette capacité sous Louis XIII au Conseil des affaires, je faillirais à maîtriser ce fruste idiome qui n'offrait assurément pas les mêmes difficultés que la grammaire allemande, la prononciation anglaise ou les verbes italiens ! Je ne voulais pas non plus que mes sujets, si je leur posais en français une question qui les gênât, fissent mine de ne pas l'entendre, tandis que avec toutes les apparences du respect, en leur for ils me traiteraient de sot. Sans compter l'embarras d'avoir à en appeler à Séraphin pour la moindre petite chose, afin qu'il expliquât ce qu'on me disait ou ce que j'avais à dire. Que de lenteur dans les ordres ! et que de retardements dans leur exécution ! Et comment sous-estimer aussi le pouvoir que ce truchement perpétuel donnerait à Séraphin sur moi, en plus de tous ceux qu'il détenait déjà en ma seigneurie.

Ce n'est pas que je craignisse qu'il n'en abusât. En ce premier entretien, j'eus le sentiment, confirmé par la suite, que j'avais affaire à un homme droit qui tâchait de s'acquitter de son mieux des devoirs de sa charge, ayant l'œil à ses intérêts, mais sans avarice, soucieux du salut de ses paroissiens, mais aussi de leur humaine condition, de leurs heurs et malheurs, et des tragédies qu'une mauvaise récolte ou une épidémie, ou une mort accidentelle, pouvait entraîner dans leur fragile vie à qui le pain quotidien posait déjà, d'un bout de l'année à l'autre, un problème prenant.

De son physique, le curé Séraphin était un vif et puissant gaillard, les épaules larges, la poitrine profonde, la voix forte et bien timbrée (dont il tirait quelque vanité, quand il chantait la messe), le visage carré, l'œil brun perçant, voire impérieux, le nez fort, la lèvre charnue, le cheveu dru, le teint vermeil. Monsieur de Saint-Clair m'avait dit de lui qu'il le croyait « sans penchant excessif pour la bouteille, ni faiblesse avérée pour le cotillon ». Pourtant à observer son nez et ses joues, je me demandais si ce carmin ne provenait que de l'air vif du plat pays, et à voir la façon dont il avait regardé nos dames à leur entrée dans la sacristie — sa paupière ne se refermant pas aussi promptement qu'elle eût dû sur l'éclat soudain de sa pupille —, je me demandai s'il était bien « avéré » qu'il n'eut pas non plus de faiblesse de ce côté-là. Mais après tout, était-ce bien sa faute ? Ce n'est que sur le tard de mon âge que j'ai pu voir en ce siècle éclore un peu partout des séminaires qui ont appris aux prêtres à respecter leur célibat et, merveille plus grande encore, s'installer dans les chaires épiscopales des prélats chastes qui surveillaient les mœurs de leurs curés. Ceux-ci en sont-ils devenus pour autant meilleurs pasteurs de leurs ouailles ? Je ne saurais dire. Je me suis toujours apensé que l'abstinence était une vertu bien négative, si elle ne débouchait pas sur une plus grande amour de l'humanité.

La sacristie s'ouvrait par deux portes sur l'église. C'est par la première qui donnait sur la nef que le curé Séraphin ordonna à son servant Figulus (dont j'ignorais encore les multiples fonctions) d'introduire ma parentèle pour qu'elle prît place sur les escabelles du premier rang. Cela étant fait, Séraphin me fit passer par la seconde porte qui donnait sur le chœur, mais non sans me donner au préalable quelques avis.

— Monsieur le Comte, permettez-moi de vous dire comment se comportait à la messe le feu comte d'Orbieu quand il lui arrivait d'être présent dans la seigneurie. Il entrait le premier dans le chœur, le chapeau sur la tête, l'ôtait pour se génuflexer devant l'autel et, le remettant aussitôt, gagnait la chaire à baldaquin de l'évêque. Et là, debout, il baillait une grande bonnetade au blason de sa famille qui est peint, comme vous ne faillirez pas de le remarquer, sur un tableau qui fait face à la chaire. Après quoi, il remettait son couvre-chef, s'asseyait et restait couvert jusqu'à l'élévation. Peut-être dois-je expliquer ici que le salut à son propre blason était, dans l'esprit du feu comte, un hommage à ses ancêtres dont tous, ou presque tous, sont ensépulturés sous le chœur.

— Monsieur le Curé, vous entends-je bien ? dis-je, étonné. Proposez-vous que je l'imite ?

— C'est bien, en effet, ce que j'oserais vous conseiller, Monsieur le Comte, dit Séraphin avec un petit salut. Et la raison en est que nos manants sont très attachés à l'usage. Même si vous n'avez aucun lien de sang avec les comtes d'Orbieu, ils croiront plus volontiers à votre légitimité, s'ils vous voient agir comme leur défunt seigneur.

— Je ferai donc ainsi, dis-je après un moment de silence, mais peut-être avec une petite nuance de mon cru.

La face carrée et vermeille de Séraphin fit ici paraître une lueur d'inquiétude qu'il n'alla pas toutefois jusqu'à exprimer. Au lieu de cela, il me demanda si je ne désirais pas me recueillir avant d'entrer dans le chœur. J'acquiesçai, et allant m'agenouiller sur un prie-Dieu qui faisait face à un grand crucifix de bois, j'y demeurai un instant, moins occupé à prier qu'à réfléchir.

Je me trouvais étrangement troublé par le fait que le pouvoir, que j'avais acquis en devenant le maître d'un petit royaume de cinq cents arpents et de cinq cents âmes, eût pour premier effet de limiter ma liberté. De toute évidence, cette seigneurie était un théâtre et j'y devais présenter un personnage. Mon père m'avait imposé une vêture et ce jour d'hui, le curé Séraphin, avec toutes les formes du respect, me dictait le rollet que j'aurais à jouer au début et à la fin de la messe.

A vrai dire, je n'avais aucune idée en pénétrant le premier dans le chœur de « la nuance » que j'allais ajouter au cérémonial du feu comte d'Orbieu. Et pour ne rien celer, ma gorge se noua comme celle d'un comédien qui entre en scène, et d'autant plus que le chœur était surélevé de deux marches par rapport à la nef, et se trouvait, en outre, brillamment illuminé par des chandelles, alors que l'assistance, à part le premier rang, demeurait dans la pénombre.

La tête vide et quelque peu vertigineuse, je fis donc tout comme Séraphin l'avait conseillé : la génuflexion à chef découvert devant l'autel, et debout devant la chaire à baldaquin de l'évêque, la bonnetade aux armes d'Orbieu, mais c'est là précisément qu'après m'être couvert, mon esprit cessa d'être inhabité. Je trouvai absurde de saluer comme étant le mien le blason d'une longue lignée de gentilshommes dont je ne descendais pas. Agissant alors sous l'inspiration du moment, et avançant vers le premier rang de l'auditoire à pas précautionneux, car je craignais, ne voyant pas les marches, de trébucher dans le vide, je reconnus mon père à la croix du Chevalier du Saint-Esprit qui brillait au milieu de sa poitrine. Me découvrant alors pour la troisième fois, je lui fis un profond salut. A mon sentiment, cette bonnetade-là à la fois complétait et corrigeait la précédente, puisqu'après avoir rendu un hommage de courtoisie à la lignée dont je portais le nom, j'honorais celle dont je procédais.

En me retournant pour gagner la chaire de l'évêque, j'aperçus, derrière son autel, le curé Séraphin et un peu en retrait Figulus figé dans une attitude des plus humbles. La face carrée de Séraphin ne reflétait que la gravité de la fonction sacerdotale qu'il se préparait à assumer, mais Figulus avait l'air quelque peu déquiété, se peut par la bonnetade que j'avais baillée à mon père. Ce personnage avait, d'ailleurs, une face étrange, longue et blême avec des traits affaissés, qui me faisait penser à un cierge qui aurait coulé, et des yeux larmoyants qui s'abaissaient sur le bord externe, comme en ont certains chiens, et qui lui donnaient, comme eux, un air plaintif.

La messe commença et fut bien plus longue que je ne m'y serais attendu car Séraphin, devant une aussi brillante assistance, ne put résister au plaisir de se paonner de sa voix de basse. Du moins la longueur de l'office me donna-t-elle le loisir de jeter quelque coup d'œil à la dérobée à l'assemblée des fidèles, mes yeux ayant cessé d'être éblouis par le scintillement des chandelles. Que je le dise en passant, la profusion de celles-ci m'étonna jusqu'à ce que Saint-Clair m'apprît le lendemain, qu'à la demande de Séraphin, c'était moi qui en avais fait les frais...

Pour parler à la franche marguerite, cette assemblée-là puait excessivement, sans que pût remédier à cette puanteur, bien le rebours, les parfums dont s'étaient vaporisés, à l'excès aussi, les dames et les gentilshommes du premier rang. Et grand me parut le contraste aussi entre la taille, la largeur et l'embonpoint des élus du premier rang, et l'apparence des manants qui se trouvaient serrés sur des bancs derrière eux, et qui me parurent non seulement plus petits, plus chétifs et plus malingres, mais aussi, pour un assez grand nombre d'entre eux, déhanchés, bossus et malitornes... Quant aux femmes, qui à vue de nez me parurent moins nombreuses que les hommes, elles paraissaient habillées dans des sacs grisâtres, leurs bonnets étant si fort rabattus sur leurs fronts qu'on ne pouvait distinguer leurs traits. Je fus aussi très surpris de ne pas trouver une seule tête blanche, ou même grisonnante, dans cette assemblée et beaucoup moins d'enfants que je ne m'y serais attendu.

L'église d'Orbieu, qui datait d'un bon siècle, m'eût enchanté par sa simplicité pleine de force, si le froid qui y régnait ne m'avait glacé jusqu'aux os en dépit de la chemise de laine que j'avais pris soin d'endosser sous mon pourpoint de soie. Et à vrai dire, je ne me sentais pas fort heureux en cette intronisation, en raison et du froid et de ces interminables chants latins de Séraphin, de la puanteur de l'assistance, contre laquelle, seul, l'encens, quand Figulus l'eut jeté sur les charbons de bois de sa cassolette, me parut lutter victorieusement. Mais cet encensoir que maniait Figulus avec une sorte de pompe me devint presque aussitôt un objet de scandale, quand après avoir dirigé sa fumée odorante dans la direction de l'autel afin de rendre grâce au Créateur, Figulus vint se camper devant moi pour m'encenser à mon tour. Je me doutais bien que c'était là un usage qui ne datait pas d'hier et que les défunts comtes d'Orbieu qui dormaient sous nos pieds l'avaient exigé ou, à tout le moins, accepté d'un curé flagorneur. Mais pour moi, je ne laissais pas de trouver disconvenable, et j'oserais dire dévergogné, qu'après avoir honoré le Seigneur Céleste on honorât pour ainsi dire dans le même trot, et avec le même encens, le seigneur terrestre. Je doutais fort qu'avec tout mon respect pour la coutume, je souffrirais longtemps cette partie, fût-elle passive, de mon rollet.

Dès qu'il ne chantait pas, le curé Séraphin avait de

l'esprit et le montra dans la délicatesse émerveillable avec laquelle il fit l'éloge, la messe finie, des comtes d'Orbieu et celui de mes ascendants : le baron de Mespech dont la vaillance avait aidé le duc de Guise à reprendre Calais aux Anglais, le marquis de Siorac, Chevalier du Saint-Esprit qui avait servi Henri III et Henri IV dans de fort périlleuses missions. Quant à mon ascendance féminine, il laissa entendre qu'elle était ancienne et illustre, mais sans qu'on pût savoir s'il faisait allusion à Madame de Guise, ou à ma grand-mère maternelle, dont les ancêtres Castelnau avaient participé aux Croisades. Il déclina enfin tous les titres que j'avais acquis à la reconnaissance de Sa Majesté Louis Treizième, en particulier quand il s'était agi de débarrasser le royaume d'un usurpateur étranger.

Ayant dit tout ceci en français, Séraphin le répéta en patois. Je fus tout ouïe, mais à part les noms propres je n'y entendis pas un traître mot. La longueur de cette glaciale messe (dont la froideur immobilisait mes pieds dans mes bottes et pesait comme une chape sur mes épaules malgré le manteau de soie doublé de fourrure que j'avais jeté sur elles) m'avait permis tant bien que mal de préparer une petite harangue que je devais adresser à mes sujets.

Je la voulais, sinon aussi laconique que celles de Louis, au moins assez brève pour ne pas lasser l'attention de l'assistance, laquelle Séraphin avait déjà passablement fatiguée par ses psalmodies latines.

Je me levai de ma chaire épiscopale et m'avançant jusqu'à la première marche du chœur, j'appelai auprès de moi Monsieur de Saint-Clair et je dis, en un langage simple et en articulant avec soin tous mes mots, dans l'espoir peut-être vain que mon français serait entendu par quelques-uns :

— Mes amis, le roi vous a donnés à moi, pour que je sois votre seigneur. Servez-moi bien. Je vous serai bon maître. Je défendrai mes droits et je respecterai les vôtres. J'ai remplacé l'intendant du feu comte d'Orbieu et vous savez bien pourquoi. Monsieur de Saint-Clair sera mon intendant. C'est un gentilhomme et il a trop d'honneur pour vous gruger. Vous devrez, quant à vous, lui obéir comme à moi-même. Je vous fais aujourd'hui deux promesses que je tiendrai : je viendrai vous voir souvent et avec votre aide, je tâcherai de relever le domaine d'Orbieu. Dieu vous bénisse et vous garde en santé.

Ni en français, ni en patois — quand le curé Séraphin l'eut traduit — ce discours ne provoqua chez l'auditoire la moindre réaction de contentement ou de mécontentement. Vous eussiez cru que j'avais parlé à des souches.

*
* *

Caboche au château avait fait merveille. Il ne s'était pas contenté de nous préparer un souper digne des « goinfres de la Cour », il avait fait allumer des feux dans les cheminées de toutes les chambres et les dames qui étaient transies poussèrent des cris de joie quand elles s'y retirèrent. Pour moi qui avais invité le curé Séraphin à se joindre à nous et à coucher cette nuit dans nos murs, je le priai, dès que notre repue fut finie, de passer dans la librairie (on l'appelait ainsi, bien qu'elle comptât fort peu de livres, les comtes d'Orbieu n'étant pas grands liseurs) et je lui posai quelques questions auxquelles il répondit tout de gob à la franche marguerite.

— Monsieur le Comte, ne vous étonnez pas de n'avoir point vu de tête chenue chez mes paroissiens. Ils meurent avant que la barbe et le cheveu blanchissent, la plupart avant cinquante ans, et les femmes plus tôt encore, du fait des couches. Il n'y a donc pas de grands-parents au village, et c'est pitié, car ils rendraient de signalés services. Il n'y a pas non plus beaucoup d'enfants. La moitié meurt avant d'avoir atteint l'âge d'un an. La raison en est que le lait n'est pas bon, la mère étant si mal nourrie. En outre, nos gens se restreignent fort. Un nouveau-né est mal accueilli, car il rogne et rognera de plus en plus, en grandissant, la part de ses parents.

— Ils se restreignent, Monsieur le Curé ? Et comment ?

— Monsieur le Comte, dit Séraphin avec un sourire, mes paroissiens ne viennent pas me dire en confesse qu'ils pratiquent le *coitus interruptus*, d'abord parce qu'ils ne savent pas le latin, et ensuite parce qu'ils n'ignorent pas que c'est un péché. Et comme ils ne confessent pas ce péché, poursuivit-il d'un air finaud, je ne peux pas le leur interdire. Comptez que de cette manière-là, vous n'avez pas plus de deux ou trois enfants par feu.

— Mes manants sont-ils donc si misérables ? dis-je.

— Oui, hélas, pour la plupart d'entre eux qui sont manouvriers. Ceux-là n'ont qu'un petit lopin, une petite chaumine enfumée où bêtes et gens se côtoient et ne vivent qu'en louant leurs bras. Mais vous avez aussi sur votre domaine cinq ou six riches laboureurs qui possèdent des arpents assez pour vivre bien. Ceux-là, que la récolte soit bonne ou mauvaise, ils s'en tirent toujours.

— Même quand elle est mauvaise ?

— C'est que les laboureurs que j'ai dits embauchent alors moins de manouvriers et en profitent pour les payer moins. Après quoi, ils ne vendent pas leur blé. Ils attendent que son prix monte et quand il est haut assez, ils le prêtent aux manouvriers affamés, mais contre un gage.

— Un gage ?

— Un petit bois ou un lopin que possède le manouvrier et qui arrondira presque à coup sûr le domaine du laboureur, puisque l'emprunteur ne pourra pas rembourser son emprunt.

— Et l'intendant Rapinaud agissait ainsi au nom du comte d'Orbieu ?

— Il agissait ainsi avec le blé du comte d'Orbieu,

mais à son propre compte. Tant est que le gage agrandissait sa propre terre et non celle du seigneur.

— Ma fé ! je lui ferai rendre gorge !

— Monsieur le Comte, dit Séraphin en baissant la voix comme si l'intéressé pouvait l'ouïr, ce ne sera pas si facile. Rapinaud est procédurier et l'affaire pourra durer des lustres. Achetez plutôt ses terres, si vous le pouvez.

— J'y vais rêver, dis-je, sans m'engager plus outre. Un mot encore. Pourquoi y a-t-il parmi mes manants tant de malitomes ?

— C'est qu'ils travaillent trop tôt, trop longtemps et à des tâches trop rudes. Elles les laissent tordus pour la vie.

— Monsieur le Curé, dis-je, assombri assez par ce que je venais d'apprendre, je vous fais mille mercis pour votre aide.

Je lui mis quelque monnaie dans les mains pour qu'il dise une messe et demande à Dieu que le domaine d'Orbieu et ses manants les plus pauvres connaissent à l'avenir quelque soulagement à leurs maux.

Dans ma chambre, que j'avais choisie parce que ses grandes fenêtres donnaient au sud — ce qui en février, ne me réchauffait guère —, je trouvai, malgré l'heure tardive, un grand feu et Louison qui bassinait mon lit.

— Eh bien, Louison, que fais-tu là ? dis-je, sévère, mais peu fâché.

— Monsieur le Comte le voit : je bassine son lit. Et auparavant, j'ai allumé et entretenu un grand feu, rangé ses vêtures dans l'armoire, et maintenant, je lui vais retirer ses bottes, le déshabiller, et le frictionner avec son eau de senteur devant le feu. Monsieur le Comte le tient-il pour agréable ?

— Oui, à condition que tu ne me parles pas à la troisième personne. Et hâte-toi : je meurs de fatigue, de sommeil et de froid.

Elle me frictionna à l'arrache-peau. La garcelette était petite, mais vive et frisquette, et elle me fit grand bien. Dès qu'elle eut fini, rouge du mouvement qu'elle s'était donné, je me fourrai dans les draps chauds et elle demeura devant le feu, les bras ballants et le sourcil froncé.

— Eh bien, dis-je, que demeures-tu là à faire la mine ? Ne vas-tu pas t'aller coucher ?

— Et où ? dit-elle avec dépit, dans une mansarde sans feu, et seule ? Mariette est avec son Caboche, Margot avec qui vous savez. Et moi, vais-je mourir de froid à coucher sans personne pour me réchauffer ?

— Louison, dis-je, tu sais bien que nous avons discontinué nos douces habitudes, quand la comtesse a exigé de moi par serment que je lui fusse fidèle.

— Oui-da ! dit-elle victorieusement, mais le serment a été fait à Paris. Et il ne vaut rien à Orbieu !

— Jour de ma vie ! dis-je en riant à gueule bec (tout sommeilleux que je fusse) quel émerveillable distinguo ! Et quel avocat tu ferais, Louison !

Mais elle vit bien que ma gaieté m'avait quelque peu désarmé, et elle monta derechef à l'assaut.

— Monsieur le Comte, reprit-elle, si vous aviez un peu de cœur, vous me laisseriez dormir céans, sur ce fauteuil, devant le feu.

— Allons ! dis-je, fais ce que tu veux !

Elle alla pousser le verrou de l'huis et la dernière chose que je vis fut son visage rieur quand elle vint éteindre ma lumière. Mon sommeil me souffla comme elle souffla la chandelle et je ne me réveillai que le lendemain au grand jour avec un sentiment inouï de bonheur : j'étais à Orbieu, dans ma seigneurie d'Orbieu. Et Louison était ococoulée, nue dans mes bras, ses tétins fermes et doux écrasés contre ma poitrine.

CHAPITRE IV

Je passai huit jours à Orbieu où par tous les temps (et ils furent tous fâcheusement froids) je parcourus à cheval mon domaine avec mon père, La Surie et nos soldats par des chemins ou — comme on disait en le pays — par des *voies*, si abominablement mauvaises que je m'étonnai que des charrettes — au moment des foins, de la moisson ou de la vendange — pussent y passer sans verser dix fois. Je parlais à tous ceux que je rencontrais sur ma route ou que je visitais dans leur chaumine, n'allant pas toutefois plus loin que le seuil, tant l'odeur qui émanait de ces logis, où bêtes et gens cohabitaient, était forte, et grande, la crainte que la contagion de l'air inspirait à mon père. Mais je n'obtins que peu de succès dans ces entretiens, car à part quelques laboureurs aisés qui parlaient le français assez mal, je vis bien que la majorité des manants que j'accostais n'entendait pas la langue de Montaigne, ou bien feignait, par peur ou ruse, de ne pas en connaître un traître mot. J'eus l'impression aussi que chez les plus pauvres de ces gens, une méfiance séculaire à l'égard du seigneur avait de fortes racines et qu'ils n'attendaient rien de moi, et surtout rien de bon.

Ayant ouï que Figulus autrefois avait composé un glossaire manuscrit de la parladure de ce pays, je lui dépêchai La Barge pour qu'il me le prêtât et je fus surpris, à le lire, de la qualité de cet ouvrage qui, outre une longue liste de mots et la façon de les prononcer, comportait une petite grammaire et une riche collection de proverbes et d'expressions du terroir. Je conçus beaucoup d'estime après cette lecture pour ce Figulus dont le long visage blême m'avait fait penser de prime à un cierge et les yeux larmoyants, à ceux d'un chien. Je le priai de me venir visiter et je lui précisai, dès qu'il arriva, combien j'appréciais son œuvre. Il en fut si heureux que sa face longue, mélancolique et fermée s'éclaira aussitôt.

— C'est l'ouvrage de plusieurs années, Monsieur le Comte, dit-il. Je l'ai commencé du temps du feu curé d'Orbieu, l'oncle de Monsieur Séraphin, dont j'étais déjà le vicaire.

— Comment ? dis-je, Monsieur Figulus, seriez-vous prêtre ? A voir toutes les humbles tâches que vous accomplissez en cette paroisse, je vous croyais diacre ou sous-diacre.

— Je suis prêtre, dit Figulus, avec un modeste orgueil. Mais comme il n'y a personne que moi pour s'acquitter des tâches que vous dites, il faut bien que je m'en charge. Je suis donc à moi seul dans cette paroisse, l'acolyte, le bedeau, le sacristain, le sonneur de cloches, le catéchiste, le fossoyeur et le maître d'école.

— C'est là un grand labeur, Monsieur Figulus, et c'est aussi bien du mérite. J'espère que l'évêché vous en récompensera en vous donnant un jour la cure que vous méritez.

A quoi Figulus sourit tristement.

— Nenni, Monsieur le Comte, je ne serai jamais curé.

— Comment cela ?

— Je n'ai pas les pécunes qu'il y faut.

— Comment, dis-je béant, il y faut des pécunes ?

— Assurément. Le postulant ne peut espérer recevoir une cure de l'évêché, s'il ne possède déjà en toute propriété une rente annuelle d'au moins cinquante livres. Ce qui suppose un capital d'au moins mille livres ! Je ne l'ai point et étant sans parent aisé et sans protecteur, je ne l'aurai jamais.

— Et Monsieur le curé Séraphin, lui, possédait cette somme ?

— Oui-da ! Son oncle, sentant sa fin prochaine, lui résigna sa cure, mais cette résignation eût été sans effet, s'il ne lui avait pas, en même temps, constitué sur ses deniers la rente que j'ai dite. Dès lors, sa nomination par l'évêché ne faisait aucun doute.

— Je vous avouerai, dis-je au bout d'un moment, que je suis quelque peu scandalisé d'une règle qui veut que le représentant du Christ dans un village soit d'abord un rentier.

Figulus leva à la fois les sourcils et les épaules, ce qui voulait dire, je suppose, qu'il ne voulait ni blâmer son Eglise, ni vraiment l'approuver.

— La hiérarchie, dit-il, estime sans doute que le curé d'un village ne serait pas respecté par ses ouailles, s'il était pauvre.

— Mais, serait-il pauvre, même sans ce capital ? Le curé reçoit, me semble-t-il, des monnaies pour les baptêmes, les communions, les mariages et les ensépultures.

— Assurément, dit Figulus, c'est ce que nous appelons le casuel, et ce n'est pas négligeable, même dans un village, où les gens étant si pauvres mettent si longtemps à payer — quand ils payent.

— Mais, Monsieur le Vicaire, il y a aussi la dîme...

— Ah ! la dîme ! s'écria Figulus en levant les bras au ciel. Il y a beaucoup à dire sur la dîme ! Mais, excusez-moi, Monsieur le Comte. Je ne voudrais pas là-dessus ouvrir le bec plus qu'il ne faut. Ce serait fort périlleux pour moi. Je gagne peu, étant une sorte de manouvrier d'église comme d'autres le sont de glèbe. Mais ce peu me suffit et je ne voudrais pas qu'il vienne à me manquer.

A quoi je n'eus d'autre réponse que prendre mon Figulus par le bras, le mener à une chaire devant le feu, et l'y faire asseoir quasiment de force forcée. Cela fait, m'asseyant en face de lui, je lui dis d'un ton à la fois ferme et enjoué :

— Nenni, Monsieur le Vicaire, je ne veux point de défaite : je suis seigneur en ce domaine, et je désire savoir ce qui s'y passe, puisqu'aussi bien c'est sur les récoltes de mes manants et les miennes que l'Eglise prélève sa dîme.

— Ah Monsieur le Comte, vous n'êtes pas dîmable, puisque vous ne travaillez pas « de vos mains » et n'êtes pas censé jouir matériellement des fruits de la terre : ce sont vos fermiers et métayers qui supportent la dîme.

— Néanmoins, si on écorne la récolte de mes fermiers, ne suis-je pas moi aussi quelque peu plumé ?

— Non, si vous prenez, Monsieur le Comte, la précaution de demander votre part au fermier de la récolte avant le passage du décimateur de l'évêque.

— Et le peux-je, légalement ?

— Nenni, c'est interdit. Le décimateur doit passer en premier. Mais il y a des arrangements...

— Le décimateur ! Quel nom sinistre ! Ne croirait-on pas qu'il va décimer toute une population !

— Ah Monsieur le Comte ! Le décimateur n'a pas besoin d'armes pour cela. C'est, bien le rebours, une personne grave, consciencieuse, et qui n'offense personne. Il exige le dû de l'Eglise, et rien que le dû, et très à la douceur, et sans élever la voix.

— Et comment cela se passe-t-il ?

— Eh bien ! le jour de la moisson, on dispose les gerbes par tas de neuf, puisqu'ici la dîme est au neuvième et on attend la charrette du décimateur, laquelle apparaît enfin, tirée par de maigres vaches, conduite par un manouvrier tout aussi maigre qu'elles et escortée par ledit décimateur vêtu de noir, le cheveu ras, la face austère. Il est monté sur une modeste mule, démonte, salue les moissonneurs et, parcourant les champs moissonnés, prélève une gerbe par tas, son manouvrier les portant jusqu'à la charrette. Après quoi, le décimateur salue gravement la compagnie, remonte sur sa mule, et s'en va, tous le suivant de l'œil.

— Non sans hargne, je gage !

— Oh ! il n'y a pas eu que la hargne, au cours du temps ! Mais bel et bien des révoltes et elles furent noyées dans le sang.

— Et ce jour d'hui ?

— Ce jour d'hui, Monsieur le Comte, il y a la trichoterie, la sainte trichoterie !

— Eh quoi ! Monsieur le Vicaire ! dis-je en riant, vous l'appelez ainsi ?

— Je suis tenté de l'appeler ainsi, car sans elle nos paysans ne pourraient pas survivre.

— Et comment trichent-ils ?

— De mille manières. Par exemple, si le temps est sec assez, ils s'arrangent pour ne finir la moisson qu'à la nuit tombante, et pendant la nuit, ils viennent se dérober à eux-mêmes quelques gerbes qui échapperont le lendemain à la dîme.

— C'est bien pensé.

— Ou encore, dans les tas de neuf gerbes qu'ils dressent, ils dissimulent les grosses gerbes au centre et disposent les maigres autour, là où les prendra le décimateur.

— Ce n'est pas sot. Et quels fruits de la terre, Monsieur le Vicaire, sont dîmables ?

— Mais tous, Monsieur le Comte ! D'abord toutes les sortes de blé, puis la vigne, les noyers, les arbres fruitiers, les peaux de bêtes, les lins, les chanvres, la laine, et le croît du bétail.

— Qu'entend-on par le croît du bétail ?

— Les jeunes bêtes nées dans l'année.

— Toutes ?

— Toutes, sauf celles que la trichoterie parvient à dissimuler.

— Mais comment l'Eglise peut-elle justifier une picorée d'une telle ampleur ?

— Monsieur le Comte, peux-je vous ramentevoir que ce n'est pas elle qui l'a instituée, mais Charlemagne qui, l'ayant spoliée d'une grande partie de ses biens fonciers, voulut lui apporter une compensation.

— Une compensation sur le dos des manants.

— Et sur qui d'autre, Monsieur le Comte ? dit Figulus, un mince sourire apparaissant sur sa face blême.

Ce qui voulait dire en langue claire que Charlemagne n'allait pas imposer ce fardeau à sa noblesse, ayant tant besoin de ses Preux.

— Tout du même, Monsieur le Vicaire, repris-je, ne croyez-vous pas qu'il faudrait à cette énorme dîme qui fait de l'Eglise l'institution la plus riche de France, plus riche même que le roi, une justification religieuse ?

— Mais elle existe ! Ou du moins, on l'a trouvée. Et plaise à vous, Monsieur le Comte, de la trouver vous-même dans la Genèse, chapitre XIV, verset 20. Il y est dit qu'Abram, ayant vaincu les rois qui avaient enlevé son neveu Lot, ramassa un énorme butin dont il donna le dixième à Melchisédech, prêtre du dieu tout-puissant.

— Mais il ne s'agissait là que de butin et non pas des fruits que l'homme, par son labeur et ses peines, a coutume d'arracher à la terre.

— En effet. Toutefois, il y eut noir sur blanc une autre justification qui tenait à l'emploi qu'on allait faire de cette dîme : elle était censée être affectée à la subsistance des pasteurs, l'entretien des bâtiments du culte et le soulagement des pauvres.

— Le soulagement des pauvres, alors que la dîme les accable !

— Pour être juste, Monsieur le Comte, la dîme ne fut pas toujours détournée de ses légitimes destinations. Ce qui en pervertit l'usage, ce fut le concordat qui accorda à François Ier le droit de nommer les évêques. Car qui peut ignorer que, d'ores en avant, ces nominations ne furent pas précisément faites dans l'intérêt de la religion ? Les rois prirent l'habitude de caser dans les évêchés et les abbayes des cadets de grandes maisons ou des nobles de robe qui les avaient bien servis. Dès lors, le ventre, si je puis dire, l'emporta sur le cœur. L'évêché fut considéré comme un bénéfice, et non plus comme un magistère, moins encore comme un sacerdoce. Et la dîme fut confisquée en quasi-totalité par ceux qui la collectaient. On n'eut cure des indigents. On n'entretint plus les lieux du culte. Et pour vous parler céans à la franche marguerite, Monsieur le Comte, Monsieur le curé Séraphin ne compte plus que sur vos libéralités pour réparer la toiture de notre église...

Je souris à cela.

— J'admire fort, Monsieur le Vicaire, votre esprit d'à-propos. Mais revenons à nos moutons. Toute la dîme n'est pas confisquée, puisque les curés en reçoivent une partie.

— De force forcée ! Qui voudrait être curé, tâche écrasante, s'il ne recevait rien pour ses peines ? Mais le curé ne touche qu'une infime partie de ce qui est collecté sur sa propre paroisse.

— N'est-ce pas cette partie-là qu'on appelle « le gros » ?

Ici, d'une manière tout à fait inattendue, Monsieur Figulus se prit à rire.

— Ah Monsieur le Comte ! dit-il en mettant sa longue main sur sa large bouche, mille pardons pour cette hilarité ! mais si on l'appelle « le gros », ce ne peut être que par antiphrase, car je puis vous assurer que ce gros-là est des plus minces.

— Vous entends-je bien, Monsieur Figulus ? Monsieur le curé, sans sa rente personnelle, vivrait assez mal, s'il était réduit à son « gros » ? Raison peut-être pour laquelle le haut clergé exige d'un curé qu'il soit rentier : plus il a, moins on a à lui donner. Et vous-même, Monsieur Figulus, recevez-vous, en qualité de vicaire, un « gros », fût-il plus petit que celui du curé ?

— Moi ? dit Figulus, je ne reçois pas un seul sol vaillant ! On dirait que pour l'évêché, les vicaires n'existent pas.

— Mais qui vous paye alors ? dis-je béant.

— Monsieur le curé Séraphin, sur ses deniers propres.

— Et peux-je vous demander comment il vous paye ?

— Mieux que ne le faisait son oncle, dit Figulus, en se fermant comme une huître.

Maigre hommage, à y penser plus outre, car ledit oncle avait la réputation d'avoir été, sa vie durant, excessivement chiche-face, même si, sur son lit de mort, il avait pensé à doter son neveu.

— Il ne vous échappe pas, Monsieur le Comte, reprit Figulus d'une voix contrainte, que si l'on venait à savoir que je vous ai parlé céans à ventre déboutonné, il ne me resterait plus qu'à prendre la besace et le bâton pour aller mendier sur les chemins.

— Rassurez-vous, Monsieur le Vicaire ! dis-je vivement. Sauf à mon père qui, sur tout ceci, sera comme moi-même muet comme tombe, je ne répéterai à nul autre vos propos. Je vous en donne ma parole de gentilhomme.

— Je vous en fais mille mercis, Monsieur le Comte, dit Figulus en me saluant avec gravité.

Et il ajouta :

— Peux-je maintenant vous demander de me bailler mon congé ? Monsieur le curé Séraphin pourrait prendre des soupçons et des ombrages, si je demeurais plus longtemps avec vous.

Voilà qui me donna fort à penser sur le curé Séraphin, mais je me gardais d'en rien laisser paraître et dis, la face imperscrutable :

— Dites à Monsieur le curé Séraphin que, d'ores en avant, je veux vous recevoir ici chaque matin pour des leçons de parladure paysanne, lesquelles nous avons, de fait, commencées aujourd'hui. Et ne lui dites point que je vous les ai rémunérées à l'avance.

Ce disant, je lui mis un écu dans la main. Jamais je ne vis homme plus effaré. Figulus envisagea l'or briller de tous ses feux dans le creux de sa main comme s'il ne parvenait pas à croire à son existence. Et, chose étrange, ses yeux prirent peu à peu un air si malheureux que je crus qu'il allait me rendre la pièce.

— Monsieur le Comte, dit-il enfin d'une voix étouffée, si c'est là, comme je crois, un écu, je n'en ai pas l'usage.

— Comment cela ? Vous n'en avez pas l'usage, Monsieur Figulus ? Cette pièce ne peut-elle ajouter quelques morceaux de lard à votre potée ?

— Si fait, Monsieur le Comte ! Mais il faudrait auparavant la changer en soixante petits sols, et à qui m'adresserais-je pour la changer, sinon à Monsieur le curé Séraphin ou, qui pis est, à un riche laboureur, tant est que tout Orbieu le saura, et j'attirerais sur ma tête tant de bile, d'envie, de méchantise et de persécution que je devrais à la longue quitter le pays.

Ma fé ! m'apensai-je, en est-il donc de ce village comme de la Cour ? Dès qu'un bonheur, ou un avantage, vous échoit, tout un chacun vous veut du mal.

— Eh bien, dis-je promptement, nous n'allons point pour si peu nous mettre martel en tête. Je serai votre changeur.

Et lui reprenant la pièce des mains sans qu'il osât bouger, je lui comptai soixante sols, lesquels, sortant de sa torpeur, il répartit fort soigneusement dans les quatre poches de sa soutane, laquelle était si râpée et montrait à ce point la corde qu'il n'osait plus, je gage, la brosser de peur qu'elle ne tombât en morceaux.

Quand je contai cet entretien à mon père, il hocha la tête et me dit :

— La dîme n'est pas le pire pour le paysan, mais la taille du roi. Car la dîme se paye en nature, et la taille, en pièces de monnaie et ces pièces, le paysan en a fort peu. Même s'il se prive de manger pour vendre son lait, ses œufs et ses poulets, il lui manquera toujours cinquante-neuf sols pour faire un écu.

— Et le cens dû au seigneur ?

— Il se paye en nature, et cet impôt-là n'est pas à mettre sur le même pied que la dîme et la taille, d'autant qu'en hiver le paysan peut donner de son travail pour s'en acquitter.

— Figulus, dit La Surie tout à trac, souffre du pire malheur qui puisse échoir à un homme : celui d'avoir beaucoup de mérites et de savoir que ces mérites ne seront jamais reconnus.

— Dieu merci, les vôtres l'ont été ! dit mon père après un moment de silence.

Puis, se tournant vers moi, il ajouta :

— Pour Figulus, vous avez bien agi et cet écu-là est bien placé. Cultivez le vicaire, il vous sera utile ! chacun de vos séjours futurs à Orbieu, le curé Séraphin vous peindra l'endroit du décor, et Figulus, l'envers.

*
* *

Je quittai Orbieu, emportant dans mes bagues, outre le glossaire de Figulus, quelques illusions en moins et quelques lumières en plus, car il m'était devenu tout à plein évident que je ne ferais pas de ma seigneurie ce que je voulais qu'elle fût sans dépenser prou, non seulement en pécunes, mais en temps, en séjours prolongés, et en soins et soucis infinis.

Je ne suis pas impiteux à la misère des hommes, ni à l'hasardeuse injustice qui fait naître les uns dans une chaumine et les autres dans un palais avec ses ors, ses soies, ses miroirs, ses lustres et ne leur laisse d'autre occupation — du moins en temps de paix — que de nouer de plaisantes intrigues avec les dames les plus belles, les plus expertes, et à coup sûr, les mieux nourries du royaume. Je ne suis pas non plus un Bérulle, un Vincent, un François de Sales, et je ne cache pas que si je désire rendre prospère mon domaine d'Orbieu, c'est de prime pour moi-même. Mais je ne voudrais pas non plus asseoir cette prospérité sur la misère de mes manants, mais bien au rebours, l'alléger en faisant rendre davantage à des terres mieux soignées — les miennes, mais les leurs aussi.

Pourtant, si peu longtemps que je me fusse absenté, je me sentis véritablement plein de joie à revoir mon beau Paris et le Palais de mon roi. Et puisque je viens de lancer une petite gausserie à l'adresse des dames

« les mieux nourries du royaume », que je leur dise
aussi que bien loin de moi est la pensée de leur reprocher leurs repues et, entre leurs repues, leurs inces-
santes collations, alors que je trouve si rebiscoulant,
dès que je mets le pied dedans le Louvre, leurs beaux
tétins émergeant à demi de leurs corps de cotte,
comme le veut la mode qui trotte. J'avoue que je n'en
détourne les yeux qu'autant que le commande la civilité, mon regard chattemite ne s'évadant de ces appas
que pour revenir se reposer sur eux en tapinois, tandis que par la moins sacrée des oraisons, je remercie
en mon for le Seigneur qui les a ainsi faits, et le péché
de gourmandise, pour les avoir si bien rondis.

Même en hiver, le plat pays autour d'Orbieu eût été
charmant, s'il n'avait fait si froid, et c'est avec joie que
je m'ococoulai derechef dans mon lit familial de la
rue du Champ Fleuri où cependant, dès le premier
soir, il me fallut régler d'urgence un problème domestique.

Lorsque, après le souper, lassé des mille secousses
de mon voyage en carrosse, je voulus m'aller retirer
dans ma chambre, qui pensez-vous que j'y trouvai,
sinon Louison qui y avait allumé un grand feu et
bassiné mon lit, ce qui apparemment lui avait donné
si chaud que, pour être plus à l'aise, elle avait ôté son
corps de cotte ?

— Holà, Louison ! dis-je en fermant l'huis sur moi,
holà, M'amie ! toi céans, et en cette tenue, dans ma
chambre ! Et à cette heure ! Et qu'y penses-tu y faire ?

— Rallumer votre feu, bassiner votre lit...

— Eh bien, voilà qui est fait ! Feu flambant, drap
brûlant ! La grand merci à toi, Louison. Je te souhaite
le bonsoir.

— Nenni, Monsieur le Comte, ma tâche n'est point
finie. J'ai à vous déshabiller.

— Je le ferai bien tout seul.

— Et qui vous réveillera le matin ? poursuivit-elle
d'une voix caressante. Monsieur le Comte ne se
ramentoit pas la façon dont je m'y prends ?

— Je me ramentois surtout que nous ne sommes plus à Orbieu, où selon toi le serment fait à ma comtesse ne comptait mie, puisqu'il avait été fait à Paris.

— Ma fé ! Où c'est-y que ce compte-là nous mène, vous et moi ?

— Rien qu'à ceci : à Paris, et nous y sommes, le serment garde sa validité. Louison, je te prie, retire-toi. Je te souhaite la bonne nuit.

Et la prenant par les épaules, je la poussai doucement vers la porte qu'elle franchit sans une plainte, mais en versant des larmes grosses comme des pois qui roulaient sur ses rondes joues, vue qui me serra quelque peu le cœur. Je refermai l'huis sur elle, mais oubliai — ô ma conscience, était-ce bien un oubli ? — de pousser le verrou, tant est que le lendemain matin en ouvrant l'œil à la pique du jour, je retrouvai Louison dans mes bras.

Elle y demeura : je n'eus pas le cœur de l'en chasser. Mais je me fis là-dessus quelques petits retours sur moi. Si une petite chambrière avec deux sous de jugeote parvenait en un tournemain à ses fins avec son maître, que pourrait faire de moi, s'il lui en prenait fantaisie, une haute dame étincelante d'esprit et de beauté comme Madame de Luynes ? Et moi, céderais-je si mortellement à la chair avec l'épouse du favori ? Ah ! m'apensai-je, cette sirène-là est autrement redoutable que ma naïve Louison ! Et par tous les dieux, imitons la prudence d'Ulysse : n'allons point plonger dans ces eaux-là ! Ainsi me fortifiais-je contre la Luynes de la faiblesse que je venais de montrer à l'égard de Louison. Résolution où je m'arrêtais dans le chaud du moment, mais à laquelle je me tins, et je fus sage, comme la suite bien le montra.

Toutefois, ce matin-là je ne m'attardai pas avec ma soubrette plus qu'il ne fallut, car je voulais voir Louis dans son Louvre avant que se réunît le Conseil des affaires, et j'y parvins, en effet, le trouvant par un hasard heureux à son déjeuner, pour lequel il n'avait pas d'heure, le prenant aussi bien à sept heures qu'à neuf heures et demie.

— Ah *Sioac* ! dit-il, comme je me génuflexai devant lui. Vous voilà de retour d'Orbieu ! Eh bien, qu'en pensez-vous ?

— C'est un très beau domaine, Sire, et je serai reconnaissant à Votre Majesté jusqu'à la fin de mes jours de m'avoir mis à même d'en devenir le maître.

— Et qu'en est-il de vos paysans ?

— Ils sont fort misérables, Sire.

— Je me ramentois, dit Louis d'un air attendri, avoir ouï dire à mon père qu'il voulait que le paysan de France mît chaque dimanche la poule au pot.

— Ah Sire ! Il s'en faut qu'ils puissent mettre la poule au pot même un dimanche par an ! Et quant aux curés, ce que l'évêché leur donne de la dîme est si petit que nul ne peut être curé, s'il n'est d'abord rentier.

— Ah cela est fâcheux ! dit Louis qui me parut plus sensible à la pauvreté des curés qu'à la misère des paysans.

Il est vrai qu'il était fort pieux, tant est qu'il n'oublia pas mon propos sur le « gros » qui était en fait si mince : quelque temps plus tard, il prit un édit qui ordonna aux évêques de reverser aux curés une « portion congrue » des dîmes. Le mot latin dont cet adjectif est dérivé étant *congruus*, qui veut dire « convenable » il faut croire que même alors le bas clergé n'en fut pas satisfait, puisque la « portion congrue » finit par désigner une portion à peine suffisante...

Après son déjeuner, Louis alla visiter la reine et, comme de ses quatre gentilshommes de la Chambre, j'étais le seul qui fût présent, je le suivis et fus ainsi témoin d'une scène qui me laissa pantois.

Comme Louis franchissait l'huis de son épouse, il se trouva quasiment nez à nez avec Madame de Luynes, qui aussitôt se génuflexa gracieusement devant lui, son vertugadin s'évasant en corolle autour de sa svelte taille, et en même temps redressant la tête, et le cil battant, elle lui fit un sourire à la fois si tendre, si enjôleur, et si éclatant qu'il eût fallu être un roc pour n'en être pas touché. En même temps, elle tendait à demi la main vers le roi tandis que par un mouvement vif et fort engageant de ses lèvres vermeilles, elle témoignait de l'impatience qu'elle ressentait qu'il y posât la sienne pour qu'elle pût la baiser.

Louis s'immobilisa, puis laissant tomber sur Madame de Luynes de toute sa hauteur un regard glacé, il lui fit un petit signe de tête des plus raides et se remettant en branle, il passa devant elle d'un pas rapide et, sans dire mot ni miette, pénétra chez la reine.

J'en fus béant. Bien que je fusse alors ignorant de ce qui s'était passé entre eux pendant mon séjour à Orbieu, le cœur me battit de la cruelle humiliation qu'il venait d'infliger à la Luynes. Qu'était donc devenue en si peu de temps cette extrême passion qu'il avait témoignée à son endroit et qui avait donné tant de pointilles à la reine, à l'ambassadeur d'Espagne, au nonce du pape, au confesseur du roi, et par lui à la Compagnie de Jésus — avant qu'on entendît enfin que si grande que fût cette amour-là, elle était platonique. Hélas pour la pauvre Luynes ! Tout désincarné que fût ce sentiment, il pouvait se muer, comme le plus charnel attachement, en haine véritable. Je venais d'en être le témoin. Car c'était là — sans Tronçon — la tronçonnade la plus roide qu'il me fût donné de voir en ce début de règne. Et encore que je commençasse à deviner quelle légion d'indomptables petits démons se cachaient derrière le front si pur et les yeux si bleus de Madame de Luynes, je ne laissais pas d'éprouver pour elle à ce moment-là une compassion que je fus bien loin de lui continuer au cours des innombrables brouilleries dont par la suite elle se rendit coupable.

De retour à l'hôtel paternel, j'y trouvai un billet apporté en mon absence par un petit vas-y-dire et l'ouvrant, l'écriture illisible et l'orthographe particulière de ma bonne marraine me sautèrent aux yeux :

« Mon fieul,

« Enfain deux retoure ! Vené diné demin avèque moi au beque a beque onze eure.

Catherine de Guise. »

Du moins savait-elle écrire correctement son prénom et son nom. Le défunt duc avait dû y veiller.

Il allait sans dire que c'était un ordre, non une prière et il n'était point question de s'y dérober en arguant, comme c'était pourtant le cas, que le Conseil du roi était convoqué le lendemain à la même heure. Ma bonne marraine, étant née princesse Bourbon par sa mère et devenue duchesse de Guise par son mari, n'eût pas admis que les affaires de l'Etat passassent avant les siennes. Conjuguant en elle les orgueils des deux plus puissantes familles de France, elle avait dit un jour avec hauteur à Marie de Médicis qui la rappelait à l'obéissance, qu'elle n'avait pas « d'autre maîtresse que la Vierge Marie... »

La connaissant, avant que de l'aller voir, je pris de ma vêture et de mon apparence un soin méticuleux, Louison, sur mon ordre, me lavant cheveu et le frisant au fer en larges ondulations, de façon que les deux dernières reposassent en volutes inversées sur mes épaules de chaque côté de mon cou. Après quoi, Franz, qui était très habile, me rafraîchit au rasoir le contour de la moustache et de mon collier de barbe. Il excellait en cet office, ayant un sens de la symétrie que je n'ai vu si délicat en aucun autre barbier. Si j'avais écouté Louison, elle m'eût inondé *in fine* d'eau de senteur, mais je lui commandai d'en user avec une extrême modération, ne voulant pas que mon parfum supplantât celui de ma marraine, ce qui l'eût à coup sûr offensée.

En même temps, je commandai à Pissebœuf et à Poussevent de savonner, laver, brosser et essuyer mon carrosse, lequel était fort boueux de mon voyage dans le plat pays. Quand ils eurent fini, le pauvre Faujanet

(belle lectrice, prononcez, de grâce, *le povre Fauja-
nette*. Sans cela, comment saurait-on qu'il est périgordin ? Et ramentez-vous aussi que « le povre », en occi-
tan, ne dénote pas la pitié, mais l'affection), Faujanet,
donc, frotta, fourbit et raviva les dorures dont ma
coche était ornée, tandis que La Barge et Robin
étrillaient et brossaient mes beaux chevaux alezan
jusqu'à ce que leurs robes brillassent au clair soleil de
février.

Je fis davantage en l'honneur de Madame de Guise.
Je dépêchai mon petit vas-y-dire louer deux Suisses
en lui recommandant de les choisir géantins et mus-
culeux, précisant même leurs mensurations, car il
fallait que leur allassent les livrées à mes couleurs.
Absurde dépense à mes yeux, leur travail se réduisant
à se tenir droits et immobiles derrière mon carrosse
pendant le court trajet de mon hôtel à l'hôtel de Guise
et une fois rendus là, l'un devait aller déplier le marchepied pour me permettre de descendre et l'autre
ouvrir la porte de la coche. Après quoi, tout le temps
de la visite, ils se tiendraient debout, immobiles,
majestueux et inutiles, à la tête de mes chevaux, tandis que le cocher Lachaise, comme c'était son devoir,
demeurerait vissé sur son siège. Mais quant à lui,
Auvergnat né malin, il trouverait le moyen, le chapeau rabattu sur les yeux, d'être assis droit et digne,
tout en dormant à poings fermés. Belle lectrice,
comme vous le pouvez voir, tout, dans notre vie à la
Cour, n'est que rang à tenir, montre, pompe et apparat, soumis que nous sommes à de petites règles
tyranniques qui, si nous ne les suivons pas, nous font
aussitôt dépriser.

De haut de la verrière de notre librairie, le marquis
de Siorac et le chevalier de La Surie regardaient ces
préparatifs avec un attendri amusement.

— Comte ! cria La Surie, vous ressemblez à un
capitaine qui va se soumettre à l'inspection du colonel général !

— Mais c'est qu'il y a de cela ! dit mon père avec un

109

petit rire. Et je gage que malgré tous ces soins, Madame de Guise, semblable au colonel général, trouvera encore quelque chose à blâmer, soit dans l'équipage, soit dans le capitaine.

— Ah Monsieur mon père ! criai-je en me retournant, le pied déjà sur le marchepied, de grâce, n'ajoutez rien : vous allez me terroriser !

— Allons, courage, mon fils, courage ! dit mon père en riant de plus belle.

Il ne se trompait pas.

— Le carrosse n'est point mal, assurément, dit Madame de Guise, qui du haut d'une fenêtre de l'étage noble de son hôtel m'avait vu entrer dans sa cour, mais il vous faudrait, en plus de vos Suisses, trois cavaliers, l'un pour trotter devant votre carrosse, et les deux autres pour le suivre.

— Et quel serait leur rollet, Madame ? dis-je en lui baisant la main et en lui faisant à la volée sur ses yeux bleu pervenche un petit compliment.

— Mais voyons ! Ils vous feraient honneur, c'est tout. Quand donc saurez-vous tenir votre rang ? Il faudrait, bien sûr, que les cavaliers soient de bonne maison, mais à'steure on trouve à Paris des cadets nobles qui se louent pour presque rien : le gîte, la chère et la vêture.

Diantre ! m'apensai-je, est-ce pas rien que de nourrir, vêtir et loger à longueur d'année chez soi trois arrogants coquelets pour ne rien faire d'autre que de trotter devant et derrière moi, et le reste du temps jouer, jurer, se battre, semer partout la zizanie et engrosser les chambrières ?

— Madame, dis-je, dès qu'Orbieu, au lieu de me coûter pécunes, m'en apportera, je suivrai vos excellents conseils.

Ce qui n'était pas pour demain, m'apensai-je. Mais c'est à peine si ma bonne marraine m'ouït, elle était déjà à table où elle se mit incontinent à gloutir ses viandes à dents aiguës et à boire son vin à longues goulées.

— Vous me voyez fort mal allante, dit-elle avec mélancolie.

— Dieu merci, dis-je, il n'y paraît pas à votre appétit.

— Ce n'est point du corps que je pâtis, dit-elle avec un soupir, mais du cœur. Je me meurs à petit feu des mille pointilles et tabustements de ma vie et quand je suis à deux doigts de la désespérance, il n'y a guère que le boire et le manger qui me peuvent consoler.

Je crus de prime qu'elle se gaussait, mais je me souvins que lors du premier voyage de Louis à l'Ouest, apprenant à Blois la mort de son plus jeune fils, le chevalier de Guise — le canon qu'il voulait mettre à feu lui-même lui ayant éclaté au visage —, elle avait tenu à table le même propos.

— Mes fils, reprit-elle en avalant quasiment sans la mâcher une énorme bouchée de jambon de Bayonne et la faisant suivre d'une lampée de vin de Bourgogne pour la pousser jusqu'à son gaster, mes fils me feront blanchir avant l'âge !

Propos qui me titilla quelque peu, car il y avait belle heurette que son blond cheveu tenait plus de l'art que de la nature.

Au discours qui suivit, je n'ouvris qu'à demi mes oreilles, connaissant quasi par cœur la longue litanie de ses griefs à l'endroit de sa progéniture et la conclusion presque toute en ma faveur de cette jérémiade : j'étais le seul qui fût instruit, capable, et doué de raison, bref, quasi exemplaire, à cette réserve près qu'ayant appris la chicheté huguenote avec mon père (que d'ailleurs elle adorait), j'étais trop pleure-pain pour apprendre jamais à tenir mon rang...

— Charles, poursuivit-elle (Charles était le duc régnant, son aîné), a de la faconde et de l'esprit, mais à quoi lui servent-ils puisqu'il ne fait rien dans la vie que jouer aux cartes et aux dés ? Si encore il gagnait ! Savez-vous (comment aurais-je pu ne point le savoir), savez-vous combien ce benêt perd bon an mal an dans ses parties avec Bassompierre ? Cinquante mille livres ! Et il continue !

— Il croit par là tenir son rang ! dis-je.

Mais cette ironie fut tout à plein perdue pour ma bonne marraine.

— Cinquante mille livres ! Et combien aurait-il perdu, s'il s'était joint aux révoltes des Grands contre la régente ? Mais là, j'ai tenu bon. Et j'ai tant fait que le duc est resté fidèle au trône, Dieu merci !

Et merci aussi, pensai-je, à sa naturelle indolence.

— Et qu'ai-je tiré, moi, de cette fidélité ? poursuivit-elle.

« Mais des pécunes, Madame, eussé-je dit, si ma langue avait pu prendre le relais de mes oreilles. Des pécunes, pour combler les trous que vos dépenses extravagantes ont fait dans vos finances... »

— J'y ai gagné les bonnes grâces de la régente, reprit-elle, et c'est grâce à elle que j'ai pu obtenir qu'elle demandât à Sa Sainteté le chapeau de cardinal pour Louis, encore qu'il ne le méritât guère ! Pensez, mon Pierre ! Il savait à peine dire la messe !

Ce qui était tout de même un comble pour un archevêque à qui la dîme, qui faisait de lui le plus riche de mes demi-frères, rapportait cent mille livres par an. Il y avait là de quoi assurément vivre sans souci en son épiscopal palais de Reims avec sa Charlotte des Essarts.

— Mais ceci n'est rien encore ! poursuivit-elle avec un gémissement, j'ai fait mieux pour ce vaunéant de Claude ! Et c'est lui qui me donne le plus d'ombrage !

Cette épithète de « vaunéant » accolée au prince de Joinville me fit sortir de ma réserve, tant elle me parut injuste.

— Ah Madame ! m'écriai-je, passe pour le duc et le cardinal qui n'ont jamais rien fait de bon dans leur vie, mais le prince de Joinville n'est pas un vaunéant, loin de là ! Il s'est battu comme un lion sous notre Henri aux sièges de La Fère et d'Amiens, et en ce dernier siège, quand il a sauvé Biron du milieu de ses ennemis et l'a ramené blessé, au camp, sa vaillance a étonné le monde !...

— C'est vrai, dit Madame de Guise. Claude est valeureux à la guerre mais, je le répète, dans la paix il ne vaut rien ! Depuis qu'il a dit adieu aux armes, l'avez-vous vu faire autre chose que de se battre en duel et courir comme fol le cotillon ? Madame de Villars ! Angélique Paulet ! La maréchale de Fervacques ! La pauvre maréchale de Fervacques, dont il a dilapidé la fortune ! Quant à sa vaillance, elle a été fort bien payée, puisque la régente, à ma prière, l'a fait duc de Chevreuse, son titre de prince de Joinville n'étant qu'un bijou creux, comme vous le savez. Et au jour d'hui voilà Claude duc et pair ! Quel prodigieux avancement pour un cadet !

— Mais enfin, Madame, si vous n'avez rien d'autre à reprocher au duc de Chevreuse que de courir le cotillon...

— Le cotillon, *certes* ! comme dirait votre père ! Mais pas n'importe lequel ! Faut-il vous ramentevoir que du vivant de mon cousin (par ces mots négligents elle désignait Henri IV) ce fol de Claude a eu l'audace de coqueliquer avec la comtesse de Moret ! Faire cocu le roi de France ! Voilà qui paraissait sublime à ce cocardeau ! Si je ne m'étais pas allée me jeter aux pieds d'Henri, il lui aurait fait épouser la Bastille et ce jour d'hui, il récidive !

— Il récidive, Madame, criai-je béant, qu'est cela ? L'insolent aurait-il le front d'entreprendre...

— La reine qui est encore pucelle ? Avez-vous perdu le sens ? Madame de Luynes lui a suffi.

— Madame de Luynes ! dis-je non sans quelque émeuvement. Mais elle vient tout juste de se marier et n'a pas dix-huit ans !

— Croyez-vous que cela gêne cette dévergognée ? Et savez-vous qui s'est entremis pour assurer le succès de cette belle entreprise et qui, en un mot, a prêté son propre appartement du Louvre pour parfaire ce beau fait d'armes ? Votre sœur, Monsieur ! La princesse de Conti !

— La princesse de Conti ! Mais c'est folie ! m'écriai-je. Et pourquoi diantre fit-elle cela ?

— Par esprit de vengeance.

— Par esprit de vengeance ? Et pourquoi ?

— Parce que Luynes lui avait dit qu'étant plus âgée que son épouse, elle eût dû l'empêcher de faire lire à la petite reine *Le Cabinet satyrique*, lequel, comme vous savez, est un recueil de vers piquants et gaillards tout à plein dégoûtants.

— Eh bien ? dis-je, qu'y avait-il dans ce reproche qui pût offenser à ce point Louise-Marguerite ?

— L'expression « plus âgée ».

— Mais elle est exacte ! Madame de Luynes a dix-huit ans, et ma sœur en a trente.

— Ce n'est point parce que l'expression est exacte qu'elle est pour cela moins offensante ! dit Madame de Guise en haussant les épaules. Vous n'entendez rien aux femmes, Monsieur, si vous n'entendez pas cela ! Et de reste, comment le pourriez-vous, tout confiné que vous demeurez dans le baldaquin de votre Allemande ? On me dit même que vous lui êtes fidèle ! Est-ce vrai ?

— Quasiment.

— Quelle pitié !

— Madame, vous ne pouvez reprocher à la fois au duc de Chevreuse de courir le cotillon et à moi de ne le point courre.

— Je ne vous reproche rien, Monsieur, sinon qu'il vous serait plus à honneur et conviendrait mieux à votre rang d'être l'amant de quelque haute dame de la Cour de France. Il en est que je connais qui vous regardent d'un œil fort languissant, le savez-vous ?

— Madame, de grâce, ne les nommez point ! On pourrait vous accuser de vous entremettre !

— Monsieur, dit-elle, une larmelette apparaissant tout soudain dans son œil bleu pervenche, si vous osez faire l'impertinent avec moi, je jure que je ne vous reverrai de ma vie !

— Ah Madame, de grâce ! dis-je en me levant et m'allant jeter à ses pieds, de grâce, ne pleurez pas ! Vous allez gâcher votre teint !

Et lui prenant les mains, je les couvris de baisers. Je ne sais si ce fut l'agenouillement, ou les baisers, ou la crainte de gâter ses fards, mais la larmelette disparut de son œil en un battement de cil.

— Il faut bien avouer, dit-elle en me caressant le cheveu d'une main légère, que de tous mes fils vous êtes le plus aimable et le plus caressant.

Et se peut pour ne point s'émouvoir davantage, elle ajouta, passant du coq à l'âne :

— Vous êtes fort bien coiffé. Qui vous a fait ces larges boucles ?

— Louison.

— Ah voilà donc, murmura-t-elle entre ses dents, l'explication de votre « quasiment ». On voit bien que votre Louison a fait ces boucles avec amour. N'est-ce pas étonnant quand on y songe ? poursuivit-elle en levant les sourcils, ces petites gens-là ont des sentiments, tout comme nous...

Je trouvai la phrase admirable et je souris.

— Riez-vous de moi ? dit-elle d'un ton hautain.

— Non, Madame.

— Monsieur, reprit-elle d'un air d'autorité et de décision, asseyez-vous. Nous avons encore à parler.

Je repris place, mais dus attendre quelque peu la suite, car à cet instant apparut un géantin laquais qui portait, odorant et fumant, un plat de venaison auquel Madame de Guise voulut dire deux mots avant que de poursuivre. Pour ma part, je n'en pris point, étant repu, n'ayant pourtant avalé que le quart de ce qu'elle avait glouti. Toutefois, je n'eus pas long à attendre. Ma bonne marraine travailla si bien qu'il ne lui fallut pas plus de cinq minutes pour disposer d'un fort gros morcel qu'elle fit suivre tout à trac d'une longue lampée de vin de Bourgogne.

Après quoi, assurée de ne pas mourir de faim avant qu'advînt l'heure du souper, elle reprit :

— Monsieur, j'ai des questions à vous poser aux-quelles vous me paraissez apte à répondre, étant pre-mier gentilhomme de la Chambre et approchant le roi tous les jours. Ce que moi-même je ne peux faire, malgré mon rang, Louis fuyant la femme.

— Madame, pas toujours.

— Oui, je sais, on l'a dit coiffé de Madame de Luy-nes. Mais c'était une coiffe platonique ! Qu'attendre d'un homme qui, marié depuis quatre ans, n'a pas encore réussi à mettre sa propre épouse au montoir ?

— Madame, ce propos est fâcheux.

— Je tiens les propos que je veux ! dit Madame de Guise avec hauteur. Je suis la reine en ma maison !

— Madame, dis-je avec un petit salut, je n'en dis-conviens pas.

— Au lieu de me tabuster, répondez donc à mes questions, effronté que vous êtes ! Si Monsieur de Luynes apprenait qu'il est emberlicoqué par sa femme, irait-il appeler Claude sur le pré ?

— Madame, vous savez comme moi que Luynes ne se bat pas. Quand il a une affaire sur les bras, il se fait remplacer par un de ses frères.

— Le cas est différent. La chose ici le touche au plus vif. Il s'agit de son honneur.

— Luynes, Madame, n'a pas l'honneur si cha-touilleux.

— En êtes-vous assuré ?

— Tout à plein.

— La Dieu merci ! dit-elle, Claude n'aura donc pas, en plus, à le tuer.

Elle dit cela comme si la chose allait de soi et elle n'avait pas tort, Claude étant un bretteur redoutable.

— C'est déjà bien assez, reprit-elle, outrager le roi que de cocuer son favori ! Faudrait-il encore qu'il l'occît ? Je tremble, je dois vous dire, que Sa Majesté n'apprenne l'infortune de Luynes.

— Mais, Madame, il la connaît déjà.

— Comment ? dit-elle d'une voix tremblante. Qu'est cela ? En êtes-vous assuré ? Qui vous permet de l'affirmer ?

— J'ai vu de ces yeux que voilà, Madame, Louis tronçonner Madame de Luynes de la façon la plus humiliante.

— Ciel ! S'il le prend ainsi avec elle, que va-t-il faire à Claude ?

— Mais rien, Madame.

— Rien ?

— Je l'affirme. Le roi ne fera rien contre le duc de Chevreuse, pour la raison qu'il appartient à une des plus puissantes familles du royaume : la vôtre, Madame. Le roi est trop sage pour transformer une pique privée en affaire d'Etat.

— Mais ne va-t-il pas garder une fort mauvaise dent à mon fils ?

— Bien moins mauvaise que celle qu'il gardera désormais à Madame de Luynes.

— Pourquoi à elle plus qu'à lui ?

— Parce qu'il en était amoureux. A sa façon, bien entendu.

— En somme, dit Madame de Guise dont l'œil s'alluma d'une lueur amusée, Madame de Luynes l'a trahi...

— Et il est horrifié par sa trahison. A ses yeux, c'est une Dalila. Souvenez-vous qu'il est fort pieux et qu'il est peut-être le seul à la Cour à respecter les dix commandements et le dixième en particulier.

Mais le bel œil pervenche de ma bonne marraine s'égarait au-dessus de ma tête. Elle ne m'écoutait plus. Dès lors que je lui avais assuré que les foudres royales n'allaient pas s'abattre sur Claude, les péchés de son fils, non plus que ceux de Louise-Marguerite, embarrassaient peu sa conscience. Elle les pardonnait, comme elle s'était sa vie durant pardonné les siens : son haut rang excusait tout. Et d'après ce que j'avais ouï de la bouche de mon père, son confesseur ne la détrompait pas, trouvant disconvenable de tabuster sur de petites faiblesses de la chair une princesse du sang.

Pour moi, j'étais déçu par le rôle joué dans l'infortune de Luynes par la princesse de Conti. Jusque-là, j'avais jugé Louise-Marguerite plus coquette que libertine et déjà j'avais été surpris d'apprendre que son grand amour pour Bassompierre n'était pas le seul à occuper sa vie tumultueuse. Mais par tous les diables, jouer les entremetteuses ! Et prêter son propre lit en plein Louvre à son frère pour qu'il y coqueliquât avec une haute dame, et si proche du roi ! Il y avait là quelque chose de vilain qui sentait quelque peu le soufre.

Je sais bien que Louise-Marguerite avait alors atteint trente ans, âge auquel les dames de ce pays sont accoutumées de penser qu'elles sont au bord de la vieillesse, pensée qui les éperonne à user au mieux (et parfois au plus mal) du temps qui passe, et qui passe si vite. Cet âge-là devrait faire grand peur aux maris, même s'ils sont aussi beaux et brillants que Bassompierre, car si l'humeur de leurs épouses les incline à l'amour, il devient presque impossible alors de trouver remède à leur insatiableté.

Louis savait parfaitement ce qu'il en était de la princesse de Conti et de Madame de Luynes, et bien qu'il fût clos là-dessus comme une huître, il lui échappa de leur donner dans la suite des surnoms. La première, il l'appela « le péché » et la seconde « le diable ». Je suis donc bien assuré qu'il se désolait qu'elles fussent les amies les plus intimes d'Anne d'Autriche, exerçant sur elle, par leur exemple, leurs frivoles entretiens et les lectures qu'elles lui conseillaient, la plus dangereuse influence. Mais qu'y faire ? Le roi pouvait assurément battre froid au « diable » comme au « péché », mais il ne pouvait retirer la première de la maison de la reine sans déplaire à son favori, ni chasser la seconde sans offenser les Guise.

Rassurée et repue, Madame de Guise ne demeura

pas longtemps silencieuse. Elle avait encore un fils à mettre sur la sellette : moi, et elle n'y faillit pas, brandissant une autre marotte : maintenant que j'étais le comte d'Orbieu, et seigneur d'un grand domaine, mon devoir le plus clair et, elle osait dire, le plus sacré était de me marier et de faire souche. Mais comme mon lecteur connaît déjà l'antienne, je vais couper court à ce ressassement. Pour l'instant du moins, j'abhorrai ce mot « souche « qui me réduisait à n'être qu'une racine... Pis même : l'ancêtre d'une lignée future ! Que diantre ! J'étais jeune encore ! Ne pouvais-je demeurer maître de mon heure et de mon choix ? Tout ce que je demandais à'steure, c'est qu'on me laissât la bride sur le col pour servir le roi de mon mieux et rétablir le domaine d'Orbieu.

*
* *

Déagéant était celui des conjurés du vingt-quatre avril que je voyais le plus et pour qui j'avais le plus d'estime, tant pour l'adamantine résolution qu'il avait montrée au cours de notre périlleux complot (alors que Luynes, mol et vacillant, ne parlait que d'ajournement et de fuite) que pour ses grandes capacités. Car c'était un homme d'un savoir infini qui portait à tout un esprit vif et pénétrant, entendait les affaires mieux que personne, y trouvait des solutions, et ne répugnait pas à se donner peine pour les faire aboutir.

Louis, reconnaissant ces grandes qualités, l'avait nommé intendant des Finances et membre de son Conseil, et Déagéant pouvait espérer à la mort du président Jeannin qui était vieil et mal allant se hausser jusqu'à la surintendance des Finances et devenir secrétaire d'Etat. Et assurément, il eût été un grand ministre, s'il avait eu autant d'entregent que de talents.

Mais n'étant ni noble d'épée, ni même noble de robe, sans soutien à la Cour, sans lien avec la bourgeoisie des grands offices, personne n'avait jamais appris à ce roturier les manières et les civilités. Son apparence était rogue, sa conduite arrogante, ses manières abruptes, son langage violent et il se fit tant d'ennemis au Conseil qu'en août 1619, il fut contraint de se retirer. Cependant, Louis, qui avait un grand sens de la justice, voulut amortir sa chute. Il le nomma premier président de la Chambre des comptes du Dauphiné et lui conserva sa vie durant les appointements qu'il avait reçus à Paris en tant qu'intendant des Finances. C'est ainsi qu'après s'être approché si près de la haute destinée qui eût pu être la sienne, le pauvre Déagéant partit s'établir en province dans un emploi certes fort honorable et fort bien payé, mais très en dessous de ses capacités.

Avant sa disgrâce dorée, il avait rendu les plus grands services à Luynes. Un oiseleur peut être habile à capturer et dresser les oiseaux et pousser même l'adresse jusqu'à capter l'affection d'un petit roi brimé par une mauvaise mère, sans avoir pour autant l'esprit qu'il faut pour prendre au piège le savoir, l'expérience et la finesse d'un politique. Tel était le cas du favori qui figura, certes, au Conseil des affaires, mais sans jamais être nommé par le roi secrétaire d'Etat, ni avoir dans les réunions dudit Conseil une voix prépondérante, les décisions les plus importantes du règne étant prises en dehors de lui, ou même assez souvent contre ses avis. C'est pourquoi je tiens que tout ce que j'ai pu ouïr ou lire sur « le gouvernement de Luynes » ou même la « royauté de Luynes » n'est que babillage et billes vezées.

Il est vrai, toutefois, que fort conscient de son abyssale ignorance, Luynes, afin de se maintenir la tête hors de l'eau, tâchait de s'informer auprès de personnes capables, afin de jouer un rôle dans les décisions qui étaient prises, ou tout le moins d'en avoir l'air. Déagéant, d'avril 1617 à fin août 1619 (date de son départ pour le Dauphiné), fut son conseiller le plus écouté. Mais Luynes en eut d'autres, et parmi eux il est fort surprenant de trouver le nonce pontifical. Je le sus par Fogacer, qui nageait dans ces eaux-là et ne fut pas mécontent de me le faire savoir, se peut parce que n'ignorant pas ma position auprès du roi, il désirait se rapprocher du pouvoir. Je ne faillis pas avant toute chose à m'en ouvrir à mon père. Il fut béant.

— Quoi ? me dit-il, un membre du Conseil de France et qui plus est le favori du roi, se faire instruire par l'ambassadeur d'une puissance étrangère ! C'est à faire pleurer les anges ! Luynes sait-il seulement que le Vatican a une politique qui dans bien des cas s'oppose, ou s'est opposée à celle de la France ?

— C'est douteux, dis-je. Le nonce, d'après Fogacer, a trouvé Luynes fort ignorant, sans aucune maxime de gouvernement, naïf même et avalant tout sans critique. A votre sentiment, Monsieur mon père, dois-je informer le roi de la démarche de Luynes ?

Là-dessus, mon père réfléchit un instant et me dit :

— Non, n'en faites rien. En relayant ces informations, vous ferez peut-être du bien à Fogacer. Vous ne vous en ferez pas à vous-même. Ne mettez pas le doigt dans ce pâté-là. Il est trop chaud. Luynes n'a pas vraiment une influence politique, mais il a celle qu'aurait une reine (je le dis sans sous-entendu aucun) sur un souverain très épris. C'est-à-dire qu'il dispose presque à son gré des faveurs, des pensions, des grâces et des disgrâces. Voudriez-vous avoir Luynes pour ennemi ?

Cette phrase de mon père sur les grâces et les disgrâces dispensées par Luynes me revint à la remembrance quand j'appris le sept avril 1618 que Richelieu, chef du Conseil de la reine-mère, en sa retraite de Blois, avait dû s'exiler en Avignon, terre papale, sur l'ordre de Sa Majesté. Je ne tardais pas à apprendre que c'était Luynes, conseillé par Déagéant (l'heure de sa chute dorée n'avait pas encore sonné), qui avait poussé le roi à prendre cette mesure.

J'en fus étonné car un an plus tôt au moment du coup d'Etat du vingt-quatre avril, ce fut ce même Luynes, conseillé par ce même Déagéant, qui avait sauvé la mise de l'évêque de Luçon, à qui le roi gardait une fort mauvaise dent d'avoir été nommé ministre par l'aventurier que Vitry venait d'exécuter. Luynes avait fort opportunément rappelé à Sa Majesté que Richelieu, du temps où il était apparemment la créature de Concini, avait offert, par le canal de son beau-frère, Pont du Courlay, de renseigner le roi sur « toutes affaires venant à sa connaissance ». Cette offre de double jeu, si opportunément rappelée par Luynes et Déagéant, adoucit Louis qui, après le coup d'Etat, loin d'abattre sa foudre sur Richelieu, lui permit alors d'accompagner la reine-mère à Blois et de l'éclairer de ses bons avis.

Déagéant alla plus loin. Il prit à part le prélat avant son partement et obtint de lui la promesse d'échanger avec lui des lettres chiffrées par lesquelles Richelieu l'instruirait des intrigues qui se pourraient nouer autour de la reine déchue contre le pouvoir royal. Comme le mobile de Déagéant pour pousser maintenant Richelieu dans la disgrâce m'échappait, je voulus en avoir le cœur net et, croisant l'intendant sur le grand degré du Louvre, je me permis de l'accoster, le lieu me paraissant propice, étant à cette heure-là désert. Je lui demandai la raison de cette mesure, à vue de nez si surprenante. Déagéant était alors non pas au faîte de la puissance qu'il ambitionnait, mais néanmoins fort proche, attendant fébrilement, comme j'ai dit, que le président Jeannin mourût pour chausser ses bottes de surintendant et devenir secrétaire d'Etat aux Finances, ce qui eût fait de lui, plus même que les Sillery (le père, à la chancellerie, le fils Puisieux, aux Affaires étrangères), le ministre le plus écouté du Conseil. Et peut-être avait-il la faiblesse de ne cacher point assez que c'était là son aspiration véritable, car il me répondit, à ma grande surprise, tout à plein à la franche marguerite, exprimant brutalement l'affaire comme il la voyait, et sans ménager rien ni personne.

— Richelieu, dit-il, prétend modérer la reine-mère

et travailler à la réconciliation du fils et de la mère. S'il y parvient, elle reviendra à Paris. En fait, ce n'est point pour elle que Richelieu travaille, c'est pour lui-même. Car une fois parvenu au Louvre dans les bagages de la Médicis, elle le fera rentrer au Conseil et une fois dans la place, comme ce diable-là a beaucoup d'esprit, de ruse et d'ambition, il voudra tout régenter. C'est pourquoi, je vous le dis sans fard, poursuivit-il d'un air irrité, *je me perdrai plutôt que de permettre que la reine-mère revienne auprès du roi* [1] !...

Je regardai le petit homme tandis qu'avec emportement il parlait ainsi. Il avait la face carrée, le teint bilieux, le cheveu ras, l'œil noir perçant et le ton péremptoire. Et la vérité m'apparut alors en toute clarté. Peu chalait à Déagéant le retour de Marie de Médicis à Paris. Ce qu'il redoutait avant tout, c'était la présence de Richelieu au Conseil, car il voyait en lui un rival assez puissant pour réduire à rien ses propres ambitions.

En réfléchissant plus tard à cet entretien que j'eus avec lui sur le grand degré du Louvre, je ressentis un peu moins de considération pour Déagéant que par le passé, car il me parut, en cette affaire, trop resserré en la propre vue de soi-même, et plus soucieux de ce qui pouvait nuire à son avancement qu'à ce qui pouvait être utile au royaume et au roi. Je ne pensais pas du tout quant à moi que ce fût l'intérêt de l'Etat d'ôter Richelieu à la reine-mère, car il avait toujours tâché à mettre un peu de plomb dans cette cervelle creuse, favorisant bien au rebours les lents et sûrs chemins de la diplomatie et non les foucades et les braveries. Richelieu parti, Marie de Médicis ne pouvait que tomber dans les mains des Chanteloube et des Ruccellaï, petites gens de son entourage agités et aventureux, ou pis encore, dans les mains des Grands que la faveur de Luynes commençait à exaspérer, et parmi lesquels on comptait le duc d'Epernon, le duc de Bellegarde,

---

1. Cité par Richelieu dans ses *Mémoires*.

le duc de Rohan, et le propre beau-frère du favori : Monsieur de Montbazon, personnages importants qui n'attendaient qu'une occasion pour former un parti des mécontents, lequel se pourrait muer un jour en parti des rebelles ayant la reine-mère à sa tête. Je m'ouvris de ces craintes-là à mon père et il ne laissa pas de me donner raison.

— Vous verrez, me dit-il, qu'un beau matin, nous aurons une guerre de la mère et du fils. Louis n'en a pas encore fini avec cette brouillonne-là !

*
* *

Monsieur de Saint-Clair m'ayant écrit que malgré ses efforts, il avait failli à convaincre tant les manouvriers que les laboureurs de refaire les voies qui traversaient mon domaine, je me rendis à Orbieu fin mars et à l'issue de la messe, je réunis tous les hommes valides à la sacristie en présence du curé Séraphin. Je pris alors assez longuement la parole, mi en français mi en patois (l'ayant assidûment étudié depuis ma visite hivernale), mais malgré ces explications, mes manants ne bougèrent pas d'un pouce.

Ils voulaient bien convenir que c'était l'intérêt de tous de ne plus avoir tant d'embourbements et de renversements de chariots au moment des foins, de la moisson et des vendanges avec tous les tracas, toutes les peines et les pertes que cela entraînait. Mais quant à y mettre la main, même pour la voie qui longeait leur propre lopin, ils s'y refusaient sous des prétextes divers.

L'un avait à travailler sa poterie qu'il vendait à Montfort, l'autre, les sabots dont il fournissait le village et les hameaux voisins, un troisième avait à tramer son chanvre ou sa laine. D'aucuns se livraient au boisillage ; bref, les enlever à ces petits métiers hivernaux qui leur permettaient de joindre les deux bouts, c'était quasiment leur ôter le pain du bec. Quant aux voies, elles étaient mauvaises, assurément, mais de tous temps on s'en était accommodé et, à les laisser en l'état, elles ne deviendraient pas beaucoup pires. De reste, de son vivant, feu Monsieur le comte n'avait jamais proposé qu'on travaillât à les réparer.

En écoutant mes sujets (car j'entendais le patois mieux que je ne le parlais), je me disais que si j'étais bien, en effet, le roi de ce petit royaume, cette assemblée paroissiale ressemblait fort — le nombre et l'apparat en moins — au Conseil des affaires de Sa Majesté. Ici comme là, quand une mesure qui visait au bien général faisait l'objet d'un consensus, dès qu'on en discutait l'application, comme par exemple, la suppression de la *paulette*, plus personne n'était d'accord, tant est qu'on ne faisait rien et qu'on retombait par degrés dans l'ornière des vieilles habitudes.

C'est pourquoi l'argument qui s'appuyait sur la passivité de feu Monsieur le comte d'Orbieu en ce qui concernait les voies, me parut fort redoutable, comme se réclamant, sans le dire, de la coutume, laquelle, même lorsqu'elle consiste à ne rien faire, a beaucoup de force dans le plat pays (comme, de reste, dans le Conseil du roi). C'est pourquoi, me penchant vers le curé Séraphin, je lui demandai à l'oreille de contredire ce qu'on venait d'affirmer.

Que l'intention que Séraphin prêta alors à feu Monsieur le comte d'Orbieu fût vraie, ou inventée dans le chaud du moment, je ne saurais dire. Mais il l'affirma avec la dernière véhémence.

— Détrompez-vous, mes amis ! dit-il d'une voix forte. Feu Monsieur le comte d'Orbieu a pensé plus d'une fois à la réparation des voies, et s'il ne l'a pas fait, c'est que le temps lui a manqué...

Séraphin m'a dit depuis qu'il y avait belle heurette que lui-même désirait fortement que les chemins qui conduisaient du presbytère à l'église, et de l'église au cimetière ne fussent plus pour lui une occasion de se crotter jusqu'aux genoux. Mais qu'on les rendît praticables, c'est ce qu'il n'avait jamais pu obtenir jusque-là de ses ouailles.

Son intervention, en tout cas, parut faire avancer la discussion à en juger par le brouhaha qui suivit et qui était fait de vifs conciliabules à mi-voix aux quatre coins de la salle. J'en conclus que le soutien donné outre-tombe par feu Monsieur le comte d'Orbieu à mon projet lui donnait quelque poids. J'observai aussi que Séraphin, loin de réprimer les murmures, qu'en d'autres circonstances il n'eût pas tolérés en sa sacristie, leur lâchait la bride, comme s'il en attendait un heureux résultat.

Cinq bonnes minutes s'écoulèrent encore avant que Séraphin, reprenant la parole, déclarât que si d'aucuns lui voulaient question poser, il y répondrait.

Le brouhaha reprit alors et il s'écoula encore quelque temps avant que se levât un laboureur — homme de poids au propre, comme au figuré — qui possédait des arpents assez pour se nourrir bien, soi et sa famille. De prime, il m'ôta civilement son bonnet puis, le remettant, l'ôta au curé Séraphin et parla, à ce que je crois, pour me faire honneur, un français fortement baragouiné de patois.

— Monsieur notre curé, dit-il, le gros de l'affaire n'est point tant qu'on aide à refaire les voies, vu qu'il y a besoin de les refaire, mais il y faut des pécunes ! Le tout-venant pour couvrir les voies, on l'a céans, à la carrière communale. Il y a qu'à l'aller quérir. Mais de carrière de pierres, dans le domaine d'Orbieu, il y en a comme sur ma main ! Or, pour les pierres, il en faut pour le soutien des parties écroulées et ces parties-là, sanguienne, il y en a !

— Ne jure pas, Mathurin, dit le curé.

— Je le ferai plus, Monsieur notre curé, dit Mathurin d'une voix rapide avec un air de contrition qui le quitta aussi vite qu'il se l'était posé sur le visage. Bref, Monsieur le Curé, reprit-il, l'œil fixé sur Séraphin et prenant bien garde de ne pas l'égarer sur moi, le fin fond de l'affaire, c'est la pierre, vu que céans, comme j'ai dit, on en a comme sur ma main, il faut l'acheter et que je demande alors : qui la va payer ?

Je poussai du coude Monsieur de Saint-Clair et lui glissai à l'oreille : « Me voilà pris sans vert ! » Que Mathurin ait touché le vrai fin fond de « l'affaire », il n'en fallait pas douter à mesurer le profond silence qui succéda au brouhaha que j'ai décrit. Vous eussiez, à la vérité, ouï voler une mouche, si les mouches eussent été de saison. Ce n'est pas qu'on me regardât, ni qu'on regardât Séraphin, dont on n'attendait pas, de reste, de réponse en la matière. Tous les yeux étaient fichés avec obstination sur le dallage usé de la sacristie, comme s'ils devaient y déchiffrer la réponse que j'allais faire.

Quant à moi, je savourais, non sans quelque pincement et pointille, l'ironie de la situation : j'étais venu pour mettre mes manants au pied du mur, et c'était eux qui m'y mettaient... Cette pierre, si je la payais, elle allait me coûter combien ? Et en décider là tout de gob et tout à trac, sans étude, sans évaluation, quasiment à l'aveuglette, voilà qui ne me plaisait guère. Mais d'un autre côté, il n'y avait pas à se méprendre sur la qualité quelque peu épiante et goguelue du silence qui m'entourait. Si je ne mettais pas la main à l'escarcelle, je pourrais faire le deuil des voies de mon domaine. Et n'y avais-je pas, comme bien ils le savaient, autant d'intérêt qu'eux-mêmes ? Voilà des droles, pensai-je, qui sont durs au bargouin...

— Mes amis, dis-je, en français, Monsieur de Saint-Clair, dans l'après-dînée, ira examiner les endroits des voies où la pierre est nécessaire. Il calculera les quantités, il les commandera, je donnerai les pécunes. Mais quant à vous, vous assurerez le transport et le travail. J'attendrai demain dans la cour à la pique du jour tous ceux des hommes valides d'Orbieu qui sont volontaires pour aider à la réparation des voies. Monsieur de Saint-Clair prendra les noms. Je n'oublierai pas ceux qui veulent bien, en m'aidant, s'aider eux-mêmes. Je n'oublierai pas non plus les autres...

J'attendis que le curé Séraphin eût traduit ce discours en patois, oyant sa traduction attentivement pour m'assurer de sa fidélité. Après quoi, me levant et l'assistance se levant aussi dans un grand raclement de sabots et de bancs, j'attendis que le bruit cessât et dis en patois :

— Mes amis, je vous souhaite la bonne nuit.

A quoi ils répondirent en chœur en me tirant leurs bonnets, et se retirèrent lentement et, me semble-t-il, beaucoup plus en silence qu'ils n'avaient quitté la messe pour se rendre à la sacristie.

A la repue de midi, avec Monsieur de Saint-Clair, devant un bon plat de crêtes de coqs préparé par Robin, je ne me sentais ni vraiment mécontent, ni franchement satisfait, étant dans l'incertitude et du débours que j'allais être amené à faire, et de l'aide que mes manants consentiraient à m'apporter.

— Je n'eusse pas cru, me dit Saint-Clair, qu'il faudrait user de tant d'adresse et de ménagement pour se faire obéir de quelques douzaines de paysans pauvres.

— Savez-vous, dis-je, ce que faisait Coligny quand ses soldats refusaient d'obéir ?

— Nenni.

— Il en pendait deux ou trois.

— Rude méthode ! dit Saint-Clair avec une grimace.

— Henri IV était plus humain. Il usait de la parole et de la persuasion : dix cuillerées de miel et une goutte de vinaigre. Je me suis ramentu de la recette.

— Le vinaigre, si j'entends bien, c'était de leur dire : je n'oublierai pas ceux qui ne m'auront pas aidé.

— Oui-da ! Mais ce vinaigre, tant il était peu acide, n'était là que pour je n'eusse pas l'air trop doux. Et même en payant la pierre, je ne sais combien nous aurons d'hommes à se présenter demain dans notre cour.

— Si j'en crois le compte que j'en ai fait à la sacristie, ils sont une bonne cinquantaine. Que ferons-nous si demain il ne s'en présente que dix ? Les renverrons-nous chez eux ?

— Nenni. Ce serait enterrer l'affaire à jamais, Monsieur de Saint-Clair. Nous les emploierons.

— En commençant par où ?

— A refaire les voies qui mènent du presbytère à l'église et de l'église au cimetière.

Monsieur de Saint-Clair sourit.

— Afin que de remercier le curé Séraphin d'avoir appelé feu Monsieur le comte d'Orbieu au secours de notre projet ?

— Pour cela aussi, mais j'espère que les absents auront quelque vergogne à offenser leur curé et leur église en s'abstenant plus avant.

— Et s'ils n'éprouvent pas cette vergogne ?

— Nous aviserons.

L'évaluation que fit Saint-Clair de la quantité des pierres de soutien nécessaires me parut considérable et le carrier, pour les quantités désirées, me demanda une somme qui ne fut pas petite.

Le lundi à sept heures du matin, huit hommes seulement se présentèrent dans notre cour. Huit hommes, vous avez bien ouï, dont la moitié n'avait ni pelle ni pioche, prétextant qu'elles n'étaient pas en état de souffrir un travail aussi dur. On les renvoya chez eux accompagnés de Pissebœuf pour vérifier leurs dires, et Poussevent mena les autres à notre carrière pour charger le tout-venant, tant est que le travail ne commença autour de l'église qu'à midi. Sur ces entrefaites survint Pissebœuf avec ses quatre coquefredouilles munis de leurs propres outils et l'air assez penauds.

Le curé Séraphin, oyant quelque bruit, sortit de son presbytère et félicitant hautement les présents de leur zèle, tonna en revanche cinq bonnes minutes contre les paresseux qui ne respectaient ni leur église, ni leur pasteur, ni le Bon Dieu, les soupçonna ouvertement d'hérésie huguenote et, à mots couverts, ne leur promit pas une belle mort.

Ces paroles colportées de bec à oreille furent de quelque secours car le lendemain, nos volontaires furent seize à se présenter. Cependant, leur nombre était encore très insuffisant pour mener à bien ce travail avant les foins.

— L'Enfer n'est pas aussi craint qu'on le dit, remarqua Saint-Clair, ou alors c'est que l'aparessement l'emporte sur la peur. Il faudrait frapper un grand coup.

Nos soldats menèrent ces seize-là au travail et Saint-Clair et moi, nous fûmes tout le matin à nous tournebouler les mérangeoises pour découvrir la façon d'appâter ceux que ni le ressentiment de leur maître ni le mécontentement de leur curé, ni même l'ire probable de leur Créateur n'avaient réussi à arracher à leur chacunière.

Louison me tira d'embarras. Loin de notre hôtel de la rue du Champ Fleuri, elle se trouvait la reine en ce château, sans Mariette pour la gourmander, ni Franz pour la commander, ni Margot pour l'attrister par sa beauté rivale. Et depuis notre advenue céans, elle régentait despotiquement, mais avec gentillesse, Robin, La Barge et les domestiques du lieu, son empire ne finissant que là où commençait celui de nos soldats, lesquels n'étaient point gaillards à se laisser tirer la barbe par une caillette, fût-elle la garce d'un gentilhomme.

— Babillebahou, Monsieur le Comte, dit-elle, vous n'aurez pas ces marauds-là par la tête ! (encore qu'elle fût bonne fille, elle affectait de dépriser le paysan, étant native de Paris) ni par le cœur. Amenez-les-moi à la tombée du jour dans les communs du château et je leur donnerai de quoi les attacher à ce travail comme chèvre à son piquet et qui plus est, je vous gage un bonnet neuf, Monsieur le Comte, que demain matin vous aurez des hommes à votre suffisance pour le labeur de vos voies.

Quoi que je fisse, elle noulut me dire ce qu'il en était de son idée, mais comme je n'avais rien à perdre à la contenter, je fis dire à nos soldats de nous ramener les seize braves à la tombée de la nuit. Et les allant voir dans nos communs, surpris de ne pas ouïr à l'approchée un seul bruit de voix, j'ouvris l'huis et les vis assis tous les seize, sur des bancs, l'écuelle à la main, et Louison les servant d'une épaisse soupe aux légumes où je vis des lardons. Pour la plupart de nos manouvriers, c'était là plus, bien plus que leur quotidienne ration, et à ouïr ce bruit religieux de gorges et de mâchoires, il n'était pas sorcier de prévoir ce qui s'allait passer dans ma cour le lendemain matin.

— Louison, lui dis-je au coucher, tandis qu'elle bassinait mon lit, comment diantre ai-je fait pour ne pas avoir eu cette idée moi-même ?

— Ce n'est point votre faute, assurément, Monsieur le Comte, dit-elle avec un sourire, mais qu'est-ce qu'une soupe aux légumes pour vous ? Vous n'avez jamais eu faim.

CHAPITRE V

Si bien je me ramentois, c'est fin mai que Monsieur de Saint-Clair m'écrivit d'Orbieu que l'assiduité de mes manants à la réparation des voies ne s'était pas relâchée — la potée que nous leur servions en fin de journée ne faillant pas d'être l'aimant qui les retenait à cette corvée-là. Il y avait bon espoir, concluait-il, le temps se mettant au beau, que nous en eussions fini pour le charroi des foins.

Il avait eu, en outre, des demandes de femmes pour participer à ce dur labeur et il me demandait ce que j'en pensais. Quant à lui, il opinait à employer tout du moins les veuves à des travaux proportionnés à leurs forces pour la raison que les veuves, sur mon domaine, étaient les plus pauvres d'entre les pauvres.

La raison en était qu'à la différence des hommes qui, demeurés seuls, se remariaient en moins d'un mois, elles ne retrouvaient que rarement un second époux, surtout celles dont le lopin était petit et qui étaient encombrées d'enfants. Or, dans ces minuscules exploitations où il fallait être attelés à deux au labeur quotidien pour joindre les deux bouts, une femme seule n'y parvenait presque jamais. Elle descendait alors rapidement de la pauvreté à la misère, de la misère à la mendicité, voire même à la prostitution villageoise, la pire de toutes, car tout un chacun, curé compris, la montrait du doigt.

Monsieur de Saint-Clair joignait à sa lettre un détail des frais encourus pour l'achat des pierres nécessaires à l'empierrement des voies, leur charroi à pied d'œuvre, et le coût de la potée quotidienne pour cinquante bouches depuis le début du chantier. Il avait même calculé les débours que l'emploi d'une quinzaine de veuves entraînerait. D'autant qu'en plus de leur potée, on ne pourrait, écrivit-il, se dispenser de leur bailler une portion de pain pour rapporter au logis à leurs enfantelets.

Je fis lire la lettre de Saint-Clair à mon père et à La Surie, et ils firent sur leur auteur des commentaires différents, le premier se bornant à dire que Saint-Clair savait compter et qu'il saurait, par conséquent, ménager le domaine en mon absence, tandis que le chevalier remarquait qu'il ne manquait pas de cœur.

— C'est bien d'en avoir, dit mon père, mais point trop n'en faut. Il faut surtout de la justice et de la prudence. A ce propos, Monsieur mon fils, si, comme je crois, vous vous proposez d'employer des femmes, il ne serait pas disconvenable que vous demandiez de prime l'avis du curé Séraphin.

— Et s'il est d'un avis contraire au mien ?

— Il ne pourra l'être, surtout s'il espère que vous réparerez la toiture de l'église. Ferez-vous cette réparation ?

— J'y songe, mais, pour parler à la franche marguerite, j'enrage de me substituer à l'évêché. A quoi sert la dîme, si on n'entretient même pas les lieux du culte ?

— A entretenir des Charlottes, dit La Surie.

— Miroul ! dit mon père à qui cette allusion à mon demi-frère, l'archevêque de Reims, ne plut qu'à moi-tié. Vous pourriez, poursuivit-il en se tournant vers moi, proposer à Séraphin, pour la réparation de ladite toiture, de fournir les matériaux, le village fournissant la main-d'œuvre. Il ne se peut qu'on ne compte de bons maçons parmi les manouvriers.

Cette conversation eut lieu à la repue de midi et dès que le dernier morcel en fut glouti, je requis à mon père la permission de me retirer.

— Allez-vous si tôt au Louvre ? dit-il.

— Mais le comte ne se rend pas au Louvre, dit La Surie qui, debout devant les verrières, avait vu entrer l'anonyme coche de louage qui me devait emmener discrètement à l'hôtel de la rue des Bourbons. N'est-ce pas pitié, gaussa-t-il, quand on a un si beau carrosse, de le laisser à l'écurie et de se trantoler dans les rues en si pauvre équipage ?

— Peu importe l'équipage, dit mon père en me jetant un bras par-dessus l'épaule et m'accompagnant jusque dans la cour. Ce qui compte, ajouta-t-il, c'est le but, dirais-je même, la cible. Et le secret ne laisse pas d'ajouter quelque piment à l'émeuvement du chemin.

Dans l'escalier, nous croisâmes Louison qui montait à l'étage et qui, en s'effaçant contre le mur pour nous laisser passer, me jeta un pauvre regard. Sans doute avait-elle remarqué, elle aussi, la présence du coche de louage dans notre cour. Le cœur me pinça de ce coup d'œil, si bref qu'il fût. Naviguant depuis mon premier voyage à Orbieu d'une femme à l'autre, je suivais une pratique libertine, mais sans posséder le cynisme qui l'eût pu à mes yeux justifier. Bien le rebours, j'éprouvais quelque vergogne à l'égard de la soubrette, comme de la haute dame.

Quand la porte cochère de l'Hôtel des Bourbons

s'ouvrit, Monsieur von Beck m'accueillit avec un profond respect, une courtoisie sans faille et une discrète nuance de désapprobation. Et comme je lui demandai comment sa maîtresse allait, il me répondit d'un air assez malengroin qu'elle était couchée.

— Eh quoi, dis-je, Madame.de Lichtenberg serait-elle mal allante ?

— Non, Monsieur le Comte, je ne crois pas, dit-il d'un ton prude et pincé.

Ce qui voulait dire qu'il voyait dans cet alitement de sa maîtresse une façon de brûler les étapes qui offensait son sentiment du décorum.

Pour moi, dès que j'eus entendu la raison de sa mauvaise humeur (se peut grossie de quelque jalousie qu'en serviteur zélé il se cachait à lui-même sous le voile de la morale), je me sentis pousser des ailes. Je montai en courant l'escalier qui menait à l'étage noble, frappai un coup à l'huis de ma belle, l'ouvris sans attendre de réponse, refermai l'huis derrière moi et le verrouillai. Les courtines du baldaquin étaient closes, mais frémirent à mon entrant.

— Madame, dis-je d'une voix haletante, je vous demande mille pardons de mon petit retard, mais le dîner paternel s'est indûment prolongé.

— De grâce, mon Pierre, dit la voix étouffée de ma *Gräfin* derrière les courtines, de grâce, ne discourez point ! Déshabillez-vous à la diable et me venez rejoindre !

« A la diable » est bien dit, m'apensai-je, en arrachant sans vergogne mes vêtures et les jetant, éparses, sur le tapis.

*
* *

— Monsieur, deux mots, de grâce !

— Madame, une question de prime. Connaissez-vous Prague ?

— Non, Monsieur.

— Ah Madame ! Vous y perdez prou ! Prague est

connue comme la capitale de cette Bohême qui cisèle de si beaux cristaux. Mais c'est aussi une des villes les plus belles et les plus attachantes d'Europe. Les mots me manqueraient, si je voulais exprimer sa beauté, à commencer par le Hradčany...

— Le... ?

— Le Hradčany. Le tchèque, Madame, est une langue imprononçable pour qui n'est pas tchèque. Le Hradčany, c'est le château de Prague. Bâti sur une hauteur, il domine la ville de sa considérable masse, hérissée de tours pointues fort élégantes. Au-dessous de lui s'étagent les églises et les palais d'un quartier ancien, émerveillablement beau, qu'on appelle *Mala Strana*. Ne sentez-vous pas, Madame, le charme et le mystère qui émanent de ces syllabes magiques ? *Mala Strana* s'étend sur la rive gauche de la Vltava et pour passer sur la rive droite, on emprunte le Pont Charles, autre merveille, Madame, et j'oserais le dire, unique au monde.

— Plus beau que le Pont Neuf que notre Henri a construit en Paris ?

— A mon sentiment, notre Pont Neuf est surtout beau, vu des berges de la rivière de Seine. Le Pont Charles, lui, est orné de place en place de statues de saints, tant est que, même quand il n'y passe personne, il paraît peuplé. C'est en cela qu'il est unique : le passé ressuscite pour regarder passer le présent.

— Voilà qui est bel et bon, Monsieur. Mais en quoi Prague regarde-t-il Madame de Lichtenberg qui est comtesse palatine ?

— Madame, ce qui s'est passé à Prague le vingt-trois mai de la présente année 1618 concerne au plus haut point Madame de Lichtenberg, le Palatin, l'empereur, et les Princes évangéliques allemands, l'Autriche, la France, l'Europe enfin... Toutefois, avant que de vous dire ce qui se passa ce vingt-trois mai, permettez-moi, Madame, de remonter deux siècles plus tôt.

— Deux siècles, Monsieur ?

— Deux siècles évoqués en deux minutes, est-ce trop ? En 1411, Madame, Jan Hus, prêtre et recteur de l'Université de Prague, dénonça bien avant Luther et Calvin, ce qu'Etienne de La Boétie devait plus tard appeler « les infinis abus de l'Eglise catholique ». Excommunié, Jan Hus fut cité à comparaître devant le concile œcuménique de Constance convoqué par l'empereur germanique Sigismond. Et comme Jan Hus hésitait à s'y rendre, ledit Sigismond lui signa un sauf-conduit qui devait assurer à Constance ses sûretés. Mais une fois Jan Hus rendu à Constance, Sigismond, sous la pression des prélats et des princes, changea d'avis et révoqua le sauf-conduit, car la prédication de Hus ne se bornait pas à demander la réformation de l'Eglise catholique. Ce réformateur était aussi un patriote hostile à la domination germanique sur la Bohême et aussi un défenseur des peuples contre l'oppression des Grands. En fin de compte, Sigismond le livra à l'Eglise, laquelle l'arrêta, lui fit un procès, le condamna à mort et le brûla vif.

— L'œcuménisme commençait bien !

— Et n'a pas fait depuis, belle lectrice, de grands progrès. Les Hussites à Prague furent horrifiés par le bûcher de Jan Hus et par la trahison de Sigismond, et d'autant plus que régnait en Bohême son frère Wenceslas. En 1418 — il y a tout juste deux siècles, Madame —, les Hussites envahirent un beau matin le Hradčany et se saisissant des conseillers de Wenceslas, ouvrirent les fenêtres du château et les jetèrent dans le vide. Ce fut la première défenestration de Prague.

— Comment cela, Monsieur, la première ? Y en a-t-il eu une seconde ?

— Oui-da ! Deux siècles plus tard ! Il y a une semaine à peine, le vingt-trois mai 1618 — et croyez-moi, cette date, belle lectrice, ne fut pas choisie au hasard car elle était devenue pour les Bohémiens [1] une sorte de commémoration. Ce jour-là, les Luthériens, qui se tenaient pour les descendants spirituels des Hussites, envahirent le Hradčany et défenestrèrent les gouverneurs de l'empereur Mathias.

— Se rompirent-ils les os ?

— Non, Madame. Ils tombèrent sur un tas de fumier. Ce qui fit plaisir à tout le monde : aux Luthériens, qui déclarèrent que c'était là le lit qui convenait le mieux à ces maudits papistes et aux catholiques qui affirmèrent que la Providence avait placé là ce fumier tout exprès pour que les défenestrés ne se fissent aucun mal.

— Et que reprochaient les défenestreurs à l'empereur Mathias ?

— Il avait accordé aux Luthériens de Prague quelques libertés religieuses, mais une fois son pouvoir raffermi, il les leur retira.

— C'était pour le moins malgracieux !

— Mais ce n'était pas tout. L'empereur Mathias soutenait la candidature de l'archiduc Ferdinand d'Autriche à sa propre succession. Un Habsbourg, Madame ! Et dont le confesseur était un Jésuite ! Qu'on fût en Allemagne calviniste ou luthérien, il y avait de quoi concevoir des alarmes !

— Et Madame de Lichtenberg fut alarmée ?

— Furieusement. Et d'autant plus que son cousin, l'Electeur palatin, chef de la Ligue évangélique, était lui-même candidat à l'Empire. Madame de Lichtenberg augurait donc que la guerre entre protestants et catholiques était imminente en Allemagne et prophétisait la défaite des siens. C'est ce que, nos tumultes dans le clos du baldaquin une fois apaisés, elle me dit à voix entrecoupée en versant des larmes et en m'annonçant du même coup qu'elle partait pour Hei-

---

1. On entend par là au XVIIᵉ siècle les habitants du royaume de Bohême qui sont des Tchèques. *(Note de l'auteur.)*

delberg pour y vendre ses biens, fût-ce à perte, cui-
dant que, de toutes manières, ils seraient perdus.

— Et vous fûtes, j'imagine, fort chagrin de ce
départ ?

— Oui, Madame, car j'augurai, moi, que ses biens,
en un temps si troublé, étant difficiles à vendre, je
demeurerais longtemps sans la voir.

— Pour ne vous rien céder, je me consolerais si
vous me deviez parler davantage de Louis et moins
d'elle.

— Ah ! Madame ! Je n'invente pas l'Histoire ! J'en
suis mois après mois les méandres. Et si je ne vous
parle point pour l'instant de Louis, c'est qu'il faut
attendre que le coquelet devienne coq, et apprenne un
métier difficile : celui de roi. Il écoute, il hésite, il
tâtonne, et parfois, il se trompe.

— Il se trompe ?

— En l'occurrence, il ne soutint pas les protestants
d'Allemagne.

— Et pourquoi les devait-il aider, lui, si pieux
catholique ?

— Parce qu'il y allait de l'intérêt de son royaume.
C'est, de reste, ce que son père eût fait à sa place. Et ce
que Richelieu, s'il avait été alors son ministre, lui
aurait à coup sûr conseillé.

— Quoi ? un évêque, aider des protestants ?

— Oui-da, pourvu que ce fussent des protestants
allemands. Tous ceux qui subissaient le pouvoir des
Habsbourg n'étaient-ils pas nos alliés naturels ?

— Voilà bien nos grands Machiavels ! Ils lorgnent
loin, très loin au-delà des frontières, alors que notre
pauvre petite reine est encore pucelle et que la France
demeure sans dauphin.

— Ah ! Madame ! Vous touchez là un point infiniment délicat ! On peut à la rigueur forcer une fille,
mais comment forcer un homme à user de son
guilleri, si quelque embarras de cervelle lui noue les
aiguillettes ?

138

— Pourtant, Monsieur, la gravité dynastique de cette défaillance...

— ... n'échappe à personne. Pour tout autre gentil-homme de France ou de Navarre, l'échec en ce domaine serait à vergogne, voire à déshonneur et entraînerait un drame domestique. Mais pour le roi de France, c'est une affaire d'Etat. Et croyez-moi, il y a plus d'un gentilhomme en France et hors de France qu'elle tabuste et qu'elle désommeille.

*
* *

Plaise à vous, lecteur, de bien vouloir m'excuser si, dans le récit que je vais tenter des relations difficiles, et voire même dramatiques, entre Anne d'Autriche et Louis, je reprends d'aucunes choses que j'ai déjà contées dans le volume de mes Mémoires précédant celui-ci. Mais je ne peux, de force forcée, que je ne le fasse, désirant brosser de ces rapports un tableau si complet que je fusse assuré de ne rien omettre. Le jeu en vaut la chandelle, puisque de ce qui se passa ou ne se passa point entre Louis et la petite reine dépendit pendant quatre longues années la fortune de France.

Dans le clos de notre librairie, loin des oreilles de notre Mariette, nous avons longtemps évoqué, mon père, La Surie et moi, le désastre de cette nuit de noces du vingt-cinq novembre 1615, ainsi que les raisons, proches ou lointaines, profondes ou fortui-tes, qui le pouvaient expliquer.

La Surie, chez qui la conversion au catholicisme, imposée par les circonstances, n'avait en rien éradi-qué la profonde aversion huguenote pour la confes-sion auriculaire, soutenait que toute la faute devait en retomber sur le père Cotton qui avait émasculé son catéchumène, en lui râtelant de la pique du jour au coucher du soleil que Satan c'était la chair et que la chair, c'était la femme.

Il est vrai que cette semence-là tombait sur un caractère entier et consciencieux, et avait développé une rigueur, voire même une rigidité dont Louis devait donner des preuves toute sa vie. Elle devait, en tout cas, lui inspirer, en particulier, une invincible horreur pour l'adultère, qu'elle fût pratiquée par d'autres, ou qu'il l'appréhendât pour lui-même comme une tentation. Bien des années plus tard, le premier duc de Saint-Simon, alors jeune écuyer, me conta que lorsque Louis tomba amoureux de Mademoiselle d'Hautefort, il offrit au roi, voyant que Sa Majesté ne faisait rien pour obtenir les faveurs de sa belle, de s'entremettre entre elle et lui. Louis fut excessivement offensé par cette proposition et gela le bec de l'étourdi en lui disant d'un air fort sourcilleux :

— Il est vrai que je suis amoureux de Mademoiselle d'Hautefort, que je parle d'elle volontiers et pense à elle davantage encore et il est vrai aussi que tout cela se fait en moi, malgré moi, parce que je suis homme et que j'ai cette faiblesse. Mais plus ma qualité de roi me peut donner de facilité à me satisfaire, plus je dois être en garde contre le péché et le scandale. Je pardonne pour cette fois à votre jeunesse. Mais qu'il ne vous arrive jamais de me tenir un pareil discours, si vous voulez que je continue à vous aimer [1].

Comment ne pas conclure de cette confession que Louis ne demeurait pas insensible aux charmes du *gentil sesso* et que s'il ne leur cédait pas, c'est qu'il était cet être si rare à la Cour de France, et plus encore, en la longue lignée de nos rois : un homme vertueux. Je le dis sans gausserie, ni rabelaisienne dérision. Bien le rebours, j'admire fort chez Louis cette fidélité à sa foi et à soi, et d'autant plus que je ne la possède guère, comme on l'a vu.

Mon père, en évoquant l'attachement flagrant du roi pour Madame de Luynes, arriva aux mêmes conclusions. Il n'y avait pas à se tromper, dit-il, aux regards que quasi naïvement, il laissait s'attarder sur elle. Il l'aimait et il la désirait, dit-il, mais il se voulait

1. Saint-Simon, *Mémoires*, Librairie Tallandier, t. I, p. 49.

impollu, et il l'eût voulue chaste. D'où sa terrible ire, quand elle s'alla fourrer sans tant languir dans la couchette du duc de Chevreuse. Si Louis avait vécu aux temps bibliques, à peu qu'il ne l'eût le premier lapidée.

— Monsieur le Marquis, dit La Surie, si je vous en crois, Louis ne ressentait pas cet éloignement des femmes qu'on lui prête à l'accoutumée à partir de quelques mots prononcés en ses maillots et enfances. Mais alors, comment expliquer que, la reine étant si jolie, si jeune et si fraîchelette, et le sacrement de l'Eglise la lui ayant donnée pour femme, il ne remplisse pas tout de gob avec elle son devoir d'époux et son devoir de roi ? Sa vertu ne plaidait-elle pas alors pour cet accomplissement ?

— Mais, dit mon père, coqueliquer est un acte difficile pour qui ne l'a jamais fait, surtout quand on a quatorze ans et qu'il le faut faire avec une garcelette du même âge, tout aussi ignorante que son époux et au surplus, sans aucun doute, pleine d'appréhension.

— A mon sentiment, dis-je, la puissante aversion que Louis ressent pour tout ce qui est espagnol dut jouer un rôle dans cet échec. Louis n'ignore pas que les épines et les épreuves dont la France a pâti sous le règne de son père et le règne précédent lui sont toutes venues de ce côté-là. Il n'ignore pas davantage que si son père avait vécu, il ne l'aurait jamais marié à une Infante, et ce choix même, qui est le fait de sa mère, il le tient pour une trahison. C'est pourquoi il a si mal accueilli les cadeaux qui lui furent faits par le roi d'Espagne quand on le fiança à sa fille. Je vous l'ai jà conté, mon père. Il s'agissait de peaux parfumées et de cinquante-quatre paires de gants. Louis les considéra d'un air fort dédaigneux et dit : « J'en ferai des colliers pour mes chiens et des harnais pour mes chevaux. »

— Il faudrait ajouter, dit mon père, une coïncidence des plus malencontreuses. Anne d'Autriche est entrée dans la vie de Louis alors que sa sœur Elisabeth le quittait à jamais pour devenir reine d'Espagne. Cette séparation qui, pendant de longues semaines, lui retira l'appétit et le sommeil, ne put qu'elle ne colorât d'une teinte funeste l'arrivée de la petite reine. L'Espagne blessait Louis deux fois : elle lui enlevait une sœur bien-aimée, et lui donnait en échange une épouse dont il ne voulait pas.

— Mais si seulement, dis-je, la reine-mère avait laissé à ce fils peu aimé le temps qu'il eût fallu pour s'acclimater à la nouvelle venue, et se remettre de son deuil fraternel ! Mais comment aurait-elle pu aller jusqu'à concevoir cette idée délicate, alors qu'elle avait si peu ressenti le départ de sa fille aînée. En fait, elle mena l'affaire de la nuit de noces tambour battant avec sa brutalité coutumière. A peine la petite reine eut-elle le temps de se reposer de ce long et cahotant voyage que la régente ordonna que l'on confirmât le mariage par procuration (qu'on avait célébré à Burgos) par une grande messe à Saint-André. Comme bien vous savez, mon père, je fus de ceux qui y assistèrent. Jamais messe ne me parut plus longue, car je savais que Louis s'était levé le matin avec le mal de tête dont il avait pâti depuis le partement de sa sœur bien-aimée. J'appréhendais, en conséquence, qu'il ne se ressentît prou de cette cérémonie dont la tradition voulait que la liturgie fût interminable et pour les époux, épuisante. Et en effet, à peine prit-elle fin qu'il prit congé des deux reines — celle que l'Espagne lui avait donnée, et cette mère qui l'était si peu — et se hâta de gagner à grands pas ses appartements du Louvre où il dit à Héroard d'une voix étouffée de fatigue qu'il s'allait coucher sans manger. Il se mit incontinent au lit avec un grand soupir. Mais hélas, à peine y était-il depuis un petit quart d'heure — et lui voyant la paupière lourde, nous l'allions laisser à son repos — que, précédé d'un grand bruit, le Grand Chambellan, oiseau de triste augure, apparut et, après je ne sais combien de courbettes et de génuflexions, dit au roi d'une voix stentorienne que d'ordre de la régente, il devait se relever, se vêtir, souper, et après souper, consommer son mariage.

Je trouvais dans ce commandément je ne sais quelle malignité secrète, car la régente n'avait pu manquer d'apercevoir combien pendant toute la cérémonie du mariage, son fils avait la mine lasse et, de par tous les Dieux ! en était-on à un jour ou deux près ? Si on ne l'avait pas consulté sur le choix de l'épouse, ne pouvait-on au moins lui laisser le choix du moment pour faire d'elle sa femme ? La régente ne pouvait-elle se ramentevoir combien le jour de ses propres noces, elle avait été blessée par la hâte et la brutalité d'Henri IV, pleurant le lendemain des larmes grosses comme des pois ? Et *milledious* ! (comme disait mon grand-père) la petite reine dans tout cela ? Epuisée tant par la longueur de la cérémonie que par le poids des vêtements d'apparat et de sa couronne, n'avait-elle pas, elle aussi, besoin de repos pour affronter cette nouvelle épreuve ?

— Quant à moi, dit La Surie, je me pense (et je vous dis tout de gob, et à la franche marguerite ce que je pense) que la régente escomptait un échec. Tant parce qu'en humiliant Louis, elle ébranlait une fois de plus sa confiance en soi que parce qu'elle craignait qu'une bonne entente entre la petite reine et lui pût à la longue menacer son propre pouvoir.

— Ce n'est qu'une conjecture, dis-je, assez surpris de m'entendre dire cela, car en mon for, je ne laissais pas de donner raison à La Surie.

— Mais l'histoire tout entière n'est que conjectures, dit mon père avec un sourire. Car si on voulait s'en tenir aux faits nus, on se résignerait à n'y entendre jamais rien.

*
* *

Quoi qu'il en soit, lecteur, le pauvret, sur l'ordre de sa mère, se leva de son lit sans un mot, soupa du bout des lèvres, blême de peur et de vergogne. Puis la régente le venant trouver, et Berlinghen le précédant, portant le bougeoir devant lui, il se dirigea vers les appartements de la petite reine comme s'il allait poser la tête sur le billot de l'exécuteur. La suite, vous la connaissez. Y compris le compte rendu qu'en fit la régente qui, ne craignant pas d'ajouter le ridicule à l'odieux, publia le lendemain un communiqué — monument d'impudence, de bêtise et d'indélicatesse dans lequel il était annoncé, triomphalement, que le roi, par deux fois, avait consommé son mariage. Toute la Cour entendit aussitôt que si ce document avait été véridique, sa rédaction n'eût pas été nécessaire... Derrière la main ou derrière l'éventail, on ne fit qu'en gausser.

Quant à mon petit roi de quatorze ans, le lendemain et les jours qui suivirent, il garda là-dessus bouche close et face imperscrutable, comme il avait fait pour toutes les avanies et les humiliations dont il avait pâti depuis la mort de son père.

Je dois confesser ici que lorsqu'il se fut, en 1617, débarrassé de Concini et de la reine-mère, le premier par la mort, la seconde par l'exil, j'eus l'espoir, tant je le voyais redressé et portant haut la crête, qu'il allait du même trot tenter derechef de faire ses preuves auprès de la petite reine.

Mais, mois après mois, l'année 1618 s'écoula tout entière, sans qu'il prît de ce côté-là la moindre initiative. Louis était assidu au Conseil des affaires, s'entretenait avec ses secrétaires d'Etat dès qu'ils lui en faisaient la demande, recevait les ambassadeurs étrangers, manœuvrait ses soldats, écoutait la comédie, se livrait avec passion à la chasse et, le soir, passait des heures à s'entretenir affectueusement avec Luynes. A la petite reine il concédait une visite de cinq minutes par jour, ne l'invitait jamais à dîner, ne l'emmenait jamais en voyage, et ne partageait pas sa couche.

Pendant toute cette année 1618 où il ne se passa rien, grande fut l'agitation en Paris parmi certains des ambassadeurs étrangers, quoiqu'elle fût fort chuchotée et à mots couverts.

Dès que la déquiétante nouvelle lui parvint et qu'il fut convaincu que les mois s'ajoutant aux mois, l'affaire ne s'arrangeait pas, Philippe III se sentit fort offensé dans sa dignité royale, son *pundonor* [1] espagnol, et son affection paternelle. Car il chérissait sa fille infiniment plus que Marie de Médicis n'aimait la sienne.

Ce que, au reçu des lettres de Monteleone, Philippe III écrivit, ou prescrivit, alors à son ambassadeur n'est pas connu, mais on peut le conjecturer d'après le zèle point toujours discret que le Grand d'Espagne déploya alors. Il alla trouver le nonce et là, en présence du père Arnoux, confesseur du roi, le trio confabula.

— Messieurs, dit le duc avec hauteur, mon maître ne peut point tolérer qu'un affront si grand et témoignant d'un tel mépris continue d'être fait à l'aînée de ses Infantes.

— Monseigneur, protesta aussitôt le père Arnoux, il ne s'agit pas, Dieu merci, de mépris, mais d'une vergogne si profonde qu'elle empêche Louis de ressentir les aiguillons de la chair.

— Il se pourrait aussi, dit le nonce Bentivoglio (dont la pureté de mœurs en Italie passait pour exceptionnelle), que Louis, n'ayant jamais eu la moindre amourette, n'ait point l'expérience qu'il faut pour savoir ce qu'il a à faire, et comment.

— Eh quoi ? dit rudement Monteleone, n'a-t-il pas vu un étalon à l'œuvre dans son haras ?

— Monseigneur, dit doucement le père Arnoux avec un fin sourire, l'étalon est aidé, d'abord par le boute-en-train, et ensuite par la main de l'Ecuyer...

D'après Fogacer, le trio se sépara sans avoir rien résolu, et le duc de Monteleone s'en fut fort mécontent et du père et du nonce, les trouvant scrupuleux à

1. Point d'honneur (esp.).

l'excès et passablement timorés. C'est alors, sans doute, que dans son zèle à servir Philippe III d'Espagne, germa dans son esprit l'idée de faire directement auprès du roi cette démarche qui fit jaser l'univers, dès qu'elle fut connue.

Belle lectrice, avant que d'aller plus loin, je ne voudrais pas que vous jugiez le duc de Monteleone sur ce pas de clerc que je vais conter et qui est demeuré fameux dans les annales de la diplomatie. Car c'était, à la vérité, un homme fort honorable, vertueux et même austère. Son physique en témoignait, qui lui donnait l'air davantage d'un ascète que d'un duc. Il était grand avec aussi peu de chair qu'il est humainement possible d'avoir sur les os, un visage chevalin, un nez long quelque peu courbe qui paraissait tomber sur des lèvres minces, les joues creuses et sillonnées de rides profondes, et des yeux à la fois sévères et tristes qui paraissaient indiquer que le duc se traînait à contrecœur en notre vallée de larmes dans l'attente impatiente des félicités éternelles.

Monteleone vint trouver Monsieur de Bonneuil et quit de lui une audience avec Sa Majesté sur un ton si tragique que Bonneuil se demanda si l'entrevue qu'il demandait ne présageait pas quelque nouvelle tension avec l'Espagne. Et au lieu de passer par le truchement coutumier du secrétaire d'Etat aux Affaires étrangères, Monsieur de Bonneuil communiqua incontinent au roi la demande de l'ambassadeur et sur un ton si ému que Louis l'accorda tout de gob. Pour la bonne intelligence de ce qui va suivre, belle lectrice, permettez-moi de préciser qu'en vertu du contrat signé avec Madrid, l'ambassadeur d'Espagne, quel qu'il fût, devenait *ipso facto* majordome de la maison de la reine de France et avait, en conséquence, ses entrées libres en ses appartements : privilège exorbitant et abus quasi incrédible que la régente, malgré l'avis de ses ministres, avait eu la sottise, au moment de la signature du contrat, d'accepter. Il ne lui était pas venu dedans l'esprit que l'ambassadeur d'un pays le plus souvent hostile à notre politique disposait par là même sur l'épouse du roi de France de la plus dangereuse influence.

Pour en revenir à notre histoire, j'ai déjà noté que Louis, lorsqu'il recevait un ambassadeur, l'accueillait avec une scrupuleuse politesse. Il se levait, il allait à sa rencontre, et le saluait à plusieurs reprises en soulevant son chapeau. Cependant, comme je l'ai conté au chapitre premier du livre que voilà, il avait déjà eu maille à partir avec le duc de Monteleone, lequel avait fait preuve, au cours d'une audience, d'une très disconvenable insolence.

Louis, quand il reçut ce jour-là Monteleone, fit preuve moins de froidure que de sa coutumière impassibilité, étant surtout surpris d'une demande d'audience si pressante et dont le propos n'avait pas été précisé. Sa surprise augmenta quand l'ambassadeur qui, d'ordinaire, ne faillait pas en assurance, parut hésiter à formuler l'affaire qui l'amenait, multipliant les compliments protocolaires au lieu d'entrer dans le vif du sujet.

— Monsieur, dit enfin Louis, voulez-vous, de grâce, me dire de quoi il s'agit ?

Je ne sais si Monteleone avait appris son rollet à l'avance, mais cette question abrupte parut le prendre sans vert et il dit tout uniment et sans phrase :

— Sire, mon Maître le roi d'Espagne a conçu des alarmes au sujet du délaissement de la reine.

— La reine, Monsieur, dit le roi sèchement, n'est pas délaissée. Elle reçoit tous les égards et les honneurs dus à son rang. Et je la visite deux fois par jour.

Cette réplique fut suivie d'un assez long silence et comme le roi continuait à se taire, l'ambassadeur reprit :

— Mon Maître, Sire, entend par délaissement que le mariage n'est toujours pas consommé.

— En effet, il ne l'est pas, dit Louis sans que bougeât d'une ligne sa face imperscrutable.

— Toutefois, Sire, il y aurait danger à surseoir davantage.

— J'en suis seul juge.

— En effet, Sire, dit Monteleone en s'inclinant profondément. Toutefois, on pourrait trouver des moyens pour remédier à cette surséance.

— Quels moyens ?

— Sa Majesté la Reine n'a que dix-sept ans. Elle a été élevée avec beaucoup de soins et dans une sainte ignorance de la façon dont la vie se transmet.

— Je n'en doute pas, dit Louis.

— Mais dans une certaine mesure, reprit l'ambassadeur, l'ignorance d'une vierge peut être dommageable à l'époux que Dieu lui a donné.

— Je ne vous entends pas, Monsieur.

— Je veux dire, Sire, qu'une femme plus experte connaîtrait les moyens par lesquels Notre-Seigneur permet à une épouse aimante d'attiser les désirs de son mari.

— Cela se peut, dit Louis roidement.

— Mais si tel est le cas, Sire, pourquoi une dame veuve appartenant à la suite de Sa Majesté la Reine ne lui apprendrait-elle pas les moyens que je dis ? Il n'y faudrait que votre permission.

— Mais je ne le permettrai jamais ! dit Louis en rougissant à la fois de colère et de vergogne.

Et se levant à demi de sa chaire, il souleva à demi son chapeau, et dit d'une voix glaciale :

— Monsieur, notre entretien est terminé.

Encore que Louis demeurât bouche cousue sur cette audience, il n'est pas sorcier d'augurer qu'il trouva insufférable l'intervention de Monteleone et qu'elle n'augmenta pas le peu d'amour qu'il portait aux Espagnols. Il était pourtant loin, bien loin d'imaginer que quelques semaines plus tard, il aurait à subir de ce côté-là un assaut plus rude encore.

Le lecteur se ramentoit sans doute que le contrat de mariage avait prévu pour la reine une suite d'une trentaine de dames d'honneur de son pays. Quand on reçut Anne sur la Bidassoa, on fut épouvanté : les dames espagnoles étaient plus de cent. De peur d'affronter Philippe III, on n'osa renvoyer le surplus, quoiqu'il posât de grands problèmes, car il fallut loger et nourrir toutes ces oiselles inutiles, et bien pis qu'inutiles, comme elles s'avérèrent bientôt. Jeunes pour la plupart, libérées de l'étiquette étouffante de la Cour espagnole, et se sentant en France comme en pays conquis, leur sang chaleureux les portait à des conduites désordonnées, à de petites chatonies, voire même à de pendables tours. Elles s'introduisaient au Louvre en des appartements dont l'huis n'était point clos, enlevaient les clés des coffres, les jetaient dans les douves. Mieux même, au château de Blois, d'aucunes se hasardèrent chez le roi lui-même en son absence, ouvrirent la cage d'une linotte dont il était raffolé, s'en emparèrent et ce qu'elles en firent, nul ne le sut jamais : on ne la retrouva pas.

Enfin, en présence de Sa Majesté, elles riaient et clabaudaient sans fin derrière leurs éventails qui, même en hiver, ne les quittaient jamais, ondulaient des hanches, bombaient les tétins et dardaient sur les officiers ·royaux (dont j'étais) des œillades enflammées. Louis ne pouvait qu'il ne détestât ces manières dévergognées et il avait pris ces Espagnoles en aversion tant profonde que traverser cette volière de pies voleuses et jacassantes pour visiter la reine lui paraissait chaque jour plus pénible. Ce fut bien pis quand un jour, l'arrêtant dans sa marche alors qu'il se rendait chez leur petite maîtresse, elles s'avisèrent de l'entourer, de l'assiéger et de lui bailler je ne sais combien de coups de bec, se plaignant avec véhémence qu'il négligeât son épouse, d'aucunes ajoutant même en espagnol : *El hombre che no toca a su mujer no vale nada* [1]. Le roi le prit très à la fureur et, pour une fois, incapable de réprimer son ire, s'emporta en paroles furieuses et se retira sans visiter la reine, bien

1. Un homme qui ne touche pas sa femme ne vaut rien (esp.).

résolu à exiger de Philippe III le retour à Madrid de ces « putains ». Ce fut la seule fois où je l'ouïs prononcer ce mot, mais je ne doute pas qu'avant de le laisser passer l'enclos de ses lèvres, il dut plus d'une fois le prononcer en son for.

★
★ ★

Le père Arnoux, qui avait cent yeux comme Argus, et pour le moins autant d'oreilles, avait observé le faux pas du duc de Monteleone avec un sourire de compassion, et le furieux assaut du gynécée espagnol contre le roi avec un haussement d'épaules. Bien qu'il se considérât, en tant que Jésuite, comme « un soldat du Christ », il était profondément hostile aux solutions violentes, leur préférant des moyens doux et insinuants, précédés par un lent travail d'approche.

Il était parvenu à occuper une position de grande conséquence entre Sa Majesté et Luynes : depuis le coup d'Etat du vingt-quatre avril, il les confessait l'un et l'autre. C'est le père Cotton qui, avant cette date, dirigeait la conscience du roi. Mais jugeant sa position très compromise après la chute de la reine-mère, le bon père préféra prendre de soi sa retraite plutôt que d'encourir une disgrâce. Mais, belle lectrice, vous pensez bien que la Compagnie de Jésus n'allait pas laisser la conscience du roi aller à vau-l'eau, j'entends sans confesseur issu de ses rangs. Or, il se trouvait qu'un autre Jésuite, le père Arnoux, dirigeait Monsieur de Luynes et cela avec toutes les satisfactions du monde, pour la raison que Luynes admirait, vénérait et redoutait la Compagnie de Jésus, dont il devait soutenir ardemment les intérêts au moment où le Conseil des affaires se demanda s'il fallait permettre la réouverture en Paris du collège des Jésuites. Et le père Cotton ayant quitté la Cour avec une humilité exemplaire, que pouvait faire Luynes sinon écouter d'une oreille docile les chuchotements de son confesseur et proposer à Louis qu'il remplaçât le père Cotton par le père Arnoux ?

Ce que fut le travail que le père Arnoux accomplit auprès de Luynes et du roi, j'en eus quelque idée par Fogacer, lequel a plus d'une fois traversé ces Mémoires et celles de mon père, de sa longue silhouette arachnéenne, portant haut une tête à laquelle des sourcils noirs remontant vers les tempes donnaient un air quelque peu diabolique. Et diable, Fogacer ne le fut point en ses jeunes années que par les sourcils ! Car ses mœurs et son athéisme l'avaient mis plus d'une fois en grand danger d'être brûlé. Cependant, s'étant, avec l'âge, assagi, et renonçant aux diablotins bouclés dont il était raffolé, il était rentré dans le giron de l'Eglise et si avant qu'il s'était fait prêtre. Ses insignes talents l'avaient alors attaché en tant que médecin et secrétaire au cardinal Du Perron. Toutefois, en l'année 1618 qui est celle où nous sommes, le cardinal mourut et sa mort eût laissé Fogacer sans protecteur si le nonce apostolique, remarquant sa finesse et son entregent, n'avait pas jugé bon de l'employer comme intermédiaire entre lui-même et le père Arnoux, lequel le nonce n'eût pu rencontrer trop souvent sans le compromettre aux yeux de son royal pénitent.

Toutefois, dans ses entretiens avec moi, Fogacer s'exprimait de façon si prudente et si conjecturale que je ne puis donner pour absolument sûr ce qu'à cette occasion il me laissa entendre.

— N'est-il pas étonnant, lui dis-je, que Luynes, depuis le coup d'Etat, ne se soit pas davantage attaché à rapprocher Louis de sa petite reine, lui qui pourtant, en 1616, les avait tous deux invités en son château d'Amboise ? Date mémorable, puisque ce fut à cette occasion que Louis et Anne, mariés depuis un an, mangèrent pour la première fois ensemble...

— Les circonstances changent, dit Fogacer avec un soupir, et avec elles, les plans et les projets des hommes. En 1616, un rapprochement entre Louis et la petite reine eût pu faire, aux yeux de Luynes, contrepoids à l'énorme pouvoir de la régente. Mais en 1617, avec l'exil de la régente, l'utilité d'un tel contrepoids a bien pu disparaître aux yeux d'un Luynes, parvenu entre-temps au zénith de sa faveur.

— Incline-t-il, ce jour d'hui, à changer d'avis ?

Fogacer sourit de son lent et sinueux sourire.

— Il se pourrait. Le père Arnoux doit naturellement le pousser dans le sens de la consommation du mariage, laquelle est passionnément désirée par le nonce, le roi d'Espagne et la Compagnie de Jésus, et aussi par tous les bons sujets du roi.

— Eh bien ?

— Que signifie cet « Eh bien ? », mon jeune ami ? dit Fogacer avec un petit rire.

— Le père Arnoux a-t-il des chances d'y parvenir ?

— Il se heurte à des difficultés.

— Nées des répugnances insurmontables du roi à la suite de l'échec de sa nuit de noces ?

— Des répugnances insurmontables ? dit Fogacer, avec un petit brillement de son œil noisette. Voilà qui est intéressant ! D'où tenez-vous cette expression, mon ami ?

— Mais, dis-je non sans prudence, c'est ce que j'éprouverais moi-même, si j'étais à la place du roi.

— Ah ! Mais vous ne sauriez être à sa place, jeune et bouillant Siorac ! dit Fogacer. Le moindre vertugadin vous émeut ! Et même à dix toises, la vue d'un tétin vous grise ! Quoi qu'il en soit, Louis éprouve d'autres répugnances que celles que vous avez dites.

— Lesquelles ?

— Vous les connaissez comme moi.

— Mais encore ?

— Avec cet ambassadeur qui, quotidiennement et à toute heure, a libre accès à sa femme, et d'autre part, cette centaine de dames ibériques qui le méprisent ouvertement, quoi d'étonnant si le roi tient les appartements de la reine pour une petite Espagne où il n'a guère envie de s'aller fourrer.

— Mais, dis-je au bout d'un moment, n'y a-t-il pas là matière à un petit bargouin ?

— Un bargouin ? dit Fogacer en arquant son sourcil diabolique. Entre qui et qui ?

— Mais entre le roi et le père Arnoux.

— Nenni, le roi est le roi. Il ne barguigne point.

— Alors, entre Luynes et le père Arnoux ?

— Siorac, vous êtes un futé. Et quel serait l'objet de ce petit bargouin en votre estimation ?

— Supposons que Luynes dise au père Arnoux : « Obtenez de Madrid, par l'intermédiaire du nonce, qu'il rappelle cet ambassadeur malotru et qu'il rappelle ensuite en leur chaleureux pays les dames scandaleuses, alors, ayant contenté Louis sur ces deux points, je serais plus à même de le pousser à parfaire son mariage. »

— Siorac, dit Fogacer en riant à gueule bec, ce qu'il y a de plaisant chez vous, c'est que vous ne vous contentez pas de poser des questions pertinentes. Vous faites mieux : vous y répondez.

— Et les réponses sont-elles aussi pertinentes ?

— L'avenir le dira, dit Fogacer en se refermant comme une huître.

L'avenir, en tout cas, prit tout son temps pour le dire, car pour l'instant, Louis était si encoléré contre Monteleone, et contre les dames espagnoles, que c'est à peine si Luynes pouvait obtenir de lui qu'il allât visiter la pauvre petite reine cinq minutes par jour. Néanmoins, le bon travail du père Arnoux portait déjà ses fruits. Le favori se trouvait maintenant tout entier gagné au rapprochement des deux époux, et d'autant plus que Madame de Luynes étant devenue la plus proche amie d'Anne d'Autriche, une union plus intime entre époux ne pouvait qu'elle ne favorisât davantage encore la faveur du favori.

Luynes travailla donc à rapprocher les deux époux et voici comment il s'y prit. Louis lui ayant donné le château de Lesigny-en-Brie, il y courut, et de retour, il fit briller devant les yeux royaux les séductions d'un giboyeux pays plein d'étangs, de rivières et de forêts ; ainsi que les fort aimables sites et villes des alentours. C'était tenter Louis deux fois. Raffolé de chasse, il aimait aussi, plus qu'aucun des rois de France qui l'avaient précédé, visiter les provinces de son royaume, tant est que fort peu mécontent, de reste, de s'éloigner du Louvre et de la petite Espagne, il accepta avec allégresse l'invitation d'aller passer quelques jours dans le château de son favori. En fait, il y séjourna plus d'un mois, du onze septembre au vingt-six octobre, et y fêta l'anniversaire de ses dix-sept ans.

Je fus du voyage et, tout du même, me demandai ce que le roi faisait là (et nous aussi) quand le quinze septembre, à ma grande joie et surprise, la petite reine arriva avec une suite réduite — Dieu merci ! — à sa plus simple expression. Et comme il me parut impossible que Luynes l'ait invitée sans que le roi y consentît (et comment eût-il pu refuser cette requête, puisque l'épouse de son favori suivait partout la reine ?), j'entendis que Luynes avait adroitement organisé ce bec à bec du couple royal, comme déjà en 1616 celui d'Amboise, dans l'espoir de rapprocher les deux époux. Toutefois, quand Anne d'Autriche descendit de son carrosse, Louis assurément la reçut avec la plus grande courtoisie, mais sans que son visage trahît le moindre émeuvement.

Luynes redoubla d'efforts. Lesigny ne comportant pas de chapelle, il fit ériger un autel dans les appartements de la reine, tant est que pour ouïr la messe — ce à quoi Louis ne faillait jamais tous les jours que Dieu fait —, il dut le faire au côté de sa reine dans deux chaires à bras également chamarrées. Je ne pouvais voir le couple royal tant qu'il était assis, mais dès qu'il se levait, je n'avais pas assez d'yeux ni de regards pour l'observer. Je les trouvais l'un et l'autre fort jeunes et fort beaux, bien qu'ils fussent juxtaposés, plutôt que véritablement ensemble. Anne, il est vrai, jetait quand et quand à son mari de petits coups d'œil furtifs, mais cet aimant restait sans force sur cette limaille-là et pas une fois Louis ne tourna la tête vers elle. Ainsi se tenaient debout, devant la petite cour de Lesigny, et suscitant la pitié plutôt que la dérision, ce roi vierge et cette reine pucelle, qui n'étaient mari et femme que pour l'Eglise. Pourtant, s'ils oyaient la messe côte à côte, c'était bien dans l'esprit de Luynes pour que Louis se ramentût qu'il avait fait le serment devant le Très-Haut d'aimer et d'honorer sa femme.

Mais tout fut vain, y compris les messes quotidiennement écoutées l'un près de l'autre. A peine le chapelain avait-il prononcé l'*Ite missa est* que Louis prenait congé de sa femme et partait en carrosse ou à cheval, soit qu'il allât visiter les alentours, soit qu'il chassât.

La Brie étant un pays qui ne faille point, comme j'ai dit, en étangs et en rivières, Louis, pour une fois, ne courut pas le cerf, mais s'amusa à aller sur l'eau en barque, et là, il tirait à l'arquebuse les poules d'eau que l'embarcation faisait s'envoler devant elle. Mais trouvant l'exploit indigne de lui, il préférait parfois, sur la terre ferme, viser des oiseaux plus petits avec une arbalète qui tirait, non des *carreaux*, mais des *jalets* [1]. Je me souviens m'être émerveillé de son adresse quand, enfant, et visant de sa couche, il ne lui fallait pas plus d'un jalet pour atteindre et éteindre sa chandelle en ne touchant que la mèche. Mais ce jour d'hui, je regardais ces petits oiseaux choir des branches avec un sentiment de tristesse. Il me semblait qu'on eût mieux fait, en ses enfances, de lui apprendre, ou de lui permettre d'apprendre à aimer de corps et d'âme le *gentil sesso* plutôt que l'instruire à ces petits massacres en lui laissant croire que c'était par là qu'on devenait un homme.

Comme toujours, le roi ne se ménageait guère dès qu'il chassait, couvrant à pied des lieues, ne tenant

---

1. On appelait *carreaux* les flèches tirées par les arbalètes (arme à l'époque archaïque et utilisée seulement pour la chasse) et *jalets* de petits cailloux ronds destinés à de petites proies.

aucun compte de sa fatigue, de la faim, des intempé-
ries. Je l'ai vu revenir à Lesigny à la nuit tombée,
épuisé, mouillé comme un caniche, et refuser de se
laisser essuyer. Toutefois, au milieu du jour, s'il tombait sur une maison hospitalière et bien garnie, il se
jetait comme rapace sur les viandes. Je l'ai vu, en une
de ces occasions, dévorer à la queue leu leu dix
pigeonneaux en ne laissant que les os tout à plein
récurés. Le soir, l'estomac lourd, il jeûna. Il arrivait,
bien entendu, que la nature lui fit payer roidement ses
mangeailles gargantuesques. Je l'ai vu un soir assis
devant le feu tout soudain frissonner de froid et le
lendemain, à la messe, il blêmit tout soudain, se pâma
presque, puis se remit, la face couverte de sueur. On le
ramena dans ses appartements et le docteur Héroard
lui proposa tout de gob le remède qui guérissait à ses
yeux tous les maux : le clystère.

— Oh ! Pour cela ! dit Louis, si c'est un flux de
ventre que je voulais, je l'aurais quand et quand. Si je
me retiens, c'est de peur que vous ne trouviez pas bon
que j'aille ensuite à la chasse.

— Ah ! Sire ! dit le docteur Héroard, plaise à vous,
de grâce, de ne point vous retenir davantage !

Et sur un signe qu'il leur fit, les valets apportèrent la
chaire à affaires (qu'on ne nomme plus la *chaire percée* sur les instances pudibondes de la marquise de
Rambouillet), et le roi, *deposuit onus ventris* [1],
comme disent les raffinés. Quoi fait, il parut tout
rebiscoulé. Et fort gai derechef, il partit pour la
chasse, au cours de laquelle, je gage, il se livra aux
mêmes excès que la veille.

Ce qui me frappa dans cet incident fut la conscience avec laquelle Louis se conformait aux pres-
criptions d'Héroard : il ne s'avisait même pas qu'il eût
pu passer outre à son interdiction d'aller chasser. Vers
la fin de sa vie, fort malade déjà, il se rendit compte
que l'infortune d'un roi, *c'est qu'il est trop soigné.*

1. Déposa le fardeau de son ventre (lat.).

Héroard, assurément, l'aimait, mais dans un aveugle amour, il lui donnait en effet trop de drogues, de clystères et de purges. Louis qui, en souverain absolu, commandait à la France entière, obéissait, hélas ! à son médecin.

Un bon soldat ne part pas en campagne sans biscuits : Louis et Luynes n'avaient eu garde d'oublier au Louvre le père Arnoux. Mais, chose étrange, alors même qu'il était fort pieux, Louis obéissait plus promptement au médecin du corps qu'à celui qui soignait son âme. Au père Arnoux qui le pressait quasi quotidiennement de « parfaire enfin son mariage », il opposait des excuses que le Jésuite eût trouvées puériles chez tout autre que chez le roi : la chose, plaidait-il, pouvait attendre. Il n'y avait pas péril en la demeure. Il était bien jeune encore. La reine, aussi. Il l'aimait, assurément, mais il ne fallait pas mettre trop de précipitation de peur de gâter les sentiments. Bref, cette potion-là lui avait laissé un goût trop amer pour qu'il consentît à y porter derechef les lèvres.

*
* *

Toutefois, à la fin de notre séjour au château de Lesigny-en-Brie, j'eus un entretien avec Luynes qui me redonna quelque espoir. Luynes m'aimait assez pour des raisons diverses : il ne voyait pas en moi un rival dans la faveur du roi. En outre, je me contentais de jouir paisiblement d'Orbieu sans lui disputer rien qu'il convoitât, et il convoitait beaucoup. Et je ne lui marquais ni, de reste ne ressentais, pour lui aucun déprisement.

Or, il était fort honni et dans la boue traîné, non seulement par les Grands, mais par bon nombre de gens de cour, à la fois pour de bonnes et de mauvaises raisons. On lui reprochait sa petite noblesse, à quoi, assurément, il ne pouvait mais, et aussi sa pusillanimité — pour ne pas dire sa couardise — et, surtout, une cupidité effrénée par laquelle il égalait Concini, raflant tout, comme j'ai dit déjà — places, titres, châteaux, pécunes — pour lui-même et sa parentèle innumérable. Or, Luynes souffrait d'être l'objet de tant de haines, étant de son naturel sensible et doux et se voulant l'ami du genre humain.

J'aimerais dire ici un mot de sa personne qui était excessivement soignée, et prévenait en sa faveur, quoiqu'il fût, pour un homme, joli plutôt que beau. Mais il ne faillait pas non plus en vertus, étant non point dévot comme on le sera plus tard en ce siècle, mais sincèrement pieux, en outre fort attaché à ses frères et à sa famille, fort affectionné au roi et fidèle à sa propre épouse qui ne l'était pas à lui. Il parlait bien et d'abondance, avec l'accent chantant de sa Provence, et quoiqu'il fût clos et secret, il mettait dans ses propos et ses compliments une chaleur d'effusion qui rendait son commerce agréable.

De cet entretien que j'ai dit, voilà comment il en alla. Au rebours du roi, je n'ai rien d'un Nemrod, sauf à Orbieu, où il a bien fallu m'y mettre avec Monsieur de Saint-Clair (et les chiens qu'il acheta pour moi) afin de faire la guerre aux blaireaux, aux sangliers et aux renards que l'incurie de mon prédécesseur avait laissés se multiplier dans mes forêts. Et prenant prétexte, à Lesigny, d'un récit que j'écrivais sur son règne depuis le coup d'Etat du vingt-quatre avril, j'avais obtenu de Sa Majesté la permission de ne point la suivre en toutes ses chasses. Tant est que je me trouvais ce jour-là au logis, et bien aise d'y être car, justement, il se mit à pleuvoir à cieux déclos. Au même moment, j'appris de La Barge, que Monsieur de Luynes gardait la chambre, étant mal allant, mais point gravement du tout, ajouta La Barge avec un sourire, tout un chacun sachant à la Cour que le favori avait une tendreté de soi-même et une douilletterie de sa propre santé qui le mettaient au lit pour un simple catarrhe.

Je dépêchai La Barge quérir de lui si je le pouvais visiter, à quoi il répondit que « rien au monde ne lui pouvait faire plus plaisir ». Cela, lecteur, vous donne le ton des aménités et des protestations dont Luynes était prodigue et par lesquelles commença notre entretien avec beaucoup d'eau bénite et d'encens des deux parts, car il fallut bien que moi aussi j'usasse de cette fausse monnaie, sans quoi, il fût entré en méfiance. Après quoi, je soulevai le plus discrètement que je pus le point de savoir s'il y avait quelque espoir que la France eût enfin un dauphin.

— Quoique en apparence, dit Luynes, les choses soient restées en l'état qu'elles étaient, en fait, elles ont progressé beaucoup en ce séjour chez moi.

Il s'arrêta, et m'envisagea en silence comme s'il attendait de moi, avant d'aller plus loin, une petite bouffée d'encens, laquelle je ne faillis pas tout de gob à lui bailler.

— Ces progrès sont sans nul doute dus à Votre Excellence, dis-je.

— J'y ai à tout le moins contribué, dit-il sur le ton de la modestie. Il m'a semblé que ce n'était point tant chez la reine la femme qui rebutait Louis que son entourage espagnol. Il m'est donc apparu que, si on chassait cet entourage, les choses en seraient facilitées.

— Mais, Monseigneur, hasardai-je avec une feinte naïveté, les chasser sera-t-il si facile ? Il faudrait, de prime, que le roi y soit résolu.

— Il l'est meshui.

Cela était nouveau et je n'eus pas à me forcer pour en montrer du contentement.

— Bravo ! Bravissimo, Excellence ! Mais Monteleone consentira-t-il à en transmettre la demande à Madrid ?

— Nenni. Monteleone va lutter là-contre des cornes et des sabots. Nous demanderons donc à Madrid de rappeler son taureau.

La phrase était bonne et Luynes la dit avec son accent provençal qui donnait couleur, saveur et rondeur à tout ce qu'il disait.

— Et je gage, dis-je avec un sourire connivent, que lorsque le remplaçant de Monteleone arrivera à Paris, le roi lui refusera les entrées libres chez la reine.

— Assurément, dit-il, et si promptement et avec un tel *gusto* que je soupçonnais qu'il n'avait pas pensé à cette exigence avant que je ne lui la soufflasse.

— En bref, Excellence, dis-je, vous allez *despagnoliser* les appartements de la reine, et la voie, alors, sera libre pour Louis. Mais, Excellence, s'y engagera-t-il pour autant ?

Cette réticence, venant de moi qui venait de le tant louer, le piqua quelque peu car, oubliant son catarrhe, il se redressa sur sa couche et dit d'un ton très assuré :

— Je suis le seul assez proche du roi pour le pouvoir obtenir de lui et, croyez-moi, je n'y épargnerai pas mes peines...

CHAPITRE VI

Nous revînmes de Lesigny-en-Brie fin octobre et comme ni en novembre ni en décembre il ne se passa rien de nature à donner au royaume l'espérance d'un dauphin, je commençais à craindre que Luynes ne perdît ses peines. Toutefois, tandis que l'incertitude continuait à peser sur nous, je me consolais en pensant que Louis avait à peine dix-sept ans et que son père lui-même avait commencé fort tard.

Il est vrai que notre Henri s'était ensuite beaucoup rattrapé, n'étant pas de ceux que le péché de chair épouvante, comme bien il le prouva quand, assiégeant Paris, il charma les lenteurs du siège en coqueliquant avec deux nonnes, l'une à Longchamp, l'autre à Montmartre. Il n'y eut pas carte forcée, mais ardent consentement, les pauvrettes ne se trouvant pas clôturées de leur plein gré, mais de par la volonté de leurs parents.

Henri prit Paris et, reconnu roi de France, n'oublia

pas pour autant les petites couventines. Il les fit l'une et l'autre abbesses, ce qui témoignait davantage de sa personnelle gratitude que d'un souci d'édification. Mais en cette fin de siècle, on était loin, bien loin encore, des austérités exemplaires de Port-Royal et de Mère Angélique...

Dès mon retour de Lesigny-en-Brie, je quis et obtins du roi la liberté de partir pour mon domaine d'Orbieu afin d'y pouvoir bailler à mes manants le signal de la vendange en vendangeant moi-même mes propres vignes. Or, deux jours avant mon département, mon père apprit qu'un conseiller au Parlement de Paris qui avait une terre près de Montfort l'Amaury avait été impiteusement robé et tué sur le chemin de Paris à Montfort par une bande de caïmans qui, selon la rumeur, n'en étaient pas, en ces alentours, à leur premier exploit. Sur le conseil paternel, j'engageai, pour mon propre voyage, une demi-douzaine de Suisses, tous arquebusiers, ce qui, avec Pissebœuf, Poussevent, La Barge, Robin et le géantin cocher Lachaise (que mon père me prêta aussi), me fit une escorte montée et armée assez forte pour décourager une embuscade. Je voyageai, quant à moi, dans mon carrosse, avec quatre pistolets et Louison, à qui j'enseignai à les charger et qui l'apprit en un tournemain, étant vive et frisquette. En cas d'attaque, moi tirant et elle rechargeant, je comptais faire sur les assaillants un feu roulant de mousqueterie.

Ma soubrette, que l'éloignement de Madame de Lichtenberg avait comblée d'aise, ne se sentait plus de joie à l'idée de faire le voyage seulette avec moi dans mon beau carrosse armorié, « tout comme si j'étais votre comtesse, Monsieur le Comte », dit-elle en s'empourprant. Elle mit pour l'occasion ses plus beaux affiquets et osa, pour la première fois, revêtir un vertugadin et non le cotillon qui eût convenu à son état. Ce qu'au départir de notre hôtel parisien, notre *maggiordomo* Franz envisagea avec désapprobation, nos autres chambrières, avec dérision et mon père avec indulgence. « Après tout, me souffla-t-il à l'oreille, si elle se dévêt pour vous, pourquoi, au sortir de vos bras, ne se vêtirait-elle pas à sa guise ?... »

Je m'aperçus, quand elle s'assit à mes côtés, qu'elle portait, à une boucle de son corps de cotte, sans doute pour défendre sa vertu contre les caïmans, un mignon poignard que je lui avais donné, mais plus pour la montre que pour l'usage. Je lui dis en riant que ce n'était point d'ordinaire avec ces armes-là que son *gentil sesso* s'en prenait à nos tant faibles cœurs. Mais le voyage étant longuissime, vent et pluie s'avérant contraires, elle me montra bien qu'elle savait aussi user des armes féminines, me comblant de tous les enchériments que lui dictaient son bon naturel, son vif plaisir de me plaire et la nouveauté du lieu.

Gentille fille qu'elle était (sauf avec d'autres filles), babillarde et gaie, non sans finesse aussi, elle savait, me voyant partir dans mes songes, qu'il fallait garder bouche close. Et en ce voyage, je songeai beaucoup.

Je ne ressentais pas de l'absence de ma *Gräfin* autant d'affliction que j'eusse cru de prime. La différence d'âge et de nation qu'il y avait entre nous, sa raideur huguenote, son étrange conviction d'énoncer la vérité dès qu'elle ouvrait la bouche, la nature parfois escalabreuse de sa société, ses exigences et ses hauteurs, et, par-dessus tout, la vétilleuse comptabilité qu'elle faisait de ses griefs envers moi, tout cela me donnait souvent de l'humeur et exerçait ma patience davantage que mon affection. Avec son partement, cessait aussi le malaise que j'ai dit et qui me prenait souvent de tromper l'une avec l'autre.

Le voyage fut sans embûche. Même au départir, j'étais bien assuré au demeurant que toutes précautions ayant été prises, nous ne serions pas attaqués sur le chemin par les caïmans, l'étalage de la force en évitant l'emploi. Car ces sortes de brigands aiment le meurtre et la picorée, mais fuient la bataille et ne s'attaquent qu'à de faibles proies. Et pour moi, Louison à mes côtés, qui était si douce à vivre, je ressentais un profond bonheur au fur et à mesure que nous approchions d'Orbieu. J'allais retrouver ma première possession terrestre, mon château bien-aimé, mes forêts ombreuses, mes tendres prairies, en un mot, le petit royaume dont j'étais devenu le prince. Et bien que nous fussions déjà en automne, j'oserais dire, comme le poète, qu'*au plus joyeux de mon âme, il pleuvait un printemps de fleurs.*

Je demeurai comme étonné, à y réfléchir plus outre, par l'étendue de mes pouvoirs à Orbieu. Ils étaient tels et si grands qu'ils me laissaient troublé, incrédule et bien résolu à n'en pas mésuser. Nul dans mon domaine, fût-il propriétaire, ne pouvait faire ses foins, moissonner ou vendanger sans que j'en donnasse le signal. Nul ne pouvait moudre son blé, cuire son pain ou presser les grappes de sa vigne sans passer — à mon très grand profit — par mon moulin, mon four et mon pressoir. Nul ne pouvait avant moi vendre son blé, son vin, ses fruits ou le croît de son bétail. Hormis le curé et son vicaire, j'étais le seul à pénétrer dans l'église par la porte de la sacristie, à siéger en l'absence de l'évêque dans le chœur, sous lequel, paroissien insigne, je serai un jour enterré. Et durant la messe, aussitôt que le desservant avait encensé le Seigneur Notre Dieu, il me devait bailler, on l'a vu, ma part d'encens. Tous ceux qui sur mes terres possédaient une maison et quelques arpents me devaient une redevance annuelle et, s'ils la voulaient vendre, un lod. J'avais le droit, interdit à tous, de posséder un pigeonnier et d'y élever une centaine de pigeons qui avaient tout loisir, avant d'être servis sur ma table, de becqueter les récoltes de mes manants et, chose tout aussi dommageable, les miennes. Le ciel au-dessus de mon domaine, l'eau qui coulait ou stagnait dans mes terres — rus, rivières, étangs ou mares — m'appartenaient. Et tout ce qui volait dans l'air, courait sur la terre ou nageait dans l'eau, était à moi. Quiconque capturait à son profit, pour la vente ou le pot, une de ces créatures de Dieu, était passible d'une amende, d'une bastonnade ou même de la hart, punition suprême que je pouvais seul décider et appliquer, étant seigneur haut justicier.

Toutefois, ce privilège-là avait chu, sinon en droit du moins en fait, quasiment en désuétude et Orbieu ne gardait que par tradition les fourches patibulaires qui se dressaient sur le sommet d'une colline. On les avait dressées là pour qu'elles fussent bien visibles du village, montrant, au milieu de la poutre transversale, l'usure qu'y avait laissée la corde au bout de laquelle s'étaient impiteusement balancés les pendus des seigneurs d'autrefois. Ce droit de vie et de mort sur les manants du domaine, on se ramentoit que l'intendant Rapinaud l'avait vilainement usurpé en arquebusant d'une des fenêtres du château un braconnier qui, à la pique du jour, avait pêché une carpe dans l'étang du feu comte. Cette meurtrerie l'avait fait honnir de tous et assurément, si on avait retrouvé le corps de sa victime, il lui en aurait cuit.

Comme Louison se serrait davantage contre moi dans le clos du carrosse, j'entendis bien à la parfin que la langue lui démangeait et que des paroles non dites gonflaient ses joues roses. Et roses, elles l'étaient émerveillablement, en contraste avec ses cheveux noirs, lesquels à leur tour rehaussaient le bleu de ses tendres yeux. A voir les coups d'œil qu'elle jetait quand et quand à son vertugadin, elle me parut toute fiérotte de le porter. Je pris note toutefois de me ramentevoir de lui dire de le porter à Orbieu, si elle le voulait, mais point à Paris pour ne pas humilier les cotillons du domestique.

Le *pundonor*, comme disent les Espagnols, était le point faible, ou si l'on préfère le point fort, de ma Louison. Elle avait fort envié Margot d'être la garce d'un marquis, au temps où elle n'était elle-même que la garce d'un chevalier. Et meshui, ayant le sentiment d'avoir avancé dans la vie en même temps que moi, elle se paonnait fort auprès de Margot d'être la garce d'un comte. Tant est que je dus me résoudre à lui rabattre doucement la crête pour éviter les zizanies.

— Monsieur le Comte, dit-elle enfin d'une voix douce et basse, en avez-vous fini avec vos songes, ou dois-je encore demeurer bec cousu ?

— Parle, M'amie, parle ! Je ne voudrais pas que tes paroles t'étouffent !

— Mais de prime, Monsieur le Comte, plaise à vous de me jeter un œil.

Sa tête reposant contre le gras de mon épaule, je lui pris le menton et le relevai, tandis que je l'envisageai et me trouvai attendrézi par sa grâce, comme bien elle y comptait.

— Et pourquoi, dis-je, faut-il que je t'envisage ?

— Pour ce que, Monsieur le Comte, je vous voudrais question quérir.

— Quiers.

— Monsieur le Comte, avez-vous le respect de votre sang ?

— Qu'est cela ? dis-je, au comble de l'étonnement.

— Ce sont les propres mots de Monsieur le marquis, votre père, à Margot. Après quoi, il ajouta qu'il devait cette vertu à l'exemple de son père, le baron de Mespech en Périgord, lequel éleva en son château le bâtard qu'il avait eu d'une simple pastourelle et lui donna son nom [1].

— Et sais-tu pourquoi mon père assura à Margot qu'il avait le respect de son sang ?

— Oui-da, parce qu'elle est grosse de lui...

— Ventre Saint-Antoine ! Que m'apprends-tu là ?

— Et qu'alla dire à cette nouvelle Monsieur le marquis sinon qu'il avait le respect que j'ai dit et qu'en conséquence, il reconnaîtrait son enfant et l'élèverait en son hôtel parisien.

— Voilà qui va bien. J'en suis bien aise pour Margot et son fruit.

1. Samson de Siorac.

— Vous tenez donc, Monsieur le Comte, que votre père a eu raison d'agir ainsi ?

— Assurément.

— Et vous, Monsieur le Comte, agiriez-vous de même, si le même sort m'échéait ?

J'en fus béant.

— Dieu du ciel ! Qu'est cela ? Que vas-tu m'annoncer ? Serais-tu grosse aussi ?

— Nenni ! Mais cela se pourrait un jour, étant dans la nature des femmes de concevoir.

— Comment cela ? Ne t'ai-je pas enseigné les herbes ?

— Mais Margot connaissait aussi les herbes et enseignées de surcroît par Monsieur votre père, lequel est grand médecin. Et malgré cela, la nature a parlé.

A quoi je me songeais à part moi un petit, avant de lui dire sur le ton de la gravité :

— M'amie, si je te dis que, dans ce cas, ton enfantelet sera, comme celui de Margot, reconnu et élevé en mon château d'Orbieu, ne vas-tu pas être tentée de trichoter dans l'emploi de tes herbes pour laisser parler la nature ?

— Que nenni, Monsieur ! J'agirai en droiture, comme toujours avec vous j'ai fait.

— Toutefois, il est constant que femme aspire à enfanter.

— Vramy, c'est bien vrai, cela ! Mais je n'irai pas de mon fait friponner en dessous pour presser le moment. Qu'il vienne le petitime, quand Dieu voudra, mais pas avant ! Et Dieu veuille bien, tout le rebours, que ne me vienne pas trop tôt cette enflure du ventre, pour que je reste belle et frisquette pour vous plaire et que vous n'alliez point vous enticher d'une garce du plat pays !

— Babillebahou ! C'est tout crasse que ces pauvrettes !

— Point pour qui a de bons yeux, Monsieur le Comte. Monsieur de Saint-Clair, lui, a vu clair sous la crasse. Car il a été pêcher un petit poisson dans la vase qui, une fois lavé d'eau limpide, a bonne allure dans son assiette.

— Mais je ne le savais pas ! Et toi, comment l'as-tu appris ?

— Lors de notre dernier séjour à Orbieu.

— Juste ciel ! Rien n'échappe à ton œil perçant ! Et surtout pas une drolette accorte qui trottine dans tes alentours. Comment se nomme la garcelette ?

— Jeannette. C'est une petite rusée. Si je la laissais faire, elle finirait pas régenter à la baguette tout le domestique du château, mâle ou femelle. Mais j'y mettrai bon ordre.

Voilà qui promettait à notre arrivée à Orbieu une belle becquetade de poulettes, avec sang et plumes volant partout ! Voilà aussi qui expliquait le fin du fin de ce neuf vertugadin qui n'était pas seulement vanité, mais supériorité intimidante de plumage avant l'assaut du bec et des ongles.

— M'amie, dis-je, du ton le plus sérieux, il n'y a pas lieu d'affronter Jeannette. Monsieur de Saint-Clair pourrait s'en sentir offensé. Et comment pourrais-tu avoir la main haute sur le linge, l'argenterie, l'office et le domestique tout entier, si Monsieur de Saint-Clair, étant intendant du domaine, ne voyait pas d'un bon œil l'intendante de la maison ?

— Monsieur le Comte, dit Louison, Monsieur de Saint-Clair est dans votre emploi. Il vous appartient de m'imposer à lui.

— Je le ferai, si cela devient nécessaire. Mais pour l'instant, je préfère composer. Tu pourrais être l'intendante du château d'Orbieu, à chaque fois que tu y séjournes avec moi, et Jeannette pourrait être ton substitut, quand nous nous trouvons en Paris.

— Voilà qui va bien, Monsieur le Comte ! Le direz-vous à Monsieur de Saint-Clair afin que toutes choses aillent de soi entre cette drolette et moi ?

— Assurément. Et déchiffre-moi, maintenant,

M'amie, pourquoi tu tiens tant à être l'intendante de ma maison d'Orbieu.

A cela, elle rougit un petit, et fut un moment avant que de répondre.

— Eh bien, dit-elle à la parfin, il ne se peut, Monsieur le Comte, que vous ne vous mariiez un jour — ne serait-ce que pour assurer votre lignée — avec quelque haute dame. Et comme cette haute dame voudra avoir une maison de ville, je voudrais m'occuper de votre maison des champs et aussi, peut-être, prendre soin de vos enfants, si vous préférez qu'ils soient élevés près de Paris, dans le bon air du plat pays.

Voilà une garce, m'apensai-je, qui, au lieu de laisser les autres décider de sa vie, tâche de prendre les devants pour la bien diriger, au mieux de ses intérêts, assurément, mais aussi de ses affections.

— Louison, dis-je, je serais fort aise qu'il en soit ainsi. Tu ne failles pas en bonnes qualités et j'ai fiance entière en toi.

A cela, elle se saisit de ma main au vol et la baisa à plusieurs reprises, mais sans dire mot ni miette. Après quoi, reposant sa tête sur mon épaule, elle parut méditer un long moment.

— Monsieur le Comte, dit-elle enfin, voudriez-vous m'accorder une grâce : quand vous aurez fait le choix d'une épouse, j'aimerais en être informée, non pas certes avant, mais tout de gob après Monsieur le Marquis et Monsieur le Chevalier.

— Et pourquoi cela ? dis-je, intrigué assez.

— Ne suis-je pas, après eux, la plus proche de vous ?

J'accordai ce qu'elle avait appelé une « grâce », mais ce ne fut que quelques années plus tard que j'entendis la raison pour laquelle elle me l'avait demandée. Deux mois ne s'étaient pas écoulés après que je lui eus fait l'annonce de mes fiançailles qu'elle m'apprit qu'elle était enceinte. L'évidence me sauta alors aux yeux. Elle voulait, avant que mon mariage séparât nos sommeils, être la mère de mon premier enfant.

*
* *

Il restait une heure au soleil à notre arrivée à Orbieu et le lecteur devine déjà comment je la voulus utiliser. A l'entrée de mon domaine, je quittai mon carrosse et commandant à La Barge de démonter, je sautai sur la selle encore chaude de ma jument alezane et dis à mon écuyer de grimper sur le siège à côté du cocher Lachaise, qui le conduirait droit au château, ainsi que Louison.

Ma soubrette mit la tête alors à la portière et me pria de lui dire où j'allais. « M'amie, dis-je, que pourrais-je faire, sinon courir tout de gob admirer mes voies, toutes mes voies, maintenant qu'elles sont empierrées. Dis, je te prie, à Monsieur de Saint-Clair que je serai au château à sept heures pour le souper. » Je mis au trot et ne voulant pas avaler la poussière de mon carrosse, je le devançai et, suivi de mon escorte, je pris la première voie venue sur ma gauche.

Je les suivis toutes, l'une après l'autre, ravi de l'empierrement qui, sous la houlette de Monsieur de Saint-Clair, avait été fait, et bien fait, à grand-peine et labeur par mes manants, et à grands débours pour mon escarcelle. Mais je ne plaignais pas mes écus, tout le rebours. Le cœur me battait de plaisir de voir mon domaine guéri de ses ornières et fondrières et comporter d'ores en avant des chemins si commodes et si beaux qu'ils lui étaient à grand honneur, et à moi aussi.

A ouïr les sabots d'une dizaine de grands chevaux toquer le sol maintenant si raffermi, mes manants sortaient très à la prudence sur le seuil de leurs chaumines et, se rassurant à me reconnaître, me tiraient leur bonnet. A quoi, m'arrêtant, je répondis en soulevant mon chapeau et leur adressai à chacun en la parladure qui était la leur, et que je n'avais pas failli à étudier quasi quotidiennement dans le lexique de Figulus, depuis mon dernier séjour à Orbieu. Je n'assure pas que l'accent y était tout à plein, mais ils eurent l'air de bien entendre, quand je leur dis que le temps s'y prêtant, je ferais ma vendange le lendemain, et qu'ils pourraient par conséquent se mettre à la leur, s'ils avaient vigne en leur lopin.

Monsieur de Saint-Clair m'attendait avec tout le domestique sur les degrés du château et les descendit à mon encontre, dès qu'il me vit démonter mon Allegra, tant est que m'avançant vers lui, je lui donnai devant tous pour la première fois une forte brassée pour lui témoigner ma satisfaction de la bonne ouvrage qu'il avait faite avec mes voies. Sa juvénile face rougit de plaisir et il m'embrassa aussi avec élan. Je le pris alors par le coude et, franchissant vivement le seuil, je l'entraînai vers la petite salle où la table, d'ordinaire, se trouvait dressée, et Dieu merci, elle l'était, car j'étais pressé par une faim canine et la pus incontinent satisfaire.

Monsieur de Saint-Clair avait eu de moi un blanc-seing pour faire choix du domestique d'Orbieu et je ne doutais pas qu'il ait eu la main heureuse, son cuisinier, à mon sentiment, valant sinon le Caboche de mon père, à tout le moins mon Robin. Quant à l'accorte drolette qui servait à table, même si Monsieur de Saint-Clair ne lui avait pas dit « Jeannette, remplis donc le verre de Monsieur le Comte », j'eusse deviné, à la voir, que c'était elle dont les ambitions, réelles ou supposées, avaient donné à ma soubrette des soupçons et des ombrages.

Jeannette avait dix-sept ou dix-huit ans, pas davantage, le cheveu aile-de-corbeau, le teint bruni par le soleil, le corps tirant sur le maigrelet, l'œil noir, aigu, parlant, aussi vif et mobile que celui d'un écureuil et des mouvements d'une prestesse agréable. Il ne lui faillait que les rondeurs. Mais elles pouvaient encore éclore de par l'aisance et l'abondance de sa nouvelle vie.

J'attendis qu'elle fût hors la salle pour dire à Saint-Clair d'un air innocent :

— Etes-vous content des services de Jeannette ?

C'était là une de ces touches de légère escrime comme les aiment les maîtres ès armes avec leurs élèves : elles piquent la peau, mais sans entamer la chair. Cette légèreté toutefois n'empêcha point Monsieur de Saint-Clair de rougir.

— Oui-da, dit-il, après avoir avalé sa salive, Jeannette est extrêmement bonne : vive, propre, docile et très laborieuse. Quand je ne lui donne pas de travail, elle en trouve toujours, ne souffrant pas de demeurer bras croisés. En outre, elle ne faille pas en cervelle et apprend le français avec une émerveillable rapidité. En fait, elle l'apprend plus vite que je n'apprends la parladure du plat pays. Là aussi, elle m'est très utile.

Ce « là aussi » était plaisant, et après coup, derechef il en rougit, rougeur que je feignis de ne pas voir, baissant l'œil sur les viandes que sans perdre une bouchée je gloutissais.

— Qui est son père ? demandai-je au bout d'un moment. Un riche laboureur ou un manant à petit lopin ?

— Ni l'un ni l'autre. Le père n'est pas riche, mais le lopin n'est pas petit.

— Est-il dans nos dettes ?

— Quelque peu, si l'on en croit les livres de Rapinaud.

— Combien ?

— Cinquante livres.

— Lui avez-vous fait remise de cette dette ?

— Monsieur le Comte, dit Saint-Clair d'un air quelque peu piqué, je ne me serais jamais permis de prendre une telle mesure sans y être par vous autorisé.

— Voilà qui est bien. Toutefois, accordez au bonhomme de larges délais pour le paiement, sa fille servant si bien ma maison d'Orbieu.

— Il vous en sera très obligé, Monsieur le Comte, et Jeannette aussi.

Je vis bien qu'à ladite Jeannette, Saint-Clair, qui me parut être dans le premier feu de son attachement, se faisait d'avance une joie d'annoncer la bonne nouvelle et je résolus, dans le même trot, de régler une fois pour toutes les rapports entre nos chambrières.

— Mon ami, j'ai pensé à Louison, pour assurer l'intendance de cette maison. Mais comme dans un premier temps, elle ne pourra vivre à Orbieu continûment, ne croyez-vous pas que Jeannette la pourrait, en son absence, suppléer et, Louison présente, la seconder dans sa tâche ? Jeannette a-t-elle, à votre sentiment, les capacités qu'il y faut et le désir de remplir cet emploi ?

Un petit silence suivit cette décision que j'avais pris soin de déguiser en question courtoise, à laquelle Saint-Clair, sans y voir malice, répondit tout uniment :

— Je pense que Jeannette aura les capacités voulues, si Louison consentait à l'instruire. Je ne sais pas si elle en a le désir, mais de toutes manières, elle est si active qu'elle accueillera toujours avec satisfaction un élargissement de ses tâches.

Je fus fort soulagé de cette réponse toute de bonne foi, où pas l'ombre d'une réticence n'apparaissait. Dieu merci, la guerre des soubrettes n'aurait pas lieu, qui aurait pu compromettre la bonne marche de la maison et, se peut, gâter à la longue mon confiant commerce avec Saint-Clair.

Il se peut que mon lecteur opine que j'ai consacré trop de temps et de peines à une affaire aussi mineure. Je ne sais. Une querelle entre deux serviteurs, si on la laisse s'envenimer, peut être grosse pour le maître de graves conséquences. Il faut dire aussi que j'étais alors habité d'un beau zèle pour tout ce qui touchait à ma seigneurie. Et ce jour d'hui encore, tandis que j'écris ces Mémoires tant d'années après mon installation à Orbieu, je me ramentois avec émeuvement quel vif et profond désir m'animait alors de ménager et de parfaire en toutes ses parties le domaine dont je portais le nom et avec quelle allégresse je m'attelais chaque matin à cette entreprise, aucun détail, fût-il le plus humble, me paraissant indigne de mon attention.

— Monsieur le Comte, reprit Saint-Clair, avez-vous reçu la lettre-missive où je vous mandais qu'un feu violent avait pris à votre bois de Cornebouc, lequel feu avait été providentiellement éteint par un violent orage ?

— En effet, dis-je, et la nouvelle n'a pas laissé de m'inquiéter, la température en ce pluvieux automne n'étant pas de celles qui favorisent un feu qui éclate de soi.

— C'est aussi ce que je me suis dit. Et hier, Monsieur le curé Séraphin, apprenant votre visite, m'a dit qu'il voulait vous voir dès le moment de votre venue, ayant des nouvelles à vous impartir à ce sujet. Si vous n'y voyez pas d'inconvénient, sa mule étant claudicante, j'aimerais lui envoyer ma sédiole.

— Nenni, nenni, dis-je avec un sourire, envoyez-lui mon carrosse attelé à deux chevaux et qu'on allume les lanternes pour éclairer la voie ! Je voudrais qu'on sache à Orbieu que j'honore l'Eglise.

Je sus plus tard par Figulus que le curé Séraphin fut excessivement touché par l'envoi de mon carrosse. « Jamais, confia-t-il à son vicaire, jamais le défunt comte n'eût eu à mon endroit une attention pareille ! C'est tout juste s'il ne me considérait pas comme son chapelain, pis même, comme une sorte de valet d'écurie, tout juste bon de temps en temps à lui nettoyer l'âme de ses crottes. »

Je vis bien à son air, quand le robuste ribaud pénétra dans le petit salon où Jeannette venait d'allumer un bon feu — cette soirée d'octobre se trouvant fraîchelette —, qu'il avait bel et bien des nouvelles de conséquence à me communiquer. Mais je ne voulus le presser, le sachant lent et lourd, et dès qu'il eut calé ses fortes fesses sur une chaire à bras, je lui offris un verre de bourgogne, qu'après deux ou trois refus de populaire politesse, il accepta. Il ne le but pas, comme j'eusse fait moi-même à petites lampées, pour en goûter mieux le bouquet, mais à grandes goulées. Et quand le verre fut vide, il torcha sa large bouche du dos de sa large main, puis d'une serviette que Jeannette, ayant l'œil à tout et voletant avec prestesse à son secours, lui tendit du bout de ses petites griffes.

— Monsieur le Comte, dit-il de sa belle voix de basse (la seule chose que je n'aimasse point chez lui, car elle nous valait le dimanche des messes chantées interminables), l'incendie de votre bois de Cornebouc ne fut pas fortuit, mais dû à la malignité. Je l'ai établi par preuves irréfragables.

Le mot « irréfragable » passant le clos de ses dents dut lui causer un vif plaisir, car il le répéta :

— Je dis bien : des preuves irréfragables.

— Vous connaissez donc le coupable, Monsieur Séraphin ? dis-je.

— Je connais *les* coupables, dit Séraphin d'un air d'immense importance. Je connais celui qui a conçu le crime. Et je connais celui qui l'a exécuté.

— Et qui a conçu le crime ?

— L'intendant Rapinaud.

— Rapinaud ?

— *Cui prodest scelus, is fecit,* dit gravement Séraphin.

Je traduisis pour Saint-Clair :

— Il a commis le crime celui à qui il profite.

Ici le curé Séraphin et moi-même, nous échangeâmes, en latinistes, un regard de connivence qui fit au moins autant que l'envoi de mon carrosse pour m'établir dans son estime.

— Je vous ois, Monsieur le curé Séraphin, dis-je en haussant le sourcil.

— Avant-hier, Monsieur le Comte, Yvon...

— Yvon ?

— Yvon Janin, le cabaretier, dit Saint-Clair.

— Yvon vint me trouver au presbytère et me demanda de l'ouïr en confession. « Comment cela,

Yvon ? dis-je, mais tu t'es déjà confessé hier ! Dans quel gros péché t'es-tu donc ventrouillé depuis hier, malheureux, pour que je t'oie meshui derechef ? — Ce n'est pas mé, dit Yvon, qu'avons commis l'gros péché. C'est un autre. — Et qui crois-tu donc que tu es, Yvon, pour confesser les péchés d'un autre ? — C'est que l'autre, dit-il, i voudrons jamais le confesser. — Eh bien donc, dis-je, tant pis ! Il rôtira à la broche pour l'Eternité ! Et tout nu, pour sa plus grande honte ! — C'est point ça qui me tabustons, dit Yvon. Qui rôtisse tant qui veut, c'est point mon affaire, mais tant qu'il est vivant, i pourrons bien recommencer son gros péché et c'est point l'intérêt d'Orbieu. »

— L'intérêt d'Orbieu ? dis-je. Mais voilà qui m'eût fait dresser l'oreille.

— Mais l'oreille me dressa tout du même, Monsieur le Comte, dit Séraphin. « Yvon, dis-je, tu es moins parlant que trop plus. Ne faille pas meshui à me dire ce que tu sais sur cet autre et de son gros péché, si tu veux point aller cuire dans les marmites des septante diables de l'Enfer ! — Je voulons bien, Monsieur le Curé, dit Yvon, mais seulement en confesse. — Et pourquoi en confesse ? dis-je. — Pour ce que le secret de confesse vous obligeant, dit Yvon, vous ne pouvions point le répéter. — Tu veux donc, dis-je sourcillant, protéger cet autre pour qu'il continue à méfaire ! — Jardi ! J'voulons point le protéger ! J'avions peur de lui ! C'est un brutal ! — C'est donc le Mougeot ! dis-je. — J'avions rien dit ! J'avions rien dit ! cria Yvon. — Et ce serait-y pas, repris-je, que le Mougeot, il a battu le briquet là où fallait pas ? Et que grand dol et dommage en aurait résulté, si le Bon Dieu n'avait fait pleuvoir à cieux déclos ? — J'avons rien dit ! j'avons rien dit ! cria Yvon. — Mais tu vas me dire meshui, gros sottard, comment tu sais qui et quoi. Sinon je t'admets plus en confesse ni à communion. Et qui pis est, à ta mort, je t'ouvrirai point la terre chrétienne pour t'ensépulturer. Tant est que les anges, le jour du Jugement dernier, ne te trouvant point où tu devrais être, t'oublieront dans ton coin et tu seras point ressuscité... — Ah! Que nenni, nenni, nenni, Monsieur not'curé! et que j'allons tout vous dire meshui. — Je t'ois, dis-je. — Eh ben voilà! Monsieur not'curé. Y en a dans mon cabaret qui buvons trop. Et quand i sont bus, i parlons trop. Et y en a aussi, et va savoir si c'sont les mêmes, qui douze mois sur douze n'ont pas un seul sol vaillant et tout de gob, voilà t'y pas qu'ils ont le haut-de-chausses qui tintine de pièces. — Et tous ceux-là, dis-je, c'est un seul quidam, c'est le Mougeot! — C'est vous qui l'avons nommé, Monsieur not'curé, c'est point moi. — Et celui qui lui a baillé les piécettes pour bailler le feu au bois de Cornebouc, c'est Rapinaud. — J'avons rien dit! J'avons rien dit! » cria Yvon.

— Monsieur le Curé, dis-je après avoir ouï ce récit à oreilles découvertes, ce témoignage accuse Mougeot, mais qu'est-ce qui prouve que c'est Rapinaud qui a baillé les pécunes?

— C'est infiniment probable, Monsieur le Comte, vu que du temps du grand pouvoir de Rapinaud sur le domaine, c'était le Mougeot qui était l'exécuteur de ses basses œuvres.

— Néanmoins, pour incriminer Rapinaud, remarqua Saint-Clair il y faudra les aveux de Mougeot et de prime s'assurer de sa personne.

— Nous y pourvoirons demain, dis-je, dès que j'aurai fait venir de Montfort l'Amaury le juge dont vous m'avez dit qu'autrefois, il assistait le défunt comte dans ses arrêts. Jusque-là, demeurons tous trois fort clos sur cette affaire. Il serait désastreux que le Mougeot, prenant puce à l'oreille, puisse s'enfuir avant qu'on mette la main sur lui.

Après avoir fait au curé Séraphin grand compliment sur la façon dont il avait mené l'interrogatoire du cabaretier et ordonné qu'on le reconduisît au presbytère en mon carrosse avec deux flacons de mon vin de Bourgogne pour lui tenir compagnie, je me retirai dans ma chambre, laquelle je trouvai tiède et douillette, Louison ayant clos les lourds rideaux de damas, allumé le feu et se trouvant, quand j'entrai, que de bassiner mes draps.

Ayant toute fiance en elle autant qu'en son excellent jugement, m'étant trouvé bien de ses avis en plus d'une occasion, je lui expliquai mon plan de bataille pour le lendemain à la pique du jour, la priant de me dire à la franche marguerite, ce qu'elle en opinait.

— Va pour l'arrestation de Mougeot, dit-elle après avoir réfléchi un petit, va aussi pour les soldats, la charrette, les chaînes et, en finale, le tocsin, pour rameuter les villageois, lesquels, d'après ce que j'ai ouï, ont le brutal en grande détestation. Mais, une fois le juge et son clerc sur les lieux pour enregistrer les aveux, il y faudrait un autre décor, Monsieur le Comte, que la grande salle du château...

— Et lequel, M'amie ?

— Eh bien, par exemple dessous les fourches patibulaires, un nœud coulant se balançant au-dessus de la tête dudit Mougeot, et Poussevent à ses côtés, la face cachée par une cagoule noire...

— M'amie, dis-je en riant, ne serais-tu pas un peu cruelle et impiteuse ?

— Point du tout, Monsieur le Comte ! Je me pense bien que vous n'allez pas envoyer ce misérable danser sur les airs pour la perte de quelques arbres. Mais ce Mougeot étant un paysan, têtu comme une souche, vous ne tirerez de lui que des « nenni, nenni, nenni » si vous ne le frappez pas de prime d'une épouvante qui lui gèlera vit et bourses dans son haut-de-chausses. Mais dès lors que vous le verrez blême, trémulant et suant mille morts, alors vous lui proposez ce bargouin : ou il parle, et on se contentera de le bannir, ou il garde bec cousu et on le pend.

— Et tu t'apenses qu'il parlera ?

— Je gagerais qu'il aimera mieux jouer du plat de la langue pour incriminer Rapinaud plutôt que ladite langue lui sorte d'un pied hors la gueule, le chanvre lui serrant le cou.

La petite futée avait raison. Non seulement Mougeot parla dès qu'il eut vu le nœud coulant et la cagoule de Poussevent, mais il en dit plus qu'on en espérait, le clerc du juge ayant même difficulté à coucher ses aveux sur papier, tant vite ils s'échappaient de lui. C'était sur l'instigation de Rapinaud qu'il avait bouté le feu à mon bois de Cornebouc et c'était aussi sur son ordre qu'il avait transporté et enseveli dans un endroit connu de lui seul le malheureux que l'intendant avait arquebusé d'une fenêtre du château.

Sur mon commandement, Mougeot nous précéda, enchaîné, dans le bois où il avait enfoui le malheureux braconnier, lequel désenfoui fut reconnu par les villageois qui nous avaient suivi comme étant bien le Guillaumin.

*
* *

Mon arrêt rendu, qui fut celui que j'ai dit, selon le bargouin passé avec Mougeot, j'invitai Séraphin et le juge de Montfort à prendre une collation au château et j'en pris occasion pour quérir du juge lequel des deux méfaits prouvés de Rapinaud avait le plus de chance de le faire condamner si je portais plainte : la meurtrerie de Guillaumin ou l'incendie de mon bois de Cornebouc.

— Pour le Guillaumin, Monsieur le Comte, dit le juge, il dira qu'il regrette d'avoir été un peu hâtif, mais qu'après tout il défendait le gibier, chair ou poisson, qui appartenait à son maître. Seul l'incendie de votre bois de Cornebouc est vraiment un irrécusable dol puisqu'elle attente au bien du présent comte et seigneur. Mais l'homme a des pécunes et il aime la procédure. Et la procédure peut durer des années, à moins que vous n'usiez d'autres moyens moins coûteux et plus expéditifs.

— Et quels sont ces moyens, Monsieur le Juge ?

— Il serait disconvenable que je vous les décrive,

Monsieur le Comte, dit-il avec un profond salut. Ils ne sont pas légaux.

Je lui mis quelques pécunes dans les mains et il partit, suivi de son clerc ; lequel, chargé de sa lourde écritoire, s'était toujours tenu une bonne toise derrière lui et n'avait voulu ni s'asseoir, ni boire à la même table que lui.

Mougeot, en attendant son bannissement (lequel ne pouvait intervenir qu'après la condamnation de Rapinaud, puisque le ruffian était mon seul témoin contre l'intendant), fut serré dans une cave du château, qui recevait l'air par un soupirail aspé de fer qui s'ouvrait dans nos murs à une demi-toise au-dessus de l'étang. Je donnai ordre qu'il fût nourri à sa suffisance et traité sans brutalité. Au cours de sa captivité, il demanda à se confesser au curé Séraphin qui s'enferma avec lui plus d'une heure, ce qui donna à penser que les méfaits publics de ce tyranneau n'étaient point les seuls péchés dont il eût à se repentir. Au village, d'après Figulus, les langues, s'étant déliées, frétillaient fort : inceste, infanticide, sodomie et forcement de filles : il n'y avait vilenie qu'on ne lui imputât.

Après le départir du juge, je fis don d'un jeune et robuste mulet au curé Séraphin pour le remercier de son service, mais cela ne le satisfit pas tout à fait, car Saint-Clair, tandis qu'il l'emmenait aux écuries pour faire choix de l'animal, l'ouït grommeler entre ses dents : « Et meshui, qui va me payer l'ouverture de la terre ? » Il faisait allusion à la dépouille du Guillaumin qu'il lui incombait de mettre en terre chrétienne sans que sa veuve qui mourait quasiment de faim en sa chaumière eût les pécunes nécessaires à l'ensépulture.

— Mais combien Séraphin fait-il donc payer l'ouverture de la terre ? demandai-je à Saint-Clair une fois que je fus avec lui au bec à bec.

— Je ne saurais dire, mais je gage que c'est cher assez, Monsieur le Comte, la plupart de nos manants étant pour cette raison dans ses dettes et le payant sol après sol au fur et à mesure de leurs rentrées.

— Et qui ouvre la terre ?

— C'est Figulus. Et il la referme aussi sur le défunt.

— Le paye-t-on pour cela ?

— Nenni, cela fait partie de ses fonctions.

— C'est donc une rente pour Séraphin que ce cimetière, dis-je après un instant de silence.

Le lendemain, j'envoyai Monsieur de Saint-Clair, suivi de Pissebœuf et Poussevent montés et armés en guerre porter à Rapinaud la lettre suivante :

« Au Sieur Rapinaud. Les aveux de Mougeot, recueillis par le juge de Monfort l'Amaury, m'ont convaincu que vous fûtes l'instigateur de l'incendie de mon bois de Cornebouc. Usant de mes prérogatives de seigneur haut justicier du domaine d'Orbieu dont vos maisons et vos terres font partie, j'ai décidé de vous bannir à jamais dudit domaine. La sentence est exécutive sous huit jours. Toutefois, celui de vos fils dont vous ferez choix pourra demeurer en votre maison et sur vos terres le temps qu'il faudra pour assurer leur vente. J'userai de mon droit de préemption et je vous paierai le prix que le bailliage de Montfort l'Amaury jugera convenable.

> Pierre-Emmanuel de Siorac,
> Comte d'Orbieu. »

Saint-Clair revint beaucoup plus tôt que je n'eusse pensé, l'entretien ayant été fort bref : Rapinaud nia avoir incité Mougeot à bouter le feu à mon bois de Cornebouc et déclara faire appel au bailliage de mon arrêté de bannissement.

— Nous allons donc avoir maille à départir avec ce gros ribaud ! conclut Saint-Clair.

— Pas longtemps : le bailliage ne voudra pas affronter un gentilhomme de la Chambre du roi, même si Rapinaud le sollicite, un sac d'écus au poing.

Comment est sa maison ? Je n'ai jamais consenti jusqu'ici à l'aller voir.

— Oh, dit Saint-Clair, c'est une solide bâtisse carrée construite en pierres, avec appareillage de briques et chapeauté d'ardoise. La vanité du guillaume l'a flanquée d'une tour.

— Une tour ! dis-je en riant. Aurions-nous eu affaire, sans le savoir, à un Monsieur de Rapinaud ?...

— Une tour construite en belles pierres, percée côté sud en sa partie supérieure de deux fenêtres, joliment jumelées et en plein cintre. Elle est fièrement surmontée en son sommet par une girouette en forme de coq.

— Un coq ? gaussai-je. Etes-vous assuré que ce n'est pas un aigle ?

— Nenni, un coq. Oh, ce n'est pas une œuvre d'art ! Il est simplement découpé dans une tôle de fer, mais enfin, c'est un coq, debout sur ses ergots et la crête haut dressée, tout comme son maître.

— Cette crête, nous allons la lui rabattre, dis-je.

— Incontinent ?

— Nenni, nenni. Demain, à la pique du jour.

Je n'en dis pas plus à Saint-Clair et pas davantage à Louison qui parut fort étonnée de me voir le lendemain quitter sa tiède couche à poitron-jacquet [1].

Saint-Clair, Pissebœuf, Poussevent et les six arquebusiers suisses qui trouvaient là leur emploi n'attendaient que moi aux écuries pour se mettre en selle et Saint-Clair, prenant la tête pour montrer le chemin, nous le suivîmes à la queue leu leu et fort silencieusement, Poussevent et Pissebœuf ayant pensé à envelopper de chiffons les sabots des chevaux.

Portes, fenêtres et contrevents clos, la maison de

---

1. *Poitron-jacquet.* Littéralement, *poitron* : derrière ; *jacquet* : écureuil. C'est-à-dire à l'heure où on peut apercevoir le derrière d'un écureuil qui détale. Or, au XIXᵉ siècle, l'écureuil, Dieu sait pourquoi, est devenu un chat et à partir de cette date, on a dit en français : *à potron-minet.*

Rapinaud (mais dois-je la nommer ainsi, malgré sa tour ?) s'était claquemurée sur soi comme forteresse. Peu me chalait, puisque je ne comptais pas en forcer la porte. L'aboi furieux de trois ou quatre chiens de garde ne fit pas s'entrebâiller la moindre lucarne et quant aux chiens, ils étaient fort mal dressés, puisqu'ils acceptèrent les chairs et les os que Poussevent leur jeta et d'ores en avant, ils travaillèrent si fort des mâchoires qu'ils ne songèrent plus à donner du gosier.

— Mes bons enfants, dis-je, les cavaliers étant rassemblés autour de moi en cercle, la cible, Dieu merci, n'est pas humaine. C'est le coq de la girouette. Et le but est de le faire choir à terre en lui trouant les pattes. Chacun tirera à tour de rôle, debout sur la terre ferme, son voisin retenant son cheval par la bride. Quiconque touchera la cible recevra une pinte de mon meilleur vin. Et celui qui la fera choir un écu d'or au soleil. Pour qu'il n'y ait pas querelle, l'ordre des tireurs sera donné alphabétiquement par la première lettre de chacun de vos noms.

Mais il y eut là quelque difficulté, car les Suisses ne voulurent pas de l'ordre alphabétique, ayant établi de longue date entre eux un ordre de préséance qu'ils désiraient respecter. Je leur donnai carte blanche dès que j'entendis la raison de leur refus, ce qui prit du temps, car ils parlaient un allemand baragouiné de la parladure de leurs montagnes. Cette question réglée, le tir commença, Poussevent et Pissebœuf acceptant de tirer en dernier, se peut plus par calcul que par générosité, estimant que les pattes du coq seraient déjà fort déchiquetées quand leur tour viendrait.

Dès le premier tir, une fenêtre au premier étage de la maison s'entrebâilla et sans qu'aucune tête apparût, elle se referma aussitôt, et la maison souffrit ensuite sans réagir le moindre les coups d'arquebuse qui suivirent.

Chacun des Suisses toucha son but, et le sixième Suisse emporta la palme — et l'écu d'or au soleil — en faisant choir le coq qui roula et rebondit sur la toiture d'ardoise avec un bruit d'enfer avant de s'écraser au sol. « Que c'est pitié ! dit Poussevent, que dans l'état où il était, je l'eusse abattu les yeux fermés ! » Pisse-bœuf ne dit rien, mais ramassa le trophée et me le remit.

Nous nous retirâmes alors comme nous étions venus sans faire le moindre bruit. Au début de l'après-midi, je me rendis à Montfort et rencontrai un à un au bec à bec les officiers du bailliage, et les priai de se déclarer incompétents, si Rapinaud faisait appel de ma décision.

Sans même attendre le délai de huit jours que je lui avais accordé, Rapinaud vida les lieux avec ses bagues [1], ses meubles meublant, ses charrettes, son blé, son vin, ses bêtes et son domestique. Il possédait un moulin dans le Perche et c'est là qu'il se retira. J'achetai ses maisons et ses terres pour quinze mille livres, petit prix pour un si conséquent accroissement de mon domaine.

Au village, tous tombaient d'accord que Rapinaud était un grand chiche-face, fort dur et fort rusé. Toutefois réfléchissant plus outre à cette affaire, je n'ai pas laissé de m'étonner que ce matois, emporté par son ressentiment, ait commis un méfait aussi stupide que de bouter le feu à mon bois de Cornebouc : il avait peu à gagner à cette entreprise et tout à perdre.

D'après ce que j'ai ouï de la bouche de Séraphin qui le vit avant son départ, la destruction de sa girouette avait frappé de stupeur et de terreur son âme superstitieuse : il y discerna le présage sinistre de sa propre perte, et elle fit prou pour précipiter son exode.

L'épisode, quant à lui, émut fort mes manants, qui en firent des contes épiques à la veillée, alors même qu'aucun d'entre eux n'y avait participé.

Le département de Rapinaud fut suivi par celui de Mougeot qui, au préalable, dut mettre en vente son

1. Bagages.

lopin pour lequel toutefois je n'usai pas de mon droit de préemption, de prime parce que j'avais appris de Figulus qu'un riche laboureur de mon domaine le convoitait et aussi parce que je ne voulais pas que les clabauderies de village expliquassent mes arrêts de bannissement comme une façon de m'accroître aux dépens des bannis. Toutefois, je n'eus pas scrupule à toucher le lod, qui était coutumier quand un de mes manants vendait tout, ou partie, de son bien.

Avant mon retour en Paris, j'allais visiter avec Figulus la veuve du Guillaumin, tué, le malheureux, parce qu'il pêchait une carpe. Elle était fort maigre et vivait, ou plutôt survivait, sur un très petit lopin avec une chèvre, trois poules et des châtaignes. Elle avait eu deux enfants morts en bas âge et demeurait seule, très peu secourue par ses voisins, eux-mêmes fort pauvres, la pauvreté, quand elle tombe si bas, ne vous attendrissant pas le cœur. Elle filait de la filasse de chanvre du matin au soir pour gagner quelques sols par an. Je lui offris de venir filer le mien, et le sien, si elle le désirait, au château, où elle gagnerait davantage et mangerait à sa suffisance. Mais à ma grande surprise elle refusa de prime, parce qu'elle ne voulait point se séparer de sa chèvre et pour la décider, je dus lui promettre d'emmener sa chèvre avec elle et de la confier à mes bergers. Elle accepta alors, mais à condition qu'elle pût voir sa chèvre et lui parler au moins une fois le jour, « sans cela, dit-elle en sa parladure, elle crèvera, et moi aussi ». Cet entretien eut lieu sur le seuil de sa chaumine, en laquelle je n'oulus entrer, tant elle puait. J'entendis à peu près tout ce que me dit la veuve, mais il me manqua, pour lui répondre, quelques mots que Figulus me souffla.

Je décidai aussi de payer au curé Séraphin l'ensépulture de Guillaumin : décision qui fut fort désapprouvée par Saint-Clair, lequel, comme à son accoutumée, m'en parla à la franche marguerite.

— Monsieur le Comte, dit-il, vous encouragez un abus. C'est un abus, et non des moindres, de faire payer à des chrétiens l'ouverture de la terre chrétienne, surtout si l'on pense que la résurrection ne saurait se faire ailleurs.

— Mon grand-père huguenot, le baron de Mespech, n'opinait pas autrement, dis-je en riant. Mais comme nous ne voulons pas céans de guerre de religion, ni de lutte entre le temporel et le spirituel, nous allons cligner doucement les yeux sur cet abus-là...

La veille de mon département, Saint-Clair me voulut rendre des comptes et il le fit avec une minutie des plus louables. Cette première année de récolte avait été faste. Foins, moisson et vendange (à laquelle les Suisses avaient aidé), tout s'était passé au mieux en dépit de l'adage périgordin qui dit qu'*année de foin est une année de rien*. Et les ventes, sauf celle du vin (qui n'était pas encore fait), non seulement avaient balancé les débours engagés pour les voies du domaine, mais le vin vendu laisserait même un profit raisonnable.

— Monsieur le Comte, dit-il, allons-nous vraiment cette année, après avoir tant dépensé pour les voies, refaire la toiture de l'église ? Ne peut-on attendre un an ? Ou à tout le moins jusqu'aux cerises ? dont la vente paiera, se peut, une partie des matériaux.

— Mon ami, dis-je, je vous sais gré de défendre, fût-ce contre moi-même, mes propres intérêts. Et ce n'est pas, croyez-moi, de gaîté de cœur, que je me substitue à l'évêché, lequel est si prompt à prélever la dîme et si défaillant quand il s'agit d'entretenir les lieux du culte. Mais, il le faut ! l'église d'Orbieu est partie du patrimoine d'Orbieu. Nous devons donc la préserver.

*
* *

J'avais été si heureux d'atteindre Orbieu que le cœur m'avait battu à apercevoir de loin les tours de ma demeure. Par une bien étrange contradiction, bien que je ne fusse point déçu de la quinzaine passée

185

en mon petit royaume, tout le rebours, je me sentis fort heureux d'en repartir et de retrouver tant mon père et le chevalier dans notre hôtel du Champ Fleuri que le roi en son Palais.

Je courus au Louvre dès le lendemain de mon arrivée, mais ne pouvant voir Louis qui était parti pour la chasse, j'allais trouver son ministre, Monsieur de Puisieux ; dont j'étais, le lecteur s'en ramentoit peut-être, le truchement ès langues étrangères.

— Ah Comte ! me dit-il, vous tombez bien ! Courez voir de grâce Monsieur de Bonneuil. Il doit avoir à dix heures un entretien avec Don Fernando de Giron, et comme nous ne savons rien de son français, et Monsieur de Bonneuil, de son côté, sachant assez peu d'espagnol, se peut qu'il soit fort soulagé de vous avoir à ses côtés, d'autant que l'audience menace d'être fort épineuse, vu la question qu'on y doit débattre.

J'ai déjà expliqué que dans la machinerie du secrétariat des Affaires étrangères, Monsieur de Bonneuil était au Louvre un rouage de grande conséquence. Il recevait les demandes d'audience des ambassadeurs étrangers et les transmettait au roi et si le roi ne voulait, ou ne pouvait, accéder à ses demandes, Monsieur de Bonneuil écoutait lui-même les communications des diplomates ou leur transmettait les décisions prises par Louis et Monsieur de Puisieux. Fonction délicate qui demandait discernement, douceur, prudence, patience et tact. Toutes vertus qui ne faillaient pas à Monsieur de Bonneuil chez qui tout était rond : la face, la voix, les gestes et la bedondaine. Vous eussiez dit un galet tant poli par l'usage de la Cour qu'il ne restait plus sur sa surface la plus petite rugosité.

C'est tout juste si me voyant paraître, Monsieur de Bonneuil ne me sauta pas au cou.

— Ah Comte ! me dit-il, c'est le ciel qui vous envoie céans pour me désembourber ! Car mon espagnol est plus troué que passoire et si Don Fernando de Giron parle aussi mal le français que moi sa langue, nous courons à l'échec tant l'affaire est délicate.

— Mais, pardonnez-moi, qui est ce gentilhomme ? dis-je en haussant le sourcil.

— Comment ? dit Monsieur de Bonneuil avec un courtois étonnement, vous ne le savez point ?

— Je ne suis arrivé que d'hier de ma maison d'Orbieu.

— C'est le nouvel ambassadeur du roi très catholique.

— Eh quoi ? dis-je béant. Le duc de Monteleone est parti ?

— Pas de lui-même. Louis, poursuivit Monsieur de Bonneuil avec un discret sourire, ne lui a jamais pardonné les suggestions qu'il lui avait faites pour remédier au « délaissement » de la reine. Il a exigé de Madrid son rappel. Et d'autant plus fermement que Monteleone soulevait mille difficultés pour le renvoi des dames espagnoles. Enfin, grâce au ciel, ce problème-là est résolu.

— Vramy ? Sont-elles déjà sur le chemin ?

— Nenni, leur partement se fera demain.

— J'imagine qu'elles sont désolées ?

— Pas du tout. Elles sont ivres de joie à l'idée de revoir leur chaleureux pays. Et d'autant plus que sur l'ordre de Louis on les a, à titre d'adieu, comblées, je dirais même gavées, de cadeaux et de pécunes. Mais revenons à Don Fernando de Giron. Il a déjà présenté ses lettres à Sa Majesté et c'est moi qui l'ai ce jour d'hui convoqué pour lui mander une décision du roi qui risque de le rebéquer fort. Ah mon ami ! Prions le ciel que Don Fernando ne soit pas aussi roide que Monteleone ! Car s'il est aussi escalabreux, nous allons droit à un éclat.

Monsieur de Bonneuil fronça ses lèvres charnues et vermeilles en prononçant ce mot « éclat », et le lecteur peut bien imaginer que pour un homme de son humeur douce et diplomatique, un « éclat » était la pire chose qui pût opposer le roi de France à l'ambassadeur d'un puissant royaume.

Monsieur de Bonneuil, accompagné d'un petit page fort joli qui ne le quittait guère, reçut Don Fernando dans le cabinet aux livres, lieu que je connaissais bien et le lecteur aussi pour la raison que j'y avais caché sous la régence, dans le chapitre treizième des *Essais* de Montaigne, des notes secrètes destinées à Louis. Après les révérences et les bonnetades, lesquelles, étant muettes, faisaient penser à un ballet bien réglé, les deux protagonistes s'assirent l'un en face de l'autre dans des chaires à bras qu'on avait pris soin de choisir identiques, d'autant par la taille que par l'ornement, afin de ménager les susceptibilités des deux pays. Quant à moi, je m'assis sur une escabelle à droite du diplomate français car si mon rang dans l'ordre de la noblesse primait le sien, Monsieur de Bonneuil l'emportait à cet instant sur moi par sa fonction.

Une fois assis, chacun des deux ambassadeurs, donnant enfin libre cours à leur langue, échangèrent des civilités qui me parurent d'une longueur infinie, mais qu'il eût été, je gage, fort disconvenable d'abréger. Après quoi, Monsieur de Bonneuil me présenta, comme « Monsieur le comte d'Orbieu, membre du Conseil du roi, qui a bien voulu me servir de truchement en cet entretien ».

Le titre qu'il me donna alors était de pure courtoisie. Car si j'assistais au Conseil du roi comme auxiliaire de Monsieur de Puisieux, je n'en étais pas membre et bien que j'eusse toute liberté d'opiner, je n'étais pas admis au vote. Me levant alors de mon escabelle, je fis à Don Fernando un profond salut auquel il répondit en soulevant à demi son chapeau avec un air de gravité. Plaise au lecteur de ne voir là rien d'offensant pour moi. Don Fernando me saluait à l'aune de l'importance que j'avais en cette entrevue. Plus tard, quand je le rencontrai à la Cour, il ne mit pas plus de distance entre lui et moi qu'il y en a à l'accoutumée entre un comte et un duc, le duc fût-il Grand d'Espagne, comme c'était le cas.

Après que ces préambules eurent consumé un gros quart d'heure, Monsieur de Bonneuil n'entra pas pour autant dans le vif du sujet, mais traita en souriant d'un problème qu'il présenta lui-même comme étant de petite conséquence : les bijoux de la sœur du roi de France, Elisabeth, princesse des Asturies et future reine d'Espagne, lui avaient été confisqués par ses duègnes...

— Le roi, mon maître, poursuivit Monsieur de Bonneuil, avec un sourire aimable, ignore quels petits méfaits la princesse, qui n'a pas seize ans, a pu commettre pour mériter cette punition. Toutefois, il voudrait attirer l'attention de son cousin, le roi d'Espagne, sur le fait que ces bijoux proviennent, partie de sa mère, Marie de Médicis les ayant donnés à sa fille à l'occasion de son mariage, et partie de la couronne de France, le roi en ayant fait don en cette même occasion à sa sœur bien-aimée. Le roi, mon maître, estime que les duègnes peuvent, si elles l'estiment nécessaire, régenter le port de ces joyaux selon les principes en vigueur à la Cour d'Espagne, mais non les confisquer, fût-ce même pour une courte durée.

Pendant que Don Fernando écoutait ce discours avec la plus rigoureuse attention, je me permis de lui jeter un œil ou deux. Il avait un visage long, avec un nez long et un air de hauteur. Mais cet air me sembla en partie corrigé par d'assez beaux yeux noirs qui me parurent briller de plus d'esprit que ceux de Monteleone.

— Excellence, dit enfin Don Fernando, dans un français des plus corrects, mais un peu hésitant, je ne suis pas certain d'avoir tout entendu de ces propos. Plaise au comte d'Orbieu de bien vouloir me les traduire.

Je traduisis en tâchant d'introduire dans le ton de cette traduction la même plaisante douceur que Monsieur de Bonneuil y avait mise. En fait, je ne doutais pas que Don Fernando ne l'eût de prime comprise. En se la faisant répéter, il voulait être sûr que son caractère anodin ne dissimulait pas quelque piège. On avait dû lui répéter à la Cour de Madrid d'avoir à se méfier beaucoup des Français, peuple infiniment retors et pervers dont la politesse raffinée cachait des ruses diaboliques...

— Excellence, dit Fernando quand j'eus fini, je répéterai tout ceci au roi mon maître.

Et rasséréné, il se mit à son tour à sourire et ajouta :

— Je suis bien assuré que le roi mon maître ne voudra pas priver la gracieuse princesse des Asturies de la vue de ses bijoux.

Je notai toutefois que la concession était prudente. Don Fernando avait dit « la vue ». Il ne disait pas « la libre disposition ». Peux-je ajouter, belle lectrice, que même à ce jour j'ignore ce que l'étiquette à la Cour de Philippe III d'Espagne commandait ou interdisait quant au port des joyaux par les Altesses Royales...

— Touchant toujours la princesse, reprit Monsieur de Bonneuil, le roi mon maître a pris une décision de la plus grande conséquence et qu'il désire que je vous communique. Il entend que son ambassadeur à Madrid n'ait plus ses entrées libres dans les appartements de la princesse des Asturies, mais se conforme aux usages diplomatiques de la Cour d'Espagne avant que de lui rendre visite.

La stupéfaction se peignit alors au vif sur le long visage de Don Fernando et, derechef, il me demanda de traduire. Traduction que je fis au mot à mot, avec le plus grand scrupule, m'étant avisé qu'il n'y avait cette fois rien d'anodin dans le propos de Monsieur de Bonneuil. De reste, au fur et à mesure que je traduisais, je ne laissais pas de voir que Don Fernando rougissait d'appréhension et de colère.

— Excellence, dit-il enfin d'une voix qui frémissait de l'ire qui bouillait en lui, ai-je bien entendu que Sa Majesté Louis XIII entend limiter à l'avenir la faculté qu'avait jusque-là l'ambassadeur de France à Madrid de visiter librement la princesse des Asturies, faculté qui lui avait été reconnue par le contrat de mariage signé par mon maître Philippe III et la régente, mère de votre roi.

— Vous m'avez bien entendu, Excellence, dit Monsieur de Bonneuil de sa voix la plus aimable.

— Est-ce que cela veut dire, Excellence, dit Fernando d'une voix vibrante de fureur contenue, que l'ambassadeur de Philippe III à Paris — moi, en l'occurrence — (ce « moi » me parut dépourvu de toute humilité), sera désormais tenu aux mêmes formalités, quand il voudra visiter la reine de France en ses appartements ?

— Il me semble, Excellence, dit Monsieur de Bonneuil, qu'il serait tout à fait logique et équitable qu'il en soit ainsi.

— Mais Excellence, dit Fernando avec feu, c'est une flagrante violation du contrat de mariage !

— Ce n'en est tout au plus qu'un aménagement mineur, Excellence, dit Monsieur de Bonneuil.

— Mineur ! s'écria Don Fernando qui en oublia cette fois de donner de l' « Excellence » à Monsieur de Bonneuil. Pardonnez-moi, mais il n'est pas du tout mineur, car il veut dire que je ne suis plus *maggiordomo* de la maison de la reine, et que je devrai m'adresser à vous pour visiter Sa Gracieuse Majesté au lieu d'avoir mes libres entrées chez Elle, comme l'avait mon prédécesseur, le duc de Monteleone.

J'observais alors que Don Fernando parlait beaucoup mieux le français qu'il ne l'avait de prime laissé paraître, puisqu'entraîné par l'indignation qui l'animait, il s'était passé tout à trac de mes traductions.

— Excellence, dit Monsieur de Bonneuil d'un ton tout à fait innocent, il est hautement improbable que les permissions que vous demanderez vous soient jamais refusées.

— Mais elles ne me seront pas données *ipso facto*, selon un droit qui m'est reconnu par contrat, comme ambassadeur d'Espagne. Je le répète : c'est là une violation flagrante dudit contrat de mariage.

— Excellence, dit Monsieur de Bonneuil, parlant toujours avec la même inaltérable douceur, plaise à vous de considérer que le roi mon maître était encore un enfant quand ce contrat fut signé par sa mère, sans qu'il fût consulté le moindre. Mais depuis qu'il n'est plus tenu en lisière par elle, et jouit d'une pleine et entière souveraineté, il a trouvé que le droit reconnu par ledit contrat aux deux ambassadeurs, celui d'Espagne en France et celui de France en Espagne, d'avoir leurs entrées libres chez la princesse originaire de leurs pays respectifs, ce droit-là était exorbitant et entaché comme d'abus. Il a donc pris la décision de révoquer cet article.

— Mais avant de ce faire, s'écria Don Fernando, il aurait dû de prime en discuter avec le roi mon maître.

En quoi je ne trouvais pas que Don Fernando eût tout à fait tort, et j'observais que Monsieur de Bonneuil devait partager là-dessus mon opinion, car il battit du cil en oyant ce propos. Néanmoins, il réagit là-contre comme c'était son devoir et dit avec la plus grande fermeté :

— Le roi mon maître, Excellence, est souverain dans les décisions qu'il prend, en particulier en ce qui concerne sa propre épouse.

Don Fernando eut alors une petite moue qui, traduite en langage clair, voulait probablement dire : « ... Sa propre épouse qui est si peu sa femme. » Mais étant, malgré sa hauteur, un homme bien plus maître de soi que Monteleone, il se contenta de déclarer :

— Excellence, j'observe que quasiment dans les premiers jours de mon ambassade en France, un droit garanti par le contrat de mariage m'est retiré, en violation dudit contrat. Je considère que ce disconvenable procédé nuit gravement aux intérêts de mon maître et blesse mon propre honneur. Dès ce jour d'hui je vais en écrire au roi en le priant de me rappeler à Madrid.

192

— Excellence, dit vivement Monsieur de Bonneuil, Sa Majesté serait désolée que Votre Excellence prenne ainsi la mouche.

— Qu'est-ce que cela veut dire ? s'écria Don Fernando en s'empourprant. Quelle est cette mouche ? Et pourquoi la prendrais-je ? Vais-je, au surplus, tolérer d'être personnellement offensé ?

— Mais il n'y a pas d'offense ! s'écria Monsieur de Bonneuil en levant les deux mains au ciel. Comte, de grâce, traduisez !

— Excellence, dis-je en espagnol, l'expression « prendre la mouche » est tout à fait anodine. Elle veut seulement dire : se sentir offensé.

Toutefois, cette correction n'arrangea qu'en partie les choses car, à tâcher de lire sur la face encolérée de Don Fernando, il m'apparut que si sa dignité d'ambassadeur n'était plus blessée par ladite mouche, en revanche, il n'acceptait pas d'un cœur léger d'avoir ignoré le rôle qu'elle jouait dans notre langue — laquelle il se paonnait, non sans raison, de bien connaître.

— Néanmoins, dit-il en se levant, ma décision est prise. Je vous demande la permission de me retirer. J'écrirai dès meshui au roi mon maître pour demander mon rappel.

— Excellence ! s'écria Monsieur de Bonneuil, plaise à Votre Excellence de se rasseoir et de me faire la grâce d'attendre le temps qu'il faudra pour que j'envoie quérir Monsieur de Luynes. Etant le confident et le favori du roi, il vous dira mieux que moi le pourquoi de la mesure que Sa Majesté vient de prendre et ce que nous pouvons en attendre d'heureux pour nos deux couronnes.

A cela Don Fernando, debout, majestueux et la face fermée, ne dit ni mot ni miette. Mais à bien observer sa physionomie en apparence imperscrutable, je devinai que son désir d'en apprendre davantage sur les intentions du roi de France auprès de qui on l'avait dépêché — ce qui était, après tout, l'alpha et l'oméga de sa mission — allait l'emporter sur son indignation. Et en effet, au bout d'un moment, qu'il prolongea peut-être pour marquer avec plus de force sa désapprobation, il se rassit.

— Page, dit Monsieur de Bonneuil, cours quérir Monsieur de Luynes !

Le petit page voleta à travers le cabinet aux livres avec la légèreté d'un oiseau et disparut, laissant seuls les deux diplomates qui assis, l'un en face de l'autre, se regardaient en chiens de faïence. Je m'apensai avec amusement à quel point cette comparaison, s'il ne la connaissait pas, pourrait fâcher Don Fernando. Après la mouche, les chiens ! On haïrait les Français à moins !

Monsieur de Luynes enfin parut, fort beau et fort bien vêtu en un pourpoint de satin gris perle, et déversa aussitôt sur Don Fernando, avec cet accent provençal qui donnait tant de rondeur et de saveur à ses moindres propos, un déluge de civilités auquel l'ambassadeur, étonné de trouver tant de bonne grâce chez un personnage aussi puissant, ne laissa pas d'être sensible. Après quoi, Monsieur de Bonneuil l'ayant mis en peu de mots au fait de ce qui s'était passé, Monsieur de Luynes entreprit d'apaiser le courroux de l'ambassadeur.

— Il est bien vrai, Excellence, que la mesure décidée par Sa Majesté viole un article du contrat de mariage et qu'il est dommage, en effet, que Philippe III n'ait pas été consulté avant sa promulgation. Mais, considérez toutefois, Excellence, que ledit contrat n'a pas laissé d'être déjà violé, au moins une fois. Vous vous ramentevez sans doute, Excellence, que d'après le contrat, chacune des deux reines, Anne d'Autriche et Elisabeth de France, devait recevoir une suite de trente dames de son pays. Article qui fut observé à la lettre de notre côté, mais point du vôtre, puisque vos dames espagnoles furent au nombre de cent, ce qui ne laissa pas de poser, à ce moment-là, et plus tard, de très embarrassants problèmes à la Cour de France. Mais le passé est le passé. De grâce, n'y revenons pas ! Quant à la décision concernant les ambassadeurs, elle fait partie des mesures prises par le roi pour se rapprocher de la reine. Intention si louable, je dirais même si « sainte », que tous les moyens pour y parvenir ne peuvent être tenus pour mauvais. Le roi, comme vous savez, Excellence (Don Fernando me parut alors redoubler d'attention), a un caractère très entier. Et ce n'est un secret pour personne que l'entourage de la reine lui a inspiré de l'éloignement pour ne pas dire plus — éloignement dont la reine a pâti. C'est pourquoi le roi a demandé le renvoi des dames espagnoles ainsi que le renvoi de votre prédécesseur et c'est pourquoi aussi il a rogné le droit de visite de l'ambassadeur d'Espagne. Excellence, j'en suis chagrin pour vous, qui eussiez sans doute usé de ce droit avec le plus grand tact. Du moins, pouvez-vous être bien assuré que cette mesure n'a rien d'offensant pour votre personne, n'étant pas personnelle. Et pour tout vous dire, j'attends de ces trois mesures la satisfaction des vœux que France et Espagne forment avec ardeur pour que cesse le délaissement de la reine et pour que le roi mon maître, guéri de ses ombrages, soit à même de donner un dauphin à la France et un petit-fils au roi votre maître. Songez, Excellence, quelle satisfaction serait la vôtre, si passant outre à votre présent mécontentement, vous aviez la patience de demeurer en France afin d'être le premier à annoncer à Philippe III d'Espagne cette glorieuse nouvelle.

Monsieur de Luynes se tut. Il avait partie gagnée. Don Fernando demeura en Paris. Quant à l'émerveillable habileté qu'une fois de plus je trouvai en lui, je déplorai que le favori fût non seulement si ignare, mais si peu enclin à se donner peine pour corriger ses ignorances, ne sachant rien de l'Histoire des pays étrangers dont on parlait au Conseil, ni qui en étaient les princes, ni même où ils se trouvaient sur la carte, à tel point qu'il faisait sourire de lui à chaque fois qu'il essayait d'en dire un mot. A mon sentiment, c'était pitié, car il ne manquait ni de finesse ni d'adresse, mais celles-ci, petitement restreintes par nécessité aux intrigues de cour, auxquelles du reste il excellait. Raison pour laquelle, quand Louis lui donna la conduite de ses armées, Luynes se montra si piteusement médiocre, péchant sans cesse par ignorance et, qui pis est, par couardise. Du moins l'Histoire lui devra-t-elle quelque gratitude pour la part qu'il prit dans le rapprochement du roi et de la reine, lequel sans ses persévérants efforts, son habileté, et la grandissime affection que lui portait Louis, n'aurait sans doute jamais eu lieu.

Je ne voulus manquer pour rien au monde le départ des dames espagnoles et je suivis Louis quand il gagna la petite galerie pour voir leur cortège s'engager sur le Pont Neuf. Il n'y avait pas moins de trente carrosses et d'une dizaine de chariots, ceux-ci contenant leurs bagues, mais aussi les cadeaux et les gratifications que Louis leur avait donnés en guise d'« amical adieu ». « Amical » me parut plaisant.

Comme il avait fait pour sa mère quand elle partit en exil à Blois, Louis regarda s'éloigner les carrosses des dames espagnoles sans prononcer la moindre parole. Mais justement parce qu'il ne dit rien, on lui prêta un mot, que je veux rapporter céans, non parce qu'il le prononça, mais parce qu'à mon sens, il résumait assez bien ce que nous pensions tous à ce moment-là. A quelqu'un qui se plaignait qu'on eût gavé ces dames de trop de cadeaux et de pécunes, il aurait répondu : « Nenni, nenni. Ce n'était pas trop cher payé. »

CHAPITRE VII

Je ne nourrissais pas, quant à moi, une tant mauvaise opinion des dames espagnoles que le roi. A mon sentiment, elles pâtissaient de pointilles diverses.

Elles étaient trop nombreuses pour leur bonheur, se trouvant fort resserrées dans les lieux où on les avait mises. En outre, l'étiquette de la Cour interdisant aux gentilshommes français de les approcher, elles souffraient mal ces distances, étant nées sous un ciel chaleureux. Et enfin, sur la centaine qu'elles étaient, une douzaine à peine avaient l'occasion de se rendre utiles. Tant est que se trouvant du matin au soir désoccupées, d'aucunes s'étaient jetées dans les malices et les chatonies que l'on sait.

Le quatre décembre 1618 — jour de leur partement —, il pleuvait à cieux déclos, avec accompagnement d'aigres bises et d'une excessive froidure. Tant est que Louis, au lieu de courre à la chasse, fut contraint de demeurer dans le cabinet qui donnait sur la petite galerie où, ne pouvant rester oisif plus d'une demi-minute, il s'occupa à fabriquer de petites fusées — ce à quoi il excellait comme à toute tâche manuelle.

Le lecteur se ramentoit sans doute que du temps de la régente, la mode voulait qu'on méprisât ces occupations que la reine-mère (qui elle-même n'avait pas assez de cervelle pour cuire un œuf) tenait pour basses et puériles. Je n'avais jamais partagé ce sot préjugé, et j'étais fort content que le vent ayant tourné, la Cour meshui portât aux nues l'ingéniosité et la dextérité que Louis mettait à ces travaux.

S'il parlait peu à son habitude, il parlait moins encore quand il était ainsi occupé. Toutefois, tout en fabriquant ces fusées, il demeurait fort attentif à son entourage, prêtant l'oreille à ce qui se disait autour de lui. C'est ainsi qu'oyant le docteur Héroard me demander à voix basse des nouvelles de ma seigneurie d'Orbieu, il reprit à voix haute la question. En peu de mots, sachant qu'il aimait que les récits fussent brefs, je lui contai l'incident de mon bois de Cornebouc et le bannissement des deux incendiaires.

— Vous fîtes bien de punir ces méchants, dit-il sans lever les yeux de sa tâche. En mes enfances, un confesseur me voulut persuader que la mansuétude était la première vertu d'un roi. Mais moi qui me ramentevais que mon père n'avait pas fait grâce au maréchal de Biron, je lui répondis qu'à mon sentiment, le premier devoir d'un roi, c'était la justice.

Pour Louis, c'était là un long discours dont la philosophie, à y penser plus tard, me paraît expliquer les sévérités de son règne, que d'aucuns trouvèrent excessives et qui ne l'eussent pas, se peut, été autant, si la rigueur de Louis ne s'était pas trouvée mariée à l'implacabilité du cardinal de Richelieu.

Je vis bien que tous ceux qui étaient alors avec Louis se trouvèrent comme étonnés que Louis fût d'humeur à prononcer ce jour-là trois phrases de suite. C'est qu'à la vérité, il ne se sentait plus d'aise et non sans raison. En obtenant le rappel de Monteleone, le renvoi des dames espagnoles et en interdisant le libre accès au nouvel ambassadeur des appartements de la reine, il avait enfin réussi à *despagnoliser* son épouse. Ne demeuraient, en effet, auprès d'elle de son ancienne patrie que son médecin, son confesseur et une vieille femme de chambre.

Toutefois, contrairement à notre attente, le succès politique de Louis n'eut pas tout de gob la conséquence privée que nous en attendions. Nous fûmes donc déçus qu'en dépit des promesses faites par lui à Don Fernando de Giron, Louis, après le partement des dames espagnoles ne fit pas la moindre tentative pour mettre fin au « délaissement » de la reine en accomplissant ce que le nonce Bentivoglio appelait en termes galants la *perfezione* de son mariage.

Le père Arnoux, par des conseils chuchotés en les confessions du roi, le nonce, par des paroles jusque-là discrètes, Don Fernando, par un silence pesant, et par-dessus tout Luynes, tous continuaient à exercer sur Louis une forte et quasi quotidienne pression. Mais plus encore que ces objurgations, les événements eux-mêmes, par une très étonnante coïncidence, paraissaient, par la force de leur exemple, pousser Louis à répondre à l'attente générale : en cette fin d'année 1618 et en ce début de l'année 1619, la Cour de France n'était, en effet, occupée que de mariages. Chrétienne, l'aînée des deux sœurs cadettes de Louis, devait épouser le prince de Savoie et une autre de ses sœurs, mais celle-ci, comme on dit, « naturelle », Mademoiselle de Vendôme, fille d'Henri IV et de Gabrielle d'Estrées, devait s'unir au duc d'Elbeuf.

Ma belle lectrice se ramentoit peut-être que j'ai déjà mentionné dans les pages de ces Mémoires [1] à l'occasion du sacre de Louis Treizième, le jeune et charmant duc d'Elbeuf, lequel se trouvait (il est vrai de la main gauche) quelque peu mon cousin, étant un Guise de la tige d'Aumale. De cinq ans plus âgé que Louis, il avait souvent en ses enfances joué avec lui à Saint-Germain, à Vincennes et au Louvre.

Marquis d'Elbeuf à sa naissance, à cinq ans il fut nommé duc et pair. C'est en cette capacité qu'il dut aller, lors du sacre de Louis qui avait alors neuf ans, déposer un baiser sur les joues du petit roi. Survint alors un incident qui fit sourire les uns et toucha fort les autres. Louis, qui commençait à se lasser des accolades ducales, et d'autant qu'il savait par son défunt père ce que valait l'aune de ces grimaces-là, fut tout content de voir surgir devant lui le jeune duc d'Elbeuf. Et retrouvant, à voir son compagnon de jeu, l'espièglerie de son âge, il affecta de s'essuyer la joue à l'endroit où le duc d'Elbeuf lui avait baillé un baiser. Après quoi, il lui donna sur la sienne une petite tape amicale.

Or, malgré les traverses que Marie de Médicis, par méfiance ou méchantise, avait mises à cette amitié, comme à toutes celles que Louis concevait, elle se poursuivit sans faiblir le moindre et mit le duc d'Elbeuf sur le pied d'une intimité — laquelle, je ne dirais pas qu'elle justifie tout à plein, mais permet à tout le moins d'entendre une scène très étonnante qui

1. Cf. *L'Enfant-Roi.*

se passa quelques semaines plus tard, et dont je dirai plus loin ma râtelée.

Quant à la future épouse du duc d'Elbeuf, Mademoiselle de Vendôme, demi-sœur du roi, Louis l'aimait à l'égal de ses cadettes, Chrétienne et Henriette, la première, comme je viens de le dire, promise au prince de Savoie, la seconde, mais l'affaire ne se fit que beaucoup plus tard, à Charles Ier d'Angleterre.

Le nonce Bentivoglio (dont le nom, en italien, veut dire « je te veux du bien », ce qui l'avait voué, dès sa naissance, à cet amour du prochain que Jésus recommande) était un homme tout en rondeurs, mais dont les rondeurs n'excluaient pas la force, pas plus que sa discrétion n'excluait, à l'occasion, le manque de tact, pour peu qu'il lui parût utile. Il en donna une éclatante preuve lors d'une audience qu'il obtint de Louis le quinze janvier 1619 et à laquelle assistèrent Monsieur de Bonneuil, Monsieur de Puisieux et moi-même (pour la raison que l'on sait).

Je m'apensai que cette entrevue-là allait être de tout repos, comparée à celle qui avait opposé Bonneuil à l'irascible Don Fernando de Giron et que je n'aurais pas, par exemple, à expliquer qu'une mouche n'offensait pas un grand royaume, quand même eût-elle piqué son ambassadeur. En outre, je savais déjà ce qui s'allait dire là. Le bienveillant Bentivoglio allait présenter suavement au roi, au nom du pape, les compliments de la Chrétienté pour le mariage de ses deux sœurs, la naturelle et la légitime.

Chose qui me parut tout à la fois peu orthodoxe et peu conforme à l'étiquette de la Cour, le nonce commença par l'enfant du péché. Assurément, Mademoiselle de Vendôme était légitimée, reconnue « enfant de France » et tout comme Chrétienne, sa demi-sœur, elle porterait, le jour de ses noces — privilège qui était envié par toutes les princesses qui n'étaient point royales —, des fleurs de lys sur sa robe de mariée. Mais enfin, issue d'un adultère, elle n'avait tout de même pas le pas sur une union bénie par l'Eglise.

Toutefois, comme ni Bonneuil, ni Puisieux, ni Louis ne sourcillèrent à ouïr Bentivoglio commencer son compliment par elle, je me dis que je ne pouvais être plus royaliste que le roi et que Bentivoglio voulait sans doute garder la sœur de Sa Majesté « pour la bonne bouche », si j'ose m'exprimer ainsi.

Belle lectrice, je ne me trompais pas. Sauf que la « bonne bouche » fut une « flèche du Parthe », en cette occasion, tirée à bout portant sur le roi avec une audace, je dirais même une impudence qui, chez tout autre que le représentant du pape, eût été tenue pour telle. Mais nos prêtres étant mêlés par la confession à tous nos secrets de sang et de chair, n'est-ce pas pour eux une pente quasi naturelle que d'intervenir, même publiquement, au plus privé de nos vies, cette vie fût-elle celle d'un roi ?

Bentivoglio s'exprimait en excellent français prononcé avec un délicieux accent italien qui ajoutait encore aux résonances bon enfant de sa voix et aux rondeurs de sa personne. Et je me disais, en l'écoutant, qu'avec cette tête, cette voix, cet accent, cette bedondaine et la grande ombre du pape derrière lui, Bentivoglio pouvait vraiment tout se permettre de dire. Et de reste, c'est ce qu'il fit en cette audience.

Il ne faillit à son petit discours, en sa première partie, pas un seul superlatif en *issima* ou en *issimo*, quand il présenta les compliments de Sa Sainteté au Roi Très Chrétien à l'occasion du mariage de sa sœur bien-aimée, Son Altesse Royale la *bellissima* princesse de France, avec l'*illustrissimo* prince de Savoie. Mais le compliment fini, baissant les paupières et ménageant un silence habile, Bentivoglio, à la fin, leva ses beaux yeux noirs et, envisageant Sa Majesté avec une parfaite humilité, dit, d'un ton calme, posé, intime et quasi familial :

— Sire, je ne crois pas que vous voudriez recevoir cette honte que votre sœur ait un fils avant que Votre Majesté ait un dauphin...

Juste ciel ! m'apensai-je avec un fort déplaisant frémissement le long de mon échine, allons-nous droit derechef à un « éclat » ? C'était là propos quasiment plus dénué de tact que la suggestion de Monteleone d'enseigner à la petite reine les moyens d'attiser les désirs de son mari.

Je jetai un œil au roi et un autre à Puisieux et à Bonneuil. Louis était rouge et les deux diplomates étaient blêmes. Une seconde s'écoula qui me parut siècle. Et la foudre ne tomba pas. Tout le rebours. Louis dit d'une voix basse, mais bien articulée et sans sourciller le moindre :

— Non, en effet. Je ne compte pas avoir cette honte.

Je n'en crus pas mes oreilles, et quelque effort que fissent Puisieux et Bonneuil pour garder une face imperscrutable, je vis bien qu'ils n'étaient pas moins béants que moi. Pour la première fois, publiquement (et devant quel public : le représentant du pape !) Louis s'était engagé à mener à bien la *perfezione* de son mariage. Là où le taureau espagnol avait encorné un mur, la brebis papale venait de triompher.

*
* *

Quand je contai à mon père la quasi incrédible impertinence de Bentivoglio à l'égard du roi, il me dit d'un air chagrin :

— Voilà bien le mauvais de n'être point un vert galant. Il n'est pas jusqu'au moine escouillé en cellule qui n'aille vous donner des leçons... Qu'on soit reine ou roi, peu chaut à ces gens-là : ce qu'ils demandent à une femme, c'est la fécondité, et à l'homme, le pouvoir de la féconder. Que diantre ! Sommes-nous des chevaux dans un haras pour qu'on nous réduise à la procréation ?

Mais ce discours sentant quelque peu la caque huguenote, je noulus lui donner réplique, à tout le moins pas dans cette veine et je dis :

— Mais, Monsieur mon père, vous qui êtes médecin, comment expliquez-vous que Louis, qui à la chasse est si vaillant et si infatigable, et de l'aube à la nuit y montre tant de pointe, ait défailli avec la reine ?

— C'est la tête et l'imaginative qui commandent cette vigueur-là, mon fils. Il y a en nos provinces de fort robustes paysans qui de leur vie n'ont pu rien faire avec leurs femmes parce qu'un sorcier, le jour de leurs noces, leur a noué l'aiguillette. Dans le moment où le prêtre prononce cette phrase sacramentelle : « Ce qui est uni par Dieu ne doit pas être désuni par l'homme », il a suffi qu'un sorcier dans l'assistance murmure : « mais par le diable », et jette à terre derrière son épaule un lacet noué en huit (chiffre fermé) et une pièce de monnaie qui tintine sur le sol, pour que l'époux perde à jamais la faculté de consommer son mariage.

— J'ai lu, Monsieur mon père, le manuscrit de vos Mémoires où vous relatez le fait et je n'ignore pas qu'à la suite de ces simagrées, l'aiguillette qui ferme la braguette du malheureux est à jamais nouée, symboliquement s'entend. Mais ce n'est là qu'une superstition qui n'agit que sur ceux qui y croient et qui peut être vaincue, comme vous l'avez écrit, par une contre-superstition. L'homme noué se dénoue, dès lors qu'on suspend à son cou un sachet miraculeux, même si ledit sachet, ouvert après guérison, n'enferme que le vide.

— Puisque vous m'avez si bien lu, mon fils, dit mon père avec un sourire, vous n'ignorez pas que le « sachet miraculeux » a été inventé par Montaigne pour guérir un de ses amis d'une impuissance née des effets de son imagination, car il va sans dire que dans la plupart des cas, il n'est nul besoin d'un sorcier de village — personnage fruste dont la magie n'agit que sur des manants ignares — pour nouer une aiguillette. Dans le cas présent, vous avez, hélas, tous les ingrédients qu'il y faut. Un confesseur qui vous martèle à l'oreille que la chair, c'est le péché. Un père adoré qui vous répète que l'Espagne, c'est le mal. Et une mère méchante qui, après le meurtre du père, et le trahissant *post mortem*, marie son fils à une Infante. La pauvre Anne d'Autriche est donc trois fois le diable : elle est chair, elle est femme et elle est espagnole.

Mon père fit alors un petit geste de la main qui indiquait la lassitude et ajouta :

— Mais je me répète. J'ai déjà dit tout cela.

— En effet, Monsieur le Marquis, mais jamais sous une forme aussi lapidaire, répliqua La Surie.

Cette remarque me toucha fort, La Surie étant le dernier homme au monde à flagorner quiconque, mais souffrant mal, ayant une si haute idée des talents de mon père, que de soi il les rabaissât.

Le jeudi vingt-quatre janvier — huit jours après cet entretien —, j'eus une conversation avec un valet de chambre du roi qui me plongea dans une stupéfaction telle et si grande que je fus tout un jour avant d'y pouvoir attacher créance malgré l'évidente bonne foi du narrateur, lequel le lecteur connaît déjà, n'étant autre que l'un des deux valets de chambre du roi, Berlinghen, l'autre étant Soupite, tous deux étant de bonne maison, mais fort jeunes et aussi fols que poulains échappés. Tant est que Louis, bien qu'il les aimât, les tabustait fort pour leurs sottises, et à l'occasion les punissait, ayant en lui cette raideur de justice dont j'ai parlé plus haut.

Or, ce Berlinghen qui avait le cheveu roux en hérisson sur sa tête, l'œil bleu clair et la face semée de taches de rousseur soupirait aux genoux d'une dame italienne — épouse de l'envoyé vénitien à Paris, Angelino Contarini — et, se flattant de la séduire, avait demandé à Louis la permission, et à moi la faveur, de lui bailler des leçons dans la langue de Dante, mais sans du tout dire au roi, connaissant sa pudibonderie, à quelle source cette soif d'apprendre rêvait de s'assouvir. Mais comme à moi Berlinghen avait confié ce qu'il avait caché à Sa Majesté, je lui accordai ces leçons, jugeant qu'elles dureraient autant que sa grande amour, laquelle à mon sentiment, gèlerait sur pied à la première rebuffade, la dame vénitienne n'étant pas de celles qui prodiguent leurs corps à des béjaunes. Je soupçonnais, en fait, qu'elle ne souffrait les attentions du garcelet que pour tâcher d'apprendre par son naïf babillage d'aucunes choses sur le roi dont l'envoyé vénitien à la Cour eût pu faire sa provende.

Il se trouva que ce jeudi vingt-quatre janvier, je fus en retard à un de mes studieux rendez-vous avec Berlinghen, ayant été retenu au Conseil des affaires plus longtemps que je ne l'eusse voulu. Et je fus béant en entrant dans mon appartement du Louvre, de trouver le béjaune attablé avec mon page La Barge et mon cuisinier Robin devant deux flacons, l'un vide, l'autre à demi plein, de mon vin de Bourgogne et une paire de dés que le béjaune lançait sur la table en poussant des jurons. Et voyant que le tas des monnaies devant lui était maigre et, fort pansus, ceux de mes vaunéants, j'en conclus qu'ils étaient occupés à plumer le coquelet après l'avoir fait boire.

— Çà, Messieurs, m'écriai-je d'une voix forte et l'œil fort sourcillant, qu'est cela ? Prenez-vous mon logis pour un tripot ? Etrangle-t-on ici les hôtes avant que je les voie ? Rendez tout de gob à Monsieur de Berlinghen les pécunes que vous lui avez gagnées. Et retirez-vous dans la cuisine d'où vous ne sortirez que pour nous apporter les viandes qu'il faudra pour sortir ce pauvret de ses ivresses.

Ils obéirent, la crête fort rabattue, et craignant de recevoir de moi quelques bons coups d'étrivière pour punir leur exploit. Quant à Berlinghen, le vin qui l'avait d'abord assoupi, le rendit fort bavard dès que la repue qu'il gloutit avec moi l'eut quelque peu rebiscoulé. Le verbe quelque peu trébuchant, il me répéta trois à quatre fois, pour s'excuser de son ivrogneté, qu'il n'avait pu fermer l'œil de la nuit.

— Eh quoi ? dis-je. Cela est-il constant ? Une insomnie ? A ton âge ? Et sain et gaillard comme tu l'es ?

— Monsieur le Comte, dit-il, ce n'était point une insomnie. J'étais au service du roi, l'ayant dû accompagner sur la minuit dans la chambre où le duc d'Elbeuf et Mademoiselle de Vendôme, étant mariés du matin, faisaient leurs épousailles, moi portant l'épée du roi, ce que je tiens à grand honneur et Soupite, son bougeoir.

— Et que fis-tu en cette chambre-là ?

— Ce que faisait le roi : je regardais, quoique dans un coin de la chambre, et l'œil baissé par discrétion.

— Tu regardais, l'œil baissé. Voilà qui va bien. Et Soupite ?

— Soupite faisait de même.

— Et où se tenait Louis ?

— Mais sur le lit des épousés.

— Et qu'y faisait-il ?

— Comme je l'ai dit, Monsieur le Comte. Il regardait, et de très près, muet et attentif.

— Et cela ne gênait pas les épousés ?

— Point du tout. Ils étaient tout à leur affaire.

— Et leur affaire dura la nuit ?

— De la minuit à la pique du jour.

— Raison pour laquelle tu ne fermas pas l'œil ?

— Allais-je m'ensommeiller en présence du roi ? En outre, étant sans expérience, je trouvais beaucoup d'intérêt aux façons de faire du duc d'Elbeuf.

— Les épousés parlaient-ils ?

— Point du tout. Rien que des murmures, des soupirs et des cris.

— Et le roi ?

— Je vous l'ai dit, Monsieur le Comte. Il regardait. Et pour sa plus grande chance, de plus près que moi, puisqu'il était sur le lit.

— Oui, mais comment regardait-il ?

— Monsieur le Comte, vous voulez dire de quel air ?

— Oui-da !

— Eh bien, dit Berlinghen après avoir réfléchi un petit, d'un certain air.

— Avec émeuvement ?

— Non point. Alors comment ?

— Je dirais qu'il regardait d'un air sérieux et appliqué. Je lui ai vu cet air-là que je dis à Lesigny-en-Brie, alors qu'il observait un maçon façonner un essieu au rabot afin qu'il pût entrer en forçant quelque peu, mais point trop, dans le moyeu d'une roue. Vous n'ignorez pas, Monsieur le Comte, que chaque fois que Louis voit des ouvriers mécaniques à l'œuvre, il s'arrête, il les observe longuement et il essaie ensuite de les imiter.

— Oui, je sais. C'est ainsi qu'il a appris tant de métiers. Donc, il avait cet air-là, couché sur le lit des épousés.

— Il n'était pas que couché, Monsieur le Comte. Il tournait tout autour du lit pour mieux voir ce qui s'y passait.

— Mais point de parole, ni de lui, ni du couple ?

— Nenni ! Sauf à la fin ! Une seule et fort mémorable, et devinez qui l'a prononcée ?

— Nenni, je ne saurais deviner.

— Mademoiselle de Vendôme.

— Après ce que tu viens de décrire, tu ferais mieux de l'appeler la duchesse d'Elbeuf. Eh bien, parle ! Que dit-elle et à qui ?

— Au roi. Elle se tourna vers lui, et avec un sourire fort gracieux, quoique un peu las, elle lui dit : « Sire, faites, vous aussi, la même chose avec la reine et bien vous ferez » [1].

Il avait fallu que le garcelet n'eût pas encore tout à plein sailli de son ivrogneté pour me conter l'affaire. Il est vrai qu'il me savait adamantinement fidèle à Sa Majesté et avait toute fiance en moi. Il est vrai aussi que son jeune âge et sa naïveté le portaient à ne voir malice à rien et qu'il ne pouvait s'étonner outre

1. La présence du roi sur le lit de sa demi-sœur le soir de ses noces est attestée par Angelo Cantarini et confirmée, en termes pudiques, par Héroard en son Journal.

mesure de ce qui s'était passé, sachant, étant né dans le sérail, que les rois et les princes ont toujours un public et pour naître, et pour faire l'amour et pour mourir. Son erreur consistait à ne pas entendre que l'extraordinaire dans cette scène n'était point qu'elle eût un témoin (il y en a toujours un, ne serait-ce qu'une femme de chambre), mais que le témoin fût le roi.

Quand Berlinghen en eut fini avec son conte et que je fus revenu de mon étonnement, je lui recommandai, la face grave et sans hausser le ton, de rester à jamais bouche cousue, comme je le serai moi-même, sur cet événement, non que ce fut peccamineux d'en avoir été le témoin, mais ce pouvait l'être, si tout autre qu'un gentilhomme de la Chambre l'apprenait. J'ajoutai que s'il était derechef trop ouvert là-dessus, il en irait de son honneur et se peut même de sa charge. Cette admonestation, ferme en son fond, douce en sa forme, le dégrisa tout à plein, et la voix trémulante, il me fit de grands serments de demeurer sur ce sujet plus muet que tombe. Et je crois bien, en effet, qu'il mit un bœuf sur sa langue et n'en parla point à d'autres que moi. Et si la chose, malgré tout, se sut (mais d'un très petit nombre), je suis bien assuré que ce ne fut pas de son fait.

*
* *

J'ai eu quelques scrupules à relater en ces Mémoires que voilà cette scène assurément unique dans les annales de notre monarchie, craignant que ma belle lectrice n'estime qu'elle brave par trop l'honnêteté et que Louis ne fit pas preuve en la circonstance d'une délicatesse excessive.

— Pour l'honnêteté, Monsieur, je ne suis pas si bégueule, mais en revanche et sans vouloir blesser vos partialités...

— Belle lectrice, parlez sans crainte. Vous ne

m'offenserez point. J'aime Louis, mais point aveuglément.

— Eh bien, comment a-t-il fait, ce jeune roi, pour ne pas redouter que sa présence en cette scène n'en paralysât les acteurs ? Il était lui-même bien placé pour connaître les néfastes effets de la vergogne.

— J'imagine, Madame, sans le pouvoir acertainer, qu'il a demandé la permission au duc d'Elbeuf, lequel était, à vingt-deux ans déjà, un vétéran des joutes amoureuses et avait trop de fiance en sa vigueur maintes fois prouvée, pour ressentir de la gêne à se donner en spectacle. Quant à Mademoiselle de Vendôme, vous avez pu juger par sa remarque finale que cette petite personne-là, toute pucelle qu'elle fût, ne manquait pas d'effronterie. Je gage même que son *pundonor*, au rebours, s'exalta à la pensée de donner une leçon à son frère aîné.

— Voilà qui va bien. Mais la scène sort, malgré tout, de l'ordinaire. Vous dites vous-même qu'elle est unique dans les annales de la monarchie. Qui en eut l'idée ? Le père Arnoux ? Luynes ? Le roi lui-même ?

— Je pense que ce fut le roi, et la comparaison de Berlinghen avec la façon sérieuse et appliquée dont Louis regardait un charron raboter un essieu afin de l'imiter à l'occasion, me paraît tout à fait pertinente. Louis incline peu aux idées et beaucoup aux choses. Cuisinier, menuisier, maçon, couvreur, carreleur, maréchal-ferrant, artificier, il veut être tout cela. Il admire tout ce qui est métier. Et il vénère le savoir-faire.

— Mais, Monsieur, dans un lit avec une épouse, le savoir-faire ne suffit pas. Il y faut l'étincelle. C'est bien beau de savoir fabriquer une fusée, mais encore faut-il y mettre le feu.

— Belle lectrice, la sagesse parle par votre jolie bouche. Toutefois, ce n'est point tout à fait que la flamme manquât. Ce serait plutôt que Louis craignait qu'elle lui faillît, comme il en avait fait l'humiliante expérience quatre ans plus tôt.

C'est, de reste, ce que me confirma Luynes le lendemain, quand je le rencontrai dans le grand escalier
du Louvre. Après m'avoir quasiment étouffé de ses
embrassements, car bien qu'il fût plus avare que pas
un fils de bonne mère en France, il n'était pas chiche,
comme on sait, en compliments et en accolades, il me
conta de prime à l'oreille ce qui s'était passé la veille
sur le lit du duc d'Elbeuf, récit que j'ouïs en feignant
l'ignorance.

— Eh bien, dis-je, murmurant à mon tour, cela
a-t-il donné à Louis une plus grande fiance en lui ?

— Point du tout. Le pauvre (Luynes prononçait
« le povre » à la provençale) est toujours dans les
affres. Lui dont l'impavidité est admirée du monde
entier, la peur de l'échec au lit le tabuste, le talonne et
le rend trémulant. Vramy, on dirait que la femme se
dresse devant lui comme un impénétrable mur ! Il a
promis pour ce soir la *perfezione* de son union, mais je
doute fort qu'il l'accomplisse. Et pourtant, le temps
presse.

— Le temps presse, Excellence ?

— Oui-da ! Dans dix ou douze jours, aura lieu le
mariage de Chrétienne avec le prince de Savoie et
comme a dit si bien le nonce, ce serait une très grande
honte qu'elle ait un fils avant que le roi ne baille un
dauphin à la France.

— Excellence, soufflai-je, vous m'alarmez !
Perdez-vous tout espoir ?

— Nenni ! nenni ! dit-il les dents serrées. Je ne
jetterai pas le manche après la cognée. Jamais !
Jamais ! S'il le faut, j'userai de force ! Il y va de l'avenir
du trône !

Il y allait aussi du sien, m'apensai-je. Car un roi
sans héritier suscite l'assassinat et l'usurpation,
comme hélas ! on l'avait bien vu avec notre pauvre
Henri III. Et que devient alors le favori ?

Luynes répéta derechef : « J'userai de force ! » et,
me quittant, monta quasiment en courant l'escalier

que je descendais, me laissant perplexe, ne voyant pas comment « la force » pourrait aider qui en manquait.

Sur un point toutefois, Luynes ne se trompait pas. Le soir venu, Louis, oubliant ses promesses, ses résolutions, et l'excellente leçon que lui avait baillée la veille le duc d'Elbeuf, résista à toutes les objurgations de Luynes et refusa d'aller retrouver la reine dans ses appartements. L'aiguillette n'était pas encore dénouée.

Le lendemain était le vingt-cinq janvier de l'année 1619 et j'ai quelque raison de me ramentevoir cette date-là. Il faisait une froidure à geler la rivière de Seine et à faire éclater les pierres. Mon appartement du Louvre étant fort mal chauffé, je me réfugiai en notre hôtel de la rue du Champ Fleuri où mon père entretenait un grand feu, n'étant pas chiche en bûches, comme d'aucuns de la noblesse que je pourrais nommer, lesquels préfèrent vendre tout un bois pour se mettre sur le dos ou la poitrine, satin, perles et soie, plutôt que d'en prélever, ce qui suffirait l'hiver à leur bien-être, sans se dessaisir de la totalité.

Toutefois, je dus m'arracher au tiède cocon familial sur les quatre heures de l'après-midi pour aller au Louvre assister au Conseil des affaires. Laissant mon alezane dans l'écurie paternelle, je m'y rendis en carrosse, la froidure étant telle que le vent, à cheval, vous coupait le visage. Au Conseil, on parla prou des affaires d'Allemagne qui ne s'arrangeaient guère, les Etats huguenots et les Etats catholiques s'étant dressés si violemment les uns contre les autres après la défenestration de Prague. Mais on en discuta d'une façon désordonnée et confuse et sans rien décider. A mon sentiment, Monsieur de Puisieux trouvait peu d'intérêt à tout ce qui n'était point pécunes tombant dans son escarcelle.

Sa Majesté m'ayant demandé, à l'issue du Conseil, pourquoi elle ne m'avait point vu le matin, j'inventai quelque plausible excuse et décidai, pour ne point l'affronter davantage, de demeurer avec Elle jusqu'à son coucher. Toutefois, quand je vis Louis à son souper ne parlant qu'à sa seule assiette, tant il paraissait malengroin, je décidai d'aller dans mon appartement manger chez moi un morcel hâtif. Et m'en revenant, je rencontrai le roi dans la galerie alors qu'il se rendait, la face fermée et maussade, chez la reine pour une de ces visites protocolaires qui duraient dix minutes et pendant lesquelles debout, gourmés et polis, ils n'échangeaient pas dix paroles. Je l'y suivis, étant alors le seul gentilhomme de la Chambre à être présent au Louvre.

A une semaine près, le roi et la reine avaient le même âge. Et il s'en fallait encore de sept mois qu'ils atteignissent ensemble leur dix-huitième année. L'étrange est que, face à face, ils pâtissaient tous deux de sentiments si amers et, qui pis est, l'un par l'autre. C'était pitié, car Louis ne faillait pas en agréments, ayant un corps vigoureux et un visage mâle et Anne, sans être la beauté que peintres et poètes de cour portaient aux nues, me paraissait jolie et fraîchelette, avec de beaux cheveux blonds, foisonnants et bouclés, de grands yeux bleus, une bouche petite et vermeille et un contour de visage des mieux modelés. Eût-on voulu être un peu sévère (et certes, je ne l'étais pas), on eût pu critiquer son nez qui se trouvait peut-être un peu gros comparé à l'ensemble de ses traits. Quant à l'âme ou l'esprit, comme on voudra, qui habitait cette gracieuse enveloppe, je dirais qu'elle brillait en ébulliante gaîté, vivacité primesautière, charme féminin, et le cas échéant, en sentiments affectionnés, mais qu'elle faillait singulièrement en assiette, en prudence et en jugement.

Epouse délaissée avant même d'être prise, et pâtissant prou de cette blessure en son orgueil et sa chair, si elle avait eu l'esprit plus fin, elle n'eût pas toutefois, en ces visites quotidiennes, répondu aux compliments embarrassés de Louis par cet air que je lui voyais : froid, distant, quasi hautain. Car cet air-là n'était pour Louis qu'une cuirasse de plus, laquelle

212

mettait encore plus hors d'atteinte ce corps qui lui faisait peur.

Mais il lui eût fallu, sans doute, posséder plus d'expérience qu'elle n'en pouvait avoir, ou un entendement plus délié que le sien, pour entendre que des deux, il était le plus trémulant et qu'il eût mieux valu user de séduction et de tendresse, là où elle se remparait derrière sa hauteur castillane.

Debout, à deux pas derrière Louis et un peu sur sa gauche, j'envisageai la reine. J'admirai sa grâce et sachant ce qu'elle endurait en son for depuis quatre ans, j'avais grandement pitié d'elle, mais en même temps, je m'irritai qu'elle portât si haut la crête. Ah ! si seulement elle avait su ! Ce n'était guère le moment d'être si roide ! Si Habsbourg ! Et si espagnole ! Mais, se peut, m'apensai-je, qu'elle ait appris par le nonce la formelle promesse de Louis touchant la *perfezione* de son mariage, et par Madame de Luynes la leçon d'érotique baillée par le duc d'Elbeuf à Louis, et qu'en conséquence de ces nouvelles, elle ait conçu des espérances que la soirée de la veille a une fois de plus anéanties. Tant est que son amertume s'était encore accrue depuis cette déception-là, venant au cours des ans après tant d'autres.

Le roi sortit des appartements de la reine sur le coup de dix heures de l'après-dînée comme je m'en assurai en jetant un œil rapide à ma montre-horloge, étant fort las, car j'étais sur mes jambes depuis que j'étais entré à quatre heures au Conseil des affaires où, comme on sait, seuls le roi et les secrétaires d'Etat siègent assis. Cela faisait donc six heures que je me tenais debout, et je commençais à pâtir d'une grande fatigue, non point seulement des jambes, mais des reins. Toutefois, Louis ne faisant pas mine de me donner mon congé, je n'osais le lui demander, ayant observé qu'il avait renvoyé tout son monde sauf moi, ses deux valets de chambre et Héroard. En outre, l'œil baissé et les lèvres serrées à n'y pouvoir passer une paille, il paraissait fort tourmenté, ne disait ni mot ni miette, et ne regardait personne, pas même Soupite et Berlinghen qui le déshabillaient. Quand Louis fut nu, Soupite, comme chaque soir, frotta à l'arrache-peau son corps frissonnant, sans qu'il poussât les petits grognements avec lesquels il accueillait d'ordinaire cette friction bienvenue. Et quand Berlinghen lui passa sa robe de nuit, il le gourmanda, mais d'une voix lasse et comme distraite, pour n'avoir pas pensé à la faire chauffer au préalable devant le grand feu qui flambait dans la cheminée.

A la parfin, il se mit au lit, s'étendit de tout son long sur le dos, ferma les yeux, joignit les mains comme un gisant (ce qui me serra le cœur, pensant qu'un jour on le sculpterait ainsi sur son tombeau) et pria à voix basse. Quand il eut fini, le docteur Héroard s'approcha de lui et lui tendit un bol de tisane. Louis, s'étant tourné sur le côté et soulevé sur son coude, saisit le bol, le porta à ses lèvres et but avec avidité, le docteur Héroard limitant la quantité de liquide qu'il devait absorber chaque jour, je n'ai jamais su pourquoi. Berlinghen l'ayant débarrassé du bol vide, Héroard voulut se saisir du poignet royal pour prendre le pouls, mais Louis retira vivement sa main en disant d'un ton sec : « Je vais fort bien. » Après quoi, il s'étendit de nouveau de tout son long sur le dos et ferma les yeux.

Le moment était venu pour moi de me génuflexer à son chevet et de dire : « Sire, je vous souhaite la bonne nuit », à quoi il répondrait : « Bonne nuit, *Sioac* », ou plus cérémonieusement, selon son humeur : « Bonne nuit, comte d'Orbieu. »

Mais avant que j'eusse le temps de prononcer le premier mot de ces paroles coutumières, survint un de ces « coups de théâtre » qui sont si rares dans nos vies monotones et si fréquentes en ces tragédies où nous aimons nous divertir : Monsieur de Luynes entra ou, pour mieux dire, tomba du ciel sur scène comme le *Deus ex machina* de l'antique comédie, et, se dirigeant droit vers le lit où le roi s'ensommeillait, le prit des deux mains aux épaules, et, le secouant, lui dit d'une voix forte :

— Fi donc, Sire ! Ce n'est point le temps de dormir ! Tant promis, tant tenu ! Il faut sur l'heure vous lever et aller trouver la reine !

— Nenni ! Nenni ! cria Louis en tâchant de se dégager de son étreinte.

Héroard, les deux valets et moi, nous fûmes béants et sur le sol cloués que Luynes osât porter la main sur la personne du roi, car c'était là un crime de lèse-majesté. Mais comme nous ignorions le degré d'intimité que Louis permettait à son favori, et comme d'autre part, Louis se débattait avec vigueur, certes, mais sans du tout nous appeler à l'aide, aucun de nous quatre ne branla de la place où il se trouvait, regardant la scène et nous envisageant l'un l'autre avec scandale et stupeur.

— Fi donc, Sire, fi donc ! cria Luynes. Vous avez promis !

— Nenni, nenni ! cria le roi, résistant de façon quasi désespérée aux efforts que faisait Luynes pour le tirer hors de sa couche.

J'observai pourtant que Louis ne tentait en aucune façon de recourir à la dignité royale et de commander à Luynes de le lâcher avec ce ton et ce regard qui nous faisaient rentrer sous terre dès le moment qu'il en usait. Bien le rebours, il luttait contre lui, grimaçant et désolé, mais plutôt qu'un roi, il faisait penser à un enfant que son gouverneur veut arracher à son sommeil pour lui donner le fouet.

Luynes l'emporta : il réussit à tirer Louis de sa couche et, le tenant fermement des deux mains, il donna des ordres. Lecteur, vous m'avez bien ouï ; il osa donner des ordres dans la chambre du roi !

— Berlinghen, l'épée de Sa Majesté ! Soupite, le bougeoir ! Héroard, jetez une robe de chambre sur les épaules de Sa Majesté ! Siorac, aidez-moi !

Et me voyant hésiter, il répéta :

— Siorac, aidez-moi ! Il y va du salut du trône !

215

Je m'approchai alors du roi, et l'interrogeai du regard pour savoir si je devais obéir à Luynes, mais il ne me rendit pas mon regard, il pleurait. De rage ou d'humiliation, je ne sais, mais ses larmes coulaient sur sa face, grosses comme des pois, et j'entendis en un éclair que son corps, seul, résistait et luttait. Il était, en esprit, consentant et consentant même à la violence qu'on lui faisait. Je me saisis alors de son bras gauche par le poignet et le passai autour de mon cou, tandis que Luynes en faisait autant de son bras droit. Et précédés de Soupite qui nous éclairait et suivis de Berlinghen qui portait l'épée du roi, nous soulevâmes Sa Majesté et quasiment le portâmes jusqu'à la chambre de la reine et, le seuil franchi, jusqu'à sa couche.

Il n'y avait là, outre la reine, qui, réveillée, nous envisagea avec autant d'étonnement que si nous tombions de la lune, qu'une cameriste espagnole fort vieille, appelée je crois Stéphanilla, et Madame du Bellier, première femme de chambre. Nous rendîmes sa liberté au roi à une toise du baldaquin sur lequel Anne reposait, le chandelier sur le chevet jetant une auréole dorée sur ses blonds cheveux. A notre entrant, elle porta ses deux mains à sa poitrine comme pour nous en dérober la vue, et s'assit sur son séant, ses grands yeux bleus quasiment saillant des orbites sous l'effet de la stupeur. Louis parut comme saisi à sa vue d'admiration, mais comme il la considérait sans dire mot ni miette, sans bouger ni s'approcher davantage, Luynes, s'impatientant, lui enleva en un tournemain sa robe de nuit et quand il fut nu, le soulevant dans ses bras, cette fois sans que Louis opposât la moindre résistance, il le porta jusqu'à la couche de son épouse et l'y déposa. Cela fait, reculant prestement, il commanda à toute la compagnie de sortir de la chambre, ne laissant avec le couple que Madame du Bellier, qui devait de force forcée demeurer avec les époux afin de pouvoir, le lendemain, témoigner de ce qui s'était passé. Luynes ferma à clé derrière nous la porte de la chambre et s'accotant à l'huis, une fois qu'il l'eut clos, il poussa un soupir et, tirant un mouchoir de l'emmanchure de son pourpoint, essuya la sueur qui ruisselait sur son visage.

— Berlinghen, dit-il, Vous demeurerez céans avec Soupite, et vous ouvrirez à Sa Majesté demain matin quand il frappera à la porte.

Je dormis assez mal cette nuit-là, de prime parce qu'il faisait assez froid dans mon appartement du Louvre malgré le feu que Robin y entretenait (mais beaucoup de cette bonne chaleur se perdait dans l'excessive hauteur du plafond) — et aussi parce que je me demandais si la violence qu'on avait faite au roi, même s'il l'avait, en son for, acceptée, atteindrait bien son but. Un nouvel échec, venant après celui que Louis avait essuyé quatre ans plus tôt, me paraissait redoutable comme étant susceptible de décourager tout à plein et de tuer dans l'œuf toute tentative ultérieure, l'enfonçant bien au rebours dans une impuissance sans remède, avec toutes les conséquences humaines et politiques qui pouvaient en découler et qui n'étaient que trop tristement prévisibles.

J'étais bien assuré que si Henri IV avait vécu, aucun des tourments dont Louis pâtissait n'aurait rongé son cœur, car c'eût été à Henri de choisir son épouse et il ne l'eût assurément point choisie espagnole, car elle eût alors présenté, pour lui et pour son fils qui ne voyait que par ses yeux, le visage même de l'ennemi. Mais surtout, comme il avait fait pour son bâtard Vendôme, avant qu'il épousât Mademoiselle de Mercœur, il eût pris soin de déniaiser Louis par une garcelette experte qui, d'origine modeste, eût été par là même familière et rassurante. Mon père en avait-il agi autrement avec moi quand il fourra Toinon dans ma couche, ayant observé quel taraud les aiguillons de la chair enfonçaient en moi quand j'avais passionnément baisé, au cours d'une leçon de clavecin, le bras nu de Mademoiselle de Saint-Hubert ? Il m'expliqua dans la suite que l'âge auquel un béjaune devient homme est pour lui la saison des plus grands périls, car, selon le hasard des rencontres, elle peut le faire tomber dans les bras du *gentil sesso* ou dans ceux de son propre sexe ; et qu'il faut donc se prémunir là-contre en le faisant choir, et le plus tôt qu'il est possible, du côté qui lui permettra d'assurer l'avenir de sa lignée.

Dans ce grand pensement où j'étais de Louis et de l'anxiété où me jetait l'issue de cette nuit qui était de si grande conséquence pour lui et pour le royaume, je consumais tant d'heures que je ne dormis que par à-coups, ne me réveillant tout à fait que sur les huit heures, après qu'eut sonné, gai et clair, le carillon de la Samaritaine sur le Pont Neuf. Mais il s'en fallut que je fusse aussi gai que lui quand, une heure plus tard, je dirigeai mes pas vers l'appartement du roi, tant alors je redoutai le pire.

Le roi dormait profondément : ce qui m'étonna, car il se désommeillait à l'ordinaire entre sept heures et huit heures et demie après minuit, et fort rarement plus tard. Il n'y avait là que Soupite et Berlinghen, mais non Héroard, et j'en fus fort dépité, car je ne pouvais compter que sur le révérend docteur médecin pour éclairer mes doutes, puisque c'est à lui que Madame du Bellier devait dire ce qu'il en était.

Bien résolu à me tenir coi et tranquille, je m'assis sur une escabelle en attendant, soit le réveil de Louis, soit le retour d'Héroard. Toutefois, au bout d'un quart d'heure, je ne pus me brider davantage, et à voix basse questionnai Berlinghen.

— A quelle heure le roi a-t-il frappé à la porte pour se faire ouvrir la porte de la reine ?

— Deux heures après minuit, Monsieur le Comte.

— Et, dis-je, baissant encore la voix, dans quelle humeur l'avez-vous trouvé quand il apparut ?

— Je ne saurais dire, Monsieur le Comte, je dormais debout.

— Et j'imagine, dis-je, que dès l'instant où nous

vous avons quittés, hier soir, votre sommeil vous a dormi.

— Oui-da, Monsieur le Comte, dit Berlinghen.

— Et vous, Soupite ?

— Moi de même, Monsieur le Comte, dit Soupite.

J'entendis bien qu'on ne pouvait rien tirer de plus de ces garcelets qui, sur un parquet incommode, et malgré le froid, avaient dormi du sommeil de leur âge, sourds à tout ce qui n'était pas la voix de leur songes. Et à y penser plus outre, je demeurai perplexe. Le roi avait donc partagé le lit de la reine à partir de onze heures de l'après-dînée et jusqu'à deux heures de l'après-minuit. Trois heures ! Cela paraissait beaucoup s'il s'agissait d'un échec. Mais c'était assez peu pour une nuit d'amour, si du moins j'en jugeais par mon propre apprentissage. Il est vrai qu'avec Toinon, je n'étais pas passé par les affres que mon pauvre roi avait subies.

Comme je me balançais à me faire une opinion, Héroard apparut, poussant en avant sa bedondaine et, à sa vue, me levant de mon siège vivement, quoique sans bruit, je me jetai au-devant de sa corpulente personne, et sans même que j'eusse à déclore le bec, mes yeux lui posèrent ardemment la question qui m'agitait.

— Deux fois ! dit-il *sotto voce*, en levant deux doigts de la main droite et d'un air aussi paonnant que s'il avait assuré lui-même la *perfezione* du mariage royal.

Belle lectrice, pardonnez-moi dans ce qui va suivre, d'offenser votre pudeur par la crudité des termes, mais Héroard, étant médecin, n'y regardait pas de si près.

— Deux fois ! répéta-t-il. Il l'a mis deux fois.

— En êtes-vous bien assuré, Révérend Docteur médecin ?

— *Haec omnia nec inscio* ! dit alors Héroard avec un certain air de pompe et de solennité.

Belle lectrice, plaise à vous d'observer qu'il y a dans cette phrase deux négations. Et sans doute vous ramentez-vous, si vous n'avez pas oublié vos leçons de latin, que la deuxième négation détruit la première, donnant ainsi plus de force à l'affirmative. Il faut donc traduire *haec omnia nec inscio* par *je sais tout cela*, ou mieux encore *je n'ignore rien de tout cela*.

J'adhérai tout de gob à cette vérité-là. Car d'où venait à Héroard cette connaissance affirmée avec tant de certaineté, sinon de Madame du Bellier ? Et qui pouvait douter que l'accorte dame — qui connaissait bien son affaire pour avoir eu deux maris devant l'autel de Dieu, sans compter d'autres compagnons après son deuxième veuvage — n'ait été très attentive de l'œil et de l'ouïe, au cours de sa longue veille ?

Louis se réveilla à neuf heures, et tandis qu'Héroard lui prenait le pouls, je scrutai à la dérobée son visage. J'y discernai quelque lassitude, mais je n'y lus, en revanche, ni joie ni tristesse. Il est vrai que le roi, de longue date, commandait tout à plein son visage. Il avait payé fort cher ce talent, ayant appris à dissimuler sous la régence afin de parer à l'espionnage continuel dont il était l'objet.

Après son déjeuner, je le suivis à la chapelle de la Tour où il ouït la messe, puis au cabinet aux livres où il tint Conseil, puis derechef chez lui où il dîna. Il conserva tout ce temps une face imperscrutable. Cette matinée avait été pour moi monotone et coutumière, mais mon intérêt tout soudain s'éveilla quand Louis annonça tout soudain qu'il allait voir la reine.

Anne ne trompa pas mon attente. Je la trouvai rose, frémissante, et comme fiérotte d'être femme, mais ayant en même temps perdu, en une seule nuit, sa hauteur espagnole. Les deux jeunes époux, qui étaient en ce clair matin de janvier fort plaisants à voir, conversèrent debout, comme il était de règle mais, se peut, un peu plus proches l'un de l'autre qu'à l'accoutumée. A plusieurs reprises, Anne esquissa un geste de la main à l'adresse de son mari. Il me sembla qu'elle avait le désir de toucher le roi, mais qu'elle le brida, se demandant si l'étiquette le lui permettait. Je ne pus voir le visage de Louis, car il me tournait le dos. Il parlait peu, et de choses indifférentes. J'eusse été déçu assez, m'attendant à plus de chaleur, si, jetant un œil à la dérobée à ma montre-horloge, je ne m'étais avisé d'une circonstance qui me rasséréna : l'entrevue qui, avant le vingt-cinq janvier, occupait dix minutes du temps de Sa Majesté, durait déjà depuis une demi-heure.

Je fus, en revanche, surpris que Louis, le soir venu, se mit au lit si tôt et chez lui. A dix heures et demie, il dormait à poings fermés. Comme il avait fait des armes une partie de l'après-midi, ne pouvant chasser en raison du temps qui n'était que glace et bise, je m'apensais que la lassitude l'avait ensommeillé si vite que, se réveillant au milieu de la nuit, il penserait, se peut, à sa reine. Il n'en fut rien. Il dormit onze heures file à file.

Le lendemain, il alla deux fois chez la reine : la première fois après le dîner, et assez brièvement. La seconde après son souper, et cette visite-là dura près d'une heure, ce qui me fit plaisir, encore que je m'ennuyasse fort, debout et pour me défatiguer, accoté contre la muraille, comme les dames qui étaient là : Madame de Luynes, Madame de Verneuil, et ma demi-sœur, la princesse de Conti — celle que, non sans raison, le roi appelait « le péché ».

Ledit « péché » me sourit, et tout peccamineux qu'il fût, je répondis à ce sourire en tâchant de me persuader qu'il était fraternel. La princesse avait alors trente ans et jetait à l'alentour tous ses feux, jugeant qu'ils étaient les derniers. Ma bonne marraine disait qu'elle lançait ses hameçons à tout ce qui portait haut-de-chausses à la Cour, y compris à ses frères, notamment au prince de Joinville (le plus beau de tous, lequel était, meshui, duc de Chevreuse) et à l'archevêque de Reims avec qui je l'ai vu coqueter comme s'ils étaient amants. Toutefois, il n'en était rien. L'archevêque n'aurait voulu pour un empire déplaire à sa Charlotte des Essarts qu'il enfermait en son palais épiscopal et dont il était toujours aussi raffolé.

La longueur de cet entretien de Louis avec la reine me donna de l'espoir pour la nuit. Mais je ne pus demeurer avec lui jusqu'à son coucher, la duchesse de Guise m'ayant prié à souper, prière qui était un ordre, comme sait bien le lecteur. Sans perdre une bouchée, sans omettre une lampée, étant goinfre avérée comme tous les Bourbons, ma bonne marraine me dévida derechef la longue litanie de ses plaintes sur ses enfants et, en particulier, sur la princesse de Conti, laquelle pensait encore — « à son âge » — à rivaliser avec Madame de Luynes et la princesse de Guéméné, qui se trouvaient en tout l'éclat de leurs dix-huit ans de « vraies fleurs de femme ! » dit la duchesse.

Le lendemain, à sept heures et demie, j'étais chez le roi, il dormait encore, et mes yeux lançant à Héroard une interrogation muette, il leva en l'air simultanément l'index, le médius et l'annulaire de sa main droite — geste si clair que ma belle lectrice me dispensera de le traduire —, puis s'approchant de moi, il me glissa à l'oreille que Louis était demeuré six heures chez la reine, n'en revenant qu'à la pique du jour. J'osai alors quérir de lui comment il savait le nombre de fois que Louis avait honoré son épouse. « Je le sais de deux sources, dit-il sans battre un cil : par Madame du Bellier et aussi par le roi lui-même. — Comment ? dis-je béant. Il vous le confie ? — Assurément. Louis tient que tout ce qui est corporel en lui relève de mon ministère. »

A bien envisager la ronde et honnête face d'Héroard, il me parut qu'il se paonnait fort d'être pour le roi le curateur au corps, comme le père Arnoux était le curateur à l'âme. Ce savoir, de toute évidence, lui donnait du pouvoir. Je ne tardai pas à l'apprendre car, ayant quis du bon médecin, un mois plus tard, comment il se faisait qu'après le trois février, Louis demeurât vingt-deux jours sans coucher avec la reine. « Je lui ai ordonné ce repos, dit-il.

Vous n'ignorez pas que le coït conduit à une furieuse déperdition d'esprits animaux. Et je ne voudrais pas que Louis dépérisse. »

Je soupai ce soir-là avec mon père et La Surie. Notre repue gloutie et dès que Mariette, ayant débarrassé la table, nous eut du même coup débarrassés de ses oreilles avides, je répétai à mon père le propos d'Héroard.

— Dieu bon ! dit-il, en riant à gueule bec. Vingt jours de repos pour un beau drole de dix-huit ans ! A-t-on jamais ouï cela ? Le bon docteur a oublié de fermer la porte de son oratoire avant d'entrer dans son laboratoire ! L'ascétisme de saint Paul aura contaminé sa médecine ! Vramy ! Les créatures de Dieu ne sont pas si fragiles ! Un guillaume qui est vert et gaillard se fatiguera moins à besogner sa douce garce deux ou trois fois la nuit qu'un chasseur à courre le cerf trois heures durant par aigre bise ! Et d'autant que le galant aura, lui, le privilège de se pouvoir ensommeiller entre deux chevauchées sur le tétin de la fillette ! Que dire aussi de cette étrange manie d'Héroard de compter à chaque fois le nombre de fois ! Ventre Saint-Antoine ! A quoi rime cette arithmétique ? C'est la tendreté entre époux qui compte, et non point la répétition.

— Mais la répétition compte aussi, dit La Surie qui, se trouvant de petite taille, voulait qu'on sût qu'il n'était pas pour autant moins viril.

— Certes ! certes ! dit mon père en riant et en oubliant que « certes », étant un adverbe réputé huguenot, il disconvenait à un converti de l'utiliser.

— Pour la tendreté, Monsieur mon père, dis-je, souriant à mon tour, jusqu'ici, assurément, elle a failli entre Anne et Louis, mais elle ne faille plus meshui. Bien le rebours ! Depuis le vingt-cinq janvier, les visites protocolaires ne méritent plus d'être appelées ainsi. J'ai vu Louis visiter son épouse une heure durant avant son souper et, le souper glouti, retourner la voir et demeurer une heure avec elle derechef.

Il y a plus surprenant. Désirant chasser à Saint-Germain-en-Laye, le redoux se confirmant, le roi a emmené sa reine avec lui, ce qu'il n'avait jamais fait jusque-là. Craignant en outre qu'elle ne s'ennuie, n'étant point femme à pouvoir le suivre en ses folles chevauchées, il a pris la peine de lui apprendre à jouer au palemail [1]. Et c'était, je vous assure, un fort touchant spectacle que de le voir l'enlacer pour lui apprendre à tenir un maillet. Je dirais en un mot que Louis m'évoque l'image d'un manant qui pioche à contrecœur un bout de champ en n'escomptant qu'un maigre retour de ses efforts, et qui tout soudain découvre dans la terre un trésor.

— Eh bien, plaise à Dieu que ce trésor lui donne un fils ! dit mon père avec une gravité qui me surprit. Qui peut en cette maison désirer plus ardemment un dauphin que La Surie et moi ?

— Mais moi, par exemple, dis-je en levant le sourcil.

— Ah mon fils ! dit mon père, je ne doute pas que vous aimiez Louis autant que nous, mais vous n'avez pas vécu sous Henri Troisième des temps qui furent empoisonnés par le seul fait que le roi n'avait pas d'enfant.

— Cependant, dis-je, je me ramentois les contes que vous m'en avez faits.

— Mais c'est autre chose ! dit La Surie, d'avoir vu et vécu fil à fil les intrigues et les factions que fomentaient les prétendants au trône.

— Du plus grotesque, dit mon père, comme le cardinal de Bourbon, au plus dangereux, comme le duc de Guise ! Et comment ne pas se ramentevoir combien d'années la guerre civile a dévoré, sous nos yeux, le royaume ! Nous n'en sommes sortis, comme vous savez, que par deux assassinats, un régicide et ce terrible siège de Paris où trente mille personnes périrent. Soyez bien assuré que si notre Louis ne nous

1. Le croquet.

donnait pas l'espoir d'un dauphin, la même situation pourrait se reproduire en ces temps mêmes que nous vivons.

— Avec des prétendants au trône ? dis-je béant.

— Oui-da ! A commencer par le frère cadet de Louis.

— Gaston ? On dit qu'il a plus de montre que de pointe.

— Ah la pointe ! On en aura pour lui ! Car il deviendrait aussitôt l'objet ou le prétexte de complots où la reine-mère, qui excelle en brouilleries, ne laisserait pas de mettre le doigt.

— Le doigt ? La main tout entière ! dit La Surie.

Quarante-huit heures plus tard, combien prophétiques me parurent les craintes de mon père touchant la régente ! Le vingt-cinq février, on apprit au Louvre que Marie de Médicis s'était évadée du château de Blois avec l'aide et la complicité du duc d'Epernon Avec lui et avec d'autres Grands, levant aussitôt des troupes, elle se dressait contre le roi régnant. Avide du pouvoir qu'elle avait dû, de son fait, abandonner, elle aspirait à le reconquérir. Une guerre contre nature commençait : celle de la mère contre le fils.

CHAPITRE VIII

Plaise au lecteur de me permettre de dire un mot des circonstances dans lesquelles cette funeste nouvelle parvint à la Cour. Celle-ci était alors fort animée du fait que le mariage de Chrétienne avait attiré en France non seulement son futur mari, le prince Victor-Amédée de Savoie, mais ses deux frères. Ces beaux jeunes gens amenèrent avec eux la chaleur de leur pays, la gaîté de leur âge, l'enjouement de leur nation. Chrétienne qui, depuis le partement de Madame au-delà des Pyrénées, était devenue la sœur favorite de Louis, avait alors quatorze ans, sa sœur

Henriette dix ans. Anne et Louis n'avaient pas dix-huit ans. Au Louvre d'abord, à Saint-Germain ensuite, les châteaux royaux s'étonnèrent de voir tant de jeunesse dans leurs vieux murs, avec des chants, des danses, des jeux et des rires à l'infini.

Je me ramentois qu'on jasa toute une soirée joyeusement d'un incident survenu au cours de l'après-dînée, dans la forêt de Saint-Germain. Comme le roi chassait, un oiseau au poing, la meunière du lieu courut à lui — qu'elle prenait sur le vu de sa vêture pour un simple fauconnier — et l'accusa de lui avoir volé une poule. Louis, loin de la détromper et de se nommer, s'amusa à en disputer avec elle, l'appelant « ma commère » et lui baillant, à la fin, quelque monnaie. Les jeunes princes en furent excessivement ébaudis, mais je vis bien que les vétérans, comme Vitry, furent quasiment émus jusqu'aux larmes par cette petite scène, parce qu'elle leur ramentevait la bonhomie du siècle précédent, alors que Louis se montrait à l'ordinaire si grave et si taciturne. Il est vrai que depuis la *perfezione* de son mariage, il avait changé, ayant gagné prou en élan, en fiance de soi, en un appétit à vivre qu'il n'avait pas jusque-là laissé paraître. J'observai aussi qu'il bégayait beaucoup moins.

L'humeur joyeuse de la Cour changea du tout au tout du moment où on apprit que la reine-mère s'était échappée de Blois. La nouvelle fut apportée sur le coup de cinq heures par un chevaucheur qui, ayant galopé à brides avalées de Paris à Saint-Germain, était bleu de froid et les jambes si raides qu'il eut peine à se génuflexer devant le roi. La voix rauque, il parla beaucoup trop fort pour ce qu'il avait à dire et tout un chacun l'ouït. Aussitôt, les jeux, les danses et les ris cessèrent. A l'allégresse succéda la consternation. Ce n'était que gêne, anxiété, silences gênés et regards détournés. Mieux même, on se pressa autour de Louis pour lui demander congé. Tant est qu'à la parfin, il fit dire par son maître de cérémonie que pouvait partir qui voulait. Ce fut la ruée pour regagner Paris et sur le terre-plein du château, il se fit en quelques minutes un inextricable chamaillis de chevaux, de carrosses et de cochers, lesquels juraient en claquant du fouet pour se démêler de ces embarras. Seuls demeuraient auprès du roi ses deux sœurs, les princes de Savoie et la reine, laquelle avait un visage tout chaffouré de chagrin et d'appréhension à l'idée que la reine-mère pourrait reparaître au Louvre et l'humilier en toute occasion comme elle avait fait au temps de son pouvoir.

L'exode éperdu des courtisans eut je ne sais quoi de risible et de pitoyable. Vous eussiez cru que l'ogresse remontant des Enfers pour dévorer son monde, ils couraient se mettre à l'abri de ses dents derrière les murs de la capitale.

La Cour partie, le roi, la face imperscrutable, se retira chez Monsieur de Luynes où il demeura une petite heure à parler à son favori au bec à bec. Puis il revint en son appartement à six heures et sans dire mot ni miette à quiconque, ni montrer le moindre émeuvement, il demeura une bonne heure à parler à son assiette, tant sa chasse du matin lui avait creusé l'estomac. Puis, ayant bu de la tisane, il se coucha à huit heures et demie, s'ensommeilla tout de gob du sommeil du juste et dormit dix heures file à file, ne se réveillant qu'à six heures le lendemain matin. A sept heures et demie, il partit de Saint-Germain en son carrosse, lequel fit diligence, puisqu'il mit moins de deux heures et demie pour regagner Paris et le Louvre. A dix heures enfin, Louis se rendit au Conseil des affaires qui, réuni sur son ordre, l'attendait dans le cabinet aux livres.

Je fus présent à ces débats et, au bout de dix minutes, je vis clairement ce qu'il en était des deux parties en présence : celui de la négociation et celui de la guerre.

J'observai toutefois que ceux qui voulaient traiter ne le voulaient pas pour les mêmes raisons : Luynes, parce qu'il était pusillanime. Les ministres Sillery et son fils Puisieux, parce qu'il n'y avait rien à gagner pour eux dans une entreprise guerrière ; Jeannin, surintendant des Finances, parce qu'il était vieil et mal. allant, répugnait aux aventures et craignait de vider les caisses de l'Etat. Les cardinaux (Retz et La Rochefoucauld) parce que la reine-mère étant Habsbourg, espagnole et, comme eux-mêmes, ultramontaine, ils voulaient lui sauver la mise.

Les Grands, de leur côté, penchaient plutôt pour la guerre, parce que les armes étaient leur métier et parce qu'ils détestaient d'Epernon — ce parvenu qui s'était haussé jusqu'à la pairie par les tristes moyens que l'on sait — et ils craignaient aussi, si sa rébellion réussissait, qu'il se mît fort au-dessus d'eux.

Rencoigné sur le côté droit de sa chaire, les épaules relevées, le chapeau enfoncé sur la tête, et les doigts des deux mains entrelacés sous son menton, Louis écouta les uns et les autres sans intervenir autrement que pour veiller à l'ordre des débats et donner la parole à chacun. Quand les conseillers eurent opiné, Louis ne mit pas aux voix, comme il faisait d'ordinaire. Avec sa brièveté coutumière, il fit connaître sa décision : il allait s'armer et courir sus au duc d'Epernon. Toutefois, en attendant que ses armées fussent à pied d'œuvre, il négocierait avec sa mère.

J'étais à peine retiré dans mon appartement du Louvre pour y prendre ma repue de onze heures qu'on toqua à mon huis. La Barge courut ouvrir et je dois ici porter témoignage que, bien que mon page fût fort joli, l'abbé Fogacer à qui il donna l'entrant ne lui accorda pas un regard. Il s'était bien guéri — double exploit ! — et de son athéisme et de sa bougrerie, depuis qu'il nageait dans les hautes eaux de l'Eglise.

Ma belle lectrice, se peut, se ramentoit, que médecin et confident du cardinal Du Perron, il était devenu, à la mort du prélat, une sorte de secrétaire *in partibus* du nonce apostolique, assurant une liaison des plus utiles — utile pour le Saint-Siège s'entend — entre le nonce et le père Arnoux, confesseur du roi.

— Monsieur le Comte, dit-il avec une humilité qui se moquait d'elle-même, je vous présente mes respects et encore que je sois prêtre dans ce siècle et n'appartienne pas à un ordre mendiant, vous plairait-il de me bailler un croûton pour apaiser ma canine faim ?

Ce disant, penchant vers moi son corps arachnéen, tout en jambes et en bras démesurés, il arquait son sourcil diabolique sur son œil noisette. Tandis qu'il parlait, j'observai que même ses cheveux blancs — il avait été le compagnon d'études de mon père à Montpellier — faillaient à lui donner un air respectable.

— Monsieur l'Abbé, dis-je, prenez place et c'est avec joie que je partagerai avec vous mon dîner.

— La grand merci à vous, Monsieur le Comte, il y a plaisir à mendier quand on est à peu près certain qu'on vous donne. Voyez notre grand capucin, le père Joseph : qui en ce royaume refuserait un morceau de pain à ce pauvre déchaussé ?

— Vous n'aimez point ce saint homme ?

— Bien le rebours ! Il est une des gloires de notre Eglise.

— J'aime ce « notre », Monsieur l'Abbé !

— Pour moi, il est récent, c'est vrai. Mais ne peut-on en dire autant de Monsieur votre père, converti tardif ? Et où est le mérite d'être né tout de gob, comme vous, dans le giron de l'Eglise véritable sans avoir eu, comme nous, à tâtonner tout autour ?

— Tâtonner est bien dit, mais buvez, Monsieur l'Abbé, de grâce, buvez ! Votre gobelet s'ennuie.

— Je bois ! Ce bourgogne n'est des pires !

— Je vous en ferai donc porter quelques bouteilles.

— Et sans façons, j'en accepte l'augure.

— Monsieur l'Abbé, je le confesse, la curiosité me dévore : que faisiez-vous ce jour d'hui si près du Conseil des affaires au Louvre ?

— J'y laissais traîner mes oreilles.

— Et qu'ont-elles ramassé çà et là ?

— Assez de choses pour me persuader que notre jeune roi possède à lui seul plus de sagesse politique que tous ses ministres mis à tas.

— C'est-à-dire ?

— C'est-à-dire que s'agissant d'une mère, fût-elle la pire des mères, il ne veut pas qu'on le croie fils dénaturé, donc il négocie. Mais à partir d'une position de force et les armes à la main. Cependant, l'affaire est loin d'être réglée. J'y vois une difficulté gravissime.

— Laquelle ?

— *Avec qui* négocier ?

— Mais avec la reine-mère !

— Avec cette cervelle creuse ! Cette furie qui se met à hurler dès qu'elle est contrariée ? Fi donc !

— Avec d'Epernon !

— Avec ce duc infâme qui vient de faire au roi cette insigne braverie !

— Alors, avec l'abbé Ruccellaï ? On dit qu'il est très avant dans les papiers de la reine-mère.

— Ruccellaï ! Dans la *cameria* italienne qui entoure la reine-mère, c'est le pire de tous ! Un brouillon, un intrigant, un impudent de la plus basse espèce ! Et avec cela, le plus grand fat que la terre ait porté ! De plus, Ruccellaï et d'Epernon se détestent ! Quand l'un dit blanc, l'autre dit noir ! Et la reine-mère ne sait plus que penser. Je répète : avec qui, dans ces conditions, négocier ?

A quoi je me tus, éprouvant encore une fois que plus une question est fondée en raison, plus il devient difficile d'y répondre de façon pertinente. Le soir même, soupant avec mon père et La Surie, j'évoquai ce qu'avait dit Fogacer quant à la difficulté gravissime de la négociation.

— Il ne se trompe pas, dit mon père. C'est avec la reine-mère qu'on devrait négocier. Mais c'est avec elle qu'il est moins possible de le faire, car c'est une femme qui atteint des sommets dans le déraisonnable. Et ce qu'elle désire ne saurait faire l'objet d'un bargouin.

— Et que désire-t-elle ?

— Au fond d'elle-même ? C'est bien simple : revenir au Louvre, retrouver tous les pouvoirs de la régence, interdire à son fils l'entrée du Conseil, dissiper en dépenses extravagantes ce qui reste du trésor de la Bastille et humilier la petite reine chaque fois qu'elle en aura l'occasion.

— Et d'Epernon ?

— D'Epernon est un homme qui est très resserré sur soi, ne pense qu'à soi et n'est mû que par l'immense intérêt qu'il porte à sa personne. En bref, si on négociait avec lui, il commencerait par demander des monceaux d'or et un accroissement de son apanage, lequel est déjà considérable, comprenant à l'est le gouvernement de Metz et à l'ouest deux riches provinces, la Saintonge et l'Angoumois. En outre, étant d'un abord escalabreux et de société épineuse, d'Epernon est l'homme le moins fait pour s'entendre avec la reine-mère et pour la modérer.

— Fogacer, dis-je, m'a étonné. Il appelle d'Epernon « le duc infâme ». Savez-vous pourquoi ?

Mon père ne paraissait pas fort enclin à répondre à cette question. La Surie, qui n'aimait pas trop s'effacer en nos entretiens, saisit la balle avant qu'à terre elle ne retombât et dit :

— Il ne le dira jamais. Mais en fait il lui reproche d'avoir été pêcher son duché dans la couchette d'Henri III.

J'en fus béant.

— Et c'est Fogacer qui articule ce grief ? Je crois rêver ! La poutre se moque de la paille ! L'hôpital se gausse de la charité !

— Vous n'y êtes pas du tout, dit La Surie. Pour Fogacer, le duc n'est pas un honnête et véridique bougre qui ne pêche que par instinct et inclination naturelle, mais un vil trichoteur, n'étant sodomite que par calcul et par ambition.

— Quoi qu'il en soit, dit mon père, nous avons, nous, des raisons plus sérieuses de ne pas aimer d'Epernon. Je l'ai vu de mes yeux trahir le serment de fidélité à Henri IV qu'Henri III venait d'exiger de lui sur son lit de mort. Il le trahit moins d'une heure après l'avoir prononcé, s'ensauvant avec les troupes qu'il avait levées pour son maître et contraignant par là notre Henri, mutilé par sa faute d'un quart de son armée, à lever le siège de Paris. Et bien que cette félonie fût abjecte, prolongeât la guerre de plusieurs années et faillît être fatale au royaume, ce n'est probablement pas la seule que nous soyons en droit de reprocher à d'Epernon. Mais là-dessus, je n'en dirai pas plus [1].

Le lendemain soir, Déagéant me fit demander par son valet si je le pouvais recevoir sur les dix heures de l'après-dînée. J'acquiesçai aussitôt, fort curieux de savoir ce qu'il avait à me dire, n'ayant pas eu l'occasion de le rencontrer au bec à bec depuis notre entretien sur les marches du grand degré en avril 1618, il y avait déjà un an.

Ce Déagéant, qui avait fait partie de la conspiration contre Concini aux côtés du roi, avait peu à se glorifier dans la chair et moins encore dans les manières, mais il ne faillait ni en vaillance ni en esprit. Il toqua à mon huis à dix heures précises, et n'étant pas homme à perdre son temps en cérémonies, dès que son séant eut épousé la chaire à bras que je lui désignai, il entra dans le vif du sujet.

— Monsieur le Comte, dit-il, je vais vous demander un service de grande conséquence.

Je trouvai ce début quelque peu abrupt car, enfin, Déagéant ne m'avait vu, ni cherché à me voir depuis un an, en fait, depuis notre entretien sur les marches du grand degré. Et tout soudain, ayant besoin de moi, sans s'excuser le moindre de m'avoir négligé, il me

1. Le, marquis de Siorac fait allusion aux sérieux soupçons qui pesèrent sur d'Epernon lors de l'assassinat d'Henri IV.

demandait, et sur quel ton ! de lui rendre un service de grande conséquence.

Membre du Conseil, intendant des Finances, plus apprécié du roi qu'il n'en était aimé, Déagéant s'était fait en très peu de temps beaucoup d'ennemis au Conseil des affaires. Les deux noblesses qui composent cet auguste corps, celle de l'épée et celle de la robe, le tenaient pour un homme fort arrogant : arrogance qui paraissait insufférable chez un roturier qui n'était même pas de robe. Déagéant pâtissait, en effet, de l'infortune de n'avoir pas eu un père qui eût fait pour lui, et avant lui, une moitié du chemin en se hissant de la roture à la robe. Tremplin d'où son fils eût pu s'élever jusqu'aux plus hautes destinées qui auraient dû être les siennes et que, je gage, il n'atteindra jamais, faute d'avoir eu des parents qui eussent dégrossi ses manières et raffiné ses conduites.

Pour moi, bien que je fusse un peu piqué par la discourtoisie de son adresse, j'étais trop enclin, depuis trop longtemps à traiter chaque fol selon sa folie pour lui en tenir rigueur ou le rebuffer.

— Monsieur, dis-je, s'il s'agit du service du roi, je suis votre homme.

— Il s'agit, bien entendu, du service du roi, reprit Déagéant avec l'air de me faire la leçon. La chose est simple. Je voudrais que vous demandiez à Louis de recevoir le père Joseph.

— Puis-je vous demander, Monsieur, à quelle fin cette encontre doit servir ?

— Nous voulons, et le père Joseph y est consentant, qu'il persuade le roi de rappeler Richelieu de l'exil et de le remettre à la place d'où nous l'avons tiré il y a un an, j'entends aux côtés de la reine.

— Mais, Monsieur, ne serait-ce pas à Monsieur de Luynes ou à vous-même d'introduire le père Joseph auprès du roi ?

— Nenni, cela ne se peut. C'est nous qui avons conseillé au roi, il y a un an, d'éloigner Richelieu de la reine-mère et de le tenir serré d'abord dans son évêché, ensuite en Avignon. Nous ne pouvons pas paraître nous déjuger en prenant meshui le contre-pied de ce que nous opinâmes alors.

— Monsieur, ce n'est pas un crime de changer d'opinion.

— Mais d'autant, Monsieur le Comte, que ce n'est pas nous qui avons changé ! dit Déagéant. Ce sont les circonstances qui sont devenues tout autres.

— Comment cela ?

— Il y a un an, Richelieu, qui avait pris un grand ascendant sur la reine-mère, lui donnait tant d'avisés conseils de sagesse et de modération dans sa conduite envers le roi qu'on pouvait craindre que le roi finît par rappeler sa mère au Louvre.

— Et vous ne vouliez à aucun prix de ce retour de la reine-mère au Louvre ?

— A aucun prix.

— Peux-je vous demander pourquoi ?

— Je vous l'ai dit, il me semble : je me serais perdu plutôt que de permettre ce retour. Car la reine-mère aurait alors imposé Richelieu au Conseil des affaires et Richelieu, par ses talents, y aurait exercé une influence telle et si grande que Luynes en aurait conçu des ombrages. Et moi aussi.

— Si j'entends bien, vous ne craignez plus, meshui, le retour en Paris de la reine-mère ?

— Mais non, après son évasion et sa rébellion, il est devenu tout à plein impossible.

— Vous avez craint le retour de la reine-mère à Paris, mais vous ne le craignez plus en raison de sa rébellion et de son évasion. Vous jouez donc sur le velours en replaçant Richelieu auprès d'elle.

— C'est cela même.

— Comment expliquez-vous l'emprise remarquable de Richelieu sur Marie de Médicis ?

— L'explication est évidente, dit Déagéant de son ton péremptoire. C'est une emprise amoureuse.

— Monsieur, vous ne voulez pas dire...

— Nenni ! nenni ! coupa-t-il, je ne dis rien de sem-

234

blable. La reine-mère, de ce côté-là, est tant froide qu'elle n'a éprouvé aucune peine à être, du vivant d'Henri IV, une épouse fidèle et, après sa mort, une veuve chaste. Mais ce n'est point parce qu'elle est peu attirée par les hommes qu'elle cesse pour autant d'être femme. Elle aime qu'on l'aime et Richelieu est assez fin pour soupirer à ses pieds comme un chat amoureux, lui dont l'unique amour est le pouvoir.

— Cela est-il constant ? dis-je en haussant le sourcil.

— En doutez-vous ? dit Déagéant sur un ton quasiment offensé. Nous avons intercepté une lettre que, d'Avignon, Richelieu écrivit à la reine-mère à Blois. Vous eussiez cru d'un amant pleurant l'absence de sa maîtresse. Et cela dans le style alambiqué de *L'Astrée* [1], style qui me ragoûte peu, comme vous pouvez l'imaginer.

Je ne pouvais guère, en effet, imaginer Déagéant filer l'amour courtois aux pieds d'une belle et je ne voyais pas non plus des perles et des fleurs s'échapper de sa bouche.

— Je vous crois, dis-je, bien que cela étonne d'un prélat de sa dignité, d'autant que la destinataire de tant de soupirs n'est pas des plus avenantes.

— Et croyez-vous que cela le gêne ? dit Déagéant avec un haussement d'épaules. Ne vous y trompez pas ! *Questo è un gran comediante* [2]. Il conterait fleurette à une vache, s'il croyait parvenir par elle au pouvoir.

S'agissant de la mère du roi, je trouvai la comparaison disconvenable et plutôt que d'en sourire, je préférai en revenir à mes moutons.

— Monsieur, j'aimerais, avant que de faire la démarche que vous quérez de moi, m'entretenir quelques instants avec le père Joseph.

1. *L'Astrée* : roman précieux et sentimental qui enchanta la Cour au début du siècle.
2. Celui-là est un grand comédien (ital.).

— La requête est bien naturelle et je vais y satisfaire présentement, dit Déagéant. Le père Joseph est chez moi en mon appartement du Louvre. J'y retourne tout de gob et vous l'envoie.

Déagéant se mit alors sur pied avec la rapidité d'un ressort qui se détend, puis avec le plus bref signe de tête et le plus court merci, il prit congé et s'en alla, me laissant tout ébahi de son peu de civilité.

Mais mon ébahissement dura peu, tant me poignait la curiosité de m'entretenir au bec à bec avec le père Joseph, lequel s'était fait connaître du roi et de la chrétienté bien avant qu'il se mît à jouer aux côtés de Richelieu le rôle que l'on sait. A y réfléchir plus tard, cette démarche dont il se chargeait auprès du roi, avec la bénédiction de Luynes, m'apparut comme le premier acte de sa longue et fructueuse alliance avec l'évêque de Luçon.

Belle lectrice, le voilà donc, ce célèbre père Joseph, devant vous, dans mon petit salon, éclairé par deux chandeliers où je brûle, par un raffinement qu'il trouverait coupable, s'il était homme à s'en apercevoir, des bougies parfumées. Ses fesses que, sous la robe, je devine maigrichonnes, se posent humblement sur le bord de ma chaire à bras dont le damas s'étonne de se trouver en contact avec sa rude bure. Sa capuche, ou pour mieux dire, son capuce (plus long, plus pointu, et retombant davantage en arrière que celui des franciscains — par où il témoigne qu'il est, lui, capucin et s'en tient au strict vœu de pauvreté dont d'aucuns franciscains voudraient meshui s'affranchir), son capuce, dis-je, recouvre son chef, que j'imagine rasé, et ne laisse voir que des yeux extraordinairement brillants et un visage maigre, buriné, envahi par une barbe hirsute où le sel l'emporte sur le poivre. Quant à son corps, cette « guenille », le père Joseph l'a réduite à sa dimension minimale et n'en a gardé que juste ce qu'il fallait pour assurer par les démarches et la parole le service de Dieu. Tandis qu'il s'assied, je sens qu'il émane de lui cette odeur particulière aux moines dont Henri III était raffolé (ce qui rendit si facile à Jacques Clément d'avoir accès à lui pour lui donner du couteau dans le ventre). Je ne sais de quoi est fait ce fumet, se peut tout simplement qu'il vient de la bure, mais d'aucuns prétendent qu'il vient aussi de cette vie érémitique qui est celle des religieux et qui est faite d'abstinence, de jeûnes et de prières.

Belle lectrice, que je vous le dise enfin : avec son capuce, sa pèlerine, sa robe et ses sandales, le père Joseph était l'image même du dénuement et pourtant, en fait, il n'avait rien d'un rustre comme Déagéant. Son maintien et ses manières étaient parfaitement polis, et non sans cause. Il ne procédait pas de la roture comme l'intendant des Finances, mais de la robe et quelle robe ! La plus haute et la mieux garnie en offices, dignités et pécunes, ayant hôtel à Paris et château à Tremblay-sur-Mauldre (dont il portait, de reste, le nom), étant issu d'une famille de parlementaires, son père ayant été président des Enquêtes avant d'être nommé par le roi ambassadeur à Venise.

La pauvreté du père Joseph était donc un choix et non, comme celle de mes manants, un état. Son appartenance à un ordre le plus pauvre était une vocation et sa lutte contre l'hérétique, une défense quasi fanatique de l'Eglise catholique. Je n'ignorais pas que ce capucin doux et modeste qui attendait avec courtoisie que je lui adressasse la parole, avait bataillé pendant des années pour organiser en plein dix-septième siècle, une croisade qui, par le fer et le feu, eût à jamais éradiqué les Turcs de la surface de la terre et aurait donné Constantinople au duc de Nevers.

Le pape, sans bailler pécunes ni soldats, consentit à cette aventure, mais l'Espagne, sollicitée, se récusa et le projet sécha sur pied, laissant pleuvoir ses feuilles mortes sur le cœur du père Joseph. C'en était bien fini des rêves visionnaires dans lesquels il se voyait avancer à la tête des soldats du Christ, une croix à la main « dans une mer de sang ». Belle lectrice, je n'ai pas imaginé cette image. Elle est du père Joseph dans un poème point du tout poétique sur la croisade contre les Turcs qu'il composa alors et qui avait pour titre *La Turciade*, lequel La Surie, après l'avoir lu, appela *La Trucidade*, tant, en projet du moins, on y tuait de Turcs.

— Mon père, dis-je, si j'ai bien entendu ce que m'a dit Monsieur Déagéant, votre intention est de demander à Sa Majesté de mettre fin à l'exil de Richelieu et de lui permettre d'aller en Angoulême assister la reine-mère de ses bons conseils.

— En effet, Monsieur le Comte, dit le père Joseph d'une voix douce, c'est bien de cela qu'il s'agit et je vous saurais le plus grand gré si vous vouliez bien trouver bon de prier Sa Majesté de me recevoir.

— Mon père, peux-je, auparavant, quérir de vous quelques questions ?

— Mais bien volontiers, dit-il avec soumission en baissant la tête, ce qui eut pour effet de la faire quasiment disparaître dans son capuce à l'exception d'une touffe de barbe.

— D'où connaissez-vous Richelieu ?

— Oh ! il y a belle heurette de cela ! dit-il en levant les deux mains en l'air, lesquelles me parurent blanches, délicates et soignées, en un mot, pas du tout le genre de mains qu'on se serait attendu à voir saillir des manches de sa bure. Je l'ai rencontré en 1611, il y a tout juste huit ans, alors qu'il était depuis peu évêque de Luçon. J'étais moi-même abbé de l'abbaye des Roches et, oyant un de ses curés en chaire délivrer un excellent prône à la suite de son homélie, j'appris de lui qu'il l'avait tiré d'un manuscrit que lui avait remis pour le copier le jeune évêque de Luçon et qui s'intitulait *L'Instruction du chrétien*. Je lus ce manuscrit et tant sa doctrine me parut solide et claire, j'en fus dans le ravissement et je n'eus de cesse que je ne rencontrasse l'auteur. Ah ! Monsieur le Comte ! Ce fut une inoubliable rencontre ! L'étendue de son savoir, la vigueur de sa pensée, la profondeur de ses vues me frappèrent au-delà de ce que je pouvais attendre. A cet instant, et bien qu'il fût de douze ans mon cadet, je le considérai déjà comme mon maître.

— Fut-ce à ce moment-là, mon père, dis-je, que vous abandonnâtes votre projet de croisade contre les Turcs ?

— Nenni, nenni, dit le père Joseph, cette décision fut prise bien plus tard, en juin 1617, après ce séjour à Madrid qui fut pour moi une si terrible déception. On m'y paya d'une brume de trompeuses paroles, mais derrière cette brume, je ne faillis pas d'apercevoir la désolante vérité : le roi d'Espagne, traître à sa mission de prince très catholique, loin de vouloir libérer la Grèce du joug des Turcs, n'avait en cervelle qu'un projet : asservir l'Europe. Je pris alors le roi d'Espagne, et l'Espagne tout entière en grande détestation. Je revins en France, obtins une audience de Sa Majesté. Elle m'écouta avec le plus grand intérêt, mais hélas, que pouvait-elle sans l'Espagne ? Louis était si jeune, son pouvoir encore mal affermi, le trésor de la Bastille dissipé et les Grands n'attendaient qu'une occasion pour se rebeller contre lui. Néanmoins, Louis m'écouta et j'eus à cette époque une autre satisfaction, celle-là grandissime. Richelieu, de son demi-exil de Blois où il travaillait à réconcilier la reine-mère et le roi, m'écrivit, me demandant mon aide et ma protection. Ma protection, Monsieur le Comte ! Avez-vous ouï cela ? Ce chrétien exemplaire, cet esprit sublime, cette lumière de notre temps me demandait à moi, chétif capucin, ma protection ! Pourra-t-on jamais trouver une plus louable humilité ?

Je m'apensai, à cet instant, que le plus humble des deux n'était assurément pas celui que le père Joseph imaginait. Je ne doutais pas que le capucin n'eût, quant à lui, un esprit des plus pénétrants, mais là où sa générosité et sa fougue l'emportaient, sa vue se brouillait. Il ne distinguait rien. Lumineux et aveugle, il se grisait des visions d'une chrétienté réunifiée, mais ne voyait pas, en la candeur de sa foi, l'horreur d'un peuple massacré. En Richelieu, il percevait à juste titre de grands talents. Il ne distinguait pas le cynisme avec lequel l'évêque, n'ayant en vue que son propre avancement, s'était donné à l'infâme Concini, ni la fourberie avec laquelle il ne servait la reine-mère que pour conquérir, à la parfin, la faveur de son fils.

— Mon père, si j'entends bien, votre propos meshui est d'aider le destin de Richelieu comme vous avez, avant 1617, aidé le duc de Nevers à la fondation d'un grand royaume en Turquie.

— Nenni ! Nenni ! s'écria avec feu le père Joseph, le duc de Nevers est assurément mon ami, mais le but premier et primordial que je me proposais n'était point de le mettre sur le trône de Byzance, mais de purger la terre d'un peuple hérétique ! De la même façon, je dirais que j'aime et j'admire l'évêque de Luçon plus qu'aucun homme au monde, mais c'est le roi et le royaume que j'entends servir en le servant.

— Vous pensez donc que Richelieu serait beaucoup plus utile au roi en éclairant la reine-mère au cours de la présente négociation qu'en demeurant en exil en Avignon ?

— Assurément, reprit le père Joseph. La cour de la reine-mère à Angoulême, c'est tout justement la cour du roi Pétaud. Ce ne sont que pauvres cervelles et petites ambitions au service d'une femme qui se disperse et se perd en extravagances. Pour faire sa paix, Louis lui a dépêché deux négociateurs, Monsieur de Béthune qui est un fin diplomate, et le père de Bérulle qui est un saint. Mais ils se heurtent à des demandes follement inconsidérées. Savez-vous ce que la reine-mère a exigé d'eux comme préalable à toute négociation ? Que Louis congédie les troupes qu'il a levées pour la réduire ! Pouvez-vous imaginer pire absurdité ? Et pourquoi ne demanderait-elle pas, pendant qu'elle y est, qu'on rétablisse en sa faveur une nouvelle régence ?

Je souris à cette interrogation ironique, parce

qu'elle me ramentut ce qu'avait dit mon père le matin même sur ce que la reine-mère désirait « au fond d'elle-même ».

— Pis même ! ajouta le père Joseph, ayant écrit des lettres pleurardes, piquantes et revendiquantes au roi et à ses ministres, elle a eu le front de les publier, prenant à témoin les propres sujets du roi de ses querelles avec son fils. Bien entendu, ni le roi ni les ministres n'ont répondu et quant à la reine-mère, elle n'a même pas eu conscience de jeter de l'huile sur le feu et que cette huile ne pouvait que rendre plus difficile la négociation, laquelle elle laissait, de reste, traîner en longueur, n'entendant pas que plus l'armée royale se rapprochait d'Angoulême, plus elle allait être à désavantage pour traiter.

— Elle compte, se peut, sur le duc d'Epernon, puisqu'il a des troupes dans la ville.

— Mais il ne les a que pour ne les employer point et surtout pas contre l'armée royale ! Dès que celle-ci serrera Angoulême d'un peu près, vous pouvez être sûr que d'Epernon retirera la sienne, comme il l'a fait du camp de Saint-Cloud quand Henri III mourut. Après quoi, il courra, la queue entre les jambes, se mettre à l'abri dans sa bonne ville de Metz.

Pour le coup, le père Joseph m'étonna. Le mystique, le visionnaire, le croisé d'une croisade utopique laissait tout soudain la place à un homme qui avait les deux pieds sur terre, qui était parfaitement renseigné sur les uns et sur les autres et portait sur les événements et sur les hommes un regard pénétrant. Dès lors, je ne jugeai pas utile de questionner le père Joseph plus avant, bien assuré que j'étais que son intervention auprès de Sa Majesté ne pouvait que servir les intérêts du royaume. Et après quelques compliments que l'usage m'imposait, mais où je laissai percer une sincère estime, je le renvoyai chez Déagéant, lui disant que, dès le lendemain matin, je demanderais au roi de le recevoir.

Ce qui sortit de cet entretien entre le religieux et le

roi, le lecteur le sait. C'est tout juste si Louis ne considéra pas le père Joseph comme un ange envoyé du ciel pour éclairer sa route. Sans du tout consulter ministres ou Conseil, il prit sa décision en un battement de cil. Son premier mouvement fut d'envoyer le père Joseph lui-même à Richelieu pour lui faire connaître sa volonté. Mais le capucin lui ramentut que selon la règle de son ordre, il ne pouvait cheminer ni à mulet ni à cheval et moins encore en carrosse, mais à pied. Et le chemin étant si long de Paris en Avignon, Sa Majesté perdrait là un temps infini. Louis résolut alors de dépêcher le frère aîné du père Joseph, Monsieur du Tremblay, qui vivait dans le siècle et d'ailleurs y vivait bien, mais consentit toutefois à faire la plus extrême diligence pour porter à l'évêque de Luçon cet ordre royal qui allait combler les vœux de son destinataire, soulevant de sa poitrine la dalle qui l'étouffait.

C'en était à la parfin fini de son exil ! Il devait, sans tant languir, revenir en France et rejoindre la reine-mère en Angoulême pour l'assister de ses avisés conseils. Le lendemain même du jour où il reçut cet ordre béni de Dieu et bien que les neiges fussent grandes et le froid extrême, Richelieu partit d'Avignon en poste le huit mars et parvint le vingt-sept en Angoulême.

Ce qui se passa du vingt-sept mars au douze mai — date à laquelle fut signé entre la mère et le fils, en Angoulême, le traité qui porte le nom de ladite ville —, je le sus, partie par ce que le seigneur du Tremblay m'en conta et partie par ce dont j'en fus témoin. En effet, le roi m'adjoignit au cardinal de La Rochefoucauld quand à la onzième heure — un énorme travail ayant déjà été accompli par Richelieu — Sa Majesté décida de dépêcher sur place le cardinal pour donner le dernier coup d'épaule au père de Bérulle et à Monsieur de Béthune qui, depuis plus d'un mois, s'épuisaient en patients efforts pour traiter avec la reine-mère à des conditions raisonnables.

L'unique raison pour laquelle j'accompagnai le cardinal (ce qui ne laissa pas de me ravir, car j'allais me trouver au cœur des choses) fut qu'il ignorait la langue de Dante et que la connaissant, je pourrais lui être utile pour percer à jour, et se peut déjouer, les ultimes brouilleries de la *camerilla* italienne qui entourait la reine-mère.

Le cardinal qui avait la soixantaine quand il fit ce voyage par un froid extrême, mais sans se plaindre le moindrement, me témoigna, tout le temps que je fus avec lui, une bonté qui était due assurément à la naturelle bénignité de son caractère, mais aussi aux excellents rapports que lui avait faits sur moi son neveu, le jeune comte de La Rochefoucauld, que j'avais souvent l'occasion de voir, puisqu'il était auprès du roi le grand maître de sa garde-robe. Le comte qui était vif, gai et charmant, appartenait à une fort ancienne famille qui se recommandait, entre autres louables qualités, par une grande piété, ayant donné au royaume, du onzième au seizième siècle, pas moins de six évêques. Toutefois, les La Rochefoucauld ne laissèrent pas, comme tant d'autres, d'être secoués et divisés par la tempête des guerres religieuses. Le cardinal — qui n'avait pas encore atteint à cette dignité — demeura dans le giron de l'Eglise catholique. Mais le troisième comte de La Rochefoucauld se fit huguenot, choix qui s'avéra fatal, puisque le malheureux fut traîtreusement et impiteusement mis à mort lors du massacre de la Saint-Barthélemy. Son petit-fils, François V, mon compagnon et ami, ressouda la famille en redevenant catholique, et comme on aurait dû s'y attendre, se montra aussi remarquable par sa fidélité au souverain que son oncle le fut à son Eglise, lui rendant de grands services, en particulier en s'attelant à la réformation des ordres monastiques. Louis aimait prou l'oncle et le neveu et bien que le comte eût, à la vérité, des qualités fort aimables, ce fut moins pour les reconnaître que pour récompenser les vertus de sa famille que Louis, en 1622, éleva le comté de La Rochefoucauld en duché-pairie.

Richelieu parvint à Angoulême le vingt-sept mars. D'Epernon en étant le gouverneur, il se présenta de prime à lui, qui le reçut avec une politesse d'autant plus exacte et cérémonieuse qu'elle recouvrait un accueil des plus froids. Tout en l'accablant de compliments dont il ne pensait pas la moitié ni même le quart, le duc le conduisit aux appartements de la reine qui ne le put recevoir incontinent, car elle tenait conseil. Tant est que Richelieu dut faire antichambre. Ce qu'il fit avec un visage confiant et serein, sachant bien qu'il ne pouvait faillir d'être épié, toutes les factions de la petite cour s'étant unies tout de gob contre lui, tant elles craignaient son génie.

La seule personne qui lui fit bon visage — et dont le visage dans sa bonté ne mentait pas — fut Madame de Guercheville qui régnait sur les demoiselles d'honneur de la reine-mère et dont le lecteur se ramentoit peut-être qu'elle m'avait naguère grondé pour avoir parlé trop longtemps et de trop près à Mademoiselle de Fonlebon.

Arrêtant son carrosse une lieue avant Angoulême, dans une auberge, Richelieu avait fait quelque toilette avant de se présenter à la reine-mère, ayant revêtu une soutane violette immaculée. Si on avait voulu se montrer un peu critique, on eût pu remarquer que le nez de Richelieu était un peu long et portait une bosse en sa partie supérieure qui lui donnait l'air d'être busqué. En fait, busqué, il ne l'était point car, après la bosse, ledit nez s'arrangeait pour avoir l'air droit, à tout le moins vu sous certains angles. Mais comment s'attarder sur l'irrégularité, de reste virile et vigoureuse, de ce nez, quand on avait en face de soi les grands yeux noirs de l'évêque, aigus et pétillants.

Car le charme majeur, ou à tout le moins le plus utile et le plus persistant, de Richelieu résidait, comme l'avait si bien dit le père Joseph, dans la vigueur, l'étendue et la rapidité de son esprit.

Dès qu'un problème surgissait, il en maîtrisait en un tournemain tous les éléments et il les exposait aussitôt en les distinguant l'un de l'autre avec une clarté parfaite. Puis, d'une façon méthodique, il énumérait les solutions possibles et pour chacune d'elles, leurs effets probables, mais sans dévoiler celle qu'il préférait autrement que par les avantages supérieurs que son analyse avait révélés. Ainsi, il persuadait sans avoir à convaincre et son interlocuteur se rangeait à son avis sans éprouver le sentiment de se soumettre.

On eût dit, à le voir ce matin-là, que c'était pour lui la chose la plus naturelle du monde que de faire antichambre et qu'il en était content. Assis sur une chaire à bras, dans une attitude à la fois pleine de dignité et d'élégance, il fermait à demi les paupières sur ses magnifiques yeux noirs et il remuait doucement les lèvres comme s'il priait. En fait, il ne priait pas. Il répétait en son active cervelle le rôle qu'il allait jouer et arrondissait déjà les paroles qu'il allait prononcer en ses retrouvailles avec la reine-mère.

Il y avait un an presque jour pour jour qu'on l'avait arraché à elle, ou pour mieux dire, arraché au pouvoir qu'il tenait d'elle et qui n'était encore que peu de chose, comparé à celui auquel il aspirait. Reconquérir la reine-mère après cette longue absence était donc la première étape de la remontée hors de l'abîme où l'exil l'avait plongé. Tant est qu'à cette heure où on le croyait humilié d'avoir à faire antichambre, il n'en sentait même pas la blessure, tant il concentrait ses forces sur la tâche qui l'attendait.

Enfin, Madame de Guercheville apparut. Et sachant qu'elle était le héraut de sa maîtresse, et non dénuée d'une certaine influence sur elle, et en outre, qu'elle lui voulait du bien, Richelieu, à son approche, se leva le plus galamment du monde pour la saluer.

Madame de Guercheville avait été fort belle en ses vertes années et sa vertu était devenue du jour au lendemain aussi célèbre que sa beauté pour la raison qu'elle avait victorieusement résisté aux plus vives attaques du Vert Galant. Victoire qui lui avait valu les bonnes grâces éternelles de la reine-mère.

Le temps qui use tout avait usé quelque peu ses attraits dont il ne restait que d'assez beaux vestiges, mais elle s'en apercevait à peine, l'auréole de son exemplaire vertu ayant survécu aux charmes qui avaient été l'occasion de la mériter. Madame de Guercheville était donc, quoique vieillissante, une femme heureuse, baignant dans la gloire historique et quasi proverbiale de sa vertu, la savourant à chaque heure du jour. Et elle ne manquait jamais, en fait, de faire de petites mines aguichantes aux gentilshommes de la Cour, à seule fin d'attirer des attentions qu'elle prenait ensuite tant de plaisir à rebéquer, mais de rebéquer avec grâce et un regret des plus polis.

— Monseigneur, dit-elle, suivez-moi, de grâce. Ma maîtresse vous attend.

— Madame, dit Richelieu en cheminant à ses côtés, c'est un plaisir de vous revoir. Vous embellissez tous les jours.

— Ah ! Monseigneur ! dit Madame de Guercheville en trottinant à son côté, et en levant la tête vers lui, car il la dépassait d'une bonne tête, ce n'est point vrai, hélas ! vous me flattez. Tout le monde vieillit.

— Nenni, Madame, vous échappez par miracle à cette méchante règle et bien que, vu mon état, je ne saurais jurer, je vous assure que je trouve en vous, après un an d'absence, une fraîcheur et un éclat qui me charment toujours.

— Mais, Monseigneur, dit Madame de Guercheville en rougissant comme nonnette, je ne sais que penser. Convient-il véritablement à votre robe de me tenir un propos pareil ?

— Madame, dit Richelieu avec un léger sourire, s'il vous effarouche, je le retire. Toutefois, ce n'est point parce qu'on est prêtre qu'on doit renoncer à admirer les beautés que le Créateur a mises en la compagne de l'homme et qui chez vous sont telles et si grandes, et si diverses, qu'il faudrait être un barbare ou un Turc pour ne les point louer.

Ces paroles si caressantes, mais articulées toutefois avec la retenue qui convenait à un homme d'Eglise, donnèrent tant de joie à Madame de Guercheville qu'elles lui inspirèrent le désir de faire à son tour plaisir à l'évêque de Luçon et qu'elle alla beaucoup plus loin dans la confidence qu'elle ne serait allée sans cela.

— Ah Monseigneur ! dit-elle, emportée par son bon naturel, comme je comprends, à vous écouter, la grande estime en laquelle ma maîtresse vous tient ! Vous êtes si aimable et vous avez tant d'esprit ! Vous ne sauriez croire avec quelle impatience Sa Majesté attendait les lettres-missives que vous lui écrivîtes d'Avignon et combien de fois elle les a lues et relues !

Ces paroles furent une délicieuse musique aux oreilles de Richelieu. Il jugea que l'entretien avec la reine s'annonçait bien et ne regretta pas le soin qu'il avait pris et qui lui avait si peu coûté de toiletter au passage la bonne opinion que Madame de Guercheville avait de lui.

La reine-mère, de son côté, avait fait des frais pour le recevoir. Richelieu le vit du premier coup d'œil, son œil vif n'ayant pas failli à remarquer qu'elle portait à son poignet droit le bracelet de diamants qu'elle avait acheté au début de son règne et qui valait quatre cent mille livres : somme si exorbitante qu'Henri IV n'avait jamais voulu la payer, tant est que Marie de Médicis dut régler pendant des années les intérêts énormes de cette dette, ne pouvant la rembourser qu'après l'assassinat du roi, quand elle put mettre enfin la main sur le trésor de la Bastille. Elle ne portait ce bracelet, unique en Europe, que dans de grandes circonstances et celle-ci, apparemment, en était une pour elle.

— Madame, dit Richelieu, vous avez devant vous le plus heureux de vos serviteurs, puisqu'il a l'honneur et le bonheur de vous revoir.

Ayant dit, il mit un genou à terre et baisa le bas de sa robe. Cette salutation était protocolaire, s'agissant d'une reine de France, mais Richelieu y mit une sorte de ferveur et appuya ses lèvres sur le satin plus longtemps qu'il n'était coutumier, puis, se relevant et courbant la tête, il dit d'une voix grave :

— Madame, les jours que je suis demeuré loin de vous me parurent des siècles, tant est grande la passion que j'ai à vous servir. Mais enfin, Madame, je vous vois et rien à cette minute ne saurait surpasser le bonheur que j'en éprouve.

« Les jours qui parurent des siècles » et « le bonheur insurpassable de la servitude », c'était bien là le langage de l'amour qu'on peut lire dans *L'Astrée*. Et Richelieu l'employait sans vergogne aucune, tout chaste qu'il fût.

Il avait alors trente-quatre ans et la reine-mère en avait quarante-six et paraissait, de reste, plus que son âge, ayant excessivement ajouté à son poids et à ses rondeurs pour avoir trop aimé la chère et la sieste. A son arrivée en France, peintres et poètes, pour qui toute princesse est belle, avaient célébré ses charmes et il était vrai qu'alors, elle était éclatante de vigueur et de fraîcheur, mais toutefois plus attrayante de corps que de visage, lequel, avec la mâchoire prognathe héritée des Habsbourg, un long et gros nez relevé du bout, un front têtu, des yeux où l'esprit ne brillait qu'à feu petit et surtout un air maussade, n'était pas des plus aimables. Mais aimable et aimante, Marie l'était fort peu, ayant vu sans une larme mourir son petit Nicolas et partir sa fille aînée pour son exil espagnol sans grand émeuvement. Toutefois, étant, du fait de sa confuse cervelle, aveugle et tâtonnante en ses conduites, elle s'était, sa vie durant, successivement attachée à des personnes qui avaient assez d'esprit pour lui prêter des lumières et éclairer son chemin : la Galigaï, sa compagne d'enfance, Barbin, son intendant, et Richelieu. Or, la Galigaï avait péri sur le bûcher, le roi avait serré Barbin à la Bastille, mais Richelieu, grâce à Dieu, était là.

— Mon ami, dit la reine, en se laissant tomber lourdement sur une chaire à bras, de grâce, asseyez-vous ! J'ai des choses importantes à vous dire.

Richelieu, sans rien en laisser paraître, tressaillit de plaisir. La reine l'appelait « mon ami » et le priait de s'asseoir en sa présence, ce que même en ses rêves il n'eût jamais espéré.

— Mon ami, reprit la reine-mère, si mon Conseil a duré si longtemps ce matin, c'est qu'on a parlé de vous et plutôt contre vous, tant votre arrivée dérange. L'opinion quasi unanime de ces messieurs, c'est que je ne dois pas vous permettre de siéger parmi eux. Ils tiennent que, rappelé d'exil par le roi mon fils, vous ne pourrez que défendre les intérêts du roi contre les miens et que ce sera là votre rôle dans la négociation.

— Madame, le pensez-vous ? dit Richelieu en se penchant vers elle.

— En aucune façon.

— Et vous avez raison, Madame. Soyez bien assurée que je ne saurais avoir céans d'autres volontés que les vôtres. Dites-le, je vous prie, à ces messieurs demain et dites-leur aussi que je ne désire pas siéger parmi eux, ni me mêler des affaires qui sont sur le tapis. C'est eux qui les ont commencées. Il me paraît raisonnable que ce soit eux qui les achèvent.

Quand Richelieu, plus tard, voulut bien me conter les termes de cet entretien ou plutôt me les dicter pour ses Mémoires, je trouvais, quant à moi (sans bouche déclore), que pour ses débuts à Angoulême, il avait fait là un coup de maître. Car entrer dans ce Conseil tout bouillonnant de brouilleries, d'intrigues et de rivalités, c'était avoir tous les conseillers contre soi. En demeurant dehors, il se mettait, en fait, au-dessus d'eux, obéissant, comme il disait en un doux ronronnement, aux « volontés de la reine », lesquelles, avec un peu de temps, ne manqueraient pas de devenir les siennes.

— Eh bien, Messieurs, dit la reine, le lendemain, à ses conseillers, vous avez ce que vous voulez. L'évêque de Luçon ne veut donner de l'ombrage à personne. Il ne compte pas venir siéger parmi vous.

Elle avait demandé à Richelieu de l'attendre dans sa chambre à l'issue du Conseil et dès qu'il fut fini, elle s'y rendit aussi vite que son poids le lui permettait.

— Mon ami, votre refus de siéger les a pris sans vert, dit-elle quelque peu essoufflée. Je n'ai jamais vu des gens plus étonnés et ils veulent maintenant tout le contraire de ce qu'ils voulaient hier.

— Et quoi donc, Madame ?

— Que vous siégiez parmi eux et que vous leur donniez votre avis sur les négociations.

— Eh bien, j'irai, Madame, j'irai, dit Richelieu avec un petit sourire. Il ne faut pas repousser les pécheurs, dès lors qu'ils se repentent.

En réalité, il était trop fin pour ne pas avoir flairé le piège qu'on lui tendait. Le Conseil espérait que par crainte de déplaire à Louis qui avait mis fin à son exil, il n'oserait pas parler trop hardiment à l'avantage de la reine et qu'ainsi, il se déconsidérerait aux yeux de sa protectrice.

Je ne suis pas loin de penser que Richelieu s'amusait prou, lorsqu'il prit place le lendemain parmi les membres du Conseil, faisant le doux, le bénin et le silencieux. Car il affecta, de prime, de demeurer bouche cousue, ou de répondre en deux ou trois mots au plus, ou encore d'éluder les questions par des branlements de tête, des levers de sourcils et des petits grognements indistincts. Voyant quoi, le Conseil, s'enhardissant de son apparente timidité, finit par lui faire quasiment violence en le mettant en demeure de dire son mot sur les négociations en cours avec le roi.

Richelieu prononça alors un petit discours qui était tout ensemble un modèle d'habileté politique et un chef-d'œuvre d'ironie, commençant par une patte de velours et finissant sur un coup de griffe.

— Messieurs, dit-il, je ne connais pas les particularités de ces négociations. Je ne sais pas non plus quelles intelligences Sa Majesté la Reine peut avoir au-dedans ou au-dehors du royaume. Je vous prie donc de ne pas trouver étrange si j'opine mal en cette affaire, et de me pardonner ma franchise, si elle vous offense. Mais, à mon sentiment, et jugeant par le peu que j'en sais, il m'apparaît, Messieurs, que les affaires de Sa Majesté la Reine iraient beaucoup mieux, si on faisait tout le contraire de ce que vous avez fait. Car, d'une part, j'ai lu les brouillons de diverses lettres que la reine, sur vos conseils, a écrites au roi et aux ministres, lesquelles j'ai trouvées fort piquantes et fort aigres. Et d'autre part, je n'ai vu autour de la reine que fort peu de gens de guerre pour la défendre et je ne sache pas non plus qu'on se donne peine pour en recruter davantage. A mon avis, il faudrait faire tout le contraire de ce que vous avez fait. Ecrire civilement à la Cour pour adoucir les esprits et s'armer puissamment pour mettre la reine à l'abri de ses armes.

Comment eût-il été possible, après cela, d'accuser Richelieu de mollesse ou de double jeu ? En recommandant que la reine s'armât puissamment, Richelieu savait de reste qu'il ne faisait courir aucun danger aux intérêts du roi, car le risque d'être écouté était nul, d'Epernon se trouvant être le seul à avoir à la fois assez de pécunes pour lever des troupes et assez de compétence pour les commander. Mais le duc, loin d'y penser, ne songeait nullement à affronter à lui seul l'armée royale. Ulcéré, bien au rebours, de ce que les autres ducs et pairs n'eussent pas levé le petit doigt pour l'aider, il se demandait bien plutôt comment il allait faire pour tirer son épingle du jeu, Sa Majesté ayant recruté trois armées, l'une qui, à l'est, interdisait toute initiative au duc de Bouillon et muguetait la ville de Metz où le fils d'Epernon ne se sentait pas très à l'aise. La deuxième en Guyenne tenait en respect les protestants et la troisième, la plus menaçante pour d'Epernon, et commandée par le comte de Schomberg, se dirigeait vers Angoulême.

D'Epernon, en fait, ne se livrait qu'à des simulacres anodins. Tenant qu'Uzerches défendait l'approche d'Angoulême, il y avait jeté une poignée d'hommes, puis apprenant que Schomberg se disposait à attaquer la place, il fit mine de se porter contre lui avec cinq cents chevaux et deux mille hommes de pied. Mais il y mit tant de retardement que le jour où il partit d'Angoulême, Uzerches était déjà prise. Tant est que d'Epernon revint, ramenant avec lui le capitaine qu'il y avait mis et qui venait de capituler.

Quant aux conseillers de la reine qui avaient fourni à Richelieu l'occasion de leur dire à leur nez et barbe qu'ils avaient fait tout le contraire de ce qu'il fallait faire, leur cuir pâtissait encore de cette écorne et leur aigreur à l'égard de Richelieu augmentait tous les jours. Apprenant que la reine voulait le nommer chancelier, ils lui remontrèrent qu'elle avait promis les Sceaux à l'abbé Ruccellaï. Mais bien qu'elle niât avoir jamais fait cette promesse à l'abbé, néanmoins Richelieu la supplia de ne pas les lui donner tout de gob, du moins pour le moment, et de ne point tant laisser paraître la bonne volonté qu'elle nourrissait à son endroit.

Quand la cabale apprit ce refus de Richelieu, elle s'imagina qu'il était dû à sa pusillanimité et lui dépêcha un gentilhomme pour lui dire en termes exquis qu'il ferait mieux de rentrer dans son évêché plutôt que de demeurer en Angoulême où il allait se faire une foule d'ennemis. Ce gentilhomme appartenait à d'Epernon dont la réputation de violence n'était plus à faire et bien que ce bec à bec avec son envoyé fût fort courtois, il comportait un ultimatum que Richelieu rejeta à son tour avec une parfaite civilité.

— La reine, dit-il, était sa maîtresse, comme elle l'était pour tous ceux qui se trouvaient là. Pour lui, il n'était pas venu en Angoulême sans l'aveu de Sa Majesté et il n'en sortirait pas sans son ordre. De reste, ajouta-t-il, il ne pouvait contraindre ceux qui ne voudraient pas l'aimer à forcer leur humeur. Mais quant à ceux qui lui départiraient à l'avenir quelque bienveillance, il estimait qu'il pourrait, à l'occasion, leur être utile.

En bref, Richelieu rejetait tout à trac l'ultimatum qui l'incitait à disparaître, mais en même temps, il tendait gracieusement un rameau d'olivier à ses adversaires. Peine perdue ! Une brindille n'eût pas été acceptée, tant bouillonnait la haine que nourrissaient contre lui les petits esprits et les médiocres caractères qui composaient la cabale. En fait, ce Conseil des affaires de Marie en Angoulême ne comprenait pas une, mais trois cabales. Celle du duc d'Epernon, celle du Ruccellaï et celle d'un *tertium quid*, Chanteloube, un peu moins fol que les deux précédents, mais tous trois aspirant à jouer le rôle de Concini auprès de la reine-mère et ne pouvant souffrir la grandissante place que Richelieu occupait en ses faveurs.

N'ayant pu acculer Richelieu au départ, le Conseil décida, à la quasi-unanimité, de demander derechef à la reine de l'exclure de leurs rangs. Marie y vit une offense et une offense répétée à son autorité. Elle se rebéqua. Plus on voulait détacher d'elle Luçon, plus elle l'attacherait à elle ! Ses colères, du temps même du feu roi, ébranlaient les murs du Louvre et même en présence du souverain, elle ne les dominait pas, l'entêtement étant un trait majeur de sa personnalité. « *Entière comme vous l'êtes*, lui dit un jour Henri IV, en y mettant des formes, *pour ne pas dire obstinée, Madame, et votre fils l'étant tout autant, il ne se peut que vous n'ayez un jour maille à partir avec lui.* » Phrase que j'ai retenue dans la gibecière de ma mémoire pour ce qu'elle prouvait que ce grand roi jugeait si pertinemment du présent qu'il pouvait en augurer l'avenir. Et cet avenir, nous y étions meshui à plein, comme bien le montrait cette guerre contre nature entre la mère et le fils.

A peine le Conseil ce jour-là émit-il le vœu que j'ai dit contre Richelieu que Marie s'enflamma et, fort sourcillante, lui parla avec les grosses dents, pis même, oubliant dans son ire son français, elle les rebuffa en italien.

— *Signori, è il colmo ! E effettivamente il colmo ! Voi avete prima voluto che Richelieu non entrasse nel Consiglio. Poi, voi avete voluto che entrasse ! Etara, voi esigete che lui esca ! Signori, quelle banderuole è voi dunque* [1] *?*

Richelieu eut grand mal à convaincre la reine que des négociations avec les envoyés du roi étant en cours, il valait mieux suivre que contrarier l'humeur changeante de son Conseil, et quant à lui, n'y pas remettre les pieds, puisque de toute façon il n'aurait pu s'y faire ouïr, vu que déjà les conseillers ne s'entendaient pas entre eux, ce fol de Ruccellaï tirant à boulet rouge contre d'Epernon et d'Epernon, en ses fureurs, rêvant de le faire bâtonner. En revanche, Richelieu voyait tous les jours les négociateurs du roi — hommes de sens et de poids qui tenaient le langage de la raison —, comme Monsieur de Béthune, le père de Bérulle (fondateur célèbre de l'Oratoire) et le cardinal de La Rochefoucauld, dès qu'il fut arrivé, le dix-neuf avril.

Il m'amenait dans sa suite, comme on sait, à ma grande satisfaction, car à peine débotté, j'ouvris grandes mes oreilles en tous les lieux où je pouvais recueillir des lumières sur ce qui s'était passé en ce château, que le père Joseph avait si justement appelé « la cour du roi Pétaud ».

Fruit de concessions réciproques, le traité entre la mère et le fils prenait tournure et l'annonce que l'armée de Monsieur de Schomberg, après la prise d'Uzerches, s'approchait d'Angoulême, acheva de le mûrir. On conclut enfin. La reine-mère renonçait à son gouvernement de Normandie, lequel peu lui avait

1. Messieurs, c'est un comble ! C'est véritablement un comble ! Vous avez d'abord voulu que Richelieu n'entre pas au Conseil, puis vous avez voulu qu'il y entre et maintenant, vous voulez qu'il en sorte ! Messieurs, quelles girouettes êtes-vous donc ?

profité depuis son exil, puisqu'elle était serrée à Blois. Elle recevait en échange l'Anjou avec Angers comme capitale et deux villes qui n'étaient pas petites : Chinon et les Ponts de Cé. Quant à d'Epernon, il était pardonné de sa rébellion.

Les négociateurs eurent un mouvement de surprise lorsqu'ils apprirent que la reine-mère exigeait que le roi, aux termes du traité, lui versât une somme de six cent mille livres à titre de compensation pour les frais qu'elle avait encourus en s'évadant de Blois.

Richelieu sentit ici les limites de son génie et de sa séduction car, en dépit de ses plus tendres remontrances, et quelque effort que fit sa suave dialectique, il n'ébranla pas Marie et ne réussit pas à la faire renoncer à une exigence qu'elle était bien la seule en ce royaume à trouver légitime. Les négociateurs du roi, après s'être entre-regardés un moment, cédèrent avec d'insaisissables sourires et inscrivirent ces six cent mille livres parmi celles des clauses du traité dont ils pensaient *in petto* qu'elles ne seraient pas respectées. Ils ne se trompaient pas. Jamais Louis ne consentit à verser une telle somme à sa mère. Il aurait eu le sentiment de la remercier pour lui avoir désobéi en le contraignant à lever trois armées pour la ramener dans son devoir.

Richelieu réussit à persuader la reine, non sans raison, qu'elle se tirait à bon compte de son escapade et que sa situation s'était même améliorée. Malgré qu'elle eût reçu à Blois les apparences du pouvoir, elle était, en fait, très resserrée et quasi prisonnière, alors qu'elle allait régner maintenant sur une province entière et trois villes. Elle témoigna sa gratitude à Richelieu en faisant de lui son chancelier et en priant le roi de demander pour lui au pape le chapeau de cardinal. En outre, elle donna à un des fidèles de Luçon, Bettancourt, le gouvernement des Ponts de Cé, et à son frère le marquis de Richelieu, celui d'Angers.

Ces nominations qui portaient l'influence de Richelieu à son comble à la cour de la reine-mère furent, par une amère ironie de la fortune, l'occasion pour lui d'une extrême affliction. Le marquis de Thémines, capitaine aux gardes de la reine, qui l'avait fidèlement servie au Louvre, et suivie dans son exil à Blois, se sentit fort offensé de ne pas recevoir, en récompense de ses services, le gouvernement d'Angers. Homme rude et de primesaut, il s'échappa, dans le premier moment de sa déception, en paroles injurieuses. « Foutre des gouverneurs ! dit-il, ils ruinent cette pauvre princesse. »

Par malheur, ce propos fut répété. Le marquis de Richelieu appela Thémines sur le pré. Bien que le rendez-vous fût éventé et que la reine tâchât d'accorder les adversaires, la réconciliation ne fut qu'apparente. Les deux adversaires ne cessèrent, les jours suivants, de se chercher. La rencontre eut lieu le huit juillet 1619 au pied de la citadelle d'Angoulême. « Marquis ! s'écria le marquis de Richelieu, en apercevant Thémines à cheval, pied à terre ! Il faut mourir ! » Comment aurait-il pu prévoir que cette phrase terrible, au moment ou il la prononça, allait s'appliquer à lui-même ? Quelques instants plus tard, l'aîné de Richelieu tombait, le cœur traversé par la lame de son adversaire.

Ce deuil, s'il affligea l'évêque de Luçon, ne diminua pas son pouvoir dans la maison de la reine ; en un sens même, il l'augmenta. Car Marie de Médicis nomma gouverneur d'Angers l'oncle de Richelieu, le commandeur de la Porte et Thémines ayant mieux aimé se retirer du théâtre de son triste exploit, il dut vendre sa charge de capitaine aux gardes au beau-frère de notre évêque, le marquis de Brézé.

Un peu plus tard, en septembre 1619, Richelieu fit donner à Michel de Marillac l'intendance de la Justice en Anjou, à Claude Bouthillet, le secrétariat des Finances et à son frère, Sébastien Bouthillet, la charge d'aumônier de la reine. A part Marillac, trop grand esprit et trop grand caractère pour être corps et âme éternellement dévoué à Richelieu, tous ceux qui, en Anjou, détenaient une parcelle de pouvoir, étaient soit les parents, soit les créatures de l'évêque de Luçon.

Cependant, l'influence de Richelieu sur la reine n'était ni absolue ni incontestée. Ruccellai s'étant réfugié à la cour du roi, et d'Epernon se cantonnant en son gouvernement d'Angoulême, le seul opposant majeur à la politique du roi était Chanteloube, partisan d'une politique dure vis-à-vis de Louis. Il gardait de fortes positions au Conseil et avait, sinon l'oreille de la reine-mère, du moins celle de ses deux oreilles qui, se fermant par instants à la sagesse de Richelieu, accueillait volontiers, à titre de rêve ou de projet, la violence et la revanche.

CHAPITRE IX

J'ai souvent eu l'occasion de débattre avec mon père et La Surie des circonstances qui, après le traité d'Angoulême et l'apparente réconciliation qui s'ensuivit entre Louis et Marie de Médicis, conduisirent, moins d'un an plus tard à une deuxième guerre entre la mère et le fils, celle-ci plus grave que la première, pour la raison que plusieurs Grands de ce royaume s'enrôlèrent sous la bannière de Marie et qu'il fallut, à la parfin, en découdre.

Je me ramentois que La Surie soutenait que, de toute façon, cette deuxième guerre était inévitable, le ressentiment de Louis à l'égard de sa mère étant si profond depuis ses maillots et enfances et sa mère étant possédée d'un si intraitable orgueil et d'une telle déraison qu'elle jugeait insufférable que le sceptre lui eût échappé, fût-ce au profit du roi légitime.

— Chevalier, remarqua mon père, il est toujours tentant, quand un événement a eu lieu, de se persuader qu'il était inévitable. J'incline pourtant à penser qu'on pourra s'instruire davantage sur les faits et leur enchaînement quand on écarte l'hypothèse de cette fatalité. D'après Pierre-Emmanuel, il ne doutait pas, à l'époque, qu'après le traité d'Angoulême, le roi ne désirât le plus sincèrement du monde que la reine revînt vivre à la Cour.

— Sincèrement ? dit La Surie.

— Il faut s'entendre sur cette sincérité, dis-je. Elle n'inclut pas de force forcée l'oubli des injures graves et répétées dont Marie s'était rendue coupable à l'égard de son fils pendant sa régence. Mais, à mon sentiment, elle impliquait à la fois un geste public de pieuse bonne volonté à l'égard d'une mère et un calcul politique.

— Un calcul politique ? dit La Surie en haussant les sourcils.

— Je le crois aussi, dit mon père en m'adressant un sourire. Si vous me permettez d'user d'une métaphore pour me faire entendre, je dirais que le roi préférait avoir Marie avec lui dans son carrosse, plutôt qu'elle demeurât dehors et tentât d'ameuter des brigands pour attaquer ledit carrosse.

— Monsieur le Marquis, dit La Surie en riant, dois-je répéter aux ducs et pairs de ce royaume que vous les avez traités de brigands ?

— Ils en seraient plus offensés que véritablement surpris, dit mon père en riant à son tour. Vous vous ramentevez sans doute que, sous la régence, les Grands, pour un oui pour un non, quittaient la Cour et prenaient les armes à seule fin de se faire racheter par Marie à prix d'or leur fidélité à la couronne.

— Pour en revenir à Louis, dis-je, dès que fut signé le traité d'Angoulême, c'est-à-dire dès avril dernier, Louis fit connaître à la reine-mère son désir de la revoir et de faire sa paix avec elle. En juillet, n'ayant pas reçu de réponse, tant elle était butée, il lui écrivit une lettre des plus pressantes pour la prier de revenir à la Cour. Et malgré ses instances, il fallut attendre encore un mois et demi avant qu'elle se décidât à le rencontrer.

— Comment se fait-il, Monsieur mon fils, que vous ne nous ayez jamais fait aucun conte sur cette entrevue de Couzières entre la mère et le fils ?

— Parce qu'à la vérité, il n'y avait rien à dire là-dessus. C'était du théâtre à l'usage de la Cour et des ambassadeurs des royaumes étrangers. Toutes les répliques avaient été préparées à l'avance, aucune ne venait du cœur. Et cela valait peut-être mieux, car les ressentiments, des deux parts, étaient plus enracinés que chiendent. Toutefois, au moment où mère et fils se séparèrent, le roi allant à Compiègne et la reine-mère se rendant à Angers pour prendre possession de son nouveau gouvernement, il fut entendu entre eux que, dès le retour du roi à Paris, elle partirait le rejoindre dans sa capitale. Mais trois petites semaines plus tard, comme bien vous savez, il n'en fut plus question.

Et pourquoi la situation, tout d'un coup, se détériora, je vais dire ici ce que j'en sais. Le quinze octobre 1619, le roi ordonna la libération du prince de Condé et il n'est absolument pas douteux que cette mesure, conseillée par Luynes, fut à plus d'un titre une faute politique de grande conséquence. Et de prime, parce qu'elle offensa excessivement la reine et mit fin à la réconciliation à peine amorcée avec son fils.

Mais avant que de parler de cette nouvelle grandissime querelle, je voudrais dire quelques mots du prince de Condé. J'ai évoqué ce grand seigneur dans les deux précédents volumes de mes Mémoires, mais comme je ne saurais être assuré que le lecteur qui lit celui-ci ait lu ceux-là, ni que, s'il les a lus, il se ramentoit précisément Condé parmi la bonne centaine de personnages qui peuple les précédents récits, j'aimerais le peindre encore et meshui de pied en cap et pour la dernière fois, car ici s'arrête son rôle dans l'histoire de ce royaume.

Il faut bien avouer qu'il y eut des circonstances très

étonnantes dans sa naissance, son caractère et sa fortune. Sa mère, née La Trémoille, fut accusée d'avoir empoisonné son mari avec la complicité d'un page avec lequel elle s'était laissée aller à des complaisances. Des juges catholiques la reconnurent coupable. Etant huguenote, elle demanda à être rejugée par des magistrats de sa religion. Et ceux-ci, peut-être par haine des premiers, la proclamèrent innocente. Néanmoins, quant à son fils, un doute subsista. Etant posthume, le prince était-il véritablement le fils de son père ou le fils adultérin du page et de la princesse ?

Condé eût-il été beau et se ressentant de sa race, on eût moins douté de son ascendance. Mais pour parler à la franche marguerite, il avait peu à se glorifier dans la chair, étant petit, souffreteux, la voix aigre et un nez bizarrement en bec d'aigle qui n'évoquait en rien le long nez courbe dont les Bourbons se paonnent.

Sa mère, qui le chérissait peu, ne consentit jamais, dans sa méchantise, à l'ôter du doute où il était que son père ne fût pas le sien. Se peut par ressentiment à son égard, Condé, quand il devint homme, se ragoûta peu au *gentil sesso* et prenait ses plaisirs ailleurs.

Et bien que, pour un prince du sang, ces mœurs-là ne menassent pas au bûcher, elles n'ajoutaient pas non plus à sa gloire, d'autant qu'on les trouvait surprenantes chez le plus proche parent du Vert Galant.

Se peut par compassion, se peut par calcul politique pour avoir le premier des Grands bien à sa main, Henri, sans en être du tout sûr, avait reconnu sa légitimité. Plus tard, le tenant pour un inguérissable bougre, il le maria à Charlotte de Montmorency, belle garcelette dont le roi vieillissant s'était follement épris. Il va sans dire qu'Henri, dont la délicatesse n'était pas le point fort quand il s'agissait des femmes, moyenna ce mariage avec l'espoir que Condé serait un mari inactif et complaisant.

Il ne fut ni l'un ni l'autre. Dès lors que les assiduités du souverain à l'égard de sa femme devinrent trop pressantes, il l'enleva, se réfugia avec elle aux Pays-Bas et, rassemblant son courage, lui fit un fils. Et ce qui, dans la suite des temps, étonna le plus la Cour et, à vrai dire, nous laissa tous béants, c'est que ce prince brouillon, versatile, pleurard et sans une once de bon sens, donna naissance au Grand Condé, dont les talents et les exploits éblouirent le monde dans les années quarante de ce siècle.

A dire le vrai, notre Condé à nous, qui était fort petit, eut pourtant son heure de gloire en 1617, quand la régente, ayant une fois de plus racheté le loyalisme des Grands en courant derrière eux avec des sacs d'écus, les eut ramenés à Paris, elle fit de lui le chef de ce Conseil et un chef qui *avait la plume*, c'est-à-dire qui signait les décrets du Conseil en lieu et place de la reine-mère. Ceci se fit avec l'assentiment de Concini qui, ayant toujours ménagé Condé, le croyait son ami.

Si Condé avait eu pour un sol de jugeote dans son inquiète cervelle, il se serait estimé fort heureux d'être quasiment corégent de la reine-mère. Mais pressé par les Grands, toujours avides de s'agrandir, il conçut le projet de faire assassiner Concini, puis de reléguer la reine-mère dans un couvent et d'ôter le jeune roi de son trône pour se mettre à sa place...

Dans sa candeur, il confia ce plan ambitieux à Barbin, l'intendant de la reine-mère et son plus fidèle homme-lige... Puis il envoya dire à Concini qu'il n'était plus son ami. La haine au cœur, celui-ci courut se mettre à l'abri dans sa bonne ville de Caen, mais il laissa derrière lui sa femme, la Galigaï, à qui il ne fallut pas plus de quinze jours pour convaincre la régente d'arrêter le prince de Condé et de le serrer en geôle. Si bien me ramentois, cela fut fait en un tournemain le trente août 1617 par ce même Thémines qui, deux ans plus tard, devait tuer en duel l'aîné de Richelieu.

Pour en revenir à nos présents moutons, la libération de Condé, deux ans plus tard, par Louis, ne fut pas débattue au Conseil des affaires. La décision, soufflée par Luynes, conseillé par Déagéant, fut prise par le roi seul. Je vis Déagéant à cette occasion et, avec sa coutumière rudesse, il refusa de me dire les raisons qui avaient inspiré cette libération, laquelle me parut si peu claire et si étonnante que, pour en avoir le cœur net, j'invitai Fogacer à dîner pour attenter à tout le moins de savoir de lui ce qu'il en pensait ou, ce qui revenait au même, ce qu'en pensait le nonce, auprès de qui l'abbé jouait le rôle que l'on sait.

— Monsieur le Comte, dit Fogacer, outre le plaisir que j'ai à vous rencontrer, et à contempler votre tant belle face, je ne vous cache pas que je trouve la chère qu'on fait chez vous, « extrêmement bonne », comme dit Louis. Ce chapon de Bresse vous fond dans la bouche, votre vin de Bourgogne est sans égal, et il n'est jusqu'à votre pain dont on découvre à la première savoureuse bouchée qu'il vient de Gonesse et non, Dieu merci, de Paris. On n'en mange pas de meilleur chez le nonce. Toutefois...

Et me regardant en arquant son sourcil diabolique sur son œil noisette, Fogacer se tut.

— Toutefois ? dis-je en écho.

— Vous ne m'avez pas invité, je gage, que pour flatter mon palais, et si vous me permettez de deviner ce qu'il en est, je dirais que vous êtes fort tabusté en vos mérangeoises par la libération du prince de Condé...

— C'est vrai, Monsieur l'Abbé, dis-je. Je ne la peux véritablement entendre, si fort que je m'y efforce.

— Quoi de plus logique et naturel pourtant que cette libération, dit-il en m'envisageant avec une fausse innocence de son œil noisette. Condé menace de mort Concini qui s'enfuit, la Galigaï fait le siège de la reine qui serre Condé en geôle. Tant est que Louis ne fait meshui que réparer l'injustice dont Condé fut alors accablé.

— Vous moquez-vous, Fogacer ? dis-je en haussant les sourcils. Si l'emprisonnement de Condé fut une injustice, pourquoi Louis le Juste ne s'empressat-il pas de la réparer il y a deux ans, quand il prit le pouvoir après avoir exécuté Concini et exilé la reine-mère ?

— Je ne saurais répondre à cela, dit Fogacer, avec un geste évasif de la main.

— Alors je vais y répondre pour vous. Ramentez-vous que le plan de Condé ne se bornait pas à assassiner Concini, mais à reléguer la reine-mère dans un couvent et à ôter le roi du trône pour y prendre sa place.

— Mais ce n'était là que vantardise, billes vezées, propos inconséquents et grenouille qui se veut faire bœuf !

— Monsieur l'Abbé, dis-je, des paroles en l'air de cette farine-là dans la bouche du premier prince du sang sont déjà un crime de lèse-majesté...

— Il se peut, dit Fogacer, que le roi, après deux ans de Bastille, ait pensé qu'il convenait d'être indulgent à l'égard d'un complot que je qualifierais de verbal, puisqu'il ne reçut pas le moindre commencement d'exécution.

— Monsieur l'Abbé, dis-je, vous m'étonnez. Réfléchissez, de grâce, que Louis préfère la justice à la mansuétude, comme il l'a dit souvent. Et qu'en outre, le moment de cette libération fut parfaitement inopportun, puisqu'il constituait un désaveu de la reine-mère dans le temps même où on essayait de l'attirer à la Cour. Et fallait-il encore aggraver les choses en faisant enregistrer par le Parlement une déclaration royale qui dénonçait, *urbi et orbi*, « les artifices et les mauvais desseins » de ceux qui avaient fait arrêter le prince ?

— Il se peut, dit Fogacer, que le roi ait voulu, en libérant Condé, éviter que les partisans de Condé se missent du côté de la reine-mère, alors qu'en le libérant, le roi s'en faisait contre elle un allié.

— Il se peut aussi, dis-je, que Luynes, en conseillant cette libération, ait voulu faire à Marie une écorne telle et si grande qu'elle décidât de ne point revenir à la Cour, mais de demeurer en Angers et Richelieu aussi...

— Cela se peut, dit Fogacer, et il se tut, laissant s'établir entre nous un silence si lourd qu'un huis qui se referme.

Mais dans le chaud du moment, je noulus accepter cette défaite, et je demandai tout à trac :

— Qu'en pense-t-on dans votre entourage, Monsieur l'Abbé ?

— Mon entourage, dit Fogacer, lequel est tout finesse et courtoisie, ne juge pas les décisions d'un souverain dont il est l'hôte...

Puis me considérant œil à œil avec un sinueux sourire, il ajouta *sotto voce* :

— Surtout quand il les déplore.

*
* *

J'ai eu, et j'aurai tant d'occasions de montrer que dans les décisions de grande conséquence pour le royaume, l'opinion de Luynes eut peu d'influence sur le roi — le roi se décidant même dans les périls, au rebours de ce qu'opinait son favori — que je dois concéder ici que ladite influence, s'agissant de la libération de Condé, s'avéra décisive.

J'en fus non seulement chagrin, mais prodigieusement étonné. Car je savais d'une part quel bon et solide jugement Louis portait ordinairement sur les hommes et sur les événements et je ne pouvais ignorer non plus en quelle piètre estime, sous la régence, il avait tenu Monsieur le Prince, étant si irrité par ses insolences et ses arrogances qu'en une occasion, il avait dit à sa mère que s'il avait eu une épée au côté, il la lui aurait passée au travers du corps. Louis était donc mieux placé que quiconque pour pressentir combien ce petit homme agité allait l'encombrer de ses foucades et de ses caprices, trouvant le moyen d'être à la fois instable et buté, craintif et téméraire, faible et violent.

J'ai appris par la suite de Déagéant que Luynes, pour persuader Sa Majesté de desserrer Condé de sa geôle, lui fit valoir que si on mettait Condé en selle, les Grands dont par le sang il était le premier en seraient fort contents et, par conséquent, moins enclins à se rebeller derechef et à rejoindre le camp de la reine-mère.

C'était là une étrange illusion. Il n'y avait parmi les Grands ni solidarité, ni cohésion d'aucune sorte. Chacun, à chaque moment, décidait selon son intérêt du moment, attentif seulement aux rapports de force, tantôt ennemi du roi et tantôt son ami, à'steure trahissant le roi, à'steure trahissant ses pairs et passant d'un camp à l'autre sans la moindre vergogne.

Les Grands étaient fort envieux et jaloux de Luynes, parce que ce gentilhomme de fort petite noblesse et sa parentèle affamée raflaient tout dans l'Etat. Peu avant d'aller aider la reine-mère à s'évader de Blois, d'Epernon, encontrant Luynes dans le grand degré du Louvre, lui avait adressé ces aigres paroles : « Vous, Messieurs, vous montez et nous, nous descendons. » Les ducs et pairs meshui pouvaient en dire autant de Condé qui était monté aussi haut au-dessus d'eux et comme il ne pouvait prétendre que le prince fût petitement né, il feignait de s'apitoyer sur les incertitudes de sa naissance...

En temps de paix, les Grands se livraient d'ordinaire entre eux à une perpétuelle guerre de préséances qui eût été risible, si elle n'avait pas laissé derrière elle des blessures brûlantes et d'inguérissables rancunes. Le lecteur, se peut, se ramentoit que le comte de Soissons, deuxième prince du sang, entra dans ses plus noires fureurs quand la fille du duc de Mercœur qu'Henri IV allait marier à son fils, le duc de Vendôme, prétendit porter des fleurs de lys sur sa vêture de mariée. Privilège réservé aux princesses royales qu'à ses yeux elle n'était pas, le duc de Vendôme étant fils de roi, certes, mais fils bâtard, bien que légitimé.

Le malheureux comte, fort pressé en outre par sa

comtesse, courut au Louvre et exigea de prime qu'Henri retirât ses fleurs de lys à Mademoiselle de Mercœur. Le roi noulut tout à plein, et devant ce refus, pressé plus que jamais par la comtesse, le comte exigea, pour la robe de son épouse, une rangée supplémentaire de fleurs de lys. Notre Henri ne fit que rire de cette prétention et le comte, outragé, se retira dans son château provincial, où, non content de bouder, il s'avisa d'une autre injustice dont il était la victime : si le protocole voulait que le prince de Condé fût appelé *Monsieur le Prince* tout court pour témoigner qu'il était le premier des princes, lui, comte de Soissons, deuxième prince du sang, devait, pour la même raison, devenir dans la bouche des courtisans *Monsieur le Comte*. Bien que cette innovation violât les règles du protocole, Henri ne voulant pas blesser une deuxième fois le comte, lequel l'avait jadis soutenu contre la Ligue, cligna doucement les yeux sur cet abus. Il va sans dire que, lorsque le boudeur mourut en son château, la comtesse de Soissons transmit à son fils aîné, sans en rien omettre, les sourcilleuses revendications de son père. Et bien que le béjaune, en 1619, n'eût encore que quinze ans, il montra, jusque dans la dispute, que bon sang ne saurait mentir.

L'occasion en fut la serviette avec laquelle Louis s'essuyait les lèvres à chaque repas. Elle était apportée par Berlinghen qui, toutefois, ne la remettait pas au roi, mais au gentilhomme le plus élevé dans l'ordre de la noblesse qui se trouvait là, lequel, la recevant des mains du valet de chambre, tenait à très grand honneur de la tendre en se génuflexant à Sa Majesté.

Or il arriva, peu de temps après la libération de Condé, que *Monsieur le Comte* (l'habitude s'en était prise de l'appeler ainsi, et bien prise, grâce à son père) se trouvât dans les appartements du roi en même temps que *Monsieur le Prince,* sur le coup de onze heures du matin, alors qu'on dressait la table de Louis pour le dîner. Louis était déjà assis, témoignant à mon sentiment d'une certaine impatience à prendre sa repue, étant de retour de chasse. Et c'est alors que surgit ce mémorable incident dont la Cour, la France et les royaumes amis et ennemis jasèrent pendant un lustre...

Au moment où Berlinghen allait tendre la serviette du roi à Monsieur le Prince, le jeune et bouillant comte de Soissons s'avança et dit d'une voix forte :

— Monsieur de Berlinghen, c'est à moi que vous devez donner la serviette pour la remettre à Sa Majesté.

— A vous ? dit Condé qui n'en croyait pas ses oreilles. Osez-vous me disputer cet honneur ?

— Je l'ose, dit Soissons avec hauteur.

— Et au nom de qui et de quoi ? dit Condé en se redressant de toute sa taille, laquelle, par malheur, était petite, comparée à celle de Soissons.

— En raison du fait que je suis Grand Maître de France, titre que je tiens de mon père.

— Ce titre est sans doute honorable, dit Condé, mais il ne vous donne pas la préséance sur moi qui suis le chef de la branche aînée des Bourbons-Condé.

— Il me la donne, dit Soissons.

— A vous qui appartenez à la branche cadette des Bourbons-Condé ? Sachez, Monsieur, que le plus grand honneur que vous puissiez revendiquer en ce royaume est précisément de venir par le sang immédiatement après moi.

— Monsieur, dit roidement Soissons, je ne conteste pas que vous soyez le chef de la branche aînée, mais ma charge de Grand Maître en ce qui regarde la serviette me donne la préséance sur vous.

— Et d'où tirez-vous cela, Monsieur ? dit Condé. Quel est le décret, ou l'usage, ou la tradition qui vous confère ce privilège ? L'étiquette vous donne tort. Il n'est charge, si haute soit-elle, qui prévaut sur la naissance et le sang.

— Je le décrois, dit le comte en serrant les dents.

— Monsieur, reprit Condé, vu votre jeune âge et notre proche parenté, je veux bien excuser votre présomption, mais cette dispute, qui est toute de votre fait, est du dernier ridicule. Inclinez-vous, je vous prie ; le premier prince du sang a toujours donné la serviette.

— C'est que personne ne la lui a jamais contestée !

— Il est disconvenable de la contester, quand il n'y a aucun précédent pour soutenir cette prétention.

— Je la soutiendrai pourtant jusqu'à la mort, dit Soissons d'une voix que la colère faisait trembler.

— De quelle mort voulez-vous parler ? dit Condé avec hauteur. De la mienne ou de la vôtre ?

— Messieurs, dit alors le roi d'une voix grave, cela, je pense, va trop loin.

Un silence suivit ces paroles.

— En effet, Sire, dit Condé, en se ressaisissant, et après avoir fait un profond salut à Sa Majesté, il se tourna vers Soissons et dit : Monsieur, voulez-vous que nous nous en remettions à Sa Majesté du soin de trancher et de nous dire qui, de vous ou de moi, il choisit pour lui donner la serviette ?

— Je le veux aussi, dit Soissons.

Et ayant à cœur de se montrer aussi courtois que Condé, il lui fit un petit salut, et à son tour se génuflexa devant le roi.

Bien que Louis gardât, comme en son ordinaire, une face imperscrutable, je sentais bien qu'il se trouvait fort embarrassé, tant graves lui apparurent les conséquences d'un choix. Comme tous ceux qui, à cette heure, étaient présents dans les appartements du roi, il donnait raison à Condé. Mais donner tort à Soissons lui paraissait bien délicat. Le comte, et moins encore sa mère, la comtesse douairière de Soissons, ne lui pardonnerait jamais une rebuffade, si justifiée qu'elle fût. Or le comte avait d'évidence hérité du caractère épineux et escalabreux de son père et la comtesse était une tigresse à donner éternellement des griffes et des dents à quiconque la blessait une seule petite fois dans ses prétentions.

— Messieurs, dit Louis à la parfin, en embrassant

d'un seul coup d'œil, le prince et le comte, debout devant lui et tous deux frémissants de colère, je vous prie d'attendre un moment avant que je tranche.

Et faisant signe à Berlinghen d'approcher, il lui murmura quelques mots à l'oreille. Après quoi Berlinghen, toujours en possession de la serviette royale, sortit des appartements du roi quasiment au galop.

Cinq bonnes minutes s'écoulèrent alors pendant lesquelles tout dans la chambre du roi se figea dans le silence et l'immobilité, *Monsieur le Prince* et *Monsieur le Comte* se regardant en chiens de faïence et le roi envisageant son assiette sans laisser paraître le déplaisir qu'il éprouvait sans aucun doute à voir sa repue retardée et son rôt refroidir. Je me dis à ce moment-là en jetant un œil qui-cy au prince, qui-là au comte, que s'il se fût seulement agi de savoir lequel des deux avait le plus à se paonner de son apparence, le comte l'eût, à coup sûr, emporté sur le prince, étant grand, bien fait, avec une tête charmante, des joues rondes encore enfantines et de beaux cheveux blonds bouclés qui retombaient en moutonnant sur son encolure. De reste, la comtesse douairière elle-même était fort belle, ayant jusque-là victorieusement résisté aux atteintes de l'âge, mais à la Cour toutefois davantage crainte qu'aimée pour les raisons que j'ai dites.

A la parfin, revint Berlinghen portant la serviette comme un saint sacrement et précédant le second personnage du royaume : *Monsieur*, frère du roi. D'un commun accord, le prince et le comte saluèrent jusqu'à la génuflexion celui qui, tant qu'Anne d'Autriche ne donnerait pas de dauphin à la France, serait l'héritier présomptif du trône.

— Eh bien, Berlinghen, dit le roi à son valet de chambre, lequel demeurait figé et tournait ses regards de tous côtés, la serviette, je te prie !

Berlinghen se dirigea comme un automate vers *Monsieur* et lui remit la serviette, laquelle Monsieur tendit aussitôt au roi en se génuflexant. Et le roi, sans tant languir, la prit, se la passa autour du col et se mit à manger avec allégresse, n'ayant plus d'yeux que pour le rôt sur son assiette, tout refroidi qu'il fût.

Monsieur le Prince se permit un léger sourire. Monsieur le Comte se mordit la lèvre. Le premier, parce qu'il n'avait pas perdu, le second parce que sa demande avait été implicitement rebuffée. J'admirai, en ce jugement de Salomon, la subtilité et le tact de Louis.

Pourtant, force m'est de dire qu'en l'occurrence, ils ne lui servirent de rien. Car le comte et sa mère se sentirent tout aussi offensés que si Louis n'avait pas pris autant de gants avec eux. Quand le comte revint dire à sa mère en leur hôtel parisien ce qu'il en était advenu de cette guerre de la serviette engagée contre Condé, ce ne furent que cris de douleur, de rage et projets d'âpre vengeance.

Or, c'était précisément le temps où la reine-mère publiait partout ses aigres plaintes contre son fils : à peine l'encre du traité d'Angoulême avait eu le temps de sécher que Louis, disait-elle, le violait déjà : il ne lui avait pas versé un traître sol des six cent mille livres qu'il lui avait promis pour compenser les débours de sa rébellion. Il avait cessé de payer à ses officiers leurs pensions et l'armée royale, pour diminuer d'Epernon, tâchait traîtreusement de s'emparer de Metz. Et enfin, comme si ces écornes n'eussent pas suffi, Louis avait infligé à sa régence un désaveu déshonorant en libérant le prince de Condé.

Bien que les griefs de la comtesse de Soissons envers le roi eussent assurément moins de poids politique, ils lui dévoraient le cœur tout autant. Remontant le temps, ils commençaient avec le père de Louis. Quelle noire ingratitude le Vert Galant avait montrée à l'égard de sa famille ! Lui que le défunt comte avait soutenu sans défaillance dans sa longue lutte contre la Ligue ! Il avait osé refuser, et refuser qui pis est en riant, cette rangée supplémentaire de fleurs de lys qui, sur son vertugadin, aurait témoigné à la face du royaume qu'il y avait tout de même une différence entre une princesse du sang légitime et la femme d'un bâtard légitimé... D'évidence, le fils avait hérité de la grossière discourtoisie paternelle et, ce qui ajoutait à sa noirceur, il avait ajouté la chattemite adresse de ne pas paraître refuser la préséance de la serviette au comte, tout en la lui refusant.

La comtesse de Soissons qui était habitée par une ire vengeresse qu'elle chérissait et entretenait, parce qu'elle donnait un sens à sa vie désoccupée, se mit à prêcher *urbi et orbi* la rébellion contre Louis en vibrants échos aux libelles accusateurs que la reine-mère, dans le même temps, répandait dans le royaume. A Marie la comtesse donnait tout à plein raison. Mauvais fils, mauvais roi ! La chose crevait les yeux ! Tous les Grands, opinait-elle, se trouvaient insultés par l'écorne que l'affaire de la serviette avait fait subir à son fils. Il était temps, grand temps qu'ils ôtassent du trône ce roi qui les méprisait et ses abominables favoris : Luynes, cet homme de rien et Condé, le fils d'un page scélérat.

La passion donnait à la comtesse de l'éloquence et là où elle ne pouvait convaincre, elle charmait par sa beauté. Les résultats ne faillirent pas à répondre à ses passionnés efforts, tant était fertile le terreau où elle semait la zizanie. Elle persuada son beau-fils, le duc du Maine, et après lui le duc de Longueville, le duc de Vendôme, le duc de Retz, le duc de Montmorency et, bien sûr, le duc d'Epernon qui ne demandait qu'à courir une nouvelle aventure, si mal que la précédente se fût terminée pour lui.

Chose beaucoup plus redoutable pour le pouvoir royal que cet amas de ducs, les huguenots, le duc de Rohan à leur tête, se mirent de la partie. Et pour parler à la franche marguerite, ils étaient les seuls qui y eussent quelque excuse : la politique de laissez-faire adoptée par le Conseil du roi à l'égard des Habsbourg dans leur affrontement avec les princes protestants d'Allemagne inspirait aux protestants français les plus mortelles inquiétudes.

Pour en revenir aux Grands, fols et légers comme ils l'étaient presque toujours, ils ne cachaient pas davantage leur complot contre le pouvoir qu'ils ne l'avaient fait en 1617, et ils ne se pressaient pas davantage de le mettre à exécution, étant retenus à Paris, qui par un procès, qui par ses amours, qui par ses intérêts et tous par les fêtes brillantes qu'on donnait au Louvre et dans les châteaux royaux. Je sus par les demi-mots de Fogacer que le roi, Luynes et Déagéant savaient parfaitement ce qu'il en était, étant jour après jour renseignés par un des comploteurs, lequel, nourrissant quelque doute sur la façon dont les choses tourneraient, s'arrangeait pour profiter de leur succès éventuel sans pâtir de leur possible échec.

Au moment de ce qu'on appela la « drôlerie » des Ponts de Cé, la désertion subite, inexplicable et scandaleuse du duc de Retz et de sa petite armée avant même que le combat commençât, me donna à penser que c'était lui, le Machiavel. Il faut dire que le duc aurait eu de grandes facilités à jouer ce rôle, personne ne pouvant trouver étrange qu'il visitât quotidiennement le cardinal de Retz, et le cardinal, pour sa part, étant en constant et confiant commerce avec le roi.

*
* *

Une des fêtes brillantes dont j'ai parlé plus haut fut donnée le premier janvier 1620 à Saint-Germain-en-Laye en l'honneur des nouveaux promus dans l'ordre des Chevaliers du Saint-Esprit. Je fus l'un d'eux et en conçus une joie extrême, non seulement parce que le roi récompensait derechef ma fidélité, mais parce que, avec une délicatesse des plus touchantes, Louis m'avait permis d'entrer dans un ordre où mon père figurait déjà, y ayant été introduit par Henri IV. Je reçus beaucoup de lettres à cette occasion, mais celle qui me titilla le plus fort fut celle du curé Séraphin, lequel me priait, en termes naïfs, de porter ma croix de Chevalier du Saint-Esprit le dimanche à la messe, lors de mon prochain séjour à Orbieu. Ce que je fis, sans me douter qu'elle fournirait au curé l'unique sujet de son prône, dans lequel il fit de mes vertus un éloge tel et si grand que, s'il avait été pape, j'eusse pu espérer être de mon vivant canonisé. Ma parentèle de Montfort-l'Amaury, du Chêne Rogneux et de La Surie assistait à ce prêche, ainsi que Monsieur de Saint-Clair et, au second rang, j'aperçus Louison dont l'œil connivent encontrant le mien me remit opportunément en ma remembrance mes terrestres imperfections.

Je ne sais si malgré les efforts du curé Séraphin mes manants entendirent bien le quoi et le qu'est-ce de l'ordre des Chevaliers du Saint-Esprit, mais ils admirèrent l'or et les diamants qui embellissaient ma croix et l'un d'eux, un riche laboureur qui avait vu à Dreux le comte de Soissons, lequel était gouverneur du Perche, déclara en français que « l'aut' comte à Dreux n'avions pas une tant belle croix. Pardienne, il n'avions même pas de croix du tout, tout cousin qu'il soye du rey, à c'qu'on dit ! » Phrase qui, traduite en la parladure du pays et de bec à oreille répétée, fit beaucoup plus que mes vertus pour le croît dans mon domaine de ma bonne renommée.

Pour en revenir à la réception solennelle des Chevaliers du Saint-Esprit à Saint-Germain-en-Laye, le premier janvier 1620, et les splendides fêtes qui s'y donnèrent alors, elles finirent, par malheur, comme celles qui les avaient précédées, lors du mariage de Chrétienne avec le prince de Savoie, sur une note de tristesse et d'anxiété. Anne d'Autriche tomba tout soudain malade.

Pendant qu'était représenté le ballet qui fut donné à cette occasion, on ne laissa pas d'observer que son visage était blême, creusé et portait une expression de souffrance. Louis, qui était assis à côté d'elle, observant son état, se pencha plusieurs fois à son oreille d'un air déquiété, se peut pour lui conseiller de se retirer. Mais par ses branlements de tête, on entendit bien qu'elle n'y consentait pas, considérant de son devoir de demeurer jusqu'au bout afin que le ballet ne fût pas, par sa faute, interrompu. Quand enfin il parvint à son terme, elle se leva, mais parut si chancelante que Louis d'une part, et Madame de Luynes de l'autre, durent la soutenir de prime et dans la suite quasiment la porter pour gagner sa chambre, car elle pâma sur le chemin et ne revint à elle qu'une fois couchée. La fièvre la faisait trembler de tous ses membres.

On appela les médecins et ils disputèrent un bon moment, faillant à déterminer dans laquelle de leurs catégories il fallait classer cette fièvre-là. Ne pouvant s'accorder, ils renoncèrent à nommer la maladie et entreprirent de la guérir par des pilules, la diète et la saignée. Je ne manquai pas de le rapporter à mon père qui courut aussitôt supplier Héroard de remontrer au roi que la saignée — charlatanerie italienne fort à la mode, mais à laquelle ils étaient tous deux hostiles comme, de reste, l'école de médecine de Montpellier qui les avait instruits — ne ferait qu'affaiblir la malade dans le même temps où elle serait affamée par la diète rigoureuse qu'on lui prescrivait. A cette diète, comme Ambroise Paré, mon père était également hostile.

Mais Héroard pensa sortir de son rollet en affrontant les médecins de la reine et la pauvrette eût, à coup sûr, couru les plus grands périls, si elle n'avait pas refusé tous les remèdes pour la raison qu'elle n'avait fiance qu'en son médecin espagnol, lequel on lui avait ôté, peu de temps après lui avoir ôté ses dames.

La Cour fut plongée dans le plus grand étonnement, quand elle vit Louis dépouiller en cette occurrence son impassibilité et verser des torrents de larmes tandis qu'assis nuit et jour au chevet de la pauvrette, il ne la quittait pas des yeux, à'steure priant et à'steure suppliant Anne de prendre les remèdes prescrits. Je ne laissai pas d'observer que toutes ses oraisons s'adressaient non au Seigneur, mais à la Vierge Marie, sans doute parce qu'il pensait qu'étant femme, elle était mieux placée pour intercéder en faveur de la sienne. Je l'ouïs faire un vœu à Notre-Dame de Lorette, lui promettant, si son épouse guérissait, une statue en or massif à son effigie et une lampe à huile également en or, pour l'éclairer jour et nuit. Et s'avisant, le lendemain, que Notre-Dame de Lorette n'était peut-être pas assez forte à elle seule pour arracher Anne à la mort, il adressa le même vœu et fit la même promesse à Notre-Dame de Liesse.

La face non plus imperscrutable, mais toute chaffourée de larmes et les yeux rouges d'avoir tant pleuré et veillé, mon pauvre roi dut attendre seize mortels jours avant que ses promesses fussent entendues. Et en effet, le seizième jour, la fièvre tomba et Anne, après avoir pris quelque nourriture, parut renaître à la vie.

Mon père, se ramentevant de son huguenoterie, prétendait qu'il y avait quelque chose de païen dans ces promesses de dons somptueux à la divinité et argua que cette guérison fut avant tout un miracle de l'amour, tant la pauvre petite reine fut touchée par les marques de tendresse que Louis, en son intempérie, lui avait prodiguées. Il est bien vrai qu'elle fut dans le ravissement à voir Louis non plus cuirassé de froidure et de majesté, mais tel qu'il était en son fond, sensible, aimant, et saisi de terreur à l'idée de la perdre. Anne en conçut une vive gratitude et, femme de primesaut qu'elle était, elle fit ce qu'aucune princesse espagnole n'avait fait avant elle : dès qu'elle en eut la force, elle se saisit des mains de son mari et les baisa à la fureur.

Une fête avait vu éclore la maladie de la reine, et une autre fête célébra sa guérison. Cette fois, ce ne fut pas un ballet joué à la Cour, mais un carrousel donné Place Royale, en présence des Parisiens, lesquels étaient accourus par milliers. Ce mois de mai était fort beau et le soleil faisait chatoyer les vertugadins sur l'estrade où la reine et ses dames avaient pris place. Il y eut, pour finir, une course à l'anneau que Louis gagna, ayant enlevé trois bagues. Il allait sans dire que le roi ne pouvait qu'il ne gagnât. Mais Henri IV, à l'ordinaire, l'emportait avec deux bagues et Louis, avec trois bagues, eût été difficilement vaincu, même par les meilleurs concurrents.

Démontant de son cheval, le roi eut la gentillesse de remercier Monsieur de Pluvinel qui avait été pour lui, et pour tout ce qui comptait de haute noblesse, un maître ès armes et un maître en équitation.

— Sire, dit Pluvinel, la reine vous attend. Plaise à vous de me suivre.

Dès que le roi, ayant gravi les degrés de l'estrade, pénétra dans la loge de la reine, celle-ci se mit debout, se génuflexa à ses pieds et, se relevant rougissante, lui fit présent d'une bague en or ornée d'un diamant magnifique. Louis fit alors une chose que personne n'eût attendue de sa pudibonderie, ni de son apparente froideur. Il prit la reine dans ses bras et, au vu et aux yeux de tous, l'embrassa à la fureur, ce qui valut au couple royal d'être acclamé et par les gens de cour et par les milliers de Parisiens qui se trouvaient là.

Encore que tous les Grands eussent été bien navrés de ne point assister à ce carrousel, leur complot contre le roi n'en discontinuait pas pour autant. Et plus il durait — sans la moindre précaution de secret ou de discrétion —, plus les Grands commençaient à craindre qu'ils n'aient été trahis par l'un des leurs. De son côté, le roi, comme j'ai dit, était au courant de tout, mais comment pouvait-il réagir sans un commencement d'exécution, c'est-à-dire sans que les Grands, omettant d'en quérir de lui la permission, quittassent la Cour pour gagner leurs gouvernements respectifs.

Louis n'était pas moins au fait de ce qui se passait à Angers chez la reine-mère où le parti de la guerre de jour en jour progressait. Le roi qui avait, après la guérison de la reine, commandé et payé rubis sur ongle les deux statues d'or massif pour Notre-Dame de Lorette et Notre-Dame de Liesse, n'ignorait pas que le principal grief de la reine-mère contre lui touchait les six cent mille livres promises par le traité d'Angers. Mais à vrai dire, comment eût-il pu les lui verser sans redouter qu'elle employât cet or à lever des troupes contre lui ?...

A la Cour, le roi continuait à recevoir les Grands avec la même impénétrable courtoisie et, chose curieuse, cette impassibilité qui leur était pourtant bien connue finit par leur donner des soupçons et des ombrages. Ce chattemite, murmuraient-ils, ne leur disait rien qui valût. Plus il se taisait, plus son silence parlait pour lui. En leurs nuits maintenant désommeillées, il leur parut impossible qu'il ne sût rien de leurs menées et pratiques, et à force de craindre d'être découverts, ils en vinrent à redouter qu'on les arrêtât. Ils se voyaient au Louvre ou chez eux, tout soudain, entourés par Praslin et ses soldats, déchus de leurs honneurs et gouvernements, leurs pensions supprimées, leurs domaines et châteaux confisqués, eux-mêmes embastillés comme le comte d'Auvergne, et pendant une douzaine d'interminables années, y perdant le meilleur de leur âge.

Ce fut un vent de panique. Le duc de Vendôme et le duc de Longueville partirent les premiers sans avoir averti personne. Dès que leur département fut connu, les comploteurs suivirent comme moutons de Panurge : le duc du Maine, le comte de Soissons, la comtesse-douairière de Soissons, le duc de Nemours, le duc de Retz, le duc de Montmorency. Paris se vida en un clin d'œil de la moitié de ses Grands.

Ils gagnèrent leurs gouvernements respectifs, armèrent leurs villes contre le roi et n'y demeurèrent point, laissant à leurs lieutenants le soin de défendre les murailles. Et tous, hormis Longueville, coururent rejoindre la reine-mère à Angers. Il leur fallait, à force forcée, une cour et ses intrigues, un Conseil et ses cabales, et à défaut d'un roi, une reine à qui ils pourraient soutirer des pécunes sous le prétexte de lever des troupes pour la défendre.

Le frère du père Joseph, Monsieur du Tremblay, qui, sur l'ordre du roi, avait couru chercher Richelieu en Avignon, pour le ramener en Angoulême lors de la première guerre de la mère et du fils, et l'avait suivi à Angers et, après le traité qui porte ce nom, prit congé de la reine à la mi-juin et quelques jours plus tard, parvenant en Paris, me vint voir au Louvre pour quérir de moi de l'introduire auprès du roi, ayant des nouvelles fraîches à lui départir sur ce qui se passait en le gouvernement de la reine.

Je connaissais bien Monsieur du Tremblay pour l'avoir encontré plus d'une fois et l'estimais fort comme un des plus beaux fleurons de notre noblesse de robe. Je dois dire cependant qu'à chaque fois, sa dissemblance avec le père Joseph, son frère, m'étonnait. C'était à ne pas croire qu'ils eussent les mêmes parents. Car le quidam que j'avais devant moi était un grand, gros homme avec une bedondaine qui n'était pas petite, une face large et rubiconde. Fort heureux d'être de la terre et n'aspirant à rien d'autre qu'à vivre à l'aise dans son beau château du Tremblay ; très satisfait de ses revenus qui n'étaient point que de son domaine, ayant épousé femme bien garnie en pécunes, laquelle il respectait, mais (sans véritablement courir le cotillon pour ne pas offenser Dieu) entretenant subrepticement soubrette dans une petite maison non loin de son hôtel parisien ; point prodigue, ni chiche-face, charitable mais sans excès, ennemi de la violence et du désordre, catholique, mais peu favorable au pape, ayant de l'antipathie pour les huguenots mais n'aspirant point à les éradiquer, respectueux en apparence des Grands et les déprisant en secret. Et, par-dessus tout, adamantinement loyaliste et servant le roi de tout cœur en même temps que ses propres intérêts et meshui véritablement transporté d'aise à l'idée de s'entretenir avec Sa Majesté au bec à bec, circonstance dont il comptait bien faire des récits à l'infini à ses enfants et petits-enfants ; de reste, aimant fort sa famille qui était grande et en particulier son frère le capucin dont il admirait les vertus sans songer à les imiter : bien assuré que grâce à lui, il aurait, le moment venu, sa place au ciel, mais peu pressé d'aller la remplir, ayant sur cette terre qui le traitait si bien ses douces habitudes.

Il me fit de grands compliments, suivis de grandissimes remerciements touchant la façon dont j'avais reçu et accommodé le père Joseph, espérant que je voudrais bien agir de même pour lui, s'agissant du bien de l'Etat. Et pour ce qu'il entendit bien, ne faillant pas en finesse, que j'étais fort curieux d'apprendre ce qui se passait présentement à Angers et n'osais le lui demander qu'à demi-mot afin que je ne parusse pas en avoir la primeur avant le roi, il fut assez bon pour m'en faire un récit que j'ouïs à oreilles décloses.

— Et comment, dis-je d'un ton négligent, vont les choses en Angers ?

Ce fut là le petit hameçon que de son plein gré il goba.

— Mal. Elles n'allaient point trop bien avant, mais elles ont beaucoup empiré avec l'arrivée des Grands qui, soit dit en passant, mettent à mal les finances de la pauvre reine-mère. Le duc de Vendôme fait figure d'étalon dans ce haras. Vous n'ignorez pas qu'il a de grandes prétentions. Parce que Henri avait signé une promesse de mariage à Gabrielle d'Estrées, il tient qu'il devrait régner en lieu et place de Louis, lequel, il souligne, est de sept ans son cadet. C'est-à-dire qu'il croit, ou veut croire, qu'une promesse de mariage, même si elle n'est pas suivie d'effet, prime sur le mariage subséquent d'Henri IV avec Marie de Médicis, et l'emporte sur deux sacrements, celui du mariage et celui du sacre. Vendôme n'est donc pas un rebelle d'occasion et d'opportunité, il est révolté par principe au nom du sang qu'il porte en lui. En 1614, il s'est dressé contre la régente. Et il s'allie meshui avec elle contre son fils. Quoi de plus conséquent ?

Dans cette claire analyse, il me sembla ouïr comme un écho des façons de dire de Richelieu et mon intérêt en devint plus vif.

— Et que fit Vendôme, dis-je, à son arrivée à Angers ?

— Il poussa le jeune comte de Soissons à arguer de son sang royal pour devenir le chef du Conseil de la reine.

— Mais, dis-je, ne se serait-on pas attendu qu'il revendiquât pour lui-même cet honneur ?

— Certes, mais comment se mettre mal avec le prince légitime et surtout avec l'égérie de la rébellion, l'ardente comtesse douairière de Soissons, laquelle devient furie dès qu'on touche à son lionceau. En outre, la présence du comte de Soissons, deuxième prince du sang, à la tête du Conseil de la reine-mère, confère audit Conseil une sorte de légitimité. Et que chaut à Vendôme de s'effacer devant ce béjaune de quinze ans puisque derrière lui il tire toutes les ficelles ?

— Et comment les tire-t-il ?

— Avec adresse. Il a fait voter par les conseillers une motion selon laquelle toutes les décisions d'ores en avant seraient prises à la majorité des voix. Il n'ignore évidemment pas que le parti de la guerre en ce Conseil l'emporte de beaucoup sur le parti de la paix.

— Et que fait Richelieu dans ce prédicament ?

— Il n'en peut mais : la règle de la majorité le paralyse. Non que sa créance auprès de la reine ait diminué, mais comme elle-même, il est emporté par le torrent des va-t'en guerre. Dire non, plaider raison, c'est-à-dire plaider pour la paix, serait pour lui folie. Il se perdrait sans avancer le service de la reine.

— Et que dit-il de la situation ?

— Qu'elle comporte une apparence et une réalité.

La rébellion en apparence est forte, car de la Norman-die au Languedoc, tout l'ouest du royaume est en insurrection. En fait, elle est faible et la raison de cette faiblesse...

— Je la connais, dis-je. Les Grands qui gouvernent ces régions au lieu d'animer la résistance dans leurs villes se trouvent à la cour d'Angers.

— Et, poursuivit Monsieur du Tremblay, la deuxième raison c'est que la jalousie, sœur de la désu-nion, règne en cette cour, brouillant tout. Je ne vous en donnerai qu'un exemple. Vendôme n'a voulu à Angers ni du duc du Maine ni du duc d'Epernon, lequel a pourtant une expérience militaire. Et la reine-mère ayant demandé aux deux exclus de lever des troupes pour elle, ils y sont allés, mais que d'une fesse. Tant est que je serais bien étonné s'ils reve-naient à Angers avant la bataille. Vous vous ramente-vez qu'à Uzerches, d'Epernon s'était arrangé pour ne revenir sur les lieux qu'après la prise de la ville qu'il prétendait secourir.

— Et peux-je vous demander, Monsieur, ce que pense Richelieu de ce dumvirat qui domine le Conseil ?

— D'après Richelieu, le comte de Soissons a de la vaillance, mais peu d'esprit. Vendôme a de l'esprit, mais peu de vaillance. En outre, sous le prétexte qu'il est le fils d'Henri IV, Vendôme veut commander l'armée de la reine. Il oublie que les qualités d'un soldat ne sont pas héréditaires, pas plus, de reste, que le courage.

— En un mot, Richelieu pense que le parti de la guerre court au désastre.

— Je dirais qu'il y rêve, dit Monsieur du Tremblay, en m'envisageant avec un léger sourire, car avec ce désastre, les Grands disparaîtront d'Angers et lui-même, remontant des Enfers, redeviendra indispen-sable à sa maîtresse, ne serait-ce que pour moyenner la paix.

Là-dessus, Monsieur du Tremblay eut un petit

brillement de l'œil qui me donna à penser que s'il nourrissait pour Richelieu une admiration aussi vive que celle du père Joseph, la sienne ne laissait pas d'être plus clairvoyante.

★
★ ★

J'ai gardé en ma remembrance un lumineux souvenir du quatre juillet 1620 lorsque Louis m'y parut en son Conseil tel que je l'eusse voulu toujours : il parla en roi et en maître. L'éternel choix entre le parti de la guerre et le parti de la négociation se posait, comme il s'était posé pendant toute la régence et lors de la première guerre de la mère et du fils, et les ministres, il va sans dire, étaient unanimes à préférer le second au premier, conseillant au roi de demeurer en Paris et non pas de s'enfoncer dans une province révoltée et d'affronter « un parti puissant et audacieux ».

Ces arguments qui, à vue de nez, paraissaient sensés, reposaient sur une analyse tout à plein erronée de la situation. Les rebelles ne constituaient pas un parti puissant. Ils étaient, bien le rebours, profondément divisés. Et les provinces n'étaient pas révoltées contre le pouvoir royal. Seuls leurs gouverneurs l'étaient. Et ceux-là, on ne les voyait que rarement en leurs gouvernements car ils n'y venaient que pour y lever pécunes, demeurant le reste du temps à la Cour à Paris. En conséquence la bourgeoisie qui occupait toutes les fonctions civiles, ou prospérait dans le commerce, et d'autre part, le peuple qui aspirait à sa tranquillité, n'avaient aucune envie de subir, pour l'amour d'un grand seigneur, le plus souvent absent, les rigueurs et les incommodités d'une guerre contre le roi.

Quant à « l'audace » du « parti puissant », elle était toute velléitaire, s'évanouissait, on l'avait déjà vu, dès que parlait la poudre. Elle n'existait en fait que dans l'imagination apeurée des ministres barbons.

Luynes opina comme eux, ce qui ne m'étonna guère, sa pusillanimité étant irrémédiable.

Quand tous les conseillers eurent opiné, le roi ne mit pas aux voix : il trancha.

— Parmi tant de hasards qui se présentent à nous, dit-il sans bégayer le moindre, il faut marcher aux plus grands et aux plus prochains, et c'est la Normandie. Je veux y aller droit et n'attendre pas à Paris d'être en proie et mes fidèles serviteurs, opprimés. J'ai grand espoir dans l'innocence de mes armes. Ma conscience ne me reproche aucun manque de piété à l'égard de la reine-mère, ni de justice à l'égard de mon peuple, ni de bienfaits à l'égard des Grands de ce royaume. Par conséquent, allons !

Avec quelle frémissante joie je retrouvais là le roi-soldat ! Son père n'avait pas parlé autrement quand les Espagnols des Pays-Bas lui avaient pris Amiens par surprise et qu'il décida, en un battement de cil, de leur courir sus. Toutefois, le recours au jugement de Dieu, au nom de son innocence, ajoutait chez Louis une note personnelle. Non que l'invocation à la divinité fût absente des discours d'Henri IV, mais chez le renard du Béarn, comme disaient les ligueux, elle relevait davantage de la politique que de la piété. Chez son fils, c'était tout l'inverse. Sa sincérité en ce domaine était adamantine.

Avec peu d'hommes, six mille ou huit mille, je ne saurais trancher, le roi alla droit en Normandie. En outre, il y alla vite, car parti de Paris le sept juillet, il arriva le neuf devant les murs de Rouen.

Le lecteur se ramentoit que le duc de Longueville, seul de tous les Grands, n'avait pas gagné la cour de la reine-mère à Angers, mais était demeuré en Normandie. Cela faisait augurer qu'il serait fidèle au sang qui coulait dans ses veines, lequel était aussi celui d'un héros, fameux, Dunois, bâtard d'Orléans, compagnon valeureux de Jeanne d'Arc. Hélas ! il n'en fut rien ! Le sang ne traverse pas les siècles.

Le huit juillet, les fourriers du roi arrivaient à

Rouen pour marquer les logis qu'il faudrait pour le roi et ses troupes. On leur fit bon accueil, et le duc de Longueville, apprenant d'eux que le roi serait là le lendemain, dit tout uniment :

— Dans ce cas, je n'ai qu'à lui céder la place.

Sur ces mots il s'enfuit et se réfugia à Dieppe. Tout le mal qui lui advint dans la suite fut d'être pardonné quand les armes se turent. On lui garda même — privilège concédé par Charles IX, en souvenir du bâtard d'Orléans — *le rang intermédiaire* entre les princes royaux et les ducs et pairs qui lui permettait, s'il passait après les premiers, de passer du moins avant les seconds.

Belle lectrice, je ne vous cacherai pas qu'un peu plus de quinze ans plus tard, moi-même devenu barbon, je portais grande envie à ce duc de peu de mérite quand son rang lui permit d'épouser en secondes noces Anne-Geneviève de Bourbon-Condé, la fille de ce petit Condé souffreteux que Louis débastilla et qui, après avoir donné naissance à celui qui deviendra le Grand Condé, bailla le jour, chose plus surprenante encore, à une des beautés du siècle.

Car telle était, sans contredit, Anne-Geneviève de Longueville. Le cardinal de Retz, qui s'y connaissait en femmes, a dit d'elle un jour « qu'elle avait une langueur dans les manières qui touchait plus que le brillant de celles mêmes qui étaient plus belles ». Rien n'est plus juste, j'en peux porter témoignage, et je peux ajouter que ce n'était point une langueur affectée, mais naturelle et saillant des profondeurs de sa disposition. Je l'ai vue, entourée de gentilshommes, les envisager tour à tour avec un regard noyé et des lèvres entrouvertes, lesquelles donnaient à ces messieurs une irrésistible envie d'entrer dans sa couche et d'y demeurer à jamais.

Au cours des ans, à vrai dire, Anne-Geneviève y admit plus d'un et à réfléchir sur sa vie, on ne peut qu'admirer l'émerveillable diversité qu'on y observe, car elle fut grande précieuse en l'hôtel de Rambouillet, grande frondeuse sous la Fronde, grandissime galante jusqu'à quarante ans et grande repentie le reste de ses jours. C'est une femme, disait La Surie, qui ne faisait rien à moitié.

Rouen prise, le roi déchut Longueville de son gouvernement, mais le lui rendit plus tard, quand il vint à résipiscence, et il réunit son Conseil, lequel, Luynes compris, lui déconseilla fortement de s'attaquer à Caen qui était aux mains des rebelles, le Grand Prieur ayant placé là son précepteur, Monsieur Prudent, pour organiser la défense.

Celui à qui on avait baillé cette charge de Grand Prieur, si honorable, si bien pensionnée et si peu ecclésiastique, n'était autre que le chevalier de Vendôme, avec qui, en sa dixième année, Louis avait lié une amitié si vive que la reine-mère, en ses ombrages, avait pris soin de la briser en envoyant le pauvre chevalier au diable de Vauvert, c'est-à-dire à Malte, dans l'ordre qui porte ce nom. Toutefois, quand il en revint, l'amitié du roi pour lui ne se renoua pas, le jouvenceau étant devenu, comme son frère aîné, le duc de Vendôme, insufférablement arrogant.

Louis, une fois de plus, passa outre à la timidité de son Conseil et de Luynes et décida de marcher sur Caen. A cette nouvelle, le Grand Prieur leva quelques troupes pour se jeter dans la place, mais parvenu sous ses murs, le cœur lui manqua et, n'ajoutant rien au renom de sa lignée, il se retira à brides avalées. Quant à Prudent, qui tenait la ville à sa place, il ne fit pas mentir son patronyme et, dès que le roi se présenta sous ses murs, il lui ouvrit les portes.

En même temps qu'il accourait en Normandie pour ressaisir Rouen et Caen, le roi avait envoyé à la reine-mère à Angers quatre négociateurs de qualité : les ducs de Montbazon et de Bellegarde, l'archevêque de Sens et le président Jeannin, surintendant des Finances. Toujours excessif, le duc de Vendôme tenait à crime qu'on les admît dans les murs et ne parlait de rien moins que de les faire prisonniers ou à tout le moins de les renvoyer au roi. Mais Richelieu persuada la reine que renvoyer des personnages de si grande considération serait faire une très offensante écorne, et à eux et au roi. Et à la parfin, elle décida de les laisser venir. A peine furent-ils en Angers que le Grand Prieur de Vendôme arriva quasiment sur leurs talons, annonça à la reine-mère la nouvelle de la prise de Caen, laquelle assombrit tous les esprits. Les jours suivants, les courriers apportèrent des nouvelles moins réjouissantes encore. Les troupes du roi s'avançaient vers Le Mans, ville loyaliste, et ce n'était là qu'une étape pour marcher sur Angers.

Tardivement, on pensa alors à se fortifier. Le pont de Cé, qu'il est coutumier de nommer au pluriel, est l'unique pont qui entre Nantes et Amboise permettait de franchir la Loire. Il était donc aussi important pour le roi de le conquérir que pour la reine-mère de le défendre. Le roi, sans sa possession, ne pouvait passer au sud de la Loire pour pacifier le reste de son royaume et la reine-mère ne pouvait sans lui accueillir les renforts qu'elle espérait recevoir de l'Angoumois. Ces renforts étaient ceux que le duc du Maine et le duc d'Epernon étaient censés rassembler pour elle.

Quand j'eus le privilège de mieux connaître Richelieu, une des choses que je trouvais les plus singulières chez lui fut son extraordinaire aptitude à traiter deux ou trois affaires dans le même temps. C'est ainsi que me baillant un jour les grandes lignes d'une lettre qu'il m'avait prié d'écrire en allemand à un prince luthérien, il utilisait le temps que je mettais à coucher ce qu'il m'avait dit sur le papier, à dicter à Charpentier, son secrétaire à la main, des précisions sur la « drôlerie des Ponts de Cé », et les raisons de la défaite rapide et radicale qu'y subirent les forces des Grands. Cette analyse me parut si claire et si convaincante, et elle montrait aussi une intelligence de la guerre si étonnante chez un prélat que je ne laissais pas de l'écouter, ralentissant même ma traduction allemande pour qu'il pût l'achever. Le cardinal ne faillit pas de s'apercevoir de mon manège, mais il ne le releva pas, étant fort conscient de ses grands talents, et ne détestant pas qu'on les admirât.

Si bien je me ramentois ce qu'il dit alors, il critiqua à la fois la préparation du combat et son déroulement. Selon lui, la première erreur du duc de Vendôme fut de faire creuser un retranchement de deux lieues de long entre Angers et les Ponts de Cé. Ce fossé lui paraissait d'une longueur excessive, de prime parce qu'il était fort peu probable qu'on eût le temps de le creuser en son entièreté avant l'arrivée de l'armée royale et ensuite parce qu'on n'avait pas assez d'hommes pour le garnir. Il eût mieux valu, d'une part, fortifier les murs d'Angers, et d'autre part, faire un bon retranchement, mais seulement à la tête du pont de Cé.

Les rebelles disposaient de quelques centaines de chevaux et le duc de Vendôme en bailla le commandement à son frère le Grand Prieur, lequel attendit que son aîné lui donnât l'ordre de charger. Or cet ordre ne vint jamais. Tant est que cette cavalerie, qui était pour le moins aussi forte que la cavalerie du roi, ne servit à rien. Il est vrai que le Grand Prieur eût pu intervenir de soi quand les choses tournèrent mal pour l'infanterie. Apparemment, il n'y pensa pas.

Mais l'élément, assurément, le plus décisif de la défaite fut la défection, pour ne pas dire, la trahison du duc de Retz. Dès qu'on annonça que les troupes du roi avançaient, il sauta à cheval et avec toutes les apparences de la vaillance, il alla seul les reconnaître. Mais à son retour, le courage laissa place à la colère et jurant et tempêtant, il clama à tous échos qu'on les voulait sacrifier sur le terrain alors même que dans les murs on traitait la paix : parole qui contenait une part de vérité et qui n'était pas faite pour remonter les cœurs de ceux qui l'oyaient. Ayant dit, il rappela ses troupes des tranchées qu'elles occupaient et leur faisant tourner casaque, il traversa à leur tête, à brides avalées, la ville des Ponts de Cé et disparut. Ces forces se montaient à mille cinq cents hommes, ce qui diminua d'un tiers les forces des rebelles.

Quelle ne fut pas la stupéfaction des éléments avancés de l'armée royale quand ils virent sous leurs yeux se dégarnir de fusils et de baïonnettes une partie importante du retranchement qui leur faisait face. Ils en avertirent aussitôt le maréchal de Créqui qui attaqua alors avec vigueur, semant chez les ennemis la confusion et presque la déroute.

Le duc de Vendôme prit alors une décision admirable. Sans donner l'ordre à sa cavalerie de charger, sans prévenir ses officiers, il sauta à cheval, gagna au galop Angers et pénétrant dans les appartements de la reine, annonça le premier la déroute de ses troupes, en s'écriant sur le ton de la tragédie :

— Madame, je voudrais être mort !

A quoi sa fille, qui conversait avec la reine, eut cette réponse terrible :

— Monsieur mon père, si vous eussiez eu cette volonté, vous n'eussiez pas quitté le lieu où il le fallait faire.

CHAPITRE X

— Monsieur, un mot de grâce !

— Belle lectrice, je vous ois.

— Vous avez dit que le duc de Longueville fut pardonné.

— Assurément.

— Et les autres ducs ?

— Quand la rébellion éclata, on les déclara tous coupables de lèse-majesté et on les déchut de leurs gouvernements respectifs. Mais après leur défaite des Ponts de Cé, quand ils eurent demandé pardon au roi — à un ou deux genoux, selon qu'ils se sentaient plus ou moins coupables...

— Monsieur, qui demanda pardon à deux genoux ?

— D'Epernon. Sans doute, parce qu'il avait récidivé, ayant participé à la première guerre de la mère et du fils.

— Monsieur, ce détail est presque trop joli. L'avez-vous inventé ?

— Nullement. Si vous n'avez fiance en moi, demandez à Héroard ce qu'il en est. Il fut témoin de cet agenouillement. Avec votre permission, je poursuis. Après que les ducs eurent demandé pardon, les mesures prises contre eux furent abolies.

— Et il n'y eut rien d'autre que cette abolition ?

— Si ! L'accueil du roi aux ducs repentis : la froidure même.

— Quoi ? Point d'arrestation ? de procès ? de Bastille ? de décapitation ?

— Belle lectrice, avez-vous fait ce rêve ? un duc et pair condamné à mort !

— Henri IV fit bien périr Biron.

— Mais Biron n'était duc et pair que de fraîche date, et n'appartenait pas à une grande lignée. En outre, il fit traîtreusement alliance avec l'Espagne et il avait de grands talents militaires. Il était donc une très sérieuse menace pour le roi, et après sa mort, pour son fils. Même alors, son exécution fit scandale.

— Si je vous entends bien, les ducs et pairs sont quasi intouchables.

— A peu, en effet, qu'ils ne le soient.

— Et au nom de quoi ?

— Le sang, belle lectrice ! Le sang ! Le respect du sang ! Comment voulez-vous condamner à mort le duc de Longueville qui, de par son lointain ancêtre, le bâtard d'Orléans, a du sang royal dans les veines ?

— Mais n'est-ce pas un grand péril pour l'Etat que cette impunité ?

— Grandissime ! Et c'est pourquoi la constante préoccupation de Louis sa vie durant fut d'abaisser les Grands.

— Je croyais que c'était là l'idée de Richelieu.

— Richelieu, Madame, la formula et implacablement l'exécuta. Mais le roi, avant lui, la conçut.

— Un mot encore, Monsieur. Pourquoi appelle-t-on « drôlerie » des Ponts de Cé la bataille qui vit la déroute des Grands et de la reine-mère ?

— C'est un terme de dérision et je ne sais qui l'imagina. Pourtant ce ne fut pas une « drôlerie » pour ceux qui y laissèrent leurs bottes : quatre cents soldats du côté de la reine, et cinquante gentilshommes. Ces pauvres gens moururent pour rien.

— Et la reine ?

— La reine-mère déclara *urbi et orbi* qu'elle ne ferait *plus jamais confiance aux princes français* et ajouta — oyez bien ceci, belle lectrice — *qu'elle ne voulait plus être séparée du roi son fils.*

— Propos touchant, quand on sait ce qu'on sait...

— Belle lectrice, vous riez déjà de ces paroles. Qu'allez-vous dire quand vous saurez que Richelieu, dans le même esprit chattemite, déclara, en parlant de la reine : *Elle se réjouit du malheur de ses armes.* Comme vous n'avez pas failli de l'observer, c'est un alexandrin et il serait digne de figurer dans une tragédie, si l'idée n'en était pas si comique.

— Monsieur, une question, de grâce ! La reine-mère va donc revenir en Paris ?

— Oui-da ! Dans les appartements de plain-pied avec la cour du Louvre que j'ai déjà décrits.

— N'est-ce pas Monsieur votre père qui a dit : « Louis préfère l'avoir dans son carrosse plutôt qu'elle demeure dehors et ameute les brigands contre lui » ?

— En effet, c'est mon père.

— Mais il me semble, Monsieur, que même à l'intérieur d'un carrosse, une dame de sa disposition peut faire la zizanieuse.

— C'est à craindre, hélas !

— Une dernière question, Monsieur. Vous allez-vous marier ?

— Question que nul autre qu'une dame n'aurait pensé à me poser.

— Est-ce une raison pour ne pas répondre ?

— N'est-ce pas une chose étrange, Madame, que les dames dressent l'oreille et frétillent de la tête aux pieds dès qu'il est question de mariage, alors qu'elles ont si peu à s'en louer, lamentant à l'accoutumée le péril des couches, la perte de leur beauté, l'incommodité des enfants, la tyrannie d'un mari ou son indifférence.

— Cela est vrai. Mais vous ne m'avez toujours pas répondu.

— Jour de Dieu, Madame, comme vous me pressez !

— Mais encore ?

— Eh bien, j'y songe qui-cy qui-là.

— Et en attendant, vous vous contentez de Louison.

— Il serait plus aimable pour elle et d'ailleurs plus vrai, Madame, de dire qu'elle me contente.

— Une soubrette !

— Une soubrette qui a tant de qualités que je désespère de trouver les mêmes chez une personne de qualité.

— En attendant, vous ne me parlez plus d'Orbieu.

— Je ne peux que je ne suive le roi en ses campagnes pour réprimer les Grands. Je suis néanmoins au courant de tout ce qui se passe à Orbieu. Monsieur de Saint-Clair m'écrit souvent et plus encore depuis qu'il est amoureux.

— Il est amoureux ? Et de qui ?

— De Laurena de Peyrolles : la fille d'un de nos riches voisins.

— Si elle est si riche, elle ne voudra pas de lui.

— Monsieur de Saint-Clair est fort beau.

— Toutefois, c'est un cadet. Il est sans titre et sans terre.

— Mais c'est un noble d'épée, et le père de la belle est de robe.

— Cela serait-il suffisant ?

— Pour le moment peut-être point. Aussi Monsieur de Saint-Clair ne s'est-il pas encore déclaré.

— Comment est cette Laurena de Peyrolles ?

— D'après Saint-Clair, belle, blonde, pleine d'esprit. Eh bien, Madame, vous voilà contente ! Vous aurez donc à la parfin un beau mariage à vous mettre sous la dent.

— Vous croyez donc qu'il se fera ?

— Je l'espère. Pour ma part, j'y prêterai la main autant que je le peux.

— Et quand retournez-vous à Orbieu ?

— Pas tout de gob. Je m'en vais suivre le roi à Pau.

— A Pau ? Que va-t-il faire à Pau ?

— Réprimer l'insolence et la désobéissance des protestants du Béarn.

— L'insolence et la désobéissance ! Je n'en crois pas mes oreilles ! Que sont devenues — héritées de votre père — vos sympathies pour les huguenots ?

— Je les ai toujours, mais elles ne m'empêchent pas d'observer la déraisonnableté de leurs actes. Ils combattent le pouvoir royal qui les a protégés ! Ils violent l'édit de Nantes qui leur a tout donné ! Dans leur folie, ils recherchent même contre le roi de France l'appui du roi d'Espagne ! Le roi d'Espagne, Madame ! Le bras le plus puissant de la Contre-Réforme en Europe !

— Comme vous diriez, Monsieur, les bras m'en tombent ! Les protestants : contrevenir à l'édit qui les protège !

— Pas tous ! Ceux du Béarn et de Navarre seulement, encore qu'ils soient soutenus, sinon imités, par les autres. Plus exactement, les Béarnais acceptent les libertés et les sûretés de l'édit, mais ils en refusent les obligations.

— Les libertés et les sûretés ?

— L'édit garantit aux protestants la liberté de conscience et la liberté du culte, et leur accorde une bonne centaine de places fortes dont les garnisons, ô paradoxe ! sont payées par le roi de France, qui a ainsi créé en son royaume un Etat dans l'Etat et un Etat capable, le cas échéant, de lui résister par la force.

— Et d'où vient cette étrange disposition ?

— Elle fut prise pour rassurer les protestants qu'on avait, pendant un demi-siècle, odieusement persécutés. Mais cette disposition devint, avec le temps, la malheureuse faille de cet émerveillable édit, si humain et si novateur, qui visait à faire coexister paisiblement deux Eglises qui se haïssaient tout en adorant le même Dieu.

— Et les obligations ?

— Les protestants devaient respecter, là où il sont majoritaires et puissants, le culte et les biens des catholiques.

— Et c'est ce que ne firent pas, si je vous entends bien, les protestants de Béarn et Navarre ?

— Non, Madame. Un déplorable état de fait s'était créé là : la grand-mère de notre Louis, Jeanne d'Albret, reine de Navarre, princesse de Béarn et huguenote des plus farouches, avait, cinquante et un ans avant ce jour d'hui, interdit la religion catholique en ses possessions, et confisqué les biens de l'Eglise catholique pour les donner aux pasteurs.

— Et cet état de fait s'était perpétué pendant un demi-siècle ?

— Eh oui ! Malgré Henri IV, malgré la régente et malgré le pape qui avait fait de la réformation de ces abus une condition *sine qua non* pour lever l'excommunication d'Henri IV. Notre Henri avait promis d'y remédier, mais sans pouvoir tenir sa promesse. Et comment, de reste, l'eût-il pu, chérissant Béarn et Navarre au plus profond de son cœur et ne pouvant, de toute façon, les réduire par la force à l'obéissance dans le moment où il recherchait l'alliance des princes protestants d'Europe avant de s'attaquer aux Habsbourg.

— Et après sa mort, la régente ?

— Marie, fi donc ! Elle n'en avait pas la force, même si l'envie l'en démangeait fort, étant Habsbourg, catholique à gros grain et ultramontaine en diable. Vous vous ramentevez, sans doute, Madame, qu'elle avait eu l'idée malheureuse de demander au pape de choisir pour elle le premier président du Parlement français ! Ce qui avait hérissé le poil de plus·d'un gallican en ce royaume.

— Et Louis ?

— Louis, après la drôlerie des Ponts de Cé, décida de n'en rester pas là, et de réduire ses protestants rebelles du Béarn et de Navarre. On négocia. Mais ces farouches huguenots des Pyrénées se trouvaient si loin de Paris qu'ils se croyaient à l'abri de tout ! Ils ne voulurent ni rétablir le culte catholique ni rendre au clergé les biens qu'il lui avait pris, prétendant que Navarre et Béarn étant « terres souveraines », ils n'avaient pas à observer l'édit de Nantes ! Lassé de ces refus et passant outre aux avis de son Conseil, de ses ministres et bien sûr de Luynes, toujours aussi timoré, Louis trancha : « Il faut aller à eux », dit-il sobrement en enfonçant son chapeau sur la tête. Il se trouvait alors en ce plaisant petit château de Plessis-lès-Tours qui lui était cher à plus d'un titre. Louis XI y avait vécu de nombreuses années. Son père y avait fait alliance avec Henri III contre la Ligue, et en ses enfances, il avait lui-même construit un fort en terre auquel il avait travaillé par brise et pluie pendant des jours.

— Ah Monsieur ! Je me ramentois ce passage de vos Mémoires où il est dit qu'Héroard ayant mis à Louis, pendant qu'il travaillait, un manteau sur le dos pour le protéger de l'orage, Louis le rejeta incontinent de ses épaules.

— Madame, c'est un plaisir de vous instruire : vous retenez tout. Savez-vous, Madame, que Louis eut une fort bonne surprise en franchissant le seuil de Plessis-lès-Tours ? Devinez, de grâce, devinez !

— Nenni, je ne saurais !

— Il y trouva sa petite reine arrivée la veille de Paris. Il en bondit de joie et, lui baillant une forte brassée, il baisa deux ou trois fois sa jolie face et, incontinent, il lui conta, cartes en main, la drôlerie des Ponts de Cé et les logements de ses armées.

— La pauvrette dut en périr d'ennui.

— Pas du tout. Elle ne périt pas d'ennui pour la raison qu'elle n'ouït rien de ses discours. Elle ne l'écoutait pas. Elle le regardait, étant tout attendrézie par la tendresse de son accueil.

— Monsieur, sans vouloir tirer notre grave entretien politique du côté de l'anecdote, peux-je vous demander...

— Oui, belle lectrice, vous le pouvez. Le soir même, Louis partagea la couche de la reine.

— Et Héroard, le lendemain ?

— Oui, Madame, il fit le geste que vous attendez. Mais ce n'est pas là anecdote, comme vous pensez. C'est politique encore. Si nous n'avons pas assez vite un dauphin, Monsieur, personnage sans consistance, mais héritier présomptif, va devenir le centre et le pivot d'intrigues à l'infini, où la reine-mère ne laissera pas de tremper la main. Mais, n'anticipons pas, nos pointilles présentes nous suffisent.

— Quelles sont-elles ?

— Cette expédition que je vous ai dite en Navarre et Béarn pour mettre à raison les huguenots rebelles. Mais Madame, souffrez qu'ici je reprenne mon conte là où je l'avais laissé.

*
* *

Louis entra à Pau le quinze octobre. C'était la première fois qu'il voyait cette ville émerveillable, tiède balcon sur les neiges éternelles. Et que de souvenirs se pressèrent en sa remembrance ! Son père y était né. Charles IX, le massacreur de la Saint-Barthélemy, avait pris la ville en 1568 et dès l'année suivante, la grand-mère de Louis, Jeanne d'Albret, l'avait reprise grâce à la victoire, à Orthez, de Montgoméry. Notre Henri, qui avait seize ans, n'était pas présent alors et cela valut mieux pour sa tendreté de cœur, car sa mère fit à son tour impiteusement massacrer les chefs catholiques que Montgoméry avait capturés et ramenés au château.

La résistance de Béarn et Navarre, qui avait été si résolue de loin, s'effondra dès que le roi et son armée apparurent. Les magistrats réunis dans la cour du château de Pau, s'excusant de leur désobéissance, déclarèrent accepter l'édit qu'ils avaient tant de fois rejeté par écrit. Ils promirent de rétablir le culte catholique et de rendre au clergé ses biens, et acceptèrent le rattachement de Béarn et Navarre à la couronne.

Deux jours plus tard, Louis prenait la petite place forte de Navarrenx, qui défendait les abords de Pau, en fit sortir (mais sans la molester) la petite garnison huguenote que sa grand-mère, Jeanne d'Albret, y avait constituée et la remplaça par une poignée de ses soldats. L'affaire de Béarn et Navarre fut réglée en un tournemain : il y fallut à peine cinq jours et Louis départit de Pau au matin du vingt et un octobre.

Le vingt-cinq, il était à Bordeaux. Le sept novembre, il se présenta aux portes de Paris.

Personne n'eût cru possible qu'on pût faire ce longuissime voyage de Pau à Paris en moins de quinze jours. Il est vrai que Louis fut plus souvent à cheval qu'en carrosse, laissant loin derrière lui ses bagues, ses ministres, son Conseil et ses gardes. Pour ceux dont je fus, qui se firent un point d'honneur de suivre cette folle chevauchée, pour le dire à la gasconne, elle nous tanna la peau des fesses. Mais Louis, cavalier insigne et endurci, ne paraissait rien ressentir de ces incommodités. De reste, vent, soleil, pluie ou grêle, peu lui challait ! C'est à peine si, à l'étape, il consentait à ôter sa vêture mouillée et ses bottes pleines d'eau. Et pourquoi il trottait si vite, alors qu'il n'y avait nulle urgence à regagner Paris, je n'y vois qu'une raison : c'est qu'étant si taciturne et refermé sur soi, il n'avait trouvé que cette galopade effrénée pour exprimer sa joie d'avoir abaissé les Grands, réduit une troisième fois sa mère à l'obéissance et rétabli la foi catholique en Béarn et Navarre. Emporté par la vivacité de ma jument, j'arrivais parfois à sa hauteur et je le voyais, penché en avant sur sa monture, son chapeau enfoncé sur sa tête et l'ombre d'un sourire sur sa face imperscrutable. Il me semblait alors sentir ce qu'il ressentait. Après avoir prouvé par la *perfezione* de son mariage que même d'une infante espagnole il pouvait devenir l'époux, il venait d'affirmer à la face de l'Espagne, l'éternelle ennemie, qu'il serait, comme son père, son règne durant, un roi-soldat.

C'en était bien fini des écornes, des affronts et des avanies de la régence. Ayant de prime secoué le joug de la reine-mère en la serrant à Blois, il l'avait ensuite ramenée par deux fois à l'obéissance. D'ores en avant, il était véritablement le maître en son royaume.

Arrivé en son Louvre, et tout heureux d'en fouler les pavés d'un pas raffermi, Louis, fidèle à son devoir protocolaire, alla saluer la reine-mère et offrir sa joue à ces mêmes lèvres maternelles qui, en sept ans de régence, ne lui avaient jamais baillé un baiser. Il alla ensuite présenter ses respects à la petite reine et lui offrit une bague sertie de diamants, accompagnant ce don de doux regards et d'une forte brassée. Il se permit ensuite quelque exubérance avec Henriette, qu'il salua en troisième lieu. On l'appelait meshui « Madame », ses sœurs aînées étant mariées. Elle avait alors onze ans et était plus coquette que pas une fille de bonne mère en France, ayant, en outre, en son visage quelque chose de si agréable qu'elle se faisait aimer de tous. Louis lui offrit un miroir ovale en argent dont les trois Grâces, enlacées, formaient le manche. Les trois Grâces étaient vêtues de longs voiles, ce qui satisfaisait à la décence au détriment de la beauté. Mais tel qu'il était, le miroir plut à Henriette qui se suspendit au cou de son aîné. Il la serra alors contre lui et lui fit faire le tour de la pièce sans que ses petits pieds touchassent le sol.

Tout au long de ces quinze jours d'ardente chevauchée du sud au nord de son royaume, j'observai que
Louis, qui se paonnait d'être un des goinfres de la
Cour, mangea peu. Il mangea moins encore en arrivant au Louvre. On eût dit qu'il se nourrissait de la
gloire de ses armes et que cette chère-là lui faisait
oublier l'autre. Le soir, après avoir expédié son souper
avec une peu coutumière rapidité, ayant goûté de tout
sans rien finir, il annonça en se levant qu'il allait
partager la couche de la reine. Il s'impatienta, parce
que Berlinghen mettait du temps à trouver l'épée,
laquelle il devait porter nue en suivant le roi à deux
pas derrière lui, quand Sa Majesté se rendait chez son
épouse. La suite, qui marchait derrière Berlinghen à
grands pas, était ce soir-là réduite à Luynes, le comte
de La Rochefoucauld, Héroard, et à moi-même. Et
nul de nous qui n'entendît que Louis courait cueillir
d'autres lauriers et chercher auprès de la reine le
repos du soldat.

*
* *

Voyant que les affaires du roi s'arrangeaient si bien,
je ne faillis pas à quérir de lui de me bailler un congé
de quelques jours pour visiter ma seigneurie
d'Orbieu. Mon dernier séjour, et il fut bref, remontait
à janvier 1620 et, l'on s'en ramentoit peut-être, le curé
Séraphin m'avait, à cette occasion, instamment prié
de porter à la messe ma croix de Chevalier du Saint-
Esprit. Et encore que Monsieur de Saint-Clair, dans
ses longues lettres missives, m'instruisît quasiment
chaque semaine, et par le menu, de ce qui se passait
dans mon domaine et des bons résultats que nous
avions obtenus cette année encore, en nos moissons,
récoltes, cueillettes, vendanges et boisillage, j'aspirais
fort à aller jeter l'œil du maître sur mon bien, curieux
que j'étais aussi de connaître cette Laurena de Peyrolles dont mon Saint-Clair s'était coiffé.

Son père, que j'avais encontré deux ou trois fois,

avait exercé la charge de maître des requêtes, grâce à laquelle il avait accédé à la noblesse de robe. Devenu barbon, il avait vendu sa charge et de ces pécunes il avait fait deux parts. La première, la plus importante, il l'avait placée à bon compte en toute sûreté. Avec la seconde, il avait acheté la seigneurie de Peyrolles qui jouxtait mes terres. Elle comportait un manoir fort joli et des terres non petites qu'il exploitait avec beaucoup de ménage, de peine et de prudence. La vieille marquise de Peyrolles qui lui avait vendu ce bien étant morte sans descendance, notre homme qui s'appelait Lautrin se fit appeler dans un premier temps Monsieur Lautrin de Peyrolles. Et quand l'habitude en fut prise, laissant tomber le Lautrin roturier, il devint Monsieur de Peyrolles. Il y avait belle heurette que cela se faisait en ce royaume et bien que d'aucuns s'en gaussassent, personne n'y trouvait vraiment à redire, à telle enseigne que les nobles d'épée, quand les nouveaux seigneurs étaient bien garnis, ne dédaignaient pas d'épouser leurs filles.

Ma Louison, que je trouvais fort embellie, me fit de prime d'aigres plaintes de ce j'étais tant de mois demeuré sans la venir visiter, se déclara peu satisfaite de mes réponses, le service du roi n'expliquant pas tout, soupçonna ouvertement ma fidélité et alla jusqu'à me dire que si cela devait durer, elle préférerait retourner à l'hôtel du Champ Fleuri à Paris plutôt que de s'étioler dans ce désert où elle ne trouvait à parler à personne, sinon à Monsieur de Saint-Clair qui la tympanisait à longueur de journée avec ses absurdes louanges sur Laurena de Peyrolles.

Je tâchai de l'apazimer comme je pus, de prime par des paroles qui demeurèrent sans effet, puis par des caresses qu'elle repoussa, à la parfin par un cadeau : un collier à grains d'or que j'avais acheté pour elle à Poitiers. Elle l'accueillit d'abord avec une froidure extrême, me demandant si je croyais l'adoucir par un colifichet, le passa néanmoins à son cou et s'approchant d'un grand miroir, se regarda de face, de profil et aussi de dos, grâce à un petit miroir à main qu'elle tira de la poche de son vertugadin. Après quoi, caressant les grains d'or du bout de ses doigts, elle me dit qu'on pourrait me reprocher bien des choses, mais non certes que je fusse chiche-face : ce collier, à son sentiment, était tout à plein digne d'une personne de qualité. Je lui demandai alors moitié-figue, moitié-raisin quelles étaient ces choses qu'elle avait à me reprocher.

— Vos infidélités, dit-elle, l'œil noir derechef flambant.

— Nenni, dis-je avec gravité, il ne faut là ni le singulier, ni le pluriel ! Je te fus fidèle, Louison.

— Vramy ! Me le jurez-vous sur la tête de votre aimable père ?

— Assurément.

Elle me considéra œil à œil pendant un moment, puis changeant du tout au tout en un battement de cil, de glaçon devenue braise, elle se jeta à mon cou.

La fougue de nos tumultes, lesquels consumèrent la plus grande partie de la nuit, acheva de la persuader que je n'avais pas hasardé à la légère la tête du marquis de Siorac. Et lorsque fut épuisée la ferveur de nos embrassements, elle posa sa tête charmante dans le creux de mon épaule et s'y ococoula, redevenue toute douceur et gentillesse.

La pique du jour me désommeilla et la nuit ayant effacé la remembrance de mon voyage, je fus comme étonné, en ouvrant les yeux, de me voir en la chambre de ma maison d'Orbieu et combien délicieuse fut alors ma surprise de trouver dans mes bras ma Louison, tendre et tiède en ses longs cheveux, comme si le Seigneur, profitant de mon endormissement, avait eu la bonté de la créer pour moi pendant mon sommeil. Je l'envisageai un long moment tandis que les premiers rayons de l'aube doraient son visage, lequel, les yeux fermés — ses yeux dont jaillissaient tant de flammes quand elle était encolérée —, avait à cet instant je ne sais quoi de naïf et d'enfantin qui me serra le cœur.

Dans notre hâte, la veille, elle n'avait clos ni les courtines du baldaquin ni les damas des fenêtres, et dès que nous ouvrîmes les yeux, l'aigre froidure de novembre que nous n'avions eu guère l'occasion d'éprouver en nos agitations, commença à nous pénétrer. Vive et frisquette, mon Eve sauta du lit, nue en sa natureté et courut battre le briquet sous les fagots et les bûches de la cheminée. L'échafaudage avait été bien construit la veille par le valet, car en moins d'une minute le feu flamba haut et clair et se mit à danser pour nous en toute amicale chaleur. Louison ajouta encore une couverture à notre couche, ferma les courtils du baldaquin, sauf du côté du feu, et revint se blottir contre moi en me priant de la réchauffer.

Ah ! que j'aime ces longs, intimes et confiants entretiens au bec à bec sur l'oreiller tandis que ma compagne me fait, quasi à son insu, de si riches présents rien qu'en pressant son corps suave sur toute la longueur du mien ! Et comme bien je me ramentois cette causerie-là, bien qu'elle ne fût que de petite conséquence dans ma vie et dans la sienne !

— Eh quoi ! Ma Louison ! dis-je avec un sourire, que m'as-tu dit hier soir ? Que si je persistais à te visiter si peu souvent, tu aimerais mieux redevenir soubrette en notre hôtel parisien que demeurer céans ?

— Oui-da ! Je l'ai dit ! Monsieur le Comte, et point ne m'en dédis.

— Mais, as-tu songé que tu y perdrais prou ? De prime ta charge d'intendante en cette maison, le pouvoir quasi despotique que tu exerces sur tout le domestique, la compagnie de Monsieur de Saint-Clair qui est toujours si courtois et je le cite en dernier, bien qu'il ne soit pas le moindre de tes avantages, ce vertugadin que Franz, en notre hôtel de la rue du Champ Fleuri, ne tolérerait pas plus d'une minute.

— Monsieur, que veux dire « despotique » ?

— Cela se dit d'un pouvoir absolu.

— Mais c'est bien le moins qu'il soit despotique, mon pouvoir sur nos gens ! Sans cela, seraient-ils soumis et zélés comme ils le sont ? Soyez bien assuré que je ne tolère céans ni paresse, ni malpropreté, ni impertinence.

— L'impertinence, tu me la réserves à moi, dis-je, mi-figue, mi-raisin.

— Ah ! Monsieur ! dit-elle sans le moindre sourire, c'est tout différent : vous, je vous aime.

A quoi je ris à gueule bec.

— Monsieur, dit-elle en levant les sourcils d'un air inquiet, ai-je dit quelque sottise ?

— Point du tout, ma Louison, dis-je, mais une certaine vérité qu'on n'est pas accoutumé à exprimer ainsi.

— Quant à la compagnie de Monsieur de Saint-Clair reprit-elle, certes, c'est un homme très poli et qui ne fuit pas à se donner peine pour le ménage du domaine. Mais il n'est pas comme vous gai, gaussant et taquinant. Et cela est allé de mal en pis depuis son grand amourachement pour Mademoiselle de Peyrolles. Sa conversation est à périr d'ennui.

— Comment cela ?

— Il ne parle que d'elle et chante sa beauté à tous échos. Et pourtant elle est, je vous assure, Monsieur le Comte, une garcelette bien ordinaire avec des cheveux d'un blond fade et des yeux délavés.

— D'après ce qu'il m'écrit, elle est d'un blond doré des plus ravissants avec des yeux bleu azur.

— C'est tout du même, dit Louison sans battre un cil.

A quoi je ris.

— Monsieur, vous vous gaussez encore de moi.

— Pas du tout.

Et je baillai à ma petite brunette un petit baiser sur le bout de son joli nez, mais sans réussir à la pacifier. Déjà en notre hôtel de la rue du Champ Fleuri, il suffisait que l'un de nous louât, si peu que ce fût, la beauté de Margot, pour qu'elle entrât dans ses fureurs.

— Qui pis est, ajouta-t-elle, la garcelette a son petit caractère. Vous pouvez être bien assuré, Monsieur, que si Monsieur de Saint-Clair l'épouse, cordonnier ne sera pas maître chez lui.

« Ni toi non plus maîtresse en ce logis, pensai-je en mon for. Et voilà bien où le bât te blesse, M'amie. »

— Mais, dis-moi, ma Louison, repris-je, qu'augures-tu de ce mariage ? Se fera-t-il ?

— Que si j'avais un mot à dire, il ne se ferait jamais ! Que diantre Monsieur de Saint-Clair a-t-il affaire à se marier si vite ? N'a-t-il pas sa Jeannette, bonne fille, celle-là, s'il en est, et avec laquelle je m'entends si bien.

— M'amie, c'est peut-être trop demander à Monsieur de Saint-Clair que de ne se marier pas pour ne point te désobliger...

Là-dessus elle rit, ayant de l'esprit assez pour se gausser elle-même de ses petites absurdités.

— Pour vous répondre, reprit-elle, j'opine que ce mariage se fera. Parce que la garcelette le veut. Vu qu'elle est fille unique, elle a et aura par son père tant de pécunes qu'elle préférera Saint-Clair, même s'il n'est pas trop riche, à quelque gros bourgeois ventru vautré sur ses écus. Le hic, c'est que paonnante comme elle est, elle voudrait un titre, et que Monsieur de Saint-Clair n'en a pas.

— Il est pourtant de bonne et ancienne noblesse.

— Oui, mais sans titre. Monsieur, voulez-vous aider à cette union ?

— Assurément.

— Alors, baillez à Monsieur de Saint-Clair pour son mariage la maison que vous avez achetée à ce méchant Rapinaud. Vous n'en faites rien, toute grande et belle qu'elle soit, et elle ne manque pas d'allure avec sa tour, ce qui flattera l'orgueil de la fillette.

« Laquelle, m'apensai-je, tu voudrais mieux, M'amie, voir là-bas plutôt qu'ici, te disputant ton empire. »

— Il y aurait à cet arrangement un autre avantage, reprit Louison, c'est que la pauvre Jeannette, après ce mariage, pourra non point retourner à sa triste masure, mais demeurer céans, ce qui sera justice, ayant donné à Monsieur de Saint-Clair tant de sa jeunesse.

Cela me toucha, comme montrant chez ma Louison quelque tendreté de cœur envers une chambrière, alors même qu'elle se sentait meshui si fort au-dessus d'elle. Il est vrai que Jeannette n'aurait pu en aucune façon devenir sa rivale, ni par ses fonctions, ni par les agréments de sa personne.

Je vis Monsieur de Saint-Clair après le déjeuner, dans mon cabinet, et il me fit les comptes du domaine au sol près, ce qui consuma une bonne heure, tant il était méticuleux.

Il y avait déjà trois ans que le domaine était par nous exploité, et on pouvait dire que c'était merveille comme nous l'avions fait renaître de ses cendres. Les débours que j'avais encourus pour l'achat de la maison de Rapinaud, l'aménagement des voies et la toiture de l'église, avaient été couverts dès la première année. Tant est que la deuxième et la troisième année laissaient un revenu qui s'élevait au double de ma pension de premier gentilhomme de la Chambre. Je ne compte pas, céans, les cent livres qui me restaient de la dotation de deux cent mille livres que le roi m'avait données pour acheter Orbieu. Cette somme avait été placée, sur le conseil de mon père et de La Surie, et rapportait de beaux intérêts.

Il est vrai que l'entretien de ma maison d'Orbieu, de son domestique, de ma meute, de mes chevaux, me coûtait quelques pécunes et, plus encore, le recrutement de mes Suisses pour mes voyages de Paris à Orbieu, les chemins étant redevenus périlleux, non point du tout du fait des brigands que des mercenaires que la guerre entre la mère et le fils avait de part et d'autre recrutés et qui, licenciés, s'en retournaient chez eux en pillant les villages qui avaient le malheur de s'encontrer sur leur chemin. Ces gens-là étaient bien plus à craindre que les brigands, car ils étaient mieux armés, ne faillaient pas en fruste vaillance et savaient la guerre.

Pour revenir à Orbieu, je n'ignore pas ce que doit le ménage que j'en fais à mon père, à La Surie, au curé Séraphin qui m'avait fort aidé auprès de mes manants, à Figulus qui m'avait appris leur parladure, et par-dessus tout à Monsieur de Saint-Clair qui avait dirigé ce domaine avec autant de soin, de zèle, de souci et de prudence que s'il avait été le sien. Mais je dois dire aussi que je n'avais cessé de le soutenir dans cette tâche, en le venant visiter le plus souvent que j'avais pu et en répondant promptement à ses lettres dans le plus grand détail.

Il me tardait de lui parler de son mariage tant par amitié pour lui et la félicité qu'il s'en promettait que pour envisager les conséquences que cette union pourrait avoir pour Orbieu. Car pour peu qu'on ait quelque expérience de la vie, on ne peut faillir à entendre que ces conséquences pouvaient être, selon le cas, très heureuses ou très fâcheuses. Mais Monsieur de Saint-Clair, après ces comptes, me voulut à force forcée parler d'un projet sur le lin qui lui tenait fort à cœur.

Beaucoup de lin était produit à Orbieu, d'abord en notre domaine propre et aussi sur les parcelles qui appartenaient à nos manants auxquels il donnait certes beaucoup de travail, mais aussi un appoint en pécunes qui n'était point négligeable et pouvait être, à son sentiment, augmenté.

Après l'arrachage du lin, les fibres sont, comme on sait, soumises à des opérations qui requièrent beaucoup de soins. Après quoi, elles sont filées au cours des longues soirées d'hiver. C'est alors qu'un fripon de marchand vient de la ville qui, prétextant que ce lin est de qualité inférieure, et qu'il n'a pas été bien traité, l'achète à nos manants à un prix dérisoire et c'est pitié quand on pense à la somme d'efforts qu'il a coûtée.

Le lin de mon domaine propre dont le traitement, à vrai dire, est autrement soigné, est vendu, par nos soins à un marchand de Dreux à peu près le double de celui que nos manants reçoivent. D'où l'idée de Saint-Clair d'apprendre auxdits manants à mieux effectuer les opérations qui précèdent le filage, le but étant de leur acheter le fil à un prix plus élevé que leur marchand ne le paye afin de le vendre avec le nôtre.

— Monsieur de Saint-Clair, dis-je, je vois bien le profit que nos manants et nous-mêmes pourrions retirer de ce projet. Mais n'est-ce pas beaucoup de peine à se donner que de leur apprendre à mieux choisir les graines et le terrain, à fumer leurs semis, ce qu'ils font peu et mal, et surtout à mener à bien le *rouissage* et le *teillage* qui sont opérations si délicates.

Belle lectrice, avant que d'aller plus avant, peux-je vous dire ce qu'on entend par là. Dans nos campagnes, quand on a arraché le lin (lequel soit dit en passant donne au printemps une fleur bleue ou vert glauque qui offre aux yeux un émerveillable spectacle), il le faut rouir, c'est-à-dire qu'il convient de dégager les fibres de la gangue gommeuse qui les entoure. Et pour cela, on dispose les fibres dans une eau vive qui mène à bien cette opération. Toutefois, il y faut de l'attention, et ne laver pas trop, ni trop peu, car si on lave trop peu, il reste de cette gomme indésirable et si on lave trop, on finit par feutrer.

Le *rouissage* fait, il faut *teiller* : on emprisonne les fibres dans la fente d'une planche d'une toise de haut afin de les bien tenir, et on les frappe dans le sens de la longueur avec un écang, petite plaquette de bois munie d'une arête. Cette opération a pour but de séparer des fibres, le bois et l'écorce, et n'est tout à fait achevée que lorsqu'on peigne ensuite lesdites fibres. Le travail de la fileuse peut alors, et alors seulement, commencer.

— Il y faudra, en effet, de la peine, Monsieur le Comte, dit Saint-Clair gravement. Et pas plus que le Monde, cela ne sera fait en un jour. Mais nous pourrions commencer par construire, à partir de notre ruisseau, et à tout petits frais, un bief de dérivation dallé et maçonné, où le rouissage se fera d'une façon plus propre et moins confuse que dans la boue et les galets. Et puisque l'eau vive ne nous manque pas, nous pourrions construire aussi, comme les Flamands, un moulin à teiller qui exécutera pour tous le teillage infiniment mieux et plus vite qu'on ne le fait à la main. Les deux constructions, Monsieur le Comte, seront d'évidence fort profitables et à nous-mêmes et à nos manants.

« A nous-mêmes plus qu'à nos manants, pensai-je en mon for, car si le rouissage se fait dans notre bief et le teillage dans notre moulin à teiller, n'allons-nous pas prélever notre quote-part, serait-elle minime, sur leur récolte, comme nous le faisons pour notre pressoir et notre moulin à grain ? »

— Monsieur de Saint-Clair, dis-je en souriant, j'admire votre enthousiasme et votre capacité d'invention. Elle m'étonne et elle me charme. Et je vais à loisir songer à votre projet. Toutefois, pour l'instant, j'aimerais que vous me parliez de vive bouche d'un sujet qui vous est cher et dont vous m'avez entretenu dans vos lettres missives.

Là-dessus, mon Saint-Clair rougit, ce qui rendait hommage tout à la fois à sa peau claire et à sa conscience pure.

— Monsieur le Comte, dit-il, je voulais moi-même vous en toucher un mot.

Il se tut si brusquement que je sentis son émeuvement à évoquer, ne fût-ce qu'en pensée, Laurena de Peyrolles, lequel était tel et si grand que pour lui, en parler, c'était presque sacrilégieux.

— Eh bien, dis-je, avez-vous demandé sa main à Monsieur de Peyrolles ?

— Oui, Monsieur le Comte.

— Et quelle réponse vous a-t-il faite ?

— Peu encourageante, murmura-t-il d'un air triste. Toutefois, reprit-il en raffermissant sa voix, il m'a prié de lui communiquer les papiers de famille qui prouvaient l'ancienneté de ma noblesse.

— Et les aviez-vous en votre possession ?

— Oui, Monsieur le Comte, je les ai, étant depuis la mort de mon frère aîné et de mon père le chef de la famille, et je devrais même dire, le dernier rejeton.

— Et qu'a-t-il fait de ces papiers ?

— Il les a emportés avant-hier chez lui pour les étudier à loisir et hier, apprenant de ma bouche que vous alliez venir à Orbieu, il m'a dit qu'il aimerait fort que vous lui fassiez l'honneur d'un entretien avec lui. Je me suis alors permis, Monsieur le Comte, de l'inviter demain à dîner au château ainsi que sa fille. Ai-je mal fait ? dit Saint-Clair en rougissant derechef.

— Nenni, nenni, comment s'entendre, si on ne parle pas autour d'une table ?

— Monsieur de Peyrolles m'a fait alors une demande que j'ai trouvée un peu étrange. Toutefois, comme il me paraissait beaucoup y tenir, j'ai acquiescé.

— Qu'en est-il de cette demande ?

— Il m'a prié d'inviter Monsieur le curé Séraphin à dîner avec nous.

— Il n'y a là rien d'étrange, dis-je en riant. Quand Monsieur de Peyrolles aura son entretien au bec à bec avec moi, il veut être assuré que le curé Séraphin demeurera en tiers entre Laurena de Peyrolles et vous-même.

— Je ne m'étais pas avisé de cela, dit Monsieur de Saint-Clair, qui me parut quelque peu dépit que Monsieur de Peyrolles eût si peu fiance en son honneur.

— Allons ! dis-je, ne vous piquez pas, Saint-Clair, cela n'est rien. Même dans notre noblesse, il y a des pères sourcilleux. Mademoiselle de Peyrolles est la fille unique de Monsieur de Peyrolles. Songez combien le bonhomme doit la chérir ! Pensez-vous que

cela faciliterait les choses, si je vous donnais la jouissance du manoir Rapinaud quand vous serez marié ?

— La grand merci à vous, Monsieur le Comte, dit-il
avec chaleur, cela serait de votre part une immense
libéralité, car d'après ce que j'ai pu entendre, Mademoiselle de Peyrolles craint de ne venir qu'en second
rang au château, si vous prenez femme un jour.

— Eh bien, voilà qui est résolu, dis-je en me levant.
Vous aurez le manoir et Mademoiselle de Peyrolles, si
elle vous marie, sera seule maîtresse en son logis.

Quoi dit, je m'approchai de Monsieur de Saint-
Clair et, lui donnant une forte brassée, je lui dis à
l'oreille : « Courage ! » Et coupant court à ses mercis,
je me dirigeai vers l'huis et avant que de sortir, je lui
dis en me retournant :

— Dépêchez mon carrosse au curé Séraphin pour
le dîner de demain. Vous savez combien il est sensible
à ces égards.

Je retournai en ma chambre pour y parfai.
toilette et y trouvai Louison qui refaisait le lit qu'elle
avait si bien contribué à défaire la nuit précédente.
Elle n'était pas là par hasard : ses yeux avides, collés
sur moi, disaient assez toutes les questions qui lui
gonflaient les joues. Je ne voulus la faire languir et lui dis
tout de gob ce qu'il en était, la futée eut alors assez
d'esprit pour ne point triompher, comme elle l'eût pu,
à la vérité, puisque l'idée de donner à Saint-Clair le
manoir Rapinaud venait d'elle. Elle ne put toutefois
empêcher que rayonnât sur son visage le soulagement extrême qu'elle éprouva à l'idée qu'elle n'aurait
pas de rivale en le commandement du château. Changeant dès lors ses batteries, elle voulut bien donner le
nihil obstat à ce mariage et, par une sorte de tendreté
pour de jeunes et beaux amants, prier ardemment le
ciel qu'il se fît.

— Donc, dit-elle, le bargouin se fera demain entre
Monsieur de Peyrolles et vous ? Ah ! Monsieur le
Comte ! Tâchez de grâce de jouer serré ! Car le bar-

gouin sera long et dur ou je ne connais pas nos bourgeois !

Ce déprisement du Tiers Etat me fit sourire en mon
for car, ayant toujours servi en maison noble et par-
tageant la couche d'un gentilhomme, Louison se
jugeait fort au-dessus des « bourgeois », sans pour
autant qu'elle ignorât la puissance et la gloire que leur
valaient, en ce royaume, leurs charges et leurs pécunes.

Monsieur le curé Séraphin, à qui Saint-Clair n'avait
pas oublié d'envoyer mon carrosse, arriva le premier
sur le coup de onze heures et demie, heure prévue
pour le dîner. Sa nièce, si du moins cette accorte
personne était bien sa nièce, devait avoir à cœur de
tenir propre le robuste ribaud car il était bien rasé et
peigné et pas une tache ne déshonorait la soutane
neuve qu'il devait à mes largesses. Observant que
j'avais fait moi-même quelques frais en ma vêture, et
portais même en sautoir ma croix de Chevalier du
Saint-Esprit pour honorer Monsieur de Peyrolles,
Séraphin entendit bien que cette repue comportait
quelque solennité. Et ajustant aussitôt sur sa face
rougeaude un air de réserve et de componction, il me
salua avec la dernière gravité. Je le fis asseoir et pour
attendre Monsieur de Peyrolles qui, à mon sentiment,
arriverait avec cinq ou six minutes de retard pour
marquer son importance, je fis verser au bon curé du
vin et lui demandai des nouvelles de ses ouailles.

Toutefois, comme il ouvrait la bouche pour me
répondre, Monsieur de Saint-Clair entra, aussi beau
cavalier que fille put en rêver jamais, mais fort pâle.

— Saint-Clair, dis-je, buvez donc un peu de ce vin
de Bourgogne et frottez-vous les joues ! Vous êtes tout
blanc ! Et vramy, ayez bonne fiance en moi ! Ce
mariage se fera. Soyez-en bien assuré !

Puis, me tournant vers le curé Séraphin, je lui dis :

— Y a-t-il meshui quelque difficulté avec vos
ouailles ?

— Il y en a une, Monsieur le Comte, dit Séraphin et

sur laquelle je voudrais quérir votre avis. Nous avons, à Orbieu, une garcelette qui se marie et a fait, comme on dit, Pâques avant les Rameaux. Tant est que demain, à son mariage, je ne sais si je laisserai Figulus sonner les cloches.

— Qui est-ce ?

— La Marion.

— Et qui sait, à Orbieu, qu'elle devance le sacrement ?

— Hier, moi seul, Monsieur le Comte. Et ce matin, vous-même et Monsieur de Saint-Clair.

— Or sus ! dis-je rondement, baillez les cloches à la pauvre Marion ! Sans cela, tout le village saura sa faute. Et qui sait si ce ne sera pas un mauvais exemple pour les autres garcelettes en attente de mari ?

Cet argument surprit fort Séraphin qui pensait tout au rebours que le bon exemple eût été de ne pas bailler les cloches à qui avait cédé à la chair avant sa bénédiction. Toutefois, il voulut bien s'incliner devant l'avis seigneurial. Et le lendemain, la Marion eut ses cloches et, de moi, un cadeau.

La Barge, vêtu superbement de mes couleurs, entra à cet instant et me dit que le carrosse de Monsieur de Peyrolles se rangeait devant notre perron.

— Et comment, dis-je, est le carrosse ?

— Doré, Monsieur le Comte, dit La Barge avec un petit sourire.

Ce petit sourire faisait allusion à l'interdiction faite à tout un chacun de dorer son carrosse, interdiction édictée par la régente pendant son règne. « *E il colmo* [1] *!* » avait dit mon père, quand il avait ouï cette nouvelle : « Marie promulgue des édits somptuaires pour limiter le luxe de ses sujets, mais quant à elle, elle pille le trésor de la Bastille et peut à peine lever le bras tant ses diamants l'alourdissent ! »

Promptement, toutefois sans hâte et avec un soupçon de majesté, j'allai me placer sur le perron du

---

1. C'est un comble ! (ital.).

château pour accueillir Monsieur de Peyrolles et sa fille. J'avais fixé avec le plus grand soin le protocole de cet accueil. Vêtus à mes couleurs, deux de mes laquais (un seul, à vrai dire, eût suffi, mais comme eût dit la duchesse de Guise, un seul eût fait trop chiche-face) devaient déplier le marchepied, tandis que La Barge, faisant fonction de *maggiordomo*, ouvrait la porte du carrosse et la maintenait déclose. Monsieur de Saint-Clair, s'avançant alors, se découvrait et son chapeau à la main aidait Monsieur de Peyrolles à saillir de ses dorures. Il devait ensuite tendre la dextre à sa fille, tandis que de sa main gauche, elle soulevait gracieusement le bas de son vertugadin pour non pas trébucher dans ses plis en descendant le marchepied.

En fait, elle feignit de ne pas voir la dextre tendue de Saint-Clair, ce dont son père, jetant un œil en arrière, parut fort satisfait, mais à vrai dire, il l'eût été un peu moins, s'il avait pu surprendre la rapide œillade que sa fille, dès qu'il eut tourné son vaste dos, lança en tapinois à son soupirant.

Monsieur de Peyrolles, sa fille le suivant, et Monsieur de Saint-Clair suivant la fille, les yeux fixés sur les plis ondulants de son vertugadin, gravit alors les marches du perron, tandis que je les descendais, l'air à la fois grave et enjoué, nuance qui ne fut pas facile à exprimer : grave, comme il convenait au comte d'Orbieu, premier gentilhomme de la Chambre, Chevalier de l'ordre du Saint-Esprit et seigneur d'un vaste domaine ; enjoué, parce que j'accueillais un noble de robe qui avait eu des charges et des dignités et possédait maintenant une belle gentilhommière et une terre qui jouxtait la mienne : personnage de poids et d'assiette dont j'avais l'espoir qu'en devenant le beau-père de mon intendant, il s'attacherait à moi, et moi à lui, en toute bonne amitié et voisinage.

Louison se tenait debout devant l'huis, qu'un valet sur un signe d'elle devait ouvrir à deux battants à notre entrant. Elle était vêtue de son plus beau vertugadin mais, par tact et humilité, à tout le moins apparents, elle ne portait point le moindre bijou — sacrifice qui avait dû lui coûter prou.

Quand le père et la fille passèrent devant elle, elle leur fit une fort basse et gracieuse révérence, mais ne baissant l'œil si vite qu'elle ne vît en un éclair, dans le moindre détail, comment Mademoiselle de Peyrolles était vêtue. Elle m'en fit le soir même une description d'une exactitude qui m'émerveilla, car si je suis fort attentif à la façon dont nos dames se parent — ne serait-ce que pour leur en faire compliment —, je ne saurais prétendre posséder l'acuité et la rapidité avec lesquelles, entre elles, elles se dévisagent.

Il est bien vrai que Laurena de Peyrolles était vêtue comme une princesse de cent mille écus de rentes. Mais j'admirais plus ses beaux cheveux dorés que le filet de perles qui les maintenait et bien davantage que ses pendants d'oreilles et son collier à trois rangées de perles, m'émerveillaient ses yeux azuréens, son nez si joliment dessiné, son délicieux sourire et son cou blanc délicat, lequel elle inclinait de droite et de gauche avec beaucoup de grâce.

Je fis asseoir Monsieur de Peyrolles à ma droite, sa fille à ma gauche et le curé Séraphin entre elle-même et Monsieur de Saint-Clair. Et comme il fallait que la conversation, au cours de notre dîner, parlât de tout sauf de l'essentiel, j'interrogeai Monsieur de Peyrolles sur ses moissons, question à laquelle il répondit avec une précision qui m'étonna : vous eussiez cru ouïr Saint-Clair parler des nôtres. Lequel Saint-Clair fut de tout le dîner muet comme carpe, Mademoiselle de Peyrolles aussi belle qu'une image et aussi silencieuse et le curé Séraphin se contentant de faire « oui oui » de la tête à tout ce qu'on disait, flatté assurément d'être là, mais ne sachant pas très bien ce qu'il y faisait.

Quant à moi, j'eus tout le loisir, tandis que nous parlions, d'envisager Monsieur de Peyrolles. C'était, à cinquante ans passés, un grand bel homme, la poitrine profonde, l'épaule large, l'œil bleu-gris, la face grave et l'air d'un guillaume à ne pas se laisser morguer. Il portait une vêture marron foncé — cette couleur, à mon sentiment, étant une sorte de compromis entre le noir auquel il avait été astreint du temps qu'il était maître des requêtes et les couleurs brillantes d'une vêture de gentilhomme auquel il n'aurait pu, sans ridicule, aspirer, malgré cette terre dont il portait le nom.

Monsieur de Peyrolles était dans son discours tout aussi mesuré et prudent, fort en éveil, pesant ses propos et les miens dans de fines balances, me jugeant et me jaugeant, une patte en avant et l'autre déjà sur le recul, point outrecuidant, mais point timide non plus. Un homme, en bref, dont la seule vanité visible me parut être la dorure de son carrosse, à moins que ce fût là une exigence de sa défunte épouse, à laquelle, las d'être becqueté, il avait fini par céder. Il se découvrit davantage quand, le repas fini, je l'emmenai dans mon cabinet et lui fis prendre place sur une chaire à bras en face de moi pour l'entretenir au bec à bec. Pour dire le vrai, je ne l'entretins pas de prime. Puisque c'était lui qui avait demandé à me voir et non l'inverse, je me contentai de l'envisager d'un air courtois et interrogateur.

Monsieur de Peyrolles m'entendit à merveille, et ayant une grande habitude, par la charge qu'il avait remplie, des négociations délicates, me fit d'abord un salut auquel je répondis tout de gob par un salut à quelques degrés près le frère du sien. Après quoi, il commença tout un petit discours, sa voix se maintenant dans les notes basses et retenues.

— Monsieur le Comte, dit-il, soyez bien assuré que je serai excessivement heureux si un lien, par le moyen de l'union qui est projetée, se pouvait créer entre Orbieu et Peyrolles (Mettant ainsi mon domaine et Peyrolles sur le même pied, ce qui me parut quelque peu outré.) D'autant, poursuivit-il, que je nourris pour Monsieur de Saint-Clair une estime particulière en raison des talents et des vertus qui brillent en lui. D'un autre côté, étant veuf, je serais fort heureux que mon unique fille puisse s'établir si près de moi et continue d'être, demeurant si proche, la joie et la consolation de mes vieux jours.

Ayant ainsi sacrifié avec décence aux affections humaines, Monsieur de Peyrolles entra alors dans le vif et le fort du sujet.

— Toutefois, dit-il, sa voix devenant plus haute et mieux articulée, il y a dans cette affaire quelque difficulté. Je donne à ma fille une dot de cent mille livres, dot qui, à cette hauteur, lui permettrait d'épouser un prétendant en possession d'une charge importante, disons un conseiller au Parlement ou un maître des comptes. Laquelle charge, avec un peu d'adresse, lui pourrait rapporter annuellement, je dis bien, annuellement, une somme à peine inférieure de moitié à la dot de ma fille. J'entends bien que Monsieur de Saint-Clair touche de vous un pourcentage sur les profits de votre domaine, mais c'est un revenu aléatoire et qui, en tout état de cause, ne peut atteindre celui que je viens de dire.

— Cependant, dis-je, Monsieur de Saint-Clair vient d'une noble et ancienne famille.

— Laquelle je respecte grandement, dit Monsieur de Peyrolles avec un autre de ses saluts. Mais, par malheur, Monsieur de Saint-Clair est sans titre. Et c'est pitié, car son père qui était lieutenant aux gardes d'Henri IV est passé fort près de recevoir des mains du feu roi un tortil de baron.

— Mais, Monsieur, dis-je, béant, Comment l'avez-vous appris ? Et comment cela s'est-il fait ?

— Monsieur de Saint-Clair a bien voulu me communiquer les papiers qui établissaient sa noblesse et, dans ces papiers, se trouve une lettre d'Henri IV à son père, pieusement conservée. Dans cette lettre, le feu roi le louait de sa vaillance sous Monsieur de Vic, quand celui-ci repoussa pendant le siège de Paris une attaque par surprise du chevalier d'Aumale sur Saint-Denis.

315

— Monsieur, dis-je au comble de l'étonnement, avec quelle émerveillable modestie s'est conduit Monsieur de Saint-Clair ! Il ne m'a jamais parlé de cette lettre, alors que tant d'autres, à sa place, l'auraient paradé à la ronde.

— Monsieur le Comte, voulez-vous la lire ? dit Monsieur de Peyrolles qui, sans attendre ma réponse, la tira d'un grand portefeuille en cuir noir et me la tendit.

Je saisis avec respect ce document et aussitôt, mon œil alla chercher au bas du texte la signature de notre Henri que bien je connaissais pour lui avoir servi de truchement dans ses dépêches aux royaumes étrangers. Il n'y avait pas à s'y tromper. C'était bien sa griffe, hardie et rapide. Et le texte qu'il avait sans doute dicté en marchant de long en large portait aussi sa marque, étant empreint de ce ton inimitable de rude familiarité qu'il aimait prendre pour parler à ses soldats :

« Brave Saint-Clair,
« J'ai appris de Monsieur de Vic que tu t'étais battu comme un lion dans l'affaire de Saint-Denis, tant est que tu t'es jeté devant une balle qui t'a troué la poitrine. Or sus, guéris vite, Saint-Clair et rejoins mes gardes ! Tu y trouveras un tortil de baron et de quoi t'acheter une charge de capitaine.

Henri. »

— Et, dis-je en relevant la tête, comment se fait-il qu'Henri n'ait pas tenu parole ?

— Hélas ! Il ne le put, le lieutenant de Saint-Clair ne rejoignit jamais les gardes : il mourut de sa blessure.

— La lettre d'Henri IV est très belle, dis-je, après l'avoir relue.

— Elle est très belle, Monsieur le Comte, dit Peyrolles, son œil bleu-gris me lançant soudain un regard aigu et il se pourrait aussi qu'elle soit utile...

— Comment cela ?

— Mais, Monsieur le Comte, il y a là noir sur blanc promesse formelle d'un titre de baron et d'une gratification.

— Mais cette promesse, dis-je, est éteinte, du fait que le lieutenant de Saint-Clair est mort. Ce n'est donc pas un droit.

— *Crede quod habes, et habes.*

— Vous voulez dire, Monsieur, que du moment qu'on croit qu'on possède un droit, on le possède ? Mais c'est là un proverbe qu'il faut sans nul doute prendre comme *grano salis* [1].

Cette réplique plongea dans l'étonnement Monsieur de Peyrolles, lequel considérait, comme la plupart des siens, et non sans de bonnes raisons, les nobles d'épée comme d'incurables ignares.

— Ah ! Monsieur le Comte, dit-il avec une considération qui allait fort au-delà du respect protocolaire qu'il m'avait marqué jusque-là, vous savez le latin ! Avez-vous été, par aventure, élève des Jésuites ?

« Par aventure » voulait dire sans doute qu'il l'avait été lui-même et s'en glorifierait jusqu'à la fin de ses jours, l'enseignement des bons pères étant réputé excellent.

— Je n'ai pas eu ce bonheur, dis-je, j'ai été instruit chez moi par des précepteurs. Pensez-vous vraiment, Monsieur de Peyrolles ?... repris-je en laissant ma phrase en suspens.

— Oui, Monsieur le Comte, je le pense. Le lieutenant des gardes qui s'est fait tuer au service du roi a droit à sa gratitude. Et de fait, la promesse d'une récompense qu'on lit dans cette lettre constitue, pour le fils du défunt, une créance qu'il a le droit de faire valoir auprès du roi régnant.

— Connaissant la modestie de Monsieur de Saint-Clair, je doute qu'il aille jusque-là.

— Aussi bien, n'est-ce pas à lui de faire cette

1. Avec un grain de sel (lat.).

démarche. Ni même à moi, ajouta Monsieur de Peyrolles après un silence. Mais à quelqu'un qui peut approcher à toute heure Sa Majesté et jouit auprès d'elle d'un grand crédit.

— J'ai quelque petite idée, Monsieur, de la personne que vous désignez par là, dis-je avec un sourire. J'y vais songer à loisir. A votre sentiment, cette personne doit-elle demander les deux récompenses : le tortil de baron et la gratification pour acheter la charge de capitaine ?

— A votre place, Monsieur le Comte, si vous me permettez de m'y mettre un instant, je demanderais les deux, dit Monsieur de Peyrolles sans hésiter le moindre. La lettre d'Henri dit « *de quoi t'acheter une charge de capitaine* ». Elle marque ainsi le montant de la gratification accordée, mais elle ne fait pas une obligation au lieutenant de Saint-Clair d'acheter cette charge. Si le pauvre Saint-Clair avait guéri de sa blessure, il est probable qu'il n'aurait pas été à même de reprendre le métier des armes et eût préféré acquérir une terre avec les pécunes que le roi lui aurait baillées. Mais, à mon tour, Monsieur le Comte, de recourir à vos lumières. Combien vaut une charge de capitaine aux gardes ? Je n'en ai pas la moindre idée.

— Eh bien, Monsieur, voici ce que j'en sais. Récemment, le marquis de Brézé, beau-frère de Richelieu, a acheté au marquis de Thémines la charge de capitaine aux gardes de la reine-mère pour une somme de quatre-vingt-dix mille livres [1]. Mais il s'agissait des gardes de la reine-mère. Pour un capitaine aux gardes du roi, il faudrait, à mon sentiment, compter un tiers en plus, soit cent vingt mille livres. Eh bien, voilà notre Saint-Clair baron et riche, de surcroît.

1. La livre est une monnaie de compte qui vaut vingt sols. L'écu est aussi une monnaie de compte : il vaut trois livres. *L'écu d'or au soleil* est une pièce de monnaie qui vaut soixante sols. (*Cf.* Jean-Pierre Babelou, *Henri IV*, Fayard.)

A cela, Monsieur de Peyrolles, après s'être réfléchi un petit, dit d'un ton sobre :

— Je ne suis point homme à me paonner outre mesure des biens de ce monde, notre temps sur terre étant si bref, mais, poursuivit-il d'une voix où il laissa paraître quelque émeuvement, je serais assurément très heureux si mes petits-enfants étaient fils et filles de baron. Ce serait une grande satisfaction pour moi et, pour eux, un immense avantage de naître dans un rang qui est si haut dans le royaume.

— Monsieur, dis-je, ce sera à vos talents et au labeur de toute une vie que vos petits-enfants devront cet avancement. Peux-je ajouter une suggestion ? Si Monsieur de Saint-Clair reçoit en gratification une somme de cent vingt mille livres, ne vous semble-t-il pas que vous devriez hausser jusqu'à parité la dot que vous comptez donner à votre fille ?

— Monsieur le Comte, dit alors Monsieur de Peyrolles avec un sourire enjoué, permettez-moi de vous dire que vous m'émerveillez ! Tout grand seigneur que vous soyez, vous savez le latin et quand on en vient aux pécunes, vous barguignez comme un bourgeois.

Je ris à gueule bec à cette petite gausserie que le bonhomme m'avait servie à la franche marguerite et qui était mi-malice, mi-compliment.

— C'est que mon sang n'est pas tout à fait bleu, dis-je riant. Il y coule encore une petite rivière de sang bourgeois qui me vient de mon arrière-grand-père paternel[1]. Et j'espère bien la garder et la transmettre, vive, à mes enfants. Car d'elle me viennent quelques qualités, dont celle que vous venez de me reconnaître.

Je vis bien que cette petite confidence, pour rieuse qu'elle fût, nous rapprocha, Monsieur de Peyrolles et moi, plus que tous les compliments du monde. Et voyant que diminuait entre nous cette distance qui se

---

1. L'arrière-grand-père de Pierre-Emmanuel de Siorac était apothicaire.

creuse à l'accoutumée entre les deux noblesses, je décidai de m'ouvrir à lui davantage.

— Monsieur, dis-je, soyez bien assuré que dès mon retour à la Cour, je n'épargnerai pas mes peines auprès de Sa Majesté pour que la promesse faite au père soit accomplie en faveur du fils. J'ai conçu pour Monsieur de Saint-Clair, le voyant à l'œuvre depuis trois ans en mon domaine, une extraordinaire estime et rien ne m'agréerait davantage que de le voir se fixer céans en prenant femme, Monsieur, dans une famille aussi honorable que la vôtre et si proche d'Orbieu. Si cette union se fait, je compte donner à Monsieur de Saint-Clair la jouissance du manoir occupé jadis par Rapinaud, afin que votre fille se sente seule maîtresse en son logis au cas où moi-même je me marierais.

Comme je m'y attendais, Monsieur de Peyrolles parut fort touché par cette offre, bien qu'il ne le laissât pas trop paraître. Et d'autant plus que le manoir de Rapinaud se trouvait, en fait, si près de sa gentilhommière qu'il n'y avait pas plus d'un quart d'heure de marche de l'une à l'autre.

Homme rompu, comme il l'était, aux nuances du langage, Monsieur de Peyrolles réussit à mettre dans ses remerciements, en même temps que de la chaleur, un certain degré de réserve, pour la raison qu'il ne voulait pas me donner à croire que l'accord allait d'ores en avant de soi, alors qu'il n'était encore que conditionnel. Après quoi, nous convînmes de mettre Monsieur de Saint-Clair au courant de ma démarche auprès du roi, puisqu'il y fallait de force forcée son assentiment, mais sans lui donner trop d'espoir, à seule fin qu'il ne fût pas trop cruellement déçu si ma requête échouait.

Dès qu'il nous vit revenir de mon cabinet, Monsieur de Saint-Clair ne put s'empêcher de me jeter un regard interrogateur, auquel il va sans dire que je ne répondis pas, gardant un air impénétrable. Laurena de Peyrolles montra plus de force d'âme que lui. A notre entrée, elle garda les paupières sagement baissées sur son vertugadin. Il est vrai qu'avec ses beaux yeux azuréens, son joli minois et son inimitable grâce, elle disposait de beaucoup d'armes pour amener son père à lui dire, un peu plus tard, tout ce qu'il en était.

CHAPITRE XI

La chose se fit beaucoup plus promptement que je ne l'eusse osé imaginer et ce fut fort heureux pour Saint-Clair que cela se passât ainsi car deux semaines plus tard, les affaires d'Allemagne prirent à la Cour et au Conseil une telle importance que je n'eusse pas pu en parler au roi, tant il se faisait un souci à ses ongles ronger.

Le lendemain de mon retour à Paris, je présentais au roi la requête de Saint-Clair à l'issue du Conseil et lui montrai la lettre que notre Henri avait écrite au lieutenant de Saint-Clair, lui promettant pécunes et baronnie quand il reviendrait à son régiment des gardes, guéri de ses blessures.

— D'Orbieu, me dit Louis, sans montrer autrement que par un frémissement de ses paupières l'émeuvement que la lecture de cette lettre avait provoqué en lui, dites au fils de ce vaillant officier que ce n'est pas à la légère que je veux être appelé Louis le Juste.

Et appelant le président Jeannin qui, étant vieil et mal allant, sortait le dernier et à petits pas du Conseil, il lui dit :

— Monsieur le Surintendant, baillez cent mille livres à Monsieur de Saint-Clair pour qu'il s'achète une terre que j'érigerai en baronnie. Le comte d'Orbieu vous dira le reste de mes intentions.

Le président Jeannin qui m'avait en bonne amitié pour la raison que je l'oyais toujours avec la plus grande attention, son expérience étant si vaste, se montra aussi expéditif que son maître. Dans les huit jours, Saint-Clair reçut ses pécunes et moins d'un mois plus tard, il devint baron des Esparres, ayant acheté une terre qui portait ce nom et qui, sans être voisine d'Orbieu, se trouvait assez commodément proche pour qu'il pût la ménager en même temps que la mienne. Monsieur de Peyrolles, à qui j'écrivis aussitôt, me répondit une lettre cérémonieuse et farcie de citations latines dans laquelle il m'apprenait incidemment, et sans paraître y toucher, qu'il portait la dot de sa fille à cent vingt-cinq mille livres. Le bonhomme dépassait donc de son proche chef le bargouin que je lui avais proposé et grandement me plut cette libéralité venant d'un homme qui savait tenir ses comptes. Toutefois, le mariage ne put se faire aussi tôt que le couple l'eût souhaité car je ne pus m'absenter du service de Sa Majesté avant un mois.

Je n'eus guère le temps, en effet, de me réjouir de l'heureuse issue de cette affaire car la Cour apprit que le huit novembre 1621, l'armée bavaroise de la Sainte Ligue catholique avait écrasé, au lieu dit « La Montagne Blanche », l'armée des Luthériens de Bohême. C'était là un événement de grande conséquence, et point seulement pour la Bohême et l'Electeur palatin qu'elle avait choisi pour roi, mais pour les princes protestants d'Allemagne, le Danemark, l'Angleterre, les Provinces-Unies, la Suisse, la Savoie, la République de Venise, la France et tous ceux qui, peu ou prou, subissaient, ou craignaient, l'appétit de conquête des Habsbourg en Europe.

Le lecteur, sans doute, se ramentoit ce que je lui ai conté en le chapitre V de ces Mémoires touchant la défenestration de Prague commise par les Luthériens sur les personnes des gouverneurs impériaux et royaux le vingt-trois mai 1618. Cette violence, toutefois, n'était pas dirigée seulement contre l'empereur Mathias, coupable, aux yeux des Pragois d'être revenu sur les concessions faites aux protestants d'Allemagne par l'empereur Rodolphe, mais contre le roi qu'il avait fait élire à la tête de la Hongrie et de la Bohême, son propre neveu, l'archiduc Ferdinand, gouverneur de la Styrie.

Ferdinand, élève des Jésuites d'Ingolstadt et farouche partisan de la Sainte Ligue catholique, avait éradiqué le protestantisme dans son gouvernement de Styrie, à tout le moins dans le Tiers Etat, n'osant encore s'attaquer aux nobles de la religion réformée. Aux yeux de la Ligue évangélique, il apparaissait donc comme le plus mauvais candidat possible à l'Empire et, par malheur, son élection ne faisait pas le moindre doute.

Ce qui paraît compliqué à un gentilhomme français dans les affaires d'Allemagne, c'est que ce grand pays n'est point un royaume à la française ou à l'anglaise, mais apparaît comme une confédération de comtés, de duchés et de royaumes dont les chefs, à tout le moins ceux qui avaient accédé à la dignité de Grands Electeurs, élisaient dans leur sein le nouvel empereur à la mort de l'empereur régnant. Le collège des Grands Electeurs comprenait seulement sept membres : trois ecclésiastiques, les évêques de Mayence, de Cologne et de Trèves, et quatre laïcs, le duc de Brandebourg le duc de Saxe, le roi de Bohême et le comte palatin.

On voit par là que pour être élu empereur par ce collège, il suffit de quatre voix. Or, il est de fait que Ferdinand, à la mort de Mathias, et avant même que les Grands Electeurs se réunissent le vingt-huit août 1619 à Francfort, les a déjà dans son escarcelle : son ardent catholicisme lui assure celles des trois évêques et son oncle Mathias l'ayant fait élire roi de Bohême en 1617, il est ès qualité Grand Electeur (tout en étant candidat à l'Empire) et ne peut qu'il ne vote pour lui-même.

Pourtant, dix jours avant ce vote, les Luthériens révoltés de Prague avaient ôté à Ferdinand sa couronne de roi de Bohême et l'avaient proposée au Grand Electeur du Palatinat, Frédéric V, le cousin mal aimé de Madame de Lichtenberg. Toutefois cette révolution ne fut d'aucune conséquence sur le vote de Francfort, car il allait sans dire que les Grands Electeurs ayant, en 1617, élu Ferdinand roi de Bohême, ils ne pouvaient révoquer sa légitimité en raison de la révolte de ses sujets.

Ils n'en ont pas non plus le désir. Le Grand Electeur de Brandebourg, un Hohenzollern, vient d'étendre considérablement ses Etats en achetant les droits de succession de Trèves et du duché de Prusse et il n'est guère enclin à hasarder ce grand Etat allemand en pleine croissance dans une guerre avec les Habsbourg. A Francfort, sachant que Ferdinand va, à coup sûr, être élu avec les voix ecclésiastiques et la sienne, il vote tout de gob pour lui.

Le Grand Electeur de Saxe vote aussi pour Ferdinand. Etant, comme ses sujets, luthérien, il n'est pas enchanté, cela va sans dire, par l'élévation à l'Empire d'un catholique aussi fanatique que Ferdinand. Mais, bien que la Bohême soit, comme la Saxe, luthérienne, l'avidité du Grand Electeur de Saxe l'emporte dans son cœur sur la solidarité religieuse, car il aimerait s'agrandir aux dépens de la Bohême par une de ces provinces, la Lusace, qui se trouve être limitrophe de ses Etats. Et en effet, la Bohême une fois écrasée à la bataille de la Montagne Blanche, le Grand Electeur de Saxe s'empare de la Lusace et l'occupe. Mais il va sans dire que, pour que cette occupation soit un jour légitimée, il y faudra tôt ou tard l'assentiment de l'empereur auquel, par conséquent, la Saxe se gardera, du moins pour le moment, de faire la moindre peine.

Quant à Frédéric V, le Grand Electeur du Palatinat, il est, à vingt-quatre ans, un béjaune encore, étourdi, présomptueux, influençable. Il est candidat à l'Empire.

C'est folie folliante, comme disaient nos pères. A supposer même que le Brandebourg et la Saxe votent pour lui, parce qu'il est protestant (et Dieu sait s'ils en sont loin) et qu'il vote lui-même pour soi, où prendra-t-il jamais la quatrième voix ? En outre, il ne possède en aucune manière les qualités de son ambition, étant aussi dénué d'intelligence politique que de talent militaire, et, faut-il le dire aussi, de vaillance.

Onze jours avant l'élection de l'Empire, les révoltés de Prague ayant déposé Ferdinand lui ont, comme on l'a vu, offert la couronne de Bohême et le fol a accepté ce cadeau empoisonné, ne voyant pas plus loin que le bout de son nez, sans réfléchir le moindrement que ce n'est pas le tout qu'un royaume vous tombe dans le bec, encore faut-il le conserver, et c'est bien là le hic, l'empereur ayant cent fois plus d'atouts pour le lui reprendre que lui-même pour le garder.

Ayant pris possession du royaume de Bohême, Frédéric ne faillit pas pour autant de se rendre à Francfort dix jours plus tard pour élire l'empereur. Et là, au lieu de voter pour lui-même, ou tout le moins de s'abstenir, il suivit avec une étonnante faiblesse le mouvement général et donna tout de gob sa voix à Ferdinand. Lecteur, vous m'avez bien lu ! Il avait usurpé son trône et il lui baillait sa voix ! Concession inutile et sottarde ! Comment Ferdinand aurait-il pu jamais oublier l'irrémissible écorne que Frédéric lui avait faite en acceptant le sceptre que les Bohémiens venaient de lui arracher des mains ?

Mais les Habsbourg sont une lourde machine et lente à mettre en branle... Et les insurgés de Prague ont, le temps d'un soupir, l'heur de remporter quelques succès, dont le premier fut d'être imités par les Hongrois qui déchurent eux aussi Ferdinand de son trône et se donnèrent pour roi le prince de Transylvanie [1], Bethlen Gábor, qui s'empara en un tournemain de Presbourg [2]. Le comte de Thurn, inspirateur de la défenestration de Prague, se joignit à lui et à la tête de leurs

---

1. La Roumanie actuelle.
2. Nom allemand de Bratislava qui était alors la capitale de la Hongrie.

troupes, ils parvinrent jusque sous les murs de Vienne où ils furent néanmoins dispersés par quelques régiments.

Cette brillante équipée fut sans lendemain. Certes, l'empereur Ferdinand II n'avait ni armée, ni ressource pour en lever une, mais il était soutenu par une ardente foi catholique, par le pape qui lui donna bénédiction et pécunes, par les Habsbourg d'Espagne et par la Sainte Ligue catholique dont la Bavière était le chef. Il y eut un partage des rôles. Le général Spinola, un Génois au service de l'Espagne, commandait en chef aux Pays-Bas : c'est lui qui fut chargé de conquérir le Palatinat, le duc de Bavière, chef de la Sainte Ligue confia au général Tilly le soin d'envahir la Bohême.

Déjà d'un bout à l'autre de l'Allemagne les armes s'entrechoquaient, la Sainte Ligue catholique prenant parti pour Ferdinand et la Ligue évangélique des Etats protestants défendant l'Electeur palatin, mais le défendant du bout des lèvres, car elle nourrissait surtout le souci de sa propre protection.

Afin d'éviter de se jeter tout de gob à la gorge l'un de l'autre, les princes des deux ligues, non sans se faire suivre par de puissantes troupes, se réunirent à Ulm, le Grand Electeur de Brandebourg parlant pour les protestants et le duc de Bavière pour les catholiques.

La Bavière proposa que les deux ligues s'abstinssent de tout acte d'hostilité l'une envers l'autre, tout en restant libres d'agir en Bohême. Le Brandebourg accepta cette clause, pour scandaleuse qu'elle fût puisqu'elle sacrifiait la Bohême à la paix entre les deux ligues, mais demanda que la Bavière, à tout le moins, dissuadât les Espagnols des Pays-Bas d'envahir le Palatinat. La Bavière refusa tout à plat de faire cette démarche et les pourparlers allaient être rompus quand parvinrent à la parfin à Ulm les ambassadeurs du roi de France.

Et le quoi, le qu'est-ce et le comment de cette très étonnante ambassade, c'est ce que je vais meshui conter. Dès le début, l'empereur d'une part, les protestants de l'autre, avaient fait appel à la France. Par malheur, le premier mouvement de Louis fut un sentiment de solidarité envers un souverain qui avait, lui aussi, à lutter contre l'insolence et la désobéissance de ses sujets protestants. Influencé par son confesseur, le père Arnoux qui, le jour de Noël 1619, lui fit dans un prêche un devoir de conscience de soutenir l'empereur contre les hérétiques, Louis promit à Ferdinand de rassembler une armée et de se porter à son aide.

Mais la Dieu merci, l'effet du prêche du père Arnoux ne tarda pas à se dissiper et Louis, revenant à sa coutumière circonspection, prêta une oreille attentive à ce qui se dit dans son Conseil à ce sujet.

Debout derrière Puisieux que j'étais censé assister de mes lumières ès langues et coutumes des royaumes étrangers, mais qui y recourait à mon gré bien peu souvent, j'assistais à cette séance qui, alors et depuis, donna ample matière à ma réflexion. Si l'on s'en ramentoit, Puisieux était, depuis la mort de Villeroy, notre secrétaire d'Etat aux Affaires étrangères. Je ne l'aimais point trop, comme j'ai dit déjà et je trouvais fort décevante son intervention sur les affaires d'Allemagne. A résumer en un mot ce qu'il en dit en cent, car il était fort verbeux, il opina que le meilleur parti était de se désintéresser de ce qui se passait chez nos voisins d'outre-Rhin et de ne pas y mettre le doigt. Je confesse que je fus de ceux qui s'apensèrent, en écoutant Puisieux, que rien en fait ne l'intéressait qui ne faisait tomber pécunes en sa bourse...

En revanche, j'écoutai, toutes ouïes décloses, le président Jeannin, encore qu'il me parût étrange que le surintendant des Finances [1] s'intéressât davantage

---

1. A cette date, le président Jeannin, en raison de son grand âge, avait remis sa démission au roi qui l'avait acceptée à condition qu'il restât membre du Conseil et donnât son avis en tous domaines.

aux Affaires étrangères que le ministre qui en avait la charge. Jeannin avait écrit un rapport sur les événements d'Allemagne destiné au roi et il voulut bien le résumer de vive voix pour le bénéfice du Conseil des affaires.

Il opina que si le trône de France avait eu raison de combattre les Habsbourg quand ils étaient forts, il fallait maintenant les secourir, pour la raison qu'ils étaient affaiblis et réduits à la défensive par un grand nombre d'ennemis fort puissants. Si ceux-ci gagnaient, ils chasseraient d'Allemagne toute autre religion que la leur : exemple qui inciterait nos huguenots à les imiter.

Je m'apensai, en oyant le président Jeannin, que son raisonnement eût été judicieux, si ses prémisses n'avaient pas été fausses. Car si les Habsbourg avaient, en effet, subi un revers par suite de la révolte de la Bohême et de la Hongrie, ils n'étaient pas affaiblis. Ni la Bohême ni la Hongrie n'avaient pu empêcher que Ferdinand fût élu empereur et loin d'être réduit à la défensive, l'Empire se préparait à attaquer non seulement la Bohême, mais le Palatinat. En outre, ses ennemis n'étaient ni nombreux, ni puissants. Ils se réduisaient à la Bohême, à la Hongrie et au Palatinat : Etats dont le poids était faible comparé à l'immense et puissant Empire des Habsbourg avec ses possessions en Autriche, en Italie, en Sicile, en Espagne, au Portugal et aux Pays-Bas.

Je ne fus pas moins étonné quand j'ouïs le président Jeannin parler de la « situation précaire de l'empereur, qui ne pouvait recevoir aucune aide sérieuse de son cousin d'Espagne ni d'Italie » : si, en effet, le chemin eût été long de l'Espagne au Palatinat, en revanche, il était bref à souhait des Pays-Bas espagnols au Palatinat. Et s'il eût fallu, en effet, à partir du Milanais, traverser les Alpes pour atteindre la Bohême, la Bavière, en revanche, n'avait pas cet obstacle à franchir pour aller jusqu'à Prague.

Le discours de Jeannin est de février 1621. En septembre, l'archiduc Albert, régent des Pays-Bas, lançait Spinola contre le Palatinat et en novembre, Tilly et ses Bavarois écrasaient les Bohémiens à la Montagne Blanche.

Toutefois, si le président Jeannin me parut mal informé des faits politiques et géographiques des affaires d'Allemagne, il rendit à coup sûr un grand service à ce royaume en se déclarant opposé à une intervention militaire de la France en faveur de l'empereur. Et la raison qu'il en donna parla haut en faveur de sa franchise et de son courage. Cette action armée, fit-il observer, serait peu morale, car elle serait dirigée contre des princes qui nous avaient naguère aidés à combattre la puissance espagnole.

Je jetai alors un œil à Louis et je sentis à un imperceptible frémissement dans son visage impassible que ce rappel de la politique paternelle, tout autant que cet appel à la justice et à l'honneur dans les relations entre États, ne le laissait pas insensible et qu'en conséquence, il n'allait pas donner suite à l'idée de mettre les armes de la France à la disposition de l'empereur pour vaincre les huguenots allemands.

Le président Jeannin, ayant écarté la guerre, se prononça pour la diplomatie : il fallait dépêcher à Ulm une ambassade qui tâcherait de moyenner la paix entre la Sainte Ligue catholique et la Ligue évangélique grâce à « quelque accommodement et composition ». Belle lectrice, jetez, de grâce, ces deux mots dans la gibecière de votre mémoire : vous allez les voir réapparaître sur les lèvres du marquis de Siorac et faire naître en lui l'ire la plus furieuse où je le vis jamais.

Pour en revenir au roi et au Conseil, ayant accepté les propositions du président Jeannin, on choisit comme ambassadeur le sieur de Préaux, Monsieur de Béthune (qui avait négocié avec la reine-mère après la drôlerie des Ponts de Cé), et pour donner quelque poids royal à ces messieurs, on leur adjoignit Charles de Valois, comte d'Auvergne et duc d'Angoulême.

*
* *

Le Conseil des affaires ayant duré plus longtemps qu'à l'accoutumée en raison de l'exposé du président Jeannin et les embarras de Paris étant ce jour-là plus inextricables qu'à l'accoutumée, car il neigeait, et la neige tombant sur la boue puante qui recouvre les rues de notre capitale forçait chevaux, mulets et attelages à aller au pas pour ne point glisser, j'arrivai en retard quasiment d'une heure à notre hôtel de la rue du Champ Fleuri. Je trouvai mon père et La Surie fort impatients de mon arrivée et des nouvelles que j'allais leur impartir, Mariette grondant, quant à elle, comme le couvercle d'un chaudron bouillonnant et se plaignant en son marmonnement qu'elle ait dû, pour attendre ma survenue, ôter et remettre deux ou trois fois au feu son rôt, pour éviter qu'il ne cramât. Et n'était-ce pas un miracle, doux Jésus, soupira-t-elle, les yeux au ciel, qu'il fût pourtant à point, maugré ces incommodités ?

En ce milieu du jour, le ciel étant aussi sombre qu'au crépuscule, Franz alluma les chandeliers et fit dresser la table dans la librairie où brûlait un feu haut et clair, mon père, au rebours du sien à Mespech en Périgord, n'épargnant ni la bûche ni la chandelle. Je baillai au marquis de Siorac une forte brassée et une autre à La Surie et d'un commun accord, nous ne pipâmes mot que de choses indifférentes pendant cette repue, attendant que le rôt fût glouti et le vin avalé et que Mariette eût débarrassé les reliefs, emportant avec elle dans la cuisine ses avides oreilles. Je fis alors à mon père et à La Surie un conte succinct sur ce Conseil où s'était débattue une affaire de si grande conséquence pour le royaume. A peine avais-je fini que mon père se mit très à la fureur, l'œil étincelant et maîtrisant avec peine les éclats de sa voix.

— Les mots ! s'écria-t-il, les mots véritablement souffrent tout ! Le but de cette ambassade serait, si j'ai bien ouï, de moyenner la paix entre les Etats de la Sainte Ligue et ceux de la Ligue évangélique grâce à quelque « accommodement » ou « composition » ! Ventre Saint-Antoine ! Un accommodement ! Une composition ! Quel accommodement est-ce là ? De quelle composition s'agit-il ? Avant l'arrivée de nos ambassadeurs où en était-on ? Si j'ai bien entendu votre récit, mon fils, le Brandebourg protestant, qui ne pense qu'à soi, consentait de prime au sacrifice de la Bohême, mais il demandait, fût-ce du bout des lèvres, qu'on épargnât le Palatinat ! « *Nein !* » grogna la Bavière avec d'autant plus de force qu'elle parlait au nom de l'empereur. Là-dessus apparaissent — *dei ex machina* [1] —, à Ulm, nos ambassadeurs, ayant à leur tête le beau poupelet que l'on sait. Mais ce sont des dieux sans pouvoir, en tout cas sans pouvoir pour révoquer le *nein* de la Bavière puisqu'ils sont envoyés par un royaume qui a commencé par offrir à l'empereur le secours de ses armes pour dompter ses huguenots rebelles !

Mon père fit une pause tant son indignation l'étouffait.

— Jour de ma vie ! reprit-il, qu'est-ce donc que cette « composition » sinon une capitulation déguisée ? Une mise à mort hypocrite de la Bohême, de la Hongrie et du Palatinat ! Une permission implicite donnée à l'empereur d'avaler d'un seul coup de glotte trois Etats protestants et de livrer leurs habitants à la Sainte Inquisition (vraiment sainte celle-là) comme Ferdinand l'a déjà fait dans son gouvernement de Styrie, détruisant du même coup l'équilibre en Allemagne entre Etats catholiques et Etats protestants !

1. Les dieux qui descendent sur terre (grâce à une machine) sur la scène du théâtre antique.

Vramy ! Qui pourra croire que les Habsbourg ne vont pas sortir de cette opération considérablement renforcés et cela à nos infinis dépens et dommages, cela va sans dire, nous qui sommes, depuis des lustres, la cible principale de leurs empiétements !

— Mais, Monsieur mon père, dis-je, que diantre pouvait faire Louis, alors qu'il est présentement en butte à de graves soucis d'argent, aux révoltes des Grands, à l'interminable guerre que lui livre sa mère et à la désobéissance de nos huguenots qui acceptent la tolérance pour eux-mêmes mais, dans les occasions, la dénient aux catholiques ?

— Ce qu'il devait faire, dit mon père avec feu, c'est ce qu'eût fait notre Henri, s'il eût été à la place de son fils.

Je sentis dans ce « notre Henri » dans lequel mon père mettait tant de vénération, que Louis, pour lui, n'était pas « notre Louis », surtout depuis qu'il avait renversé les alliances de la France avec les princes protestants d'Allemagne.

— Qu'aurait pu faire Louis ? répétai-je en levant les sourcils. Rassembler une armée et s'enfoncer très imprudemment avec elle au cœur de l'Allemagne pour aller secourir la Bohême ?

— Il n'eût pas été nécessaire d'aller si loin, dit mon père. Il eût suffi de se porter à l'est, sur le Rhin, entre le Palatinat et les Espagnols du Pays-Bas, rendant ainsi à l'Electeur l'aide que nous avions reçue de son père quand nous avions nous-mêmes maille à partir avec les Habsbourg. Et par la même occasion, ne faillant pas de lui rembourser la pécune qu'il nous avait alors prêtée.

— Eh quoi ! dis-je non sans malaise, n'ayant jamais ouï quoi que ce fût à ce sujet au Conseil, n'avons-nous jamais honoré cette dette ?

— Jamais ! et pour notre plus grande honte, mon fils ! Quand le Palatin, pressé par les armes de Spinola, nous a pressés de le faire, notre oreille tout soudain est devenue sourdaude...

Je fus tout chaffouré de chagrin et de dépit en oyant ce procédé indigne. C'était vraiment rendre les plus éhontés services à l'empereur d'Allemagne de ne pas restituer ses monnaies à l'Electeur palatin au moment où il en avait le plus besoin. Ah ! m'apensai-je, Louis ! Louis le Juste ! Tu fus bien mal conseillé en cette triste affaire !

Mais ma fidélité l'emportant à la parfin et ne voulant pas non plus rendre les armes à mon père, je repris :

— Mais, ne croyez-vous pas, Monsieur mon père, qu'arrêter Spinola sur la frontière palatine risquait d'allumer une guerre ouverte entre les Habsbourg et la France ?

— Je le décrois, dit mon père aussitôt. Le temps de la grande invasion annoncée à son de trompe contre un grand royaume voisin est passé. Le désastre de l'Invincible Armada sur les côtes anglaises a rendu les Habsbourg plus prudents que serpents. Voyez comme ils en ont agi avec nous sous le règne de notre Henri ! Par surprise et traîtrise, sans la moindre déclaration de guerre, ils s'emparent d'Amiens. Mais dès qu'Henri, leur courant sus, les bat comme plâtre et les boute hors la ville, ils se retirent, les chattemites, sans piper mot et comme si rien ne s'était passé... Voilà meshui leur tactique ! Ne pouvant nous avaler d'un seul coup, il tâche de nous grignoter par petits morceaux.

Là-dessus, mon père, qui s'était par degrés décoléré en déchargeant sa bile, se tut, tira une montre-horloge de l'emmanchure de son pourpoint, l'examina avec gravité et dit qu'il allait nous quitter pour faire une sieste, coutume, quoiqu'elle fût espagnole, dit-il, qu'il trouvait fort bonne, surtout à son âge, car elle coupait la journée en son milieu par un repos rebiscoulant.

En oyant ces mots, un léger sourire flotta sur les lèvres de La Surie tandis que ses yeux vairons brillèrent, mais d'une façon dissemblable, son œil marron avec affection et son œil bleu avec une pointe de gausserie.

J'eus tout le loisir, dans la suite des temps, de m'apercevoir que mon père ne s'était pas trompé en parlant au sujet des Habsbourg de leur stratégie du grignotement, car sept mois à peine s'étaient écoulés depuis la bataille de la Montagne Blanche qu'ils s'emparaient par surprise, dans les Alpes, de la Valteline.

Mais je ne veux point parler ici de la Valteline car elle fut pendant tant d'années un tel brandon de discorde entre les Habsbourg et la France que j'aurai assurément l'occasion de revenir sur elle dans la suite de ces Mémoires. Toutefois, je ne saurais clore ce passage sur les affaires d'Allemagne sans citer la lettre que je reçus quelque temps plus tard de Madame de Lichtenberg. Elle l'avait adressée à la rue du Champ Fleuri et c'est là qu'elle me fut remise par mon père. Je n'oulus l'ouvrir sur le moment et attendis d'être retiré dans ma chambre pour rompre le cachet, car de la cousine de l'Electeur palatin je ne pouvais attendre que d'affligeantes nouvelles, lesquelles, dès les premiers mots, passèrent mes pires appréhensions.

« Mon ami,

« C'en est fait de mon fils, de mes biens et de moi. Je vous écris de La Haye où je suis réfugiée en une maison si modeste que le train vous en étonnerait. Après la défaite de ses troupes à la Montagne Blanche de Prague, mon cousin a vilainement abandonné ses sujets de Bohême au "feu et sang" que leur avait promis Tilly et s'est réfugié en son Palatinat, où il n'a pas résisté plus vaillamment aux attaques conjuguées de la Bavière et des Espagnols des Pays-Bas. Il s'est enfui derechef, cette fois jusqu'en Hollande dont le noble peuple l'a, avec beaucoup de courage, accueilli, lui, sa femme, ses enfants et sa famille à laquelle, pour mon malheur, j'appartiens. Son beau-père, Jacques Ier d'Angleterre, a élevé une bêlante plainte auprès de l'empereur quant à l'occupation du Palatinat. Mais comme pas le moindre soldat anglais ne mettait entre-temps le bout de l'orteil sur le continent pour soutenir cette plainte, l'empereur n'a fait qu'en rire.

« Pour moi, il ne m'a servi de rien d'avoir eu si tôt raison en prévoyant la triste issue de cette folle aventure, quittant Paris pour courre à Heidelberg vendre mes biens. Je n'en ai trouvé qu'un prix bien petit auprès de rusés marchands qui, comme moi, avaient anticipé la défaite de nos armes.

« Mon pauvre fils, le dernier comte de Lichtenberg — car il ne se veut point marier dans l'état où il est —, a perdu une jambe à la bataille de la Montagne Blanche et je ne peux que je lui consacre d'ores en avant le triste reste de mes jours. Il m'est donc meshui tout à fait impossible de retourner vivre en mon hôtel parisien de la rue des Bourbons et d'autant moins que je suis contrainte de le vendre pour me faire quelques petites rentes, mes ressources étant à présent fort au-dessous de mes besoins.

« Je suis véritablement au désespoir à la pensée de ne plus jamais revoir cette belle Paris et cet hôtel que j'aimais et où j'ai vécu avec vous tant de félicités.

« Bassompierre, par ses amis palatins, s'est enquis de moi, m'a retrouvée à La Haye et proposé en ami fidèle ses secours. Mais je n'en suis pas encore là et l'ai seulement prié de se bien vouloir charger de vendre mon hôtel parisien avec cette condition que si vous désirez l'acquérir, il voudra bien vous donner la préférence. Mais, bien entendu, il faudrait que vous en ayez le goût, le désir et la possibilité, je ne veux point assurément vous en faire un devoir. Mais il me semble que si je vous savais dans ces murs et si, de temps en temps, il vous ramentevait de moi, je serais moins déconsolée de ne plus m'y trouver avec vous. Mon ami, croyez-moi de grâce, jusqu'à la fin des temps, votre humble et dévouée servante. Je ne peux écrire plus avant, mes yeux se brouillent. Votre bien désolée, Ulrike. »

Quand je terminai cette missive, je me jetai sur ma couche et mes yeux prirent le relais des larmes d'Ulrike. Je demeurai là si longtemps qu'à la parfin mon père vint toquer à mon huis et, me trouvant le visage tout chaffouré de pleurs, me demanda ce qu'il en était. Je lui tendis la lettre qu'il lut d'un bout à l'autre en hochant la tête. Après quoi, il s'assit sur le bord de ma couche et me dit *sotto voce* :

— L'aimez-vous toujours ?

— Je ne sais. Je ne le crois. Mais je ne peux souffrir de la savoir malheureuse et le jeune comte en cet état.

— Achèterez-vous son hôtel ?

— J'aimerais assez qu'il soit à moi, mais qu'en ferais-je ? Je n'imagine pas, quand je ne suis pas au Louvre, de vivre en Paris ailleurs que chez vous.

— Et je vous y recevrai toujours avec joie, dit mon père avec un sourire. En fait, dit-il, tournant son émeuvement en gausserie, c'est quand vous n'y êtes pas que je trouve notre hôtel un peu grand. Mais vous vous marierez un jour, mon fils, et Madame votre épouse ne se contentera pas d'Orbieu. Elle voudra aussi une maison de ville pour y veiller seule sur ses lares domestiques.

C'était raison, j'en étais bien assuré, ayant ouï ce que Louison et Laurena, chacune de leur côté, avaient dit à ce propos. Mais frapper à l'hôtel de la rue des Bourbons et revisiter pièce après pièce avec Herr von Beck cette maison pour moi deux fois vide était au-dessus de mes forces et je priai mon père de se rendre en compagnie de Bassompierre pour en fixer le prix, et pour l'acheter, pour peu qu'il ne dépassât pas ma bourse, l'affaire en bref était faite déjà en ma cervelle et ma décision prise de porter moi-même les pécunes jusqu'à La Haye à Madame de Lichtenberg.

— Mais sans compter les périls du chemin, est-ce

bien sage ? dit mon père. En la revoyant, vous lui ferez peut-être plus de mal que de bien.

— Je crois pourtant que je le ferai, dis-je, au bout d'un moment. Je ne sais si c'est mon cœur ou ma conscience, mais il y a quelque chose en moi qui m'y pousse.

Cependant, le moment venu, je ne le pus car, d'ordre du roi, je dus le suivre en sa campagne contre les protestants révoltés. Et comme Madame de Lichtenberg, ayant ouï que j'avais acheté son hôtel, m'avait écrit une lettre fort pressante pour que je lui en apportasse les pécunes, Bassompierre voulut bien s'en charger et partit sans tant languir. En quoi il eut bon nez car, quelques semaines plus tard, il ne l'eût pu, les Hollandais n'ayant voulu prolonger la trêve qu'ils avaient signée dix ans plus tôt avec les Espagnols du Pays-Bas. Tant est que les hostilités recommençant, Bassompierre n'aurait pu parvenir à La Haye que par mer, ce qui eût été un bien autre péril.

*
* *

J'appris peu de temps après que, sur l'intervention discrète du nonce auprès de l'évêque de Paris, Fogacer avait été nommé chanoine (avec prébende) du chapitre de Notre-Dame. Je l'invitai à dîner avec moi en mon appartement du Louvre afin de le féliciter en toute amitié de cet avancement de sa fortune.

— Le nonce, dit Fogacer qui me parut attaquer viandes et vin avec un appétit aiguisé par la dignité que l'Eglise venait de lui conférer, eût volontiers demandé au roi de me nommer évêque. Mais, ayant tourné la chose dans ma cervelle, je me suis réfléchi que n'étant pas un cadet de grande maison, on m'enverrait au diable de Vauvert dans un évêché aussi crotté que celui de Luçon et je noulus. Quitter Paris pour vivoter dans le plat pays et administrer quelques milliers de paysans pauvres, voilà qui me ragoûtait peu. Je ne dédaigne pas la robe violette assurément, mais mon camail de chanoine me suffit. A chacun ses péchés. L'un se paonne en vanité, l'autre se gonfle jusqu'à l'orgueil. Moi, je me plais aux ombres propices, aux propos secrets, aux explications à mi-mot...

— Eh bien, dis-je, expliquez-moi, fût-ce à mi-mot, pourquoi Anne grossit, alors qu'elle est réputée manger si peu ?

— Comment, dit Fogacer en arquant ses sourcils diaboliques, vous ne le savez pas, vivant à la Cour quotidiennement et dans l'entourage du roi ?

— Nenni, je ne sais rien.

— Comment ? Vous ne savez rien ? Vous, avec votre usage du monde et votre intime connaissance du *gentil sesso* ! Ne pouvez-vous pas imaginer pourquoi une femme grossit ?

— Eh quoi ! dis-je béant, Fogacer, allez-vous m'apprendre...

— Que l'assiduité de Louis commence à porter ses fruits. Je devrais dire son fruit.

— Comment le savez-vous ?

— Comment l'ignorez-vous ? répliqua Fogacer en riant. Je vous croyais fort proche du docteur Héroard.

— Héroard est informé par la femme de chambre de la reine qui, par devoir, résistant au sommeil, fait le compte, en prêtant l'oreille, des embrassements royaux et, le lendemain, en fait son rapport à Héroard. Mais Héroard n'est pas pour cela le médecin de la reine.

— Cela est vrai !

— Et vous, de qui tenez-vous la nouvelle ? Du médecin de la reine ?

— Point du tout.

— De qui alors ?

— Mais du haut dignitaire qui m'emploie.

— Du nonce ?

— Et de qui d'autre ?

— Et lui, comment le sait-il ? A-t-il des espionnes

qui scrutent quotidiennement le petit linge de Sa Majesté la reine ?

Fogacer s'esbouffa derechef.

— C'est bien plus simple que cela. Le nonce a demandé tout de gob à Sa Majesté la reine ce qu'il en était. Et qui le pouvait mieux renseigner qu'elle-même ?

— Quoi ? dis-je, béant. Il a osé ? Mais c'est une damnable impudence !

— Mon cher comte, dit Fogacer avec une gravité vraie ou feinte, je ne saurais trancher. Le mot « impudence » est fort disconvenable, appliqué au nonce qui est le représentant du pape, lequel pape est le représentant de Dieu sur terre. Vous voyez à qui vous vous en prenez ! reprit-il avec un sourire. N'en avez-vous pas honte ?

— Si fait ! Si fait ! Mais d'un autre côté, je me demande pourquoi les prêtres qui, par vœu, sont voués au célibat, s'intéressent si fort à la vie passionnée de leurs ouailles ? Je me confesse une fois l'an au curé Courtil et vous ne sauriez imaginer les questions qu'il me pose à ce sujet.

— Si j'étais à sa place, je vous en poserais un milliasse de plus, dit Fogacer, tant je serais curieux de savoir ce qui peut bien vous attirer chez une femme.

— Monsieur le chanoine, je ne sais si j'aime beaucoup ce propos.

— Mais, à la réflexion, moi non plus, dit Fogacer en baissant la tête avec une componction qui se moquait d'elle-même. Ce soir à vêpres, je ne manquerai pas de demander pardon à la Vierge Marie d'avoir médit de ma sœur Eve.

— Laissons notre sœur Eve ! Revenons au nonce ! Je serais curieux de savoir comment Son Excellence a articulé sa question.

— Je le sais. J'étais là, perdu humblement parmi les soutanes qui partout le suivent. « Madame, dit-il en s'inclinant, que fait le dauphin ? »

— *Incredibile verbum* [1] ! m'écriai-je. Qu'a répondu la pauvrette à cette impudente question ?

— Elle a rougi de prime, ensuite elle a souri, après quoi, elle a baissé les yeux.

— N'est-ce pas joli ?

— Mon cher Comte, je ne doute pas qu'à ma place, vous auriez trouvé ces petites mines adorables, toutes niaises qu'elles fussent.

— Fogacer ! Parler ainsi de la reine !

— Ramentez-vous, de grâce, comment vous avez parlé du nonce ! Cela valait bien ceci ! Mais, je vous en prie, ne disputons pas. L'événement est excessivement heureux ! Que d'ambitions successorales tuées dans l'œuf ! Que d'intrigues mort-nées, à l'instant où la reine nous donnera un dauphin !

Là-dessus, je me levai, fort ému, ma coupe à la main. Fogacer en fit de même et nous trinquâmes, le cœur léger, au futur héritier du trône.

Tout allait donc le mieux du monde chez les Bourbons, mais point dans ma famille Guise sur laquelle, sur la fin mars 1621, des nuages s'amoncelèrent. Si bien je me ramentois, ce fut quasiment à la pique du jour qu'un petit vas-y-dire vint toquer à l'huis de mon appartement du Louvre et remit pour moi à La Barge un billet signé G, mais dont l'écriture et l'orthographe, l'une et l'autre fort reconnaissables, étaient de la main maternelle.

« Mon fieul,
« Je ne sé à quel sin me voué ! Venez me vouar ce jour d'hui à deu heur de l'aprédiné ! Charles, Claude et Louise-Marguerite seron là. Votre povre marrène.
G. »

« Jour du ciel ! m'apensai-je. Ma terrible famille Guise réunie au grand complet ! Le duc régnant, la duchesse douairière, le duc de Chevreuse, la prin-

---

1. Propos incroyable ! (lat.).

340

cesse de Conti et moi-même, demi-frère des précédents ! Mais je me trompe : il manque un Guise à ce conseil familial. Le cardinal, archevêque de Reims, lequel ne pourra assurément pas être des nôtres et le pourquoi de cet empêchement, je ne le connais que trop... »

En arrivant sur le coup de deux heures chez ma bonne marraine, j'étais bien assuré de me présenter le premier et d'être reçu par elle en un affectueux bec à bec et non, comme elle aimait le faire en ces rencontres de famille, d'une façon quasi royale.

Son *maggiordomo*, Monsieur de Réchignevoisin, m'accueillit sur le seuil. Sa suavité démentait le nom malengroin qu'il portait et il me dit *sotto voce* dans le creux de l'oreille : « Madame la Duchesse sera bien aise de vous voir, Monsieur le Comte. Hier encore, elle a dit devant moi à Madame de Guercheville combien elle se languissait de vous. » Tout en parlant de sa voix douce et féminine, si étonnante chez un homme de sa taille et de sa rotondité, il me prenait le bras qu'il palpait avec amour tout en me conduisant comme un enfantelet jusqu'au petit salon — chemin que j'eusse bien, sans lui, suivi seul et même les yeux bandés, tant souvent je l'avais fait.

Pétulante et primesautière comme à l'accoutumée, Madame de Guise, à ma vue, oubliant qui elle était, se leva avec vivacité et vint à moi me baignant de la lumière de ses yeux pervenche. Et sans me laisser le temps d'un baisemain, ouvrit grands ses petits bras potelés.

— Ah ! mon Pierre, s'écria-t-elle, en me serrant contre sa poitrine pommelante, que je suis donc aise de vous voir ! Vous êtes le meilleur de tous ! Et je n'ai de vous que des satisfactions. Je l'ai dit hier encore à Madame de Guercheville.

Ces satisfactions, à vrai dire, elle ne les avait pas toutes. Je m'obstinais à ne me point marier et, à défaut de mariage, à me lier avec une des grandes dames de la Cour, qui m'eût fait, par son rang, « grand honneur aux yeux de tous ». Mais loin de me ressasser grief, Madame de Guise me dit à l'oreille à voix basse :

— Bien que ce fût assurément un très grand péché, mon Pierre, de vous concevoir hors mariage, je n'arrive pas à m'en repentir (que la Sainte Vierge me pardonne !) tant je vous trouve de qualités ! Plût au ciel que mes malheureux fils prissent exemple sur vous, mais ils en sont loin, bien loin, hélas !

Là-dessus recommença cette longue litanie de plaintes sur ses enfants et leurs méfaits passés, présents et à venir que je connaissais si bien pour les avoir ouïes si souvent. Charles (le duc régnant) et la lionne avec qui il affectait de prendre ses repas, faillant être mangé lui-même, ce fol ! Claude (le duc de Chevreuse) et son indigne intrigue avec l'épouse du favori. Louise-Marguerite (la princesse de Conti) qui, non contente de changer d'amant comme de vertugadin, avait osé conniver à l'adultère de Claude et de Madame de Luynes en prêtant aux amants son appartement du Louvre !

— Ma fille, ma propre fille, mon Pierre, maquerelle de son propre frère ! Et meshui le cardinal ! poursuivit-elle en levant au ciel ses petits bras. Le comble, véritablement ! La pire écharde dans ma chair ! Le déshonneur de la famille ! L'indignité en robe rouge ! La violence en plus, lui, le prêtre chrétien ! Ah ! le beau cardinal que voilà ! Et combien l'Eglise de France et le pape doivent à'steure être fiers d'un pareil archevêque !

Ne sachant que répondre à cette harangue véhémente, je pris une mine quasi confite, comme si c'eût été moi le coupable.

Là-dessus, Monsieur de Réchignevoisin toqua à l'huis du petit salon, parut et dit d'une voix qu'il tâchait en vain de rendre grave et sonore :

— Monseigneur le duc de Guise ! Monseigneur le duc de Chevreuse !

Et tandis que Madame de Guise, se souvenant enfin qui elle était, se rasseyait vivement sur sa chaire à bras, les deux mains sur les accoudoirs dans une attitude royale, le petit duc sans nez pénétra dans la pièce, suivi de son cadet qui le dominait d'une bonne tête et tâchait toutefois de témoigner par quelque nuance dans le port de tête qu'il cédait le pas au duc régnant.

L'un derrière l'autre, ils allèrent se génuflexer devant la duchesse douairière de Guise, et tandis qu'ils baisaient dévotement sa main chargée de bagues, vous eussiez cru qu'ils étaient les plus doux et les plus obéissants des fils. Dès qu'ils se furent relevés, je fis quelques pas vers eux et, me découvrant, les saluai l'un après l'autre à l'aune de leur respective importance. Saluts auxquels Charles répondit avec une certaine distance — en quoi il se montrait assez sot car cette distance, je n'aurais jamais rêvé la raccourcir d'un pouce, sachant qu'il n'adorait que soi, ayant le cœur sec et la fibre jalouse. Claude, en revanche, s'avançant vers moi, l'œil en fleur, me donna une brassée véritablement fraternelle et deux forts baisers sur la joue que, tout de gob, je lui rendis.

Je l'aimais fort et dès l'instant que je l'avais rencontré au bal de la duchesse de Guise, en ma quinzième année, alors qu'il n'était encore que le prince de Joinville, titre de courtoisie et j'oserais dire de comédie, car Joinville appartenait, en fait, à Charles. Assurément, c'était, comme ses deux frères, un fol, mais un fol aimable. Il se paonnait puérilement d'avoir cocué Henri IV avec la comtesse de Moret de prime, avec la marquise de Verneuil ensuite : péché qui lui avait valu un long exil dans le château de Marchais à la garde de son frère aîné. Ayant ainsi offensé le père, il ne faillit pas d'offenser aussi le fils en coqueliquant avec l'épouse du favori, adultère que notre pieux Louis n'était pas près de lui pardonner. La seule excuse qu'il eût pu faire valoir après ces disconvenables conquêtes, c'était que les dames, à le voir, avaient fait invariablement vers lui plus de la moitié du chemin, car il était fort bel homme, hardi cavalier, brillant bretteur et, à la guerre, la vaillance même.

Dès lors qu'Henri IV s'était converti au catholicisme, Claude l'avait servi fidèlement et après lui Marie de Médicis et meshui Louis, ne se joignant jamais aux cabales et aux révoltes des Grands, cette fidélité, autant que ses inouïes prouesses au siège de La Fère et d'Amiens, sous notre Henri, lui ayant valu d'être nommé duc de Chevreuse, rare honneur pour un cadet et, pour une fois, mérité, et par toute la Cour applaudi.

Claude achevait à peine ces embrassements fraternels que parut la princesse de Conti. Belle lectrice, bien savez-vous déjà que mon étincelante demi-sœur n'entrait pas dans une pièce : elle y faisait son entrée. Etant Bourbon par sa mère et Bourbon aussi par son défunt mari, elle s'apensait qu'il n'y avait rien de plus haut qu'elle en ce royaume, hormis les deux reines et *Madame*, et rien assurément de plus beau, seules Madame de Luynes et Madame de Guéméné pouvant, sur ce chapitre, lui disputer la palme.

Marchant droit à sa mère, avec un élégant balancement de son corps, la princesse de Conti plongea en révérence, dès qu'elle fut à ses pieds, son vertugadin orné de fleurs s'évasant en gracieuse corolle autour de sa taille de guêpe, je devrais dire de sablier, pour ce que le haut, bien que moins volumineux que le bas, était tout aussi rondi. Puis se relevant et se penchant avec une émerveillable flexibilité, elle bailla à la duchesse deux baisers qui, plutôt que se poser sur son beau visage, l'effleurèrent, la princesse veillant à gâter ni le rouge de ses lèvres, ni la céruse de la joue maternelle.

Après quoi, elle se releva et fit au duc régnant une demi-révérence si impertinente en sa désinvolture que je m'avisai que la guerre qui avait fait rage entre eux depuis l'enfance n'était pas et ne serait peut-être jamais discontinuée. Cela fait, elle adressa à Claude et à moi-même un sourire joueur, muguetant et féminissime qui n'était pas tout à fait celui qu'on eût attendu d'une sœur. Ayant ainsi ranimé l'admiration que nous lui portions, elle vint se placer entre nous deux, comme pour se remparer contre Charles, sachant bien que, même lorsqu'elle aurait tort, elle pourrait compter, en tout prédicament, sur notre indéfectible alliance.

— Ma fille, dit la duchesse de Guise, qu'en est-il de votre humeur ou de votre santé ? Vous me paraissez un peu lasse.

— C'est sans doute quelque amant qui lui a fait peine, dit Charles avec humeur.

— Monsieur mon frère, dit la princesse de Conti, le menton haut et le sourcil levé, mes amants ne me font pas peine. C'est moi qui leur en fais.

— Mais pourquoi « mes amants » ? dit Charles. Un seul ne vous suffit donc pas ?

— Mon frère, dit-elle avec un sourire plus dangereux qu'un coup de griffe, est-ce bien à vous de me donner ce conseil ? Si vous ne jouiez aux cartes qu'une fois l'an, vous n'auriez pas dissipé le bien de votre épouse.

— Il s'en faut qu'il soit dissipé, dit Charles avec le dernier dédain.

— Cela est vrai, concéda la princesse. On ne compte plus les biens de votre femme.

Cette concession était un piège et Charles ne manqua pas d'y choir.

— La duchesse de Guise est, en effet, bien garnie, dit-il avec une bien imprudente satisfaction.

— Et c'est bien pourquoi vous l'avez épousée, dit la princesse de Conti. Une veuve ! N'est-ce pas étonnant à votre âge d'épouser une veuve ! C'est merveille comme la pécune fait passer sur tout, même sur un pucelage défunt...

— Louise-Marguerite ! dit la duchesse d'une voix forte. Cessez ce chamaillis avec votre frère sur l'heure, ou je quitte la place.

— Vous avez raison, ma mère, dit promptement la

princesse. D'ores en avant, je ne parlerai plus qu'à vous. Et pour commencer, je vais répondre à votre question. Je suis bien lasse, en effet. J'ai passé la nuit au chevet de la petite reine, avec Madame de Luynes et Madame de Motteville. La pauvre Anne était dans les angoisses.

— Serait-elle si proche de son terme ? dit Madame de Guise.

— Mais non, pas du tout. Où prenez-vous cela, ma mère ? Elle n'en est encore qu'au début.

— Par tous les saints ! s'écria Charles avec la dernière hargne, sommes-nous céans pour parler de la reine ou du cardinal de Guise ?

— Je parle de qui je veux, dit la princesse sans lui faire l'aumône d'un regard.

Un silence suivit cette déclaration et une sorte de trêve tacite s'établit alors entre les belligérants. J'ai assisté à une bonne vingtaine de scènes de la même farine entre Charles et sa sœur et la bataille se déroulait toujours de la même manière. Charles sortait très imprudemment de ses lignes pour partir à l'assaut contre Louise-Marguerite. Et, invariablement, il était rejeté par elle à son point de départ, l'étonnant me paraissant être qu'il recommençât toujours, ses échecs ne lui apprenant rien.

— Madame ma mère, dit Claude au bout d'un moment, je gage que vous aimeriez savoir de moi comment a éclaté cette grande querelle entre le cardinal de Guise et le duc de Nevers ? Or, je peux assurément dire comment elle se déroula. J'étais présent.

— La grand merci, mon Claude, dit Madame de Guise. Mais avant de savoir le comment, je voudrais savoir le pourquoi.

— Il s'agit, je crois, d'une querelle au sujet de quelque prieuré, dit Charles, mais, de toute façon, Nevers ne peut qu'avoir tort en prenant parti contre l'un d'entre nous.

— Je suis bien de cet avis, dit Claude.

— Moi aussi, dit Louise-Marguerite qui parut

comme étonnée d'être pour une fois du même avis que son aîné.

Comme je demeurai silencieux, la duchesse de Guise m'envisagea alors avec attention.

— Il n'empêche, dit-elle, que je voudrais bien savoir de quoi il s'agit. Pierre-Emmanuel, pouvez-vous, vous qui assistez au Conseil des affaires, m'éclairer là-dessus ?

— Madame, dis-je, il n'est peut-être pas utile que je dise de quoi il s'agit, puisque nous sommes tous convenus que Nevers doit avoir tort.

— Bien dit, Pierre-Emmanuel ! s'écria Claude en me frappant gaillardement sur l'épaule.

Louise-Marguerite, que la naïveté de Claude ébaudit, se mit à rire.

— Il n'y a pas de quoi rire, s'écria Charles.

— Si ! dit-elle. Vous ne voyez donc pas que Pierre-Emmanuel se gausse ?

Le duc m'envisagea alors en sourcillant, mais comme, après ma remarque, j'avais pris soin de prendre un air innocent, ce qui est facile assez quand on a les yeux bleus et le teint clair, il décrut sa sœur.

— Allons, dit-il, vous êtes folle !

— Point tant que cela, dit Madame de Guise qui ne faillait pas en féminine finesse. Allons, Pierre-Emmanuel, reprit-elle avec quelque montre de sévérité. Foin de ces dérobades et de ces simagrées ! Parlez, si vous savez quelque chose !

— Madame, il s'agit du prieuré de La Charité. La Charité est une petite ville près de Nevers. Quiconque est abbé du prieuré est aussi seigneur de ladite place, laquelle est importante, car elle possède un pont sur la Loire. Le duc de Nevers a nommé le présent abbé du prieuré pour en jouir en son nom. L'homme, cependant, vient d'être rappelé à Dieu et le prieuré devenu vacant, Nevers se préparait à y nommer une autre de ses créatures, quand Louis l'a revendiqué pour son propre candidat.

— Et quel est ce candidat ? dit ma bonne marraine en levant les sourcils.

— Un des enfants de Charlotte des Essarts.

— Ah ! Je hais cette embéguinée ! dit Madame de Guise. Elle a la moitié plus de tétin qu'il n'en faut ! En outre, elle est fort sotte.

— Du moins doit-elle posséder quelques petits talents, dit Louise-Marguerite, puisqu'elle a arrimé ce pauvre nigaud d'archevêque si solidement à son bord depuis tant d'années. On conte même qu'il l'a épousée.

— Mais c'est vrai, dis-je.

— Comment, d'Orbieu ? dit Charles avec hauteur. Que nous chantez-vous là ? Un cardinal marié ? C'est impossible !

— Il s'est marié avec Charlotte, quand il n'était encore que cardinal-diacre. Comme vous savez, Monseigneur, il y a par toute l'Europe et surtout en Autriche, des cardinaux-diacres qui sont en fait des laïcs, n'ont pas le droit de célébrer la messe, mais votent, cependant, pour élire le pape.

— Je savais tout cela, dit Charles, qui de tout cela ne savait pas un traître mot.

— Un cardinal marié, dit Louise-Marguerite. Voilà qui me ragoûte peu !

— Ma chère, dit Charles, vous avez fait, dans votre vie, des choses beaucoup moins ragoûtantes.

— Paix là, Charles ! dit la duchesse de Guise, comme elle l'aurait dit à un chien qui aboierait à contretemps.

Charles rougit de colère qu'on osât le traiter ainsi devant ses puînés et sa sœur, mais telle était l'autorité de la duchesse-douairière qu'il ne pipa mot.

— Et quel est le résultat de cette grande dispute entre Nevers et le cardinal ? poursuivit-elle en se tournant vers moi.

— Un procès, Madame.

— Que Louis pourra gagner ?

— Hélas, c'est à voir ! Le diocèse de Reims, sur

lequel règne Louis, est vraiment très, très éloigné de La Charité. Nevers a pour lui et la proximité et des liens anciens de suzerain à vassal avec cette place.

— Eh quoi, d'Orbieu ! dit Charles. Donnez-vous raison à Nevers en cette dispute ?

— Nenni, Monseigneur, dis-je en le saluant. Un Nevers ne saurait avoir raison contre un Guise.

— A la bonne heure !

— Charles, vous êtes un sot ! dit Louise d'un ton égal.

— Taisez-vous, ma fille, dit la duchesse en élevant la voix. Un mot de plus et je ne vous reverrai de huit jours !

Cette menace ne troubla guère ma demi-sœur, sa mère ne pouvant se passer d'elle et elle-même, de sa mère. Louise-Marguerite la venait voir tous les jours et quand elle demeurait souper à l'hôtel de Guise, elle partageait sa couche. Et là, les courtines du baldaquin tirées et une seule bougie les éclairant, elles se racontaient leurs vies, « se disant tout ».

— Pierre-Emmanuel, reprit la duchesse en se tournant vers moi, nous allons donc perdre ce procès !

— Le pire n'est jamais sûr, Madame. Mais il faudra visiter les juges et leur graisser fabuleusement les poignets. Mais Nevers les leur graissera aussi et je n'ai pas à vous dire que Nevers est un seigneur de grande considération. Outre le duché de Nevers et Rethel, il héritera à la mort du duc Vincent II des duchés de Mantoue et de Montferrat.

— Il n'est pas plus considérable, assurément, que le duc de Guise en ce royaume, dit Charles, la crête haute et la taille redressée.

Ce qui était vrai du temps où son père, ayant chassé Henri III de Paris, y régnait en maître, mais qui était tout à fait faux depuis que son fils lui avait succédé.

— Bien dit ! s'exclama Claude qui, à la différence de son aîné, avait, lui, contribué, par ses exploits, à la gloire de sa lignée.

Là-dessus, je demeurai muet et Louise-Marguerite,

à qui sa mère venait de mettre un bœuf sur sa langue, se contenta de hausser à demi les épaules. Quant à ma bonne marraine, étant peu satisfaite de son aîné, mais ne pouvant le dire, elle revint à son propos.

— Venons-en, meshui, à la querelle. Claude, vous étiez là. Que s'est-il donc passé ?

— Oui, Madame ma mère, dit Claude. J'étais là. Et il se trouva, par le pire des hasards, que Nevers et le cardinal se rencontrèrent dans l'antichambre du juge, alors qu'ils venaient l'un et l'autre le solliciter.

— Et qu'en résulta-t-il ?

— De furieux regards, Madame. De sanglantes injures et, à la fin, des coups.

— Des coups ? s'écria la duchesse de Guise. Et qui frappa le premier ?

— J'ai vergogne à le dire : votre fils, Madame.

— Le cardinal ? Dieu bon !

— Mais Nevers répondit sans marchander.

— Juste ciel ! Un duc ! Un cardinal ! Se battre comme deux galapians des rues ! Quelle honte ! Qui les sépara ?

— Mais moi, Madame, dit Claude, au prix de quelques bonnes buffes et torchons que je reçus dans la mêlée. Enfin, on accourut de toutes parts, on m'aida à les éloigner l'un de l'autre. Le duc de Nevers était si hors de lui qu'il cria en s'en allant qu'il appellerait le cardinal sur le pré et le cardinal, à son tour, rugit qu'il se rendrait à cet appel.

— Et pourquoi pas ? dit Charles que ce récit avait fort excité.

— Allons, Charles ! Vous rêvez ! dit ma bonne marraine. Un cardinal, se battre en duel !

— Et d'autant, dit Claude en lançant un regard désapprobateur à son aîné, que Louis ne faillirait certainement pas à se faire tuer. A Reims, il a passé plus de temps à faire des enfants à sa Charlotte qu'avec un maître ès armes et Nevers possède cette fameuse botte qui porte son nom et dont personne n'a encore trouvé la parade.

La duchesse de Guise frémit et blêmit à ouïr ces paroles.

— Madame, rassurez-vous, dis-je, là où il est, Louis ne craint pas la botte de Nevers. Le roi l'a mis à la Bastille.

— Je le savais ! cria Charles très à la fureur. Un Guise à la Bastille ! Quelle infamie ! Je ne le pardonnerai jamais au roi !

— Vous m'étonnez, Charles, dit Louise-Marguerite. Aimeriez-vous mieux que ce fol de Louis se batte et se fasse tuer pour cette querelle de néant ?

— Mais ce n'est pas une querelle de néant, dit le duc, puisqu'il s'agit pour Louis de s'agrandir.

— Et qu'a-t-il besoin de cet agrandissement, pouvez-vous me le dire ? La dîme l'enrichit plus vite que vous ne vous appauvrissez par le jeu.

— Charles ! Louise-Marguerite ! dit Madame de Guise très à la fureur. Je vous prie une dernière fois de cesser ces perpétuels déchiquetis ! Un mot, un mot de plus, je romps les chiens et je quitte la place...

A cet instant, on toqua à la porte et Madame de Guise cria : « Entrez ! » d'un ton si encoléré que le pauvre Réchignevoisin, quand il ouvrit l'huis, montra une face rouge et des bajoues tremblantes.

— Madame, dit-il d'une voix suppliante, je vous fais les plus humbles excuses.

— Au fait, Réchignevoisin, au fait ! coupa Madame de Guise.

— Madame, dit Réchignevoisin, non sans quelque effort de dignité, je n'eusse pas dérangé cet entretien de famille sans une raison de la plus grande conséquence. Il s'agit du service de la reine.

— Quelle reine ? coupa Madame de Guise avec impatience. Il y en a deux.

— Madame, dit Charles qui avait sur le cœur le « Paix là » de sa mère et tâchait petitement de s'en revancher, si vous laissiez parler votre *maggiodormo*, cela irait plus vite.

— Et si vous vous taisiez, mieux encore ! dit

Madame de Guise en lui jetant un œil impitoyable. Au fait, Réchignevoisin, au fait !

— Madame, dit Réchignevoisin, il s'agit de la reine régnante. Madame de Guercheville vient d'arriver. Elle attend céans dans votre petit salon...

— Et qu'a donc Madame de Guercheville à voir avec la reine régnante ? Elle est au service de la reine-mère.

— Je ne sais, Madame, dit Monsieur de Réchignevoisin, en la saluant de nouveau. Toujours est-il qu'elle paraît tout à fait hors d'elle-même et demande à être reçue par vous dans l'instant.

— « Dans l'instant » ! dit Madame de Guise avec indignation, alors que je reçois mes enfants ! C'est une bonne amie, assurément, mais de là à être reçue « dans l'instant » !

— Madame, dit Monsieur de Réchignevoisin, Madame de Guercheville m'a dit qu'elle porte un ordre urgent de la reine à Madame votre fille !

— Qu'est cela ? dit Madame de Guise. Voilà qui me laisse béante ! La Guercheville, qui est dans l'emploi de la reine-mère, porte un ordre de la reine régnante à la princesse de Conti et le porte chez moi !

— Madame, dit Louise-Marguerite, d'une voix douce et apaisante, il se peut que Madame de Guercheville ait été choisie comme messagère par la reine régnante, précisément parce qu'on sait qu'elle est une de vos bonnes amies. Et sans doute savait-on aussi qu'elle me trouverait chez vous. Madame ma mère, me permettez-vous de descendre au petit salon pour demander à Madame de Guercheville de quoi il s'agit ?

— Jamais de la vie ! dit la duchesse de Guise, chez qui à cet instant la curiosité l'emporta sur tout autre sentiment de dignité ou de préséance. Ma fille, vous demeurerez céans avec moi, votre mère et vos frères. Si Madame de Guercheville vous porte chez moi un ordre de la reine, c'est bien le moins que moi et vos frères sachions ce qu'il en est. Eh bien, Réchignevoi-

sin, introduisez Madame de Guercheville ! Courez !
Courez ! Qu'attendez-vous ?

Madame de Guercheville avait été fort belle et elle
était encore fort coquette. Et il fallait bien qu'elle fût,
en effet, hors d'elle-même pour qu'elle laissât couler
ses larmes sur ses joues, faisant un affreux gâchis de
la céruse qui les revêtait. Madame de Guise, à sa vue,
sentit son courroux s'évanouir et sa bonté naturelle
reprenant le dessus, elle oublia son rang, se leva de sa
chaire royale et courut embrasser celle que, deux
minutes auparavant, elle avait appelée « la Guercheville ». Louise-Marguerite s'avança aussi, la face fort
déquiétée, car ce grand chagrin de Madame de Guercheville paraissait annoncer, touchant la petite reine,
une nouvelle malheureuse. Et comme la visiteuse, se
laissant aller à ses sanglots, paraissait incapable
d'articuler un seul mot, Louise-Marguerite lui
entoura les épaules de ses bras et dit en la serrant à
soi :

— De grâce, Madame, parlez ! Parlez ! Je suis
morte d'inquiétude à vous voir dans cet état.

— Ah ! Mon Dieu ! Mon Dieu ! Quel malheur ! dit
Madame de Guercheville d'une voix entrecoupée. La
reine, Madame, la reine !

— Eh bien ! dit Louise-Marguerite avec autorité.
Qu'en est-il à la parfin ?

Ce ton parut redonner à Madame de Guercheville
un peu de cohérence et les larmes coulant toujours
sur ses joues et d'une voix plus ferme, elle dit :

— Madame, j'ai ordre de vous ramener sur l'heure
au Louvre. La reine est au désespoir. Vous seule pouvez la ramener à raison. Elle pleure. Elle se tord les
mains. Elle crie que le roi ne va plus l'aimer !

— Mais qu'a-t-elle donc ? s'écria Louise-
Marguerite avec effroi. Que lui est-il arrivé ? De quoi
pâtit-elle donc ?

— Ah ! Madame, du pire des maux pour une
femme et pis encore pour une reine ! Elle vient de
perdre son fruit.

CHAPITRE XII

L'accident de la pauvre reine plongea dans la consternation toute la Cour hormis la reine-mère qui, à
cette occasion, essuya d'une main sèche une larme
chattemite. Combien qu'elle affectât, en public, de
sourire, et de sourire encore à sa bru, on eût dit que
les dents qu'elle montrait alors se préparaient à la
mordre. Rien, en fait, ne l'avait ravie davantage que le
premier échec du roi lors de la nuit de noces : un roi
inerte, une reine infécondée, un royaume sans dauphin, cette situation, si elle se perpétuait, ne pouvait
que bailler sang et vigueur à son dessein secret (mais
qui le devint de moins en moins par la suite), de
substituer, sur le trône de France, à ce fils mal aimé et
réputé idiot, égrotant et sans force pour régner, son
fils cadet, Gaston d'Orléans qui, étant de volonté
molle et de complexion malléable, eût redonné à sa
mère, par une nouvelle régence, ce pouvoir qu'elle
aimait tant et qu'elle avait si mal exercé.

Bien que ce fût très difficile de pénétrer, si peu que
ce fût, l'impassibilité de Louis, et tout à fait impossible de lui poser questions, je ne doute pas qu'il n'ait
été bouleversé que la reine eût perdu le dauphin avant
terme. Il ne se passait pas de jour qu'il n'allât la voir,
parfois même deux ou trois fois, alors qu'en ces
temps-là, il ne visitait la reine-mère qu'une fois,
et brièvement. Ces quotidiennes attentions, bien
qu'elles fussent assez gauches, car Louis n'était pas
grand parleur, et moins encore avec les femmes, ne
laissèrent pas de conforter grandement notre pauvre
Anne. Par malheur, la fortune, à cet instant même,
s'acharnait sur son pauvre cœur et lui préparait de
nouveaux chagrins.

J'ai de bonnes raisons de me ramentevoir le jour où
ils s'abattirent sur elle. Le treize avril 1621, je m'étais
présenté à mon heure coutumière, c'est-à-dire à huit
heures, dans les appartements du roi et dès le seuil,

j'avais trouvé le jeune Soupite le doigt sur les lèvres qui me souffla que Sa Majesté dormait encore et, me tirant par la manche, m'amena dans le cabinet attenant à la chambre.

— Monsieur le Comte, me dit-il *sotto voce*, le roi a eu, cette nuit, un sommeil terriblement venteux et tracasseux. Tant est que, l'ayant ouï gémir et crier, au plein de la nuit, j'ai battu le briquet, allumé ma chandelle et me suis levé pour aller voir ce qu'il en était. Louis avait les yeux fermés, comme je vis bien à la lueur de ma chandelle. Donc, à mon sentiment, il dormait et je m'en allais retrouver mon lit quand, tout soudain, sans ouvrir les yeux le moindre, il dit avec un gémissement : « Mon Dieu ! Mon Dieu ! J'avais mis tous mes oiseaux derrière le chevet de mon lit et ils se sont tous envolés ! » Et moi, le voyant dans son sommeil si malheureux et le visage si crispé, je crus bon de lui dire : « Sire ! dormez ! Ils sont tous revenus ! » Il faut croire que le roi m'ouït au travers de son sommeil, car sa face se requiéta, il se tourna sur le côté et s'endormit pour de bon.

Ayant dit, Soupite me regarda, pâle, et les yeux agrandis par la peur.

— Monsieur le Comte, reprit-il d'une voix trémulante, ne croyez-vous pas que c'est le diable qui a parlé par la bouche de mon pauvre roi ?

— Erreur, Soupite ! dis-je d'une voix ferme et ce disant, pour le rasséréner, je le pris aux épaules et le serrai à moi. Quel diable, Soupite, oserait s'introduire dans le corps du roi très chrétien ? S'il avait cette audace, tous les anges du ciel viendraient sur l'heure le bouter hors et le jeter dans les abîmes cul par-dessus tête !

— Mais alors, reprit Soupite, à demi rassuré, si le songe n'est pas le fait du diable, n'est-il pas tout du même de fort mauvais augure ?

— Nenni, nenni, jeune Soupite, ni homme ni diable ne peuvent présager l'avenir. Le Seigneur, seul, le peut, puisqu'il le fait. A mon sentiment, ce rêve est loin de regarder le futur et n'est qu'un chagrineux retour sur le passé. Les oiseaux que Sa Majesté avait mis au chevet du lit, c'est-à-dire si proches de lui, représentent son plus cher espoir, qui est d'avoir un dauphin. Et c'est cet espoir qui s'est envolé.

— C'est vramy vrai ! dit Soupite, son juvénile visage s'éclairant. Et comme je suis content de vous avoir conté la chose, puisque maintenant tout est clair.

— Il est néanmoins inutile, dis-je, de la raconter à d'autres. Dieu sait quelles stupides interprétations on irait faire de ce songe, et si elles revenaient à Louis, juge de sa colère !

— Je me tairai, dit Soupite avec un air de solennité sur son juvénile visage. Et vous ne trouverez pas une huître, Monsieur le Comte, dans la mer océane qui soit plus close sur sa perle que moi sur ce secret.

Mais cette belle effusion poétique fut interrompue par la voix du roi qui cria de la chambre :

— Soupite ! Soupite ! Petit nigaud ! Où as-tu mis mon pot ?

Louis était fort capricieux quant au déjeuner qu'il prenait à son lever. Il le prenait ou il ne le prenait pas, selon son humeur. En revanche, il n'oubliait jamais d'ouïr la messe, soit à la chapelle de Bourbon, soit à la chapelle de la grande salle ou encore à la chapelle de l'antichambre de la reine. Le lecteur entend bien que nous ne manquions pas de lieux de culte en notre Louvre.

Premier gentilhomme de la Chambre et en outre, Chevalier de l'ordre du Saint-Esprit, j'avais deux raisons de suivre le roi à la messe et je ne manquais pas de le faire, quoi qu'il m'en coûtât, car la répétition quotidienne avait quelque peu émoussé l'émeuvement que j'eusse dû en ressentir. Et surtout, je n'aimais guère le prêche du père Arnoux qui, malgré les formes qu'il y mettait, tendait toujours à guider l'esprit du roi vers les chemins politiques où la Compagnie de Jésus eût voulu qu'il allât.

Cette messe-là, prêche compris, durait bien une heure, ce qui mangeait prou l'avant-dînée et je sentais bien que Louis, devant moi, piaffait d'impatience, étant homme de plein air et de chasse et hennissant après ses galopades. Par malheur, de retour en sa chambre, il ne put ce jour-là se botter et sauter en selle incontinent, car nous trouvâmes là Puisieux qui, se génuflexant, lui dit d'un air grave que le marquis de Mirabel, ambassadeur d'Espagne, suppliait Sa Majesté de le bien vouloir sur l'heure recevoir au bec à bec, apportant une nouvelle de la plus grande conséquence.

Louis jeta par la fenêtre ouverte un regard de regret, car le ciel d'avril était doux et clair, mais connaissant bien le marquis de Mirabel, il ne pouvait ignorer le sérieux de ses démarches et sans déclore les lèvres, il fit à Puisieux un signe d'assentiment, gagna d'un pas rapide la salle des audiences, gravit l'estrade qui le séparait du commun des mortels et s'assit, Soupite derrière lui, tandis que Puisieux et moi demeurions debout sur le degré.

Le marquis de Mirabel, qui se faisait suivre à l'accoutumée d'une suite nombreuse, apparut, flanqué d'un seul personnage, un moine dont la bure grise signalait qu'il appartenait aux cordeliers, ordre plus ascétique que l'ordre des franciscains dont il est issu. Toutefois, à ne considérer que la terrestre guenille de ce religieux, le peu qu'il mangeait devait lui profiter prou, la corde qui ceignait ses reins me paraissant fort tendue sur sa bedondaine.

A l'accoutumée, l'humeur du marquis de Mirabel répondait assez bien aux sonorités claires de son nom, mais sa face réjouie portait, ce jour-là, un air qui, dès l'abord, me donna fort à penser. Mirabel salua Louis jusqu'à terre, Louis lui rendit son salut, Mirabel lui rendit le salut de son salut et les bonnetades se succédèrent ainsi jusqu'à ce que Louis, par la façon ferme dont il remit à la parfin son chapeau sur la tête, signifia que les civilités étaient terminées.

— Parlez, de grâce, Monsieur l'ambassadeur ! dit Louis.

Le visage de l'ambassadeur s'enfonça alors de deux ou trois degrés dans la tristesse protocolaire et courbant la tête, il dit d'une voix funèbre :

— *Mi signor el rey de España ha muerto* [1].

A quoi le cordelier ajouta en écho d'une voix sonore :

— *Dios lo ha recevido en su seno* [2].

J'entendis bien alors pourquoi le cordelier se trouvait ce jour-là au côté de l'ambassadeur. C'était pour donner l'assurance, avec toute l'autorité de sa bure, que cette mort n'en était pas une, puisque le Seigneur n'avait pas manqué de recevoir aussitôt le défunt roi en son sein.

L'étiquette eût voulu que, s'adressant au roi de France, l'ambassadeur s'exprimât en français. Et en d'autres circonstances, Louis, qui tenait fermement à ce qu'on lui rendît les égards qui lui étaient dus, eût prié Puisieux de le ramentevoir à l'envoyé espagnol. Mais l'heure n'était pas à ces susceptibilités, portant en elles de si graves résonances. Certes, le royaume de France n'avait guère eu à se louer de la politique de Philippe III dans la Valteline et non plus de la part qu'il avait prise dans l'occupation du Palatinat. Mais Louis n'ignorait pas combien la petite reine pâtirait en son cœur de la mort de son père et ce deuil, venant si vite après la perte de son fruit, l'allait sans doute replonger dans la désespérance dont à peine elle était sortie. D'autre part, le prince des Asturies succédant à son père, la sœur la plus aimée de Louis, Elisabeth, devenait reine d'Espagne et l'enfant qu'elle donnerait à son royal époux, et qui régnerait à son tour, serait à demi Bourbon.

— Monsieur l'Ambassadeur, dit Louis, je suis excessivement ému et chagrin d'ouïr cette triste nou-

---

1. Mon maître le roi d'Espagne est mort (esp.).
2. Dieu l'a reçu dans son sein (esp.).

velle. Je vous prie de dire à mon beau-frère, le prince des Asturies, combien je la déplore et quels vœux je forme pour que son règne soit heureux.

La condolence était un peu brève, mais tout y était, quoique sommairement dit. Et le monde entier savait que Louis était un homme de peu de mots. Le marquis de Mirabel salua de nouveau jusqu'à terre et Louis lui rendit son salut.

— Sire, reprit l'ambassadeur, s'exprimant cette fois en français, plaise à Votre Majesté de me permettre d'annoncer moi-même à la reine, votre épouse, cette triste nouvelle.

— Je vous accompagnerai, dit Louis.

Après un nouvel échange de bonnetades, Louis dit quelques mots à l'oreille de Soupite qui, aussitôt, sortit de la pièce. Louis se leva alors, descendit les degrés et suivi de Mirabel, de Puisieux, de moi-même et du cordelier, se dirigea vers les appartements de la reine, marchant avec une lenteur inaccoutumée, se peut pour permettre à Soupite de prévenir Anne et de lui donner un peu de temps pour se préparer.

Si bien je me ramentois, le défunt roi, Philippe III d'Espagne, avait quarante et un ans quand il mourut, et si j'en crois ce que m'en dit plus tard Richelieu, il se plaignit, non sans amertume, d'être si tôt rappelé du monde par le Seigneur. Il avait un grand front qui, bien à tort, présageait de l'esprit et une longue et lourde mâchoire qui annonçait, cette fois non sans raison, des instincts impérieux. Et en effet, il était fort débauché, quoiqu'en même temps fort pieux. Partagé entre les fêtes païennes et les cérémonies religieuses, il fuyait à se donner peine dans l'exercice du pouvoir et en laissait les rênes à son favori, le duc de Lerma, ce qu'à sa mort il se reprocha.

Un seigneur espagnol dont je tairai le nom m'a dit que la Cour de Madrid ne lui connaissait qu'une seule vertu : il était très affectionné à ses enfants, en particulier à notre petite reine qui lui rendait son amour au centuple. Ma belle lectrice se ramentoit sans doute qu'au moment de l'échange des princesses, à la frontière espagnole — Madame devant marier le prince des Asturies et Anne d'Autriche le roi de France —, Philippe III, passant outre aux avis de son Conseil qui lui recommandait la prudence, accompagna sa fille chérie jusqu'à la petite île sur la Bidassoa où se devait faire l'échange, alors que Marie de Médicis se contenta d'accompagner la sienne jusqu'à Bordeaux, ne lui laissant, après Bordeaux, que la compagnie des soldats de son escorte.

Le règne de Philippe III s'était ouvert sous de fâcheux auspices. Un an avant son avènement, l'Espagne avait fait banqueroute et aux ayants droit avait cessé tout paiement. Comme si cela ne suffisait pas au malheur de son royaume, l'année même où Philippe monta sur le trône (1598), une effroyable peste dévasta la Castille. Il eût fallu redresser l'État, mais en ses paresseuses mérangeoises, Philippe III prêtait une ouïe nonchalante à des mesures insensées : on frappa des pièces de cuivre pour remplacer la monnaie d'argent, ce qui amena une nouvelle banqueroute. C'est sous son règne que le stupide fanatisme de l'Inquisition qui, au quinzième siècle avait déjà exigé l'expulsion des Maranes, imposa l'exil de trois cent mille Morisques, ce qui priva le royaume d'artisans habiles et parfois renommés. Les Maranes et les Morisques [1] avaient été convertis au catholicisme sous menace de mort et on les chassa quand on eut découvert que leur conversion était peu sincère. Mais comment aurait-elle pu l'être, ayant été arrachée à la pointe du couteau ?

D'après ce que je sus plus tard par la princesse de Conti, Anne avait été assez effrayée que l'ambassadeur d'Espagne et le roi la vinssent visiter si matin. Elle avait questionné Soupite qui déclara ne rien savoir, mais d'une voix si trémulante qu'il la convainquit aussitôt du contraire. Son trouble fut tel alors

1. Les Maranes étaient des Juifs, et les Morisques, des Maures.

que, lorsque le roi la salua, elle chancela en lui faisant la révérence.

Se conformant à l'étiquette française, le marquis de Mirabel se génuflexa devant elle et baisa le bas de sa robe. Toutefois, quand il se releva, ce fut en espagnol qu'il fit son annonce à laquelle, sachant l'effet qu'elle allait produire sur une fille aussi aimante, il donna une emphase dramatique.

— *Su Majestad, acabo de recivir al instante cartas de España en las che me dicen che, cierto es, che el rey de España, el padre de Su Majestad, ha muerto.*

A quoi le cordelier ajouta d'une voix ferme et sonore :

— *Dios lo ha recivido en su seno.*

La pauvre Anne blêmit en entendant ces mots, se pâma à demi et se serait peut-être affaissée sur elle-même, si Madame de Luynes et ma demi-sœur ne l'avaient soutenue. Louis fit alors signe à Madame de Motteville de lui faire apporter une chaire. La reine une fois assise, on lui fit respirer des sels et on lui donna de l'air avec un éventail. Elle battit alors des cils et parvint à ouvrir les yeux, mais la conscience lui revenant avec la vie, quelque effort qu'elle fît pour retenir ses sanglots, les larmes commencèrent à couler sur ses joues, grosses comme des pois.

*
* *

Si bien je me ramentois, c'est une dizaine de jours avant que ne fût connue la mort du roi d'Espagne que Louis, dans les appartements de Luynes, et devant tout ce que la Cour comptait de plus considérable, nomma son favori Connétable de France.

Je fus béant et ne fus pas assurément le seul à la Cour, où il y eut, je ne dirais pas des pleurs, mais des grincements de dents et des grimaces de dégoût à voir hisser au rang de chef souverain des armées (après le roi) cet oiseleur de petite volée qui en savait moins sur la guerre que le plus ignare des sergents et si couard, en outre, qu'appelé sur le pré, il ne faillait pas de prier l'un de ses frères de se battre à sa place.

Le seul fait que Louis ait pourvu à cette charge, vacante depuis sept ans, suffisait déjà à me saisir d'un grand étonnement. Car bien je me ramentevais — et de reste Héroard m'avait dit qu'il avait noté la remarque dans son Journal — qu'à la mort du dernier titulaire, le duc de Montmorency, rappelé à Dieu en 1614, Louis, qui avait alors treize ans, avait dit, avec la dernière vigueur : « Il y a beaucoup qui demanderont cette charge, mais il ne la faut donner à personne. » Et comme à cet âge si tendre Louis ne pouvait encore entendre pourquoi les grands pouvoirs d'un connétable le rendaient dangereux, même au souverain qui l'avait nommé, il faut bien en conclure qu'il avait ouï son père de son vivant tenir ce propos.

Et en effet, ce ne fut pas de gaîté de cœur que notre Henri éleva le duc de Montmorency en 1593 à cette charge immense. Mais elle était quasiment héréditaire dans cette illustre famille et Henri ne pouvait pas ne pas la conférer à ce vaillant soldat qui s'était si tôt rallié à lui et l'avait tant aidé dans la reconquête de son royaume. Ce qui, à la parfin, décida le Béarnais, fut que le duc avait alors soixante ans et encore qu'il sût bien la guerre, il n'avait pas non plus beaucoup d'esprit, sans être pour autant rassotté. Il mourut à quatre-vingts ans et bien que le Concini, qui était déjà maréchal de France, aspirât violemment à une charge qui eût fait de lui une sorte de vice-roi, les ministres s'y montrèrent si fortement opposés que Marie de Médicis noulut passer outre à leur avis et ne le nomma point.

Toutefois, me dis-je, prenant en mon for la défense de mon roi, il n'était point du tout absurde, dans le prédicament qui était le nôtre, de faire revivre cette grande charge, les huguenots, depuis l'affaire du Béarn, loin de venir à repentance, s'étaient enfoncés si avant dans l'arrogance et la rébellion, qu'ils tendaient à former un Etat dans l'Etat et à dérober à l'autorité du souverain le tiers de son royaume : dans ces conditions, nommer un connétable (avec toutes les résonances fortes et victorieuses que ce nom comportait), c'était une façon de dire à ces rebelles : « Prenez garde ! Si vous ne vous amendez pas, nous allons vous tomber sus ! » Le disconvenable n'était point donc, à mon sentiment, qu'on relevât ce titre et cette charge, mais le choix de la personne à qui on les confiait et qui était si piteusement inférieure à ce glorieux emploi.

Ce qui me fâchait aussi, et plus vivement que je ne saurais dire ici, c'est que pour la première fois depuis que je servais Louis avec quel zèle, le lecteur bien le sait, il m'apparaissait que la qualité que j'avais jusque-là le plus prisée chez lui, à savoir la clairvoyance du jugement, se trouvait cruellement démentie par le choix qu'il avait fait, sans même qu'il pût arguer pour sa défense qu'on l'eût, en l'espèce, mal conseillé, car ni le Conseil des affaires, ni les ministres n'avaient eu à débattre de cette nomination.

Cette bévue ou cette bourde, de quelque nom qu'on voudra l'appeler, jeta alors en mon esprit comme une ombre déquiétante, non point sur ma fidélité, acquise à Louis jusqu'à la mort, mais sur la créance que j'avais nourrie jusque-là qu'il ne saurait errer, à tout le moins, durablement, dans le ménagement du royaume, tant son bon sens était sans faille.

Cependant, une année après la mort de Luynes, un entretien que j'eus avec Déagéant, devant un flacon de bourgogne, dans l'appartement du Louvre, me convainquit que j'avais porté là sur Louis un jugement téméraire.

— Nenni, Monsieur le Comte, me dit avec feu l'exconjuré du quatorze avril, ce n'est pas du tout sur Luynes que le choix de Louis se porta de prime, mais sur un homme nourri aux armes dès l'enfance qui avait rendu à Henri IV les plus signalés services, tant en écrasant les ligueux dans le Dauphiné qu'en remportant victoire sur victoire sur le duc de Savoie alors allié à Philippe Il d'Espagne.

— Lesdiguières ? m'écriai-je ? Le fameux Lesdiguières !

— Oui-da, Monsieur le comte ! Lesdiguières ! Aussi habile diplomate que général valeureux. Un homme qui, tout huguenot qu'il fût, avait montré une adamantine fidélité au trône de France sous Henri IV, sous la régence, sous Louis XIII, et au surplus bien trop âgé et trop sage — il avait alors soixante-dix-sept ans — pour se laisser griser par les pouvoirs immenses d'une charge de connétable.

— Baron, dis-je (sachant que Déagéant aimait qu'on lui donnât du baron, son titre étant si récent), le fait est-il constant ? Fut-ce bien à Lesdiguières que Louis songea ?

— Je ne puis en douter, puisque, d'ordre de Louis, Luynes m'envoya dans le Dauphiné auprès de Lesdiguières pour le persuader d'accepter cette charge.

— Fallait-il, dis-je en souriant, se donner tant de peine pour l'en persuader ? N'était-elle pas assez haute ? Tenait-il pour rien l'honneur qu'elle confère ?

— Nul honneur, Monsieur le Comte, qui n'exige corde ou chaîne ! Et cette chaîne-là était de taille. Il fallait que Lesdiguières se convertît de prime à la religion catholique, le roi très chrétien ne pouvait admettre auprès de soi un connétable de la religion réformée.

— Mais Lesdiguières était-il si loin de cette conversion ? J'ai ouï dire qu'à Grenoble, en l'église Saint-André, se cachant parfois en un recoin pour ne point être vu, il oyait, non sans émeuvement, les célèbres prêches de François de Sales.

— Il est vrai. Et il est vrai aussi que sa femme et ses filles, déjà gagnées à l'Eglise catholique, le pressaient fort de suivre la même voie. Et cette force-là, ajouta Déagéant avec un sourire, n'était point à dépriser : Clovis se serait-il converti sans l'influence de Clotilde ? Voyez ce qu'une faible petite femme peut faire ! Se peut que sans Clotilde, le royaume de France ne serait pas, ce jour d'hui, chrétien.

— Baron, dis-je, vous m'ébaudissez ! Reprenez une lampée de ce vin de Bourgogne. Mais poursuivez, de grâce, votre récit. Vous voilà donc à Grenoble avec Lesdiguières.

— Non point à Grenoble mais à Embrun, où je suis député par Luynes et le roi auprès de Lesdiguières pour le presser de se faire catholique et d'accepter la charge de connétable. Ma mission est officielle, commandée par le roi. Mais je ne laisse pas d'apprendre que, derrière le dos du roi, et par voie de conséquence, derrière la mienne, Luynes a dépêché un autre *missus dominicus* [1], un nommé Bullion, lequel défait pendant la nuit la toile que je tisse le jour. Il propose, de la part de Luynes, à Lesdiguières la charge de maréchal de camp général qu'il pourra accepter sans se faire catholique, laquelle charge lui donnera toute la réalité du pouvoir des armées, Luynes, en tant que connétable, n'en ayant que le titre.

— Et Lesdiguières accepta d'un cœur léger ?

— Nenni ! Avec aigreur, avec amertume, mais il accepte. D'abord parce qu'il n'a plus à résoudre alors un pénible problème de conscience. Ensuite, parce que son petit-fils a épousé la nièce de Luynes et qu'il ne veut point affronter Luynes qu'il croit tout-puissant sur l'esprit du roi, en quoi il se trompe. Ensuite parce qu'en restant fidèle à l'Eglise réformée, il s'apense qu'il pourra mieux rétablir la paix entre les protestants et le roi — en quoi il se trompe encore. Mais ce sont là des erreurs d'honnête homme et non point de malhonnêtes intrigues de cour perpétrées à l'insu du roi.

— Jour du ciel ! Quelle damnable impudence avait ce Luynes ! Et le roi ne se douta de rien ?

— Comment l'aurait-il pu ? Dès lors que Lesdiguières convoqué au Louvre et refusant de se conver-

---

1. Un envoyé du seigneur.

tir, « le supplia très humblement qu'il trouvât bon qu'il déférât cet honneur au duc de Luynes ». Convenons que Lesdiguières refusant la charge, il eût été difficile au roi de ne pas la bailler *sur sa prière* à son favori.

— Baron, une question, de grâce ! N'eussiez-vous pu avertir le roi des menées de ce Bouillon ?

— Mais Bouillon était de bonne foi ! dit Déagéant avec un mince sourire. Je ne sus tout cela que plus tard ! En obéissant aux ordres du favori, il croyait obéir à ceux du roi : Luynes l'en avait persuadé...

*
* *

Cinq ou six jours avant la date fixée par Louis pour son départ en campagne, en avril 1621, le nonce, par l'intermédiaire de Puisieux, demanda audience au roi, laquelle lui fut aussitôt accordée. On eût pu s'apenser que le nonce désirait, au nom de Sa Sainteté, souhaiter franc et grand succès au Roi Très Chrétien au moment où il allait en découdre avec les protestants. Il n'en fut rien. Et dès qu'il ouvrit le bec, les bras m'en tombèrent à ouïr son propos, et propos prononcé à un tel moment, alors que le roi s'allait jeter au hasard d'une guerre civile.

— Sire, dit le nonce, qui, malgré son grand usage de la Cour, paraissait lui-même embarrassé par ce qu'il avait à dire, Sa Sainteté le pape a appris avec la plus grande douleur la grande querelle qui a éclaté entre le duc de Nevers et le cardinal de Guise et le tohu-bohu qui en a résulté à la Cour, où les uns ont pris parti pour le duc et les autres pour le cardinal.

— Nous y avons apporté le remède qu'il fallait, dit Louis sans battre un cil.

Et un peu piqué que le nonce eût parlé à propos de sa Cour de tohu-bohu, il ajouta :

— Grâce à notre départ en guerre, notre bonne noblesse ne pense qu'à faire son devoir et le tumulte que vous dites est terminé.

— Toutefois, reprit le nonce avec un nouveau salut, Sa Sainteté le pape n'a pas reçu, touchant cet incident, la satisfaction qu'il était en droit d'attendre.

— Quelle satisfaction ? dit Louis, sans y mettre de forme, tant le tour que prenait l'entretien l'étonnait.

— Sa Sainteté le pape, dit le nonce, désire vous présenter que serrer en geôle un cardinal est une faute grave pour laquelle il siérait de demander absolution.

Oyant quoi, le roi blêmit puis rougit — signe chez lui d'une ire qu'il avait peine à réprimer et, envisageant le nonce œil à œil, il se tut un moment qui nous parut à tous interminable et je gage au nonce plus qu'à aucun autre. Toutefois, quand il reprit la parole, sa voix, comme son visage, n'annonçait pas le moindre émeuvement.

— Le roi de France, dit-il, n'a pas à demander l'absolution à Sa Sainteté le pape pour l'embastillement du cardinal de Guise. Le cardinal de Guise est l'un de mes sujets et s'il fait mal, la justice veut qu'il soit puni comme nos autres sujets.

— Sire, dit le nonce, le pape ne saurait se satisfaire de cette réponse.

— J'en suis fort chagriné, mais je ne saurais solliciter l'absolution de Sa Sainteté pour une faute qui n'en est pas une. La faute, c'est le cardinal qui l'a commise, en injuriant le duc de Nevers et en lui faisant batture et frappement.

— Mais un cardinal à la Bastille ! dit le nonce d'une voix gémissante en levant les deux mains en l'air.

— Il y est fort bien traité, dit le roi au bout d'un moment. Et je préfère le savoir là que sur le pré, en train d'affronter l'épée du duc de Nevers.

— Sire, dit le nonce, plutôt que d'embastiller le cardinal de Guise puisqu'il court un danger tel et si grand, ne siérait-il pas de lui faire épouser quelque temps un des châteaux des Guise sous la garde de son frère aîné ?

— J'y songerai, dit Louis.

Ayant salué à nouveau le nonce, il se leva de sa chaire pour lui signifier que l'audience était terminée.

C'est merveille, quand j'y pense après tant d'années, avec quelle rapidité cet entretien — en dépit du petit nombre de personnes qui en furent les témoins — fit le tour de la Cour, du Parlement, de la ville, des provinces proches de Paris et bientôt de la France entière. A telle enseigne que Monsieur de Saint-Clair m'en écrivit d'Orbieu, me demandant si la chose était vraie. C'est merveille aussi comme l'intervention du nonce changea l'opinion qu'on avait de la querelle. Jusque-là, les gens prenaient parti, qui pour le cardinal, qui pour Nevers, mais tous quasi unanimement trouvaient, sans le dire tout haut, assez scandaleux que le roi eût embastillé un cardinal. Mais dès lors que l'intervention du nonce fut connue, la fibre gallicane se réveilla chez les Français et quasi unanimement, on donna tort au pape et on souhaita bonne et longue geôle au cardinal querelleur.

Le soir même, sur le reçu d'un billet des plus impérieux, j'allai visiter la duchesse de Guise, laquelle, dès l'abord, me demanda en termes véhéments de prier le roi de la recevoir le lendemain.

— Eh ! que lui allez-vous dire, Madame ? Peux-je vous le demander ?

— De confiner le cardinal dans un de nos châteaux, à la garde de Charles.

— Madame, excusez-moi, mais cette requête est tout à plein inutile. Louis ne vous l'accordera jamais.

— Et pourquoi cela, s'il vous plaît ? dit ma bonne marraine.

— Parce que c'est là l'alternative que le nonce lui a suggérée et en l'acceptant, Louis craindrait de donner l'impression qu'il se soumet à l'envoyé du pape.

— Babillebahou, mon filleul ! dit la duchesse en agitant ses petites mains sous mon nez. Je sais mieux que vous ce que je dois faire pour mes enfants. La Bastille ! Fi donc ! La réclusion dans un de nos châteaux de famille est la meilleure solution pour ce pauvre petit !

— Madame, outre que ce pauvre petit a quarante-six ans et a marché, sa vie durant, de folie en folie, je viens de vous dire que le roi n'acceptera jamais cette solution. Oyez-moi, de grâce !

— Nenni ! Monsieur ! Vous êtes un mauvais frère de ne la point vouloir ! Cette solution est la bonne solution ! C'est mon opinion et mon confesseur la partage !

— Votre confesseur, Madame ? Un Jésuite ? Comment serait-il d'une autre opinion que le nonce ?

— Je ne vous ois point ! Je ne vous ois point du tout ! cria la petite duchesse en se bouchant les oreilles. Courez ! Monsieur ! Courez prier le roi de me recevoir ou de ma vie je ne vous reverrai !

J'obéis et assurément, je n'eusse pas couru si vite, si j'avais pu prévoir les lointaines conséquences de cette audience que j'allais quémander pour ma bonne marraine. J'y ai songé plus d'une fois depuis. Il y a parfois dans l'enchaînement hasardeux des causes et des effets une ironie si dramatique qu'elle devrait nous faire réfléchir davantage sur la futilité de nos desseins. Si la duchesse douairière de Guise ne s'était pas allée jeter aux pieds du roi pour le prier avec des larmes de tirer le cardinal de la Bastille, si le roi, tout en refusant, comme je l'avais prévu, de le serrer dans un des châteaux des Guise sous la garde de son aîné, n'avait pas voulu en même temps donner quelque marque de faveur à l'illustre famille des Guise, laquelle ni contre la régente ni contre lui-même ne s'était jamais jointe aux rébellions des Grands, il n'aurait pas imaginé de donner quelque satisfaction à ma bonne marraine (et par voie de conséquence, au pape) en débastillant le cardinal, mais en lui enjoignant, en revanche, de le suivre en sa campagne contre les protestants. Et le cardinal, tout joyeux de saillir de sa geôle déshonorante, n'aurait pas assisté, dans les armées du roi, au siège de Saint-Jean-d'Angély et n'y aurait pas contracté, comme bon nombre des nôtres, les fièvres dont il mourut le vingt-trois juin, par un soleil radieux, avant même que Louis n'emportât Saint-Jean-d'Angély.

*
* *

— Comte, un mot de grâce !
— Belle lectrice, je vous ois.
— Je désire vous poser questions, étant travaillée de doutes sur cette guerre civile où je vois Louis se jeter.
— Madame, il ne s'y jette pas. On l'y contraint. Si Louis ne prenait pas les armes, nous aurions bientôt pas une, mais deux Frances : une France du Nord qui serait catholique et une France du Midi qui, dans une large mesure, serait protestante.
— Mais n'est-ce pas trahir l'édit de Nantes que de lancer une croisade contre les protestants ?
— Nenni, Madame, ce n'est pas une croisade. Bien loin de là. Louis, tout pieux qu'il soit, n'a jamais marqué la moindre hostilité à l'égard des huguenots, tout le rebours. Il a toujours nommé aux grandes charges de l'Etat, sans consulter le moindre les croyances des candidats. En ses maillots et enfances, il aimait fort le jeune Montpouillan — fils du duc de La Force — et s'indignait qu'un prédicateur osât, en sa présence, s'en prendre à la religion de son père. Mieux même, marchant contre les huguenots rebelles à ses lois, il apprend qu'à Tours, quelque populace, excitée par les prêtres, s'est attaquée à un mort protestant qu'on menait en terre, a brûlé le corps, brûlé le temple et profané le cimetière. Il dépêche aussitôt sur place des gardes et des juges, lesquels, après enquête, se saisissent des meneurs et les pendent.

« L'année suivante, il ne craint pas de blâmer publiquement le prince de Condé, parce qu'il a participé à Toulouse aux processions des Pénitents Bleus qui, se croyant revenus au temps de la Ligue, réclamaient l'éradication de la religion réformée. En fait, Madame, ce n'est pas Louis, mais, comme je pense vous l'avoir dit, les protestants eux-mêmes qui ont violé l'édit de Nantes, tant dans l'esprit que dans la lettre.

— Vous l'avez dit, en effet, ajoutant qu'ils en acceptaient les avantages tout en en refusant les obligations. Mais, en pouvez-vous apporter les preuves ?

— Ah Madame ! Il y en a plus qu'il n'en faut ! Pas davantage que les ligueux, les huguenots n'avaient la plus petite idée de la tolérance. Dès lors qu'on leur avait donné la liberté de conscience et la liberté du culte, ils la voulaient pour eux seuls ; cela impliquait un pouvoir sans partage et, le cas échéant, ils s'en saisissaient par la force. En 1621, ils s'emparèrent par surprise de Privas. Ils se rendirent maîtres de Nègrepelisse après avoir massacré la nuit la garnison royale de cinq cents hommes. Pendant ce temps, ils tenaient à La Rochelle une assemblée, dressaient des statuts, levaient des impôts, interceptaient ceux du roi, constituaient des milices, élevaient des fortifications. Bref, ils tâchaient d'établir une république dans le royaume, laquelle n'eût obéi qu'à leurs propres lois. Et comme on s'efforçait de venir à composition avec eux, ils poussèrent l'arrogance jusqu'à réclamer la restauration du *statu quo ante* dans le Béarn. Ce qui voulait dire en clair qu'il fallait en chasser les prêtres catholiques, fermer les églises et rendre les biens du clergé aux pasteurs. Comme si cela ne suffisait pas encore, ils demandaient que le roi rappelât ses troupes du Béarn, du Poitou et de Guyenne, bref qu'il laissât le champ libre à leurs empiétements. Autant dire qu'ils demandaient à leur souverain qu'il capitulât devant eux.

— Je gage néanmoins, Monsieur, que vous trouverez quelques excuses à vos chers huguenots...

— Ils en ont, en effet, ayant été pendant un demi-siècle si honnis, haïs et persécutés qu'ils sont devenus d'une méfiance extrême et prennent de tout des soupçons et des ombrages. Par exemple, ils gardaient une fort mauvaise dent au roi de France pour son intervention armée dans le Béarn. C'est à Jeanne d'Albret, la grand-mère de Louis, qu'ils devaient la radicale décatholisation du pays. A Henri IV, il savait gré d'avoir doucement cligné les yeux sur la violation de l'édit de Nantes qui avait permis à ce sanctuaire de s'être maintenu tant d'années. Et maintenant, *horresco referens* [1], le petit-fils de notre Jeanne et le fils de notre Henri, traître à sa grand-mère et à son père, avait par les armes rétabli les églises, les prêtres et la messe dans le Béarn et qui pis est, il avait rattaché Navarre et Béarn au royaume de France. A leurs yeux, ce sanctuaire était deux fois désacralisé.

— Ne pensez-vous pas, Monsieur, que la promesse royale d'envoyer une armée à l'empereur d'Allemagne pour l'aider à défaire les Luthériens de Bohême, promesse par bonheur non tenue, mais suivie de cette lamentable ambassade à Ulm...

— ... fit le plus désastreux effet sur nos protestants. Oui-da ! Mais en fait, la rébellion était déjà bien amorcée après la réduction du Béarn. Et les affaires d'Allemagne ne firent qu'accroître la méfiance et le désamour que nos huguenots avaient conçus à l'égard de Louis.

— Et les reines, Monsieur ? Suivirent-elles les rois à la guerre ?

— La petite reine suivit son royal époux, mais à quelque distance du combat pour éviter les surprises de l'ennemi, et le roi eût bien voulu que la reine-mère en fît autant, point par tendresse, mais en vertu du principe...

— ... qu'il valait mieux « avoir la reine-mère dans le carrosse avec lui que la laisser dehors occupée à ameuter les brigands contre ledit carrosse ».

— Madame, vous me lisez avec une attention que j'admire.

_____

1. Je frémis en le racontant (lat.).

— Ici, Monsieur, ne seriez-vous pas un peu chatte-mite ? Mais, de grâce, revenons à la reine-mère.

— Richelieu, qui tâchait de la modérer en tout, fit de son mieux pour la décider à suivre le roi, mais elle noulut et décida de demeurer en Paris. En réalité, elle désirait qu'on la laissât libre de ses mouvements, ce jour d'hui à Paris, demain aux armées, après-demain peut-être en son gouvernement d'Angers.

— Quoi de plus naturel ?

— Mais pour son fils, Madame, quoi de plus dangereux ? Avant de partir, Louis prit la précaution de nommer Monsieur de Montbazon, beau-père de Luynes, gouverneur de Paris. Et se tournant vers le clergé, il lui demanda de l'argent pour faire la guerre. Ce qui allait de soi, le clergé étant plus riche que le roi et ne cessant, *urbi et orbi*, de prêchailler et de procession-ner en bleu, en gris, en blanc, en marron et que sais-je encore ? pour qu'on en finît par le fer avec les hérétiques.

— Comte, il me semble, à vous ouïr, que vous n'aimez guère les prêtres.

— Mais Louis, pas davantage. Si pieux qu'il fût, il les tenait pour insufférablement arrogants, même envers le pouvoir royal. Et c'est une des raisons pour laquelle il refusa si longtemps les services de Riche-lieu, encore qu'il admirât son génie. Mais revenons à cette question d'argent si douloureuse pour le clergé. Le roi, impassiblement, lui demanda un million.

— Un million ?

— Un million d'or. Cela va de soi. Ou si vous pré-férez, trois millions de livres.

— C'est beaucoup !

— Ce n'est pas somme petite. Le clergé poussa des cris d'orfraie. On le ruinait ! On lui tondait la laine sur le dos ! Il lanterna, il marchanda, rien n'y fit. Le roi ne branla pas d'une ligne. Et à la parfin, le clergé mit les pouces. L'évêque de Rennes apporta les pécunes le dix-huit octobre 1621 au château de Piquecos (lequel appartenait à Monsieur de Montpezat) où le roi avait établi son quartier général à portée de longue-vue de Montauban dont l'armée royale faisait le siège. Le prélat, garnissant Louis en pécunes, le voulut aussi garnir au nom du clergé en remontrances que Louis écouta avec la dernière froideur et sans répondre mot ni miette.

— Et quel fut le succès du siège de Montauban ?

— Madame, pardonnez-moi. J'ai largement anticipé. Nous n'y sommes pas encore. La campagne commença en fait par le siège de Saint-Jean-d'Angély. L'assemblée de La Rochelle avait annoncé le plus insolemment du monde que la ville serait fermée au roi et le duc de Rohan y envoya son cadet, Monsieur de Soubise, pour défendre la place, tandis que lui-même fortifiait La Rochelle. Vous vous souvenez sans doute, Madame, que l'édit de Nantes avait donné aux protestants un grand nombre de places de sûreté. Mais Montpellier, Montauban et La Rochelle étaient les fleurons de cette couronne.

— Et de ces trois fleurons, lequel était le plus difficile à saisir ?

— La Rochelle, parce que l'Anglais, par sympathie protestante, pouvait ravitailler la ville par mer. Mais on n'en est pas là, Madame. Pour l'instant, nous assiégeons Saint-Jean-d'Angély. Et même à Saint-Jean-d'Angély, l'Anglais tenta d'intervenir.

— Par voie de terre ?

— Oh ! cela n'est pas là son élément ! Il dépêcha une seule personne, un ambassadeur, Lord Hayes, lequel recommanda à Louis de composer avec les sujets protestants.

— J'imagine qu'il fut fort mal reçu.

— Non, Madame, il fut reçu très poliment : Louis caressait le projet de marier sa petite sœur Henriette avec le prince de Galles : il était temps d'y songer. Elle avait déjà douze ans. Louis assura donc Lord Hayes de sa bienveillance envers ses sujets protestants dès lors qu'ils lui obéiraient. Et Lord Hayes parti, il somma Soubise de se soumettre faute de quoi « il le saluerait avec vingt canons ». Soubise prononça alors ces paroles étonnantes : « Je suis très sujet et serviteur du roi, mais je ne puis rendre la place puisqu'elle a été commise à ma garde par mon frère, Monsieur de Rohan. » Autrement dit, l'obéissance à son aîné passait avant l'obéissance au roi ! Et quelle étrange façon de s'exprimer ! « Je suis très sujet du roi ! » Fi donc ! quel baragouin parlait ce Breton ! De reste, ne faillant ni en vaillance, ni en pointe et sachant la guerre, ayant servi, en ses vertes années, aux Provinces-Unies, sous Maurice de Nassau.

« Le roi, en réponse à ces braveries, fit mettre en batterie tout ce qu'il avait d'artillerie. Mais un combat avec les huguenots n'était pas une drôlerie des Ponts de Cé. Dès qu'il s'agissait de se battre, les huguenots n'en faisaient pas le semblant, pensant défendre leur foi. Le siège dura trois semaines, coûta des vies et pour abattre ce Breton, vingt canons ne suffirent pas. Il en fallut quarante. Quand Soubise se rendit, il retrouva d'un seul coup ses manières polies et, redevenu « très sujet du roi », se génuflexa devant lui et demanda pardon. Le roi le reçut sans la moindre aménité, mais cependant le laissa libre et le renvoya à La Rochelle pour raconter sa défaite. En quoi il eut tort, car le tenace Breton ne vint pas à résipiscence, bien le rebours, et Louis eut derechef maille à partir avec lui.

— Monsieur, voulez-vous me permettre une question féminine ? Où est la reine pendant ce temps ? Le roi va-t-elle la voir et quand il la visite, demeure-t-il la nuit avec elle ?

— Madame, si je vous entends bien, vous voudriez savoir s'il remplit à cette occasion son devoir dynastique.

— Ah Monsieur ! C'est dire la chose plutôt crûment !

— Madame, votre pudeur vous honore et je la trouve aussi naturelle que votre curiosité. Mais si vous m'y autorisez, je vous satisferai plus loin, ayant alors bon nombre de choses intéressantes à vous dire sur la reine, le roi et Luynes.

— Mais, de grâce, dites-moi incontinent ce qu'il en est ce jour d'hui de mon charmant petit roi !

— Il n'est plus petit, Madame, mais à vingt ans, c'est vrai, il a l'air très jeune encore, avec de bonnes joues rondes, de beaux yeux noirs et un air tout à la fois d'innocence et de sévérité.

— J'imagine qu'il doit être, en cette campagne, tout à son affaire, lui qui rêvait d'être comme son père un roi-soldat.

— Comme vous le savez, il s'y préparait dès ses maillots et enfances. Que de tâches militaires il s'est imposées ! Que de gardes il a montées en armes à la porte de sa chambre contre un ennemi imaginaire ! Et quand il fut plus grand, que de manœuvres au Pré au Clerc avec son régiment des gardes ! Et lui, si peu studieux, que d'efforts pour entendre les mathématiques et le secret des fortifications ! Et le voilà, Madame, ce jour d'hui, vêtu le plus souvent en simple soldat et l'épée ne quittant pas son côté. Il sent qu'il touche à sa maturité. Il sait que son premier devoir est de rétablir l'unité de son royaume. Il répète qu'il est « en voie de devenir véritablement roi de France et que quiconque l'en voudra détourner n'est pas son ami ».

— Qu'est-ce que cela veut dire ? Quels sont ces gens qui l'en veulent détourner ?

— Ceux qui voudraient que la campagne s'achève avec la prise de Saint-Jean-d'Angély et qu'on s'en retourne en Paris.

— Et ceux-là sont nombreux ?

— Oui-da, Madame, son Conseil, ses ministres et Luynes. Seul le prince de Condé appuye le roi.

— Et pourquoi ?

— Il veut prouver son sang. Madame, vous savez bien que le monde entier le soupçonne d'être le fils du page qui, sur l'ordre de la princesse de Condé, empoisonna son père.

— Et comment peut-il prouver son sang ?

— Par la gloire. Vous n'ignorez pas que le sang d'un prince est censé lui donner, non seulement une insigne vaillance, mais de grands talents militaires.

— Donc, le roi poursuit sa campagne.

— Il l'aurait poursuivie, même sans Condé. Il prend sans coup férir Pons, Castillon, Bergerac. Toute la Basse-Guyenne se soumet, sauf Clérac dont on se saisit après cinq jours de siège, d'ailleurs fort coûteux en hommes. C'est à ce siège que le garde des sceaux, Monsieur du Vair, mourut de maladie, et il n'était pas encore froid que Luynes déjà réclamait la chancellerie, sa rapacité étant telle qu'il aurait cumulé, s'il avait pu, tous les secrétariats d'Etat en même temps que sa connétablie. Condé, qui était bougre, et qui, comme souvent les bougres, s'entendait bien à la raillerie, lui dit à son nez que « si on voulait distinguer les temps, il était propre à toutes les charges : bon garde des Sceaux en temps de guerre et bon connétable en temps de paix ».

— N'est-ce pas bien étonnant que le roi consentît à ce que Luynes eût encore les sceaux ?

— Madame, le cœur humain est compliqué. Louis, qui était l'homme de toutes les vertus, se croyait obligé envers Luynes à une gratitude infinie en souvenir du temps où sa mère, l'abreuvant d'écornes, l'oiseleur avait été son seul ami. Mais il jugeait son favori avec un sévérité grandissante et à peine lui eut-il baillé les sceaux qu'il lui en voulut de les lui avoir demandés. Assurément, il l'aimait encore, mais cette grande amitié se vidait peu à peu de l'estime qui la soutenait, sans que Luynes s'en doutât le moindre, son humilité d'antan ayant peu à peu laissé place à une arrogance qui n'épargnait même pas son bienfaiteur. Madame, peux-je poursuivre ou commencez-vous à vous lasser du fracas de nos armes ?

— Monsieur, vous me sous-estimez. Mon sexe ne me limite pas aux affaires de cœur. Et j'aime avoir des lumières sur tout. Voici par exemple une question qui me tabuste. Pourquoi, après avoir remporté tant de succès et repris tant de places, Louis en vint-il à ce grave échec sous les murs de Montauban ?

— Il y a à cela plusieurs raisons, Madame. Louis avait douze mille hommes. Il en eût fallu trente mille pour assiéger une ville aussi grande et aussi fortement défendue que Montauban. Louis disposait de quarante-cinq canons. Il en eût fallu une centaine.

— Une centaine !

— Ramentez-vous, Madame, que lorsque notre Henri, partit déloger le duc de Bouillon de Sedan où ce brouillon s'était contre lui fortifié, il se fit suivre par cent canons. Quand il s'agit d'un siège, « trop fort n'a jamais manqué », comme disent les marins. Mais surtout, Madame, on ne savait qui commandait devant Montauban, tant on avait de commandants : Luynes, Lesdiguières, le duc du Maine et mon demi-frère, le duc de Guise.

— Mais Luynes n'eût-il pas dû, étant connétable, commander à tous ?

— Luynes, Madame, se déshonorait pas sa couardise. Il n'approcha jamais la ville de la portée du canon, tant est que les soldats en faisaient des railleries et appelaient *la connétable* le petit tertre lointain d'où il regardait la mêlée. Cependant, tout en étant si pleutre, il était en même temps fort jaloux de son pouvoir et pour l'affirmer, il repoussait les plus sages avis. Lesdiguières lui ayant fait observer qu'il restait un trou béant dans l'encerclement de la ville, le côté nord-ouest n'ayant pas été garni de troupes, il lui tourna le dos et noulut l'ouïr : entêtement fatal, car c'est par cette faille que les huguenots purent secourir les assiégés en hommes, en munitions et en pain.

« Voyant les avis de Lesdiguières si méprisés, le duc du Maine, sans du tout demander l'avis du connétable, se mit en tête d'attaquer seul une demi-lune [1] qu'il avait battue de ses boulets pendant deux jours.

---

1. Ouvrage fortifié en forme de demi-cercle.

« Il était le fils du fameux duc de Mayenne, grand capitaine qui, après avoir combattu Henri IV, avait servi à ses côtés et fort bien, en particulier au siège d'Amiens. Jeune, plein de foi et vaillant jusqu'à la témérité, Monsieur du Maine voulait montrer qu'il était le digne fils de son père et voulait égaler sa gloire en entrant le premier dans Montauban. Il s'engouffra avec sa noblesse dans la brèche qu'il avait faite, mais qu'il n'avait pas pris le temps et le soin de bien reconnaître et, ses soldats ne le suivant pas à cause d'un déluge de mitraille, il fut accablé sous le nombre et il dut à la parfin battre en retraite, désespéré d'avoir vainement, et par sa faute, perdu tant de gentilshommes. Quelques jours plus tard, le quinze septembre, faisant visiter ses tranchées au duc de Guise — visite qui n'avait aucune utilité puisque Guise commandait un autre secteur —, il fut tué d'un coup de mousquet.

« La témérité de Monsieur du Maine eut d'étranges conséquences. Sa mort abattit le moral de notre petite armée tout autant que la couardise du connétable. En outre, quand on l'apprit à Paris, la populace se souleva et alla brûler le temple de Charenton, donnant par là à notre campagne l'apparence d'une guerre de religion. Mais le roi vit promptement quel en était le danger et comme il l'avait fait à Tours pour le mort protestant profané, il ordonna qu'on arrêtât, jugeât et pendît les incendiaires.

— Et quant au roi, visita-t-il le camp ?

— Ah ! Madame ! quel tracas il nous donna alors ! La difficulté, avec Sa Majesté, était tout à l'inverse de celle qui se présentait à Luynes : comment l'empêcher d'aller trop souvent au camp devant Montauban ? N'était-il pas pourtant évident qu'il y hasardait non seulement sa propre vie, mais l'avenir même de sa dynastie, puisque la France n'avait pas encore de dauphin ? Son Conseil, ses ministres, sa reine, son entourage, faisaient continuellement son siège pour qu'il demeurât à Piquecos. Il s'y ennuyait, si j'ose dire, à la fureur. Quand il n'avait pas l'œil collé à sa longue-vue (mais un siège est une lente usure, et la plupart du temps, il ne se passait rien à Montauban, ni sur les remparts ni dans notre camp), Louis allait chasser le perdreau : petit gibier, petite chasse. Mais que pouvait-il faire sans ses chiens ? De reste, il faisait une chaleur extrême. Héroard lui déconseillait même de sortir : vous eussiez fait cuire un œuf en plein soleil. Les huguenots souffraient de faim dans l'étuve de leurs murs. Les nôtres souffraient des insolations et des fièvres. L'épidémie nous en tuait plus que l'ennemi.

— Louis n'alla donc pas visiter le camp ?

— Oh que si ! Et que trop ! Il passa outre à plusieurs reprises à nos prières et supplications. Le quinze septembre, oyant la mort du duc du Maine, il fit seller incontinent son cheval et galopa à brides avalées jusqu'à la tranchée où le duc gisait, inanimé. Le dix-neuf, il y retourna, oyant qu'on allait faire jouer les mines du côté de Ville-Nouvelle et Villebourbon. Le vingt-quatre septembre, pour redonner cœur à ses soldats, il fit mieux. Il visita toutes les tranchées du camp. Vous m'avez ouï, belle lectrice, il les visita toutes. De deux heures de l'après-midi jusqu'à huit heures du soir.

— Six heures d'inspection dans les tranchées ? Il eût été plaisant qu'il invitât le connétable à le suivre à cette occasion.

— Louis s'en garda bien. Il ne se faisait plus la moindre illusion au sujet de son favori. Au fur et à mesure que le siège durait, le crédit du connétable baissait dans l'esprit du roi, encore que Sa Majesté prît soin de le dissimuler encore. Et le point le plus bas de ce désamour fut certainement atteint quand il apprit que Luynes, à son insu, tâchait de composer avec les rebelles. Preuve que ce pauvre Luynes était aussi médiocre diplomate que piètre général, car il négociait en position de faiblesse, le siège tournant à l'avantage des assiégés, lesquels, de reste, ne laissèrent pas de faire en fin de compte la plus déprisante sourde oreille à ces ouvertures.

« Fin septembre, la chaleur laissa place à des pluies torrentielles. L'épidémie en même temps s'aggrava et les désertions commencèrent à se multiplier. Quand on capturait les déserteurs, la rigueur de la discipline voulait qu'on les pendît, ce qui me poignait le cœur, car ces pauvres gens s'étaient jusque-là battus avec vaillance et fuyaient davantage la maladie qui décimait leurs rangs que les boulets et les arquebusades.

« Dans ce triste état de nos affaires, le roi apprit que Montbrun, huguenot factieux, complotait en Dauphiné pour se saisir de Grenoble. La mort dans l'âme, il dut dépêcher en la province qu'il gouvernait Lesdiguières, lequel partit sans grand regret, car sous la houlette dérisoire du connétable, on ne faisait, devant Montauban, rien qui valût et Lesdiguières sentait bien que la seule raison pour laquelle Louis conservait Luynes était qu'il ne pouvait, aux yeux de tous, changer de cheval au milieu du gué. Le départ de Lesdiguières consterna le camp. Au sein de notre petite armée, à cet instant, ce n'est pas seulement le nombre des soldats qui continuait à baisser, mais l'espérance de la victoire.

« Là-dessus, d'aucunes nouvelles, venues de Paris par chevaucheur, apportèrent au roi d'autres inquiétudes. Belle lectrice, vous vous rappelez, sans doute, cette serviette fameuse que le comte de Soissons, poussé par sa mère, disputa un jour à Condé, premier prince du sang ?

— Oui, je m'en ramentois, Monsieur. L'incident m'a tout ensemble ébaudie et attristée. Se quereller pour une serviette ! Ou pour une rangée supplémentaire de fleurs de lys ! Que petites et futiles me paraissent les jalousies de ces gens de cour ! Et que de haine pour d'aussi dérisoires motifs ! Ne m'avez-vous pas conté que le comte, outré de n'avoir pas eu gain de cause en l'histoire de la serviette, se retira dans son château pour y bouder ?

— Hélas ! Il ne boudait plus ! Il faisait pis et c'était la nouvelle apportée de Paris par chevaucheur. La reine-mère ayant quitté Angers et étant revenue dans la capitale, le comte de Soissons y rentra aussitôt. Il léchait quotidiennement les mains de la reine, tâchait de la conquérir et se livrait avec elle de la manière la plus ostentatoire à des manifestations publiques de dévotion. Celles-ci, bien entendu, revêtaient une coloration qui ravivait les passions des Parisiens contre les huguenots. On essayait, en bref, de ranimer la Sainte Ligue et là où Louis XIII voulait simplement le retour au bercail royaliste des brebis désobéissantes, ce tiers parti ne rêvait que de les égorger.

« Ces intrigues n'avaient pas pour l'instant les moyens de leurs ambitions et Richelieu ne les encourageait en aucune façon. Mais elles inquiétèrent si fort Louis qu'il commença à regretter d'avoir laissé la reine-mère « hors de son carrosse ». En outre, l'hiver, avec son manteau de froidure, de pluie et de neige, enveloppait toutes choses, embourbait les chemins et rendait la guerre peu praticable. Et le roi décida alors, ayant laissé quelques forces devant Montauban, suffisantes pour gêner son ravitaillement, mais non pour emporter la place, de se retirer vers le nord.

— Monsieur, ne m'aviez-vous pas promis de me toucher un mot sur la reine et le roi, quand il était lui au château de Piquecos et elle plus en arrière et quasi hors des atteintes de la guerre, à Moissac ? Et d'abord, quelle est la distance de Piquecos à Moissac ?

— Trois heures de cheval. Et pour en revenir, tout autant. Et vous pouvez croire que je m'en ramentois, car j'étais de ceux qui suivaient le roi à cheval. L'aller et le retour faisant six heures, ce n'était pas une petite trotte pour fillette dont on coupe le pain en tartines. Ma fé, le séant m'en doulait encore deux jours plus tard. Héroard, étant vieil, suivait en carrosse et bien qu'à l'abri du soleil torride et des pluies torrentielles, il n'était pas beaucoup plus heureux, pâtissant des mille secousses d'un chemin cahotant.

— Et comment se passaient les retrouvailles du roi et de la reine ?

— Différemment, selon que le roi alla de Piquecos à Moissac retrouver la reine, ou que la reine alla de Piquecos à Moissac pour retrouver le roi.

— Comment cela ? Monsieur, vous vous gaussez, je pense !

— Pas le moins du monde. Voulez-vous un exemple ? Le lundi six novembre, le roi part de Piquecos à trois heures et arrive à cinq heures et demie à Moissac.

— Vous m'aviez dit trois heures de route, je ne compte que deux heures et demie.

— Louis a pressé le trot : il était impatient. N'était-ce pas naturel ? Mais pour s'en retourner à Piquecos le lendemain, sachez qu'il mit trois heures. Je reprends. Louis arrive à Moissac à cinq heures et demie, passe l'après-midi avec Anne. A sept heures, il soupe chez elle avec elle. Il se met au lit à dix heures et l'honore deux fois.

— Comment sait-on cela ?

— Mais, Madame, je vous l'ai déjà précisé. On le sait par la chambrière dont c'est le devoir de le rapporter à Héroard, lequel le dit à moi-même, premier gentilhomme de la Chambre et le confie ensuite à son Journal.

— Deux fois ? Cela me paraît assez peu pour un jeune homme de son âge.

— Après deux heures et demie de cheval par monts et vaux ? Un lever prévu pour le lendemain à cinq heures et la perspective de passer de nouveau trois heures en selle au retour ! Madame, ne seriez-vous pas un peu exigeante ?

— Monsieur, ne seriez-vous pas un peu indiscret ? La Dieu merci, il ne s'agit pas de moi. Mais, poursuivez, de grâce. Si je comprends bien, les choses ne se passent pas ainsi quand la reine vient de Piquecos à Moissac pour retrouver le roi.

— Pas du tout. Et c'est bien là l'étrange. Ces visites de la reine eurent lieu le vingt et un septembre, le trente septembre et le quatre octobre. Elle arrive naturellement en carrosse à Piquecos aux environs de midi. Et elle n'a pas plus tôt mis pied à terre que Monsieur de Luynes l'accueille, se génuflexe, baise le bas de sa robe et l'invite à sa table, avec le roi, cela va sans dire. Le repas terminé à trois heures, la reine s'en retourne à Moissac. A chaque fois, la même scène se répète : Monsieur de Luynes s'arrange pour se mettre en tiers entre les époux et empêcher entre eux tout entretien au bec à bec.

— Serait-il jaloux ?

— Vous vous ramentevez, Madame, qu'autrefois, Luynes a fait de constants efforts pour que Louis revienne sur l'échec de sa nuit de noces et que c'est incontestablement grâce à lui que le roi, à la parfin, dut d'y avoir réussi. Si jalousie il y a, elle n'a donc pas ce sens-là.

— Que suggérez-vous ?

— Je dirais qu'il sent que sa faveur vacille et qu'il craint, sans doute à tort, qu'une autre influence que la sienne s'exerce sur le roi.

— Avait-il quelque raison de redouter la reine ?

— Je ne le crois pas. La reine en ce temps-là aimait le roi et ne s'était pas encore laissé prendre au piège de l'intrigue politique.

— Eût-il été possible pour le roi d'avoir un moment d'intimité véritable avec la reine au cours de l'après-dînée ?

— Avec Henri IV, Madame, toute heure, toute occasion et même toute partenaire était bonne. Mais le pieux Louis XIII n'a jamais rempli que sous le voile de la nuit son devoir dynastique.

— J'espère pourtant, pour la pauvre Anne, qu'elle va revoir le roi à Moissac.

— Oui-da, le dix-huit octobre et la journée commence mal, car c'est ce jour-là précisément que ces messieurs du clergé et leur porte-parole, l'évêque de Rennes, apportent leur million d'or au roi pour qu'il continue sa guerre aux huguenots. Et leurs babilleries, hélas, sont infinies. Il faut les ouïr avec patience jusqu'à midi. Tant est que le roi part tardivement pour Moissac et n'arrive qu'à six heures du soir à la nuit tombante. A sept heures, il soupe avec la reine. A neuf heures, il se met au lit avec elle et j'ai presque quelque vergogne à vous dire, Madame, qu'il ne l'honora qu'une fois.

— Monsieur, je me tairai là-dessus. Vous me dauberiez derechef.

— Madame, n'est-il pas permis de dauber un peu ceux qu'on aime ?

— Mais pas trop n'en faut.

— Je m'en ramentevrai. Peux-je ajouter que le mauvais succès du siège donnait à mon pauvre Louis un souci à ses ongles ronger. La veille, sur les quatre heures, il était allé au camp voir trois attaques qu'on devait faire. Elles échouèrent toutes les trois. Et comme il se retirait, un canon tira des remparts de Montauban et tua un laquais à dix pas de lui. Je vis alors le roi comme je vous vois. Il ne cilla même pas. Dans les dix jours qui suivirent, il ne retourna pas voir la reine, car il eut fort à faire et à décider. Et quinze jours plus tard, le quatorze décembre, comme je l'ai dit, il quittait le camp de Montauban.

— La mort dans l'âme, j'imagine.

— Oui, Madame, la mort dans l'âme est bien dit. Il sentait bien que l'échec de Montauban allait effacer dans l'esprit des peuples et surtout du peuple huguenot les succès qu'il avait remportés au début de la campagne et qui n'étaient pourtant pas petits, car Saint-Jean-d'Angély, entre autres, était une place importante et d'être occupée par une garnison royale la rendait d'ores en avant fort gênante pour les huguenots de La Rochelle. Mais l'affaire l'atteignait aussi dans ses affections. L'extrême pusillanimité de Luy-

nes devant Montauban lui avait paru non seulement
indigne d'un connétable, mais pis même indigne d'un
gentilhomme et avait profondément blessé son sens
de l'honneur. A ce déprisement se joignait la colère
qu'il éprouva lorsqu'il apprit que Luynes avait eu
l'impudence de traiter derrière son dos avec les rebelles. C'était là toucher à une de ses prérogatives royales
et pour lui cette faute n'était pas pardonnable.

— Vous pensez donc que la disgrâce de Luynes
était proche ?

— Oui, Madame. Et si j'ose m'exprimer ainsi, Luynes n'en fut sauvé que par sa propre mort.

— Sa mort ?

— Après avoir quitté Montauban, l'armée royale
monta vers le nord-ouest, passa par Nérac, Duzet et
s'arrêta à Longuetille, village à l'ouest d'Aiguillon. De
Longuetille, Luynes partit reconnaître Monheur qui
est place petite et nid de huguenots. Le voilà donc à
cheval, accompagné par Monsieur de Desplant et là,
tandis qu'il observe la place, un fol, parmi ces huguenots, que la victoire des siens à Montauban a sans
doute enivré, lui tire une mousquetade qui ne l'atteint
pas — songez, Madame, quelle noble figure taillerait,
ce jour d'hui, devant l'Histoire Monsieur de Luynes, si
la balle lui avait traversé le cœur ! Au lieu de cela, elle
se logea dans le pommeau de la selle sur laquelle
Monsieur de Desplant nonchalamment appuyait sa
main et au passage, avant d'arriver jusque-là, elle
avait troué son gant et effleuré son petit doigt. L'événement est de grande conséquence : Monsieur le
connétable a essuyé le feu, ô merveille ! Il revient à
Longuetille à brides avalées, montre à tous le pommeau et le gant de Monsieur de Desplant et décide le
roi à assiéger Monheur.

— Si j'entends bien, il veut une petite victoire sur
une petite place pour redorer sa gloire.

— Cela même, Madame. Le premier décembre, on
investit Monheur par une pluie torrentielle, un vent
prodigieux et des éclairs à l'infini. Vous eussiez cru

que le ciel se déchaînait pour ainsi dire sur ce village pour avoir osé tirer une mousquetade, sans cependant l'atteindre, sur un bon catholique. Et comme si l'ire céleste ne suffisait pas, on se mit à canonner ses murs. Cependant, contre toute attente, les assiégés ne se rendirent pas et firent face vaillamment. Et le trois décembre, à trois heures après minuit, Monsieur de Luynes fut pris d'un grand froid et d'un grand mal de gorge. Le quatre, le cinq, le six, Louis vint le voir en même temps qu'il commença à voir le comte de Schomberg dont je parlerai plus loin. Le sept décembre, le dos et les jambes de Monsieur de Luynes se couvrirent d'une nappe continue de boutons rouge vif. Devant une telle évidence, son médecin le déclara atteint de fièvre pourpre. Et Héroard interdit à Louis les visites. Dès ce moment-là et jusqu'à la mort du favori, Louis passa de longs moments dans la journée avec Monsieur le comte de Schomberg en son logis de fortune à Longuedy.

— Qui était ce Schomberg ?

— Un ami d'enfance. Il avait le même âge que le roi et Henri IV l'avait choisi avec Montpouillan et d'autres pour être un des enfants d'honneur de son fils, ceux qu'on avait coutume d'appeler, à Saint-Germain-en-Laye, ses « petits gentilshommes ». Montpouillan était en fait le grand favori, mais sans que Schomberg l'égalât jamais, il fut toujours très estimé par Louis, demeura dans son entourage et devint, quand Louis fut le maître chez soi, capitaine-lieutenant des chevau-légers de la garde royale. Ce n'était pas un office très élevé dans l'armée et Louis avait rarement affaire à lui. Cependant, du sept décembre au quinze décembre, date de la mort de Luynes, le roi alla visiter Schomberg tous les jours et assez souvent deux fois par jour. Luynes mort, il ne vit Schomberg que pour les besoins du service.

— C'est assez étrange, en effet, et qu'en concluez-vous ?

— Que Louis, dans son désarroi, avait le plus

grand besoin d'amitié masculine et Luynes lui faillant, il se repliait sur son enfance et sur un de ses « petits gentilshommes « auprès de qui, après la mort d'un père très aimé, il avait trouvé l'affection que sa mère lui refusa toujours. Je me ramentois que le quatorze décembre, la veille du jour où Luynes mourut, Louis s'amusait d'un air morne à faire voler ses oiseaux quand soudain, levant la tête, il parut frappé d'une idée et dit d'un air joyeux : « Je m'en vais chez Monsieur le comte de Schomberg. »

— Louis fut-il affligé de la mort de Luynes ?

— Oui, je le crois. Affligé et soulagé. Luynes mort, il ne voulut pas rester une heure de plus à Longuetille et alla coucher à Damazan, où il retrouva Monsieur. Il l'étreignit avec un renouveau d'affection, ce qui nous étonna et d'ailleurs dura peu, Gaston étant ce qu'il était. De Luynes, il ne parla plus.

— Plus du tout ?

— Hormis une fois, une seule, devant quelques familiers dont j'étais. Il prononça un jour une phrase qui nous frappa tous, parce qu'elle disait beaucoup de choses en peu de mots : « Je l'aimais, dit-il, parce qu'il m'aimait, mais il lui manquait quelque chose. »

*
* *

Quand, de retour à Paris, en notre hôtel de la rue du Champ Fleuri, je rapportai ce propos à mon père, il me le fit d'abord répéter, puis s'étant réfléchi un petit, il me dit :

— Tout est à retenir, dans cette sorte d'oraison funèbre. Elle est brève, et sa brièveté même en dit long. Louis parle de son amitié pour Luynes au passé, et en effet, elle est deux fois défunte, dans le temps et dans son cœur. D'éloges, point. De critiques, une seule, mais capitale, et toutefois, soigneusement voilée par une litote.

— Qu'est-ce qu'une litote ? demanda La Surie, toujours avide de s'instruire.

— Une façon d'exprimer les choses par laquelle on en dit moins que ce qu'on pourrait dire.

— Et pourquoi ne pas dire tout cru que ce « quelque chose » qui manquait à Luynes, c'était le courage ?

— Se peut, dis-je, que Louis ait voulu par un reste d'affection ménager la mémoire de Luynes...

— Se peut, dit mon père avec un sourire, que Louis ait voulu se ménager lui-même. Car s'il avait parlé cru, comme Miroul vient de faire, n'eût-on pas été en droit de lui demander pourquoi il avait nommé connétable de France un couard avéré ?

CHAPITRE XIII

Ce fut assurément une sage décision, et qui demandait quelque courage, que de lever le siège de Montauban, car la maladie autant que l'hiver auraient achevé de décimer l'armée. Mais d'un autre côté, Louis ne pouvait qu'il ne vît qu'il signait là, aux yeux de tous, la défaite de ses armes.

Le retour en Paris en fut excessivement attristé. Bien que Louis se donnât peine pour ne rien laisser paraître, il était véritablement au désespoir de l'échec qu'il avait subi. D'aucuns prétendent qu'ils l'ont vu pleurer. Je n'en crois rien. Ce n'était ni dans sa nature, ni dans l'idée qu'il se faisait de la dignité royale, que de donner le spectacle de ses larmes à aucun de ses sujets. Mais à quelques mots qui lui échappèrent, j'entendis bien que s'il reconnaissait toutes les fautes que Luynes avait commises dans la poursuite du siège, il l'en accusait moins qu'il ne s'en accusait lui-même, ayant donné à un homme d'aussi peu de talent plus de pouvoir qu'il ne pouvait porter. Je l'ouïs dire, se parlant à lui-même, qu'il n'aurait plus de favori et qu'il ne se laisserait plus gouverner par personne.

A Orléans, il eut la surprise de trouver le comte de

Soissons qui avait fait tout le voyage de Paris à Orléans pour le venir saluer. Louis lui fit bon accueil, entendant bien qu'il s'était alarmé à tort de ce qu'en son absence le comte avait cru bon de rechercher les bonnes grâces de la reine-mère. A ce qu'on me dit, Soissons et Condé s'embrassèrent et on ne parla plus de la célèbre serviette qui avait divisé si âprement les deux princes du sang et, par voie de conséquence, la Cour tout entière. « Voilà bien les Gaulois ! dit mon père. Ils font un drame de la moindre bagatelle et le lendemain, ils l'ont déjà oubliée. »

Le vingt-huit janvier, Louis fit son entrée à Paris où, le trente et un du même mois, il admit la reine-mère en son Conseil. Je ne saurais dire s'il prit cette décision seul, ou avec ses ministres. Ce que je puis affirmer, c'est que, tout en la récompensant de la sagesse qu'elle avait montrée pendant sa campagne de Guyenne (sagesse qui n'était due qu'aux avisés conseils de Richelieu), il conserva à son égard une certaine défiance et il ne la convoqua au Conseil que quand rien d'important n'était discuté. C'est ce que Richelieu exprima avec esprit en disant qu'on lui faisait voir « la montre de la boutique, mais qu'il n'entrait pas dans le magasin ».

Une fois que la reine-mère eut son siège au Conseil, Richelieu lui traça la ligne de conduite qu'elle aurait à suivre. *Primo*, éviter de contredire les ministres, surtout quand ils étaient unanimes. *Secundo*, s'ils ne l'étaient pas, s'accommoder toujours à l'avis d'un d'entre eux, afin de ne pas paraître isolée. *Tertio*, tâcher de deviner les sentiments du roi et les épouser.

L'extraordinaire, et qui en dit long sur l'emprise du cardinal sur elle, est que cette reine qu'on avait connue sous la régence pleine de morgue, si obstinée en ses opinions et si furieuse en ses colères, suivit cette règle sans du tout en dévier d'une ligne, tant est qu'on l'aurait pu croire, au long de ces longues séances du Conseil, la plus modeste des femmes et la plus aimante des mères.

Ce trente et un janvier, jour qui vit la reine-mère gravir cet échelon qu'elle croyait si important, et qui l'était si peu, j'avais hâte que le Conseil finît car je devais me rendre dans la rue du Champ Fleuri dîner avec mon père et La Surie. J'y trouvai une lettre de Monsieur de Saint-Clair qui ne laissa pas de me troubler, non que ses belles amours avec Laurena de Peyrolles se passassent mal, bien le rebours, mais elles montraient simplement quelque impatience que je vinsse à Orbieu les parfaire par le mariage. Ce dont j'avais été empêché jusque-là, comme on a vu, par la campagne contre les huguenots.

En fait, Monsieur de Saint-Clair, à part cette petite fièvre d'attente, laquelle était exprimée à mi-mot en les termes les plus délicats, me mandait une nouvelle qui n'avait rien à voir avec des liens si doux et qui m'inquiéta fort.

L'été précédent, dans mon bois de Cornebouc (qui méritait en vérité le nom de forêt tant ses futaies étaient hautes, étendues et diverses), deux ou trois de mes manants, à la nuit tombante, avaient aperçu des loups, mais sans pouvoir en préciser le nombre, car ils n'eurent garde de les approcher, s'ensauvant tout au contraire à toutes jambes, encore que les loups ne les poursuivissent pas, se peut parce qu'ils ne chassent que la nuit.

On ne les avait pas revus depuis. Mais l'hiver était descendu sur le plat pays avec neige et froidure et les prédateurs, ayant moins de gibier à se mettre sous l'aigu de leurs dents, s'étaient effrontément approchés la nuit du seuil des chaumines en poussant des hurlements à la fois plaintifs et menaçants qui glaçaient mes pauvres manants autant de peur que de froid derrière leurs fragiles portes.

A la pique du jour, d'aucuns découvraient leurs chiens de garde égorgés, leur poulailler dévasté, parfois même s'ils avaient moutons, deux ou trois agneaux du printemps dépecés et dévorés à la chaude.

Par une revanche ironique du sort, ce furent les paysans les plus pauvres qui pâtirent le moins de ces prédations, car ceux-là, faute d'avoir les pécunes pour construire poulailler et bergerie, logeaient leurs bêtes dans leurs propres chaumines et quasiment à côté de leurs paillasses, lesquelles étaient à peine plus décentes que les litières de leurs animaux. Du moins, la chaumine était bien close et il eût fallu en rompre l'huis pour s'y introduire.

Faute de me pouvoir atteindre, car j'étais alors sous les murs de Montauban, Saint-Clair en appela au lieutenant de louveterie de Montfort l'Amaury, lequel dépêcha un sergent avec une dizaine de louvetiers montés, armés de mousquets et suivis d'une meute de gros chiens. Leur arrivée ranima le cœur de mes manants qui se voyaient déjà tomber sous le croc de ces insatiables monstres. Certains contes effrayants, remontant de la nuit des âges, couraient déjà à Orbieu, où il n'était nul qui n'en voulût dire son conte après la messe ou autour d'un pot au cabaret.

Cependant, les louvetiers déçurent, car ils faillirent à faire rien qui valût, non de leur faute, mais du fait qu'à part le chemin qui traverse dans toute sa longueur Cornebouc, les fourrés qui encombrent les sous-bois les rendaient quasi impénétrables, même aux chiens. Cependant ils décelèrent des fientes et de nombreuses traces de pattes et découvrirent à la parfin quelques gîtes creusés dans le sable d'un talus le long d'une ravine.

En s'approchant, les louvetiers reconnurent des repaires qui s'ouvraient par des ouvertures quasi rondes sur des tunnels rétrécis qui, à la lueur des torches, paraissaient profonds et sinueux. Les chiens en reniflèrent l'entrée malodorante avec des grondements à l'infini et une excitation à la fois rageuse et inquiète. Mais le sergent de louveterie n'en put décider un seul à mettre dans ces logis fût-ce le bout de la patte, tant sans doute il craignait de se jeter au détour du tunnel dans la gueule d'un loup et de l'affronter à son désavantage, en se battant à croupetons dans un passage aussi sombre, étroit et tortueux.

Le sergent, observant qu'il se trouvait contre le vent et que les loups ne pouvaient le flairer, retira ses chevaux et ses chiens à une certaine distance, puis, avec d'aucuns de ses hommes, revint aux tanières et les enfuma l'une après l'autre. Cela fait, reculant derechef, il se mit à l'affût, mais si longtemps qu'il attendit, il ne vit poindre ni yeux de braise, ni mâchoire carnassière et en conclut, soit que les loups avaient déserté le logis au premier bruit de la battue, ou que lesdits logis avaient une seconde issue, se peut en plein milieu d'un haut fourré impénétrable dont il apercevait la confuse masse à quelques toises du ravin. Le sergent, que cet échec parut excessivement dépiter, conseilla quand il quitta Orbieu à Saint-Clair, non sans aigreur, de raser les fourrés du sous-bois, faute de quoi, dit-il, même saint Hubert ne viendrait jamais à bout de ces bêtes diaboliques. Conseil excellent, mais peu facile à exécuter avec des manants qui, comme on sait, s'occupaient l'hiver à de multiples travaux, afin que d'en tirer quelques sols pour payer la taille du roi.

Tout ceci fut décrit par le menu par Saint-Clair dans sa lettre-missive. Il ajouta *in fine* que dans l'incertitude où il était de mon retour, il avait pris sur lui d'acheter une douzaine d'arbalètes, afin d'en garnir ceux de mes manants dont les chaumines étaient les plus proches des lisières de Cornebouc, se trouvant par là les plus exposées au tapage nocturne des loups. Il exerçait ses manants au tir sur cible dans la cour du château et ses recrues se donnaient peine pour progresser, tant parce qu'ils pensaient ainsi assurer la sécurité de leurs familles que parce qu'ils se paonnaient fort de posséder une arme qui, pour être archaïque, n'en était point moins redoutable par son silence, sa portée et sa force de pénétration. Saint-Clair opinait que si un manant, à partir de la fenêtre de sa chaumine, réussissait à ficher un carreau d'arbalète dans le flanc ou le poitrail d'un des loups, ce coup-là pourrait rabattre quelque peu l'audace de ces bêtes.

Cette lettre tant m'émut qu'après le dîner, et Mariette retirée en sa cuisine, je la lus à haute voix à mon père et à La Surie, lesquels, ma lecture terminée, opinèrent que la situation étant gravissime, il fallait départir au plus tôt pour Orbieu, non sans recruter une douzaine de Suisses après s'être bien garnis en armes et en pièges.

— Mon père m'a conté, dit le marquis de Siorac, qu'en Périgord, l'invasion d'un domaine par une horde de loups fut si sanglante que les manants s'ensauvèrent quasiment tous, abandonnant leurs bêtes à la furie des assaillants.

— Mais, dit La Surie, n'y a-t-il pas danger à confier des arbalètes à des manants qui, le danger passé, pourraient les retourner, le cas échéant, contre leurs voisins, voire même contre leur seigneur ?

— Oui-da ! dit mon père, le danger existe. Aussi les arbalètes ne seront-elles pas données, mais prêtées à ces bonnes gens et reprises aussitôt qu'on se sera défait des loups. Pierre-Emmanuel, tâchez d'avoir les mêmes Suisses que ceux qui ont abattu la girouette de Rapinaud et prévenez-les qu'il faudra aussi prêter main-forte pour le débroussaillage du bois.

Il nous fallut deux journées pleines pour faire nos achats. Et c'est seulement le deux février que nous pûmes partir. Dès notre arrivée à Orbieu, j'invitai Monsieur de Peyrolles à me venir visiter et nous tînmes conseil avec lui, car notre prédicament était le sien, son domaine touchant à mon bois de Cornebouc dont il possédait, en fait, une parcelle, ses manants étant victimes, tout comme les nôtres, des prédateurs. Il fallait donc accorder nos violons concernant les mesures que nous allions prendre, car il eût été fort désastreux pour Monsieur de Peyrolles que la vigoureuse guerre que nous méditions contre les loups les refoulât dans son domaine. Pour cette raison, il fut convenu qu'il débroussaillerait son côté du bois de Cornebouc, comme nous allions faire du nôtre, ne fût-ce que pour éviter que ce coin-là devînt un refuge pour les bêtes qui fuiraient devant nos entreprises.

Convoqués, les manants d'Orbieu, ceux de Monsieur de Peyrolles et aussi ceux de la baronnie de Monsieur de Saint-Clair, accoururent en notre église en tel nombre qu'ils durent s'y serrer comme sardines en caisse. Voyant quoi, mon père, La Surie, Saint-Clair et moi, nous prîmes place dans le chœur où nous fûmes rejoints, cinq minutes plus tard, par Monsieur de Peyrolles. Il avait la tête haute, la face grave, la démarche martiale et, pendant à son côté, une épée, laquelle appela, de mon père à La Surie, un échange de regards et de furtifs sourires, non qu'il fût disconvenable à un homme de robe de porter une arme, mais celle-là s'ornait d'une poignée incrustée d'or et de pierreries qui eût été digne des fastes de la Cour. Quant à moi, désireux avant tout de ménager un si bon voisin, je m'avançai vers lui et le saluai avec la déférence que son âge et le mien demandaient.

J'avais, la veille au soir, dans ma chambre, alors même que Louison, déjà blottie dans ma couche, m'appelait de la façon la plus pressante, rédigé d'un bout à l'autre devant le feu une harangue en la parladure du pays, me faisant aider pour deux ou trois mots qui me manquaient par Louison qui, derrière les courtines du baldaquin, répondait très à la malengroin, ayant à ce moment d'autres aspirations. La fin de mon discours me donna du mal, quoiqu'elle en valût la peine, comme le lecteur, j'espère bien, en tombera d'accord. Je serrai alors en un battement de cil plume et encre dans mon écritoire et courus répondre aux miaulements tantôt tendres et tantôt irrités de ma Louison.

J'ai conservé une copie de cette harangue dont je me paonnais si fort. La voici en français malheureusement, car la parladure du pays lui donnait plus de sel et une plus proche familiarité.

  « Mes bons amis,
  « Ces loups abhorrés sont une peste envoyée par le Malin pour vous méfaire. Mais en nous donnant tous la main, nous allons, par la grâce de Dieu, en purger nos terroirs. Nous sommes venus céans, Monsieur de Peyrolles, Monsieur de Siorac, Monsieur de La Surie, Monsieur de Saint-Clair, moi-même et les bons soldats que vous voyez là, pour vous aider à faire ce que j'ai dit, mais non point pour le faire à votre place. Tous ceux qui se trouvent céans devront bailler temps, travail et vaillance à cette entreprise et obéir aux commandements que je leur en ferai.

  « Je sais bien qu'en hiver, vous ne demeurez pas les deux pieds dans le même sabot, mais vous donnez peine à de petits ouvrages pour gagner quelques sols. Je sais aussi que ces petits travaux ne se feront pas tout seuls, quand vous serez occupés avec nous à faire la guerre aux loups. Oyez bien ceci : s'il vous manque, le moment venu, de quoi payer la taille du roi, je vous en prêterai la différence et vous la prêterai sans intérêt. Je m'y engage en présence de Dieu, en cette sainte église.

  « J'ai apporté des armes de jet, arbalètes et frondes. Je les confierai à ceux d'entre vous qui ne sont pas empêchés de l'aiguillette, mais veulent faire figure d'hommes en ce prédicament. Je les commettrai à votre charge, mais vous en serez comptables, me les devant rendre quand on aura dépêché ces bêtes diaboliques. Quel soulagement ce sera alors, et quel bonheur et quel honneur pour les vaillants d'entre vous, au cabaret, devant un pot, ou jouant au palet avec vos compères, de dire votre râtelée de cette guerre-là, contant la part que vous y aurez prise et comme il aura alors mine basse et honte et vergogne en son cœur, le coquebin qui n'aura fait que de se cacher sous le cotillon de sa femme pour non point combattre le loup ! Sans compter que le plus souvent, c'est une bien sotte affaire que de jouer le couard. Comme disaient si bien nos pères : celui qui fait l'agneau, le loup le mange.

« Après la bénédiction de Monsieur le Curé, Monsieur de Saint-Clair vous attendra à la sacristie pour inscrire ceux qui voudront des armes et vous dire le détail de ce que nous comptons faire. Mes amis, je vous dis "courage". Nous viendrons à bout de cette peste !... »

Le curé Séraphin, un sourire finaud éclairant sa face rougeaude, voulut bien me raccompagner jusqu'au porche de son église.

— Si vous voulez bien me permettre de vous le dire, Monsieur le Comte, murmura-t-il à mon oreille, vous avez fait là un excellent prône. J'en ai tout admiré, mais surtout la fin quand vous évoquiez les vanteries des vaillants après la guerre. C'était fort habile, dit-il d'un air gourmand.

— Mais tout le mérite ne m'en revient pas, dis-je vivement. J'ai un modèle, précisément pour cette fin.

— Nous avons tous des modèles, dit Séraphin dont le ton indiquait qu'il voulait bien m'admettre après ce beau coup en les secrets de sa confrérie. Pour moi, je n'écris jamais un prêche que je n'en aie épuisé le sujet et la façon dans l'excellent livre de Monsieur de Luçon.

Décidément, m'apensai-je, Monsieur de Richelieu brille de cent façons : il illumine la reine-mère, mais il éclaire aussi le prêche des curés du plat pays.

Quand Monsieur de Saint-Clair eut fini la distribution des armes (et quasiment tous les manants en voulurent, hormis les barbons et les mal allants), il vint nous rejoindre dans la librairie du château et nous tînmes conseil tous les quatre, mon père, La Surie, Saint-Clair et moi.

— Ils ont, dit Saint-Clair, pour la plupart, préféré la fronde à l'arbalète, ce qui n'est pas merveille, car ils connaissent bien la fronde pour l'avoir utilisée quand ils étaient de petits galapians pour tuer les moineaux.

— Et pas seulement les moineaux, les merles aussi, dit mon père et qui pis est, ajouta-t-il avec un sourire, les pigeons du seigneur quand ils avaient l'imprudence de s'aller jucher sur le cerisier de leur jardin. Le plumer, le vider, le découper et le mettre au pot, tout cela en tapinois et les plumes aussitôt brûlées pour ne laisser aucune trace, voilà qui agrémentait la soupe de légumes d'un peu de viande, mais aussi des délices du fruit défendu.

— Il faudrait une bien grosse pierre et un bien habile frondeur pour abattre un loup, dit La Surie.

— Je ne sais, dit Saint-Clair avec un sourire. Il y a des précédents : David tua Goliath d'une pierre en plein front. Et si les frondeurs se mettent à plusieurs, une grêle de pierres sur une meute...

— De toute façon, la possession d'une arme, dit mon père, fût-elle sommaire, va redonner cœur à vos manants et les intéresser au combat. C'est là le plus important. Je compte davantage sur les pièges et les pétards de guerre pour vaincre les loups. En fait, si nous pétardions leurs tanières, la guerre serait vite finie, mais, ajouta-t-il après un silence, ce n'est pas là votre intérêt, mon fils, ni l'intérêt bien compris de vos manants.

— Comment l'entendez-vous, Monsieur mon père ? dis-je, béant.

— Vous allez avoir à votre disposition tant de bras, et à si peu de frais, et Monsieur de Peyrolles aussi pour débarrasser Cornebouc de ses fourrés impénétrables que ce serait pitié d'en finir avec la guerre des loups avant que cette tâche ne soit achevée. Songez que vous aurez alors une forêt si nette et si propre que le feu, d'ores en avant, ne s'y mettra pas facilement et que pas un loup n'osera y faire derechef son repaire, faute de caches et de taillis. Et je ne parle même pas ici des braconniers qui auront beaucoup plus de mal à poser leurs collets quand le sous-bois sera dénudé...

Cette proposition me parut, à la réflexion, si sensée, que je l'acceptai aussitôt, mais non sans quelques remords, car je vis bien qu'elle n'enchantait pas Monsieur de Saint-Clair qui pensait que si nous laissions traîner la guerre des loups, son mariage serait retardé d'autant. Cependant, il ne pipa mot, ayant tant à cœur mes intérêts qu'il les avait faits siens dès le début de son intendance.

C'est ainsi qu'avant que la grande guerre ne commençât, nous eûmes cette petite guerre que les Espagnols appellent guérilla et qui est un harcèlement de tirailleurs à la fois offensif et défensif.

Le produit du débroussaillage aida prou. Je commandai aux manants d'emporter les épineux qu'ils coupaient et d'en faire des remparts pour les bergeries et les poulaillers. Je leur fis creuser des petites tranchées de faible profondeur devant leurs chaumines, le fond étant rempli des mêmes épines et ils couvrirent ces tranchées par des branchettes fort légères dissimulées par un petit tapis de mousse et d'herbe.

Avec tout le bois mort que nos coupeurs avaient trouvé sous le taillis vivant, je fis bâtir, à la lisière de Cornebouc, et à bonne distance des arbres, de grands bûchers auxquels, au crépuscule et à condition que le vent ne soufflât point dans le mauvais sens, je fis mettre le feu. J'ordonnai au cabaretier de fermer son cabaret dès que la nuit tombait afin qu'aucun amant de la dive bouteille ne se fît surprendre, la nuit venue, sur les voies. Et vers les petites heures après minuit, mes Suisses, montés sur leurs grands chevaux et la torche au poing, faisaient le tour des écarts, sans espoir de surprendre jamais un loup, mais dans le dessein de les effrayer par les flammes et le bruit, et de rassurer en même temps les manants par le tapage de leur chevauchée.

Après ces mesures, les prédations diminuèrent en nombre sans toutefois cesser. Aucun loup ne se prit jamais dans aucun piège et aucune pierre n'atteignit jamais son but pour la raison qu'elles furent lancées au mieux au crépuscule et que les loups apparaissaient et disparaissaient avec une rapidité surprenante. Un trait d'arbalète tiré par un manant du haut de la fenêtre de son grenier à foin sur une bête isolée qu'il avait aperçue au frais du petit matin, la lune apparaissant de derrière un nuage, fut assez heureux pour briser une patte à l'animal. Comme il avait disparu au matin, personne ne crut dans le village à l'exploit du tireur jusqu'à ce qu'on retrouvât, deux jours plus tard, à la lisière de Cornebouc, un loup aux trois quarts dévoré et dont la patte arrière droite gardait encore le carreau qui, en l'estropiant, l'avait désigné comme une proie à ses congénères affamés.

La partie de Cornebouc qui appartenait à Monsieur de Peyrolles et qui était le dixième de la mienne fut, en raison de ses faibles proportions, nettoyée plus vite que ne put l'être la nôtre, et dès que la place fut nette de tout fourré, Monsieur de Peyrolles attendit une nuit plus claire et un vent qui leur soufflât dans le nez, afin que ses hommes ne fussent pas trahis, et les posta à l'affût avec des mousquets et des armes. Mais l'attente fut vaine. Aucun loup n'osa se risquer dans un espace aussi nu. Cela me donna bon espoir que le jour où mon débroussaillage serait fini, les loups s'en iraient d'eux-mêmes de ces terres pour eux si peu propices à la chasse. Cependant, le jour venu, je ne voulus en prendre la gageure et, désirant aussi frapper un grand coup et donner à mes manants la satisfaction d'assister à une grande victoire, salaire de leurs peines, j'appelai ma petite armée de frondeurs et d'arbalétriers, encadrée par mes Suisses, à se rendre au ravin dans le talus duquel les louvetiers de Montfort avaient reconnu les ouvertures des tanières et là, j'employai les pétards que le marquis de Siorac avait apportés de Paris.

Ces pétards n'étaient pas de ces jouets d'enfants qui font, sans nuisance, beaucoup de noise, mais de vrais pétards de guerre, ceux que dans un siège on emploie pour rompre le portail des villes assiégées, à condition, bien entendu, de les pouvoir approcher malgré le feu des assaillants.

La mèche allumée, je fis porter les miens par des perches, au plus profond des tanières et, faisant éloigner à bonne distance tous ceux qui se trouvaient là, j'attendis l'explosion de la poudre qui, quand elle survint, fit autant de bruit que plusieurs tonnerres avec de grands jaillissements de sable et de fumée.

Ce spectacle ébaudit fort mes gens qui, après un moment de silence, éclatèrent eux aussi, mais en clameurs de triomphe à la pensée que leurs persécuteurs étaient à jamais enterrés. D'aucuns même voulurent quérir des pelles pour se donner le plaisir de dégager les corps dont la fourrure ou les têtes eussent fait des trophées mémorables. Mais haussant la voix, je leur défendis avec force de n'en rien faire sous le prétexte que le sable, devenu instable et mouvant, pourrait alors à son tour les prendre au piège et les étouffer. A la vérité, je craignais surtout que, ne trouvant rien, ils se sentissent robés de leur victoire, étant quant à moi bien convaincu que les loups, étant bêtes infiniment rusées, avaient déserté leurs repaires avant même qu'on s'en approchât.

Pendant les quinze jours que dura la guerre des loups, Monsieur de Peyrolles, voyant sa fille languir, pressa les préparatifs de son mariage, lequel se célébra le quinze février en l'église d'Orbieu. La veille de ce jour qui devait être celui où Saint-Clair allait toucher à ses humaines félicités, il montra cependant une face tant chaffourée de soucis que, le tirant à part et lui parlant au bec à bec, je lui demandai la raison de cet inexplicable chagrin.

— Ah ! Monsieur le Comte ! dit-il, une larme au bord des cils. Je fus visiter ce matin Monsieur de Peyrolles, lequel, en sa grande bonté, voulut bien me conduire dans les appartements de sa fille, laquelle essayait son attiffure de mariée. Ah ! Monsieur le Comte ! Vous ne sauriez imaginer l'émervellable vertugadin que ma belle portait ! C'était tout soie et satin ! Sans compter les perles de son corps de cotte, et un col en dentelle de Venise, et des bijoux que je ne saurais décrire, en bref, un appareil digne d'une princesse à cent mille livres de rentes. Je ne songeai de prime qu'à l'admirer. Mais quand je l'eus quittée, je m'avisai que ce que j'aurai demain de plus propre à me mettre sur le dos n'était guère que guenilles comparé à cette splendide vêture. J'eus grande honte de me devoir montrer à ce désavantage à côté de toutes ces beautés.

— Mais, mon ami, dis-je béant, vous ne faillez pas, ce jour d'hui en pécunes. D'où vient que vous n'avez pas pensé, quand il était temps encore, à vous parer d'une vêture qui fût digne de votre rang ?

— C'est que je croyais tout naïvement, nous mariant dans une église de village, que tout allait se faire dans la simplicité.

— Dans la simplicité ? m'écriai-je en riant. Avec Monsieur de Peyrolles ! On en est loin ! Le bonhomme aura voulu dorer le mariage de sa fille comme il a doré son carrosse. Et comment lui en tenir rigueur ? Laurena est tout ce qui lui reste et il l'aime de grande amour.

— Sotte bête que je suis ! s'écria Saint-Clair en se frappant la tête. Mais la façon dont Monsieur de Peyrolles avait orné et meublé le manoir de Rapinaud que vous avez été assez bon pour nous donner m'aurait dû mettre puce à l'oreille qu'il mettrait la même somptuosité en l'attiffure de Laurena. Et maintenant, que faire ? Au côté de ma belle, je ferai figure de gueux. Le mal est sans remède.

— Il ne l'est pas, baron, dis-je en riant. Puisque nous sommes, vous et moi de même taille et corpulence, plaise à vous d'accepter l'offre que je vous fais de bon cœur de vous prêter une de mes vêtures, laquelle est céans tout à fait déconnue, puisque je ne l'ai jamais portée à Orbieu.

Il n'y eut pas faute ici d'excuses, d'insistances, de

402

refus, de compliments à l'infini. Mais à la parfin, Saint-Clair consentit à me suivre dans ma chambre et là, avec l'aide de Louison et de quelques épingles fort bien placées et cachées, Monsieur de Saint-Clair se mit à resplendir en une vêture de soie azur qui lui allait à merveille.

— Monsieur le Comte, dit Louison, quand Saint-Clair nous eut quittés, rayonnant en sa gloire, n'est-ce pas là le pourpoint et le haut-de-chausses que vous comptiez mettre demain pour le mariage de Monsieur de Saint-Clair ?

— Tout justement, dis-je, non sans une ombre de regret.

— Et vous-même, Monsieur le Comte, que porterez-vous ?

— L'habit que tu me vois.

— Il n'est point mal assurément, dit Louison en me toisant, mais il ne vaut pas celui que vous avez baillé à Monsieur de Saint-Clair. Monsieur, était-ce bien raisonnable de déshabiller Pierre pour habiller Paul ? Tant est, reprit-elle, qu'à ce mariage-là, le baron sera plus élégant que le comte et l'intendant plus richement vêtu que le seigneur. Cependant, dit-elle, vous pourriez mettre au moins sur votre poitrine la croix de Chevalier du Saint-Esprit.

— Je le ferai de toute façon. J'ai promis au curé de la porter.

— Cela fera quelque différence, dit Louison.

— Bah ! Il n'importe !

— Il m'importe à moi, dit-elle, moi qui prends grand soin de vous.

Et tout soudain, deux grosses larmes coulèrent sur ses joues brunes.

— Ma Louison, dis-je béant, qu'est cela ? Tu pleures ?

— Cela me plaît à moi de pleurer ! Et vous, cela vous siéra bien de rire, quand vous vous marierez.

— Pourquoi rirais-je ? Ma Louison, je t'aime de grande amitié.

— Monsieur de Saint-Clair n'en aimait pas moins Jeannette et ce jour d'hui, Monsieur de Saint-Clair, votre belle vêture sur le dos, rit aux anges et la pauvre Jeannette s'enferme dans sa chambre pour sangloter son âme.

— Ah, Louison ! dis-je, va, cours la consoler ! Toque à son huis ! Somme-la de t'ouvrir. Ne la laisse pas seule ! Et toi, M'amie, dis-je en la serrant à moi, ne te rends pas malheureuse par de chagrineuses anticipations. Mon mariage n'est pas pour demain.

— Monsieur le Comte, dit-elle en se blottissant contre moi et en laissant couler ses larmes, assurément, vous avez le cœur donnant et la main libérale. Vous êtes bon, mais votre bonté n'y change rien. La faute n'en est pas à vous, ni à moi, mais à mon état. Il est imprimé sur ma peau comme le lys sur la peau d'un galérien.

— Que parles-tu de ton état ? Tu t'es haussée bien au-dessus de lui.

— Mais point jusqu'à vous et c'est bien là le malheur, et il faudra que je m'y habitue. Comme dit si bien le proverbe : en naissant, l'homme pleure au berceau et chaque jour lui dit pourquoi.

*
* *

Belle lectrice, hélas, vos beaux yeux vont pleurer ! Mais qu'y peux-je ? Le déroulement implacable du temps m'y oblige. Car en ce début de l'année 1622, je ne peux que je ne vous conte comment, pour le couple royal, les roses de la vie se fanèrent, le désamour comme un inguérissable ulcère rongeant peu à peu leur mutuelle tendresse.

Au début de février, j'appris que Sa Majesté la reine était derechef enceinte et comme, par deux fois déjà, elle avait perdu son fruit, son médecin lui avait recommandé les plus grands ménagements. Elle devait se coucher tôt, s'allonger souvent, ne point marcher longtemps, éviter les veilles, les efforts, les mouvements brusques. Toutes recommandations que le roi lui avait répétées, l'enjeu, après de si cruelles déceptions, étant de si grande conséquence et pour elle, et pour lui, et pour le royaume.

Louis y avait mis d'autant plus d'insistance qu'il jouait de malchance avec l'entourage féminin de la reine. Comme on sait, il avait haï et honni les dames espagnoles, et n'avait eu de cesse qu'il ne les renvoyât. Mais les amies françaises de son épouse n'étaient pas plus rassurantes. Tout le rebours. La princesse de Conti et Madame de Luynes menaient aux yeux de tous des vies dévergognées. Mademoiselle de Verneuil ne valait guère mieux, du moins en propos, car la conversation dans les appartements de la reine passait les bornes de la bienséance. De jeunes et beaux seigneurs y participaient, rivalisant entre eux et devant la reine en propos licencieux. Tout cela était couvert par un masque de gaîté et de grâce. Mais à la Cour et au-delà même de la Cour, on ne faillait pas à en jaser.

Les ministres finirent par s'alarmer et n'osant de prime s'en ouvrir au roi, prièrent le nonce d'intervenir auprès du confesseur de la reine afin qu'il tâchât de remontrer à Sa Gracieuse Majesté le danger que lui faisaient courir ses amies.

Le nonce était adroit, le confesseur émouvant. La reine l'ouït, se repentit, versa une larme et le lendemain n'y pensa plus. De reste, renvoyer ces folâtres amies, c'eût été se préparer une éternelle ennui, car elle fût demeurée seule entre une belle-mère qui ne lui voulait pas du bien et un roi qu'elle aimait assurément, mais que la chasse, la guerre et les grandes affaires du royaume lui enlevaient si souvent. De son côté, Louis hésitait à porter remède à l'influence pernicieuse de ses amies, car ces dames étaient si hautes et si bien nées et lui étaient si proches, qu'elles étaient quasiment intouchables. La princesse de Conti, à la fois Guise et Bourbon, était sa cousine ; Mademoiselle de Verneuil, sa demi-sœur ; Madame de Luynes, l'épouse de son favori.

Il faut dire aussi que le roi avait alors bien d'autres chattes à fouetter, et combien plus grosses. Les huguenots, grisés par leur succès de Montauban, s'agitaient de nouveau. L'arrogant Soubise, pour se revancher d'avoir dû rendre Saint-Jean-d'Angély à son souverain, levait contre lui une armée, et sur la côte atlantique, lui prenait des places et des villes. Tant est que Louis se préparait derechef à la guerre.

Il fut dit que le prince de Condé y poussait prou. Sa poussée, si poussée il y eut, fut tout à plein inutile. C'est une constante chez Louis, et elle se vérifia tout au long de son règne : il ne put jamais souffrir qu'Espagnol ou huguenot lui enlevât une ville sans qu'aussitôt il tirât l'épée et courût à l'ennemi pour la reprendre.

C'est au beau milieu de ces jours pour lui si tracasseux qu'un malheur lui tomba sus du côté où il l'attendait le moins. Le seize mars, à trois heures de l'après-dînée, comme Louis sortait du Conseil, on vint lui apprendre que la reine venait derechef de perdre son fruit. Il l'alla voir aussitôt.

Couchée et dolente, elle pleurait à grands et amers sanglots et, assis sur son lit, il fut plus de deux heures à tâcher de la consoler. Mais hélas, le temps le pressait et il ne pouvait davantage différer son partement pour la guerre.

Il partit quatre jours plus tard et, chose qui étonna fort, en tapinois, tout justement comme Henri III quand le duc de Guise l'assiégeait dans le Louvre. Au lieu de sortir de son palais par la porte des Bourbons, devant laquelle une grande foule l'attendait pour l'acclamer, Louis sortit à pied par la grande galerie, passa par les Tuileries, traversa la rivière de Seine, monta à cheval et rejoignit son armée qui l'attendait aux portes de Paris.

Je n'avais pu le suivre. J'étais au fond de mon lit de mon appartement du Louvre avec un mal de gorge et une petite fièvre. Dès que La Barge m'eut appris le partement du roi, je me tourmentai fort les mérangeoises pour entendre pourquoi diantre Louis était sorti de sa capitale aussi secrètement. En fin de compte, je conclus que, connaissant la haine que les Parisiens portaient aux huguenots, il voulut éviter que la populace, sur son passage, chantât pouilles aux hérétiques, les vouant à la mort par le fer et le feu : cris et colères qui eussent donné à son départ l'apparence d'une croisade, ce dont il ne voulait à aucun prix, ayant dit et redit qu'il ne faisait pas la guerre à la religion réformée, mais à des sujets rebelles.

Mon père me vint voir le vingt et un sur les neuf heures après minuit. Il examina ma gorge, prit mon pouls et me dit que si je demeurais bien clos en ma chambre bien chauffée, me gargarisant avec de l'eau tiède infusée d'alun, buvant prou et mangeant peu, et des aliments mous qui ne feraient pas dommage au nœud de mon gargamel, dans trois jours je serais sur pied. Toutefois, ajouta-t-il avec un petit sourire, si je désirais être mal allant davantage et plus longtemps, et plus gravement, et sortir aussi de mon intempérie plus affaibli, je pouvais, si cela me plaisait, me laisser purger, saigner, mettre à la diète par les médecins de la Cour, lesquels il tenait pour d'incurables ignares, se peut parce qu'ils n'avaient pas suivi, comme lui-même et Fogacer, les magistrales leçons du Révérend professeur Rondelet à l'Ecole de médecine de Montpellier.

— Rondelet, poursuivit-il, recommandait que pour un bon mal de gorge avec enflure considérable de gargamel, ce qui n'est pas votre cas, on touchât légèrement lesdites enflures avec une pointe de métal portée au rouge. Et c'est bien ce que je fis pour le duc d'Epernon, sous Henri III : curation qui le guérit, mais qui fit dire *sotto voce* à la Cour, laquelle ne l'aimait pas, tant l'archi-mignon d'Henri III était haut, que ces pointes de feu lui avaient donné un avant-goût de l'enfer qui l'attendait.

Je me sentais déjà mieux quand le marquis de Siorac me quitta, tant l'alacrité qu'il mettait à vivre était
contagieuse. Et bien que je ne sois pas fort pieux —
non point tant par éloignement de Dieu que rebuté
par les excès des Eglises tant réformée que catholique
— je fis une petite prière au ciel pour qu'il gardât vif le
plus longtemps possible le plus affectionné des pères.

J'achevai quand mon écuyer La Barge vint me dire
qu'on avait toqué à mon huis et, ouvrant avec les
précautions que je savais, il s'était trouvé confronté à
une petite garce de onze à douze ans avec le plus joli
minois du monde et fort proprement vêtue, laquelle,
d'une voix douce et chantante, avait quis de lui de
l'introduire auprès de son maître afin de lui parler au
bec à bec.

— A-t-elle dit son nom ?

— Nenni, Monsieur le Comte, elle a dit qu'elle ne se
nommerait qu'à vous.

— La Barge, en ton opinion, cette petite personne
est-elle de qualité ?

— Assurément, Monsieur le Comte, et elle parle
fort bien.

— Eh bien, admets-la céans sur sa seule bonne
mine. Nous verrons bien. Je doute, ajoutais-je avec un
sourire, qu'elle me veuille assassiner.

J'étais alors vêtu de ma robe de chambre fourrée,
assis sur une chaire à bras devant le feu, les *Essais* de
Montaigne sur mes genoux, à'steure les lisant,
à'steure somnolant, mes yeux suivant la danse des
flammes.

La Barge, ouvrant mon huis, laissa passer la visiteuse, laquelle plongea à ma vue en une révérence à
laquelle il n'y avait rien à reprendre, tant elle y mit de
souplesse et de grâce. Je fis signe à La Barge de se
retirer et dès qu'il eut reclos l'huis sur nous, j'envisageai en silence la garcelette. Petite, elle l'était en effet,
et par la taille et par l'âge, mais bien que son visage fût
en effet des plus charmants, l'expression de ses yeux

faisait davantage penser à une femme qu'à une enfant.

— Mademoiselle, dis-je, puisque nous voilà au bec à bec, comme vous le désirez, peux-je vous prier de vous nommer ?

— Je m'appelle Françoise Bertaut, dit-elle avec un certain air de pompe. Mon père est gentilhomme ordinaire de la Chambre, et ma mère, née de Bessin de Mathonville, est une des femmes de Sa Majesté la reine.

J'observai que, son père n'étant pas noble, elle avait pris soin de préciser que sa mère l'était. Mais alors qu'elle avait pu dire la fonction de son père auprès du roi, elle était demeurée dans le vague quant à celle de sa mère auprès de la reine. En fait, m'étant discrètement enquis le lendemain, j'appris que Madame Bertaut n'en exerçait aucune, tout en étant admise dans l'entourage de la reine avec faveur, du fait de son caractère enjoué et de son ascendance espagnole.

Je ne connaissais pas la mère de la garcelette, mais, en revanche, mon père avait fort bien connu le sien et mieux encore, le frère de celui-ci, le poète ronsardisant Jean Bertaut qu'Henri IV avait nommé évêque de Sées.

— Eh bien, Mademoiselle, dis-je, qu'avez-vous à me dire ? Mais de prime, prenez place, là, sur cette escabelle. Vous serez mieux pour parler.

Elle s'assit et le torse droit, les mains posées l'une sur l'autre sur son genou, elle me considéra avec calme de ses grands yeux bleus et finit par dire, sans que sa voix tremblât le moindre :

— Monsieur le Comte, j'ai à vous communiquer un secret de grande conséquence. Mais avant de vous l'impartir, j'aimerais que vous me donniez votre parole de gentilhomme que vous ne direz jamais à quiconque de qui vous le tenez.

Cette phrase me laissa béant, étant si longue et si bien articulée et si bien prononcée, que je n'eusse pas pensé qu'une fillette de cet âge ait pu la tirer de son cru, si ses yeux bleus, vifs et pénétrants ne m'avaient pas déjà donné la meilleure opinion de son esprit.

— Si je vous entends bien, Mademoiselle, dis-je, je peux révéler votre secret si je le juge utile, mais non point révéler sa source.

— C'est cela même, Monsieur le Comte.

Je me tus, ne sachant trop que penser. Si cette jeune messagère me confiait un secret, c'est de toute évidence pour qu'il fût divulgué, mais à qui et pourquoi ?

— Mademoiselle, si vous voulez user de moi, il faut m'en dire davantage. Ce secret, dois-je, par exemple, le dire au roi ?

— Oui, Monsieur le Comte. A lui et à lui seul.

— Ce secret le servira-t-il ?

— Oui, Monsieur le Comte. Il vaut mieux à tous égards que Sa Majesté sache la vérité.

— Parce qu'on la lui a cachée ?

— Oui, Monsieur le Comte.

— Et le fait qu'on la lui ait cachée pourrait lui être à l'avenir dommageable ?

— Oui, Monsieur le Comte. Et davantage encore à la reine. Si elle n'y veille, ses amies la perdront.

— Vous le croyez ou d'autres personnes autour de vous le croient ?

— Monsieur le Comte, il n'y a pas d'autres personnes. J'agis seule et de mon propre chef.

La promptitude et la pertinence de sa réplique me laissèrent béant et achevèrent de me convaincre qu'il fallait ouïr jusqu'au bout la garcelette et qu'elle ne débitait pas un rôle appris.

— Mademoiselle, dis-je gravement, parlez, je vous donne ma parole de gentilhomme que la source de cette information ne sera jamais révélée.

— Monsieur le Comte, vous n'ignorez pas que le soir du quatorze mars 1622, après souper, on tint le lit [1] chez la princesse de Condé. En cette soirée

---

1. *Tenir le lit* : réception que donne une maîtresse de maison en demeurant allongée dans son lit.

brillante, vous assistâtes, à ce qu'on m'a dit, Monsieur le Comte.

— J'y allai, en effet, mais je me retirai tôt. Tout amusantes qu'elles soient, ces clabauderies perpétuelles sur le prochain finissent par me lasser.

— Elles ne lassent pas, en revanche, Mademoiselle de Verneuil ni Madame de Luynes, lesquelles entraînèrent à cette soirée la reine qui eût mieux fait de rester dans son lit, devant se ménager pour les raisons que l'on sait. Elle demeura en cette soirée chez la princesse de Condé jusqu'à une heure après minuit et se sentant alors fort lasse, elle demanda à Mademoiselle de Verneuil et à Madame de Luynes de la raccompagner chez elle. Or, pour retourner en ses appartements, Sa Majesté et ses compagnes devaient traverser la grande salle des fêtes au bout de laquelle se trouve l'estrade où l'on dresse à l'occasion le trône du roi. Bien que les trois dames eussent avec elles un valet de chambre qui portait une lanterne, la salle leur parut sombre. Elle est en outre glaciale et d'une longueur démesurée. Et Madame de Luynes, soit qu'elle eût froid, soit que l'idée lui en parût plaisante, proposa à la reine de traverser ladite salle en courant et, la reine protestant qu'elle était trop faible pour cet exercice, Madame de Luynes l'empoigna sous le bras droit, enjoignit à Mademoiselle de Verneuil de saisir Sa Majesté sous le bras gauche, et à elles deux, la poussant en avant, la mirent et se mirent au pas de course, le valet de chambre qui éclairait devant elles leur chemin étant bientôt dépassé. Tant est qu'étant arrivé à l'extrémité de la salle, le trio ne vit pas l'estrade du roi, buta dessus et tomba. Madame de Luynes et Mademoiselle de Verneuil se relevèrent en riant aux éclats, mais la pauvre reine poussa un cri, se plaignit d'une vive douleur au ventre et il fallut quasiment la porter jusqu'à sa chambre. La suite, comme bien vous savez, Monsieur le Comte, survint deux jours plus tard et consterna le royaume.

Ce récit me laissa pantois et il me fallut quelques instants avant que je pusse retrouver mes esprits.

— Mademoiselle, dis-je enfin, peux-je vous demander comment vous avez appris ces faits ?

— Bien contre mon gré, Monsieur le Comte. J'ai surpris une conversation entre la reine et ses amies.

— Mademoiselle, au cours de cet entretien, la reine fit-elle reproche à Madame de Luynes de l'avoir fait courir dans l'état où elle se trouvait ?

— Oui. Mais Madame de Luynes réussit à la convaincre qu'elle y avait consenti. Madame de Luynes est toute-puissante sur l'esprit de la reine.

Je laissai passer un silence puis je me levai et je dis :

— Mademoiselle, votre récit sera rapporté au roi.

— Monsieur, dit-elle en se levant à son tour, donnez-moi votre parole de gentilhomme...

— Mademoiselle, une parole de gentilhomme ne se répète pas. Je vous l'ai donnée. Cela suffit.

Elle rougit quelque peu et, sans piper, me fit une nouvelle révérence, mais plus courte que la première. Je sentis bien qu'elle était offensée par ma petite rebuffade et l'accompagnant à mon huis, je lui dis, avant de l'ouvrir pour elle :

— Mademoiselle, vous avez fait preuve d'un grand courage en cette affaire.

Son œil bleu s'éclaira, mais son merci n'alla pas plus loin qu'un roide salut de la tête. Ma fé ! pensai-je, cette petite personne a du caractère. Elle donnera du fil à retordre au gentilhomme qui l'épousera.

Après son partement, je ne pus lire les *Essais* plus avant et ma nuit fut fort désommeillée tant je me tracassais la cervelle à tâcher de décider ce que je devais faire. J'inclinais fort à croire la garcelette. Son récit avait l'accent du vrai, mais quelle preuve avais-je de sa vérité ? *Testis unus, testis nullus* [1], dit le vieil adage. Et allais-je m'aventurer à troubler profondé-

1. Un seul témoin, pas de témoin (lat.).

ment l'esprit du roi sur la foi d'un unique témoignage ?

Le lendemain, je dépêchai La Barge chez Fogacer avec un billet quérant de lui qu'il me vînt d'urgence visiter à l'heure qu'il trouverait la plus convenable, une petite intempérie me contraignant à garder la chambre.

Il survint en bourrasque sur le coup de onze heures, refusa tout à trac la collation que je lui offrais, me dit d'emblée qu'il était fort pressé, s'assit à grande distance de moi, la moitié d'une fesse sur une escabelle et une de ses longues pattes repliée sous lui comme pour décoller plus vite de son siège et me pria de lui dire en peu de mots, *paucis verbis*, de quoi, de qui, de qu'est-ce il s'agissait. Sans nommer ni décrire la narratrice, je lui fis le récit de la chute présumée de la reine et lui demandai si, d'après ses sources, il le trouvait vrai. Il poussa un soupir.

— C'est grande pitié, dit-il, d'être obligé de passer par ces petites sottes-là pour avoir un enfant. Le Seigneur eût bien dû y regarder à deux fois avant de leur confier cette tâche.

— Et à qui d'autre ? dis-je en riant. Mais revenons à nos moutons. L'histoire de la chute de la reine dans la grande salle du Louvre est-elle vraie ?

— Hélas !

— Hélas oui ? ou hélas non ?

— Hélas oui ! La chose est vraie comme Evangile !

— Puis-je citer votre source, Monsieur le Chanoine ?

— Nenni. Si les sources de notre Sainte Eglise sont sûres, c'est en raison de la discrétion qui les entoure. En revanche, nous serions très heureux, si vous en disiez votre râtelée au roi. Nous n'avons pas encore trouvé le moyen de lui faire savoir la vérité.

Là-dessus, après m'avoir salué, il s'ensauva comme il était venu, en coup de vent, étant effrayé par le contact des malades, bien qu'il fût médecin et bon médecin. Mais il se sentait bien plus heureux, maintenant qu'il était chanoine devenu, jouissant de sa grasse prébende et se douillettant comme un chat.

Deux jours plus tard, rétabli, ou comme disait mon père en langue d'oc, « rebiscoulé », je partis sur les traces du roi, lesquelles n'étaient point difficiles à discerner, car partout où il était passé, on ne parlait que de lui. L'ayant enfin rejoint à Tours où il me fit bon accueil, je lui trouvai la mine fraîche et gaie qu'il avait toujours en campagne, vêtu comme ses soldats, mangeant comme eux et peu difficile sur le gîte. J'eus quelques scrupules à troubler tant de belle et plaisante humeur, mais dès le second jour de mon advenue, je lui demandai la grâce de lui parler en particulier et je lui fis quasi en tremblant mon conte, alors que dans un bois où il courait le cerf, il m'avait appelé à me mettre au botte à botte avec lui pour m'ouïr.

Il pâlit excessivement à m'entendre, de douleur ou de colère, je ne saurais dire, et quand j'eus fini, il me dit d'une voix à peine audible :

— Siorac, êtes-vous bien assuré que ce récit soit vrai ?

— Oui, Sire, c'est ma conviction. Je l'ai appris de deux sources que je ne peux nommer, mais qui concordent.

Il fut alors une pleine minute sans parler, le visage toujours aussi blême, mais son œil noir étincelant en son ire. Enfin, avec un soudain retour de son bégaiement, il me dit :

— Venez, Siorac, nous rentrons au logis.

Et là-dessus, il partit au galop, moi-même le suivant, non sans peine, ma jument ne valant pas son hongre, tant est que j'arrivai au logis cinq minutes après lui.

— Que faisiez-vous donc, Siorac ? dit-il avec irritation. Vous traînassiez !

Puis d'une voix rude, il renvoya Soupite et Berlinghen, et leur commanda de fermer l'huis sur lui et d'empêcher quiconque de le venir déranger.

— Siorac, dit-il plus doucement, voulez-vous pas me servir pour une fois de secrétaire à main ?

— Volontiers, Sire, dis-je.

Et ouvrant une écritoire qui se trouvait sur une petite table, je m'assis devant elle et taillai hâtivement la plume que j'y trouvai.

Louis me dicta trois lettres d'une voix hachée. L'une à Madame de Luynes, l'autre à Mademoiselle de Verneuil, la dernière à la reine. Ces trois lettres étaient brèves, sèches, impérieuses et celle destinée à la reine ne comportait en sa formule finale aucun des enchériments dont Louis était coutumier envers son épouse.

A toutes trois, les lettres annonçaient qu'il allait « mettre bon ordre dans la maison de la reine », ajoutant qu'un gentilhomme de la Chambre qui leur porterait ces missives leur dirait le reste de ses intentions.

Je n'écrivis pas cette dernière phrase sans trembler en mon for, me demandant si Louis avait fait choix de ma personne pour une ambassade qui serait si odieuse à celles qui la recevraient. A mon très grand soulagement, il appela Berlinghen et lui ordonna de quérir dans l'instant Monsieur de La Folaine.

Le caractère de Monsieur de La Folaine ne correspondait en aucune façon au nom allègre qu'il portait. C'était un personnage lent, grave, mesuré, je dirais même austère, qui avait été marié deux fois et deux fois veuf, mais sans grande fâcherie.

— Folaine, dit Louis, d'une voix brève et saccadée, après avoir lu ces lettres aux intéressées, vous ordonnerez en mon nom à Madame de Luynes de quitter son appartement du Louvre et de ne plus paraître à la Cour. Vous porterez le même commandement à Mademoiselle de Verneuil, la commettant, en outre, aux bons soins de la duchesse d'Angoulême. Et vous informerez Sa Majesté la reine de ces mesures.

La gravité d'un tel châtiment frappant des personnes d'une telle qualité laissa Monsieur de La Folaine béant et il se risqua à demander au roi s'il devait dire à Sa Majesté la reine le pourquoi de ces sanctions.

— Sa Majesté la reine ne l'ignore pas, dit le roi, d'une voix sèche.

Il donna alors congé à Monsieur de La Folaine et je lui demandai le mien, voulant me mettre à la recherche d'un logis. Et tandis que je quittais la pièce, je l'entendis murmurer avec un soupir : « Dieu merci, j'en ai fini avec cette affaire ! »

Hélas ! Comme il en était loin ! Et comme il connaissait mal le *gentil sesso* et sa rare capacité à devenir beaucoup moins que gentil, dès lors qu'il se sent offensé. Il avait puni la reine et ses amies avec la même roideur dont il aurait usé pour infliger l'estrapade à un soldat maraudeur. Il n'allait pas tarder à découvrir qu'il est plus facile à un roi de se faire obéir d'une armée que de son épouse.

Anne venait d'entrer dans sa vingt et unième année, mais en son for elle était plus jeune encore que son âge, sans beaucoup de plomb en cervelle et ayant reçu à la Cour de Madrid une instruction des plus pauvres. Surtout, elle n'avait jamais vécu que dans les frivolités et les caquets d'un gynécée, de prime avec ses dames espagnoles qui ne rêvaient que friponneries, ensuite avec ses amies françaises dont les propos étaient aussi libres que les conduites. Elle aimait avec elles s'ébaudir et batifoler, lire des livres licencieux et, le cas échéant, mugueter avec les beaux seigneurs de la Cour de France, mais sans que cela tirât vraiment à conséquence. Et parce qu'elle n'allait jamais jusqu'au bout de ces jeux — pas plus avec ces gentilshommes que plus tard avec Buckingham —, elle se croyait sans tache et se pardonnait tout.

Et demeurée Infante d'Espagne en son cœur et imbue d'orgueil castillan, elle avait d'elle-même la plus haute idée et s'estimait au-dessus des lois de ce royaume dont elle était la reine. Plus tard, demeurée veuve avec un fils de quatre ans, et défendant bec et ongles son trône, elle considéra que puisque ce pays appartenait à son aîné, il ne pouvait être que le sien. Et elle devint française. Mais pour l'instant, elle l'était fort peu, et très malheureusement aussi, elle le devait prouver en pleine guerre franco-espagnole en entretenant de coupàbles intelligences avec l'ennemi.

Pour en revenir à nos présents moutons, ce mois de mars 1622 fut assurément très peu faste pour la pauvre Anne. Toutefois, étant de nature ébulliante et légère, elle se consolait de sa déception en se disant qu'elle était encore fort jeune et que la nature lui permettrait un jour d'aller jusqu'au bout de sa maternité. Cette fiance en l'avenir lui donnait pour le présent une émerveillable indulgence : à ses yeux, la course folle dans son état dans la grande salle du Louvre n'était en somme qu'un enfantillage qui avait mal tourné. Et l'idée ne lui venait même pas que le roi de France pût considérer cette petite chatonie comme un crime contre sa dynastie.

Son intime amie Madame de Luynes, qui était la plus experte avocate du diable qu'on pût trouver en ce pays, lui murmurait à l'oreille qu'elle était plus à plaindre qu'à blâmer, que le roi faisait preuve à son égard d'une rigueur excessive et qu'étant née d'un sang égal au sien, elle se devait de ne point plier devant sa tyrannie. Séparer deux inséparables, n'était-ce pas un crime ? Qu'aurait fait Louis, si Marie de Médicis, sous la régence, eût tout soudain décidé d'enlever Luynes à son affection ? Fallait-il que Louis se montrât plus cruel envers son épouse que la moins douce des mères s'était montrée envers lui ?

Ces paroles touchaient au point le plus tendre le cœur de la pauvre reine qui, privée de Madame de Luynes, se voyait, d'ores en avant, vivre dans un désert. Et Madame de Luynes, quant à elle, l'assurait que la priver de la reine, c'était quasiment la priver de la vie, qu'elle ne survivrait pas à cette odieuse disgrâce. Et se jurant alors une éternelle amitié, les deux femmes s'étreignaient et mêlaient leurs pleurs.

Si Anne eût mieux connu son mari — car l'incompréhension était égale des deux parts —, elle n'eût pas imaginé de faire fléchir sa décision en lui envoyant quasi à chaque étape de sa marche contre les huguenots un ambassadeur pour plaider la cause de sa favorite : ce furent successivement son écuyer, Monsieur de Putange (deux fois), Monsieur de Bonneuil, Monsieur de Montbazon (le père de la favorite), Monsieur de Verneuil, le duc de Guise, et fort maladroitement, l'amant de Madame de Luynes, mon demi-frère Claude, le duc de Chevreuse.

L'irritation du roi croissait à chaque envoyé et à tous et à un chacun il faisait la même réponse : « La résolution que j'ai prise ayant été avec bonne considération arrêtée, je n'y puis rien changer. »

Exaspéré à la parfin par tant d'insistance, il écrivit au grave président Jeannin de se rendre chez la reine et de lui dire « qu'absolument il ne voulait plus qu'elle vît la connétable de Luynes que parfois et rarement ».

Quand je sus les termes de cette lettre, ces deux adverbes ensemble ne laissèrent pas de m'étonner. Et à y réfléchir plus outre, j'oserais avancer que leur juxtaposition était très révélatrice de l'aversion passionnée du roi pour Madame de Luynes car, ayant donné d'une main le « parfois », il le retirait de l'autre par le « rarement » qui en effet réduisait le « parfois » à si peu de chose que le roi, s'il l'avait voulu, eût pu sans inconvénient le barrer.

Anne céda, mais dans l'amertume et le ressentiment. Mais Madame de Luynes, Machiavel aux mille ruses, ne se tint pas pour battue et cherchant un bouclier contre la colère du roi, elle dépêcha un gentilhomme à son amant, le duc de Chevreuse (qui l'était déjà du vivant de Luynes), pour lui demander de l'épouser.

Mon demi-frère était alors en pèlerinage à Notre-Dame-de-Liesse à Laon, sanctuaire très vénéré, parce qu'il abritait une statue rapportée de Terre sainte qui, en raison de son origine et de son ancienneté, était réputée faire des miracles. Louis, on s'en ramentoit, avait recouru à ses bons offices et lui avait promis une statue en or si son épouse guérissait.

Le duc de Chevreuse n'était pas seul en ces lieux sacrés, mais accompagné de ses bons amis, Messieurs de Liancourt, de Blainville, Zamet et Fontenay-Mareil, avec qui il se recueillait le matin à l'église et le soir menait joyeuse vie.

Claude, après avoir lu la lettre de Madame de Chevreuse, consulta ses compagnons. Leur avis fut unanime : il valait mieux qu'il refusât, Madame de Luynes étant si odieuse au roi.

— Vous avez mille fois raison, dit Claude, je vais la refuser.

Et il le dit au gentilhomme que Madame de Luynes lui avait dépêché.

De retour à Paris, au cours d'une de ces réunions de famille auxquelles les Guise étaient accoutumés (mais je n'en fus pas, étant avec le roi, et la princesse de Conti n'en fut pas non plus, pressentant ce qui allait s'y dire), Claude consulta les siens.

— Mon pauvre Claude, vous ne ferez donc jamais que des folies dans votre vie, dit le duc régnant qui, à cet instant, oubliait les siennes. Ne voyez-vous pas que cette rusée se sert de vous pour faire échec au roi ? Et en effet, si elle vous marie, qui oserait chasser du Louvre l'épouse d'un Guise ? Voulez-vous donc prêter la main à cette petite intrigue ?

— En outre, dit ma bonne marraine qui, à cet instant, n'était point fort bonne, cette femme, avec son visage d'ange, est le diable incarné. Elle n'est que griffes et dents, intrigues et brouilleries. Elle portera le haut-de-chausses chez vous et vous fera voir pays. Je vous l'assure, monsieur mon fils.

— Madame ma mère, dit le duc de Chevreuse, vous avez mille fois raison. Je vais la refuser.

Et à Madame de Luynes il dépêcha sur l'heure un petit vas-y-dire avec un billet pour s'excuser derechef de ne la marier point.

Toutefois, le lendemain, il se repentit de sa brusquerie, ce vaillant étant d'un naturel tendre quand il n'avait pas l'épée à la main. Et ne fût-ce que pour tâcher d'adoucir par de bonnes paroles ses refus répétés, il alla visiter la connétable.

Il la trouva plus belle que jamais, son infortune ne l'ayant pas abattue, tout le rebours.

— Ah, mon Claude ! dit-elle en lui prenant les mains dans ses tendres menottes, vous ne serez donc pas le bon samaritain dans mes jours malheureux !

Là-dessus, elle versa une larme qui fit briller ses beaux yeux, mais une seule, pour ne pas gâcher son pimplochement.

— Mon ami, reprit-elle, que de peine et d'opprobre m'a valu la grande amour que j'ai conçue pour vous et qui me possède encore, hélas, malgré votre abandon ! Tout un chacun ici m'écrase et me jette la pierre ! Me voilà haïe, honnie et bannie de la Cour et de vous-même aussi, par ma faute qui est aussi la vôtre et qu'en cette extrémité même je ne voudrais pas pour un empire ne pas avoir commise ! Mais que puis-je faire aujourd'hui en cet affreux prédicament, sinon m'aller ensevelir dans un couvent afin d'expier pendant le reste de mes tristes jours le crime de vous avoir trop adoré... Ah ! que n'ai-je cédé à ce roi hypocrite quand il m'aimait ! Tout un chacun alors pensait que l'épouse du favori allait devenir la favorite du souverain ! Mais comment eussé-je pu céder à ce chattemite, n'ayant d'yeux que pour vous ? Tant est qu'au prix même de sa haine, je vous ai préféré...

Ainsi de plainte en reproche et de reproche en prière, et de prière en vibrante déclaration d'un éternel amour, la connétable s'approchait peu à peu de sa proie et, dès qu'elle se sentit à portée, ce beau serpent à tête de femme s'enroula autour de lui, le pressant de ses tendres anneaux, tant est que le pauvre Claude sentit tout ensemble sa volonté s'engourdit et s'enflammer ses sens.

Il céda. Et battant le fer pendant qu'il était chaud, dès lors que leurs tumultes furent apaisés, elle lui fit écrire une lettre au roi où, se conformant à l'usage, il demandait à Sa Majesté la permission d'épouser la connétable.

Cette lettre parvint à Louis en la ville de Nantes alors qu'il y faisait étape. Il venait d'apprendre que Monsieur de Soupite avait pris l'île d'Oléron, Royan et Les Sables-d'Olonne, nouvelle qui n'avait pas laissé de lui donner quelques soucis, tant est que la lettre de Claude ne fut pas pour améliorer son humeur. Il pâlit de colère en la lisant et quand il l'eut finie, il me la tendit avec une brusquerie qu'il ne m'avait jamais montrée jusque-là. En outre, quand il me parla, il ne me nomma ni Siorac, ni *Sioac*, mais d'Orbieu. Ceci me mit puce au poitrail tout autant que l'âpreté de son ton.

— C'est là une lettre de Chevreuse, dit-il d'une voix qu'il avait peine à maîtriser. Lisez-la, d'Orbieu, puisque vous êtes, à ce que j'ai ouï, quelque peu son frère.

Ce « quelque peu » me donna à penser et je commençai à craindre que l'ire du roi contre Claude retombât « quelque peu » en éclaboussures sur sa famille et sur moi.

Je lus lentement cette malheureuse missive. Elle ne m'étonna point, car je connaissais déjà son objet, ayant reçu la veille, de la duchesse de Guise, une lettre où elle m'expliquait par le menu les remuements de la connétable et la capitulation de Claude. Ma bonne marraine me demandait d'intervenir auprès du roi pour que ce mariage, si désastreux qu'on le pût juger, ne fût pas interdit, car elle craignait un coup d'éclat de mon frère ensorcelé.

Je me demandai, en lisant la lettre de Claude au roi, si celle de ma bonne marraine, m'étant parvenue par le courrier royal, n'avait pas été ouverte, lue et communiquée au roi. Tant est que, sur cette considération, je décidai que la meilleure politique contre ses suspicions était d'en user avec lui avec la plus complète franchise.

— Sire, dis-je, en lui rendant la lettre de Claude,

hélas, je n'ai rien appris en lisant ce poulet. J'ai reçu hier une missive de la duchesse douairière de Guise où elle me contait les brouilleries de la connétable. Ma bonne marraine me demandait d'intervenir auprès de Votre Majesté pour que le mariage se fît, de peur que ce pauvre Claude ne se livrât à un éclat.

— Et qu'allez-vous faire à ce sujet ? dit Louis.

— Ce qu'elle désire que je fasse, Sire.

— Comment cela ? dit Louis avec un haut-le-corps.

Et il ajouta :

— Est-ce Siorac qui parle ainsi ou le demi-frère de Chevreuse ?

— C'est Siorac, dis-je avec chaleur. Siorac, dis-je, qui n'a jamais eu à cœur que les intérêts de Votre Majesté, lesquels passent et passeront toujours en son estimation avant ceux de sa famille.

— Et à votre sentiment, dit Louis avec quelque roideur, que commande mon intérêt en ce prédicament ?

Il n'était pas facile de supporter le regard de Louis quand il était dans ses colères. Toutefois, je me tins au parti que j'avais résolu et me jetai à l'eau.

— Sire, dis-je, ce mariage est désastreux à tous égards, mais il n'est pas dans l'intérêt de Votre Majesté de l'interdire.

— Comment cela ? dit Louis, la crête fort redressée. Dois-je, moi, redouter un éclat du duc de Chevreuse ?

— Nenni, dis-je, Claude n'est point fait de ce mauvais métal. Il est et sera toujours fidèle à son roi. Mais quant à moi, Sire, j'opine que c'est affaire à la conscience de Votre Majesté de savoir si Elle désire empêcher un mariage qui permettrait à deux personnes qui vivent habituellement dans le péché de se réconcilier avec Dieu.

Cet argument ne fut pas trouvé dans le chaud du moment, mais la veille en mes méditations, comme étant le plus apte à convaincre un homme aussi pieux que Louis. Toutefois, en le prononçant, mes lèvres mêmes s'en étonnèrent car c'était là une pensée de prêtre et non de celles que ma cervelle volontiers accueille, car je répugne ordinairement à imaginer que le Créateur s'intéresse de si près aux copulations de ses petites créatures, qu'il en tienne des registres et en conçoive des ressentiments.

La flèche néanmoins toucha sa cible et Louis parut frappé par cette raison qui jusque-là ne s'était pas présentée à lui. Et je le vis, à mon grand soulagement, se calmer peu à peu :

— J'y vais penser, dit-il.

Phrase par laquelle il était accoutumé de clore un débat. Et bien que ce débat-là fût inachevé, j'opinai que Louis ne tomberait pas dans l'erreur d'opposer au mariage de Chevreuse une interdiction que l'intéressé pourrait si facilement violer.

— Laissons la diablesse triompher, dit-il, pour le moment. Et ne songeons pour lors qu'à bouter hors de nos places cet autre méchant...

CHAPITRE XIV

Cet autre méchant était Benjamin de Soubise, frère du duc de Rohan, lequel animait, avec le duc de La Force, la rébellion protestante. La longue bande de littoral atlantique qu'il avait arrachée à la couronne s'étendait des Sables-d'Olonne à Royan, en passant par l'île d'Oléron. Elle avait donc l'avantage d'épauler, au nord et au sud, La Rochelle, joyau de la puissance huguenote, place fortissime, jugée par ses habitants inexpugnable, parce que l'Anglais la pouvait secourir par terre et parce qu'après six mois d'un terrible siège, Henri III, alors duc d'Anjou, avait failli à la prendre.

Louis n'avait aucunement l'ambition de s'en saisir : il n'en possédait pas encore les moyens. Sa cible lointaine était Montpellier et sa cible proche, Soubise et son armée, forte de sept mille hommes, alors que Louis n'en avait que cinq mille, mais combien plus exercés ! Et Louis possédait, en outre, les trois vertus qu'Henri IV tenait pour suprêmes chez un chef de guerre : la résolution, la promptitude et la vaillance sur le terrain.

Son partement de Paris avait assoupi dans le feu de l'action ses chagrins domestiques. A brides avalées, le visage ferme et serein, il courait les chemins, plein d'un rêve héroïque et il me semblait par instants que l'ombre de son père le poussait aux épaules pour qu'il égalât sa gloire.

La rapidité de son avance — il lui fallut moins de six jours pour aller de Blois à Nantes — étonna le monde : aucune armée, jamais, n'était allée plus vivement et nul, assurément, n'en fut plus frappé que Soubise lui-même.

Soubise avait, en effet, quelques raisons de craindre l'avenir. En rendant Saint-Jean-d'Angély au roi, il lui avait demandé pardon. Le pardon accordé, Louis lui avait, au surplus, rendu la liberté dont Soubise s'était incontinent servi pour se révolter derechef contre son roi et lui prendre ses villes. Or, Soubise se faisait peu d'illusions sur ses troupes. Avec ses sept mille hommes, il se faisait fort, assurément, de battre n'importe quel gouverneur de province que la couronne eût dépêché contre lui. Mais la présence du roi changeait tout. Louis était l'oint du seigneur, objet de révérence et de crainte. Sa légitimité valait plus qu'une légion. Et Soubise, quoique vaillant sous les balles, perdait de sa superbe au fur et à mesure que le roi se rapprochait de lui. Son imagination, quoi qu'il en eût, lui présentait des chaînes, des prisons et l'épée du bourreau.

Quand il apprit que l'armée royale quittait Nantes pour gagner Challans, il s'enferma avec son armée dans l'île de Riez, petite île en face de Saint-Gilles. N'ayant pas à proximité d'autre citadelle où se réfugier, il choisit cette île-là en raison d'une particularité qui la rendait redoutable à des poursuivants : elle était accessible à pied, mais seulement à marée basse, laquelle, à cette époque, n'était vraiment basse qu'à la minuit. Tant est que tout assaillant devait se dire que, même s'il réussissait à passer le gué dans les ténèbres, toute retraite, si la fortune des armes lui était contraire, lui serait interdite par la montée inexorable du flux derrière lui.

Quand il parvint à la côte atlantique, Louis voulut reconnaître le lieu où Soubise était retiré. Il gravit, avec les chefs de son armée, une des dunes de sable dont le sommet donnait des vues sur l'île de Riez. A tous, l'affaire parut pleine de périls : le passage du gué dans les ténèbres, l'eau glacée en ce mois d'avril, l'armée mouillée et grelottante au moment de se battre, et surtout, l'impossibilité de la retraite, si la fortune nous était contraire.

Les conseillers de Louis étaient pleins de réticences et d'appréhensions. Par-dessus tout, ils n'eussent pas voulu que le roi hasardât sa personne en cette périlleuse entreprise. Mais à ces objections Louis coupa court.

— Messieurs, dit-il, je ne me serais avancé jusque-là pour rien, si meshui, je ne poussais pas ma pointe. Nous n'allons pas laisser à l'ennemi le choix de combattre ou de fuir. Messieurs, n'ayez pas davantage peur pour moi que je n'en ai moi-même. Ma cause est juste et Dieu m'aidera. Nous passerons le gué à minuit.

Ayant dit, il fit donner du pain à l'infanterie, envoya les chevaux paître dans les prés de Saint-Jean-de-Monts et trouva pour lui-même un gîte fruste à la métairie de l'Epine où, ayant soupé d'un croûton de pain et bu un gobelet de vin, il fit jeter une casaque de chasse sur la paille qui était là et s'endormit comme loir, étant resté cul sur selle pendant quinze heures.

Ce gué, pour passer l'île, s'appelait le gué de Besse. A minuit, la cavalerie, le roi à sa tête, le franchit la première en moins d'une demi-heure, mais l'infanterie, passant par le gué de l'Epine, ne le trouva pas si commode et se mouilla davantage. Une fois dans l'île, une surprise les attendait. Les enfants perdus [1] qu'on avait envoyés en éclaireurs vinrent nous dire qu'à une demi-lieue de là, ils n'avaient pas vu trace de l'ennemi. Louis eut alors le loisir de déployer son armée. La trouvant à l'inspection fort mouillée et même grelottante de froid, il fit faire de place en place de grands feux avec les bois des maisons ruinées qui se trouvaient là. Il ordonna aussi qu'on donnât derechef du pain aux troupes.

Pour ceux qui se battent, et de toute cette campagne, je ne quittai pas le roi, la guerre n'est qu'une longue marche ou une longue immobilité — toutes deux exténuantes. Le combat lui-même (sauf quand il s'agit d'un siège) est d'une brièveté étonnante, ou du moins qui paraît telle, dès lors qu'on s'en sort vivant.

La nuit était d'un noir de jais et comme on ne pouvait engager la bataille à tâtons, le roi décida d'attendre le jour et jamais jour ne fut plus long à venir : on eût dit que le soleil répugnait à se lever pour voir se répandre le sang et, qui pis est, le sang d'une guerre fratricide. A la pique du jour, Louis fit derechef distribuer du pain aux soldats et, ayant ouï l'un d'eux se plaindre que la part pour chacun fût bien petite, il lui dit :

— Si vous avez affaire à plus, c'est maintenant chez l'ennemi qu'il le faudra trouver.

Cette petite gausserie, qui fut répétée au bec à bec, était si bien dans la veine et la manière de son père au combat que d'aucuns de ceux qui avaient combattu auprès d'Henri IV en furent comme rafraîchis.

Mais bien longue derechef fut l'attente jusqu'à l'aurore. Après s'être chauffé à l'un des grands feux qu'il avait fait allumer de place en place, et qu'on

1. On appelait ainsi les éclaireurs qu'on envoyait loin au-devant de l'ennemi, et qui, pour cette raison, couraient les plus grandes chances d'être tués.

alimentait à'steure avec des joncs qu'on avait coupés sur le bord des marais, Louis s'alla coucher un peu à l'écart sur le sol, lequel était en cet endroit du sable et s'enveloppa dans sa casaque de chasse.

— Sire, lui dit son maître d'hôtel Du Gué, vous seriez mieux dans votre lit au Louvre !

— Tout le rebours, dit Louis, j'ai tous les contentements du monde de me voir là, puisque demain je vais combattre cet orgueilleux qui me veut prendre mes villes et mes îles. Je ne lui en laisserai pas une seule, pas même cette petite île !

Là-dessus, il s'ensommeilla et nous interdîmes à tout survenant de le déranger jusqu'à la pique du jour, laquelle fut vraiment une pique, car elle surgit d'une ouverture soudaine dans un gros nuage noir et darda sur nous sa gloire de lumière comme dans ces images de l'Ancien Testament où l'on voit Dieu le Père se pencher hors du balcon du ciel pour apparaître aux humains.

Louis était déjà debout. Berlinghen et Soupite lui mettaient sa cuirasse de guerre et son écuyer lui ayant amené son cheval, Louis, sans aide et malgré le poids de sa cuirasse, se hissa dessus en un battement de cil. Cependant, il ne mit pas de casque, mais un chapeau orné d'une seule grande plume blanche où je ne fus pas le seul à voir un rappel du panache blanc que son père portait à la bataille d'Ivry.

Sur son ordre, l'armée déployée en bataille se mit en branle, la cavalerie et Louis à sa tête, et s'avança d'une demi-lieue en direction du bourg de Riez sans trouver âme qui vive et là, nous commencions à nous poser quelques petites questions, quand Monsieur de Beaumont, qui s'était avancé fort avant avec les enfants perdus, revint à nous avec des prisonniers et des paysans pêcheurs, lesquels questionnés nous dirent leur râtelée de ce qui s'était passé.

Quand Soubise, la veille, vit l'armée royale, établie sur les dunes du continent, se préparer bel et bien à envahir l'île où il s'était réfugié, il comprit que le piège du flux et du reflux, par lequel il comptait la faire renoncer à cette invasion, allait, en fait, se refermer sur lui. Tant est que s'il était battu, comme tout le laissait prévoir, la retraite lui allait être fermée par la marée montante. Il décida donc de se dégager sans tant languir de cette nasse et le roi était à peine sur l'île depuis une heure que Soubise, à la faveur de la nuit, tâcha de gagner Saint-Gilles-Croix-de-Vie par un autre gué que celui que le roi avait pris, afin de s'aller embarquer sur des vaisseaux et gagner La Rochelle.

Par malheur, la marée montait déjà et si Soubise et sa cavalerie purent passer le gué sans trop d'encombre et aussi une partie de son infanterie avec de l'eau jusqu'à la poitrine, le reste, environ deux mille hommes, ne purent affronter le flux qui croissait de minute en minute et demeurèrent sur l'île, désemparés, sans chef et sans d'autre espoir que la mort.

Nos soldats, en effet, en eussent fait, dans leur avance, peu de quartier, si le roi n'avait imaginé de promettre quelques pécunes pour chaque prisonnier qu'on lui amènerait pour ses galères.

Nous trouvâmes, en avançant, une bien étrange picorée : une charrette pleine de cloches que les huguenots avaient amenées sur l'île et qu'ils avaient arrachées au cours de leurs conquêtes du littoral aux clochers catholiques afin de les fondre et fabriquer des canons : ce qui leur eût donné une voix assurément moins musicale que celle pour laquelle on les avait faites. Louis ordonna qu'on ramenât ces cloches sur le continent et que chacune retrouvât sa chacunière, afin qu'aucune des églises dans ce pays ne demeurât muette plus longtemps.

Cette affaire de Riez eut ceci d'émerveillable qu'elle fut, sans qu'on combattît du tout, et sans perte aucune, une victoire de grande conséquence, car Soubise y perdit une partie de son armée et de son renom et toutes les places qu'il avait saisies furent reprises par le roi : Royan en quatre jours, ce qui fut d'un très grand profit, car située comme elle était à l'embouchure de la Gironde, la ville eût pu à la fois gêner le commerce de Bordeaux et servir de repaire aux vaisseaux huguenots.

Louis conçut d'autant plus de contentement de ce succès qu'à Paris son Conseil et ses ministres avaient tâché, unanimement, de le dissuader de se lancer derechef dans une campagne contre les huguenots. Seul l'avait soutenu alors avec beaucoup de vigueur le prince de Condé : raison pour laquelle il fut alors si en faveur auprès du roi que la Cour pensa qu'il allait succéder à Luynes et devenir le favori de Sa Majesté. Mais, comme je le conte plus loin, Condé brouillonna tant et si sottement qu'il perdit tout crédit au bout de quelques mois.

Comme je n'ignorais pas que la cible ultime de l'armée royale était Montpellier, la ville huguenote la plus forte après La Rochelle et Montauban, je pensais qu'après la prise de Royan, nous allions passer par Bordeaux et de là descendre en longeant la Garonne jusqu'à Toulouse pour gagner ensuite Carcassonne, Narbonne, Béziers, Pézenas et Mauguio, où l'on ne serait pas loin, en effet, de Montpellier. Et c'est bien ce que nous fîmes en gros, mais avec deux crochets notables, l'un à l'est de Bordeaux qui nous mena jusqu'à Sainte-Foix-la-Grande dont nous fîmes le siège. Et le second à l'est de Montauban pour prendre Nègrepelisse et Saint-Antonin. On voit par là que deux villes de grande conséquence, Bordeaux et Montauban, demeurèrent à l'écart de notre route. La première, parce qu'elle nous était fidèle, la seconde parce qu'elle nous était hostile et que le roi n'avait pas assez de moyens pour essayer de la réduire en l'assiégeant derechef.

Le duc de La Force, qui occupait Sainte-Foix-la-Grande à l'est de Bordeaux, était, avec le duc de Rohan qui tenait Montpellier, le chef le plus important de la rébellion huguenote. Mais chez lui, le grand seigneur, soucieux de ses intérêts particuliers, l'emportait de beaucoup sur le protestant. Dès que Louis eut fait occuper son château, ce qui chagrina fort le duc, et l'armée royale apparaissant ensuite sous les murs de Sainte-Foix, La Force troqua la ville et toute la Basse-Guyenne contre deux cent mille écus et le titre de Maréchal de France. Son château, au surplus, lui fut rendu gracieusement.

Si le lecteur me permet de faire un saut — un saut de géant, à vrai dire — des environs de Bordeaux à ceux de Montauban où le roi fit ce deuxième crochet à l'est dont j'ai parlé plus haut, j'aimerais éclaircir les circonstances de ce massacre de Nègrepelisse qui fut un des spectacles les plus odieux qu'il me fut donné de voir en cette guerre.

Il n'y eut pas à la vérité un, mais deux massacres à Nègrepelisse, le second étant la conséquence du premier. Celui-ci fut le fait des habitants eux-mêmes. Huguenots fort acharnés, ils surprirent en janvier, au milieu de la nuit, la garnison que le roi leur avait donnée lors de la précédente campagne et fort impiteusement passèrent au fil de l'épée les quatre cents hommes qui la composaient.

Ce crime indigna fort le roi qui se jura de le venger, d'autant que Nègrepelisse n'était qu'à quelques lieues de Montauban et qu'il entendait montrer à la grande ville rebelle qu'on ne lui tuait pas en pleine paix de bons soldats sans que ce forfait fût puni. Ce qui ne voulait point dire en son esprit qu'à la mise à mort de la garnison devait répondre l'extermination du bourg. Par malheur, Louis était fort malade quand la ville fut prise, blême, fiévreux, secoué par une toux sèche et extrêmement las. Le commandement de l'armée royale fut alors assumé par Condé, premier prince du sang, lequel, quand nos troupes prirent Nègrepelisse, ordonna « de tout tuer ». Cette extermination eut lieu sur les sept heures de l'après-dînée par une belle soirée de juin. De sa chambre, Louis ouït en pâlissant les cris de ceux et de celles qu'on égorgeait. Le « tout tuer » du prince de Condé n'était pas seulement odieux, il était aussi hypocrite, car il incluait dans le « tout », sans expressément les nommer, les femmes et les enfants. Louis se traîna jusqu'à sa fenêtre qui donnait des vues sur la petite ville, mais il n'en vit rien que les murs. Quand les hurlements d'angoisse se turent, nos soldats, maculés de sang et titubant de fatigue, sortirent par petits groupes de Nègrepelisse, et peu après de grandes flammes s'élevèrent à l'intérieur des murs, accompagnées d'épaisses fumées noires qui apportaient jusqu'à nous une écœurante odeur de chair brûlée. Louis se traîna jusqu'à son lit et se recoucha, la face blême, sans mot piper.

A mon sentiment, la disgrâce de Monsieur le Prince commença à ce moment-là. En omettant de consulter le roi et en donnant l'ordre de « tout tuer », Condé n'avait pas respecté la prérogative royale qui consiste à faire grâce, ou à ne pas faire grâce, obligeant Louis d'endosser, après coup, une boucherie qui n'était ni dans son naturel (on l'avait bien vu à l'île de Riez), ni dans sa politique. Louis entendait bien réduire les rebelles à l'obéissance, mais il ne voulait à aucun prix réveiller le souvenir de la Saint-Barthélemy.

Je ne donnerai qu'un exemple de cette disposition du roi. Près de Mirambeau, ayant surpris deux gardes françaises en train de mettre au pillage la chaumine d'un paysan huguenot, il les fit arrêter et battre comme plâtre, puis s'en allant trouver leur colonel, il lui dit avec la dernière sécheresse : « Si d'ores en avant, vous n'y mettez bon ordre, je vous casserai, comme faisant vous-même tous les larcins et voleries. »

Après Nègrepelisse, on alla assiéger une petite place voisine qui portait le joli nom de Saint-Antonin-Noble-Val. Ce siège, qui dût être bref, dura près d'un mois, parce que de prime les habitants se défendirent avec vaillance, les femmes comprises, lesquelles, alors qu'un assaut allait l'emporter, saisirent des hallebardes et repoussèrent vigoureusement les nôtres,

431

mais surtout par le fait que le prince de Condé, estimant que son sang lui donnait un génie supérieur à l'expérience des hommes de guerre, avait décidé, sans consulter personne, d'attaquer la petite place par le côté le plus fort au lieu de l'attaquer par le côté le plus faible...

Cette sottise qui se révéla si coûteuse en hommes et en temps n'échappa point à Louis. Il y eut pis. Le déplaisir qu'il éprouva à constater que la cruauté de Condé n'avait d'égale que son insuffisance s'aggrava encore quand il vit d'une fenêtre, le trois juillet, à Toulouse, Monsieur le Prince participer, sans lui avoir touché mot de prime, à la procession des Pénitents Bleus. La présence du premier prince du sang parmi ces religieux qui parcouraient les rues pour exciter les passions du populaire de Guyenne contre les huguenots, donnait à la campagne royale un caractère de croisade que Louis, depuis son partement de Paris, avait tout fait pour éviter.

L'intempérie persistante du roi me donnait un fort tracassement et point seulement à moi, mais à toute l'armée car, agissant en dents de scie, avec des mieux et des empirements, elle paraissait interminable, pour ne pas dire inguérissable. La toux du roi le secouait du matin au soir et pour la soigner, Héroard lui administrait des clystères. « Il se trompe de bout », disait La Barge avec bon sens. Propos que mon père répéta plus tard en termes plus savants.

Une épidémie d'une sorte que je ne connaissais pas — inévitable, quand tant d'hommes se déplacent ensemble — décimait l'armée. Tant est que pour nous refaire, on décida de demeurer trois semaines à Béziers.

Nous avions, au-dessus de nous, un ciel d'un bleu implacable où brillait un soleil brûlant et sous nos pieds un sol desséché. L'eau était rare, parce qu'il n'avait pas plu depuis des mois, ce qui aggravait nos incommodités. Et surtout, bourdonnaient sans cesse autour de nous une incrédible quantité de mouches le jour et de *muscaillous* la nuit.

On parle d'oc à Béziers. Un oc un peu différent du périgordin de mon père, mais que j'entendais passablement bien, ce qui me valut un bon logement et les bons soins de la dame de céans, veuve accorte qui me voulait du bien et qui me gâtait fort. Le lendemain de mon installation, un soldat vint me porter un mot de Bassompierre : si je l'agréais, il me viendrait visiter à sept heures de l'après-dînée pour me parler au bec à bec. J'y consentis, cela va sans dire, tout piqué que je fusse de l'avoir vu si peu depuis le début de la campagne. Mais il pouvait arguer des devoirs guerriers de sa charge, dont d'ailleurs il s'acquittait à merveille.

A sept heures, on toqua gaillardement à l'huis et la veuve m'amena triomphalement Bassompierre et, l'ayant amené, le couva des yeux, nous disant qu'elle allait revenir et elle revint en effet, portant sur un plateau des gobelets, un flacon de Frontignan et des galettes, lesquelles elle disposa sur la table sans quitter de l'œil mon visiteur.

— Madame, dis-je en oc (car je la « madamais », ce qui la flattait étrangement), comment trouvez-vous le comte de Bassompierre ?

Sur quoi elle fit une révérence à laquelle Bassompierre répondit en se soulevant à demi de son siège, puis s'étant un petit réfléchi, elle dit en oc :

— Il est fort beau, encore qu'il ait déjà les tempes blanches.

Je traduisis à Bassompierre, lequel, sans battre un cil, dit avec la dernière gravité :

— Madame, je suis comme le poireau : ma tête est blanche, mais ma queue est verte.

Je traduisis et la dame de céans rit à gueule bec, le tétin ému et la hanche ondulante. J'eusse gagé que si elle avait eu une chambre de plus, elle eût enrôlé volontiers Bassompierre sous sa bannière.

Sur un signe que je lui fis et qu'elle crut inspiré par

la jalousie (car elle prit de petites mines confuses), elle se retira en révérences.

— Jeune Siorac, dit Bassompierre, vous êtes bien garni céans. Galettes craquantes, bon vin de Frontignan et bienveillante hôtesse.

Ayant ri, il poussa un soupir et reprit :

— Mais on étouffe céans. Ne pourrait-on déclore ces verrières ?

— Comte, que si on les déclôt, dis-je, les *muscaillous* vont nous dévorer.

— Et celui-là, dit Bassompierre en se claquant la joue droite, est-il passé à travers le verre ?

A cet instant, ayant toqué à l'huis, l'hôtesse réapparut avec deux citrons coupés par moitié sur une soucoupe, laquelle elle déposa sur la table.

— Messieurs, dit-elle en oc, si vous ne voulez pas que les *muscaillous* vous piquent, passez un peu de ce jus de citron sur les joues et les mains, les *muscaillous* le craignent.

Je la remerciai et sur un regard un peu impérieux que je lançai, mais accompagné toutefois d'un petit sourire, elle s'en alla.

— Va-t-elle écouter à la porte ? dit Bassompierre.

— Peu lui chaudrait. Elle entend à peine le français. Mais qu'allons-nous dire de si sérieux ?

— Nous verrons bien, dit Bassompierre en souriant, mais en m'envisageant avec un air qui démentait son sourire. Il y a des choses, poursuivit-il, que je sais et des choses que vous savez, tant est qu'il ne serait pas, je crois, disconvenable de mettre en tas devant nous ces choses-là pour les trier. Voulez-vous un exemple ? Je vous vois soucieux. Peux-je vous demander le pourquoi ?

— Je m'inquiète de la santé du roi et je crains que Condé ne nous gâte cette campagne par ses sottes décisions.

— Pour la santé du roi, mon ami, je me désole aussi, mais nul plus que lui-même. Savez-vous ce qu'il m'a dit hier ? « Je fus malade à Toulouse, je le fus à

Castelnaudary et crains bien de l'être ici. Si c'était à Paris, je ne penserais pas mourir, mais il me semble qu'un homme est mort dès qu'il est malade ici. »

— Dieu ! m'écriai-je, c'est là une parole très déconfortante !

— Et qu'il faut prendre *cum grano salis* [1]. Cela veut dire que la chaleur, les mouches et les moustiques sont insupportables. En fait, ce matin, Louis va beaucoup mieux.

— Cela n'est pas bien rassurant : un jour bien, un jour mal et toujours cette toux maudite avec cette petite fièvre.

— Toutefois, reprit Bassompierre, il est fort jeune encore et fort vigoureux. Quant à Condé, rassurez-vous, Lesdiguières s'est converti ce mois-ci au catholicisme.

— Est-ce constant ?

— Vérité d'Evangile.

— Vous parlez par énigme. Qu'est-ce que cela veut dire ?

— Que Lesdiguières, quittant son Dauphiné, va nous rejoindre sous les murs de Montpellier. Là, le roi lui remettra l'épée de connétable et Lesdiguières, la dieu merci, conduira le siège, Condé passant à l'arrière-plan.

— Comment le savez-vous ?

— J'ai des oreilles.

— Sont-elles assez longues, dis-je en souriant, pour avoir ouï que Richelieu est en bonne voie d'être nommé cardinal par le pape ?

— Ah ! cela, vous me l'apprenez, dit Bassompierre en levant le sourcil. Voilà qui est du plus grand intérêt ! Et d'autant que le cardinal de Retz est quasi au grabat.

— Je l'ai ouï dire.

— Et qu'il va laisser une place vide au Conseil des

1. Avec un grain de sel (lat.).

affaires. Laquelle Richelieu pourrait être appelé à remplir.

— Malheureusement, dis-je, je doute que Louis l'y appelle.

— Pourquoi ? Méconnaît-il l'infinie sagacité de l'évêque de Luçon ?

— Il ne la reconnaît que trop. Dès lors que Richelieu mettrait le bout du pied dans le Conseil, Louis craindrait d'être gouverné par lui.

— Et maintenant, dit Bassompierre après un instant de silence, si l'on parlait un peu de moi ?

— De vous, Comte ? dis-je en souriant.

— De moi, mon ami, ne suis-je pas un sujet intéressant ? N'ai-je pas quelques mérites ?

— Oh ! on en ferait un livre que je le voudrais signer ! dis-je en le saluant.

— Savez-vous que lorsque le duc de La Force a troqué Sainte-Foix-la-Grande contre le maréchalat de France, Condé m'a fait remarquer que ce rebelle avait été davantage récompensé pour sa rébellion que moi pour mes services.

— Preuve, dis-je, que même les méchants disent parfois la vérité.

— Savez-vous que ce propos de Condé a été répété hier au roi par Blainville ?

— Je le sais.

— Et le roi est resté là-dessus bouche cousue...

— Pas tout à fait. Louis n'a pas persisté dans son mutisme après le partement de Blainville.

— Et qu'a-t-il dit ?

J'envisageai alors Bassompierre d'un air mi-figue, mi-raisin.

— Je ne sais si je ne vais pas me taire, dis-je, ne serait-ce que pour me revancher de la chatonie que vous m'avez faite jadis en me faisant croire que le roi voulait me marier avec la comtesse d'Orbieu...

— Dans ce cas, ma dignité me défend d'insister, dit Bassompierre d'un air roide en se levant.

— Et mon amitié me commande de ne rien vous

cacher, dis-je aussitôt. De grâce, asseyez-vous ! Et versez-vous une rasade de ce bon vin de Frontignan. Et trinquons ! L'occasion en est bonne. Dès la fin de la présente campagne, je serai, selon le protocole, dans l'obligation de vous donner de l'Excellence et le roi vous appellera « mon cousin » [1].

*
* *

Le roi se remit dès qu'on eut quitté Béziers et, à Pézenas, il allait tout à fait bien. Il eut alors une idée fort bonne que ne lui souffla personne, ni son Conseil, ni Condé, ni son chef d'armée. Il imagina de prendre une à une les petites places qui entouraient Montpellier : Mauguio, Lunel et Sommières, isolant ainsi la place forte huguenote des secours éventuels. Il fit mieux, et poussant jusqu'à Aigues-Mortes que tenait le duc de Châtillon, il traita avec lui, troquant la ville contre un maréchalat. Cela donna quelque déplaisir à Bassompierre qui trouvait qu'on donnait trop de maréchalats aux rebelles huguenots, mais je pris occasion de lui dire que le roi n'emploierait jamais sur le terrain ces maréchaux-là, qui n'étaient en vrai que de nom et de parade, Louis n'ayant guère fiance en leur loyalisme. Enfin, comme nous touchions aux murs de Montpellier, Lesdiguières descendit sur nous de son Dauphiné, comme le *deus ex machina*, catholique frais émoulu, mais vieux général de quatre-vingts ans qui, au cours de sa longue carrière, n'avait jamais connu de défaite. Il reçut du roi l'épée de connétable et l'armée respira. Mais le soulagement fut hélas de courte durée, car aussi stupidement que Luynes devant Montauban, Condé ne voulut jamais obéir aux ordres du nouveau connétable, et Lesdiguières, trop sage pour entrer en lutte avec le premier

1. Un maréchal de France était considéré comme hors pair avec la noblesse de France : le roi lui disait « mon cousin » et tout un chacun devait lui donner de l'Excellence. *(Note de l'auteur.)*

prince du sang, retourna en son Dauphiné pour y quérir des renforts.

Cela se fit si vite que Louis n'eut pas le temps de réagir. Il faut dire ici que Louis était aussi lent dans ses décisions concernant les personnes qu'il était prompt à courir sus à l'ennemi. Fort consciencieux, possédé par un grand souci d'équité, il pesait longuement le pour et le contre et ne se décidait qu'après mûres considérations. Toutefois, la décision prise, il était adamant dans son application. Touchant Condé, il lui fallait trouver une solution qui écartât le général tout en ménageant le prince du sang. Et quand Lesdiguières revint de son Dauphiné, Louis trouva, en effet, cette solution qui, quoique fort simple, fut d'une ingéniosité confondante. Combien que Louis fût assurément l'homme le plus sérieux du monde, j'y trouvai même quelque drôlerie. En l'absence de Lesdiguières, Condé eut quand même le temps de faire quelques sottises que d'aucuns de nos gentilshommes, par malheur, payèrent de leur vie. La défense de Montpellier comportait au nord-est une possession que la stratégie commandait d'occuper. Elle s'appelait la Butte Saint-Denis et donnait des vues sur la ville. Pressé par ses officiers, Condé l'occupa, en effet, mais dans son incurable arrogance et son mépris de l'adversaire, il ne l'occupa pas en force, tant est que l'ennemi, le lendemain, s'apercevant de cette faiblesse, lança une violente contre-attaque contre la Butte et la reprit, non sans que nous subîmes de lourdes pertes.

Ce n'était pas faute de réunir les chefs de l'armée et de confabuler avec eux. Le souffreteux Condé écoutait leurs propositions, l'œil altier et la face imperscrutable. Tous convenaient qu'il faudrait prendre d'assaut deux bastions de la défense appelés respectivement la Blanquerie et les Tuileries. Condé, tout en paraissant les ouïr, ne pensait en fait qu'au maréchal de Créquy, le fils de Lesdiguières, dont on annonçait l'arrivée pour le lendemain. Cette pensée le raidissait et désireux d'affirmer, pendant qu'il était temps encore, sa prééminence, il dit avec hauteur : « Nenni, nenni, Messieurs, il suffira d'attaquer cette demi-lune entre les deux bastions. » On attaqua donc la demi-lune et comme elle était sous le feu croisé des deux bastions, on perdit ainsi beaucoup de monde sans réussir à y prendre pied.

Le duc de Rohan qui défendait Montpellier ne pensait, quant à lui, qu'à s'assurer en traitant à d'aussi bonnes conditions que La Force et Châtillon, mais il ne se pressait pas, les échecs de l'armée royale faisant monter les enchères. Fort des deux défaites de Condé, les députés de Montpellier eurent l'effronterie, ayant demandé audience, de venir dire au roi les conditions auxquelles ils consentiraient à composer. Le roi les reçut fort mal.

— Messieurs, dit-il d'une voix sèche, allez dire à ceux de la ville que je donne des capitulations à mes sujets, mais que je n'en reçois pas d'eux.

Là-dessus, Lesdiguières revint du Dauphiné. Il amenait six régiments et comme un bonheur ne vient jamais seul, le lendemain le duc d'Angoulême en amenait autant de Champagne tandis que notre arrière-garde, à la parfin, nous rejoignait. Lesdiguières et ses considérables renforts nous firent autant de bien que son entrevue le lendemain avec le roi fit de mal à Condé.

— Mon cousin, lui dit Louis en le prenant affectueusement par le bras et en se promenant avec lui dans la pièce, je tiens à vous mettre le premier au courant de ce que j'ai décidé. Le connétable donnera les ordres à toute l'armée, tandis que vous-même, mon cousin, vous ne les recevrez que de ma bouche...

Condé remercia, se génuflexa et se retira. Il était trop fin pour ne pas entendre que des ordres de la bouche du roi, il n'en recevrait pas beaucoup. Le Conseil, le huit octobre, ajouta à sa colère en décidant, à une large majorité, de traiter avec Montpellier. Le lendemain, reçu de nouveau par le roi, Condé plaida avec fougue pour la continuation de la guerre. Pénétré par l'ambition d'une nouvelle croisade, il aspirait à l'éradication complète des huguenots.

— Mon cousin, dit Louis, il n'en faut plus parler. Nous aurons la paix. Je l'ai ainsi résolu.

— Sire, dit Condé, peux-je vous demander mon congé ? Je désire me rendre en pèlerinage à Notre-Dame-de-Lorette.

— Mon cousin, je le veux bien, dit le roi.

Et lui ayant donné une forte brassée et l'ayant baisé sur les deux joues, il le laissa partir.

La paix de Montpellier confirma l'édit de Nantes. La liberté de conscience et du culte fut partout maintenue ou rétablie. Mais les protestants perdaient quatre-vingts places de sûreté. Monsieur de Rohan reçut le gouvernement de Nîmes, Castres et Uzès dont les fortifications toutefois devaient être aux deux tiers démantelées. Il reçut, en outre, une pension de soixante mille écus...

Si j'avais été alors un huguenot de Montpellier, je me serais demandé si c'était bien la peine de s'être battu si vaillamment et d'avoir eu tant de blessés et de tués pour qu'à la fin un si joli flot d'écus tombât dans l'escarcelle de Monsieur le duc de Rohan.

Le douze octobre 1622, se tint dans la ville d'Arles un Conseil des affaires où le roi prit une série de résolutions que j'ai de bonnes raisons de me ramentevoir. Il eut l'air, de prime, d'être assez joueur et folâtre et après avoir taquiné Bassompierre en lui faisant grise mine, il dit en souriant :

— J'ai promis à Bassompierre, quand il aurait fait ses affaires, de le faire maréchal de France et je le fais.

Cela me parut une gausserie un peu grosse à faire en pareille occasion, mais sans m'étonner outre mesure, car dans ce domaine, Louis n'était pas sans se rapprocher des prêtres : sa pudibonderie ne concernait que le sexe. Elle ne s'étendait pas aux régions avoisinantes. Toutefois, la plaisanterie fit rire nos graves conseillers et l'élévation de Bassompierre fut très bien acceptée.

— Messieurs, reprit le roi, retrouvant un ton plus sérieux, le comte d'Orbieu, que vous avez vu très assidu en nos séances pour assister Monsieur de Puisieux de ses lumières, m'a paru avoir des capacités au-dessus de cet emploi et je le nomme, ce jour, conseiller à part entière, ayant droit de consultation et de vote, comme tous les autres conseillers.

Ceux-ci me firent aussi bonne mine qu'ils le firent à Bassompierre. Mon visage leur était connu et comme de par mon emploi antérieur, je n'avais jamais eu l'occasion de contredire personne, personne, à ce jour, ne me voulait du mal.

— Messieurs, dit enfin Louis, prenant cette fois un air tout à fait grave, nous avons eu à regretter, ce mois-ci, à Lunel, la mort de notre très aimé et très regretté cardinal de Retz que Dieu a rappelé à lui. Mon bien-aimé cousin, le cardinal de Retz, était membre de ce Conseil. Il m'appartient donc de le remplacer. Je nomme à ce jour, à ce siège devenu vacant, le cardinal de La Rochefoucauld.

Cette nomination fut accueillie aussi bien que les autres, mais avec des sourires, des échanges de regards et de légers coups de coude, qui me firent entendre que ce qu'il y avait de plus intéressant dans cette promotion, ce n'était pas celui qui était nommé à ces hautes fonctions, mais celui qui ne l'était pas.

Il est vrai que Richelieu avait été promu très récemment cardinal par le pape et que Louis ne lui avait pas encore remis le bonnet de pourpre, ni reçu de lui le serment de fidélité, cérémonie qui scellait l'appartenance du nouveau promu à la personne du roi et à son trône. Toutefois, si Louis avait véritablement voulu de Richelieu en son Conseil, il aurait pu, soit presser quelque peu la remise du bonnet à Monsieur de Luçon, soit retarder le remplacement du cardinal de Retz au Conseil des affaires.

Quand Bassompierre et moi-même eûmes prêté le

serment de fidélité au roi, lui en tant que maréchal de France et moi-même comme membre du Conseil des affaires, nous quîmes du roi notre congé et chacun se retira dans sa chacunière après de mutuelles congratulations. Toutefois, me ravisant, je ne dirigeai pas aussitôt mes pas vers la maison de mon accorte veuve, mais m'allai promener au bord du Rhône, promenade fort solitaire par la vesprée et avec la brume qui montait du fleuve. Cependant, je sentais quelque besoin d'être seul pour mieux songer à l'avancement que le roi venait de me bailler et qui était à mes yeux de bien plus grande conséquence que ma charge de premier gentilhomme de la Chambre ou même que ma croix de Chevalier du Saint-Esprit qui était un grand honneur, assurément, mais non point un emploi, où je pusse être de quelque utilité.

Seul, je ne le fus pas longtemps car, venant à mon encontre, je vis apparaître et se préciser peu à peu dans la brume un moine dont le chef et la face disparaissaient dans son capuce. Il se dirigea droit à moi, ce qui me fit mettre la main gauche à mon escarcelle pour lui bailler quelques sols, s'il était un moine mendiant, et la main droite sur la poignée de ma dague, s'il s'agissait là d'un loup qui se fût habillé en brebis. Mais s'arrêtant à une toise de moi, le quidam dit d'une voix douce que je connaissais bien :

— Monsieur le Comte, je ne suis pas un inconnu pour vous, vous ayant visité dans vos appartements du Louvre et mon frère, Monsieur du Tremblay, s'étant longuement entretenu avec vous.

— Ah ! m'écriai-je, père Joseph ! Est-ce vous ? Et que cherchez-vous céans ?

— Mais un entretien au bec à bec avec votre personne, si vous y étiez disposé. Ne pourrions-nous pas nous asseoir sur ce banc au bord du Rhône ? Je me trouve que d'être excessivement las, ayant fait à pied tout le voyage de Paris jusqu'à Arles.

— Mon père, asseyons-nous, dis-je. Ne voulez-vous pas venir coucher chez moi cette nuit ? Vous pourriez vous y rebiscouler de toutes vos fatigues.

— Nenni, nenni, Monsieur le Comte, je vous fais mille mercis, mais je trouverai bien, en cette bonne ville, un couvent de capucins qui acceptera de me bailler une soupe et une paillasse. Monsieur le Comte, je vous ai vu tout joyeux sortir du Conseil, tout à l'heure, et pardonnez ma curiosité, si j'ose quérir de vous la raison de votre allégresse.

— Vous le pouvez, mon père, il n'y a pas de secret. Le roi vient de m'admettre dans son Conseil des affaires.

— Ah ! Monsieur le Comte ! s'écria le père Joseph, c'est là un avancement émerveillable pour quelqu'un d'aussi jeune. Emerveillable et mérité, car je n'ignore pas que vous êtes fort savant. J'ai ouï dire, ajouta-t-il, que le cardinal de Retz a rendu son âme à Dieu. Le fait est-il constant ?

— C'est hélas vrai...

Un silence suivit cette demi-élégie et le père Joseph, sans s'en faire autrement écho, reprit :

— Je sais bien que vous venez de prêter serment au roi que vous ne révélerez jamais à quiconque ce qui s'est dit au Conseil. En conséquence, ajouta-t-il d'un air vertueux, je ne vous demanderai pas par qui Sa Majesté a jugé bon de remplacer le cardinal de Retz au Conseil.

Ce discours me fit sourire, car le père Joseph me posait une question tout en se défendant de me la poser et en même temps, il attendait de moi que je fusse discret sans l'être du tout. Tout capucin qu'il fût, cela sentait le Jésuite et j'eus bien envie de répondre à ses subtilités par une subtilité qui fût de même farine. Gravement, je dis un mot, un seul, mais qui contenait des volumes.

— Hélas !

Cet « hélas », qui sonnait le glas des espérances que le père Joseph avait conçues pour le cardinal de Richelieu, laissa un court instant le père Joseph muet, et sa tête disparut tout à fait dans son capuce. Mais en même temps, cet « hélas » lui paraissant montrer que je pouvais être en mon for acquis à Richelieu, il saisit en un clin d'œil tous les avantages que ce possible ralliement pouvait lui valoir et entreprit de me faire préciser ma pensée.

— Si je vous entends bien, Monsieur le Comte, dit-il avec une suave douceur, vous n'approuvez pas le choix qui a été fait.

— Nenni, nenni, dis-je vivement, ce choix ne peut être que bon, puisqu'il est le fait de Sa Majesté. Toutefois, si vous me permettez de prendre quelque hauteur par rapport à cet avancement, je dirais qu'il arrive souvent que lorsqu'on a le choix entre deux hommes, l'un qui n'a que le mérite d'une médiocrité rassurante et l'autre qui, de l'avis de tous, possède mille talents, on préfère parfois le premier au second en raison de la crainte que le génie inspire à ceux qui ont peur d'être gouvernés.

— Cette phrase, Monsieur le Comte, est empreinte d'une sagesse émerveillable. Me permettez-vous de la répéter ?

— Oui, mon père, dis-je avec un sourire, mais à une seule personne.

A quoi le père Joseph esquissa à son tour un sourire et au bout d'un moment poursuivit :

— J'imagine, Monsieur le Comte, qu'au Conseil, vous serez d'ores en avant très soulagé d'échapper à la tutelle de Puisieux et de son père.

— Ce n'est pas, mon père, que leur tutelle fût lourde. C'est leur politique, ou plutôt leur absence de politique, qui me paraissait insufférable, ces ministres ne ministrant rien à mon sentiment. En un mot, fils et père faisaient mieux leurs affaires que les affaires de la France. Si je devais résumer mon sentiment...

— Ah ! résumez-le, de grâce ! dit le père Joseph d'une voix pressante.

Mais je ne répondis point tout de gob. Je fus un

444

moment la glotte nouée, tant ce que j'allais dire me paraissait de grande conséquence dans ma vie et susceptible de l'orienter vers le meilleur ou vers le pire.

— Puisque j'ai parlé de Puisieux et de son père, dis-je enfin d'une voix grave, je suis bien assuré que jamais rien qui vaille ne se fera avec eux. Je suis au rebours tout à plein persuadé que rien de solide ne se fera jamais sans la personne que vous savez.

Me voilà donc cette fois à l'eau, pensai-je, à la fois soulagé d'avoir dit mon sentiment et mortellement inquiet à la pensée d'une décision que je n'avais nullement mûrie et que je pris en un battement de cil dans le chaud du moment.

— Ah ! mon ami ! dit le père Joseph en me serrant avec force le poignet, et sans piper mot tant il était ému.

L'instant d'après, ne le sentant plus à mes côtés, je me levai et c'est à peine si j'aperçus sa frêle silhouette qui, en s'éloignant, se confondait avec la brume.

*
* *

Belle lectrice, nous venons d'atteindre, vous et moi, l'année 1623 et le moment est venu d'entamer pour vous un récit dont je ne pourrai pas malheureusement vous raconter la fin, pour la raison que cette fin n'entre pas dans le cadre de ce volume et ne pourra venir à votre connaissance que dans le volume suivant. Vous y perdrez peu, car cet épisode, quoique démesurément grossi par des contes extravagants, n'a pas l'intérêt romanesque qu'on lui a prêté, aboutissant, en fait, à un échec où le ridicule le dispute à l'odieux. Ce que j'en dis ici, m'appuyant sur des témoignages irréfutables, n'est que pour rétablir les faits en leur nudité.

Quand Madame de Luynes se fut enroulée autour de Monsieur de Chevreuse, étant à la fois, si je puis dire, la pomme et le serpent, et fut devenue son épouse, elle reconquit et son appartement du Louvre

445

qu'elle n'avait d'ailleurs jamais quitté et son emploi d'intendante de la maison de la reine et sa quotidienne et ensorcelante présence auprès d'Anne d'Autriche. Elle devait ce prodigieux retournement de situation à la protection du duc de Chevreuse bien sûr, envers qui, comme il est naturel, elle ne fut pas chiche en protestations d'amour et en promesses d'éternelle gratitude. Mais, faisant un retour sur elle-même et réfléchissant qu'elle avait fait une fort mauvaise écorne à Monsieur de Luynes en devenant la maîtresse du duc de Chevreuse, une fois mariée audit duc, elle imagina de réparer le tort qu'elle avait fait à Monsieur de Luynes en devenant la maîtresse du comte de Hollande.

L'objet nouveau de ses affections était un lord anglais qui avait été envoyé en France pour moyenner le mariage du prince de Galles avec la petite sœur de Louis, Henriette. Mais en fait, la couronne d'Angleterre avait deux fers au feu et hésitait entre Henriette de France et Maria, Infante d'Espagne et sœur de notre Anne d'Autriche. Cette hésitation tenait au fait que la politique extérieure de l'Angleterre était elle-même hésitante, balançant entre l'amitié française et l'alliance espagnole. En fait, il n'était pas plus aisé de faire accepter un gendre protestant au roi très catholique qu'au Roi Très Chrétien.

Le comte de Hollande, quand il venait à Paris pour cette longuissime histoire de mariage, descendait à l'hôtel de Chevreuse où il avait, comme on a vu, ses commodités, mon pauvre Claude étant trop occupé à ses chasses, ses chevaux et ses chiens pour voir quoi que ce fût qui l'eût déquiété.

J'ai rencontré plus d'une fois le comte de Hollande chez ma sœur la princesse de Conti et, pour dire le vrai, je l'ai trouvé fort beau, tandis que Bassompierre prétendait qu'il était « un peu fade » et la princesse, de son côté, estimant qu'il y avait « du féminin en lui ». Mais se peut que ces jugements fussent inspirés de part et d'autre par quelque jalousie, Bassompierre ayant alors quarante-quatre ans et ma belle demi-sœur faisant de son mieux pour cacher qu'elle en avait trente-cinq, tandis que Madame de Chevreuse avait eu le bon esprit de naître avec le siècle, tandis que le comte de Hollande, à le voir, ne pouvait être plus vieux, ayant le teint si frais et l'œil si vif. Ce qui inclinait, se peut, la princesse de Conti à penser que Hollande était un peu féminin, c'est qu'il parlait sans cesse de son grand et intime ami, le duc de Buckingham dont il vantait les talents et la beauté. A la duchesse de Chevreuse avec qui il avait, dans l'hôtel de Chevreuse, les apartés que j'ai dits, il montrait son portrait, ce qui fit naître dans l'âme tortueuse de celle que Louis XIII appelait « le diable » un plan sulfureux. Bien qu'Anne d'Autriche et Buckingham ne se fussent jamais vus, l'idée germa en Madame de Chevreuse de faire en sorte que la reine de France, à ouïr sans cesse les louanges du beau duc, et à voir ses portraits, pût tomber amoureuse de lui. Hollande, de son côté, en fit de même avec Buckingham, le but ultime de ces remuements étant de provoquer une intrigue entre Anne d'Autriche et le favori du roi d'Angleterre quand il viendrait en France demander la main d'Henriette.

Je n'aurais jamais cru qu'un plan de cette espèce, à la fois si fol, si futile, et en même temps si périlleux pour toutes les parties en cause pût voir le jour dans une cervelle humaine, si Françoise Bertaut, qui devint plus tard Madame de Motteville, ne m'avait assuré de son existence. Il est en tout cas tout à fait certain que le duc de Buckingham entra dans cette stupide intrigue avec une déraisonnableté qui ne peut que laisser pantois. Il est vrai aussi qu'il avait plus à se glorifier dans la chair que dans la cervelle, sa jugeote étant pauvre et sa vanité, immense. Quand Hollande lui dit que l'envoûtement auquel Madame de Chevreuse se livrait sur la pauvre Anne commençait à porter ses fruits, il résolut de la voir, mais comme à ce moment de son histoire, l'Angleterre poursuivait le mariage espagnol, il persuada le prince de Galles de se rendre en personne à Madrid pour voir l'Infante Maria, mais en passant incognito par Paris, afin de voir la reine Anne lors du grand ballet donné par la reine-mère.

Anne avait été tenue au courant de cette visite romanesque et secrète et dans la cohue de ce ballet, le prince de Galles et Buckingham, sur le seul crédit de leur bonne mine, car ils étaient splendidement attifurés et peut-être aussi en répandant autour d'eux des pécunes, réussirent à être si bien placés qu'ils avaient des vues proches sur la reine et elle sur eux. La duchesse de Chevreuse, assise sur un tabouret à côté de la reine, lui désigna les visiteurs et il y eut un échange de regards, discrets chez la reine, mais très appuyés chez Buckingham, assez en tout cas pour être remarqués par la Cour qui ne sut que le lendemain qui étaient ces beaux jeunes gens. Les langues, dès lors, se délièrent.

Que ce disconvenable babillage atteignît l'oreille de Louis, ou qu'il eût surpris lui-même les regards incriminants, je ne saurais dire, mais il est de fait que les jours suivants, il me parut irrité et malengroin. D'une façon plus surprenante encore, le ballet ayant lieu le six mars, Louis ne fit aucune visite, pas même protocolaire, à la reine au cours des cinq jours qui suivirent. Cependant, le douze mars, il parut revenir à des sentiments meilleurs, car à dix heures de l'après-dînée, il alla coucher chez la reine et d'après ce qu'on me dit le lendemain il y accomplit par deux fois son devoir dynastique.

J'en conclus que la jalousie, fondée sur des apparences aussi légères, ne l'avait pas pu mordre profondément. En quoi je me trompais. Car en avril, près d'un mois après l'apparition de Buckingham auprès de la reine, il interdit l'entrée des appartements de la reine aux hommes, sauf quand il s'y trouvait lui-même. Cette interdiction avait existé autrefois à la Cour de France, mais on l'avait supprimée, pour ce qu'elle paraissait quelque peu insultante pour la reine régnante. Le fait que Louis l'eût rétablie, au risque de blesser profondément Anne d'Autriche, parut indiquer qu'après l'épisode de la chute fatale dans la grande salle du Louvre, et les regards échangés avec Buckingham au cours du ballet de la reine-mère, la confiance de Louis en son épouse avait été beaucoup plus ébranlée qu'il n'avait d'abord paru.

Je le plaignis, rien n'étant en ce monde plus à douloir que les épines de la jalousie. Toutefois, à sa place, je n'eusse pas infligé à la reine la mesure rigoureuse et publique qu'il avait prise. C'était faire perdre la face à la pauvrette et la perdre quelque peu lui-même. A mon sens, il connaissait bien mal les femmes pour ne pas savoir que leur fidélité peut s'accommoder d'une disposition à sentir avec enivrement la gloire de se croire aimées par un beau cavalier convoité par tant de belles. A créer pour Anne une sorte de couvent clos à l'intérieur du Louvre, Louis fanait irrémédiablement ce que la reine pouvait avoir encore de tendresse pour lui et dans le même temps, il la fanait en lui-même. Je sus par Héroard que, de loin en loin, Louis continuait à coucher dans les appartements de la reine et avec elle. Je jugeais ces étreintes malheureuses. Car elles se réduisaient à n'être que l'échange d'un devoir d'épouse et une obligation dynastique. Toutefois, comme à la longue ces commerces ne donnaient pas le résultat que Louis en escomptait, il inclina à les discontinuer. Il sembla perdre alors tout espoir de donner un dauphin à la France et Anne, tout espoir de le reconquérir.

CHAPITRE XV

Peu après que la clôture de la reine fut prononcée, je reçus au Louvre à la vesprée — mais c'était un oiseau du soir, cn l'a déjà deviné — la visite du père

Joseph, lequel, depuis les propos que je lui avais tenus sur le bord du Rhône, me parlait à langue déclose, se peut parce qu'il me supposait plus d'influence sur le roi que je n'en avais.

A la vue de Monsieur de La Surie qui dînait ce soir avec moi (mon père étant retenu au logis par une intempérie de Margot), le père Joseph parut vouloir se retirer dans sa coquille. Mais quand je lui eus dit qui notre Miroul était, il parla à la franche marguerite et se livra à une violente diatribe contre les Brûlart : il appelait ainsi Brûlart de Sillery et son fils Puisieux.

— Ils ne font rien, dit-il, et ils ne veulent rien faire. Et savez-vous pourquoi ? Parce qu'ils sont vieils.

— Puisieux n'est pas vieux, objectai-je.

— Mais son père l'est pour deux. Savez-vous pourquoi ils ont toujours été hostiles à toutes les campagnes de Louis, soit contre sa mère, soit contre les huguenots ? Parce que les ministres suivant le roi en lesdites campagnes, ils appréhendaient les incommodités du voyage.

— Mais Puisieux, lui, c'est différent. Il veut demeurer en Paris pour faire ses affaires.

— Bien dit, Monsieur le Comte. Toutefois, ramentez-vous les affaires d'Allemagne quand les choses prirent mauvaise tournure pour le Palatinat. « Surtout, disait Puisieux, n'y mettons pas le doigt ! » Et faute d'y mettre le doigt, il y mit un emplâtre. On envoya à Ulm une ambassade qui ne servit à rien qu'à abandonner le Palatinat en ayant l'air de le soutenir. Et la Valteline ? Si nous parlions de la Valteline ?

— Mais pourquoi diantre cette Valteline dont tout le monde parle est-elle de si grande conséquence ? demanda La Surie.

— C'est au nord de l'Italie, mon jeune ami, un passage dans les Alpes. Si, partant du lac de Côme, vous remontez la rivière de l'Adda, vous vous trouverez dans une plaisante vallée qui s'appelle la Valteline. Et en remontant cette vallée, vous trouverez un col relativement peu élevé, et ouvert par conséquent toute l'année : c'est donc là un passage d'une grande valeur stratégique.

— Pourquoi ?

— Parce qu'il permet aux Habsbourg d'Espagne établis dans le Milanais de faire passer des troupes et des armes aux Habsbourg d'Autriche. Et c'est là un immense avantage, surtout au moment où l'empereur Ferdinand s'attache à recatholiciser l'Allemagne en dépeçant les Etats allemands luthériens.

— Mon père, dit La Surie avec un sourire, cette entreprise devrait vous séduire. Et plus encore votre maître, puisqu'il est cardinal.

— Nenni, nenni, nenni, nenni ! La religion n'est ici qu'un masque. Le véritable but des Habsbourg, c'est l'établissement en Europe d'une monarchie universelle qui, tôt ou tard, asservirait la France. Considérez une carte. Voyez les Habsbourg installés partout à nos portes : en Espagne, en Italie, dans le Palatinat, dans les Pays-Bas, tâchant même de prendre pied en Hollande. Quel redoutable encerclement !

— Si j'entends bien votre pensée, mon père, dit La Surie avec un sourire taquinant, mieux vaut encore à vos yeux un Français huguenot qu'un Espagnol catholique ?

— Mille fois oui ! s'écria avec force le père Joseph. Et d'autant qu'un Français huguenot, je peux espérer le convertir un jour, alors qu'il serait sans espoir de vouloir *despagnoliser* un Espagnol.

— Combien que ce débat, dis-je, me paraît éclairer beaucoup de choses, j'aimerais parler derechef de la Valteline.

— Justement, dit La Surie avec vivacité. A qui appartient-elle ?

— C'est toute la question ! dit le père Joseph avec vivacité. Elle n'est ni autrichienne ni espagnole. Elle appartient aux Grisons suisses. Mais là aussi, rien n'est simple. Les Grisons sont calvinistes. Mais leurs vassaux : le peuple qui vit dans la vallée de la Valteline — étant d'origine italienne — est plus catholique que

451

le pape. Prétexte dont s'est saisi le Milanais espagnol pour occuper la Valteline en 1621. Il libérait ces pauvres catholiques de la Valteline opprimés par les méchants suzerains calvinistes.

— Et la France ? dit La Surie.

— Le Conseil dépêcha à Madrid Bassompierre qui fut plus ferme que les ministres qui l'envoyaient. L'Espagne, qui venait de perdre Philippe IV et se trouvait d'ailleurs en pleine banqueroute, céda et promit, par le traité de Madrid, de restituer la Valteline aux Grisons. Mais quelques mois plus tard, profitant que Louis fût aux prises avec ses huguenots, elle la réoccupa et signa avec les Grisons le traité de Milan qui leur en assurait la possession, mais que la France n'accepta pas. Cependant, comme j'ai dit, Louis avait les huguenots sur les bras et ne pouvait bouger.

— Mais après la paix de Montpellier, dit La Surie, ne pouvait-on pas intervenir ?

— On le pouvait, et le roi le voulait. Il se rendit à Avignon où il rencontra son beau-frère, le duc de Savoie, l'ambassadeur de Venise, Pesaro, et décida de conclure une ligue entre la Savoie, la Venise et la France, pour contraindre l'Espagne à évacuer la Valteline. Cependant, au dernier moment, on ne put conclure, Puisieux objectant que Pesaro n'avait pas les pouvoirs nécessaires pour traiter.

— Jour de Dieu ! m'écriai-je, que voulait dire ce stupide argument de procédure ? Si Pesaro était là, n'est-ce pas pour demander que la France épaulât Venise contre l'Espagnol ?

— Retardement, Monsieur le Comte, s'écria le père Joseph, retardement ! Et sournois bâton dans les roues ! De retour à Paris, on ne parla plus de la ligue, et Puisieux accepta l'offre du ministre Olivarès de remettre la solution de l'affaire à l'arbitrage du pape. L'arbitrage, mes amis ! Comme si le pape n'était pas tout entier acquis à la politique espagnole !

— Jour de Dieu ! s'écria La Surie. Mais c'est un traître, ce Puisieux !

A ce brutal éclat, le père Joseph, les yeux étincelants, plissa les lèvres et ne pipa ni mot ni miette. Et comme je le regardais d'un air interrogatif, il dit d'une voix aussi douce et basse que s'il me parlait à travers la grille d'un confessionnal :

— Monsieur le Comte, vous connaissez, je crois, le chanoine Fogacer ?

— En effet, c'est un vieil ami de mon père, et j'ose dire aussi le mien.

— Si vous voulez vous éclairer sur le rôle de Puisieux en cette affaire, vous pourriez le lui demander. Il me paraît bien placé pour vous répondre, nageant dans les eaux du nonce.

Un silence tomba alors sur nous et, malgré mes prières, le père Joseph, présentant que son gaster le doulait, ne voulut accepter ni boire ni manger et nous quitta.

Je demeurai huit jours à méditer cette entrevue déquiétante et à me demander si j'allais oser poser à Fogacer une question qui ne me paraissait pas sans péril pour moi. Une rencontre fortuite dans l'escalier Henri II du Louvre résolut la question pour moi. Fogacer s'arrêtant et me donnant une forte brassée, je ne pus résister davantage à mes impulsions et lui glissai à voix basse à l'oreille : « Savez-vous pourquoi Puisieux a enterré la ligue entre Savoie, Venise et France ? — Mon cher Comte, dit Fogacer à voix basse à mon oreille, qui peut ignorer, hormis peut-être Louis, cette vérité élémentaire : l'homme dont vous parlez ne fait pas la politique de la France, il la vend. — Et qui, dis-je, vous en a convaincu ? — Et qui d'autre que celui que je sers ? »

Là-dessus, voyant deux gentilshommes monter les marches de l'escalier où ces murmures étaient échangés au bec à bec, Fogacer me quitta en quelques enjambées de ses longues jambes, particularité physique qui le distinguait des autres chanoines du chapitre de Notre-Dame, lesquels étaient pour la plupart courts et bedondainants.

Etant maintenant membre à part entière du Conseil, j'eusse pu poser publiquement la question de notre politique à l'égard de la Valteline dans une de nos quotidiennes séances, mais je noulus, craignant que la plupart des graves membres du Conseil, tellement plus vieils que moi ou davantage élevés dans l'ordre de la noblesse, ne tinssent pour disconvenable qu'un béjaune osât, à peine introduit dans leur cénacle, déterrer une affaire qu'il était tellement plus reposant de croire résolue.

Cependant, parler au bec à bec au roi d'une question qui relevait du Conseil me mettait en grand danger de lui déplaire, tant il séparait roidement les affaires publiques des autres compartiments de sa vie. Au surplus, il paraissait s'ennuyer immensément au Conseil, tant les ministres barbons étaient verbeux et confus en leurs harangues. Tant est que parfois il me semblait qu'il disait oui à ce qui était proposé, simplement parce qu'on lui avait fourré tant de mots dans l'oreille qu'elle en était lasse et ne voulait plus rien ouïr. Cependant, après de longues et angoisseuses réflexions, je décidai de prendre le risque de tomber en la défaveur du roi pour l'amour que je lui portais. Et choisissant un jour où il pleuvait si dru qu'il ne pouvait songer à la chasse, et s'amusait comme il pouvait à relier en un livre des feuillets manuscrits, je lui demandai si je pouvais m'instruire en lui posant une ou deux questions. Il acquiesça et je lui dis :

— Sire, je suis si neuf au Conseil que je me fais parfois l'effet d'être un faucon niais [1], voletant de droite et de gauche, sans bien entendre où je suis.

A quoi Louis voulut bien sourire et, sans lever l'œil de sa tâche, dit brièvement :

— Par exemple ?

— Par exemple, Sire, la Valteline. A Avignon puis à Lyon on avait formé le projet d'une ligue entre Venise,

---

1. Un *faucon niais* est un faucon pris au nid.

la Savoie et la France, pour presser les Espagnols de libérer la Valteline. Puis ce projet a été retardé à plusieurs reprises. Tant est que maintenant, acceptant la suggestion intéressée du comte-duc Olivarès, on a remis l'affaire à l'arbitrage du Saint-Père. Mais c'est là, Sire, tout justement, un emplâtre sur une jambe de bois, car Sa Sainteté ne prendra jamais parti contre les Espagnols. Et pour la Valteline, nous serons gros-jean comme devant.

— Pour un faucon niais, Siorac, dit Louis sans lever la tête de sa reliure, vous volez droit au but. Et vous n'avez pas tort de me remettre cette ligue en ma remembrance.

— J'espère, Sire, que vous n'avez pas trouvé ma question impertinente.

— Elle l'était, posée hors Conseil, dit Louis. Mais pour cette fois, je te pardonne.

Ceci fut dit sur un ton mi-figue, mi-raisin qui me laissa songeur. En fait, je ne fus rassuré que lorsque la ligue, projetée en octobre 1622 en Avignon, fut bel et bien signée dans le cabinet aux livres (là-même où, du temps de Concini, j'avais laissé tant de messages secrets dans les *Essais* de Montaigne à l'adresse de Louis), en présence des ambassadeurs de Savoie, de Venise, du connétable de Lesguidières, du chancelier Brûlart de Sillery, et de Monsieur de Puisieux, lequel ne faisait pas bonne figure. Mais bonne, elle ne l'était jamais, car sa lèvre inférieure était fort tombante, et il avait une coquetterie dans l'œil qui faisait qu'on se demandait toujours où était son regard.

Quand je sortis du cabinet aux livres, je tombai — mais fut-ce bien un hasard — sur Fogacer, lequel se penchant me dit en mon oreille :

— Eh bien, vous voilà content. La fameuse ligue est conclue et l'accord est signé.

— Oui, dis-je, mais ce n'est encore que du papier. Et il faudra un magicien pour que des épées jaillissent de ce papier-là.

— Et d'autant que nos caisses sont vides, dit froidement Fogacer. Beaumarchais l'a dit ce matin au roi.

— Beaumarchais ? Le trésorier de l'Epargne ?

— Celui-là même.

— J'imagine l'ire de Sa Majesté.

— Elle est pire que tout ce que vous pouvez imaginer. La foudre va tomber.

Il me quitta en coup de vent comme à son ordinaire et comme je regagnais mon logis du Louvre, je tombai sur Tronçon qui, poussant devant lui sa bedondaine, marchait à grands pas. Je l'arrêtai par le bras et lui dis en riant :

— Monsieur Tronçon, où courez-vous si vite ? Allez-vous tronçonner quelqu'un de la part du roi ?

— Oui-da, dit-il, mais je ne saurais vous dire qui. Bien que, à la vérité, tout le monde le sache déjà.

— Oh, que si, vous allez me dire qui, Monsieur Tronçon, dis-je en riant. Vous allez me dire quel est l'objet de cette tronçonnade ou je raconte, moi, *urbi et orbi*, l'origine de cette mystérieuse maladie dont vous souffrîtes en l'auberge que vous savez.

— Monsieur le Comte, vous me prenez à la gorge !

— Mais je ne vous la coupe pas, mon cher Tronçon. Allons, Monsieur Tronçon, un petit mot, un seul à mon oreille, et vous êtes sauf.

— D'ailleurs, dit Tronçon avec mauvaise humeur, tout le monde le sait déjà. Je me demande bien à quoi je sers. Voici la chose. Il s'agit de Monsieur de Schomberg. Je lui porte un billet du roi l'exilant en sa terre de Nanteuil.

— Ventre Saint-Antoine ! dis-je. Schomberg, le surintendant des Finances, serait-ce Dieu possible ! Schomberg, l'honnête et le fidèle !

Je lâchai Tronçon, lui laissai prendre un peu d'avance et le suivis jusqu'à la porte de Schomberg où les trompettes de la renommée, qui ne sont jamais si sonores que lorsqu'elles annoncent le pire, avaient dû devancer Tronçon, car au lieu de la foule de solliciteurs qui se pressaient là à l'accoutumée à la pique du jour, je ne trouvai personne. J'attendis avec patience que Tronçon fût sorti et, dès qu'il fut hors, je toquai moi-même à la porte et, comme personne ne me répondit, j'entrai et me trouvai nez à nez avec Monsieur de Schomberg. Il était seul. Irrémédiablement seul. Et quand il me vit, il écarquilla son œil bleu et se figea béant. Henri de Schomberg, comte de Nanteuil, avait alors cinquante-huit ans. Il était issu d'une famille noble de Saxe et son père et son grand-père avant lui avaient servi fidèlement non seulement Charles IX, mais Henri III, Henri IV, et Louis XIII. Schomberg était grand, l'épaule large, les jambes un peu arquées, le visage mâle, l'œil bleu. Son fils Charles, né la même année que Louis, avait été un de ses enfants d'honneur, avant de servir à son tour comme capitaine-lieutenant des chevau-légers.

— D'Orbieu, dit enfin Schomberg d'une voix enrouée, en m'envisageant avec stupéfaction. Est-ce l'ignorance qui vous fait me visiter. Ne savez-vous pas que le monde entier me fuit ? Que je suis d'ores en avant la brebis galeuse de la Cour ?

— Monsieur le Comte, dis-je, à mon sentiment vous en seriez plutôt le bouc émissaire. La foudre est tombée, mais point sur la bonne tête.

— Ah ! D'Orbieu ! s'écria Schomberg en me donnant une forte brassée, je n'oublierai jamais ni votre visite ni ce que vous venez de dire. Voyez-vous, poursuivit-il, ses yeux brillants encore de l'émeuvement que mes paroles venaient de lui donner, je savais bien, pardieu, que les caisses étaient vides. Et mon seul tort est de l'avoir dit aux Brûlart au lieu de l'avoir dit au roi.

— Le roi, dis-je, l'a su par Beaumarchais, et il est probable qu'ayant demandé des explications aux Brûlart, ceux-ci, se sentant suspects, ont détourné sa colère sur vous. La calomnie coûte peu à ces gens-là.

— Mais que faire meshui ? s'écria Schomberg. Vous savez bien avec quelle rigidité le roi se tient à ses décisions une fois qu'il les a prises.

— Comte, si vous acceptez mes conseils, voici celui que je vous donnerai. Partez tout bonnement dans votre terre de Nanteuil. Et à votre partement, faites remettre en mains propres au roi par un ami une lettre où vous le priez de demander au Parlement d'enquêter sur la façon dont vous avez ménagé votre charge de surintendant des Finances depuis 1619.

— Par un ami et pourquoi pas par la poste ?

— Parce que les lettres adressées par la poste au roi passent par les mains des Brûlart et que ceux-ci supprimeraient la vôtre sans vergogne aucune.

— Mais, dit Schomberg quasiment au désespoir, à quel ami demander un service qui lui pourrait valoir à son tour l'exil ?

— Mais à moi, dis-je.

— A vous, Comte ? dit Schomberg.

Et il ajouta quasi naïvement :

— Mais je vous connais fort peu.

— Comte, dis-je avec un sourire, vous me connaîtrez mieux, quand je vous aurai rendu ce service.

— Assurément, dit-il, mais ce service ne va pas sans péril. Vous risquez d'être entraîné dans ma défaveur.

— C'est vrai.

— Et d'être à votre tour tronçonné.

— C'est vrai. Mais je vois un grand avantage dans cet entretien. C'est que je servirai le roi en vous servant. Même s'il ne me croit pas, je lui aurai mis puce à l'oreille sur la façon dont les Brûlart le trompent. Mais ne perdons pas de temps. De grâce, écrivez cette lettre !

Il le fit séance tenante et me lut la missive à voix haute dès qu'il eut fini. Elle était gauchement écrite, mais cette gaucherie même lui donnait un accent de sincérité auquel il n'y avait pas à se méprendre.

Je partis après un dernier embrassement par où il manqua m'étouffer. Mon cœur se mit à battre la chamade et mes jambes tremblaient sous moi quand je me décidai à aller trouver le roi pour lui remettre la lettre qui m'allait peut-être priver de son affection. Dieu merci, il était encore seul en ses appartements, occupé à ses reliures. J'entends par seul qu'il n'y avait là que ses familiers, car je n'eusse pas voulu des témoins à la rebuffade que j'allais essuyer.

— Sire, dis-je en me génuflexant, voici une lettre que Monsieur de Schomberg m'a prié de vous remettre avant son partement.

— Est-il parti ? dit Louis sans lever la tête.

— Oui, Sire.

— Et d'où vient que c'est vous, d'Orbieu, à qui il a confié cette lettre ? Vous n'étiez pas si liés ?

— Il n'avait pas le choix, Sire, dis-je. Il n'y avait personne d'autre que moi en son appartement.

— Et qu'y faisiez-vous vous-même ?

— J'avais appris sa disgrâce, et j'ai pensé qu'il était seul.

— Et vous n'avez pas eu vergogne à me porter une lettre d'un surintendant que j'avais disgracié ?

— J'ai supposé, Sire, que cette lettre pouvait être de quelque conséquence pour votre service.

— Eh bien, ouvrez-la et lisez-la-moi.

Je l'ouvris en réprimant comme je pus le tremblement de mes mains et je la lus d'une voix que je réussis à affermir. Quand j'eus fini, Louis demeura silencieux si longtemps que je crus qu'il allait en finir avec moi, sinon en m'envoyant sur ma terre d'Orbieu, à tout le moins en me donnant congé.

— Eh bien, d'Orbieu, dit-il enfin, que pensez-vous de cette requête de Schomberg de faire vérifier ses comptes par une enquête du Parlement ?

— Je pense, Sire, que cette requête plaide en faveur de son innocence.

— Il n'est pas innocent, dit Louis en haussant la voix, puisqu'il ne m'a pas dit la vérité sur le déficit du Trésor.

— Sire, il l'a dite aux Brûlart et il a pensé qu'ils vous en instruiraient.

— Mais c'est à moi, et à moi seul, qu'il faut dire

d'aucunes choses qui sont de si grande conséquence pour mon royaume ! dit Louis avec colère. Rien ne doit m'être caché ! Rien ne doit se faire à mon insu !

Il reprit :

— D'où vient que Schomberg ait choisi de vous compromettre au lieu d'envoyer cette lettre par la poste ?

— Sire, je lui ai déconseillé de l'envoyer par la poste.

— Et pourquoi ?

— Pour la raison, Sire, que les lettres qui vous sont adressées par la poste passent par les mains de Monsieur de Puisieux, lequel eût pu supprimer la sienne.

— D'Orbieu, dit Louis d'une voix sèche, votre insolence à l'égard de mes ministres dépasse les bornes. L'envie me démange fort de vous envoyer épouser votre domaine d'Orbieu pendant quelques années.

Je me sentis pâlir et mes jambes, à cette menace, se mirent à trembler convulsivement. Mais quand je parlai, je réussis à garder quelque fermeté dans ma voix.

— Sire, dis-je, il serait étrange qu'après avoir exilé Monsieur de Schomberg pour le punir de vous avoir caché la vérité, vous me punissiez moi, quand j'essaye de vous la dire.

— Pourquoi essayer de me la dire ? dit Louis en me regardant œil à œil. Il faudrait me la dire toute.

— Sire, Votre Majesté se ramentevoit que lorsque j'étais dans l'emploi de Monsieur de Puisieux j'étais son truchement ès langues étrangères quand il lisait les dépêches des souverains étrangers. Et j'observai alors qu'après en avoir pris, grâce à moi, connaissance, il faisait deux tas de ces dépêches : l'un qu'il allait porter à votre connaissance et l'autre qui était, disait-il, « de nulle conséquence » et qu'il me demandait de classer. Or j'eus un jour la curiosité de jeter un œil sur ces dépêches qui étaient « de nulle conséquence » et j'y découvris une lettre qui lui avait été traduite par moi et qui émanait du duc de Savoie.

— Et que disait cette lettre ?

— Elle vous pressait d'intervenir dans la Valteline.

— Et pourquoi ne me l'avez-vous pas dit alors ? dit Louis après un silence.

— Je pensais, Sire, que vous étiez d'accord sur le principe du tri et que c'était par inadvertance que Monsieur de Puisieux ne vous avait pas porté la dépêche du duc de Savoie.

— Et qu'est-ce qui vous a fait changer d'avis ?

— L'acharnement de Monsieur de Puisieux à retarder toute intervention dans la Valteline.

Un long silence suivit cette phrase tandis que Louis, les yeux baissés, manipulait sa reliure avec une adresse confondante. Il dit enfin sans lever les yeux :

— Vous ne parlerez de tout cela à âme qui vive. Vous pouvez vous retirer, d'Orbieu.

Et comme je me dirigeais vers la porte après avoir pris congé, il me rappela et me dit :

— Siorac, je n'ai pas trouvé mauvais que vous alliez voir Monsieur de Schomberg, quoiqu'il fût en disgrâce.

*
* *

Beaumarchais, l'homme qui avait révélé au roi la détresse de ses finances, menait de front deux entreprises qui eussent paru incompatibles à tout homme de sens : il était à la fois trésorier de l'Epargne, charge qu'il avait achetée et qu'il possédait en propre, mais il était par ailleurs un financier établi à son propre compte, confusion qu'on pourra trouver regrettable et qui explique, sans qu'on ait à le souligner davantage, que ce n'était point précisément par dévouement aux intérêts de l'Etat que Beaumarchais avait fait cette cruelle révélation à Sa Majesté, mais bien sûr pour en tirer quelque profit. En effet, Monsieur de Schomberg à peine tronçonné, Beaumarchais proposa à Sa Majesté de remplacer le surintendant par son propre gendre, moyennant quoi il ferait au Trésor les avances si absolument nécessaires à la marche de l'Etat que, sans elles, nous allions droit à la banqueroute. Son candidat, le marquis de La Vieuville, noble d'épée de vieille souche, avait depuis peu épousé la dot de Mademoiselle Beaumarchais, et son beau-père trouvait délectable l'idée que son gendre pût être surintendant des Finances, tandis que lui-même continuerait à veiller avec un soin attentif sur le trésor de l'Epargne...

Tout déplut à Louis dans un bargouin de cette farine, mais la situation était désespérée. Il l'accepta de force forcée, mais à deux conditions que tout autre financier eût trouvées insultantes : La Vieuville n'était nommé que pour un an et chaque jour il devait rendre compte de l'état des Finances au chancelier Brûlart de Sillery.

Cette clause paraissait encore indiquer chez le roi un certain degré de confiance à l'endroit du chancelier. Mais en fait il n'en était rien. Mille indices, chaque jour, me prouvaient que Louis, ayant ouvert les yeux sur les Brûlart, ne les refermerait pas, et qu'ils n'étaient guère auprès de lui en odeur de sainteté. Un incident me le confirma qui prit la forme absurde, comme souvent à la Cour, d'un conflit de préséance. Des fameuses fleurs de lys que le comte de Soissons voulait sous Henri IV interdire à la future duchesse de Vendôme de porter sur sa robe de mariée, jusqu'à la serviette de table de Louis que se disputèrent âprement le comte de Soissons, fils du précédent, et le prince de Condé, les exemples abondaient de ces petites querelles qui passionnaient la Cour parce qu'elles cachaient en fait de grandes ambitions.

Or depuis l'édit de 1576 les cardinaux admis au Conseil des affaires n'avaient plus la préséance sur les princes du sang. Mais l'avaient-ils ou ne l'avaient-ils pas sur le chancelier ? Telle était la gravissime question qu'on se posait. Le cardinal de La Rochefoucauld, qui avait remplacé le cardinal de Retz au Conseil, prétendait que oui. Le chancelier Brûlart de

Sillery prétendait que non. La Cour se rangea en deux clans : l'un pour le cardinal, l'autre pour le chancelier. Comme toujours Louis, aussi circonspect en politique que téméraire sur le champ de bataille, ne se pressait pas de prendre position.

Le cardinal de La Rochefoucauld reçut une alliée de poids, car la reine-mère se prononça pour lui et la Cour en fit des sourires et des caquetages, tout un chacun entendant bien du reste qu'elle avait été chapitrée là-dessus par un autre cardinal qui préparait son propre avenir. Louis ne me demanda pas mon avis et, rétrospectivement effrayé par la balle qui était passée si près de mes plumes après l'exil de Schomberg, je me gardai bien de déclore le bec. Anne, catholique à l'espagnole, penchait aussi pour le cardinal de La Rochefoucauld, mais hélas ! la pauvrette ne comptait guère, retirée dans son gynécée. Et je sus à la parfin par Fogacer quel était l'homme qui fit pencher la balance, et quel fut aussi l'argument dont cet homme usa pour amener Louis à une décision.

— Jeune Siorac, dit Fogacer en lampant chez moi un gobelet de mon vin de Bourgogne, sachez d'abord que le nonce ne le cède en finesse à aucun homme en ce royaume, hormis se peut à Richelieu. Ayant obtenu de parler au roi au bec à bec en dehors de Puisieux, il commença par se douloir avec lui de l'arrogance des huguenots qui venaient d'exiger de Louis le retrait de la garnison royale de Montpellier. Après quoi il ajouta, sans paraître y toucher le moindre, que ces insupportables insolences des huguenots venaient du fait qu'ils savaient que *les ministres de Sa Majesté voulaient la paix à tout prix, que ce fût avec eux-mêmes ou dans la Valteline.* Ayant dit, le nonce ne parla même pas du cardinal de La Rochefoucauld et de sa préséance. On eût dit même qu'il s'en désintéressait.

— Et quand eut lieu ce bec à bec entre le nonce et le roi ?

— A six heures de l'après-dînée.

— C'est donc demain que Louis en décidera ?

— Et sans doute avez-vous déjà deviné sa décision, jeune Siorac ?

— Assurément. Le nonce a touché la corde sensible. La France est ruinée. Elle n'a pas de politique extérieure et elle n'est plus respectée. A qui la faute sinon aux Brûlart ?

Le lendemain en effet Louis donna la préséance au cardinal de La Rochefoucauld. Il serait plus vrai, peut-être, de dire qu'il la refusa au chancelier. Lequel se sentit tout soudain enveloppé par le vent glacé de la disgrâce. Dans son désarroi il se mit follement en tête de demander lui-même le chapeau de cardinal, lequel s'il devait être arraché aux hauteurs de l'Etat amortirait au moins sa chute.

Ce n'était pas absurde en soi. Ma belle lectrice se ramentoit qu'il y avait des cardinaux laïcs, riches du seul titre de diacre, mais il fallait être au Vatican *persona gratissima* pour obtenir pareil honneur, et ceux à qui on le donnait volontiers étaient des archiducs autrichiens dont le catholicisme était de l'Orient le plus pur. En outre, pour qu'un Français l'obtînt, il eût fallu que le roi de France le demandât pour lui au pape, ce qui dans le prédicament présent était tout à fait exclu. La Cour se gaussa fort à cette occasion du pauvre chancelier, les uns disant que ses quatre-vingts ans dérangeaient ses mérangeoises, d'autres, avec plus de méchantise, qu'étant quasiment au bord de la fosse il voulait y choir dans la pourpre.

Chose étrange, la hache mit encore quelques mois à tomber sur les Brûlart. Non que l'envie ne démangeât Louis de les tronçonner mais il ne savait pas comment les remplacer : il n'aimait pas La Vieuville, homme d'épée ayant marié une noble de robe cousue d'or, qui cumulait les défauts des deux castes : l'avidité du bourgeois et l'arrogance du seigneur. Et bien que Louis sentît mieux que personne le génie du cardinal de Richelieu, il craignait de gémir en lui confiant les affaires sous une double tyrannie : la sienne et celle de sa mère.

Cependant Richelieu ne demeurait pas inactif. A force de douceur, d'adresse et de suavité, il empêchait la reine-mère de se jeter dans des intrigues inutiles et surtout d'éclater en ces folles colères qui ébranlaient le Louvre et qu'elle faisait suivre par de sottes et interminables bouderies. Lui-même ne laissait pas pourtant d'intriguer, mais avec une adresse à laquelle la malheuréuse n'aurait jamais pu atteindre ni dans ce monde-ci, ni même dans l'autre.

Richelieu avait un intendant dont il était content, lequel avait un frère, Fancan, chanoine de Saint-Germain-l'Auxerrois, qui partageait d'aucunes des vues du cardinal et possédait en outre une bonne plume, verveuse et acérée. Richelieu le poussa à utiliser ce talent inemployé et, au moment où Louis commençait à se dégoûter des Brûlart, Fancan publia un pamphlet intitulé *La France mourante*, dans lequel il peignait les ministres sous leurs véritables couleurs, leur reprochant « leur lâche abandon de la Valteline et leur gloutonne avarice des deniers publics », laquelle allait jusqu'à détourner à leur profit les subsides destinés à aider nos alliés.

Ce pamphlet n'apprit pas grand-chose au roi sur les Brûlart qu'il n'eût déjà soupçonné. Mais il lui apprit du moins que tout le monde le savait, et à la ville et à la Cour, et que cette honte finirait par retomber sur lui, s'il n'y mettait pas fin. Et le quatre février 1624 Tronçon, sur son ordre, alla notifier à Brûlart et à son fils d'avoir à quitter la Cour. Je vis dans un couloir du Louvre Tronçon courir à cet office (qu'il remplissait, comme on sait, avec une gravité véritablement royale) et ordonnai à La Barge de guetter son retour et de me l'amener de gré ou de force. Dès que Tronçon fut mon prisonnier, je lui versai un grand gobelet non de Bourgogne mais de mon vin de Frontignan, et là, par la cajolerie et par la menace, et le Frontignan m'aidant prou, car Tronçon ne se méfia pas de sa traîtreuse puissance de vin sucré, j'obtins de lui un fidèle rapport de ce que Louis l'avait chargé de dire aux ministres.

— Messieurs, leur dit-il (plaise au lecteur d'imaginer avec quelle gravité écrasante Tronçon prononça ce message royal), si vous vous estimez innocents des accusations portées contre vous au pied du roi, vous pouvez demeurer à Paris, mais à charge de voir le Parlement enquêter sur vos conduites et vos opérations.

— Monsieur le Secrétaire, dit Brûlart de Sillery en poussant un soupir, je suis trop vieil et trop mal allant pour affronter à Paris les fatigues d'un procès. Je compte m'aller reposer dès demain dans ma maison des champs.

— Et vous, Monsieur de Puisieux ? dit alors Tronçon.

— L'amour filial, dit Puisieux, vrai chattemite qu'il était, me fait un devoir d'accompagner mon père dans sa retraite et de veiller sur lui.

J'osai m'apenser en mon for que lorsque Louis apprit ces réponses il eut peut-être quelques regrets et même quelques remords de ne pas avoir proposé ce même marché à Schomberg, lequel eût fait comme on sait une tout autre réponse que les Brûlart. J'augurai par là que l'exil de Schomberg ne serait point peut-être éternel, et je pris la résolution que si Louis l'oubliait, je ne faillirais pas à le remettre en sa remembrance.

*
* *

Le vingt-huit mars, le temps étant fort beau pour la saison, la Cour se transporta à Compiègne qui était, comme Saint-Germain-en-Laye, une des résidences favorites de Louis en raison des bois fort giboyeux qui les entouraient l'une et l'autre. Pour moi, ne me souciant guère de demeurer dix heures en selle, je ne suivis le roi qu'une fois, le vingt-six mars, jour que Sa Majesté employa si bien qu'en sept heures de temps elle prit deux cerfs, deux loups, deux renards et un lièvre. L'un des loups était un mâle d'une taille monstrueuse, bien plus gros que celui dont mon manant d'Orbieu avait traversé la patte d'un carreau d'arbalète. Quand à la suite du roi je revins enfin au château et eus démonté, le séant me doulait fort et je tenais à peine sur mes jambes tant elles étaient moulues. J'observai que le roi, quant à lui, boitait. A l'inspection, le docteur Héroard trouva qu'il s'était foulé le gros orteil du pied par un appui forcé contre le côté de l'étrier.

A Compiègne, en attendant les envoyés d'Angleterre qui devaient négocier le mariage d'Henriette de France avec le prince de Galles et les festivités qui devaient accueillir nos hôtes, ce n'étaient que jeux, bals, feux d'artifice, concerts et comédies italiennes. Il me sembla qu'à la faveur de ces divertissements et la douceur du temps aidant, les consignes concernant le gynécée de la reine se relâchèrent quelque peu car Anne me parut plus belle, plus douce et moins close sur soi. Et le roi, de son côté, plus attentif à rechercher sa compagnie. J'appris par Héroard qu'en huit jours il avait couché quatre fois en ses appartements et avec elle — rythme trop répété pour qu'on le pût réduire à un devoir dynastique. Je m'étais donc trompé en pensant qu'après la fureur de jalousie du roi et la clôture de la reine, tout s'était entre eux irrémédiablement fané.

Ce fut le vingt-sept mars, deux soirs après cette longuissime chasse qui m'avait tant courbatu, que j'invitai à souper dans mon petitime appartement de Compiègne (et bien content encore fus-je de l'avoir trouvé) le père Joseph et Fogacer. Cette idée n'était pas de mon cru, elle m'avait été suggérée par le capucin et acceptée en un battement de cil par le chanoine, chacun étant fort curieux de connaître l'autre pour la raison que chacun nageant dans des eaux différentes quoique proches, ils espéraient l'un par l'autre s'instruire.

Je n'eus jamais un début de souper aussi silencieux

que celui-là : on mangeait, on buvait, on faisait l'éloge des viandes et des vins, on s'envisageait, on baissait les yeux, on s'envisageait derechef, on se renfermait sur soi. A la parfin, voyant que chacun de mes invités demeurait boutonné jusqu'à sa pomme d'Adam, j'imaginai de donner un peu plus d'aise au discours et je dis :

— Messieurs, tous trois ici, nous savons à qui appartient chacun de nous. Je suis au roi, le père Joseph est au cardinal, et Monsieur le chanoine Fogacer est au nonce. Convenons donc une bonne fois pour toutes que chacun parlera ici en son propre nom et non point au nom de celui qu'il sert. Nous serons plus à l'aise dans nos propos, lesquels, de reste, nous nous engageons à ne pas répéter en nommant leurs auteurs.

Cette proposition fut chaleureusement acceptée alors même qu'elle était chattemite, car aucun de nous ne pouvait ignorer que la connaissance qu'il avait de telle ou telle intrigue lui venait de la personne qu'il servait. Mais l'avantage de ma suggestion était trop évident pour qu'on la rejetât. Elle rassurait nos consciences et nous permettait de ne pas paraître indiscrets tout en l'étant. Or nous avions le plus grand intérêt à l'être, si nous voulions que l'autre le fût à son tour et nous apprît ce que nous ne savions pas.

— Messieurs, repris-je, la question que je voudrais poser est celle-ci : quelle est la position de La Vieuville maintenant que les Brûlart sont tronçonnés ?

— Il craint de subir le même sort, dit le père Joseph, et il n'a pas tort de le craindre, car il a commis les mêmes errements que les Brûlart.

— Hormis un seul, dit Fogacer. Il n'a pas touché, comme ont fait les Brûlart, une bonne poignée d'or espagnol pour endormir notre diplomatie sur le problème de la Valteline.

Je reçus ici confirmation que le nonce était persuadé qu'il y avait eu un bargouin conclu entre les

Habsbourg et les Brûlart, lequel ne pouvait que ressortir à la plus odieuse trahison.

— En fait, reprit le père Joseph, tous les griefs que le roi a mis en avant pour tronçonner les Brûlart, sauf un en effet, il pourrait les répéter à La Vieuville. La Vieuville a trafiqué des charges, changé à l'insu du roi les décisions du Conseil, traité contre son ordre, etc.

— On peut ajouter à cela, dis-je, son arrogance, sa brutalité, son refus de payer les pensions accordées par le roi. Savez-vous qu'à ceux qui viennent lui réclamer leurs arrérages, il répond selon l'époque de l'année : « Je me nomme Janvier, et non pas Octobre », ou bien : « Je suis La Vieuville et non pas Pécules. » Je vous laisse à penser si ces refus accompagnés de ces pantalonnades le font aimer de la Cour.

— La défaveur du roi et la haine de la Cour, dit Fogacer, cela fait beaucoup. Savez-vous quel recours peut avoir La Vieuville pour se tirer d'affaire ?

— Il courtise la reine-mère, dit le père Joseph, et encore qu'elle boude encore, elle le reçoit.

— Comment, dis-je, elle boude encore ?

— Oh ! cela n'est presque plus rien, dit Fogacer. A Paris elle ne sortait quasiment plus du Luxembourg et ne mettait plus les pieds au Louvre. A Compiègne elle aime tant les fêtes qu'elle ne peut qu'elle n'y assiste, mais elle bat toujours un peu froid au roi.

— Toutefois, dit le père Joseph en élevant la main droite, grâce au cardinal elle a fait dans la bouderie de très gros progrès. Elle boude certes, mais sans faire de scènes, ni se répandre en criailleries, ni faire des mines furibondes. Elle boude avec une dignité véritablement royale, et boudera ainsi, dit-elle, tant que son fils n'admettra pas le cardinal en son Conseil.

— A la vérité, le cardinal nous changerait bien pourtant de tous ces picoreurs, dit Fogacer qui pour la première fois, et devant le père Joseph, faisait ainsi acte d'allégeance à Richelieu.

J'en conclus que le nonce ne verrait pas d'un mauvais œil un cardinal à la tête des affaires de France.

— Le dilemme qui confronte le roi, reprit le père Joseph, est le suivant : il ne veut pas être gouverné, mais il ne veut pas gouverner lui-même. Il aime trop la chasse pour s'appliquer à connaître les affaires assez à fond, pour prendre des décisions et veiller ensuite à leur exécution. Il veut donc quelqu'un au-dessus de lui, mais qui soit assez avisé pour demeurer toujours au-dessous et ne jamais prendre de décision sans le consulter sur tout.

Un assez long silence suivit ce propos et Fogacer et moi échangeâmes un regard. Etait-ce là, dans la bouche du père Joseph, un portrait véridique du cardinal ou une esquisse de sa stratégie future à l'égard de Louis ?

Je repris :

— Quelle mine fait à La Vieuville la reine-mère quand il la va visiter, le savez-vous ?

— Bah ! dit le père Joseph, il est pour elle un outil précieux, quoique sans usage ultérieur. Elle le presse quotidiennement de quérir du roi de prendre Richelieu en son Conseil.

— Et que répond La Vieuville ?

— « Madame, dit-il, ce serait ma perte à brève échéance, et à longue échéance la vôtre. »

— Le coquin n'est pas sot, dit Fogacer en arquant ses sourcils diaboliques.

Mais ce ne fut là qu'un éclair. La seconde d'après, son visage reprit la bonhomie rassurante qui convenait à un chanoine du Sacré Chapitre.

— Et La Vieuville va-t-il faire à la parfin auprès du roi cette démarche fatale ? dis-je avec un sourire.

— Il l'a faite, dit le père Joseph. Il s'y est résigné. Il a pensé qu'au cas où il tomberait du pouvoir, la reine-mère serait du moins le coussin qui amortirait sa chute.

A quoi je ris, et Fogacer aussi, tant est que le père Joseph, levant les sourcils, nous demanda d'un air naïf qui n'était aucunement joué :

— Ai-je dit quelque chose de disconvenable ?

*
* *

Le gros orteil du roi ne guérissant pas et le doulant de plus en plus, Héroard finit par persuader Louis de demeurer un jour au logis. Louis accepta la rage au cœur et, quoiqu'il trouvât toujours à s'occuper à de petits travaux auxquels il excellait, je voyais bien que le cœur n'y était pas et qu'il songeait prou, mais peu à ce qu'il faisait, étant déquiété et perplexe.

— *Sioac*, dit-il, rompant à la parfin un silence qui durait depuis une heure, de grâce, venez céans !

Je m'approchai de la table sur laquelle il travaillait à peindre sur un fort papier un projet de vitrage.

— Eh bien, dit-il, qu'en pensez-vous ?

— Il est fort beau.

— Je ne vous parle pas du vitrail, dit-il sans lever la tête et sans en dire plus.

— Si je vous entends bien, Sire, vous me demandez ce que je pense du présent prédicament.

— C'est cela même.

— A dire le vrai, Sire, ce que vous en pensez vous-même. *Primo*, que vous n'allez pas tarder à renvoyer La Vieuville...

— Continuez.

— *Secundo*, que vous allez mettre le cardinal en votre Conseil.

— Nenni, nenni, c'est bien là le hic.

— Sire, le hic, c'est que vous craignez que le cardinal, du fait de son caractère altier et dominateur, en arrive à vous tyranniser, mais c'est justement ce qu'il ne fera jamais.

— Pourquoi ?

— Sire, vous avez disgracié les ministres de Concini. Vous étiez sur le point de disgracier Monsieur de Luynes quand il est mort. Vous avez disgracié le prince de Condé parce qu'il n'en faisait qu'à sa tête. Vous avez disgracié les Brûlart. Vous allez sans doute disgracier La Vieuville. Quelle puissance au monde vous pourrait retenir d'exiler le cardinal de Richelieu s'il ne vous donnait pas satisfaction ? Croyez-vous que si vous disiez un jour à Vitry ou à Praslin : « Allez prendre le cardinal chez lui et conduisez-le en Avignon avec défense de rentrer en France », croyez-vous qu'on ne vous obéirait pas ?

— Mais à supposer que je le prenne en mon Conseil, ne va-t-il pas entrer un peu trop dans les vues de la reine-mère ?

— Sire, le cardinal est un homme qui aspire au pouvoir. Et ce pouvoir, il ne peut le tenir que de vous, et non pas de Sa Majesté la reine-mère. C'est donc à vous qu'il obéira. Sans doute, pris entre la reine-mère et vous, il connaîtra des moments délicats, mais cela sera son affaire et non la vôtre.

— Avez-vous déjà rencontré le cardinal ?

— Oui, Sire, à Angoulême, alors que j'étais dans la suite du cardinal de La Rochefoucauld.

— Qu'en pensez-vous ?

— C'est un homme d'une grande sagacité.

— Il semble, dit Louis avec un soupçon d'humeur, que vous lui soyez déjà tout acquis.

— Sire, je ne suis acquis qu'à vos intérêts et à votre personne.

— Et bien le sais-je. La grand merci à vous, *Sioac*, pour cet entretien.

— Sire, vous n'avez fait que vous entretenir avec vous-même par mon intermédiaire.

— Il se peut, en effet.

Un silence tomba du fait que Louis hésitait sur le choix d'une couleur pour orner son projet de vitrail. Ayant enfin choisi il leva la tête et me considéra :

— *Sioac*, dit-il, comment se fait-il que vous ne me demandez jamais de faveurs ?

— Bien sais-je, Sire, que vous n'aimez pas les solliciteurs.

— Eh bien, pour une fois, sollicitez.

— Sire, puisqu'il faut à force forcée vous obéir,

voici ce que je demande. Quand vous tronçonnerez La Vieuville, plaise à vous de vous remettre en remembrance que Monsieur de Schomberg est toujours à Nanteuil.

— Nous verrons cela, dit Louis d'un ton sec, la face imperscrutable.

Le vingt-huit avril à la tombée du jour, j'envoyai La Barge visiter le père Joseph le plus discrètement qu'il se pût en le couvent où il était logé, quérant de lui qu'il vînt me visiter sans délai. Ce qu'il fit avec d'autant plus de rapidité qu'il entendit bien que pour que je le dérangeasse à cette heure tardive il fallait que j'eusse à lui apartir une nouvelle de grande conséquence.

— Mon père, lui dis-je, voici le neuf. La Vieuville a bien demandé au roi de laisser le cardinal entrer au Conseil, mais d'une façon si restrictive qu'il semblerait qu'il veuille lui couper les griffes et lui rogner les dents. L'idée est d'inventer un *Conseil des dépêches*, composé du cardinal et de deux ou trois autres personnes de moindre envergure, qui prendrait connaissance des nouvelles de l'étranger. Mais ni Richelieu ni ces personnes ne seraient ensuite admis au *Conseil étroit*, lequel compte le roi, la reine-mère, le connétable et les secrétaires d'Etat. Conseil étroit dont, bien entendu, tout dépend.

— C'est d'une sottise achevée, dit le père Joseph en grinçant des dents. Autant mettre le cardinal entre parenthèses : il n'acceptera jamais.

— Encore faut-il qu'il soit prévenu de cette misérable embûche.

— Je n'y faillirai pas, dit le père Joseph.

Et à la minute même se levant, il prit congé de moi, sans que je pusse le persuader de le faire raccompagner à son couvent par La Barge.

Le lendemain, le lundi vingt-neuf avril 1624, je fus au lever du roi qui se fit à neuf heures. Il avait l'air calme et reposé, mais ne voulut rien manger, désirant de prime ouïr la messe et communier. Tant est que revenu chez lui à dix heures, il eut faim et voulut dîner sans tant languir. Dès qu'il eut fini il se leva d'un air fort décidé et gagna avec une suite nombreuse les appartements de sa mère. Il était alors onze heures et la reine-mère était encore couchée, tenant le lit avec quelques-unes de ces dames.

L'âge, la bonne chère et les sommeils longuissimes (car même en hiver elle aimait faire des siestes) avaient alourdi des traits qui n'avaient jamais été fins. De son front étroit et bombé à sa lourde mâchoire prognathe héritée des Habsbourg, et jusqu'à ses petits yeux pâles et coléreux, sa face n'exprimait que l'orgueil et l'obstination. Bien qu'elle fût en déshabillé, elle n'en portait pas moins tous ses bijoux et trois ou quatre tours de grosses perles autour du cou, fort belles en soi, mais qui ne faisaient que souligner un double menton qu'il eût mieux valu oublier. Soutenue par des oreillers de satin bleu pâle qui étaient censés flatter des cheveux demeurés blonds par un effet de l'art, elle ne tenait pas le lit, elle y trônait. Et étant tout à la fois prude et impudique, elle étalait devant elle, à peine voilés par des dentelles en point de Venise, des tétins qu'aucune dame à la Cour n'eût pu se vanter d'égaler, au moins dans leurs dimensions.

— Madame, dit le roi après l'avoir saluée, j'ai fait élection d'un de vos serviteurs pour diriger les affaires, afin que le monde connaisse que je veux vivre avec vous en toute confiance, non d'une façon apparente, mais réelle.

— Ah, mon fils ! dit la reine-mère en portant la main à son cœur.

Mais elle ne put en dire davantage, son visage rayonnait d'un contentement indicible. Chose étrange, et combien que je l'aimasse fort peu, en raison de la façon indigne dont elle avait traité mon petit roi bien-aimé en ses maillots et enfances, cette énorme et naïve allégresse qui s'étala soudain sur sa large face me donna pour elle quelque compassion, car j'entendis bien qu'elle s'imaginait, ayant l'esprit si court, qu'ayant mis Richelieu aux affaires, elle allait, pour ainsi parler, reculer dans le temps et redevenir comme devant régente et maîtresse absolue du royaume. Mon Dieu, m'apensais-je, comme elle se trompe ! Et comme elle connaît mal son fils ! Et plus mal encore Richelieu !

Que le roi entendît ou non quel était alors le sentiment de sa mère, je ne sais, car ayant fait la courte déclaration que j'ai rapportée plus haut, il n'ajouta rien, salua de nouveau la reine, et faisant un abrupt demi-tour, il se retira.

Poursuivant cette affaire à la chaude, le roi reçut le cardinal de Richelieu en son Conseil sur les deux heures de l'après-dînée.

Je n'avais pas revu le prélat depuis Angoulême et il ne me parut guère changé, sauf qu'il avait troqué la robe violette de l'évêque de Luçon, évêché dont il ne devait pas tarder à se défaire, pour la pourpre cardinalice, laquelle de reste lui allait si bien qu'on eût pensé en le voyant qu'il était né avec elle.

Je le trouvai aussi soigné qu'en notre première rencontre, le barbier ayant rasé fort soigneusement les alentours de sa moustache avant d'en relever les deux extrémités avec hardiesse. Je remarquai combien son visage maigre et triangulaire — affiné encore par le bouc taillé en pointe qui le prolongeait — paraissait pâle, rendant par contraste plus sombres et plus brillants les grands yeux noirs capables d'exprimer tant de choses en si peu de temps et qui pouvaient passer, en un éclair, de la suavité ecclésiastique au sarcasme le plus vengeur.

Ne m'étant jamais trouvé avec lui au bec à bec, je n'aurais su dire s'il était aussi grand qu'il le paraissait, mais il donnait l'impression d'une sveltesse élégante et flexible qui faisait penser à une épée. En parlant, dès qu'il voulait expliquer et démontrer quelque chose, il usait, quoique avec modération, de ses mains, lesquelles étaient longues, blanches et très soignées : vous eussiez dit alors un magicien, tant elles concouraient à faire apparaître les vérités dont il voulait persuader son auditeur. Sa voix pouvait être flûtée ou grave, comportant des inflexions et des nuances à l'infini, et il émanait de toute sa personne un charme, une force et une autorité que je n'ai jamais rencontrés qu'en lui.

Il commença par remercier le roi du choix qu'il avait fait de sa personne sur la recommandation de Monsieur de La Vieuville. « Mais, ajouta-t-il, je ne pense pas que je doive accepter, car si Dieu m'a donné quelques qualités et force d'esprit, en revanche, mon corps est si débile qu'il résiste mal au bruit et au désordre du monde. C'est pourquoi, si je devais entrer au Conseil j'aimerais que personne ne me vienne visiter pour obtenir grâce ou pension, car ces visites à coup sûr me tueraient. Pareillement, j'aimerais que le roi ne trouvât point mauvais que je ne vinsse pas souvent à son lever pour la raison que je ne peux longtemps demeurer debout dans une presse sans étouffer. De reste, ajouta-t-il, je ne suis pas certain de pouvoir être utile au roi pour les affaires étrangères, particulièrement dans l'état où ceux qui les ont dirigées les ont laissées. L'affaire de la Valteline, celle d'Allemagne, l'aide aux Pays-Bas et Suisse sont des choses de si grande conséquence pour la France qu'elles appellent des résolutions réfléchies qui ne peuvent être prises que par le roi en son Conseil. C'est pourquoi il n'y a pas lieu (ici sa voix se fit un petit peu plus mordante et La Vieuville commença à frémir), il n'y a pas lieu, dis-je, d'avoir un *Conseil des dépêches* où je siégerai, et un *Conseil étroit* où je ne siégerai pas. Qu'arriverait-il si le Conseil des dépêches prenait une décision, et le Conseil du roi une autre qui fût toute contraire ? »

Ayant dit, il regarda Louis en levant les sourcils, et Louis dit d'une voix nette :

— En effet, la solution serait boiteuse.

Etant publiquement désavoué, La Vieuville blêmit. Sa tentative pour faire entrer Richelieu au Conseil tout en réduisant son influence venait en quelques mots d'être réduite à rien.

Sans hausser la voix, le cardinal reprit d'une voix douce :

— Sire, je suis disposé à vouer ma vie au bien de l'Etat. Mais de le faire sans fruit, je ne le juge pas à propos.

— Poursuivez, mon cousin, dit le roi.

— Sire, pour ne rien vous celer, je vois un autre inconvénient dans ma promotion aux affaires. J'ai de grandes obligations envers la reine-mère, tant est qu'en ce qui concerne les avis que je pourrais donner pour le bien de l'Etat, d'aucuns seraient tentés de les interpréter en prêtant à la reine-mère et à moi-même des desseins tout contraires à la réalité. Sire, il y a donc, à parler franc, bon nombre de considérations qui plaident contre mon introduction au Conseil. Cependant, si Votre Majesté l'ordonne, j'obéirai aveuglément au commandement de Votre Majesté. Mais comme j'entre en cette fonction alors que je ne la recherche ni ne la désire (j'admirais que Richelieu pût prononcer une telle phrase sans rire), j'aimerais que Votre Majesté sache que je n'aurai et ne peux avoir d'autre dessein que la prospérité de Sa personne et la grandeur de Son Etat. Et je fais en conséquence des vœux ardents pour que Votre Majesté soit si ferme en cette croyance que je puisse être assuré que tous les artifices des malins ne pourront La faire douter de ma sincérité.

Un assez long silence suivit ce discours qui était remarquable à la fois par sa clairvoyance, son habileté et son imperturbable aplomb. Le cardinal avait accepté sa promotion tout en ayant l'air de la refuser, défini les conditions du rôle exact qu'il pouvait jouer et, seul des ministres présents, s'était exempté d'assister au lever du roi et de recevoir les solliciteurs.

— Mon cousin, dit le roi, c'est mon commandement qu'à partir de ce jour, vous fassiez partie de mon Conseil.

C'est à peine si le cardinal de Richelieu attendit le lendemain pour entamer avec ses pairs une querelle de préséance. Il demanda et il obtint, non seulement de précéder le connétable et le chancelier, mais aussi les princes du sang et autres princes. Quelques semaines plus tard, sur la recommandation qu'il en fit au roi, preuves en main, La Vieuville fut disgracié et partit pour l'exil.

Composition réalisée par JOUVE

Imprimé en France sur Presse Offset par

BRODARD & TAUPIN

GROUPE CPI

La Flèche (Sarthe).
N° d'imprimeur : 28422 – Dépôt légal Éditeur : 56788-05/2005
Édition 09
LIBRAIRIE GÉNÉRALE FRANÇAISE – 31, rue de Fleurus – 75278 Paris cedex 06.
ISBN : 2 - 253 - 14074 - 0

❖ 31/4074/6